失控喜欢 上册

槐故 著

青岛出版集团 | 青岛出版社

图书在版编目（CIP）数据

失控喜欢/槐故著. —青岛：青岛出版社，2024.7
ISBN 978-7-5736-2224-2

Ⅰ.①失… Ⅱ.①槐… Ⅲ.①长篇小说－中国－当代 Ⅳ.①I247.5

中国国家版本馆CIP数据核字（2024）第101359号

SHIKONG XIHUAN

书　　名	失控喜欢
作　　者	槐　故
出版发行	青岛出版社（青岛市崂山区海尔路182号）
本社网址	http://www.qdpub.com
邮购电话	18613853563
责任编辑	郭红霞
特约编辑	徐晓辰
校　　对	李玮然
装帧设计	蒋　晴
照　　排	梁　霞
印　　刷	三河市良远印务有限公司
出版日期	2024年7月第1版　2024年7月第1次印刷
开　　本	32开（880mm×1230mm）
印　　张	18
字　　数	535千
书　　号	ISBN 978-7-5736-2224-2
定　　价	65.00元（全2册）

编校印装质量、盗版监督服务电话 4006532017　0532-68068050

目录

上册

第一章　似是故人归 / 1

第二章　爱意随风起 / 40

第三章　百因必有果 / 79

第四章　念念不能忘 / 122

第五章　苏城情定时 / 146

第六章　和我谈恋爱 / 179

第七章　甘之如饴糖 / 207

第八章　旧忆重现时 / 234

第九章　和我结婚吧 / 256

第十章　奥斯卡夫妇 / 279

目录 下册

第十一章　我有多想你 / 301

第十二章　十八岁的温折 / 320

第十三章　疯魔不成活 / 333

第十四章　爱你有几分 / 350

第十五章　缘以结不解 / 369

第十六章　本能的爱意 / 392

第十七章　恶人有恶报 / 432

第十八章　岁岁有今朝 / 449

第十九章　今朝团圆时 / 492

第二十章　情难尽，长相守 / 520

番　　外　旧岁又今朝 / 564

第一章
似是故人归

某网站最新提问——突然得知被自己甩了的前任混得特别好是一种什么样的体验？

"人在地上，魂在地底。不久前我得到消息：前任即将成为我的顶头上司。男频逆袭文看过没？我大概就是书里将年少的男主虐身骗心，助其黑化飞升，最后死无葬身之地的炮灰女配。女配是什么下场你们懂吧？"

与此同时，看到这条回答的沈虞指尖一抖，松开手机，目光下意识地飘向不远处，又趁着那人没有看过来时，倏地低下头。

沈虞有些神经质般地一下下抠着指甲，明明是在明亮又衣香鬓影的酒店大厅里，她的脊背却浮上了一层薄薄的汗。

这是一场全国性的金融科技峰会，在场的其他人拎出去全是名头响当当的大佬。沈虞能与会，还得靠周宪的面子。

有脚步声传来，沈虞头顶吊灯的光被人影挡住了大半。

沈虞睫毛一颤，看见周宪在胳膊上搭着西装外套，经过她时，用手指在座椅的扶手上轻叩了两下，淡淡道："跟我过来。"

沈虞张了张唇，余光瞟向那人的方向，又看了看周宪，触及周宪的视线后，那句"我能不能不去"卡在了喉咙里。

周宪可从没和人商量的习惯。况且，被周宪这种级别的人带着露脸，轻而易举就融入这种圈层，是多少人求之不得的机会！至少对沈虞这么个寂寂无闻的小角色来说，这大概是她第一个"小目标"的奋斗时间。

沈虞站起了身，慢吞吞地跟在周宪身后。他步伐很大，但还是配合沈虞放慢了速度，扭头蹙眉看着她。

意识到他要说话，沈虞忙走上前。

"那位是容创科技的郑总，郑成。"周宪声音很低，"在郑成三点钟方向的是刘介，这两人因为前些年股权融资的事有过节儿。郑成想收购绿园科技百分之二十四的股份，最后因为刘介毁约没成功。"

沈虞连连点头，迟疑地问："那咱……是站哪边的？"

"站什么站？"似想起什么，周宪讽刺地笑了一声，"郑成是个草包，刘介……没什么品。"

"嗯。"沈虞已经习惯了周宪这张嘴——在他口中，场内没一个人能入他这双尊贵的眼。

"还有那小子，"周宪突然朝一个方向抬了抬下巴，意味不明地笑道，"更不是什么好东西。"

沈虞顺着他的视线看过去。与此同时，似有感应般，那人抬眼看了过来。

两人四目相对。

男人的眼窝很深，那双眼很多年前明亮又清澈，中和了整张脸的冷傲，经年后却深如寒潭，宛如死水。

他一直望着这边，像是在看她。

沈虞僵立在原地。

周宪略低的声音还在她耳畔响着："郑成六十亿元也没签下的合同，被温折轻飘飘地截了去，还在国外就把手伸这么长，我倒要看看他吃不吃得下。"

沈虞仓皇地移开视线，声音很小，像是在自言自语："这些年……他都在国外吗？"

周宪得了乐趣，难得多了些话："温折没有背景，出国留学那几年做过FK的投资经理,后来开始自己做风险投资。"

FK……沈虞在心中重复了一声。这是家美国著名的投资公司,这几年在业内的名气更是如雷贯耳。

原来如此……

"温折要钱不要命,创立的鼎越资本几年时间就在美国上了市,这次借着绿园这个项目,成功地把根扎在了京城。"

这些话让沈虞一度有些恍惚,仿佛那是在另一个世界发生的事情。

从今天进场看到温折第一眼开始,沈虞就感觉他混得应该很好,至少比现在还得靠刷脸才能进入会场的她混得好。

沈虞闭了闭眼,倏地回想起自己和温折的最后一次对话——

在屋前站了一整个白天的少年面容苍白,殷红的唇瓣干裂,一动不动地看着从周宪的车上下来的她。

那时已近傍晚,天色很阴沉,似正酝酿着一场倾盆大雨。

温折的衬衫被洗得发白,但一如往常任何一刻,他的脊背从来都挺得笔直。

"那些事,我都不在乎了。"他说得极慢,"所以……能不能不分手?"

沈虞想:她当时是怎么回的来着?哦,她回:"你是不是玩不起?"

你是不是玩不起?

此时的沈虞感觉自己的脑门儿上已经顶着四个大字——"炮灰女配"。

就在这时,周宪突然离她远了些,脸上挂着疏离客气的笑容——这是他敷衍人时最常用的表情。

沈虞站直身体,一抬头便看见来人竟是周先谈了半天的温折。

男人身高腿长,在人群中也比周围的人高出一大截,几步便走到了他们眼前。

一瞬间,沈虞的心"突突"地跳到了嗓子眼儿,她下意识地往后退,借用周宪挡住身形。

做完这动作后,沈虞也来不及后悔了。因为她这般,着实像只吓得令人发笑的鹌鹑。

余光里，她看见温折的脚步顿了顿。

下一刻，男人声音低沉地喊道："周总。"

随后，他泰然自若地和周宪握了握手。

周宪和温折不熟，甚至不明白温折意欲何为。理智上，如非必要，周宪并不愿意和温折这样的人打交道，但还是伸手回握温折的手，微笑着示意："温总。"

两人说话间，温折的目光自上而下，轻飘飘地落在周宪肩后。

女人的长发垂下，只露出半边莹白的脸，她那对流光溢彩的眼眸此时不停地乱转，不小心触及他后，立马便滴溜溜地移向一边。

她自以为没人看见，又悄悄地抬手戳了下周宪的后背。

温折没什么表情地看着二人。

周宪侧脸瞥沈虞，后者朝他挤眉弄眼，用口型道："我能不能先走一步？"

他蹙起眉头，没说话。沈虞懂他的意思——他对她的要求很高，在这种场合更不会惯着她这些莫名其妙的小动作。但她也来不及解释，只能皱着一张脸恳切地望着周宪。

僵持间，温折似不经意地道："周总，不知这位是？"

周宪侧身给沈虞让出位置："沈虞，A大金融硕士。"

很简单的介绍，他甚至连沈虞和他的关系也吝于告知温折。

"哦。"温折似嘲非嘲，声音极缓地重复了一遍，"A大。"

而此时，因为周宪侧身，沈虞避无可避，正对上温折的眼睛，她的指甲紧紧地掐住了手心。

他一如当年那般站得笔直，只是气质变了很多，不说话的时候给人带来的压迫感极重。这句嘲弄般的"A大"，更是让沈虞整个人像在火上烤。

她想起自己曾缠着他，问他想考去哪儿。

他不说话，沈虞就肆意地把人按在墙上，撒娇、耍赖、威胁用了个遍，才成功地从他口中挖出答案——A大金融系。

沈虞问他为什么。温折不语，薄唇抿成一条线。

沈虞倒也没把人逼得太紧，懒散地倚在课桌边，似笑非笑地看

· 4 ·

着他。

好久之后，温折妥协般地回答："因为想多赚点儿钱。"

沈虞"啧啧"两声，感慨这人长着一张不食人间烟火的脸，没想到贪财好色全占。

"好色？"温折睨她。

沈虞指着自己的脸，很是促狭地挑了下眉，满脸"你不好色怎么会看上我"的意味。

温折看她这样，眉眼染上了些许轻佻，笑了："因为好色，我才贪财。"

沈虞至今还记得当时自己的耳根有多烫。

可惜最后，温折上没上 A 大不知道，沈虞自己却一脚迈入 A 大经管专业的坑。

但她兜兜转转还上了 A 大这件事，在如今看来倒显得有些滑稽。

沈虞迎上温折的目光："温总。"

温折面对周宪时，尚且还有几分温和，却在看向沈虞时脸色静如死水。这样明显的反差让沈虞笑不出来，她在心中叹了口气，心情也缓缓低落下来。

温折沉默得有些久，眼眸乌黑。沈虞被看得弯下了脖子。

周宪不动声色地离沈虞近了些，淡淡道："这种场合小姑娘来得少，有什么不周到的地方还请温总见谅。"接着他看了眼时间，态度很是疏离，"会议即将开始，我们先走一步，温总自便。"

周宪护短护得明显，走时高大的身躯几乎将沈虞整个挡住。

温折立在原地，原本俊秀的眉眼瞬间阴沉下来。

"温总。"有声音自身后传来，温折回头，看见了刘介热情的笑脸。

温折自从郑成手中夺走股份，如今已经成了绿园科技的第一大股东。现在资金还没到账，刘介生怕人后悔，在温折面前殷勤至极。

"周宪那人就这样，做着清高的姿态谁都看不上——"刘介摩挲着下巴，突然意味不明地压低了声音，"实际上背地里比谁都玩得开。"

温折就近找了个位子坐下，屈着长腿，虽未有表示，倒也没有打断刘介的话。

刘介顿时会意地坐在温折身侧，目光几个跳跃，落在了前几排的沈虞身上。

"看见那个女的了没？"刘介朝沈虞的方向抬了抬下巴，"就刚刚跟在周宪身边的那个。"

温折敛眸，看过去。

那人只是站在那儿便极吸引眼球，在场的男人都会有意无意地投去目光。

女人瀑布般微卷的黑发披散在身后，露出姣好的面容，莹白的肌肤映着殷红的唇色。她似在找座位，一对猫眼一般妩媚的眼眸顾盼生辉。她个子高挑，即使身着工作服也能看出凹凸有致的身材。

"这女的还是沈光耀的女儿，不过沈光耀找了个后老婆，连亲女儿都不要了。"说到这种秘密，刘介兴致盎然，"不过这女人也不是吃素的，转头就勾上了周宪。周宪可把她当心头宝，走哪儿都带着。"

温折淡哂，撑着头闭上了眼睛。

"而且，"刘介舔了舔后槽牙，"周宪对外还宣称她是自己的外甥女。"

温折偏头："外甥女？"

刘介以为温折感兴趣："劳什子外甥女，周宪是家中独子，哪儿来的外甥女？"刘介的目光若有若无地从远处的沈虞窈窕的背影上扫过，他笑得露出一口白牙，"特殊照顾的'外甥女'吧？这周宪可真会找，落魄的千金小姐可不比穷丫头好些？"

刘介说上头了嘴上就没个把门的，一时得意忘形，等注意到温折的脸色时才生生咽下后面的话。

温折这种表情，他见过。当初在谈判桌旁，他破釜沉舟想摆谱儿抬价时，温折就是这样看着他的，每一个微表情都像是在表明——你以为你还有选择？

这是属于捕猎者的冷漠，仿佛温折下一秒就要扣动机枪的扳机。

好在，台上主持人的讲话打破了僵局，刘介胸腔一松，沉沉地吐出口气。

与此同时，温折冷淡的嗓音响起："刘介，你走到今天，还不知道祸从口出吗？"

作为周宪走哪儿都要带着的"心头宝",沈虞寸步不离地跟着周宪坐到了位子上。

台上的主持人开始说话,不断有人落座。沈虞只是抬眼,便看到了许多只有在教科书中才能出现的专家。

周围嘈杂一片,她耳侧冷不丁传来了周宪的声音。

"你和温折认识。"

这不是询问,是肯定句。

沈虞知道瞒不过周宪,也没想着要瞒。她"嗯"了一声,简短答道:"认识。"

周宪难得调侃了句:"不会是你从哪儿惹来的情债吧?"

沈虞惊了,倏地偏头:"你想起他了?"

"他?"周宪回忆起了什么,半晌,提醒道,"那你悠着点儿,温折不是什么省油的灯。"

沈虞的后背发凉,她求救般地看着周宪。

"别看我。"周宪从来不管这种事,甚至还有种"看热闹不嫌事大"的意味,"看我也不会帮你。"

沈虞默默地在心里翻了个白眼,到底还是不敢顶撞周宪。她垂眸,一遍遍在脑中放映温折毫无温度的眼神,捂了捂发闷的胸口,失神地望着一处。

周围突然传来热烈的掌声——有人上台做演讲,沈虞将注意力重新集中在了台上。

能亲身来到这样群英荟萃的地方学习,是沈虞慕求已久的事情。她从包中拿出笔记本,时不时地勾勾画画,努力使自己定神。

快速进入专注的学习状态是沈虞这些年养成的习惯。

没有什么能打扰她——温折也不能。

但在第三次写错字时,沈虞重重地握住笔,深吸了一口气。

今天是本届金融峰会的第一天,一整天,沈虞都没什么精神。

下午散会后,周宪先站起身:"晚上有个局,你随我一起。"

沈虞收拾挎包的动作顿了顿,她"哦"了一声。

跟着周宪来到停车场,沈虞才松下一整天都端着的架子,疲惫地靠在后座上："你不会又想让我帮你打牌吧？"

周宪手气极臭，逢赌必输，人称"散财周公"。沈虞却恰恰相反，手气极佳。所以，必要时周宪还得靠她找回面子。

"先吃饭。"周宪不置可否。

"总这样可不行。"沈虞"啧啧"两声，"没有佣金？"

"那你走吧。"周宪冷笑，"邵其明你也别见了。"

"等等！"沈虞猛地扭头，目光炯炯，"舅舅，你要带我见邵老师？！"

周宪淡淡道："爱见不见。"

沈虞讨好地"嘿嘿"两声，再不多话。

邵其明是国内名气如雷贯耳的经济学家，也是B大的教授——沈虞的本科教材都是他编的——这是位实打实的传说级人物。今日的峰会他也上台做了演讲，颇为独到。

周宪能认识邵其明，还是因为两家是世交——周宪得喊他一声"世叔"。

"舅舅，今天还有别人吗？"进包间前，沈虞问。

周宪："还有邵老师的几个得意门生。"

沈虞颇为敬畏地"哦"了一声。

他们二人到场不算早，包间内茶香袅袅，在主位上端坐着的正是邵其明。他身侧坐着三男一女，都很年轻，社会精英的打扮。几人言笑晏晏，哄得邵其明开开心心的。

听到动静，众人看了过去。

邵其明冲他们招手，示意二人过来。

"邵叔叔。"周宪微笑问好，同时介绍道，"这是沈虞，我的外甥女。"

邵其明不像照片里那么严肃，此时心情好，更显得亲和。他冲沈虞赞赏地点头："你就是沈虞？你去年发表的几篇论文写得不错，很典型。"

沈虞受宠若惊："您知道我？"

"怎么不知道？"邵其明佯装不满地看了看他的学生，"我天天想，这么优秀的孩子不是我的学生，多可惜啊！"他又将目光定在一个学生的身上:"谢鸣,还在笑!你要能这么有出息,我会天天骂你?"

沈虞望向了那个叫谢鸣的男人。

他戴着黑框眼镜,身形有些瘦削,还在贫嘴:"邵老师,您这就不对了啊!"他又看了眼沈虞,笑哈哈地道,"美女面前一点儿面子都不给我?"

邵其明冷哼了一声。

席间氛围还算轻松,大家分别做了介绍,没什么人不知道周宪,主要还是让沈虞认认人。在场的人都师从邵其明,各自的公司都赫赫有名,职业前景一片大好。

几番寒暄后,沈虞跟着周宪落了座。

沈虞专注地听着他们聊天儿,但说来说去都少不了一个人,就是他们口中的师弟。

"我这个师弟,"谢鸣比了个大拇指,"可是个大牛人,也是咱们邵老师第一得意的弟子,说出去都倍儿有面儿那种。"

觉得谢鸣这话说得有些浮夸,沈虞看了眼邵其明。

严谨的老人并未认为此话有何不妥,只是恨恨地骂道:"那臭小子,几年见不着个影,吃饭都迟到,我看是翅膀硬了。"

虽说是骂,但老人言辞间俱是看重和喜爱。

沈虞不禁产生了些好奇心:到底是何方神圣,能有这么大面子?

就在这时,在场除沈虞之外唯一的女士孙媛突然站起身,朝门边嗔道:"温师弟真是大忙人啊!"

谢鸣附和道:"就是,来晚了的自觉点儿,自罚三杯啊!"

"抱歉,路上堵车。"来人语气平和,又带着放松的闲散,"今天陪邵老师,别说三杯,三十杯我都喝。"

邵其明冷哼道:"德行。"

与此同时,沈虞好奇打量的目光也恰好落在了男人的身上。

猝不及防,二人四目相对,晴天霹雳。

沈虞僵坐在原地,脑袋"嗡嗡"作响,如同置身真空罩中,一瞬间被抽干了氧气。偏偏此时,周宪仿佛看到了什么极其有趣的画面般笑出了声,令沈虞更加如坐针毡。

温折难得愣了下,余光瞥到周宪后,古井无波般移开了视线。

他坐在了邵其明右首——沈虞的正对面。

人员到齐,服务员开始布菜。

席间,孙媛坐在温折身侧,活络着气氛。她介绍道:"这位是优创银行的周总。"

温折向周宪额首:"幸会。"

孙媛继续道:"周总旁边那位美女是?"

温折原本在用方巾擦着手,突然抬头:"我认识。"

席间氛围凝了一瞬,孙媛抬眼看了看沈虞。

沈虞目光飘忽地笑了笑:"刚刚和温总在会上见过了。"

温折轻轻地放下方巾,定定地望向沈虞的眼睛。

沈虞的视线被迫锁定,她强装镇定地回视。

"是,见过了。"温折的笑容没什么温度,他缓缓道,"周总的外甥女。"

沈虞扯了下唇,低眸看向了白瓷碗。

是她多虑了。如今她于温折,也只是周宪的外甥女而已。

这么个小插曲很快就被别的话题盖过去,在场的都是精英,聊的话题从国外到国内,横跨五湖四海,三言两语间就剖明了如今的资本市场。

沈虞一边埋头吃东西,一边听他们说话,从未像此刻这样意识到圈层的重要性。

温折的话不多。他本不是高调的性子,只是在别人问他时才会融入话题聊两句,观点犀利,剑走偏锋。其间,邵其明看了他好几眼。沈虞能看出邵其明眸中的激赏神色。

酒过三巡,在场的人除了沈虞都喝了不少酒。开酒的时候,谢鸣本想给沈虞倒满,却被周宪拿走了酒杯放到跟前。

面对谢鸣微讶的眼神,周宪解释道:"她要开车。"

看到这一幕,孙媛不无羡慕地和身侧的温折说:"周总对沈虞可真好啊,连酒都挡了。"

说完,她未等到温折回应,侧头看见温折沉默地盯着酒杯,纤长的睫毛垂下，挡住了漆黑的眼眸。

一顿饭吃到八点半，邵其明年纪大了，饭后便提出回家。但年轻人兴致高，不肯止步于酒桌，周宪找人订了间棋牌室。

沈虞还没忘记自己今天的使命，那就是替周宪驰骋牌桌。

牌桌边，温折依旧坐在沈虞对面。他今晚被灌了很多酒，白皙的肌肤染上了淡淡的酡红，那对清醒时锐利的眼睛更显得深不可测。酒后，他话极少，压抑又沉郁。

小小的牌桌一旁，沈虞甚至觉得自己快要透不过气来了。

谢鸣看着坐在沈虞旁边的周宪："周总不玩？"

周宪淡笑："让她来，输了算我的。"

孙媛叹了一声，赞赏道："周总可真宠外甥女。"

沈虞码牌的手一顿，心中翻了个白眼——她是不会忘记周宪曾威胁自己"你输个试试"的。

"你要不要？"温折问。

她注意力不太集中，含混地问道："嗯？"

温折："我问你要不要？"

沈虞被他这凶巴巴的语气给激怒了，一天来受的委屈达到了顶峰。她对上温折冷淡的眼睛，少时的娇蛮压过理智，瞪过去："我不要！凶什么啊？！"

温折抬眼看着她，堪称无动于衷。

不知怎么，沈虞倏地就想起很多年前自己无理取闹时温折的眼神了。

他不会哄人，只是看向她时眼神软软的，像是示弱，让人的心软了半截。

沈虞垂下眼睑，到此刻才明白——他再也不会惯着她的坏脾气了。

二人之间的气氛有些不寻常，孙媛时不时探究般地看向沈虞。沈虞装作没看到，抿起唇，低头看着手上的牌。

本来前几局她的牌运还都算好，基本求什么来什么，但从这局开始，不知怎么回事，她要什么没什么。

其他三家轮赢,沈虞一家输了个底儿朝天。

谢鸣大概是酒喝多了,收钱的时候口中没个把门的:"周总今天慷慨啊,千金为搏美人一笑?"

所有人都愣住了。

周宪没否认,甚至还有心思看了眼温折。

谢鸣有些尴尬地道歉:"我酒喝多了,抱歉。"

这时,桌上传来一声轻响,温折叩了下桌面,朝身侧的同学说:"你来吧。"

孙媛问:"怎么了?"

温折靠在沙发上,揉着眉心不说话。

沈虞打牌的心思去了大半,后面几局勉强保本,但今天林林总总地加到一起,她还是输了。

散场时已近凌晨,来到停车场,周宪打开后座的车门,指着驾驶座对沈虞道:"去开车。"

沈虞拿证时间不长,开车还有些怵,故迟疑了下:"司机叔叔呢?"

周宪:"叫你开你就开,输这么多钱还跟我叽叽歪歪的。"

迫于金钱的压力,沈虞默默地闭上了嘴。但她是真的佩服周宪,敢这么放心地坐她开的车。

周宪的车很大,沈虞屏息凝神,生怕蹭上别人的车,到时候来个巨额赔偿费。等把车开出停车场,她才松了口气,驶上大道。

温折坐上了后车座,吩咐司机:"等会儿再开。"

司机李宗"嗯"了一声,从后视镜里往后看了一眼,很明显地感觉到了温折糟糕的心情。

半明半暗的光线透过车窗洒在温折的眉眼上,男人半边身体都彻底融入了黑暗。

突然,一辆路虎车从车前驶过。

温折:"跟上。"

李宗微讶,到底没有说什么,开着车不紧不慢地跟上了那辆路虎车。

好在路虎车的司机没什么经验,一路上也没发现被车尾随,甚至速度缓慢得如蜗牛爬行。

路虎车在临近商圈的一个公寓前停下，李宗将车隐在暗处，询问般喊了一声："温总？"

"在这儿等等。"

李宗摸摸鼻子："哦。"

他好奇地望向前方，只见从路虎车的驾驶座上下来一个极其漂亮的女人，接着从后座上下来个高大的男人。

他忍不住从后视镜里看了眼温折。黑暗中，温折眼眸微眯，目光紧紧地凝在前方女人的身影上。

很快，那两人一前一后地进了公寓。

后座的温度还在不停降低，李宗握着方向盘的手冒出些冷汗，脑子里冒出一个大胆的猜测——他们温总这是……被绿了？

李宗心中开始叫苦，死死地盯着女人的背影，在心中不停喊着"别进去、别进去"——没用，很快，二人的身影便隐没在了黑暗中。

李宗叹了口气，开始构思辞职信怎么写，鼓起勇气看了眼后视镜。

男人依旧靠在后座上，只是合上了眼睛。

李宗咽了咽口水，识相地一句话也没说。

手表"嘀嗒嘀嗒"地响着，每一分每一秒仿佛都无比漫长。

时间已过了零点，楼下的路灯一齐灭了，一切都陷入了浓重的黑暗。

其实也才过了十分钟而已。

温折声音沙哑："走吧。"

李宗沉默，正要点火，一抬眼，看到从公寓里走出一个人。女人窈窕的身影从车前走过，她还奇怪地往这边看了眼。

似有察觉般，后座上的温折倏地睁开了眼睛。

沈虞没搞清楚周宪的意思。

临下车前，他揉着太阳穴，做出一副"看你孝心"的长辈姿态："我头晕，你上去给我煮碗醒酒汤吧。"

沈虞半信半疑，上去没几分钟就看见周宪眼神清明地站在阳台上吹冷风。

不知看到了什么,他挑了下眉。

"你回去吧。"周宪说,"明天我让司机去开车。"

沈虞:"不是要我煮醒酒汤吗?"

周宪径直打开公寓的门,送客之意明显:"谁敢喝?"

沈虞:"所以你让我上来做什么?"

周宪:"试探你的孝心。"

沈虞:"……"

沈虞下楼后,难得谨慎地环顾了一圈,看到不远处的树下停着一辆黑色轿车。因为夜色昏暗,她看不清里面是否有人。

只一眼,沈虞就移开了视线,她想:宾利雅致的车主应该干不出深夜尾随妙龄美女的事。

沈虞拉开车门,导航到自己在学校附近的公寓。周宪的车她开得少,开导航时还不小心打开了收音机。

深夜电台,主播小姐姐温柔的声音听在耳里如一阵清风,沈虞没再管,全部心神都凝于如何把车掉头。

因为两边都有花坛,沈虞需要极其小心地移动才不至于擦车。她屏住呼吸,一点点往后退,最后凭着手感把方向盘往右一打——"咔嚓"一声。

沈虞连忙透过车窗往外看,看到被花坛角撞出一个洞的车身,表情顿时精彩纷呈。

与此同时,目睹原地擦车现场的李宗惊得瞪大了眼睛,作为深度爱车人士,发出了一声长长的叹息。

后座的温折皱起眉:"跟上。"

李宗不动声色地跟在路虎车后。

沈虞想着被撞出个洞的车身,心痛难忍,因为周宪这个资本家绝对会把账单毫不留情地扔在她的脸上。

多想无益,她叹了口气,继续开车。

已至凌晨,但京城的路上车辆仍然川流不息,沈虞打起一万分的精神开车。

电台主播声音低柔地道:"感谢用户'初恋'点的歌曲,《心动》。"
一段轻柔的前奏过后,有低低的女声传来——

>有多久没见你,
>以为你在哪里,
>原来就住在我心底,
>陪伴着我呼吸。
>有多远的距离,
>以为闻不到你气息,
>谁知道你背影这么长,
>回头就看到你。
>…………

沈虞好久没听歌了。这些年,她将时间安排得很满,不给自己留伤春悲秋的时间。

乍然听到这首歌时,沈虞看着繁华的街道和窗外高高耸立的CBD大楼,瞬间感到眼眶发酸。

初恋、心动……这样的词让她无可避免地陷入了回忆。

前方是红绿灯,沈虞停下车,一发不可收拾地想到了温折。

很多年前,她也会缠着他给她唱歌。他不愿,她怎么都撬不开他的嘴。

她仔细想想,其实那段感情开始得动机不纯,结束得仓促潦草。

电台里还播放着——

>过去让它过去,
>来不及,
>从头喜欢你。

沈虞垂眸,自嘲地扯了扯唇,觉得歌都在唱着她的悲剧。

红绿灯变换,拥挤的车道如同上了油的机器般重新运转。直到后面传来催促的喇叭声，沈虞才打火开车，眼神空洞地看向前方，一时甚至不知道要去往何处。她依照本能左转，直到耳畔全是此起彼伏的喇叭声时才如梦初醒。

她拙劣的车技在此时显现，直到身处路口时她才发现自己走错了车道。远处车辆的远光灯刺眼又冷酷，她晕头转向，只能眼睁睁地看着迎面呼啸而来的面包车，做不出任何反应。

"砰"的一声巨响，世界仿佛颠倒，沈虞的脑袋不知撞到了何处，剧痛瞬间在全身蔓延，她努力想睁开眼睛，视野却是一片模糊，不停有黏稠的液体从头上往下流。

沈虞轻轻地在心中爆了句粗口。

看来连老天爷都在惩罚她——她因为想温折，把命都差点儿整没了。

沈虞在心中真诚地忏悔：如果能重来一次，她一定要好好爱一次温折，没有动机地从头喜欢他。

大概是老天爷听到了她的祈祷。她在彻底失去意识前的最后一秒，透过破裂的车窗看到了温折的脸。他脸色苍白得不像话，连握着手机打电话的手都在颤抖，那双自重逢起就波澜不惊的黑眸更是涌上了惊涛骇浪。

沈虞用尽最后的力气对他笑了笑。

两天后，博雅私人医院的高级 VIP 病房里。

"水……"沈虞无意识地呢喃着，像是独自从沙漠走过，口渴得不像话，"水……"

已经走到门边的人倏地顿住了脚步。

原本立在病床边的梁意连忙起身，脸上满是惊喜地看向温折："温先生，您能在这儿照看一下吗？我去喊医生。"

梁意是沈虞的闺密，这两天一直在这儿照顾沈虞。

梁意第一次见到温折是在沈虞出车祸的当晚，据说是他将沈虞送到医院来的。当时男人无声地倚在医院的墙边，穿着一身西装隐没在暗处，像座雕塑般一动不动。

第二天周宪来了一趟，那时候沈虞已经脱离了危险。看到温折，周宪没说什么，默许了温折的存在。

后来，温折一天来一次，但只是站在门边沉默地看着沈虞，几分钟便走了。

梁意曾问周宪这是什么情况。

"不用管。"周宪不以为意，"她惹的债，自己解决。"

于是梁意默认温折是沈虞的某位比较靠谱儿的追求者，稍微卸下了心防。

梁意走后，温折走到床头柜前倒了杯温水，垂眸看着沈虞。

女人头顶包着纱布，脸色苍白，嘴唇干裂，但即使是这样一副虚弱的模样，依旧宛如白瓷般精致。

温折抿唇，替沈虞抬高了病床，将杯沿放在她的唇下，试着给她喂水。

沈虞抿了几口，到后面越喝越快，因为喝得急还呛到了。温折下意识地要替她拍背，手伸到一半，却顿在原地，又轻轻地垂下。

与此同时，沈虞咳得厉害，在外在刺激下，终于睁开了一直沉重的眼皮，视线一点点聚焦，视野也由模糊到清晰……

刹那间，他们四目相对。

沈虞看到了一双极其漂亮的眼睛——双眼皮褶皱很深，眼尾上挑，睫毛垂着时投下小片阴影，眸中还有来不及收起的错愕。

"怦怦怦——"一睁眼，沈虞便感觉到自己剧烈的心跳声在一下下地刺激着鼓膜。

见她醒来，男人似要站直身体。沈虞连忙用双手包裹住他拿杯子的手，往自己的嘴边凑，笑得露出浅浅的梨涡："我还要喝。"

温折收紧拿着杯子的手，探究般地看着沈虞，解释道："是我送你来的医院。"

沈虞喝下了整整一杯水，到此时才思考起这个帅哥和自己的关系。

她见过他两面，在昨天的峰会和晚饭上。

他叫温折，是鼎越资本的创始人，是邵其明老师的得意弟子，还是……他还是什么？

脑仁突然传来一阵剧烈的疼痛，沈虞痛苦地扶上自己的头。

温折抬起她的下巴："头疼？"

沈虞摇头，咬唇忍过这阵疼痛，结合温折刚刚的那句话，终于理出个头绪，问："是你把我撞进医院的？"

温折放下水杯，倏地扭头："你说什么？"

沈虞认真地算起账来："我的医药费、精神损失费还有路虎车的修车费加一起，除去保险公司理赔的部分，剩下的你看着办？"

温折用一种"你莫不是脑子撞坏了"的表情看着她，转眼又注意到了她脑门儿上缠着的纱布——她脑子确实坏了。

温折："你占用车道，负全责，另一个车主还没醒。"

沈虞噎了下："是吗？"

她试图回忆车祸的过程，但甫一回忆，只有光怪陆离的灯光、鲜血，以及……以及什么？脑袋再次疼痛起来，她抱住了脑袋。

"医生马上就来。"温折看了眼时间。

等疼痛减轻了一点儿，沈虞低声道谢："谢谢温先生送我到医院，您真是个好心人。"

她偷偷地打量着温折的侧颜，心跳加快。

温折愣了下，定定地看着她："你叫我什么？"

"温先生。"沈虞冲他抿着唇笑，苍白的脸颊微微泛红。

"我叫什么？"

"温折？"沈虞不是特别确定。

温折突然抬起她的下巴，手指冰凉："我是谁？"

沈虞有些不自在，想了想，答道："邵老师的学生……"

温折眼中似翻滚着浓墨，连语气也加重了："我问我是你的谁？"

沈虞绷起脚尖："现在算是……朋友？"

温折突然松开手，看着她，眼神不善。

沈虞疑惑地回看他，对他的态度满头雾水："我们……"

"没有。"温折先移开视线，抬步就往门口走，"我去找医生。"

话音刚落，病房门被推开了，进来的人除了医生、梁意，还有周宪。

看见沈虞醒了,梁意开心地惊呼:"小虞,你终于醒啦!"

见到梁意,沈虞眼睛一亮,瞬间张开双臂:"意意!"

闺密俩抱在一起,梁意忍住哽咽道:"小虞,你真的吓死我了。"

沈虞轻拍着她的后背:"别怕,我不是还在吗?祸害遗千年。"

"还算有自知之明。"周宪坐到一边的单人沙发上,没好气地说道,"别抱了,先让医生看看。"

沈虞冲周宪吐了吐舌头:"都是你非要让我开车。"

周宪气笑了:"你把我的车撞废了怎么不说?"

沈虞气得鼓腮。

梁意连忙做和事佬:"好了好了,大难不死,必有后福。小虞,咱们先让医生检查。"

三人你一言我一语,语气间俱是熟稔和亲密。温折靠在墙边,一声未吭。

医生上前,仔细检查了沈虞的各项身体指标,又翻开她的眼皮看了看:"中度脑震荡,休养几周就没事了。"

众人的心刚放下一半,医生又道:"就是……CT上显示脑神经有损伤,可能会带来记忆遗失或是其他影响,需要留院观察。"

听到这话,梁意奇怪地问:"记忆?有问题吗?"她朝沈虞指了指自己:"我是谁?"

沈虞很自然地回答:"梁意,我们认识二十年了。"

梁意又指向周宪:"他呢?"

温折盯着沈虞,听见她直呼其名:"周宪啊。"

她又朝周宪抬了抬下巴,哼道:"我没有血缘关系的舅舅。"

周宪冷嗤:"还委屈你了不成?"

梁意继续问:"一加一等于几?"

"二。"

"一亿加一亿。"

"两亿。"

"你小学在哪儿读书?"

"京城第一小学。"

突然，温折打断梁意："高中呢？"

沈虞歪头瞥他，对答如流："苏城高中。"

梁意来了兴致，继续挖掘秘密："你初恋是谁？"

这些年来，梁意一直想知道沈虞那个念念不忘宛如心口朱砂痣的初恋，无奈沈虞口风极紧，从来都是三缄其口。

而此时，温折沉眼，一动不动地观察着沈虞的表情。

但是一直都能轻松回答问题的沈虞突然按住脑袋，等缓了好几秒，才抬眸很是奇怪地问梁意："意意，你是在试探我吗？"

梁意："什么？"

沈虞似有若无地瞄了眼温折，故作扭捏地绞着手指："人家母胎单身，手都没拉过，哪儿来的初恋啊？！"

话毕，沈虞的眼皮跳了跳，因为她看见原本笑眯眯的梁意笑容渐渐凝固了，甚至连懒散地坐着的周宪的表情也变了变。

至于温折，沈虞也没忘记注意他的反应。但是，男人只是沉沉地望着她，像是在看她，但好似又没有。

沈虞被各人不同的反应激出一身冷汗，紧张地抠了抠手心。

不会吧？她不会真的有个什么"你爱我我不爱你"，集齐车祸、失忆等所有青春伤痛元素的初恋吧？！

梁意走上前，伸手轻轻地按在她的额头上："要不你再想想？"

沈虞缓缓地问道："想什么？"

"我给你提个醒。"梁意小声说，"沈弯弯。"

听到"沈弯弯"这个名字，沈虞几乎要从喉间溢出冷笑："怎么，是她买凶要杀我？"

梁意呆住："所以你还没想起来初恋是谁？"

沈虞淡漠的表情给出了答案。

梁意盯了她好半晌，突然大笑着推了推她的肩膀："行啊小虞！我见过渣的，没见过你这么渣的。"

沈虞："啊？"

"连失忆都选择性失忆，把被你渣得明明白白的初恋忘得一干二净，哈哈哈！"

沈虞的脑子很混沌,她不明白话题为什么会来到那个八竿子打不着的初恋身上。但听到是自己渣的别人,她稍稍放下了心。

她不停地冲梁意使眼色,可惜梁意笑容猖狂,对沈虞的暗示置之不理。

沈虞偷偷用余光扫向温折,见男人面无表情,完全一副置身事外的模样。

"行了。"沈虞并不觉得这个初恋是一个值得谈论的话题,边说边瞟向温折,尽可能用轻飘飘的语气说道,"能忘记的说明都是不重要的人,忘了就忘了呗。"

她想:最重要的是眼前人,至于初恋,让他见鬼去吧。

沈虞悄悄地看了眼温折。她很肯定,自己对这个睁开眼就看见的帅哥颇有好感。而且,她一睁眼温折就在床边,他是不是也同样……?

沈虞的面上透出些淡粉,她正欲说什么,被医生打断了:"大脑拥有复杂的神经结构,车祸后出现应激性反应是正常的。现在看来,沈小姐的记忆确实出现了些残缺,这些不在可治疗的范围内,可静养一段时间,等待恢复。"

沈虞听后觉得颇为在理,认定自己的脑子很清晰,重要的人和事情都记着。

和医生一起走的还有温折。他走时异常地心不在焉,甚至没有再看她一眼,只是极度敷衍地冲周宪点了下头。

沈虞看着他离开的背影,不知怎么,身体比脑子更快地做出了反应:"温……先生!"

温折的脚步顿了顿,已经半合的门缝里露出了他那双淡然的眼睛。

看着那双眼睛,沈虞突然就卡了壳:"没什么,就……谢谢你。"

温折没有说话,眼神更显淡漠。

"啪嗒"一声,门关上了。沈虞望着门,有种很强的预感——他应该不会再来了。

梁意拿手在她面前晃了好几晃:"别看啦,你的眼珠子都快长人身上了!"

周宪笑得高深莫测:"你看上他了?"

沈虞也不否认，只是懒洋洋地靠在床头上："怎么，不允许我一见钟情？"

"哟！"梁意不信，"你之前不还为你的那个初恋守身如玉，对其他男人看都不看一眼吗？"

"不。"沈虞摇摇手指，"初恋是什么东西，能有温折带劲？"

说起这个，沈虞来了劲，又问梁意："你不觉得，温折长了张看着就让人想征服的脸吗？"

"不。"梁意猛摇头，"我觉得他看着就很……不好接近。"

"这就对啦！"沈虞一拍手，兴奋到两眼发光，"我就稀罕这样的！"

梁意："你和他是怎么认识的？"

"就前几天，在金融峰会上见了一面，"沈虞对答如流，"之后我在和邵其明的饭局上又见到了他。"

她试着回忆那两次见面的具体细节，但一切都仿佛被蒙上了一层磨砂，模糊得像是打了马赛克。脑中温折清晰的影像，好似电脑格式化后重新开机，她到刚刚才看得分明。

梁意"哦"了一声："你要追他吗？"

沈虞理所当然地反问道："为什么不追？"

"你真的不惦记你的初恋了？"

听到"初恋"这俩字，沈虞都有些烦了。她翘着脚尖，晃了晃腿："行吧，你告诉我，我到底对人家干了什么事——让我看看够不够天打雷劈。"

梁意："你的初恋对象是沈弯弯爱而不得的男神，你为了报复沈弯弯去勾引了她的男神，却在把人家骗心虐身、吃干抹净后一脚蹬了。"

沈虞原本还在闲晃着的脚尖突然停住了，嘴巴吃惊地张成了圆形。

梁意看她这副表情，安慰道："你也别太自责，毕竟……"

话还未说完，梁意就见沈虞猛地坐起。

"我这么厉害？！这拿的是什么爽文剧本？"

"都这样了，你还一点儿印象都没有吗？"梁意撇撇嘴，"你之前可是连人家叫什么、住在哪里都不告诉我。现在好了，你不记得，我也不能帮你记得了。"

沈虞的心跳了跳，记忆不自觉地开始延伸，但身体像是拥有某种应激反应般，她稍微深想，脑仁便疼得快要炸裂。

她只在纷杂的记忆里窥得几个极碎的片段——

一身蓝白色的校服被洗得发白，但男生身姿挺拔如松，肌肤白皙如玉。

她的大脑似是还记得他掌心的温度、胸膛跳动的节奏，热浪涌上了脸颊，她试着回忆男生的脸，但疼痛更加剧烈了，身体产生了极严重的反应。

"我不能想，一想脑袋就疼。"

"想不出来就别想了，"周宪站起身准备离开，"你先想想要赔我多少钱。"

沈虞瞬间被转移了注意力："不是吧舅舅，你还要我还呀？"

"我给你打个八折。"周宪走到病房门口。

沈虞："……"

"还有，"周宪离开前，深深地看了她一眼，"追温折的事你要慎重考虑。"

周宪从不关心她的感情状况，这句提醒让沈虞愣了下。他莫名其妙地说了一句不明不白的话："这次你要再玩脱了，我不会再给你收拾烂摊子了。"

出了病房，温折并未立即离开，而是跟着医生进了办公室。

医生进门便打开茶杯喝水，转头看见温折，认出他是沈虞病房里的人，于是咽下口中的水后问道："还有事吗？"

男人本就冷淡，此时大概是情绪不高，气势更为迫人，他的嗓音很低："她的失忆还会好吗？"

医生表情为难地道："目前还没能找到合适的治疗方案，患者若想找回记忆可以尝试精神疗法，但这就不是我的治疗范围了。"

温折用手掌撑着桌子，垂眼，眸中明明灭灭。最终，他轻轻地笑了一声："所以被忘记的就是不重要的，对吗？"

医生顿了顿，余光窥见男人通红的眼睛。作为医生，大大小小的事情他见得多了，也没有多问的意愿，淡淡地答道："也不一定。人的大脑很复杂，有些甚至无法用当前的科学解释。病人忘记的不一定是不重要的，但因为身体的排斥，大概率是自身不想要的。"

温折听完，眼中的最后一丝光亮退去了。

沉寂了许久，他直起身体，道了句谢后转身离开了。

沈虞遵从医嘱，继续在医院观察了一个星期。

其间，梁意帮她重新买了手机，还给她带来了手提电脑。

第三天沈虞便让梁意回去了。梁意开了家甜品店——如果她不在，很多限量款甜品都做不了。沈虞基本已经恢复，不需要她陪在跟前了。

临走前，不知怎么，梁意又问了沈虞一遍："你真的不惦记你的初恋了？"

沈虞正忙着打开电脑，闻言敷衍道："真不惦记了。"

"行吧。"梁意"啧啧"两声，走到门边，看见脑袋上还包扎着绷带的沈虞开了机便开始写论文，摇摇头，喟叹道，"你可真是个铁打的人。"

沈虞分出个眼神："没办法啊，最后期限要到了。"

沈虞的导师乃是业内几乎和邵其明齐名的大佬——宋昆。她跟着宋昆近两年，能在一众"卷王"师兄弟中得到他的特别青睐，靠的就是不要命的主动和努力。从去年开始，宋昆带她接触手头的工作，也终于使她得到了接触企业重点项目的机会。

等待电脑加载文档的时候，沈虞拿起了手机。梁意替她补办的电话卡还是原来的号码，此时她一打开手机，就见许许多多的信息和电话同时出现在了眼前。沈虞挑重点的信息回，在给宋昆和朋友报过平安后，她的目光悠悠地落在了沈光耀发来的短信上。

"小虞，有没有事？爸爸这些日子在南城签合同，抽不出身回去看你。

"我和周宪打过招呼了，让他好好照顾你。

"零花钱也打给你了，不够再问爸爸要。"

这几条是沈光耀两天前发来的消息。看过后，沈虞讥讽地扯了扯唇角，理也没理沈光耀，直接退出了短信界面。

她至今也没懂：周宪和她非亲非故，沈光耀哪里来的脸让周宪好好照顾她？

沈虞又无意识地翻了翻朋友圈，她的心思不在这上面，翻动得很快，直到突然看见了什么，指尖猛地一顿。

沈弯弯两天前发了朋友圈，定位在南城某家高尔夫球场，发文："今天终于赢过爸爸了！"文字后面还配了两个"可爱"的表情，几张配图的中间是沈弯弯和沈光耀的合照。"父女"二人冲着镜头笑得满脸幸福，温馨感都要溢出屏幕。

而在这条朋友圈的下方，沈虞的继母韩雅评论道："还不是你爸爸乐意让着你？"

多么相亲相爱的一家人。沈虞几乎要笑出声来。沈光耀抽不出身看她，却有时间陪着沈弯弯打高尔夫球。

韩雅乘虚而入地抢走了她母亲的丈夫，沈弯弯觍着脸改姓，抢走了她这不值钱的父亲。

或许对有些人来说，抢来的都是香的。

也是，抢来的确实是香的。沈虞想起她那个梁意口中的"初恋"——沈弯弯可望而不可即的男神，被她狠狠地玩弄身心后弃如敝屣。

光是想想，沈虞就觉得无比快乐。

这些年来，沈虞一直牢记外祖母临终前的劝诫："小虞，好好生活。"

而周宪来接她时，话也说得非常明白："我不反对争夺，但希望你光明正大，不要为肤浅的仇恨和忌妒做出不像话的事。"

于是沈虞谨遵教诲，按部就班地一步步往上爬。

但是她从来都不是光明磊落的人。她心胸狭隘，觉得韩雅作为闺密抢了母亲的丈夫恶心，看不上使尽手段处处争夺的沈弯弯，更恨辜负病重的母亲、毁了整个家的沈光耀。

如果有能够痛击他们的方式，她还是会不择手段。

沈虞在医院休养了一周，其间不停有朋友、同学过来看望她，病房里堆了一大排的水果篮。

但自那天醒来后，和预感的一样，沈虞再没看见过温折。

因为她住院，宋昆给她减少了任务，沈虞在忙完了近期要交的论文后，处于一种极度空虚的状态。

人一无聊，就容易产生点儿别样的心思。

已经入春，病房外面的柳枝随着舒缓的风飘荡，莺啼声婉转悠扬，时不时闯入她的耳中，激起她心湖的一片涟漪。

那天对温折惊鸿一瞥后，沈虞就时不时觉得心尖泛着痒痒，那种想见他的渴望逐日递增。她因男人全身浑然天成的冷淡禁欲感燃起了熊熊的征服欲，甚至一度觉得自己被温折下了什么蛊。

出院的前一天，沈虞联系了谢鸣。

谢鸣的微信是沈虞在上次吃饭时加上的。她觉得奇怪的是，自己并没有温折的任何联系方式。

沈虞借着道谢的由头向谢鸣说出了事情的经过，成功地要到了温折的微信。

看到温折微信的第一眼，沈虞有些诧异：他的微信并不似本人那般冷淡，头像竟是一只枫树下的橘猫。

橘猫懒洋洋地拖着尾巴乘凉，因为被喂得太好，毛发油光水滑。它眯着眼睛，一副闲散的模样。

沈虞的指尖顿了顿，她有些失神——这只猫，和她高中喂的那只很像，而高中那段岁月随着这场车祸变得越发模糊。

沈虞盯着图片看了良久才发送了好友申请。她计划得很清楚：加微信后借着感激的由头，进而约饭、看电影、散步。

这时候，绅士又懂事的男人应该会回请她。

沈虞很自信，凭借自己的美貌和人格魅力，不出一个月就能将温折斩获裙下。

这般想着，沈虞美滋滋地发出了微信好友申请："温先生，我是沈虞。"后面还有个颜文字表情，是沈虞犹豫了好几秒才加上的。女人追男人不能叫追，叫"钓"。她得不留痕迹地透露出这个意思，但又不能太过明显。

沈虞等待着温折的回应，从白天等到晚上、天黑等到天亮，沈虞的手机除了代购和微商的消息,像是进入了另一个异次元,没收到温折的半丝回应。

沈虞换了张流量卡,又刷新了好几遍手机。

她想:一定是温折太忙了,像他这样的事业型男人肯定不会整天泡在这些无聊的社交软件上。

时间到了第二天上午。沈虞拆了纱布,见脑袋上的伤留下了一道淡淡的疤,便用刘海儿挡住了。

她出院时,梁意专门开车过来接她以及……病房里的十几个果篮。

"这些果篮你拿到店里去。"沈虞一边坐上后座,一边道,"刚好用来做小蛋糕。"

梁意:"成。"

沈虞坐在成排的果篮旁,托腮望着窗外,时不时低头瞟一眼手机。

梁意看到她这兴致不高的模样,问道:"你想吃蛋糕吗?"

"吃。"沈虞撑着头,心不在焉地回答。

"那行。"梁意说,"我带你去店里做给你吃。哦,阿至下课后也去店里。"

江至是梁意的男朋友,两人很久以前就开始交往,一直到现在感情依旧如胶似漆,沈虞被迫跟在后面吃了好几年的"狗粮"。

听到江至要来,沈虞"哼"了一声,道:"早知道他去我就不去了。"

梁意:"我给你们俩一人做一个。"

沈虞又哼一声:"我给你的水果你也给他了?"

梁意:"这么多……我一个人也吃不完。"

沈虞依旧酸兮兮地说:"你明儿再想要我的东西,不可能了!"

"差不多得了!"梁意忍无可忍。

"意意!"沈虞又冷不丁地喊道。

"嗯?"

沈虞看着仍然毫无动静的微信,缓缓问道:"如果有个超级帅的大帅哥加你的微信,你会拒绝吗?"

"会啊。"

"为什么？真的是超级帅的那种啊！"

梁意理所当然地说道："我有男朋友啊！"

听到这话，沈虞恍然大悟，猛地坐正："完了。"

"什么？"

沈虞喃喃自语："所以温折是有女朋友才不同意加我的微信？"

这么一想，她脸上火辣辣的，心中顿悔。

她找到谢鸣的微信，发了条消息过去："温总是不是有女朋友？"

那头的人回得很快，像是有些摸不着头脑："我没听说过啊，你从哪儿听来的？"

他又问："沈大美女，你不会是想追我师弟吧？"

沈虞鼓腮，反问回去："不行？"

谢鸣那头显示着"正在输入中"，但半天也没发消息过来。

"说实话，我不觉得温折有女朋友。"梁意回答，"在你昏迷那两天，我还以为他是你的哪位深情脉脉的追求者。"

沈虞正等着消息，听见这话，匪夷所思道："哪个追求者不同意加女神的微信？"

"这可不一定。"梁意高深莫测道，"指不定人家在欲擒故纵呢。"

沈虞表情古怪，到底也没能自恋成这样。

"当然，还有最有可能的一种情况。"梁意动作利落地一打方向盘，"人家真的不想理你。"

沈虞："……"

这时候，谢鸣那头也回了最终的消息："别，你可别喜欢他。"

沈虞："啊？他不喜欢女生？"

谢鸣："不不不，他有个放不下的'白月光'。"

这下，沈虞哑口无言，胸腔莫名其妙地发堵……但温折有"白月光"，总比有女朋友要好。

她回："巧了。"

谢鸣："你也有'白月光'？"

沈虞回复："我是别人的'白月光'。"

谢鸣："……"

这边，谢鸣边回沈虞消息，边抬眼看向坐在桌后的人。今天他代表公司来鼎越办业务，事情办完后便来了温折的办公室，顺道一起吃个午饭。

温折的工作量巨大，他一直抽不出空和谢鸣说话。

谢鸣得了闲，坐在沙发上玩手机的时候收到了沈虞的消息。

沈虞长得漂亮，能力出众，走到哪儿都能吸引大片男人的目光。谢鸣不敢说全无那种心思，但掂量掂量也知道这种女人有多难追。

得知沈虞的意图，谢鸣是酸的，但抬眼瞅了瞅温折那张天妒人怨的脸，又见怪不怪地叹了口气。

温折的性格十分冷淡，但即便如此，喜欢他的姑娘依旧如过江之鲫，从大学的时候便是如此，谢鸣却从未见他的态度有过丝毫松动。

知道连沈虞都被拒绝，谢鸣顿生出些暴殄天物的感觉，颇为惋惜。

"你想说什么？"温折合上文件夹，闭眸靠在椅背上揉了揉眉心。

从刚刚起，谢鸣便一直是一副欲言又止的样子。

谢鸣摁灭了屏幕，沉吟半晌，突然起了试探的心思："有个美女找我聊天儿。"

温折哂笑一声，并未表现出半分兴趣。

"说起来，这个美女你也认识。"谢鸣说，"沈虞，上次和咱一起吃饭的那个，你觉得怎么样？"

温折倏地睁开眼睛看向了谢鸣，语气很淡："怎么？"

"我很喜欢她。"谢鸣答。

温折眯了眯眼："所以呢？"

"我想追她。"

不知怎么，此时室内氛围凝滞，谢鸣这个玩笑有些开不下去了。

良久，温折扯唇："你的眼光很高。"

谢鸣扶了扶眼镜，问道："这话说的，是我配不上她吗？"

温折面无表情："你降不住她。"

谢鸣反问道："你怎么知道？"

温折看着谢鸣，突然笑了，烦躁至极地抬起手，骨节分明的手指一拉一扯，缓缓地松着领带。

他怎能不知道？全天下没有谁能比他更知道这个女人有多没良心。

"那你呢？"谢鸣起身，坐在了温折的办公桌对面。

"我？"

谢鸣把自己的手机放到温折面前，上面是他和沈虞的消息记录，语气酸溜溜地说："大美女想追你，所以昨天我把你的微信给她了。"

温折漫不经心地扫了眼手机屏幕，目光在那句近乎狂傲的"我也是别人的'白月光'"上顿了很久。

"瞧瞧，知道你有'白月光'还没知难而退呢。"谢鸣打趣道。

大学的时候，温折曾在酒后的真心话大冒险中透露过有一个初恋。有女生询问细节，温折只是摇头，沉默地喝酒。他酒量不算好，几乎不碰酒，那天却喝完了大半瓶。

"所以我的微信是你给的。"温折冷嘲道，"你不是要追她吗？"

谢鸣点了点屏幕，"啧啧"两声："这女人我哪里追得上？但是兄弟，大美女倒追你都不同意？"

温折未答，想起了那条被自己刻意忽略掉的微信申请。他不明白，独独忘记他的沈虞现在是以何种心态在接近他。

她可以将过往扔得一干二净，以全新的认知和他相处。只有他一个人困在过去的枷锁中，难以抽身，多不公平。

似想起什么，谢鸣恍然地一拍手："对了，你是不是在意她和周宪有什么关系？"

未等温折回答，他又意味深长地笑了两声："这样的女人，永远都知道自己要什么，就算追你也是各取所需，不用太认真，我都懂的。"

男人说女人，免不了带着些轻浮的评判意味，温折只觉听在耳中甚是刺耳。

温折敛眸，面上的表情散了大半："你懂什么了？"

似不想再多说了，他突然站起身，先走向了办公室的门。

谢鸣还有些蒙地愣在原地，听到温折淡嘲道："也是，怪不得你永远也追不上她。"

梁意的甜品店叫"甜窝"，在市中心的CBD大厦里，生意极好，顾客络绎不绝。

沈虞坐在小包间里,拿着梁意刚做好的杧果蛋糕,有一口没一口地吃着。

蛋糕很甜,梁意和江至也很甜,只有她沈虞是苦的。

"我的手机坏了。"沈虞依旧难以接受被拒绝的现实,哀号着拽了拽梁意的袖子,"意意你说,是我的手机坏了。"

一旁的江至拉回梁意的袖子,颇为霸道地说:"少对我女朋友动手动脚的。"

他着实没什么好气。因为沈虞,他好不容易和梁意单独相处的时光,"啪"的就没了。

沈虞才不相让,顶回去:"我就动手了,怎么?我和意意认识的时候,你还不知道在哪儿呢。"

梁意重友轻色地安抚沈虞:"是是是,别管他。"

她说完,又背手掐了江至一把,令江至顿时闭了嘴。

沈虞委屈巴巴地吃了口蛋糕,吃完,还不忘抽噎了两下,道:"好吃。"

"你也别灰心。"梁意安慰道,"说不定就是消息太多,他没看见呢!"

沈虞:"所以我……"

梁意点头:"再申请一次。"

沈虞不服:"可机会的大门只会打开一次。"

她一个大美女,不要面子吗?!

江至嘲笑道:"可你在人家那儿,门都没有啊。"

沈虞想了想,终究是放弃了挣扎,虚心问道:"所以,男人一般不会拒绝什么样的好友请求?"

梁意抢答道:"卖片的。"

江至炸了毛:"哪有?我就没加过。"

梁意:"那上次那个小咪是谁?"

江至:"我以为她是卖课的!"

梁意微笑:"那也是加了。"

江至:"没有!"

梁意:"加了!"

…………

听着二人毫无营养的对话,沈虞一度觉得自己受到了精神污染。她揉了揉脑袋,打开微信,终究是厚着脸皮重新点了下好友申请。

温折不加她微信的原因,她暂且不了解。但她势必要做出些什么,让他不得不回应她,哪怕是颠倒是非。

沈虞在屏幕上敲出一行字,发了好友验证——

"温总,我的嘴好疼。"

这次,她等了约莫十五分钟,了无声息的海平面终于有了些许波澜。

在"验证消息"那一栏,W发来了问号,可惜还是没同意好友申请。

她看了看自己的微信名,是一条蓝色小鱼的表情。

沈虞弯着眼睛,笑得不怀好意:"你加了我我就告诉你为什么。"

那头的人又没了回应,刚掀起波澜的大海重回平静。

沈虞一等就等到了蛋糕吃完,太阳落山,大厦外华灯初起,城市陷入了夜晚。

她的耐心终于告罄。她不理解:在医院的时候还好好的,这人为什么现在就变成了这副死样子?他这不是钓她是什么?!

沈虞气极反笑,用力按着屏幕,打出一句话发了过去:"鱼钩甩我嘴里了啊哥哥!"

正值晚高峰,前方是川流不息的车流,绵延不尽。

今日司机李宗告假,开车的是温折的助理袁朝。

车流停滞不前,一时半会儿疏散不了。袁朝熄了火,在静谧的车内绞尽脑汁地想着和上司聊天儿的话题。

"李宗请了几天假?"突然,后座的温折问道。袁朝白天在公司忙了一整天,开车于他本就属分外之事,温折并不想占用他的时间。

"就一天,"袁朝找到了话题,回答道,"他是因为他前女友的事。"

温折轻敲座椅的指尖一顿:"嗯。"

察觉到温折似有听下去的意愿，袁朝打开了话匣子，突然叹了口气，道："温总，不是我说，这李宗就是个傻子。"

温折边听边无意识地点亮了手机屏幕，目光平淡地扫了眼绿色图标，难得应了句："怎么？"

"他那前女友几年前劈腿，把他甩了。这么多年啊，啧，他还念念不忘呢。"袁朝说，"这不今年，他的前女友分了手又去找他，今天不知道出了点儿什么事，李宗巴巴地就跑去照顾她了。"

听到这儿，温折抿直唇线，白皙的指尖缓缓地摩挲着屏幕。

"之前喝酒的时候，有人问他，被前任重新倒追会怎么做。这李宗之前怎么说的来着？"袁朝学着李宗的语气，"当然是羞辱她、钓着她，然后再……原谅她啦！"

就在此时，温折的手机轻轻地振动了下，他垂下眼，看见用小鱼表情作为昵称的人回了消息。

片刻后，温折的眼中露出丝极淡的笑意，指尖轻轻地在"同意"按钮上打了个圈，他正在犹豫间，听到袁朝恨铁不成钢地一拍方向盘："温总，您说说看，李宗这样的，前任勾勾手就巴巴地回应，这不是'舔狗'是什么？！"

温折的动作一顿，偏偏袁朝还在痛心疾首："舔狗舔狗，舔到最后，一无所有。"

温折垂眼，将手指按在手机侧沿，发亮的屏幕暗了。

"是吗？"

"当然。"袁朝猛点头，"好马不吃回头草。"

温折突然扔下手机，面无表情地看向了窗外。

察觉到后座有些低的气压，袁朝以为自己说了太多，触了上司的霉头，摸了摸鼻子，不再多言。

前方道路疏通，车辆重新疾驰在马路上。很快，黑色轿车投入车流，消失不见。

沈虞正处在快要气死的边缘。她是真没想到，自己初出茅庐就踢到温折这么个油盐不进的铁板。无论她怎么钓，他就是不上钩。

她发出去的消息石沉大海，温折用高贵到不可一世的态度朝她的脸上"啪啪"地甩了两耳光。

但好在沈虞也没生气多久——出院后接踵而来的忙碌让她也没时间生气。

第一件事便是车祸的理赔。交警判定这场事故沈虞负全责，而另一个车主伤得比较重，肋骨断了两根，现在还躺在床上休养。沈虞忙着和保险公司还有交警部门对接，又去医院诚挚地和另一个车主赔不是，忙活了整个周末才真正解决了这件事。

第二件事就是处理周宪的车。沈虞伤得不重，根本就在于这辆路虎车替她的身体挡了大部分伤害。如今，车被她送去了修理店。周宪金贵惯了，本意是直接换车，但沈虞哪里舍得赔他新车，愣是让修理店整修。

周日下午，沈虞接到了修理店的电话，说是修理完毕，让她去检验成果。

沈虞看着车祸后显得气血不足的自己，化了个淡妆，随手披了件风衣便从家中出发去了汽车修理店。

接待沈虞的是店里一位很年轻的修车小哥，人高马大，长相也不错。

"是沈小姐吗？"小哥看到迎面走来的沈虞，眼睛亮了亮。

沈虞点头："是我。"

她跟着小哥走到了车旁，弯腰沿着车的轮廓细细看了看。女人的身姿曼妙，风衣被她挽在手中，她半蹲下时白色的雪纺衬衫衬出极细的腰，又勾勒出挺翘的臀部。

店里人来人往，不少人朝车边的沈虞投来了视线。

小哥不由自主地凑近她，压低了声音："沈小姐，"他语带邀功的意味，"我可是动用出厂材料给您修的，绝对让您重归全新体验，您看怎么样？"

沈虞低垂着眼，眉头微蹙，没有应声。轿车经过修缮后被重新喷了漆，至少在高昂的修理费下已经看不出原来损毁的情况。

但她再见这辆车，车祸后的应激反应重现——黏稠的血液似乎再次从脑门儿上流下，沾湿了本就模糊的视线。漆黑的迷雾间，她似透过破碎的车窗看见了一双漂亮又熟悉的眼睛。

她欲深想，但一如往常脑仁骤疼，几乎是站不住地往旁边倒。旁边的小哥连忙扶住她的手臂，另一只手下意识地就要落在女人不盈一握的腰上。谁知下一秒，他手中一空。

小哥倏地抬头，看见一个英俊高大的男人将女人虚虚地护在怀里，脸色不太好看。

"你站都站不好？"温折垂眼看到女人苍白的脸色，手指更用力地握住了沈虞的手腕，使她稳住身形。

男人身上有股很淡的男士香水味，冷调的木质香味萦绕在她的鼻侧。

沈虞抬头，对上他的双眼。一瞬间，这双眼睛和迷雾里的那双重合，甚至是……更久远的记忆里。

沈虞直愣愣地看着温折，有句话脱口而出："我们是不是在哪儿见过？"

温折只是淡淡地看了她一眼，随后松开她的手腕，语带讥讽："所以你下句是不是，我像你某个故人？"

沈虞依旧有些脱力，拒绝了小哥搀扶的好意，往后扶住车沿。

她不是没听出温折句句带刺。但奇怪的是，她并不生气，甚至莫名其妙地产生一种升腾的征服欲——一种从车祸醒来后便爆发的征服欲。

她要征服他，让他忘记那个劳什子"白月光"；让他这样冷淡的眼里只有她；让他禁欲的面孔染上情动的潮……

沈虞仅仅是这样想，就让体内的兴奋感直冲天灵盖。

她多久没有这样的感觉了？

沈虞靠着车，直勾勾地打量着温折，目光从他俊秀的眉眼上下移，到薄薄的嘴唇，再到清晰的喉结……

真巧，他的每一处都刚刚好长在她的心上。

"温总确实像我认识的一个人。"几秒后，沈虞笑着弯起红唇，等待着男人的反应，"你想不想知道是谁？"

但温折没反应，反而面无表情地看了眼手表，显然并无耐心。

沈虞也不恼,浓密的长发披散在肩头,像个妖精般歪头精心找了角度,又故作娇羞地垂眼:"像我未曾谋面的初恋。"

沈虞觉得这句话很有水平——温折知道她的失忆症状,这句话等于隐晦地暗示他:原来那个初恋算个屁,看看,你才是唯一。

但他不知道想到了什么,嘴角讥讽的笑突然放大,几乎是从喉间冷笑一声:"呵。"

丢下这么阴阳怪气的一声嘲讽,他头也不回地转身就走。

看着男人无情到极致的背影,沈虞觉得自己的脸都被打肿了。

这到底是个什么人?不做她的唯一,他非要她开个后宫"选妃"吗?

但好不容易才见着人,沈虞压下心头的火,抬步跟了上去。她站在离温折一步之远的后方,往脑后理了理头发:"温总今天怎么在这儿?可真巧啊!"

未等他回答,她又颇为意有所指地拖长了声音:"巧得正好拉住我了呢!"

温折顿住脚步,目光如有实质般地落在沈虞的头顶上,带着厚重又让她看不懂的情绪。

沈虞不甘示弱地看过去。

突然,温折扯唇笑了,目光陡然变得轻佻又懒散:"那你咬不咬钩呢?"

沈虞着实愣住了,反应了好一会儿,才恍然大悟——

"鱼钩甩我嘴里了啊哥哥!"

"那你咬不咬钩呢?"

所以,这个狗男人竟然承认他是在"养鱼"?沈虞的斗志被彻底激发出来了,她不怒反笑,长吸了一口气后重新抬步跟了上去。

温折走到一辆车前。

这是一辆宾利雅致,有服务人员殷勤地向温折问好。沈虞这才知道,温折今天是来取做好保养的车的。

沈虞看了看车,竟觉得有些眼熟。

温折从服务人员手中接过车钥匙,开车门前睨了沈虞一眼,颇有些

"我要走了，你自便"的意味。

"等等。"沈虞上前扶住车门。

温折冷淡地看着她："你还有事？"

"那个……"沈虞挺胸，暗示性地撩了下自己的头发，"我家离这里不远。"

温折慢悠悠地看向不远处的那辆路虎车，发现修车小哥正目光灼灼地望着这边。

他收回目光，冷冷地问道："所以你的车是摆设吗？"

大概接收到他们这边的眼神，修车小哥迈步走了过来。

沈虞没注意到他，只低眸愁眉苦脸地轻抚着风衣外套："可是我不敢开，我的驾驶执照也被吊销了。"

温折："……"

"我现在一想到要开车就……四肢僵硬、头皮发麻、血液倒流。"

温折的表情越发玩味，他静静地看着她，似乎觉得很好笑。

沈虞紧紧地盯着他的眼睛："但我只要坐你的车就……身心愉悦、笑口常开、长命百岁，所以……"

但沈虞拖长的声音被身后小哥殷切地自荐打断了："沈小姐，"修车小哥揉了揉自己的脑袋，热情似火地说，"您要是害怕，我正好有空，可以载您回家的。"

沈虞僵在原地，而温折冷笑一声，转身就要开车门。

沈虞扭头，严肃地看向小哥："不，你没空。"

小哥："啊？"

沈虞指向不远处周宪的车："我希望车内外再进行一次大清洗。"

小哥摸不着头脑："可是已经洗过了呀！"

"再洗一次吧。"沈虞虚弱地掩住口鼻，轻咳一声，"我觉得还有血腥味。"

小哥有些失望："那好吧……"

处理完这些，沈虞再次笑靥如花地看向温折，一副得意扬扬的模样："所以温总，您看……"

温折深深地看了她一眼，目光锋利得像是要穿过灵魂，看透她的居心。沈虞半分不怵,大方回视。

良久,温折淡淡地吐出三个字:"随便你。"

说完,他便上车,"砰"地关上了车门。

沈虞乐了,颠颠地跑去另外一边坐上了副驾驶座。

她坐姿笔直,很想做出优雅的姿态,但因为开心,脸上的笑容还是不断放大。

温折点火,用修长的手指握住方向盘:"地址。"

沈虞瞥他一眼,矜持地垂下眼:"单身女人的住处不好这么随意透露吧。"

温折闭了闭眼:"那你下车。"

沈虞连忙改口:"柏岁天地,B区13栋。"末了,她还补充了一句,"对我这种单身女性来说,地址只会给特别的人——出租司机……和你。"

温折凉凉地扯了下唇角,并未搭理她。

沈虞倒也不灰心,算了算,从这儿去她家也有半个小时的路程,足够她发挥了。

温折一脚踩下油门,街景变换,轿车飞驰。他开车不似表面的沉稳,反而从骨子里透出些狂妄。

沈虞绞尽脑汁地搜寻着话题,甚至为显出她的专业水平,准备和温折聊一聊最近的信贷市场:"那个……"

沈虞正要发挥,却被温折一句话堵住了所有的路:"我在开车,不要说话。"

沈虞:这男的有毒吧?!

于是,车内安静得一时只有导航的播报声。

沈虞觉得干坐着简直是浪费这独处的大好时光,于是不安分地动了动腿:"温总,你车里有没有歌?"

温折分给她一个眼神,随手打开了音乐。

这是一首很舒缓的外文歌,只不过沈虞没听过。近些年,她几乎不听歌。

"这首没听过,我换一首。"

沈虞拿出手机，就着车载蓝牙换了首歌。看到歌名，沈虞忍住到了喉咙的笑声——《荷塘月色》的合成曲。

而沈虞看着温折的侧脸，还跟着后面边笑边哼。

"我像只鱼儿——"她一字一顿，"在你的荷塘。"

沈虞不是乱唱——她很会唱歌。中学时期，她曾抱着吉他和一帮狐朋狗友徜徉在公园、街道、湖边，哪儿都能唱。

此时，她不过是跟着乱哼便句句在调，尾音带着钩子般悦耳。

但在这首洗脑歌循环第二遍时，温折伸手关了音乐。

正巧前头是红绿灯，温折一踩刹车，面无表情地扭头。

沈虞还在哼，听见男人的声音隐含警告："沈虞。"

"我在。"沈虞无辜地回视。

温折："闭嘴。"

他这不就是恼羞成怒了吗？沈虞不服，在心中轻轻地"喊"了一声，然后闭了嘴。

几秒后——

"温总，我唱得不好听吗？"

"温总。"

"温总？"

温折被烦得眉心"突突"跳，将手肘撑在车窗上，深吸了一口气，道："再喊就下车。"

迫于淫威，沈虞低下了头。她愤愤地撇了下嘴，小声嘀咕了句："真没礼貌。"

听见这女人不讲道理地倒打一耙，温折气笑了，眯了眯眼："你说什么？"

沈虞抬高了声音："我说你很没礼貌！"一秒后，她又弱弱地补充了一句，"怎么招呼都不打就直接走进我心里了？"

温折无语地揉了揉眉心，表情变了半响，终究是没绷住，眼中闪过极轻的笑意。但不过须臾，他的表情重归冷淡，他再无半分开玩笑的意思。

"沈虞！"他冷冷地喊道，"你做事之前，有没有想过后果？"

"想了呀！"沈虞歪头，直视他的眼睛，一字一顿地道，"我想追你。"

温折眼神平静："为什么想追我？"

"呃……"沈虞斟酌了下措辞，搜寻着理由。其实没有理由，她醒来看到的就是他，说喜欢就喜欢了——顺理成章得好似她本该爱他。

"一见钟情。"沈虞觉得她这话很老实。

温折的表情却无半丝波动，甚至连眉梢的那丝笑意都隐去了。

恰好此时，前方信号灯变绿，温折沉默地点火开车。

沈虞被他的反应弄得不上不下的，正欲补充几句，温折突然打破了沉寂："你是不是对谁都这样？"

沈虞愣了愣，听见温折从喉间低"呵"一声。他缓缓地重复着"一见钟情"四个字，面上再次浮上冷意："你追人是不是只会这一套？"

"不是啊。"沈虞下意识地顶了回去，托腮看着男人俊秀的眉眼。

温折拥有着非常标准的骨相，线条流畅，每一处都长得恰到好处，属于越看越正、迷人到骨子里的类型。

听到这话，他微抬起眉梢，点漆般的眼眸望向了她。

沈虞觉得自己被蛊惑了，张口就来："我还会五套减四套。"她的眼睛泛着波光，连眼尾都带笑，她弯唇说完后半句话，"你可真是帅得有一套。"

车内一片安静。

温折以一种非常复杂的眼神看了眼沈虞的脑袋——细碎的刘海儿下，那里还有因为车祸留下的淡淡疤痕。

尽管他一句话都没说，但沈虞依旧感觉到了比言语更深重的嘲讽。

终于，离家出走多日的羞耻感回归，沈虞久违地因为尴尬而抠紧了脚尖。

后面的路程温折开得更快了，沈虞都能感觉到他想迅速"卸货"的心情。

宾利在沈虞的公寓楼前停下，温折安静地扭头看她，赶客之意明显。

沈虞知道自己用力过猛，慢吞吞地解着安全带，还妄想狡辩几句：

"那个……"

"啪嗒"一声,车门自动解锁,温折:"沈小姐请便。"

"哈……哈。"沈虞干笑两声,"你可太贴心了。"

她握上手柄,下车,关门,一步都要三回头。

但刚刚转身,沈虞便猛地想起些什么,连忙转身,那句"加个微信"还未说出口,车子却连半秒都不曾停顿,一下子飞出老远。

沈虞站在原地,和几缕车尾气共存,然后苦大仇深地用力跺了几下脚。

世上无难事,只要肯攀登。总有一天,她沈虞定要让温折哭着求她!

"哈哈哈哈哈……"梁意笑得上气不接下气,"小虞,你这不是女追男隔层纱,是隔层钢啊!"

忙活了整个周末,到周日晚上,沈虞才有闲暇躺在床上和梁意通电话。

"别提了。"沈虞扶正面膜,没什么好气,"别光笑,支个着儿啊宝。"

梁意想了想:"所以,你觉得温折在钓你?"

"狗男人自己说的。"沈虞冷笑。

"不像啊。"梁意说,"你不知道,你没醒的时候,温折整个就一深情男二号的状态,我还以为他是你从哪儿惹的情债呢。"

沈虞"呵呵"两声:"所以他现在是精神分裂了?"

"嗯……我的猜测是,会不会他的那个'白月光'长得很像你?"梁意像煞有介事道,"所以他想靠近又不敢靠近,想背叛又不能背叛,处在一个万分纠结的状态。"

沈虞慢慢地坐直身子,就差没给梁意递笔了。她是真没想到,梁意能幻想出这么大一部缠绵悱恻的狗血小说,但仔细一想,竟然还真有那么一点点道理。

"所以你的意思是,他拿我当替身?"沈虞气得要命,恨恨道,"你看我不把他那什么'白月光'给铲了!"

沈虞向来自信,梁意也认为她有这样的资本,打气道:"加油,拿下他！没有人能不喜欢我们小虞！"

和梁意通完电话后，沈虞宛如吃了士力架般重燃斗志。但她只要一想到温折可能通过她念想"白月光"，胸腔中便燃起一簇熊熊烈火。

她在床上辗转翻了几次身，本想思考一下怎么勾搭人，但没一会儿，终究还是抵不过身体的疲惫，迷蒙间便睡了过去。

这天夜里，沈虞做了个梦。

梦中的背景是她的高中母校——苏城中学。

而她参与了一场带着诡异熟悉感的青春校园剧。

这种感觉十分奇特——梦境里面的主人公是她，回忆却不知是不是真的。

盛夏，蝉鸣。

苏城中学纪律严明，晚自习铃声刚响，大门便紧紧合上了。

转来不过月余的沈虞，轻车熟路地爬上了后门处的围墙。

苏城中学好学生多，坏学生宁愿记过也不屑于翻墙，于是这里异常萧索隐蔽。爬山虎挂满了墙面，墙角处还有一棵老枫树。

围墙上有风吹过，拂去了黄昏的燥热。夕阳收去了最后的余晖，直至这一隅彻底变黑。

沈虞坐在围墙上，手腕上被蚊虫咬了几个大包，却半分也不想回教室。

用沈光耀的话来说，她就是离经叛道，不然也不会像个垃圾般被扔到苏城的外祖父家。

不知过了多久，沈虞几乎融入这满是树影和爬山虎的角落。

她的身后突然传来极轻的脚步声，接着是衣料摩挲的声响——有人动作利落地翻上围墙，眼看着就要跳下去。

藏在阴影处的沈虞动了。她摸出手机，让苍白的光线打在下颌上，又吐出舌头，双目如死鱼眼般翻着。看到这样诡异的景象，任谁都能当场吓死——那人也不例外，本该稳稳落下去的身形最后打了个滑，须臾，地上传来一声闷哼。

这围墙不高不低，那人掉下去虽然不会有大事，但肯定会疼。

沈虞眼神平静地瞥向围墙下那个和她一样胆大包天的狂徒。

她轻巧地跳下围墙,拿脚尖碰了碰仍旧半蹲在地上的男生,歪了歪头,笑盈盈地道:"对不起,吓到你了。"

男生始终没回头,捂着膝盖,牙齿咬着下唇,沈虞只能看见他细碎的额发下露出的小半边侧脸。

他的皮肤很白,在黑夜里都发光的那种。

"你是故意的。"他声音很冷,清朗如玉石。

随后,男生扶着膝盖站起来,脚步很慢,有些趔趄。他个子很高,还带着少年人的清瘦,穿着宽大的校服,依旧挺拔如竹。

沈虞慢悠悠地跟在他后面:"你有没有事?要我送你去医务室吗?"

男生不答。

沈虞知道他生气了。也是,要是她,她也生气。

"你是哪个班的?我去给你买点儿药。"

男生依旧不语,甚至拖着明显有伤的右腿走快了些。

这处隐蔽,前面还有一排竹林,正是晚自习时间,根本没人会过来。沈虞恶向胆边生,在心中默念一句"敬酒不吃吃罚酒",索性上前直接搀住了男生。

她个子算高挑,小时候学过柔道,力气也不小。这一下她使了大力气,差点儿把人直接扛起来。

沈虞将人掂了掂,口中那句"你是娇花吗,怎么就这点儿重量"在看见男生的脸后卡在了喉咙里,生生地变成了一句:"你……好轻啊……"

但这句话显然也没好到哪儿去,男生脸色越发黑,眼中盛着怒气:"放开我。"

沈虞无赖地咧唇:"我不放,有本事你打我啊!"

男生大半的重量都在她的肩膀上,偏偏右腿膝盖使不上力,他气得抿直了唇线,连脸都红了。

而沈虞眼睛一眨不眨地看着他的侧脸,眼中闪着奇异的光芒。半响,她猛地垂下睫毛,挡住快要压抑不住的晦暗。

那个曾经因为恨极沈弯弯而一闪而过的坏念头,在她看见本尊后灼灼燃烧。

她不动声色地问:"你叫什么啊,同学?"

男生别过脸。

沈虞心中有些好笑:他怎么记仇又小气,还胆小,真和娇花似的。

"你高几啊?"

男生似乎不想透露半分信息:"你问这么多做什么?"

"好的,我不问了。"沈虞点头,"我看你就像学弟,高一的吧?"

他在咬牙:"我高二。"

沈虞:好个一生好强的男人。

"呀!"沈虞笑了,"原来是学长啊!"

男生:"……"

沈虞又问:"你认不认识沈弯弯啊?她是我……认识的人。"

那句恶心人的"姐姐",她终究是喊不出口。

"不认识。"

沈虞改口,笑意不达眼底:"不好意思,我记错啦,她叫廖弯弯。"

男生的表情终于有了波动,他问她:"你想问什么?"

沈虞却岔开话题:"我想起来医务室晚上不开门。"

男生顺势就想挣开她:"我回教室。"

沈虞也没强求,说放手就放手:"好啊。"

男生走不快,右腿明显不怎么敢用力。沈虞插着兜,慢悠悠地跟在他的身后,从竹林的小路一直跟到高二教学楼楼下。

听见后头一直不疾不徐的脚步声,他扭头,唇线紧抿,满脸"你怎么还不走"的烦躁。

"我送你上去。"沈虞笑得吊儿郎当的,"毕竟是我弄的,要负责到底啊。"

男生索性不再管她,扶着楼梯弯腰上楼。沈虞寸步不离地跟着他,看见他上了顶层,来到一个小教室门口。

门牌显示——(0)班。

沈虞一看,在心中"哟"了一声:大学霸呀!

今年高考刚刚结束,高二年级作为明年的预备军,不久前分出了这个只有三十个人的尖子班。

想起他熟练翻围墙的动作,沈虞心中冷笑——装乖。

教室里没有老师,大家全都在埋头自习,正给了他来去自如的机会。男生熟门熟路地推开后门,进去前冷淡地回头瞥了她一眼。

沈虞冲他灿烂一笑。

"砰"的一声,门被关上了。

真小气,她在心中暗想。

沈虞干脆重新翻墙去寻了药店。她不知道他跌出了什么毛病,于是把所有跌打损伤的药买了个遍。她再站在(0)班门口时,晚自习正好下课,教室里有同学出来透风。

三两个男生边讨论题目边走出教室,抬眼看见靠在栏杆上姿态恣意的沈虞,顿住脚步,眼睛不停地往她身上瞟。

"你们好呀!"沈虞冲他们露齿一笑,"我找你们班……"

谁……谁来着?沈虞卡住了。

就在这时,她的目光不经意地对上了门口那道刚刚走出的颀长身影。

男生的黑眸漂亮得宛如一弯清透的湖水,此时,他将视线定定地落在她的身上。

沈虞的眼眸瞬间亮起,她扬声问另几个男生:"他!我找的就是他!他叫什么名字?"

几个男生回头,看见来人恍然大悟。

"他呀?"有个男生理所当然地笑笑,"他叫……"

他叫什么?!沈虞从未像此刻这样迫切。

而就在此时,一阵铃声霎时在她的耳畔响起,硬生生地打断了这个梦境。

第二章
爱意随风起

沈虞醒来时头痛欲裂，随之而来的是一种从胸腔里浮起的怅然。

和以往每次做梦一样，她醒来后，梦境随之坍塌，梦里的所有顷刻间变得模糊，包括那个男生的脸。

但有个声音一直在她的脑海中盘旋——他是谁？他到底是谁？

沈虞揪紧身下的床单，后脑开始泛起尖锐的疼痛，被迫停止了回忆。

罢了，她深呼一口气，不过一个梦而已。

关闭了第二次响起的闹铃，她翻身下床，换衣服、洗漱、化妆……每日早晨千篇一律的程序。

沈虞看着镜中气色尚佳的自己，深吸一口气，抛去所有乱七八糟的思绪后，拿起包出了门。

沈虞住的地方离学校不远，她走路一刻钟就能到。

她到办公室时，几个师兄师姐已经到了，正坐在工位上，边吃早餐边忙活自己的事。

看见沈虞，师兄宁祁讶异道："你怎么今天就来了？老师不是给批了两周的假吗？"

沈虞放下包，莞尔道："已经好多了，正巧也没什么事干。"

"可不得来早点儿？"突然，有道男声插进来，来人阴阳怪气道，"咱们沈大美女可是用生命讨老师欢心，我可比不上啊！"

说话的叫程朗，和沈虞同级。这么多年以来，她也是头一回见着这么小心眼儿的男性——平时说话阴阳怪气的也就算了，任何项目或课题，只要沈虞参与，他势必要掺和一脚。

除此之外，不知是天生情商低还是人品本来就差，他待人接物都极其吝啬，没有好处的事绝对不干。一来二去，组里的同学都绕着他走。

沈虞压下快翻到天上的白眼："比不上就别比。"

程朗一听，收起笑容抬步就走，走前还冷冷地丢下一句："我现在懒得和你计较。"

瞥了眼他春风得意的背影，沈虞低哂，耳边传来宁祁的劝慰："你别理他。"

"就是。"师妹许雯也凑过来，毫不客气地小声嘲讽道，"这人牛什么啊？也就师姐不在的时候老师愿意看他两眼，他使劲地巴结。"

她又摊手："这不，老师手中正有个绝佳的实习名额，可算让他给巴结来了。"

沈虞边听边拆开早餐盒，里面是在学校食堂买的豆腐脑。她尝了一口，甜滑软嫩的口感让她的心情瞬间畅快起来。

"实习？"沈虞根本没放在心上，随口问道，"什么实习？"

"这次是鼎越资本的岗位。"宁祁说道，"我最近刚好在研究它的上市和发展。说实话，要不是临近毕业，手头的事情忙不完，我肯定也要去试一试。鼎越的老总温折是个天才般的投资人，能去那里实习，怎么样都是个难得的机会。"

"哟！"听到这儿，许雯不屑道，"那还真让他给捡着了！要不是师姐住院，哪儿轮得到他？"

沈虞："现在也不是来不及。"

许雯愣了下："师姐也想去啊？"

沈虞无意识地单手拿着勺子搅拌着豆腐脑，脑中闪过一行字——是的，她想去，当然要去。

沈虞在心中"啧"了一声——温折这人，是不是又在拿诱饵钓她？

"想啊。"她喝了口豆腐脑，轻声道，"怎么不想呢？"

"可以试试。"宁祁微笑道，"毕竟这是老师的私人关系，也不是没有转圜的余地。"

三人说话间，门口传来脚步声，接着是程朗热情洋溢的呼唤声："老师早呀！"

沈虞抬头，见宋昆正拎着公文包踏进办公室的门。虽然已是即将耳顺的年纪，宋昆依然精神矍铄、风采照人。

"茶给您泡好了。"程朗搓着手跟在宋昆后头，"我今天刚巧来得早，办公室卫生都扫过一轮了。"

宋昆点头，淡淡地道："辛苦了。"他将目光扫过这边，在沈虞面上停顿了下："怎么不多休息几天？"

沈虞收起自己的饭盒，站起身，笑眯眯道："早休息好了，精神倍儿棒呢！"

宋昆笑了笑，转身进了里间："跟我过来，论文还有几个地方要改。"

"得嘞！"她站起身，路过程朗时，对上了他阴沉的视线。

"哟！"程朗阴阳怪气地哼了一声，"关门大弟子啊！"

沈虞理都没理他，转身就将其抛在身后。

"你说你也想去鼎越实习？"办公室里间，宋昆抬头，看向端坐在对面的沈虞。

沈虞点头。

"唑……"宋昆道，"这事有些难办。说起来，我和鼎越的老总不熟，内推的名额都是邵其明给的。

"当时你住院，我身边合适的也只有程朗，正好他想要这个机会。"

沈虞听懂了宋昆是在委婉地拒绝她。他这人最是公正，不会徇私。

但沈虞不想放弃。她从来就不是大善人，自小到大，对任何想要的东西都会尽全力争取。

"老师，我不会让您为难的。"沈虞弯唇，浅笑道，"您可以把我和程朗的简历都递给鼎越那边，我和他公平竞争。"

之后一周，沈虞都过得非常忙碌。之前住院落下来的进度，她都要慢慢补上。

除此之外，还有一件特别的事—这周六是宋昆的六十岁大寿，他随口邀请了沈虞等人去玩一玩。

宋昆平时醉心学术，但作为业内大佬，和邵其明一样有不俗的家世和广阔的人脉。

寿辰自是要大办，不过宋昆只在私宅宴请亲朋好友同聚。只是哪怕他再低调，毕竟他的圈层在那儿，宴席与其说是寿宴，不如说是另一层意义上的资本局。

这种机会可谓千载难逢，宋昆所谓"玩一玩"，几乎等于明说是让他们来认识认识人。

沈虞备了块玉作为贺礼。周六下午，她精心化了妆，将长鬈发用簪子绾起，同时换上了条得体的淡蓝色针织裙。

宋昆非常低调，沈虞没去过他位于郊区的私宅，待看到精心布置的庄园还惊了惊。

饶是她自小锦衣玉食，也不由得掂量了下这座私宅的价值。

沈虞和在门口迎客的师母见了礼后，穿过长廊，来到主厅。有不少人已经到了，厅内摆了好几张圆桌，各桌都有人。

"小虞，在这儿。"

听到声音，沈虞看过去，看见宁祁在朝她招手，旁边还坐着许雯和程朗。

"师姐，等你好久了。"等沈虞走过来，许雯连忙挽住她的手，整个人都快要贴到她的身上了，小声嘀咕道，"我都紧张死了，感觉自己就像个没见过世面的乡巴佬。"

沈虞环顾了一圈，的确看到不少在商务杂志上见过的熟悉面孔。她拍了拍许雯的手，"别怕，咱们有宋老板罩着，紧张什么？"

突然，沈虞目光一凝，落在东边。按照礼节，那该是宴席最大的一桌。

宋昆穿了身喜庆的唐装居于正位，旁边就是邵其明。

邵其明的身旁坐着温折。

因为太忙，沈虞一周没见温折，乍然看到他，连心跳都快了些。

男人今天穿得不算正式，简单的白衬衣，袖子卷起，露出一截清瘦的小臂。他正安静地听着桌边的人说话。

"师姐，"许雯顺着她的目光看过去，"你在看什么？"

沈虞仍旧没收回视线，而温折似有感应般抬头看了过来。

隔着鼎沸的人声，男人的一双眼，看得沈虞连心都痒了。

她的耳畔突然传来许雯压低了的兴奋颤音："师姐，你是不是也在看他？那个男人我好早就看到了，真的好帅啊！"

但温折只是掀了掀眼皮，很快便移开了视线，像是故意往湖中扔了颗小石子，又轻飘飘地挥袖离开。

"是，"沈虞大方地承认，"我就是在看他。"

许雯笑嘻嘻地道："师姐你这么好看，等结束去跟帅哥要个微信吧。"

突然，一直默不作声的程朗冷嗤道："自不量力。"

沈虞挑了下眉，悠悠地看了程朗一眼。

程朗满脸不屑的表情："那位是什么身份你知道吗？想去勾搭人家，你也不掂量掂量自己是什么身价。"

沈虞好笑地看向他："那你说说，他是什么身份啊？"

"鼎越资本知道吗？"程朗面上不由得浮现出得意之色，"他可是鼎越的老板，温折。"

沈虞"哦"了一声，声音拖得长长的，撑着头懒懒地道："打个赌吧，宴会结束前我就能要到他的微信。"

"狂妄至极。"程朗冷笑，又倏地谨慎起来，"你要赌什么？"

沈虞漫不经心地打量了下程朗，叹了口气："唉，你也没什么我想图的。"

程朗脸色一黑。

"算了。"沈虞站起身，无所谓地耸了耸肩，"谁输谁喊三声'爸爸'。"

说完，她拿起酒杯，走去了宋昆那桌。

已经开席，氛围并不严肃，桌间也有不停串桌聊天儿的。刚巧，温折旁边的位子空着。

沈虞很是自来熟地来到桌前，笑盈盈地给宋昆敬酒。

她面容姣好，仪态落落大方，活泼又会说话，尤其是有眼力见儿。从宋昆到邵其明，再到桌旁的任何一位，她全都了解过，三言两语便给人戴了高帽，哄得他们心花怒放。

没人会讨厌漂亮又聪明的女性，连向来内敛的宋昆都噙着笑，连连道："这是我学生，沈虞，以后还得仰仗各位多多照顾。"

他又朝沈虞点头："来了就坐吧。"

服务员很快就添了一副碗筷。就这样，沈虞成功地坐到了温折身侧，还理直气壮地将手上的高脚杯放在了温折的旁边。

不知她有意无意，两个酒杯相碰，发出"叮"的一声脆响。

温折眼波微动，目光落在沈虞那个还沾着淡淡口红印的酒杯上。

"看什么？"女人低低的声音响在了他的耳畔。

因为喝了些酒，沈虞脸色酡红，清亮的眼睛有些迷离。

温折只看了她一眼，便别过了脸，淡淡道："少喝点儿酒。"

沈虞"扑哧"笑了，嘟囔道："你怎么和我舅舅一样？管得真多。"

温折眼中的温度退去，他端起自己的酒杯，放到了一边，声音泛着冷意："那随便你。"

沈虞乐了，觉得温折生气的样子还挺好玩的。

"不行，"沈虞耍无赖，"你得管我。"

温折哂笑一声："我又不是你舅舅。"

周围一片喧闹，不停地有人推杯换盏，掩住了这片小天地间的涌动。

沈虞伸出葱白的指尖，沿着酒红色的桌布，一点点地搭上了男人的衬衫袖口，轻轻地扯了下。

温折睫毛一动。

"可我是为了坐在你身边才喝酒的。"她声音软了下来，指尖似有若无地抚过他的腕间，"你该不该管我到底呢？"

许雯几人坐在侧桌旁，看着沈虞踩着高跟鞋昂首阔步地去了主桌旁，几个来回下来便成功地留在了那里，还恰好在温折身侧。

二人正在低语，不知说了什么，沈虞连手都搭在了男人的袖口上。
　　女人侧着头，露出的小半边侧脸白皙如玉，清丽妩媚，长长的睫毛挡住流光闪烁的眼眸，古典秀美的簪子绾起满头乌黑的长发，细细的流苏随着颔首的动作慢慢晃动，美得宛如画中仙。
　　两人之间暧昧陡升。
　　许雯捂着嘴，几乎要激动地尖叫了："师姐一出手，就知有没有，几招可不就要把帅哥拿下了？"
　　程朗的表情更加阴郁了，他几乎要把沈虞的背影盯出个洞："下三烂。"
　　这下连宁祁都听不下去了，警告性地喊道："程朗！"
　　许雯更是生气，翻了个大白眼："程朗，你什么意思啊？有你这样评判女生的吗？你就等着喊'爸爸'吧。"末了，她还低低啐了句，"呸！"
　　程朗自知冲动，被顶得一句话也说不出，恨恨地一扭头，眸中晦暗不明。

　　说完那句话，沈虞仔细观察着温折的表情。
　　突然，他移开了手，使得沈虞原本轻搭在袖口上的指尖从他的腕间轻扫而过，宛如轻飘飘的羽毛。
　　"你想做什么？"他低声问。
　　沈虞挑眉："你难道不清楚？"
　　"不想清楚。"
　　"装什么装？"沈虞小声嘀咕，突然又凑近他的耳侧，"我们做个交易怎么样？"
　　女人声音很轻，近乎吐气如兰，拂在他的耳畔，在他的心湖掀起一片涟漪。
　　温折没问什么交易，睫毛挡住眸中的情绪："你想要什么？"
　　"你……"
　　温折猛地扭头，眯了眯眼，锐利的视线直望进她的眼睛。
　　见他反应不小，沈虞嘴角扬起得逞的笑，补充完后半句："的微信。"

"想着吧。"温折冷笑。

沈虞："你怎么不问我拿什么换？"

"真不问啊？"

温折无动于衷，唇线抿得笔直。几秒后，他冷冷地开口："你拿什么换？"

沈虞弯眼笑："我的微信。"

温折："……"

沈虞："你怎么不问我还有什么？嗯？真的不问吗？"

她"叽叽喳喳"的，很吵。

温折深吸一口气："还有什么？"

"还有我的早安和晚安。"

他到底为什么要听她浪费时间？

沈虞再问："你怎么不问我真正的交易条件？"她还拖长了声音强调，"真正的哟——"

"最后一次。"温折拧眉警告。

察觉到男人的耐心即将告罄，沈虞老实下来，不得已使出最终的下下之策。

她眼神闪躲，含糊其词："喊你三声'爸爸'。"

温折还以为听错了："你说什么？"

沈虞快要夌毛了，干脆破罐子破摔，但无奈还在酒桌旁，不好张扬，只能压着嗓子吼了一声："我说喊你三声'爸爸'！"

"扑哧。"温折在笑，且笑得极其猖狂，连胸腔都在抖。他极少笑，这次大概是真的畅快又得意，甚至都懒得掩饰。

沈虞觉得自己的脸都被踩在了泥地里，开始后悔自己在程朗面前夸下海口，但无奈牛已经吹出去了，温折这个狗男人还刀枪不入。

沈虞极恼，开始无能狂怒，恶狠狠地问道："你到底答不答应啊？"

"想喊'爸爸'就直说。"温折还在端着架子，修长的手指一下下地轻敲着桌面，淡淡道，"没必要找借口。来，喊。"

沈虞气出了颤音："三十七摄氏度的嘴怎么能吐出这么冰冷的话？"

但她还是谄媚地摸出手机,重新发送了好友申请,眼巴巴地道:"可以赊账吗?"

温折唇角微勾,没说可不可以,指尖刚动了下,身侧的邵其明突然插话:"你上次提了句人力资源部要招实习生,我说帮你留意着。正巧,我让宋老师帮了我这个忙,他手下可是有不少得意门生。"说起这个,邵其明笑着看向沈虞,"比如小虞这样的,就是可遇不可求。"

话题跳到这里,沈虞打起了十二分的精神。她向邵其明回以甜甜的笑:"邵老师谬赞了,对我来说,能进温总的公司实习,才是顶好的机会。"

邵其明笑声爽朗地拍拍温折的肩:"瞧瞧,这嘴巴甜的,我怎么没这样的学生?可让宋昆这老学究占到大便宜了。"

温折轻笑,扫了眼沈虞,低低道:"油嘴滑舌。"

宋昆也听到了这边的动静,貌似不悦地冲邵其明道:"老狐狸又在说我什么?"

邵其明冷哼。

"不过小温啊,我把沈虞、程朗两个学生的简历都发给了贵公司的人力资源部。"宋昆摆摆手,"你们看着挑吧。"

温折顿了顿,客气道:"多谢宋老师,您的学生可都是人中龙凤。"

"人中龙凤"之一的沈虞托着腮,欣然接受了这个夸奖,却没有就这个话题继续深入。说好公平竞争就是公平竞争,她是不会靠攀关系达到目的的。

但这不过是温折一句话的事。他到底想不想她进鼎越,她也拿不准。

推杯换盏间,一顿饭基本到了尾声。眼看着到手的微信又要飞了,沈虞有些急,不停地清嗓子以作提醒。

而温折仿佛失忆了般岿然不动。

终于,有人开始告辞,饭局算是结束了。眼看着程朗几人已有离开之意,沈虞挤眉弄眼地朝温折使眼色。

温折看向她,满面悠闲:"看我做什么?"

沈虞举起手机,明示地晃了晃。

"不接受赊账。"温折悠悠地说道。

沈虞深吸一口气,忍住把男人的头按进土里的想法,突然朝程朗的方向抬了抬下巴:"你看见他没有?"

温折看向程朗,态度不明地应了一声。

"他是你孙子。"

温折:"嗯?"

"只要加了我的微信,你就多了一个孙子。"

须臾间,温折似是明白了什么,脸色沉了下来,缓缓地问道:"所以,你在拿我打赌?"

沈虞举起小指满不在乎地晃了晃:"就是一个……很小很小的赌而已啦!"

温折不语,仍只是安静地看着她,目光有些瘆人。

男人陡变的态度让沈虞后知后觉地反应过来:"呃……你生气了?"

这时候,这一桌的人零零散散地站了起来。沈虞也条件反射地跟着站起身,听见大家互相道别,面上很快浮现出得体的笑容,和各位道别。

而温折显然也并无继续待下去的意愿——刚刚的谈话无疾而终,他冷着脸转过身。

沈虞心里不上不下的,也不知道自己又哪里惹到这位大爷了。她顺着人群跟在温折身侧,可怜巴巴的,像个小鹌鹑。

温折用余光瞥着她,见女人表情变换,似有些蒙,又有些委屈。

他蓦地想起很多年前少女将他气得咬牙后依然张牙舞爪、恣意妄为的模样,闭了闭眼,终究还是心软了,脚步微顿,尽量放缓语气:"为什么拿我打赌?"

沈虞愣了愣,听出他话中的妥协之意:"我只是想要你的微信。"末了,她又嬉皮笑脸地补充了一句,"打赌就是顺带而已。"

"沈虞,"温折只是定定地看着她,沉声道,"以后不要拿我开玩笑。"

沈虞缓缓地低下头,"哦"了一声。她看得出来,温折也绝不是在和她开玩笑:"对不起。"

温折短促地笑了声,笑容很是古怪,他的嗓音有些哑:"这是你第一次认真地和我说'对不起'。"

"啊？"沈虞蒙了下，但温折已经继续往前走了。

他应该心情不太好，走得很快。

沈虞正欲跟上去，肩膀就被人拍了一下。许雯挽住她的手臂："师姐，怎么样了？我都看到你和温总凑在一起说话了！"

许雯身后还有程朗和宁祁。程朗表情发黑，颇有些咬牙切齿的意味。

"某些人是不是要叫'爸爸'了？"许雯得意地给了程朗一个眼刀。

沈虞握紧了手包，表情仍然十分淡定："那当然是要了。"

程朗"呵"了一声："要没要到口说无凭，拿出来看看啊！"

沈虞心中暗骂，却依旧抬着下巴，倨傲道："你确定要看？"她勾唇笑，"看了你可就真的要喊'爸爸'了。"

她还气定神闲地补充了一句："本来我还想放你一马。"

"你！"程朗气得胸膛起伏，怒道，"你不拿出来，是不是心虚啊？"

"我心虚？"沈虞不慌不忙地从包中拿出手机，"我看你是不到黄河心不死。"

并不知道真相的许雯也叉着腰，哼道："就是！程朗，赶快准备准备叫'爸爸'吧。"

就连和事佬宁祁也劝慰了句："程朗，这事闹起来也不好看，师妹给你台阶就下了吧。"

程朗仍旧梗着脖子，但气势到底弱了下来，偏偏还极要面子："别以为我不知道你根本没要到，我是懒得和你计较。"话毕，程朗抬步就走。

"我才懒得和你计较呢。"沈虞冷笑。

宁祁朝沈虞点了点头，也离开了。

沈虞看到人都走远了，悬着的心才彻底放下。她看了看手掌心，汗涔涔的，全都湿了。

许雯拉着沈虞，还有些不服气："什么呀，师姐，你就这么放过他了？"

沈虞擦了擦手心的汗，小声道："你要感谢他蠢，就这么放过我了。"

"啊？不会吧？"许雯惊呼道，"温总拒绝你了？还有人能拒绝加师姐的微信！"

"不，"说起这个，沈虞也气得咬牙，"没人能拒绝。"

"啊？温总……"

"因为他不是人——是狗。"

沈虞边说，边牙痒痒地摸出手机。她是打车来的，到别墅群的门口就下车了，但现在没有出租车能进来，要想回去还得走到大门口。

想到还要走路，沈虞心里一阵烦。

这时候，正站在门口送客的师母宋夫人看见两个姑娘，笑问道："你们有车送吗？要不要我找人送你们一程？"

沈虞笑着客气地推托，这时候，一辆车缓缓地泊在门口。

车窗降下，露出男人俊秀的脸。温折坐在后座上，客气地朝宋昆夫妇点头："感谢款待，下次再聚。"

宋昆颔首，宋夫人突然问道："温先生车上可有空位？"

温折往外扫了一眼，目光掠过一片淡蓝色的衣角，不动声色地说："有的。"

"我们这儿还有两个姑娘。"宋夫人拉着沈虞和许雯的手，"她们要回 A 大，温先生顺路吗？"

天赐良机！沈虞刚刚沉寂下来的心又开始痒痒，双眼直勾勾地盯着温折。

温折："顺路。"

"那就麻烦温总了。"沈虞毫不客气地拉了一下后座的把手，打开门便钻进了车里。

许雯会意，上了前座。

看见沈虞这么不怕生，宋大人还愣了下，又笑着抵唇。

"老师、师母再见。"沈虞趴在后座车窗上，朝二人挥了挥手。

轿车开始行驶，李宗眼观鼻、鼻观心，快速瞟了眼后座上的沈虞，又低调地移开目光，唇角勾出意味深长的笑。

行驶路程中，车内窒息般安静。

许雯平时咋咋呼呼的,这时候却缩着脖子坐在前排,一句话也不说。

沈虞也没开口。她刚刚才惹了温折不高兴,这时候蹭着人家的车,还是老实点儿好。

窗外的风吹到了面上,沈虞感觉脖子被头发摩擦得有些痒,摸了摸后脑勺儿,这才发现自己的头发散了一小撮。她干脆拔了簪子,散下满头乌黑的头发,还迎风晃了晃发丝,令栀子花的香气借着风盈满了整个后车座。

温折的目光不自觉地落在她的背上。

淡蓝色的针织裙贴着她薄薄的脊背,显出浅浅的蝴蝶骨。她后颈的小片肌肤白得晃眼,乌发垂落,长得几乎挡住不盈一握的腰。

温折眸色深了些,放在身侧的手微微握紧。

他一直知道她长得好,但知道是一回事,亲眼所见又是一回事。

她确实有迷得人理智尽失的资本。

沈虞散了头发后,重新靠在了座椅上,又摸出手机无意识地滑动着。

突然,她挺直了背,盯着微信跳出来的消息提醒。

W:"我通过了你的好友请求,现在我们可以开始聊天了。"

时间正是一刻钟以前,宴席刚刚结束的时候。

一瞬间,沈虞差点儿仰头大笑三声,胸腔间的郁气一扫而空。

她下意识地转头,在此时对上了男人的眼睛,也窥得了他眼里还未来得及收回的暗潮。

沈虞不是没见过这种目光。相反,自懂事到现在,她从很多男人的眼中都窥到过,故而很明白这眼神的意味——占有欲。

但这些现在出现在温折的眼中,给沈虞造成了一种非常不真实的感觉。

这就好比刚刚还拿着木棍指着叫你滚蛋的人,突然要死要活地爱上了你。

但她和温折的目光交织也只在这电光石火的一瞬,很快男人便错开了视线。

沈虞倏地就想起了梁意的话，进而推测出温折很有可能触景生情，想起了他那个"白月光"。

这个认知让沈虞牙酸得要死，胸腔瞬间燃起一团熊熊烈火。但她并未表现出半分，反而朝温折露出了一个乖巧甜美的笑容。

沈虞低头，指尖在屏幕上轻点，发了个"小猫探头"的表情包过去。

手机"嗡"地振动一下，温折看见了消息，又侧头看了眼旁边那个正襟危坐的女人。

她又发了消息："温总是不是喜欢闻栀子味洗发水啊？"

末了，她还故意发了一句："要我发链接吗？"

这女人，从来就不消停。

温折指尖一顿，压下胸腔里的那股烦躁，直接将手机反扣在座椅上。

他的力道不小，发出不轻不重的声响。

听着这声，沈虞忍住喉间的笑，正欲乘胜追击，手机屏幕亮起，显示"周宪来电"。

沈虞也没多想，背过身便接起了电话。怕打扰别人，她尽量压低了声音："喂，舅舅。"

周宪应该在忙，说话十分简洁明了："我的车你给吃了？"

车内非常安静，周宪这道嗓音十分具有穿透力，几乎是在后车座上方回荡。

沈虞觉得丢脸，瞥了眼温折，拿手捂住了扬声器。

这个动作让温折几乎要笑出声。

他越发不耐烦地解着袖口的扣子，甚至闭上了眼睛。

沈虞瞅了他一眼，想：如果耳朵能封上，他肯定要把耳朵也封了。

半天没有听到她回应，周宪又喊道："你在干什么？你听不见我说话吗？"

"我在坐车。"沈虞回答，"你的车还在店里，我没去取。"

"行。"说完周宪就要挂电话，又倏地想起什么，补充道，"沈光耀说联系不上你。他想明天请我吃饭，让我把你带过去。"

这段时日，沈光耀确实联系过沈虞几次。她因为忙没接到电话，后来看到了也没有任何想回的欲望。

沈虞回话的声音瞬间冷下来："我不想去。"

周宪本也只是应付沈光耀："不想去那就别去了。"

沈虞："嗯。"

周宪淡淡地应了一声："有事给我打电话。"

"好。"沈虞露出一丝笑来，"谢谢舅舅。"

沈虞挂了电话，思绪飘了很远。她想起除了年初短暂地打过照面，自己确实已经很久没有见过沈光耀了。

沈光耀好面子，最喜欢的就是演一家人大团圆的戏码。可惜沈虞软硬不吃，从高中回苏城开始，这些年硬是没喊过他一声"爸爸"，连回沈家的次数也屈指可数。

外人都在看好戏，沈光耀面子挂不住，时不时拿出一副虚伪的做派来讨好沈虞，但没一次在她这儿落得好脸色，这次是直接找上了周宪。

她的手机上，沈光耀又发了消息过来。

"小虞，明天有空吗？爸爸好久都没见你了。

"我们需要好好谈谈，你这样置气是不成熟的行为。

"当年你欺负弯弯的事早就一笔勾销了。

"早点儿回家吧，房间我还给你留着呢。"

沈虞的眸色越来越冷，她几乎想把手机扔出窗外，用力敲着屏幕，发了句话过去："你什么时候和韩雅、沈弯弯一起滚出家门，我什么时候回家。"

发完，她便把沈光耀拉进了黑名单里。

轿车行驶到了 A 大门口，许雯要在这里下车。她客客气气地和温折道谢，正欲和沈虞道别，却听沈虞说："我也在这儿下吧，不麻烦温总了。"

听到这话，温折突然扭头，缓缓地重复："不麻烦我了？"

他的表情刚才就不好看，这会儿更是山雨欲来，满脸"你还以为你少麻烦我了吗"的讥诮表情。

沈虞因为刚刚那堆消息，心情实在不好，此时更不想受温折的气，难得硬气了一回。她拉开车门,站在离车一步远的地方,皮笑肉不笑地说道:"是,不麻烦你了。"

话音刚落,温折面无表情地目视前方,吩咐李宗:"走。"

车子呼啸而过,半分没有停留的意思。

"师姐。"看着宾利开远,许雯戳了戳沈虞的手臂,手心还有一路上攒起来的汗,"温总的气场好强啊!我坐他的车都紧张死了。他最后是不是生气了啊?"

"我哪儿知道?"沈虞冷笑,"他生不生气都是这个狗样。"

许雯:"……"

两人往校门口的方向走去,许雯道:"师姐要回学校吗?"

沈虞摇头:"不了,我随便走走,你先回去吧。"

"好。"许雯冲沈虞挥挥手,"那师姐也早点儿回家啊。"

许雯离开后,沈虞沿着回家的路走了几步。

等情绪慢慢平复下来时,沈虞才发现把温折气走是一个多不明智的决定——好不容易有的一点点进展,说不定就这样被掐断在了摇篮里。

她重新摸出手机,看着她"剃头挑子一头热"的消息界面,陷入了沉重的后悔情绪之中。

轿车已经行驶到了十字路口。

车内一片寂静,温折垂着睫毛,掩住眸中沉沉的情绪。

突然,李宗的手机铃声响起,看到来电人,他请求道:"温总,我能接个电话吗?"

前方,红绿灯还有九十多秒,温折颔首。

李宗说得很快,不过半分钟就挂了电话。挂电话前,他说:"我会去的,等忙完。"

温折:"有事?"

李宗忙不迭地摇头:"没没没,等把您送回去,我再去也不迟。"

温折"嗯"了一声。

李宗有些愧疚:"抱歉啊温总,最近总因为私事请假,给您带来麻烦了。"

温折:"客气了。"

李宗沉沉地叹了口气,语气也低落下来:"其实是因为我前女友摔断腿了,她在京城也没个熟人照看。"

温折不置可否:"照顾她不是你的责任。"

李宗的心跳了跳,他无地自容地低下头,自嘲道:"唉,我知道。但我对她好习惯了,真的狠不下心。"

温折无意识地攥紧手,一字一顿地重复,似在自语:"狠不下心?"

他为什么会狠不下心?温折嘲弄地"呵"了一声。

这时候,红绿灯变换,李宗开始重新专注开车。与此同时,温折的手机"嗡嗡嗡"地振动了好几声。

温折的目光淡淡地落在手机屏幕上,他看见蓝色小鱼头像的窗口不停地蹦信息。

小鱼:"温总……"

小鱼:"你一世英明,唯独做错一个选择。"

小鱼:"那就是,没有坚持送我回家。"

小鱼:"你猜小鱼回不了家,会怎么样呢?"

温折闭上眼,理都懒得理,但手机还在不停地振动。

小鱼:"她会成为海的女儿。"

小鱼:"你猜她成为海的女儿会怎么样呢?"

小鱼:"她会脚疼得走不动路。"

小鱼:"温折——"

小鱼:"我的脚崴了。"

她在后面还加了两个"可怜"的表情。

小鱼:"疼得快要死了。"

温折揉了揉眉心,烦得直接摁灭了手机屏幕。

那头的人突然也安静了,没有再发来信息。

轿车继续行驶,眼看着就要过红绿灯,温折动了动喉结,像是做出某种妥协般长叹了口气。

"左拐,掉头。"

李宗打方向盘的手一顿,他愣住:"啊?"

温折没说原因:"掉完头你就回去吧。"

大概要到温折的微信耗光了沈虞的所有运气,从沈光耀到崴脚,她觉得这霉运一茬接一茬,来得猝不及防。

为了赴宴,沈虞今天专门穿了八厘米的高跟鞋,但因为走神看手机,鞋跟踩进了水泥砖的缝隙里,随后,脚腕传来一阵剧痛。她皱眉忍着疼,脚步蹒跚着找到了路边的长椅,稍微动了下右脚腕便疼得直抽气。

发信息骚扰温折的时候,她没想过他会回来。毕竟连她都觉得自己确实挺烦的。

沈虞摸了摸脚踝,低着头,正欲在手机软件上订药,头顶传来一道熟悉欠揍的男声:"需要我给你叫个轮椅吗?"

沈虞抬头望向来人,愣在了原地。温折单手插兜,立于沈虞面前,目光落在她肿起了一个包的脚踝上。脸色算不上好,是他一贯的表情。

沈虞看了他好几秒,忽地"扑哧"笑了,心里的阴沉一扫而空,好像……有一点点开心。

看见眼前的女人莫名其妙地傻笑,温折没什么好气,半蹲下来平视她:"还能走吗?"

沈虞没有理他,兀自笑着,嗓音也因为快乐而甜甜的:"你知道我刚刚在想什么吗?"

温折:"想你为什么这么麻烦?"

"呸!"沈虞不满地啐了一声。她托起腮,杏眸含春地柔声道:"我在想小美人鱼,今年春天会遇见心软的神吗?"

温折的表情一顿,有些一言难尽,他正色道:"沈虞,你崴的是脚还是脑子?"

沈虞眼中那点儿旖旎"喀喀"碎裂,她绷着脸指了指自己的右脚:"崴了,不能站,不能走。"她理直气壮地张开双臂,"要抱抱。"

温折盯着她看了一会儿,突然伸手从口袋里拿出手机。

沈虞愣了下:"你干什么?"

"叫轮椅。"

沈虞的脑子里"噼里啪啦"地放着烟花：这男的真的有病吧？哪个美女崴了脚当街坐轮椅啊？！

"温折！"她气急，往长椅上一瘫，"你要敢真的叫轮椅，我就和你绝交。"

"我求之不得。"温折冷淡地扯唇。

沈虞那点儿年少时的蛮横劲全被激发了出来，她气得直抽抽。

"反正我不坐轮椅！"她摸出手机，恨恨地瞪了眼温折，又有些委屈，"你不抱我……我喊我舅舅来，反正你也不想管我。"

话音刚落，温折猛地站起身，往后退了一步，笑得疏离又冰冷。

"是，我怎么忘了？"他沉声道，"你还有一个好舅舅。"

握着手机的手一紧，沈虞还想说什么，就见温折似要转身拔腿就走。

啊？不会吧？他这么容易就被气跑了？

"哎，等等！"沈虞的脑子"嗡嗡"的，她知道不能让人就这么跑了，忙不迭跟了上去。

谁知她休息了这么一会儿，右脚腕还是半点儿使不上力，一个不稳，差点儿往前栽去。

她骇得闭上了眼，突然，腰上横过一只手将她固定住，男人身上清冽又好闻的香气瞬时涌入鼻腔。

与此同时，温折冷着脸，拦腰一把将她横抱起，语气烦得恨不得马上就把她扔了："麻烦。"

沈虞缓缓惊吓，看着男人好看的下颌线，小声嘀咕："麻烦你还抱这么紧……"

"你说什么？"

沈虞连忙用双臂搂住温折的脖颈，可怜兮兮地眨巴着眼："啊，我说你的怀抱好有安全感，你人也好好啊！怎么会有这么好的人？"

温折眉心跳了跳："闭嘴。"

沈虞置若罔闻，仍旧"脆弱易碎"地将脸埋进他的胸膛，蹭了蹭，然后在他看不到的地方笑得眉眼弯弯。

沈虞被温折放在了车的后座上。

她要被放下时，男人的脸靠近她，呼吸拂在她的耳旁。

沈虞罕见地有些害羞，不太自在地揪了揪温折的衣摆，小声道："你知道吗？"

温折抬眼看她。

她朝他眨眨眼睛，眼神显得诚挚又温柔："这是我第一次被男人抱。"

沈虞想：气氛都到这个地步了，这男的总该有点儿动容吧？

但温折显然不是一般的男人，非但没有动容，嘴角还不受控制地抽了下，很是煞风景地说："不巧，我不是第一次抱别人。"

沈虞敛去笑意，霎时不爽起来。她往椅背上一靠，刚刚还笑容灿烂的脸瞬间变得冷淡至极，口中说出的话也带了嘲弄的意味："我自是比不上温总感情经历丰富，也比不上你心头那些久久难以忘怀的前任。"

听到这话，温折眯了眯眼，扶住车门的手指动了动。

"那些？"

沈虞抬起下巴，挑衅道："不然呢？"

温折深深地望着她，突然一把关上了后车门，坐上前座。

沈虞被他的反应弄得满头雾水，仔细咂摸了下才明白，自己大概是踢到了铁板——没有"那些"，但有那个"白月光"。

沈虞狠狠地在心中咬着这三个字，挑衅地抬起下巴，问出了个堪称在太岁头上动土的问题："所以你为什么会和前任分手？"

后视镜里，男人的表情变了变。几秒后，他像是发现了什么有趣的事情般，笑得非常嘲弄。

他敛眸，低低地呢喃道："这种话，竟是你来问我。"

沈虞没听清："你说什么？"

温折的表情重归冷冽，连声音都寒到了骨子里："她骗我，甩了我。"

竟然是这种惨痛的原因。沈虞惊得连嘴巴都张大了，忍着才没喊出来。片刻后，她才终于找回自己的声音，眼中满是同情和愤怒，还颇为同仇敌忾地捶了下车坐垫，发出非常夸张的一声："天哪！渣女！"

温折："……"

"我祝她喝热水被烫，吃外卖被偷，吃方便面没有调料包，还月经不调！"

温折甚至一时不知要做出什么表情，道："没必要。"

沈虞还以为他不舍得骂自己的"白月光"，更加愤愤，在一旁煽风点火："这种渣女你还有什么念念不忘的？！"

"所以呢？"温折没什么反应，嗓音平淡，"你要我怎么办？"

"你也吊着她啊！"沈虞狠狠地共情，咬牙切齿地出主意，"不主动，不拒绝，然后戏弄她，再甩了她。"

当然，话一出口她就发觉不对——这不是劝着人去勾搭前任吗？于是她又气恼地补充一句："等等，你不要当真。"

温折微微侧头。

沈虞："你别钓她，钓我。"

轿车恰好行驶到了医院的停车场。温折俯身下了车，转头打开后座的门，似笑非笑地看着沈虞："你很有经验。"

沈虞被看得脊背发凉，无辜地眨了两下眼："纸上谈兵而已。"

温折仍旧在笑，只是眼中并无一丝笑意："非实践难出真知。"

沈虞觉得自己遭到了天大的误会，正要反驳，就看见一个护士拿着个拐杖朝这边走来，另一只手里还拿着双塑料拖鞋。

"是温先生吗？"护士看向温折，又看了看坐在车里的沈虞，"苏医生让我来给你送拐杖。"

沈虞看着拐杖，眉心抽了抽，然后缓缓地捂住了脸。

"还要我请你下来？"温折敲了敲窗户。

沈虞欲哭无泪，倒也没矫情地浪费时间，默默地接过拖鞋换上，又扶着门框下车，然后慢吞吞地接过拐杖，在心中一遍遍骂着：温折是狗。

她看了看要走的小护士，不好意思地说道："护士姐姐，你能给我个口罩吗？"

温折低低笑了声，很是刺耳。

沈虞懒得理他的奚落，从热情的护士手中接过口罩就戴在了脸上，然后狠狠地翻了个白眼。

66

温折带她来的是附近的医院——A大附院。

妙龄美女挂着拐杖，从人满为患的大厅坐电梯一路往上，到了七楼的骨科。

沈虞爱美，戴着口罩还不够，一路拿手挡着头，躲开那些打量的目光。

温折不紧不慢地走在她身侧，没有半点儿伸手揽住她的趋势。

沈虞试图唤醒他的良心："如果是你跌倒了，我肯定会扶你。"

温折垂下眼，笑容平淡，蓦地想起好像是有这么一回事："你猜我为什么会跌倒？"

沈虞愣了下，没能明白他的意思。突然，从面前的门诊室传来一道吊儿郎当的声音——

"来了？"

沈虞朝声源看过去，意外地看到个很年轻的面庞。她没忍住看了两眼，觉得这医生……有点儿帅。

年轻的男医生走过来，朝沈虞点点头："你好，我是苏焱，温折的朋友。"

在帅哥面前，沈虞都非常矜持。她笑道："你好，我是沈虞。"

喜欢看帅哥是女生的天性，于是沈虞又多看了苏焱几眼，直到身后传来了温折低沉的嗓音："需要我再给你挂个眼科吗？"

沈虞愣了下："啊？"

"我看你的眼睛快粘上去了。"温折冷嘲。

沈虞："……"

见苏焱正在给沈虞检查伤势，温折皱眉："所以是你给她治？"

听到这话，苏焱气笑了："我治怎么了？崴了下脚还要专家会诊不成？"

温折面无表情地指出事实："但你还在实习。"

"我导师忙，没空搭理你。"苏焱握住沈虞的脚轻轻转了几圈，面色松了松："伤得不重，回去冰敷化瘀，疼的话我再给你开点儿消炎药。"

沈虞讷讷地点头："哦……"

"就这样？"温折迟疑地扫了眼沈虞肿起的脚踝。

"就这样。"苏焱懒洋洋地插兜,"晚来一会儿都好了。"

温折:"……"

"你这是关心则乱啊!"苏焱喟叹了句,又挑眉问,"女朋友?"

还没等到温折回答,苏焱突然情绪激动起来:"你这样的都能有女朋友?!"

沈虞竖起耳朵,抱臂道:"怎么?我不像?"

苏焱摇头:"不像,他配不上你这么漂亮的。"

温折轻笑,却没说话,冷冷地看着二人旁若无人地互动。

"苏医生,你可真会说话。"沈虞掩唇笑着,"我确实不是他的女朋友。"

俗话说,追男人要从他身边的兄弟下手,沈虞想顺势挖更多的信息:"苏医生在A附实习,是A大的吗?"

"是啊。"

"巧了呀!"沈虞一拍手,从包里摸出手机,"我也是A大的。加个联系方式啊苏医生,往后有什么问题我还要问……"

话说到一半,她突然被打断。

温折垂眼,面无表情地看着她:"你还要问什么?"他眼中是快要溢出来的讥讽,"问今年春天会不会遇到心软的神?"

沈虞蒙了下,直勾勾地看着温折,触到了男人晦暗的双眼。

突然,她像是被打通了任督二脉一般懂了些什么——所以温折……他是不是在吃醋?

他酸了!他酸了!他酸了!

沈虞压抑住激动的呼吸,告诉自己稳住,一定要稳住。

"不是,我要问……"她顿住,吊足了人胃口才慢悠悠地继续,"温折怎么才能喜欢我?"

温折的表情僵住了,黑色的眼眸刚刚掀起波澜,思绪却被旁边的人声打断。

苏焱不耐烦地挥挥手:"走走走,快走,别来医院'虐狗'。"

于是沈虞颇为遗憾地离开了医院,到最后也没能得到温折的回应。

回去的路上，沈虞安分了不少，脑子也比刚刚冷静了些。

她时不时地从后视镜里看温折，窥见他平静的眉眼，越发觉得自己可能太自作多情了。

连微信都给得这么勉强，抱都不愿抱她一下的男人，怎么可能就这么吃醋了？

相比这个，他不想让她骚扰苏焱的解释应该更确切。

"温折。"沈虞耐不住寂寞，喊了他一声。

温折："什么事？"

他又是这样不冷不热的，沈虞有点儿气馁，长长的睫毛垂了下来。她开始为自己轻易就被影响的情绪感到沮丧："有没有人说过，你好难追啊？"

街道旁边的梧桐树葱绿茂盛，盛放着春天的盎然生机，阳光透过车窗洒在温折的眉眼上，映出琉璃似的光，缠绕着莫名的情绪。

印象里，少女也曾苦恼地望着他，高高的马尾辫耷拉下来，未有往常那般鲜活。

那时她给他送了一个月的早餐、零食，明目张胆、轰轰烈烈。最后她终究是有些力不从心，半是委屈半是不甘地说："你好难追啊……"

但不过一瞬，她便收起受挫的神色，笑道："但没关系，我还能追。"

那时，阳光宛如碎金般洒在少女的黑发上，生机勃勃。

突然，天色已晚，夕阳收回最后一丝余晖，整个街道暗下来，夜幕即将降临。一切黯然失色，像是在提醒他，这一切都是假的——

回忆的甜是假的，喜怒哀乐是假的，她喜欢他更是假的。

温折的眼眸刚刚染上的温度渐渐冷却，他微启薄唇，吐出一个字："有。"

"她是怎么追你的？"沈虞托着腮，拖长了语调问，"给点儿参考呗，我来抄抄作业。"

沈虞想：追他的人固然多，可能让他记在心里的……是"白月光"？！

"你不用抄。"

沈虞的心"扑通"地跳了跳，她问："怎……怎么说？"

"你们俩差不多，都很麻烦。"

沈虞刚刚还在发烫的心脏突然冷却，嘴里发出了干巴巴的笑声："别啊，我可比不上您心里那位。"沈虞还不忘踩一脚，"不过，她对你是假，我对你是真。"

此时车已经停在了沈虞家楼下，温折下车拉开后座的车门，站在车外，安静地看着她。

夜色下，他的眼睛几乎要融入黑暗中，像是深渊，让她的心跳快了好几拍。

"真？有多真？"温折似乎是笑了，只是笑意被吹落在风里，很快便消散了个干净。

沈虞被他笑得耳朵酥了半边。

他又问："你喜欢我什么？"

沈虞刚想说话，却被他打断了："如果我一贫如洗、一事无成，你还会喜欢我吗？"

一阵凉风吹过，沈虞打了个寒战。

温折将手搭在车门上，微微躬身看向她，形成一个包围的姿势，不知不觉中带上了极重的压迫感。

沈虞蜷了蜷手指，清楚地明白，这大概是个送命题。

她对温折的过去了解不深，只在周宪口中听过一句"他没有背景"。

所以……温折现在怀疑她追他是不怀好意？

沈虞想：那确实还挺不怀好意的，她就图他这人，很带劲。

于是沈虞认真地回答："不可否认，事业、金钱这些确实是加分项，但我目前还没想那么多。"她有些不好意思，眼神却异常诚挚，"你懂这种感觉吧？有时候脑子一发热，就……突然上头了。"

她又看了看被挡得半点儿空隙不留的车门："要不，你先让那么一点点？"

温折沉默地让出些位置。

晚风吹过他的额发，沈虞看不清他眸中的情绪。

"然后呢？"

沈虞摸到拐杖，跳下车："什么然后？"

"脑子发热后呢？"温折发问的声音冷静到不可思议，"是不是说不喜欢就不喜欢了？"

沈虞被问得一愣一愣的。说实话，她哪里能想到这么多？她只能说："我不知道，那是以后的事情了。"

温折盯了她良久，忽地笑开，夜色下，眉间笼着料峭的寒。

"我就知道。"他垂头，嗓音很低，"你总是这样。"

沈虞半点儿也没听清楚，把耳朵凑过去："你说什么？"

温折却只是背过身，关了后座的门，道："不早了，回去吧。"

沈虞默了默，只能说："那我先走了，谢谢你。"

温折没说话。

沈虞走出几步，脚上的疼痛好些，走得慢些甚至不需要拐杖了。她没忍住，又回头张望了一眼。

温折已经上了车，却没走。但沈虞隔着漆黑的车窗，看不清里面。

突然，在沈虞回头的下一秒，车子便发动了，像是猛地清醒一般，没一会儿就开出了很远，直至消失在了浓厚的夜色里。

沈虞回到家后，累得什么也没干，直接瘫在了沙发上，摸出手机随手点了个外卖。

在等待外卖的时间里，她蹦跳着去洗了个澡，出来的时候，发现外卖员打来的好几个电话她都没接到。

因为独居，沈虞从来不留确切地址，都让外卖员放在楼栋下面，然后自己去拿。

等沈虞收拾好下楼，站在楼前环顾一大圈也没找到外卖的影子时，她才后知后觉地意识到——她的外卖大概率是被人偷了。

沈虞空手而归，气得晚上没吃饭，边气还边打电话和梁意骂骂咧咧了一晚上，把小贼骂得狗血淋头也不解气。

梁意在电话那头幸灾乐祸，笑得上气不接下气。

沈虞翻着白眼，蓦然想起自己今天还这么咒过温折的前任，结果报应到了自己身上。

梁意笑够了才想起来问:"你的脚没事吧?需不需要我明天去看看你?"

沈虞轻轻地活动着右脚踝:"小意思,休息几天就好了,周一就能去学校。"

"你可真是女金刚。"梁意喟叹,"你还是早点儿找个男朋友在身边,也能时时照顾你。"

沈虞:"在追了,在追了。"

她们说起这个,话题很快便转移到了温折身上。

"所以他真的有段那么倒霉的经历啊,被前任玩弄后甩了?"

沈虞耸肩:"温折自己说的。"她抠着指甲,不开心地说,"但他应该真的很喜欢那个'白月光'。"

"男人都这样,得不到的都是最好的。"梁意不以为意,"所以咱们小虞要放弃了?"

沈虞自是反驳:"当然不想,这微信都要到了,行百里者半九十,我才不轻言放弃呢。"

"说起来,"梁意拖长声音,突然"嘿嘿"笑了两声,"他前任这做派和你挺像的,都让人恨得牙痒痒。

"不过说实话,你这种小妖精,要么被人爱到死,要么被人恨到死,就是不知道你前任是啥态度了。"

沈虞的笑容消失了,她打了个寒战:"你可别乱讲啊!这事太损阴德了,我是真怕哪天走路上突然被人暗杀了。"

"别怕啊!"梁意笑道,"说不定人家不舍得报复你。"

"别。"沈虞晃了晃脑袋,理所当然地说,"老天都让我忘记他,说明缘分尽了。"

她掀开被子,舒服地往床上一躺:"我还是专心想想怎么把温折给追到手吧。"

和梁意聊完,已经到了深夜,沈虞无意识地滑动着屏幕,目光慢悠悠地落在还没焐热的温折的微信上。

白天没来得及看他的朋友圈,这时沈虞来了兴致,把他的朋友圈逛了个底儿朝天。

但可惜的是，他的动态非常少，她随便一翻就没了。现在他偶尔会转一些财经新闻，而最早的一条是在七八年前，没有配文字，只有一张陈旧的、让人摸不着头脑的图片。

乍一看，画面中有一条自由漂流着的小鱼，在深蓝的河水中游荡。但仔细一看就会发现，深蓝的河水不像是水，而像是细细缠绕着的深色枝蔓，织成一张铺天盖地的网，一点点地将小鱼束缚、缠紧，不再让它逃脱。

这幅图很抽象，让沈虞看得莫名其妙地心悸。

她掐指算了算，七八年前，温折还在上高中。想到这儿，她又理解地笑了笑——看来每个男人都有一段"中二"的少年时期，温折也不例外。

看完这些，沈虞又回到对话界面，没放过大好的骚扰机会，给温折发了条消息。

小鱼："想了想，除了早安、晚安，我还外赠一个特别服务。"

随后，她发了个表情包，一只穿着女仆装的猫咪双颊被PS（图片处理）上了两团腮红，正对着镜头卖萌。

几分钟后，屏幕上显示"对方正在输入"，但没一会儿又消失了，他隔着屏幕也像在欲言又止。

这时候已近晚上十一点，很微妙的时间。

沈虞盯着手机屏幕，突然，脑子"嗡"的一声，炸了。

特别服务……再加上后面跟着的那个表情包，怎么看怎么变态。

虽然不知道温折怎么想，但沈虞整个人都不好了。她虽然不怀好意，但到底也没这么开放。

小鱼："等等，你别想歪！不是那种服务！"

这种时候温折见鬼似的回得飞快。

W："那种服务是哪种？"

沈虞用力敲屏幕："每日情诗服务。"

小鱼："《乡愁》。"

小鱼："小时候，乡愁是一张车票，我在这城，你在那城。"

小鱼："长大后，乡愁变成一部手机，我在这头，你在那头。"

几秒后。

W:"而现在,乡愁变成你的微信,我在列表里,你在黑名单里。"

沈虞脑中仿佛"嘀"地响了一声——您的微信半日体验卡即将到期。

小鱼:"等等!你别冲动!"

害怕下一秒发出的消息旁就出现红色感叹号,沈虞豁出脸面进行表情包轰炸——表情包里的猫猫张嘴大喊:"爸爸!"

沈虞一连发了三张。

夜色如水,公寓内陈设简单,在安静时更显冷清。温折从工作文件中分神,看到那些跳跃的表情包,终是没忍住,从喉间低笑了一声。

随后,他轻点屏幕:"嗯。"

看到消息,沈虞捶了下床。她甚至能想象到温折的模样,气得捏紧了拳头,在心中不断地告诉自己"君子报仇,十年不晚"。

她忍辱负重地发了个"烟花"的表情。趁着屏幕上跳出来漂亮的烟花,她又发了句:"晚安。"

那头的人却没再回应,烟花也一点点地消散了。

沈虞得了个没趣,冷哼一声后关灯睡觉。

但这天晚上,沈虞再次做了那个奇怪的梦——

阳光照进教室,洒向窗边。男生仍旧穿着那身蓝白的校服坐在课桌前,将脊背挺得笔直,正专注地写着作业,头都没抬过。

而沈虞在他的对面看到了自己。

扎着高高的马尾辫的少女,懒洋洋地靠在背后的课桌上,一双没处放的长腿搭在凳子的横杆上。

正是午饭时间,别的同学都去食堂了,而男生暂时没去,留在教室里写题,给了沈虞可乘之机。

"腿好了吗?"沈虞问。

"嗯。"

"看来那药挺有效果的。我给你送的巧克力好不好吃?"沈虞用手那翻动着他桌上的卷子,"你太瘦了,要多吃一点儿。"

"谢谢,"男生抬起头,眉眼俊秀,只是说出的话有些不尽如人意,

"但下次不需要了。"

他轻轻地皱了下眉:"而且,我和你不熟。"

"不熟吗?"沈虞歪头,耸了下肩,"那正好,多见几次就熟了。"

"你想干什么?"

沈虞捂着唇"扑哧"地笑了下,颇有些吊儿郎当的意味:"我想干什么,你还没看出来吗?"

男生听完,嘴角抽了一下,继续埋头做卷子。

沈虞有些不满:"你怎么一点儿表示都没有?"

她伸手,想要扯开他的试卷,没承想这一扯,把桌上的书带倒一大半。

"不好意思啊!"沈虞一激灵,连忙弯腰帮忙捡书。她动作快,东倒西歪地捡书,一不小心把书里夹着的试卷、草稿什么的一起抖搂了出来。

与此同时,一张掉下来的纸映入沈虞的眼帘,她伸手就捡了起来,动作猛地一顿。

这是……贫困生补助申请,下面的申请理由处端端正正地写了一行字——

"父亲肝癌住院,家中负债,生计均由母亲承担,难以负荷,特申请助学金。"

沈虞连忙想把纸塞回去,却没承想目光直接与同样蹲下来捡书的男生的对上了。

他看起来并没有生气,一如往常般平静无波,但课桌的阴影笼罩在他的眉眼上,无端显得阴沉。他隔着桌子伸手,语气还是温和的:"书给我。"

男生见沈虞还在发愣,声音陡然变厉:"给我!"

下一刻,沈虞手中的东西被他夺去了。

椅子拖动,带起一道刺耳的摩擦声,他重新坐了下来:"你走吧。"

沈虞低下头,只能说"好"。不知出于什么心理,她又回头:"我明天再给你送好吃的。"

"不必。"男生吐出了很是冷淡的两个字。

沈虞走到门边，握住门柄的手稍稍用力。

还是不甘心，她再次回头看了一眼。男生坐在窗边，有阳光照在他漆黑的发丝上，干净又耀眼。

不知哪里来的冲动，沈虞复而转身，大步走向前，双手撑在男生的桌上："我不会放弃的。"

男生抬起头，倏地轻笑了一声。

他是真的清瘦，笑起来时肩膀微颤，松散的衣领露出本就凸显的锁骨，像是两把弯弯的小镰刀。沈虞忍不住多看了他一眼。

"你想要什么？"他语带讥讽，尖锐又刺耳，"我身上又有什么是你想要的？"

有那么一瞬间，沈虞心一拧，以为他看穿了她的意图。

只不过他的情绪只激动了那么一瞬，他又平静地说："你也看清了我是什么情况。"他轻飘飘地瞥了眼沈虞脚上价格大几千块钱的球鞋，淡嗤道，"我一贫如洗、一事无成，有什么值得你在意的？"

突然，画面开始模糊——

沉睡的意识渐渐苏醒，沈虞觉得这句话有点儿耳熟。

夜色下，温折的眼睛漆黑而阴沉。

就在此时，男生慢慢模糊的眉眼和温折的逐渐重叠，直至某一瞬间，彻底融合，恍若一个人。

这个变化让沈虞的心都要跳出来了，清醒也只在顷刻间，下一秒，她猛地从床上弹了起来。

沈虞重重地喘息着，平复着心中久久不能缓和的悸动。

而几乎就在她醒过来的一瞬间，梦中的男生彻底消散，她的脑子里只剩下了温折的脸。

梦境里，他眼眸深深，却没有惯常的讥讽和冷嘲，反而是浓得化不开的情愫，像是广袤的银河，简直能让人溺毙。

如上次那般，沈虞一觉醒来后，梦境中的所有内容顷刻间风过无痕，消散得无影无踪，余下的只有那种不知从何而来的怅然若失之感。

她侧身拿过水杯，灌了好几口水。沁凉的液体淌过喉咙，这才压下胸腔里的燥热。

她记不清细节，却懵懂地意识到上次那个男生又入梦了。她每次梦见他，潜意识里都会心悸和难过。

一次或许是偶然，再一次梦见，沈虞只想到一种可能——这些或许真实地发生过，男生也不是别人，而是活在梁意口中的那个被她遗忘的初恋。

至于温折……温折！沈虞长长的睫毛一颤，蒙了。

所以她为什么还会梦见他？难道她真的是日有所思，夜有所梦，结合温折的悲惨经历把他代入了？

沈虞不由得想起醒来前看到的温折。男人天生长了一双沉静又深情的眼睛，认真看人时格外蛊惑人。

可恶，她连在梦里都被他勾引到了。沈虞用力地晃了晃脑袋，把这个冷漠的狗男人扔了出去。

看了眼时间，时钟指针指向八点半，她翻身下床，趿拉着拖鞋走向洗手间洗漱。

今天是周日，洗漱完看时间还早，沈虞去厨房随手热了片吐司，拿着平板电脑看了会儿间财经新闻。突然，她的目光停在了"鼎越资本六十亿元融资绿园科技，前景是忧是喜"这个标题上。

沈虞指尖一顿，细细翻看了这篇文章。

文章作者有些个人崇拜的苗头，字里行间都是对温折全方位、无死角的吹捧，从其眼光独到，到手段雷霆果决，再到外貌英俊，夸得天花乱坠。

沈虞看得饶有兴味，连吐司都忘了吃也没发觉。

她翻了翻，发现后一页竟是温折的独家个人专访。她看过前面大段关于货币、信贷市场的见解后，发现采访到最后还涉及了一些较为私人的问题。

记者提问："我们发现，鼎越对生物医药方面的投资几乎占了总投资额的一半，是出于什么方面的考虑呢？"

温折回答："药价开发成本高，病人吃不起高价进口药。医药研究产业任重而道远，鼎越愿为其发展略尽绵薄之力。"

"有没有什么……私人原因呢？"大概觉得冒犯，记者很快又道了歉,"抱歉抱歉,是我唐突了,您可以选择不回答。"

沈虞知道,记者在专访前势必做过功课,问这种问题定是对温折的背景已经有过了解,于是不停地引导挖掘出他们想要的答案。

"没关系,我的确有私心。"温折似并不在意记者有何居心,回答道,"我的父亲因癌症去世,所以我希望遭受病痛的人能少一点儿。"

沈虞愣了愣,没有再认真看后面的采访,垂着眼两三口吃掉了吐司。

她想:还是少骂他几句"狗男人"吧。他只要不凶她,还是很好的。

沈虞吸了吸鼻子,心里"咕嘟咕嘟"地突然冒起了酸涩的小泡泡。她又摸出手机,看着昨夜自己发了一朵烟花的消息界面,轻点屏幕。

"早安。今天不写情诗了,送你一首歌。"

她按下语音,想起最近很火的那首儿歌,唱道:"听我说谢谢你,因为有你,温暖了四季。"

很久之后——沈虞已经坐在桌前看了很久的文献,她的手机才"嗡嗡"地振动了两声。

温折发了个"6"。

她的所有感动,一瞬间消散在这个"6"里,她气得拿过手机便"啪啪"打字:"我看你才是个'老六'。"

这边,温折拿着手机,刚看清她发了什么,屏幕便跳动了一下——"小鱼"撤回了一条消息。

厌得没眼看……他无声地笑了下,指尖鬼使神差地轻按语音,又听了一遍,少顷,点了收藏。

第三章

百因必有果

新的一周。

沈虞周一起了个大早，还没调好生物钟，迷迷糊糊地在办公室泡了杯新买的咖啡，喝了一口，被苦得舌头发麻。

趁着宋昆还没来，沈虞抓着机会拿出手机骚扰了一番温折。

她拍了张咖啡的照片发过去："咖啡好苦啊！"

从加上微信开始，沈虞每天都在兢兢业业地刷存在感。大概温折心情好的时候会挑着回复她两句，就比如现在："加点儿盐。"

沈虞脸上的笑容僵硬了一瞬，她发了一句："但生活有你就甜。"

好了，这回那头的人彻底没了动静。

"小样儿。"沈虞从鼻尖轻哼了一声，虽是恼，眼角眉梢却漾上了自己也未曾发现的笑意。

"什么事这么开心？"宁祁窥见她的表情，笑问道。

沈虞眨着眼睛胡说八道："大概是咖啡很甜？"

抱着俩包子的许雯转过身，凑过去看沈虞的咖啡："什么很甜？师姐给我来一口！"

沈虞把咖啡罐递给她："不用谢。"

许雯迫不及待地泡了一杯咖啡，猛地灌了一口，脸色由红变白，咽下去后苦得直吐舌头。她气呼呼地跺脚:"师姐!"

沈虞笑得直颤,宁祁也勾唇摇头,办公室里一片热闹。

这时候,程朗走了进来,一进门便闻到了满室的早点和咖啡味,嫌恶地皱眉,捂住鼻子质问道:"谁吃了包子啊?能别在屋里吃吗?"

"我吃的。"许雯翻了个白眼,回道,"老师都同意我们吃,你嚷嚷个什么劲啊?"

程朗"砰"地放下电脑包,冷着脸瞪着许雯:"出去。"

许雯非但没有出去,反而当着他的面用力嚼了嚼:"我不!"

眼看着两人间的气氛剑拔弩张,宁祁只得站起身准备调节矛盾。就在此时,宋昆却已经走到了门口:"一大早吵什么呢?"

程朗的脸色迅速多云转晴,他露出面对宋昆时的"限定微笑",解释道:"没什么,都是我不好,应该等许师妹吃好再进办公室的。"

许雯气不过:"哪有……"

许雯话未说完,就被沈虞打断了——沈虞拿出自己还没来得及吃的早餐:"老师吃过早饭了吗?我今儿遇着个特好吃的生煎店,您要不要尝尝看?"

宋昆摆手:"不必,吃过了。"

"不行,"沈虞抬步跟着宋昆,边走边说,"您一定要尝尝。上次和师母聊天儿,她说您最喜欢吃这家的生煎了,我排了好久的队呢。"

宋昆倒也没再推辞,进了办公室内间:"行,我尝一口,看看是不是还是那个味道。"

沈虞当即跟着宋昆走进去,末了,还冷冷地瞥了眼表情难看的程朗。

宋昆早在进门时就看出几个学生之间的矛盾了,但在办公室吃早饭本是他默许的,于是就着沈虞的台阶轻飘飘地下去了。

他看着笔直端坐着的沈虞,还是低叹着摇了摇头。在这几个学生里,最有行动力也最得他喜欢的便是沈虞,但她为人到底还是太过锋芒毕露,是个实打实不愿吃亏的性子。

想起昨天鼎越的人力资源部传来的消息,他有些矛盾地皱下了眉,开始琢磨该怎么和程朗说这件事。且不说沈虞的简历条件本就比程朗优秀了几个层次，再加上她和邵其明、温折吃饭时的熟稔态度，指不定私下里也有联系。

金融圈子的人脉围成一个圈，程朗家境普通，宋昆不是不想给他机会，但……程朗到底是硬性条件和人脉都比不上沈虞，争不过她倒也正常。

思绪转回来，宋昆摇了摇头，对沈虞道："你把程朗叫进来，我有事和他说。"

沈虞出门喊了程朗，表情淡淡地转告："老师找你。"

程朗眉尖一挑，难得没有饯声，面上隐隐地浮现喜色，转身就走。

沈虞回去后便打开电脑看文献，刚刚有点儿头绪时，头顶突然有阴影挡住了视线，甫一抬头，对上一双饱含愤怒的眼睛——是程朗。

他放在桌边的手紧握成拳，又松开。沈虞毫不怀疑，如果这里没人，他可能会直接往她的脸上招呼。

"你干什么？"沈虞平静地回视他。

大概人多眼杂，程朗到底没闹开，深呼吸几口，狠狠地剜了她一眼后，转身就走。

"这人有毛病啊？"许雯今早要去上课，边收拾书包边啐道，"神经兮兮的。"

沈虞心中有了猜测，但没表现出来，摇头道："不用管他。"

宋昆后两节还有课，临行前再次把沈虞叫进办公室，正式通知了她去鼎越实习的事情。

"程朗可能情绪不太好。"他说，"你最近别和人饯，收收脾气。"

知道最终是自己胜出，沈虞忍不住勾起唇角，心情大好地挥挥手："知道知道，我才不和他计较。"

"到那儿好好学，别嬉皮笑脸的，"他故意板着脸，说出的话却在护短，"你有什么解决不了的事再和我说。"

沈虞站直了身子："得令！"

宋昆无奈摇头。两个学生，一个阴沉一个活泼，尽管他向来自诩公正，但到底还是对沈虞凶不起来。

这件事宋昆处理得很低调，沈虞也尽量"收了收性子"，没往外蹦一个字。

一切都正常,唯有程朗不太正常。整个上午,安静的办公室内,只有他时不时发出躁动的声响,翻页的声音一阵又一阵,听在耳边尤其刺耳。

沈虞烦得戴上降噪耳机,才能继续投入地看文献。

脚还没全好,所以午饭时间她没去食堂,拜托许雯给她带了饭。

难得休息,她靠在椅子上玩手机,翻到微信,看见自己和温折的对话框被涌上来的群消息挤到了下边。

见他一个上午都没给只言片语的回应,沈虞冷哼,有些不爽,发消息时指尖用力地敲打着屏幕:"温折,你回答我。"

她停顿几秒,才出发后一句:"上天到底给你关了哪一扇窗?"

过了很久,那边才显示"对方正在输入"。

沈虞哼哼两声,继续打字发过去:"是和我的对话窗吗?"

于是,"对方正在输入"也消失了,对面的人大概在以行动表示何为彻底关上对话窗。

沈虞对温折牙痒又无奈,到底也没再乱撩拨,没话找话道:"我和你说件正经的事,我明天要去鼎越实习。"

这次,温折回了,很是正经:"人力资源部和我汇报过。"

所以他的意思是——这事与他无关?

沈虞噘了噘嘴,继续敲屏幕。

小鱼:"这样我是不是每天都能见到你啦?"

小鱼:"快乐到转圈圈。"

办公室内,温折单手拿着手机,有些分神。实习生这事他刻意没过问,一直交给人力资源部去办,但兜兜转转还是她。

他动了动手指:"会有专门的VP(副总监)带你。"

他又在答非所问,沈虞非常不甘心。

小鱼:"总裁办公室还缺人吗?"

W:"不缺。"

小鱼:"胡说,明明缺人!"

温折的指尖顿了一下,他没回,等着她要把戏。

他已经摸清了她的套路，一般这种说一半留一半的话，她就是在变着法地卖关子。

果然，几秒后，屏幕跳动了一下。

小鱼："你忘啦？"

小鱼："缺个老板娘呀！"

温折松了松领带，唇角无意识地牵起，又压下。他揉了下眉心，压抑着胸腔中的燥热。

沈虞看着半天没反应的手机，不死心地又补了句："我排着队，拿着爱的号码牌。"

她还发了一个"猫猫害羞"的表情包。

她等呀等，没等到温折的回应，却等到头顶一道尖酸刻薄的男声。

她一抬眼，麻烦来了——

"沈虞，你是不是很得意？"程朗直直地站在她的桌前，放在桌上的手因为生气而布满青筋，"给宋老师送了不少礼吧，让他这么偏着你？！"

话音刚落，沈虞收敛笑意，缓缓地放下手机，到底还是收着脾气："饭可以乱吃，话不可以乱讲。"

"怎么，你们敢做还不让我说了？！"程朗瞪大眼睛，咬牙切齿地说道，"明明已经定下是我了，为什么最后却换成了你？！"

"为什么你不清楚吗？宋老师给了我们公平的竞争机会。"沈虞靠在座椅上，嘴角扯起嘲讽的笑，"技不如人就怨天尤人，你不觉得很可笑吗？"

这话明显戳到了程朗的痛处，他脸色发青，梗着脖子道："可明明是我！最开始定的是我！凭什么你来了就是你了？！"

"你为什么什么都要和我抢？明明这个实习对你并不重要。"

程朗冷笑道："你不过是想抢我的东西而已。"他表情惨淡，"你这种人，总把抢夺别人的东西当成爱好。"

沈虞脸上的笑意越来越淡，她反问道："你的东西也值得我抢？这不是唾手可得的事吗？"

程朗听完这话，脸青了又白，哆嗦着唇瓣，用手指向沈虞："你等着，沈虞，你的报应在后头。"

沈虞目光淡淡的，听到门"哐当"一声关上，面无表情地移开了视线。

报应？她觉得有些好笑。

记忆里，沈弯弯也和她说过好几次这句话，大概是"你这种不择手段的人，一定会遭报应的"云云。但沈光耀和韩雅都还没遭报应，她能遭什么报应？论资排辈，这事暂时还轮不着她。

沈虞的好心情去了大半，她悻悻地拿出手机，目光倏地落在温折几分钟前的回话上。

W："那你要等一等，前面还有249个人。"

沈虞的手抖了抖，她闭上眼。

她错了。百因必有果，她的报应就是温折这个狗男人。

翌日清晨。

"可以啊小虞。"梁意惊喜的声音从手机那头传来，"这才几天啊，你就打入敌人内部了？"

"低调，低调。"沈虞边说边从包里摸出化妆镜，仔细地检查了一番妆容，确认各个地方都很完美后，才满意地抿了抿唇，"离追上还早呢，千里之行始于足下。"

沈虞也算有自知之明，毕竟昨天还从温折那儿收到个充满嘲弄意味的"二百五"。

"哈哈哈。"梁意笑道，"行，那等你追上了请我吃饭啊。"

"吃饭算什么？"沈虞合上化妆镜，放出狂言，"等事成了，别说吃饭，我让温折给咱们送外卖，随叫随到那种。"

手机那头，梁意笑得声音直颤："好好好，我等着温总给我送外卖。今儿是咱们小虞实习第一天，好好加油！"

沈虞和梁意通完晨间电话，出租车也恰好到了鼎越所在的大厦。

人力资源部的经理昨天就已经联系了沈虞，让她今天有时间就可以来报到。结合课表，她一周除了周三和周末，都要来鼎越上班，再加上本来就有的课程和研究任务，可以说时间是紧之又紧。

沈虞循着经理说的地址，进了这座地处繁华市区的写字楼。从二十到二十四层，都是鼎越资本的地盘。沈虞来到二十一楼，和人力资源部的经理简单地打过照面后，便去了投资部所在的二十二楼。

投资部经理名为蒋胜，是圈内大名鼎鼎的"点金圣手"。沈虞来之前查过，温折曾不惜重金找猎头公司挖来蒋胜，而身为副总裁的蒋胜目前也是鼎越的合伙人之一，雷厉风行和不留情面都是圈子里出了名的。

得知顶头上司就是他，沈虞还有些紧张，连敲门都数着拍子。

"请进。"

沈虞推开办公室的门，原以为会看见一个严肃端坐着的大领导，谁知男人只是靠在座椅上，悠然地饮着茶。可能是因为场内还有别人，蒋胜向来颇具威严的眉眼此刻并不让人觉得紧张。

而他斜侧方的沙发上……沈虞看去，恰和那人四目相对，愣在原地。

今天是工作日，温折穿着正式的西装，连领口的纽扣都系到了最上面一颗，但表情又带着放松的散漫。

他为什么会在这儿，是亲自来和蒋胜谈事情吗？

沈虞张了张唇，脑子飞速地转动，正在思考该不该装不认识温折。下一秒，温折便淡笑着问蒋胜："看着眼生，是新来的实习生？"

好的，看来他是要装不认识她，沈虞淡淡地瞥了眼温折。她当然知道温折是为了避嫌，但他这么避而不及，还是成功地勾起了她的火。

蒋胜没注意到二人的状态，问道："沈虞？"

沈虞忙点头："蒋总好。"她又看向温折，脸上露出恰到好处的陌生和踟蹰："这位是？"

蒋胜："这位是温折，温总。"

"哇！"沈虞再次恰到好处地露出惊喜和膜拜的表情，夸张地捂住嘴，倒吸一口气，"您……您就是温总吗！"

戏瘾一上来，她甚至还朝温折走了两步，一副激动无比的模样："我……我久仰您的大名！天啊，来鼎越的第一天竟然就见到了您和蒋总！"

沈虞心想：要不是蒋胜太严肃，她势必要对着温折大喊三声"你是我的神",让他感受一下何为"社死"。

她这一套戏演下来,温折始终无动于衷,满眼"我就看着你演"的冷漠之色。

几秒后,温折皮笑肉不笑地吐出四个字:"我的荣幸。"

蒋胜见多了这种恭维,未做表示。他翻动着桌上的简历,不痛不痒地和沈虞闲聊,时不时地抛出几个问题。

沈虞也打起精神回答,一开始还游刃有余,但说到后头,便吃惊地觉得有些吃力。

她动了动睫毛,心说蒋胜果然不同凡响,对她一个实习生的考问都如此有水平。

她开始放缓语速,时不时地停顿下来思考一番。蒋胜的表情越发严厉了,带来的压迫感极强。

温折摩挲着指尖,提醒的话到了嘴边,却见沈虞始终挺直着背,语速开始变快,思路也逐渐清晰,将去年跟着宋昆做过的项目完整地复述了下来,观点犀利又准确。渐渐地,蒋胜脸上出现了近似满意的神情。

温折略微有些失神,垂下眼睑,记忆里那个遇事懒散、考试发慌的少女渐渐地和眼前这个穿着白色工作装、窈窕挺拔的背影重叠。

她似乎已经不需要他帮忙了,好像也唯有他仍执拗地抱着过去的记忆。

"小姑娘基础挺扎实。"蒋胜并不吝啬于夸奖,露出笑面虎般的表情,"去吧,找琳达给你介绍一下实习内容,我已经和她打过招呼了。"

沈虞微微松了口气,心知蒋胜大魔王这关总算是过了。

"谢谢蒋总。"沈虞说完,又朝温折看了看,朝他眨巴了两下眼睛:"那……我走了。"

温折正低垂着眼,不知道在想什么,闻言淡淡地朝她看了一眼,微微颔首,将冷淡与陌生演绎得淋漓尽致。

沈虞心中冷哼好几声,走到门边正要关门,忽听到了蒋胜的声音。

他不是冲她说的,那便只能是对温折:"你说你这一大早跑我这儿来干戳着干什么?闲着没事帮我去跑项目。"

沈虞的心一跳,她屏息往下听。

温折似乎站了起来,接着传来了脚步声。

谁说我没事?这不是办完了吗?"

蒋胜:"你干什么事了?"

脚步声越发近了,温折大概要出来,沈虞来不及听下一句,连忙轻手轻脚地离开了。

温折将手搭在门上,淡淡地说道:"怕你把小实习生吓跑了,过来看着。"

蒋胜:"这都能吓跑,那她也别来了。"他随手抿了口茶,"我怎么不知道你还能有这好心?"

温折垂眸,淡哂道:"谁知道呢?"

沈虞走出好几米后,才看见温折从办公室出来。她回头,正对上他漫不经心的眼神,愣了一下。突然,她脑中的线索串成了一条线——温折刚刚说他找蒋胜有事,而她前脚走,他的事后脚就办完了。

所以,她可不可以认为,他是为她来的,还是专门来见她的?!

想到这儿,沈虞勾起高深莫测的笑容,直到身后传来一道干练的女声:"是沈虞吗?"

她连忙回答:"是我。"

"我是琳达。"来人身材高挑,穿着正式的工作服,表情淡漠,"你跟我过来吧。"

沈虞收敛心思,跟在琳达后面,与此同时,听见身后传来此起彼伏的"温总"。

跟着琳达到工位后,沈虞回头望向电梯口,斜对面的温折站在电梯内,电梯门正向中间关闭。

须臾后,门关上了,男人颀长的身影彻底消失。

沈虞重新回神,专注地听琳达讲话。

琳达几乎不讲废话,三言两语便向她介绍完了工作内容。鉴于她刚来,暂时不用出去跑项目,所以目前的工作地点就在鼎越。

"投资部几个经理都在外地,暂时不在。"琳达说,"二老板是我们蒋总——只要工作不出差错,蒋总就不会为难人。

"大老板温总在二十四层办公,你运气不错,刚来就见到了他。"

说到这里,琳达淡淡地扫了眼沈虞精致到挑不出瑕疵的五官,表情变了变,说话异常直接:"但有一点,不要打温总的主意。"

沈虞眨巴了下眼睛,没吭声,心说:难道她都这么明显了?

"温总不喜欢心思不正的人。"琳达回答得很生硬,"要想保住工作,你就不要凑上去招惹他。"

"心思不正"的沈虞讪讪地摸了摸鼻子:"哦……"

琳达走后,沈虞翻了翻微信,看到温折的头像,轻哼一声。

所以琳达是有多少前车之鉴才总结出的经验?他可还真是和花一样招蜂引蝶。

她没忍住,愤愤地给温折改了个备注——"温娇花",字后面还跟了个粉红色的花朵图标。

沈虞看着自己的杰作,半晌,笑眯眯地藏起了手机。

这是沈虞第二次参加实习。

本科时她被坑去一家公司的财务部干了两个月的廉价会计,在那之后由于忙于升学、考证,所以一直没能进入正规的金融公司实习。

书本上的知识到了实践环节终究有些捉襟见肘,整整一天的时间,沈虞对着一大沓项目评估书,看得头晕眼花。

但琳达淡定地说,这还只是一小部分,并且希望沈虞要尽快从这些如雪花般的项目中找到具有投资价值的,并写出分析报告。

因这庞大的工作量,沈虞除了吃饭,屁股几乎没挪过位置。一整天咖啡续了三杯,桌案上堆了高高的材料,她甚至都忘了去骚扰温折。

鼎越是自愿加班模式,晚上到了下班时间,沈虞朝内部电梯看了一眼——好像一直没看温折下来过。

周围不停地有人下班离开,琳达走前又拿了个文件夹放在沈虞面前:"这是合作伙伴发来的项目书,你先做个初审。"她又拍了拍沈虞的肩膀,显然对沈虞的工作态度还算满意,"早点儿休息。"

琳达走后,这一层包括沈虞在内就剩下几个人了。

沈虞看看琳达的背影,又瞅了眼满桌的文件,心说:这也休息不了啊!

她揉了下眉心，怕晚上睡不着，没敢再喝咖啡，只能强打精神继续工作。

时钟"嘀嗒"作响，提醒沈虞的是饿得"咕咕"作响的肚子，她再一抬头，时钟的指针已经指向了九点半。

沈虞惊了下。这个点不好打车，需要提前预约，她赶忙打开手机约车。

突然，她对面传来椅子摩擦地面的声音，有人问道："这第一天就忙到这么晚啊？"

说话的人叫郑林，戴着一副黑框眼镜，看起来年纪不大，却是投资部的老人了。

此时人都走光了，只剩他们二人。

沈虞不喜欢和陌生男士单独共处，客气道："第一天我更要多学点儿。"

"别给自己太大压力，"郑林直勾勾地看着她，语带宽慰，"慢慢来就好。"

沈虞颔首"嗯"了一声，而对面的郑林依旧在慢吞吞地收拾着东西，不停找着话题和她闲聊。

沈虞漫不经心地应着，却低头摸出了手机，百无聊赖地刷着屏幕。

找到和温折的对话框，她轻轻地打字。

小鱼："好饿啊！"

见他没回应，她又拍了一张照片发过去——桌面上一沓沓的文件。

小鱼："加班到现在，鼎越就是这么压榨员工的吗？"

小鱼："我要求加工资！！！"

几秒后。

小鱼："无良老板，怎么一说加工资就装死？！"

温折和几个在外的副总监开视频会议，结束时已经九点半了，但对面的写字楼依然灯火通明——在这座城市，加班已成常态。

手机传来好几声"嗡嗡"声，屏幕上跳出一条又一条消息。

沉寂了一天的蓝色小鱼突然甩起尾巴，激起满池涟漪。

温折垂眸，半晌，指尖轻点手机屏幕。

·89·

温娇花:"没吃饭?"

看见消息,沈虞倏地挺直脊背:"还没!老板不给点儿补偿吗?"

温娇花:"什么补偿?"

沈虞咬唇笑:"请我吃个夜宵吧……"

温折瞥了眼她刚刚骂的"无良老板",回复:"你这么和老板说话,还想吃饭?"

沈虞的指尖绕着屏幕打圈圈,她正琢磨着该怎么回,郑林依旧在耳边喋喋不休,有种要谈天谈到天昏地暗的趋势:"我看你晚上都没吃饭啊!"

"嗯,没吃。"沈虞随口应道,接着低头发消息:"因为我没把你当老板呀!"

顿了下,她倏地觉得这话简直是胆大包天,连忙跟了句:"当未来男朋友。"

她发完,屏幕似乎是静止了。

郑林还在说话,可能以为她要减肥:"可不能经常不吃饭啊,我看你这么瘦,别把身体饿出问题了……"

"谢谢,会去吃的。"沈虞没心思回他,嘴上敷衍着,眼睛却是直直地盯着手机。

郑林碰了好几个软钉子,摸了摸鼻子。

温娇花:"你还挺自信。"

温娇花:"下楼。"

小鱼:"啊?"

温娇花:"吃饭。"

小鱼:"啊啊啊!好!我就在楼下等你!!!"

发完,沈虞生怕人后悔,飞快地从座位上弹起,利落地收拾东西。

"你要走了吗?"郑林站起身,顺势就跟在沈虞后头,笑道,"我也顺路,一起啊。"

沈虞偏头看他一眼,点点头。

他们走到电梯前,楼层显示从二十四楼往下,转眼间,又降了一层。

而郑林站在沈虞身侧,看着女人姣好的侧脸,眼睛半晌就没动过。

沈虞低头翻着手机,侧颜冷淡。

郑林握在身侧的手松了又紧,他终于开口道:"那个……"他又清了清嗓子,使声音更加清亮,"我晚上也没吃。"

突然,"叮咚"一声,电梯到了楼层,门缓缓地向两侧分开。

里面笔直地站着一人——西装勾勒出其颀长的身影,他正垂眸看着手机,袖口处露出一截清瘦的手腕,上面还戴着块泛着金属光泽的腕表。

"我知道一家不错的店。"与此同时,郑林总算说出了斟酌一路的话,"小沈,我请你吃夜宵吧!"

半晌,没有得到回应的郑林紧张地抬起头,又顺着沈虞的目光看向电梯,对上了男人冷淡到有些瘆人的视线:"温……温总。"

少顷,温折垂眼,目光从沈虞面上一瞥而过。

"不是去吃饭吗?"他嗓音很轻,"还不进来?"

如梦初醒般,郑林在沈虞之前先应声:"是是是,我们这就进去。"

沈虞迈步,脑中还在思考,但想了半天也没弄明白温折那句话到底是冲谁说的。

郑林不知道早上的事,还殷切地朝沈虞介绍:"来,小沈,快进来,这位是我们的大老板温总。"

说实话,平时温折身边大多时候都簇拥着人,郑林还真很少这般近地接触他,一时满是会见大老板时的紧张。

而沈虞想不明白也就不想了,装作一副小职员见大老板的模样,低头老实巴交地喊道:"温总。"

温折颔首:"嗯。"

郑林自觉承担起中间人的角色,又一头热地向温折介绍:"这位美女是我们投资部今天新来的实习生,叫沈虞,A大的研究生呢!"

沈虞继续谦虚地笑着。

温折却是偏头睨了眼郑林,嘴角弧度浅淡地重复了一句:"今天新来的?"

"对。"郑林说。

温折看了眼表:"那你们关系不错。"

郑林一噎,尴尬地觉得自己刚刚的邀请很可能被大老板听见了,只能笑了一声,说:"这不,小沈和我都没吃晚饭,我想着这不刚好可以一起吃夜宵。"

"刚好?"温折缓声反问道。

郑林声音轻了些:"是啊……"

"是刚好。"温折将余光落在旁边那道一声不吭的倩影上,"我也没吃。"

"那……"郑林脊背上的汗更多了,"我们一起?"

话音刚落,沈虞站不住了。且不说她根本没有答应郑林,好不容易从温折那儿撬来的一餐饭怎么能被其他人打扰?

"那个,"沈虞看向郑林,义正词严道,"我减肥,不吃夜宵了,谢谢啊!"

所以……

郑林瞅了瞅立于一旁的温折,当机立断:"巧啊,我突然也感觉没那么饿了。"

温折似是笑了:"不吃了?"

郑林用力摇头:"不吃了。"

温折抬首看向不断跳动的电梯楼层数字:"你说的夜宵店在哪儿?"

"西林路189号的龙虾馆。"郑林竹筒倒豆子般回道。

这时候,"叮咚"一声,电梯停在了一楼。

郑林被大老板不清不楚的态度弄得满身冷汗,生怕说多错多,也不管什么夜不夜宵了,随便客气了几句便脚底抹油般离开了。沈虞慢吞吞地跟在后头,低头滑着手机,一副要走不走的模样。

生怕温折不记得吃饭的事,沈虞临走前还回头朝着他用力地眨巴了两下眼睛。

电梯门已经快要合上了。

温折蹙眉:"你眼睛抽筋了?"

沈虞:"……"

没等她说话,温折按住开门键:"你不进来?"

"啊？"沈虞回头张望了下，"那郑林……"

温折看了眼郑林疾走的背影，扯唇："怎么，你要喊他一起？"

"不要！"沈虞猛摇头，小跑着就窜进了电梯，努力压下快要飞起的唇角。

"怎么吃个饭还弄得和特务接头一样？"她垂着脑袋，一边偷看温折，一边假装抱怨，"让人怪不好意思的。"

温折睨她："那买个热搜昭告天下？"

"嗯……"沈虞转动眼珠，小声叨叨，"怎么不行呢？"

她顶着男人的视线，声音越来越小："当然，留到官宣再买也行。"

温折的眸色一沉，他凑近她，声音也低了些，拂在沈虞耳边："官宣？"

女人抬头，眼珠乱转，一副无赖到底的架势："你不信我能追到你吗？"

温折看着她，眼中是一望无际的黑，动了动唇，终究忘了反驳。这更加助长了沈虞的气焰，她抬起头，直勾勾地盯着男人，眼中的自信和骄横快要溢出来了。

距离缩短了，二人靠得有些近。电梯环境逼仄，沈虞甚至觉得温折的呼吸就响在她的耳边。

她睫毛微颤，心跳也越来越快。

打破沉寂的又是电梯到达楼层的提示声，似是将人敲醒的警报钟。与此同时，沈虞光洁的额头被人用指节毫不留情地敲了一下——她所有的旖旎想法瞬间被打散。

"想太多。"温折漫不经心地收回手，插兜便先走出了门。

沈虞捂着脑袋，恼得在电梯内跺了下脚，结果被转过身的温折看了眼，又讪讪地跟了上去。

跟着温折来到车前，看见他手上拿着车钥匙，沈虞颇为受宠若惊："你亲自开车呀？"

温折拉开驾驶室的门："不然你开？"

沈虞连忙摇头，拉开副驾驶室的门就钻了进去："勇士啊，我开的话，你还敢坐这辆车？"

"为什么不敢？"温折关上车门。

"我才出了车祸啊！"沈虞摩挲着指尖，半开玩笑地说，"我还以为只有我舅舅敢坐呢。"

温折本来在点火，闻言突然扭头，语气冲得莫名其妙："世界上除了周宪没别人了？"

沈虞动了动唇，不知道哪里惹了温折，却见他已经重新目不斜视地望向前方，开起了车。她一口气堵着，半晌没出来。最终，她恨恨地一扭头，只给温折留了个后脑勺儿。

车子平稳地行驶在路上。温折用余光看到的车窗上，是沈虞紧绷着脸不高兴的模样。

温折收紧下颌线，几秒后，沉沉地问出口："你在干什么？"

沈虞木着一张脸："在呼吸。"

温折："……"

大概是被惹怒了，温折一脚油门踩下去，车子突然加速，一下便飞出老远。

沈虞厌得默默地握紧了安全带。

窗外街景变换，一刻钟后，轿车停在一处沈虞也不知道在哪儿的地下停车场里。

"下车。"留下这句话，温折"啪嗒"解开安全带，转身就开了门。

他跩什么跩？沈虞气呼呼地解开安全带，打开了车门，就见温折正站在车边。许是觉得一整天的穿着都过于笔挺了，此刻的他解开了西装的扣子。

春日的夜晚气温骤降，她又素来爱美，不喜欢穿丝袜，伸腿出来后冷得哆嗦了下。

沈虞转了转水盈盈的眸子，决定给他个弥补的机会："温折，我冷。"

温折的目光落在了她的腿上。

今天是实习第一天，为表正式，沈虞穿着工作装，职业裙短得盖不住膝盖，露出笔直纤细的小腿，在夜色下白得泛着光泽。

"冷还穿裙子露腿？"他冷冷地收回视线。

沈虞一噎，慢吞吞地下车，一副"我不听，就是不听"的模样。

"公司对着装没有特定要求，"温折语气淡淡的，"你可以穿长裤。"

沈虞冬天都穿裙子，并不真的怕这点儿冷，此时不过是想套路温折的外套。见他叽叽歪歪地说这么多就是不脱外套，她实在忍不住，哼道："我就想穿裙子，你是我男朋友吗？管这么多……"

后面的话在她触及男人的眼神后，被她尽数咽下了。

"我当然管不了你。"温折平静地盯着她。

女人却是不服地耷拉下眉眼，莹白的小脸和他记忆中那张娇蛮的面孔重合。少女时她也常会这样无理取闹，惹得人心软得一败涂地。

她一直就是这样。

温折几不可闻地轻叹了一口气。

一件带着木质清香的西装外套笼罩下来，上面还保留着属于温折的体温，伴随着他一声生硬的"挡风"。

沈虞垂头，纤细的指尖攥紧衣服下摆，唇角止不住地向上勾起，忍了很久才没当场笑出来。

她的心情似乎一瞬间就好了起来，她迈步跟在温折身后："你要带我去哪里吃？"

似是想起什么，温折扯唇，笑意不达眼底："西林路189号。"

沈虞的脚步一顿，她眨巴下眼睛。

这地方……有点儿耳熟。这不就是郑林说的地方吗？这男人还能这样借花献佛？

沈虞："你来这里吃过吗？"

"没。"

"那你……"

"郑林能请，我不能吗？"

沈虞："不是，你能！你当然能！"

"跟上。"温折的唇角翘起了很浅的弧度。

他们走了几分钟，映入眼帘的是一个美食广场。郑林口中的那个龙虾烧烤店最是显眼，巨大的LED招牌挂在前面，透明的玻璃门内坐满了人，甚至有顾客为着气氛，还专门坐到了门外。

烧烤的浓烟混着炒龙虾的油香飘满整个广场,活脱脱像是巷子里的大排档。

沈虞倒是无所谓——她高中、大学时经常和朋友来这种地方吃饭,就是……她瞅了瞅温折,他长了这么张欺霜赛雪的脸,也不知道吃不吃得惯。

于是她又问了一遍:"你真的要吃吗?"

温折低头看她:"你不想吃?"

沈虞摇头:"我当然可以,就是你……"

她的眼眸中透露出一种"你不要为了我勉强自己"的意味。

温折读出了她的意思:"你觉得我吃不了这些?"他脸上的笑容带着冷嘲,"我没那么金贵。"

"哦……"沈虞眨了下眼睛,突然不知道该说什么,他们现在似乎还不是那种能随便探讨过去和家庭的关系,"那进去吧。"

他们一进门,便有服务员来接待,热情地带领他们去了个二人座。

温折把菜单递给她:"想吃什么?"

沈虞拿起笔,倒也没手软,随手勾了一些爱吃的,又点了两大份龙虾,蒜香和麻辣味的都要。

她把菜单给温折后,男人垂眸看了下,直接递给了服务员。

"你不点?"沈虞问。

温折:"够了,我吃过晚饭了。"

沈虞托腮,撇了撇嘴:"那你还说没吃。"

店内的灯光映在男人的眉眼上,他挑了下眉,问她:"你不也说要减肥吗?"

沈虞:就你长了张嘴!

她理直气壮地说:"郑林今天还说我太瘦了,不能不吃饭。"

温折将目光落在她的身上,眼见宽大的西装外套搭在她的身上,空荡荡的。她是很瘦,这么多年了也没长点儿肉。

他收回视线,淡淡道:"以后要按时吃饭。"

沈虞有些累了,懒洋洋地打了个哈欠,一听这话便托着腮,桃花眼含着盈盈波光:"那你要每天都监督我。"

"我管不了你这么多。"温折垂眸,用开水烫着餐具,再用纸巾擦干净,"是你自己说的。"

沈虞噎住,发现温折这人真的可以三句话把天儿聊死。

因为人多,菜上得也慢。沈虞哈欠连天,眼皮都快撑不住了,而温折还在低头看手机,屏幕上一片文字,估计又有什么工作。

又一个哈欠,沈虞站起身,准备去洗手间醒神:"我去下洗手间。"

温折将目光从手机上移开,点头。

沈虞走远了,窈窕的背影隐在人群中。温折缓缓地收回视线,重新垂眸看向手机。

忽然,满室的喧嚣和熙攘间传来一道女声,压抑着惊喜,又满是不确定般,嗓音细细的又怯生生的:"温折?"

温折抬眼。

说话的人就站在桌边,身边还站着几个女生,她们刚从包间里出来,大概也是来吃夜宵的。

温折眉头微蹙,辨认了好一会儿。

看出男人眼神中的陌生,沈弯弯眸色顿黯,有些失神道:"你不记得我了吗?我是沈弯弯呀!是不是因为我……"说到一半,沈弯弯满是抱歉地捂住唇,一副欲言又止的模样,"毕竟当年那件事也是因为我。都是我不好……我替她给你道歉……"

而不远处,沈虞从人群中走过来,眼看着就要往这边看过来。

温折平静的眼眸里骤然掀起波澜,他直接打断了沈弯弯:"这件事还请不要再提。"

沈弯弯的睫毛剧烈一颤,脸色也因尴尬而泛白,她说:"哦,不好意思啊。"

她将目光落在温折对面的座位上,那里放着一个米白色的女士手提包,旁边还放着属于男人的黑色西装。沈弯弯垂下睫毛,挡住眼中的晦涩。

"你还有事吗?"温折的声音中并无多少热络。

"没有了。"沈弯弯捏紧手中的包,咬着下唇,弯唇笑了笑,"那……以后常联系。"

可话说出口她才发现，自己连温折的微信和电话号码都没有，怎么联系？

未等她开口，温折已经终结了这段对话，淡淡地道："再会。"

店内的人越发多了，沈虞走在路上，差点儿和急着上菜的服务员撞上，再转头时，她的目光突然定定地停顿住了。

就在不远处，温折的桌前站着几个女人，为首的穿着浅色的连衣裙，留着一头长长的黑色直发——她化成灰沈虞都不会忘记。

沈弯弯正在和温折说话，眼睛里是掩藏得很好的欢喜和无措。

所以……他们为什么会认识？沈虞不知道该怎么形容这种心情，一种久违的、熟悉的争夺欲"轰"地燃烧起来。她意识到这样不对，又强自压下了。

沈弯弯只在桌前停留了很短的时间，很快便离开，出了夜宵店。

沈弯弯离开后，隔着不远不近的一段距离，温折转头看了过去。他的黑眸看似无波无澜，却又好似深潭，隐藏着无数种说不出的情绪。

沈虞装作没看到，淡定自若地走过去，坐下。

服务员过来上菜，喷香扑鼻的烧烤味引得人食指大动，沈虞却没有了来时那么好的胃口，有一搭没一搭地吃着，时不时地抬眸看温折一眼。

"我都看到了。"她低头剥龙虾。

温折看着她的动作，淡然问道："看到什么了？"

沈虞试探着说："刚刚有女生找你说话。"

"嗯。"温折放下手机，面色平静，"沈弯弯。"

龙虾头被沈虞用力地拧下。她抬头，眼中闪烁着怪异的情绪，张口就问："你怎么认识沈弯弯啊？"

温折未吭声，只是低头缓缓地戴上了塑料手套，灯光下，修长的手指泛着珠光般的柔和色泽。

他挑了只小龙虾，指尖灵巧地剥壳、去头，很快露出龙虾雪白的肉，放在沈虞的碗里。

看着温折的动作，沈虞受宠若惊，一时间连要问什么都差点儿忘了。

少顷，温折开口道："我认不认识她和你有什么关系？还是说，你有什么想法？"

男人沉沉地望着她，黑眸压抑又冷淡，隐隐有山雨欲来的趋势。

沈虞被看得一愣，脊背莫名其妙地渗出寒意，好像所有的不好的、阴暗的、刚刚冒头的意图全都被他看穿了。

沈虞摇头，干笑两声，掩饰着一闪而过的慌乱神色："我能有什么想法？她是我的继姐。"沈虞低头吃虾肉，"但我不喜欢她。"

顿了顿，沈虞还是忍不住打探："你和她是怎么认识的？你……对她印象怎么样？"

温折："同学，不熟。"

沈虞咬着筷子，迟疑地问道："你是……苏城人？"

沈弯弯高三之前都在苏城，高三借沈光耀的关系转来了京城，大学念的也不是B大，如果和温折是同学，最有可能便是在苏城的时候。

在沈虞的余光里，男人仍旧低头剥着虾，只是让人更加捉摸不透他在想什么。

半晌，他答道："是。"

沈虞心中涌现出一种怪异的感觉："哈哈，巧啊，我也在那儿读过书。"见温折沉默，她又干巴巴地笑了两声，"说不定我们还是校友呢！"

温折的嘴角抽了一下，他不置可否："可能吧。"

不知怎么，说话的氛围就这么淡了下来。

沈虞索性转移话题，乖巧地把碗递过去接虾肉："我还要。"

温折把虾肉丢进她碗里，伸手继续剥虾。

"你剥虾好利落啊！"沈虞看着他的动作，不太高兴地撇了撇嘴，"是不是经常给你的前女友剥？"

温折的动作顿住。

"那你呢？"他抬眼看着她，语气淡淡的，"经常让前男友给你剥虾吗？"

沈虞愣了下，坦然地耸了耸肩："你知道的，我不记得了。"

"咔嗒"一声，龙虾的头被狠狠地拧下，温折直接扔了整只虾，低声道："你是真没有心。"

沈虞怔住，咽下口中的虾肉，抽纸擦了擦嘴，点头："对啊，我是没有心。"

温折看着她。

她理所当然地眨巴了两下眼睛："我的心不就在你那儿吗？"

满腔沉郁就这样被戳破，他闭了闭眼睛：算了，他又能和她计较什么？

"快点儿吃，"他脱了手套，没再给她剥虾，"不早了。"

看到他的动作，沈虞低头哼了一声："小气。"

她开始专心吃东西，两盘小龙虾三下五除二便下了肚。其间，她虚情假意地问了温折好几遍："你真不吃？"

温折分出个眼神，嘲道："你又不是吃不完。"

沈虞被戳破心思，有些恼羞成怒："你好烦啊！"

温折没理她，唇角轻牵了下。

等他们结束，时间已近凌晨。店内的人不减反增，仿若沸腾的开水，燃烧着一整天的疲惫。

回程的路上，沈虞有些尴尬地吸了吸肚子，侧头问："我是不是真的吃了很多啊？"

"习惯了。"

沈虞疑惑："习惯什么？"

温折愣了一瞬，摇头："没什么。"

沈虞觉察到他的愣神，突然冷哼了一声，低头抠抠指甲，罕见地没开玩笑："温折，我知道你有什么意图。"

"意图？"

"我现在就和你把话说清楚。"沈虞烦躁地摩挲着手机，绷着张脸，"我对你是认真的。你要什么时候喜欢我了，咱俩就在一起。你要搞那些有的没的，把我当什么'白月光'的替身，我劝你想都不要想——我受不了这委屈。"

几秒后，"扑哧"一声，她的侧面传来男人低沉的笑声。

沈虞恼得瞪过去："你笑什么？"

温折："你的想象力还挺丰富。"

"你什么意思?"

"没这回事。"

沈虞刚刚还火热运转的大脑死机了一下:"哦。"

她垂眸,突然觉得脑子有点儿乱,想问什么又问不出口。没这回事……那是哪回事啊?他也没说她到底有没有机会啊!

沈虞托着腮,突然觉得温折这一手欲擒故纵玩得是真熟练。

车内突然安静了。前方车流拥堵,远远望去甚至长得望不到尽头,温折缓缓减速,停了车。

就在这时,整天的疲惫涌上来,沈虞靠着车窗,眼皮慢慢耷拉了下去。

身侧"叽叽喳喳"的女人突然没了声音,温折扭头,看见沈虞正靠着车窗,睡得不知天地为何物,纤长的睫毛垂下,投下一层阴影。

这人真是没有半点儿防人的心思……温折摇了摇头,伸手把西装搭在了她的身上。

沈虞又做梦了。她梦到七年前,韩雅带着沈弯弯搬进了沈宅。

沈光耀把她的书房送给了沈弯弯做卧室。那天,沈虞无意间在沈弯弯搬家落下的一本书中看见了夹在其中的照片。

照片应该是偷拍的,被人保存得很好——穿着校服的男生半蹲在一棵葱郁的枫树下,领口露出平直的锁骨。

阳光正好,洒在他的面上以及他掌下那只被喂得油光水滑的橘猫身上。橘猫撒着娇,仰着脖子求撸,男生俊秀的面上含着浅淡的笑意。

沈虞打算收起照片时,在背面看到了一行小小的字——

"初见乍惊欢,久处仍怦然。"

和书上的名字对比,这就是沈弯弯的字迹。

看完后,沈虞轻蔑地一笑,脑中阴暗的念头一闪而过。她晃晃脑袋,重新把照片塞进书里。

忽地,她眼前的景物飞转——她来到了苏城高中的后门。

沈虞亲眼在老枫树下看到了他。那只肥硕的橘猫还在,正露着肚皮躺在男生的掌下。

男生蹲着,有一搭没一搭地抚摸着猫。纤长的睫毛垂下,挡住眼睛,他呆愣着,不知在想什么。

那时候她已经放了暑假,整个苏城高中只有高三还在补课。

沈虞熟门熟路地从后门翻进去,轻手轻脚地背着手走到他身后,拍了他一下:"好学生,又逃课啊?"

突然的动静让一人一猫都吓了一跳,橘猫甚至连毛都炸了,猛地"喵"了一声。男生好一点儿,但也被惊得转头,看见是沈虞,又倏地背过了身。

沈虞愣住了,停顿住脚步,没再上前。因为她好像看到……他的眼眶是红的。

"你怎么在这儿?"男生别过头,声音很闷。

沈虞跟着蹲下来,笑眯眯的:"我来找你啊!"

她跟了他一个多月了,半点儿进展都没有,这眼看着放暑假了,可不得来刷刷存在感?

沈虞也试图把手放在橘猫的身上,但刚刚伸手,就被猫龇牙咧嘴地凶了一下。

"它怕生。"男生瞥她一眼,"你先别碰它。"

沈虞不爽了,看着在他手下搔首弄姿的猫咪,"啧"了一声:"什么怕生啊?"她不无忌妒,"就是只小色猫。"

男生沉默了下,似没忍住,牵唇笑出了声。

沈虞托腮,看着他的侧颜,正窥得他眉眼间暂未散去的笑:"你笑什么?"

她看得有些失神,突然就理解了沈弯弯写的那句"初见乍惊欢"。

沈虞也不管他为什么笑了,嘟囔道:"算了,只要你开心就好。"

男生没说话,沉默地拍拍橘猫的背。猫咪得了信号,甩甩尾巴,懒洋洋地走了。

"我去上课了。"他站起身,最后看了她一眼,"再见。"

沈虞受宠若惊——这还是他第一次和她说再见。

她连忙朝他挥手:"再见!明天见!"

夕阳落在他的脊背上,男生一点点地走远了。

那天过后很久，沈虞才知道他是真的在哭——因为父亲病情的恶化。对一个十几岁的少年来说，这像天快塌下来一样。

场景还在变，忽然，原本风和日丽的画面消失了，变成一个酝酿着浓雾的黑夜。

天黑沉沉的，电闪雷鸣，仿佛世界末日般快要塌下来。

沈虞看见自己在一片看不清前路的浓雾间奔跑，她想，她应该是在寻找什么。

前方浓雾散去，男生背对山河，踏清风朗月朝她伸出了手，仿佛最后的救赎。

沈虞拼命地向前跑，但跑呀跑，怎么也跑不到尽头。终于，等到她精疲力竭，快要绝望时，他终于靠近了她，近在咫尺。

她朝他伸出手——

下一秒，男生却猛地收回了手，对上她错愕的眼神，眸中满是嘲讽和讥诮。他问她："被玩弄的滋味好受吗？"

她脚下的土地往下塌，她的身体一点点下坠，好似即将掉进无穷深渊，万劫不复。

沈虞惊慌地摇头："对不起……对不起，对不起！"

…………

沈虞猛地从梦中惊醒，头痛欲裂，眼角还有未干的泪痕。巨大的绝望和悲伤席卷全身，她弯腰将头埋入腿间，沙哑地呢喃着"对不起"。

身侧的车门突然被拉开了，挟着车外的冷风，男人探身进来，声音充满了难得的温柔："怎么了？"

沈虞摇头，但奇怪的是，听见温折的声音，她一直忍着的泪开始扑簌簌地往下掉。她语带哭腔："我做噩梦了。"

温折蹙眉，伸手抬起她的下巴，抽纸巾替她擦眼泪："做了什么梦？"

沈虞睁眼，映入眼帘的是狭窄的车厢。不知何时，轿车已经停在了她家楼下。男人背对寒夜，替她圈出这么一片方寸之地。

沈虞吸了吸鼻子，满腔害怕和愧疚的情绪涌现，像是攥紧最后一棵救命稻草般突然倾身，死死地环抱住了温折。

埋在他怀中的女人柔若无骨,淡淡的香气直涌入他的鼻腔,他浑身肌肉一僵,看见沈虞抬起被绝望笼罩的双眸,红通通的,满是水光。

"我梦见我的初恋了。"她语不成调,"我又梦见他了。"

话音刚落,温折的睫毛猛地一颤,他忘了动作,愣在原地。

沈虞并未注意到温折的僵硬,又低下了头,眼圈微红,无可避免地被梦境的情绪支配,半晌都缓不过来。

温折将人从怀中挪开,直视着她的眼睛,声音嘶哑:"你想起来他是谁了?"

沈虞失神地摇头:"我……"她顿住,"还是想不起来。"

温折沉默着,突然笑了,嗓音低沉:"所以你是做了什么亏心事,才会怕成这样?"

男人的眸色漆黑,融入无边的夜色中,他看起来是在笑,她却未从他的眼中窥得一丝笑意。

被他这么一问,沈虞渐渐冷静了下来,也终于意识到了自己的失态。

她曾为了报复沈弯弯而去玩弄前任感情的事情,绝对不能让温折知道。

这个男人有着近乎可怕的敏锐洞察力,也同样被人欺骗过感情。如果他知道自己曾做过这种事,别说被她追到手,和她老死不相往来都有可能。

于是沈虞干笑两声,讪讪道:"我能做什么亏心事?你别瞎说啊。"她睁眼胡诌,"我和初恋是和平分手。"

温折这次是真的笑了,沉着嗓音:"和平?怎么和平还会做噩梦?"

男人加重了"噩梦"二字,语气满是讥诮。

沈虞噎了下,突然觉得温折这男人该死的难缠。

"我梦见他这么多年依旧忘不掉我,哭着说没我不行,我跑都跑不掉。"沈虞抱着臂,也不管温折信不信,张口就来,"他真的好爱我啊。"

男人一声不吭。

"你也就胜在我现在喜欢你,"她又悄咪咪地瞥了眼温折,"是不是该有点儿紧迫感了?"

她等着看温折的反应，男人却面无表情，甚至眉目间那点儿难得的温柔也消失殆尽，薄唇吐出无比冷酷的两个字："下车。"

沈虞笑容消失，撇了撇嘴，愤愤地把身上的西装递给温折，然后拿包下车。

温折头也不回地回到驾驶座上。

"谢谢温老板的夜宵。"沈虞站在车窗外，双手在头顶朝温折比了个大大的心，"比心！"

温折侧头睨她一眼，然后目不斜视地转头开车，"轰"的一脚油门，宾利很快消失在她的视线中，留下几缕飘散的车尾气。

沈虞的笑容僵在脸上——麻烦丘比特用箭射死他，谢谢。

温折离开后，沈虞在楼下站了会儿，刚刚强撑起的精神慢慢萎靡下来，梦中的下坠感依旧真实到好像曾经发生过一般。

她揉着眉心，缓缓地进了公寓楼。

回家洗了澡，躺在床上，沈虞睁眼看着天花板，每每快要睡着时，梦中的失重和绝望便一遍遍在脑中回旋……她数次惊醒，辗转到后半夜才入睡。

早上七点，手机闹钟的铃声响起，沈虞拥着被子坐起身，揉着乱糟糟的头发，想到还要上班，困得脑袋都快炸了。

她到公司时刚好九点，淡妆掩饰不住疲惫，又泡了咖啡，猛灌好几口，才稍微找回些神智。

琳达布置的工作任务依旧繁重，沈虞不敢懈怠，连续干了好几天，才生生熬到周五。

周五下午，临近周末，鼎越的工作氛围才算轻松了些。

沈虞揉着额角，把写了一周的评估报告点了保存，这才放松地长长吐了口气。

有同事从她的工位旁走过，调侃道："瞧瞧，这才一个礼拜呢，咱们小沈的脸就从红苹果变成青苹果了。"

郑林闻言，抬头从电脑上方看了沈虞一眼，关切地问道："是不是压力太大了？有什么困难可以和我说，我可以……"

话还没说完，有女同事"哧哧"地笑，故意调侃他："郑林，人家的压力也好大呀，你怎么不帮帮人家？"

郑林瞬间脸涨得通红，支支吾吾地说不出话来。

沈虞替他解围："郑哥不用客气，工作我应付得来，就是最近没怎么睡好。"

这话是真的，自从上次做噩梦她就再也没睡好，经常半夜因为灭顶的失重感而惊醒。连日的缺觉让她憔悴了许多，少了往日一半的活力。

好在明天周末，能好好调整一下作息，沈虞边想边收拾好包，正等着下班，忽听到琳达喊她："小沈，过来一下。"

沈虞动作一顿，走过去："琳达姐，你找我有事吗？"

琳达打量了她几眼，笑着说道："今晚蒋总有个饭局叫了我，我就想着也带你过去看看。"

下班的心愿落空，沈虞虽内心抗拒，面上却没表露半分，乖巧地应了下来。

"好的。"琳达拍拍沈虞精致的脸蛋儿，很是满意地点头，"那我们现在就走。"

晚上吃饭的地点定在君泽酒店，这是京城档次一流的酒店，在市中心高高地耸立着，繁华无比。

沈虞顶着昏昏沉沉的脑袋站在酒店前，被琳达带着进了酒店包间。

她们到得最早，琳达边点菜边对沈虞耳提面命："今天和咱们一起吃饭的是容创科技的郑总，因为绿源科技的项目和温总不和。"

沈虞点头，想起周宪曾说过这件事。

"但做生意的，哪里有永远的敌人？今儿蒋总来就是为了讲和的，你可得好好表现，哄得郑总开心了，这任务就完成了。"

几乎瞬间，沈虞就弄懂了琳达带自己来的意思，心渐渐沉了下来。她也终于明白了为什么琳达不带别人，偏偏带她一个实习生。

职场的这些潜规则她不是不懂——她深谙这其中的套路。只是她不知道，这件事温折是不是知道，抑或是他知道，还是让她来了。

沈虞安静地听着琳达说话，手却握紧了手机，心底涌现出一股自己都未曾发现的难过。

她恶狠狠地想：世上真是没一个好男人。

点完菜，琳达带着沈虞回到包间，谁知一推开门，主座上已经坐了人。温折、蒋胜各自坐一边，下首还坐着几位陌生的男士。沈虞上次在金融峰会上见过的郑成还没到。

琳达热情地和众人打过招呼，带着沈虞坐在下首。

沈虞兴致不高，勉强应付过去，顶着那些饶有兴味的打量视线，心里的烦躁达到了顶峰。

这样的场合，琳达带了个实习生，还是个绝顶漂亮的。温折皱眉，低声问蒋胜："怎么把她带来了？"

蒋胜是个精明的商人，无利不起早，装傻道："什么她？"

温折没再吭声，脸色却冷了下来，目光飘向下首的沈虞。几天没见，她瘦了许多，眼下黑眼圈明显。

他忍不住蹙眉：工作压力这么大吗？

他的视线停得久了些，引得沈虞抬头朝他看来，但相比往常，他发现这次她显得尤其冷淡，漆黑的美人眸宛若刀锋。

但只一秒，她便移开了视线。

女人冷漠的模样可以灼伤人的眼睛，宛若当年。一瞬间，温折甚至以为她恢复了记忆，指尖有些发冷。

他面上无甚波动，吩咐道："沈虞，去问问服务员还有多久可以上菜。"

听到男人颐指气使的声音，沈虞就来气。她扯扯唇角，皮笑肉不笑地应了一声，转身出去了。

坐在一旁的琳达笑意微敛，探究的眼神在沈虞的背影卜打转。

沈虞没心情管琳达怎么想，边走边在心中骂人，刚迈出包间，门甫一关上，手机突然传来了"嗡嗡"两声响动。

温娇花："不用过来了，回家休息。"

沈虞一愣，满腔的怒火倏地就熄灭了。她不自觉地勾起唇角，正欲回个"快乐到打转"的表情包，头顶突然传来一道男声："你怎么在这儿？"

沈虞猛地抬头，看见周宪朝包间大步走来，下意识地收起手机，惊道："舅舅？"

"你在这儿干什么？"周宪的目光落在她身后的包间门上，他蹙起眉头，"和谁吃饭？"

沈虞摇头："现在不用吃了，我正准备回去呢。"她又问，"你是有应酬吗？"

周宪看了眼时间："你忘了？沈光耀的饭局就在今天。"

"哦。"沈虞瞬间语气冷了下来。

周宪："既然遇上了，就一起去。"他观察着沈虞的脸色，认真道，"你早晚都要面对他们。"

沈虞所有的好心情消失殆尽，她忍住生理性的反感，朝周宪点头。

周宪抬了抬下巴："你走前头，我在你身后。"

似乎是为了给鼎越一个下马威，郑成一派的人姗姗来迟。

寒暄了几句，郑成也没客气，直接坐在了温折和蒋胜中间的主位上。郑成在商场上出了名的莽撞，吃不得亏，这次直接在温折这儿栽了个大跟头，心里的一口气一直没咽下。

蒋胜有牵线的意思，叫上沈虞过来也是下下之策。

但他看了眼那边空着的座位后，心中有了数。他收回目光，几不可闻地轻叹了一口气。

温折哪儿都好，是位出色的投资人，唯一的缺点便是和他的名字一般过刚易折。哪怕他面对再困难的窘境，也始终有坚守的底线，即使眼前有许许多多的捷径。

蒋胜摩挲着下巴，估摸着今晚温折大概得喝趴下。

可惜，蒋胜所担心的事情，当事人似乎并未放在心上，肉眼可见地心不在焉。

被郑成故意灌酒，温折连故作推拒都不曾，来者不拒。见温折到底是做足了姿态，郑成也没了初时的架子。气氛还是活跃了起来，这也是蒋胜希望看到的。

温折在吃饭的间隙翻了翻手机。微信始终没有她的新消息传来，那

108

条消息多得天天"漂"在微信顶部的蓝色小鱼,突然没了音信。

她走了,连只言片语都没留,明明之前不是这样的。

酒气上涌,温折握紧了手机,指尖用力到发白。

他深吸一口气,强自压下胸腔中的火气。

他就知道,她一点儿也不认真。

"8702包间,"周宪提醒心不在焉的沈虞,"别走过了。"

沈虞顿住脚步。

"开门。"周宪道。

沈虞将红唇抿成一条线,抬手握在包间门的金属把手上,用力下压,将木门推开。

满室灯光大亮,酒店昂贵的琉璃灯的灯光从屋顶倾泻而下,落在中间的大圆桌上,桌中心的花朵娇艳欲滴,现场布置无一不透露出精致高雅的调子。

圆桌旁坐了一圈人,和沈虞面面相觑,各个脸色不一。

沈虞来得匆忙,穿着最普通的工作服,再加上连着几天都没休息好,化了一天的妆已掩饰不住神色的疲惫——至少和坐在沈光耀身侧,身着高定,妆容和发型都精致无比的沈弯弯对比起来,沈虞像是个误入豪门的小工蚁。

最先做出反应的是沈光耀。看见沈虞,他脸上迸发出惊喜,甚至站起身来:"小虞,你来了?"

韩雅也极快地做好了表情管理,朝陈家一家人看了看,转头便朝沈虞温婉地笑着:"小虞啊,累坏了吧?快快快,过来坐。"她又朝女儿道:"弯弯,快快快,给你妹妹让位子。"

沈弯弯还呆愣在原地,在接收到韩雅的眼神提示后,脸色僵了僵,连忙反应过来,就要给沈虞挪出位子。

沈虞站在门口,冷眼看着这一家人做戏。

"不用了,"周宪的声音在她的身后响起,"小虞坐我身边就可以。"

可笑的是,今天这场饭局的主位到现在还空着,显而易见,那是留给周宪的。

周宪进门,朝主位旁边的沈光耀笑了笑:"劳烦沈总给小虞让个座?"

就在陈家人以为沈光耀会拒绝时,他却干笑两声,站起了身:"只要小虞喜欢,想坐哪儿就坐哪儿。"

父亲给女儿让座,这放在哪儿都是一个荒诞的情景,却切实地发生在了沈家。

沈虞挑了下眉,并不感到奇怪——沈光耀向来能屈能伸。

但不得不说,她借着周宪的派头狐假虎威的感觉,倍儿爽。

沈虞抬步,挺胸跟着周宪,毫不客气地一屁股坐在了沈光耀刚刚的位子上。

这样一来,韩雅和沈弯弯全都要往下挪个位子。

沈弯弯到底年纪轻些,再得体的妆容也挡不住眼中的不悦,气愤地和韩雅使眼色。韩雅的笑容也开始挂不住,但这里到底没有她说话的份儿,她只能忍气吞声地冲沈弯弯摇头。

沈虞跟着周宪顺利落座,通过介绍,得知了一旁陈家人的身份。

按照座位就知道,这里地位最高的是周宪,陈家次之,论家世,都比沈家要强些。

而这场饭局的意味嘛……沈虞想起打扮得像个公主的沈弯弯,心中有了数。

沈家能和陈家联姻,对沈弯弯来说确实是一次不可多得的机会。

她正沉思着,忽然察觉到一道炽热的目光从另一侧传来。她回视过去,对上了男人有些轻佻的、黏黏糊糊的视线。

她蹙眉:这是哪儿来的丑男人?

其实陈和泽不算丑,五官甚至称得上英俊,只是气质轻浮油腻,硬生生拉低了整体水平。

察觉到她的目光,陈和泽扯起兴味的笑容,举起酒杯遥遥示意:"这还是我第一次见沈小姐。"

从今晚入席开始,这位陈家少爷就一直对和沈家联姻的事兴致缺缺。沈弯弯全身瘦得没几两肉,长相寡淡无味,让他根本提不起一点儿兴趣。但他没想到沈光耀还有一个这么漂亮的女儿,勾魂摄魄。

陈和泽说完，席间安静了几秒。

沈虞轻轻瞥了一眼已经快要维持不住笑容的韩雅母女，挑了下眉，唇角勾起一抹笑："不知道陈先生说的是哪位沈小姐？"

被明晃晃地打脸的沈弯弯脸色已经极其难看，放在桌下的手紧握成拳。

而陈和泽被她笑得骨头酥了半边："还能有谁？这正经的沈小姐不就一位？"

沈虞懒洋洋地抿了口水："陈先生是不是忘了？我姐姐也姓沈。"

席间陷入沉默，韩雅按住了沈弯弯握成拳头的手。

"这些年，弯弯陪在光耀身边的时间长些。"韩雅突然站起身，替沈光耀斟酒，轻声细语道，"改姓也是为了感谢光耀的养育之恩，虽不如小虞和光耀的血缘之亲，但也和光耀以父女相称。"

她这话明着在谦让，暗里却在提醒陈家，嘲讽沈虞这亲生女儿和沈光耀的关系还不如沈弯弯和沈光耀亲近。

沈光耀一听也觉得愧疚，拍拍韩雅的手背："我知道，弯弯是个好孩子。"他到底不敢和沈虞发难，只能提醒陈和泽："她也是我的女儿。"

沈虞托腮，扯扯唇，无声冷笑。

在场的都是聪明人，陈母连忙佯装训斥儿子："说的什么混账话？！"她又连忙扭头，笑着和韩雅道："弯弯这孩子在我看来是极好的，性子温顺，与和泽极为相配。"

陈和泽听得一阵烦，没好气地扭过了头。

一餐饭吃得了无乐趣，多是沈光耀和韩雅在努力调动气氛，陈家父母跟着附和几句。

周宪作为沈光耀专门请来撑场的，过来都算赏脸，连话都懒得插。

散场时已近九点。沈光耀几次三番想找沈虞单独谈谈，却都被沈虞冷漠的眼神逼退。他尴尬地朝周宪看看，后者懒懒地抓起眼皮："沈先生还有什么话要说吗？"

窥得沈虞眼中不耐烦的情绪，沈光耀苦笑："我只是想让小虞回家，这看着在外面就吃了不少苦。"

不远处，韩雅母女手挽手站着，脸上强颜欢笑，眼中却藏着浓重的戒备和排斥。

一周的疲惫达到顶峰,沈虞闭眸,实在懒得与沈光耀虚与委蛇:"你少说两句,我能多活几年。"

沈光耀表情一僵,尴尬地冲周宪笑笑:"让你见笑了。那小虞还麻烦周先生……"

沈虞忍无可忍:"我舅舅和你有什么关系啊?"

沈光耀不停地被下面子,脸上的笑意已经挂不住了。他沉下了脸。

"好了,"周宪打断沈虞,"冷静一点儿。"

沈虞偏头,压抑住胸腔里的怒火。

周宪朝沈光耀点头:"我先送小虞回家。"

酒过三巡,一顿饭吃了几个小时。

蒋胜送走郑成,喊了身边的副手过来,吩咐道:"小王,扶着温总。"

温折松了松领带,忍住胃中的翻江倒海,冲过来的下属摇头:"不用。"

小王站在原地,面上担忧:"温总,您想不想吐?我扶您去洗手间?"

温折蹙眉:"不需要。"

"别逞强,"蒋胜道,"你今晚喝太多了。"

温折皮肤白,喝酒又上脸,这使得他的脸如上了层妆般昳丽。他性子死倔,依旧摇头:"不。"

蒋胜无奈:"那你自己起来走。"

温折扶着椅子站起来,明明醉了,走起来却很稳,从后头看根本不像醉酒的人。

蒋胜一路跟着他,生怕他栽跟头,一步步地跟着他进了电梯,语重心长地念叨:"我说你温折就是自讨苦吃。"

温折扭头,用黑漆漆的眸子瞥他一眼,因为醉酒说话很慢,但吐字还是清晰的:"老狐狸,我还没和你算账。"

蒋胜气得一噎:"你喊我什么?"

温折眼睛轻轻一转，睨他："你今天喊她来做什么？"

"都是公司的人，我喊她过来又怎么了？"

温折："不许。"

蒋胜："我说你这小子……"话说一半，他一顿，"你和那实习生是什么关系？这么一而再，再而三地护着她。"

"什么关系？"温折又拿起手机看了眼，低眸"哧哧"地笑着，"连老蒋你都看出来了？"

蒋胜被温折说得一头雾水："我怎么知道你们什么关系，不是在问你吗？"

但温折没理他，兀自说着，到此时才真正显出些醉态，红着眼睛："这个没良心的。"

蒋胜："啊？"

温折靠着电梯壁，喃喃自语："骗子……我真是信了你的邪。"

"你嘀嘀咕咕地说什么东西？"蒋胜凝神听了好几遍都没听清，就差把耳朵凑过去。

结果他刚凑过去，就听温折问："老蒋，你做过'舔狗'吗？"

蒋胜年纪大了，平时也不上网冲浪，一听"舔狗"便怒了："你骂谁是狗呢？"

温折偏头，懒得再理他。

蒋胜气得吹胡子瞪眼："我看你小子就是欠揍。"但转眼看见温折耷拉着眼皮，一副萎靡不振的样子，他又有些心软，"你这是遇到什么感情上的事了？和哥说说，哥不知道的就回去问问你嫂子。"

"那你帮我问问嫂子，"温折眯着迷蒙的眼睛，一本正经道，"女人是不是都很没良心？"

蒋胜恨不得一巴掌呼过去："我看你是想让我早点儿死。"

二人一来一去，电梯到达了负一层的地下停车场。

蒋胜联系上了李宗，看看温折脊背笔直、迈着轻巧的脚步找车子，喊道："走错了，左边！"

温折脚步一顿，继续装作若无其事地转弯。

蒋胜摇头，长叹一口气："我说你温折也一把年纪了，怎么还不找

· 113 ·

个老婆照顾你？"他絮絮叨叨，"明明那么多姑娘排队追你，怎么就找不到老婆呢？这样单着，也不是个事……"

话说到一半，他突然顿住了。因为刚刚还走得笔直的温折突然顿住脚步，定定地看向前方，拉出了一条长长的影子。

"又咋了？我说你……"

"嘘。"温折打断他，竖起一根手指放在唇边，因为醉酒而殷红的脸色甚至都慢慢变白了。

他这是看到什么了不得的东西了？蒋胜顺着他的目光看过去，愣住了，又眨眨眼睛，确定自己没看错——转角不远处正站着那个叫沈虞的漂亮实习生。

她拎着包跟在一个高大的男人身后，一路嘀嘀咕咕的，不知道在说什么。

不知说到什么，男人突然转身，伸手严厉地敲了下女人的头顶。女人龇牙咧嘴地捂住脑袋，还不服气地顶了句嘴，却又在触及男人的眼神后慢慢示弱。

俊男美女，很是登对。蒋胜自动给他们加了一层粉红滤镜，"啧啧"两声，不禁感慨道："看看，人家实习生都有对象了。温折，你呢？"

沈虞跟着周宪，从电梯到停车场，一路走来嘴里就"叽里呱啦"的没停过。

"舅舅，要不是你阻止我，我还能骂。"沈虞撇撇嘴。

周宪："你骂了，然后呢？他能少几块肉？"

"舅舅，你不懂。"沈虞抱臂，"最简单的嘴臭，最极致的享受。"

"舅舅，你是没看见韩雅和沈弯弯今天脸色都臭成什么样了！"沈虞摇头晃脑，愉悦感快要溢出胸腔了，"对付烂人就该使用这一套。"

这话是越来越不着调了，周宪毫不留情地伸手敲她："这么多年了，你怎么还这么浮躁？"

沈虞缩了缩脖子，气焰顷刻间就被打散了，她的语气弱下来："这不是……一时没忍住吗？"

周宪深深地看了她一眼："之前我就告诉过你，遇事不要冲动。你要靠实力争夺,不是靠嘴巴占上风。"

沈虞捂着脑袋,彻底消停下来:"知道了。"

她知道自己今晚之所以能如此嚣张,靠的还是周宪,而不是她自己。

"行了。"周宪语气缓和了下来,"上车,送你回去。"

早有司机等在外边开门,二人先后上了车。不一会儿,轿车扬长而去,很快就没了影。

在距离车位不远的转角处,蒋胜伸手拍了拍温折:"哎,人都走远了,还在看什么呢?"

温折有些迟钝地回神,转过头,目光落在蒋胜脸上。

蒋胜被他漆黑的眼睛吓了一跳:"你小子中邪了?"

温折不说话,紧抿唇线,眼眸漆黑,宛如寒潭。

问什么他也不答,蒋胜只能默认他喝傻了,于是喊了李宗过来,一起把温折搀上了车。最后还是不放心,蒋胜老妈子般叹了口气,跟着温折上了车,骂骂咧咧地道:"今年我势必给你找个媳妇。"

沈虞回到家已是深夜,慢悠悠地洗完澡躺在床上时,时间已经到了凌晨。

她摸出手机,正要登微信进行惯例的"睡前一骚扰"时,某些记忆回归,脑子"轰"的一声,倏地想起了今天被自己不小心忽视了一晚上的温折。

她急急地找到温折的微信,看着六个小时前的消息:哦,完蛋了。

这样某位温姓娇花可不得气死?沈虞咬着下唇,斟酌着语言,最终发了个猫咪表情包:"睡了吗?"

那边的人没回。

"真的睡了呀?"

不知怎么,沈虞有些不安,右眼皮直跳。她解释道:"今天不是故意不回的,我晚上有点儿事,所以耽误了。温老板大人有大量,一定不会和我计较吧?"

温折踏着满室冷清,靠在沙发上,缓缓地解着衬衫纽扣。

屋内只开了盏昏暗的小灯,只作为歇脚之地的公寓陈设简单,窥不得一丝人气。

手机"嗡嗡"作响,不停地有消息跳出来,温折微微睁眼,睨向屏幕。

几秒钟后,他拿起了手机。酒气上涌,脑子也不甚清明,他的太阳穴隐隐作痛,长指轻揉着额头。

多年前,少女骄矜又冷漠的表情一遍遍在他的脑海中重映,那句"你是不是玩不起"魔咒一般在他的脑中盘旋,渐渐和今晚的沈虞重合。

她的热情和冷漠永远只在她一念间,她就像个游戏人间的猎手,审判他、处决他。

一如那一天——

少女说了分手后,转身上了周宪的车。那个来接她的男人成熟稳重,身份高贵,一如今天……

温折用指尖慢慢地滑着手机屏幕,昏暗的灯光轻轻地洒在他的眉眼上,种种情绪藏于深色的眼珠内,无端显得阴沉。

良久,他轻敲屏幕:"如果我要计较呢?"

沈虞本来都要睡着了,看到温折回了消息,挺直了背从床上弹起。看到回答,她抿唇笑:"你要怎么计较?让我今晚梦不到你已经是最大的惩罚了。"

她抱着手机,等着那边的人的回复。

几秒后,手机"嗡"地响了一声。沈虞翻出微信,看清内容的那一刻,笑容渐敛,以为自己看错了。

温娇花:"要你离我远一点儿,行吗?"

向来伶牙俐齿的沈虞,头一次知道了什么叫倾盆的冷水当头淋下。她指尖颤了下:"你什么意思啊?"

那边的人没再回。

沈虞深吸一口气,以缓解胸腔间那股陌生的酸涩。她在感情上顺利惯了,从未吃过亏,温折这么当头一棒砸得她脑子发晕。

她放下手机,慢慢地滑下去,有些自闭地用被子盖住了头。

翻来覆去好久,沈虞也没睡着,又猛地钻出被子。她气得红了眼睛,重新抓起床头的手机,愤愤地按下语音键,咬牙切齿道:"温折,你几个意思啊?把我当皮球啊,好端端的,让我滚我就滚?"

"我告诉你,我还真没受过这委屈!你以为我真就能在你一人这儿吊死?我招招手,分分钟八百个男朋友。"

骂到最后,沈虞也有些词穷,又怕真的玩完了,最后恶狠狠地放了句没什么力度的狠话:"你等着瞧吧!"

发完,沈虞便扔了手机,埋头睡觉。

出乎意料地,大概心中的气出了大半,这次沈虞很快便睡着了。而折腾了她近一个礼拜的梦魇,在今晚也没再出现。

沈虞觉得……她应是做了个好梦。

梦中的时间应该已经彻底入夏,老枫树上的知了声此起彼伏,缠绵不绝。

沈虞这次做了万全的准备,带了满身的猫粮和猫条,就不信拿不下那只"小色猫"——她拿下猫了,距离拿下人还远吗?

她半蹲着,拿着猫条引诱了好久,橘猫才堪堪从洞中探出个头。

她继续晃着猫条,笑得人畜无害。见橘猫踌躇,她又在地上排等码般地放了好几根猫条。

最终,橘猫为了一口吃的,彻底低下了高贵的头颅。

沈虞得逞地拿手在橘猫的头上乱摸一气,打着商量:"咱们的临时小组就这么成立了啊!吃了我的猫条就要帮我追人,听到没?"

橘猫只顾埋头吃,理都不理她。

沈虞继续自顾自地嘟囔着:"你叫什么名字?他没给你取,我给你取了名,就叫娇花,怎么样?"

"喵!"猫猫不满地叫了一声。

沈虞可不管,继续"娇花娇花"地叫个不停。

突然,她的背后传来一道悦耳的男声:"它有名字。"

比沈虞反应更快的是橘猫——它猫条也不要了,"嗖"的一下从她的脚下蹿出,乖巧地伏在了男生脚下。

沈虞被这小叛徒气得鼓腮:"什么名字?"

男生蹲下来给猫猫喂小鱼干,橘猫表现出比吃猫条更狂热的热情,

"喵喵"地叫个不停。男生睨了沈虞一眼，嘴角牵起浅淡的弧度："叫小鱼。"

沈虞狐疑："你给只猫取鱼的名字？"

"小鱼。"他喊道。

"小色猫"听得耳朵都竖了起来，"喵喵"地应了好几声——它竟然真叫这名。

她看着男生用修长的手指轻轻抚摩着小鱼的脑袋……啧，有些酸。

"哎。"沈虞突然晃晃头，矮下毛茸茸的脑袋，"同样都叫'小鱼'，你也摸我一下呗？"

男生动作一顿，绷紧下颌，表情有些一言难尽。

"哈哈哈哈哈。"沈虞笑出了声，"逗你的，哈哈哈……"

她笑到一半，头顶被温热的掌心轻揉了一把。她笑声顿停，耳尖烫得发红，连发丝都要竖起来。

她抬眼看着他的侧脸，突然觉得自己要是只猫，大概也会和地上那只撒着娇的差不多。不，她比它还不争气些，大概会打滚儿卖萌地求他摸摸。

…………

这一觉，沈虞睡到了日上三竿。没有噩梦的纠缠，她醒来时神清气爽。

她拥着被子，双手捧着自己睡得红通通的脸，感受"怦怦"乱跳的心脏。

梦中喂猫的情景像是电影般一遍遍地在脑中回放，沈虞平复着呼吸，感觉自己大概是……真的想谈恋爱了。

但这个念头刚起就枯萎了，她没有忘记，自己昨晚还胆大包天地把追求对象温折骂得妈都不认。

她是爽了，但人也要没了。

沈虞夸着胆子，伸手去摸被她一气之下扔到床缝里的手机，在打开微信的前一秒，紧张得连呼吸都屏住了。

她是不是周一就不用去上班了？

但最终的结果让沈虞大失所望——属于温折的对话框还停留在昨夜

她那几个语音条上。

他不会是把她删了吧？沈虞咬着下唇，随手发了个表情包："给你爸爸磕个头。"

她刚发出，并未显示触目惊心的红色感叹号。沈虞心一跳，厌得连忙点了撤回。

几番纠结之下，沈虞的脾气是真的上来了，她干脆地扔下手机，发誓除非温折主动认错，否则绝不再搭理他。

经过一个周末的休养生息，沈虞重振精神，周一气色极佳地拎包上了班。

鼎越九点上班打卡，沈虞八点半就到了公司。

已至四月，天气逐渐变暖，沈虞早早就穿上了之前买的夏季新款——冰蓝色短上衣，露出一截纤细的腰，下身搭配阔腿牛仔长裤，妆容也一丝不苟，美得连头发丝都冒泡。

她刚刚坐到工位上，几个女同事便一股脑地拥了上来。

"小虞你今天好漂亮啊，上衣有链接吗？"

"口红什么色号啊，小虞？"

"项链是哪家的？"

沈虞晃晃手机，莞尔道："看微信，马上就发给你们。"

还没到上班时间，几个女同事聊高兴了，你一句我一句，就没停下过。

有人笑问："小虞是不是谈男朋友了呀？"

"就是，趁着年轻漂亮多谈几个男朋友，以后工作了可真没时间谈，相亲遇见的都是些歪瓜裂枣。"

"对啊，我要和你一样漂亮，一定同时谈十个男朋友。"

沈虞听着直笑，随口附和几句："好的，十个不够，来八百个吧。"

话音刚落，却没人回应她——几个刚刚还聊得热火朝天的同事，咳嗽的咳嗽，转办公椅的转办公椅，默契地返回了自己的工位，只留下背对着大门的沈虞，脊背直直地蹿上一股凉气。

她慢慢回头，对上了已经站到身后几米处的温折以及稍后些的蒋胜,再加几个副总和助理,浩浩荡荡的一群人。

沈虞头皮发麻,脚趾抠紧,老实巴交地低声说道:"温总。蒋总。"

温折稍稍侧头,看了她一眼。他眼珠漆黑,脸色相比以往苍白了些,看起来气色并不太好。

他直接从她身侧走过,留下"嗖嗖"的冷风。蒋胜难得没那么严肃,还朝她点了下头。几位跟在蒋胜后头的高层也没难为人,跟着离开了。只有温折冲她摆了张死人脸。

沈虞抽了抽嘴角,没好气地重新坐下。

来了一周,沈虞已经渐渐适应了鼎越的工作节奏。虽然琳达一如往常般布置工作,但沈虞基本能在下班前把任务完成了。

五点半,沈虞准时下班,边走边和梁意吐槽:"你知道温折今天对我摆了一张什么臭脸吗?以为全天下就他会甩脸子吗?谁不会啊!"

梁意跟着同仇敌忾:"就是,臭男人也太把自己当回事了!"

沈虞持续输出:"没错!我一招手,分分钟八百个……"

她话才打到一半,手肘就被旁边的女同事碰了下。

"快看,那个男人是不是来找你的啊?我看他看你好久了。"

"什么男人?"沈虞抬眼,看到在不远处的街边停了一辆宝蓝色跑车,车门上靠了个穿着花西装的男人,手中还抱着一大束玫瑰——是陈和泽。

看见她,陈和泽挑了下眉,朝沈虞的方向走了过来。

沈虞蹙眉:"你来干什么?"

"接你下班。"

沈虞淡淡道:"不合适吧?"

"男未婚女未嫁的,"陈和泽不以为意,"有什么不合适的?"

沈虞笑了笑:"沈弯弯知道吗?"

陈和泽压低声音:"你不就想让她知道吗?"

"你什么意思?"

"利益互换而已。"陈和泽回答,"我不想和沈弯弯结婚,你正巧也不想她好过。"

沈虞表情一沉——她最烦自作聪明的人。

她正欲拒绝,忽然听到身后传来女同事恭敬的声音:"温总。"

沈虞回头一看,温折竟就站在不远处。男人淡漠的眼神落在她的身上,但转瞬便移开了。

沈虞愣了愣,莫名其妙地有些心虚。但蓦地又想起今天放下的狠话,她咽下已经到口边的拒绝,挑衅地一扭头,直接上前握住跑车的门把手,却在拉开车门的一瞬间听见温折压抑着怒气的冰冷声音——

"沈虞!"

第四章
念念不能忘

沈虞动作一顿，蝴蝶般的睫毛上下翩飞，脑中炸开一朵朵烟花。

这男人……他急了！他急了！他急了！

沈虞别了下耳后的黑发，脚尖矜持地掉了个头。她缓缓地转过身，刚对上温折漆黑的眼睛，便听见他说："回来加班。"

沈虞：你再说一遍试试？

男人表情冷淡："实习期经历会记在你的履历上。"

沈虞的拳头开始变硬了，但最终，她只是摸了摸车把手，一本正经地朝陈和泽道："哈哈，你这个车，手感不太行啊！"

陈和泽："……"

她又找了个台阶给自己下："所以我还是回去加班吧。"

陈和泽不满白来一趟，把手里的玫瑰花往敞篷车里一扔："兄弟，你这不太厚道吧？"

温折面无表情："我让我的员工加班，和你有什么关系？"

"你……"陈和泽气结，但话没说完就被温折打断了。

温折瞥向沈虞，似有些不耐烦："走不走？"

哟，他还挺贱。沈虞表面一派冷漠，心中却忍不住得意。她抬起下巴，故作矜持地小步跟了上去。刚刚还和沈虞做伴的女同事愣在原地，随即像是发现了什么了不得的事情般倒吸了一口气。

沈虞一路跟着温折重新进了公司大楼。

他步伐很快,脸色沉沉,仿若山雨欲来。

沈虞不紧不慢地跟在他身后——他不开口,她就也不开口。

来到电梯门前,察觉到她并未跟上他的脚步,温折停下来,瞥她:"不快点儿?"

沈虞抱臂,在离他一米的地方停下脚步,歪了歪头:"温总真是贵人多忘事。您上次还让我离您远一点儿。"

温折站在原地,面无表情地直直盯着她好一会儿,看得沈虞背后起了一层鸡皮疙瘩。

温折蓦地笑了:"我还说过让你别再出现在我面前。你听了吗?"

他说过吗?什么时候?沈虞蒙了一下,下一刻就被人一把拉住手腕,往前迈了一大步。沁鼻的木质香气萦绕,她就差一头栽进男人的怀里了。

她的心跳倏地就错了一拍——为温折突然的强势。下一秒,她整个人就被拉进了电梯。

下班高峰期已经过去,电梯里空无一人,门从两边慢慢合上,呼吸间,似乎只剩下这小小的一片天地。

"故意的?"温折嗓音很低,炽热的气流轻拂过她的耳畔,惹得沈虞耳根微烫。

她强装镇定地抬眼:"我故意什么?"

温折眼眸深沉。

"外面那个男的,"他冷冷笑着,"是你的八百分之一?"

"那温总你呢?"沈虞勾起红唇,带着嚣张的弧度,"也想做我的八百分之一吗?"

手上的力度蓦地收紧,他握得人生疼。沈虞蹙了下眉,放软了语气:"疼。"

温折脸上阴沉一片:"疼也受着。"

话是这么说,但他终究还是放松了力道,弯曲指节,握住她纤细的手腕。男人的目光从她的指甲上扫过——她做了美甲,上面还有精致的小钻，亮到晃眼。

她向来爱美到极致，无一处不精致，娇气却又霸道，吃不得一点儿亏。

男人的眼神更沉了。

沈虞被他抵在电梯壁上，一时间动弹不得。不知怎么，他和她的手腕相贴的那一寸皮肤开始发烫。

这男人看起来全身都冷，体温却很高。靠近他时，沈虞口干舌燥，心脏都快要跳出喉咙了。

她的目光虚虚地越过他的肩膀，落在电梯侧面，那里显示温折刚刚按的楼层——二十四，是他办公室所在的楼层。

沈虞睫毛微颤，有些怕了。她最近蹦跶得太厉害，要真被温折拖进办公室折磨一顿，连冤都没处申。

沈虞的气势渐渐弱下来了，她说："温折……没有八百个。"她扯扯他的西装下摆，睫毛耷拉着，"只有你一个。"

她又摇头，眼巴巴地看着他："不对，连你也还不是我的。"

温折垂眼看她，用目光仔细地描摹她的眉眼。刚刚还张牙舞爪的女人一瞬间收了爪子，乖得像只小猫。

女人往他的方向靠了靠，右手微微挣脱他的控制，转而反握住他的手，五指慢慢穿进他的指间。与此同时，她在他的耳边低语，像是喟叹，像是渴求："所以，你什么时候是我的啊？"

似草原上燃起燎原般的火焰，水滴落在上面，顷刻间蒸发。

温折的呼吸一滞，他抬起沈虞精致的下巴，指骨用力到发白，眼中迸发出慑人的温度，一字一顿地警告她："我最后说一遍，不要招我。"

沈虞轻笑，右臂轻轻环住他的脖颈，再次拉近距离。一瞬间，两人连呼吸都在咫尺之间。

"这样呢？"她眉眼肆意，"这算不算又招你了？"

气氛紧绷，空气中的暧昧似乎到了一触即发的地步。

突然，"叮咚"一声，电梯门打开了。

拿着拖把的保洁阿姨看见电梯里的场景，揉了揉眼睛，嗓门儿很高地喊出了声："哎呀！不好意思！"

阿姨提着水桶进电梯，把拖把"哗啦"一声放进水桶里，又按了楼层按钮，做完这些还挥挥手："你们继续，继续。"

沈虞早就感觉到了温折身体的僵硬，就像是差点儿被妖精勾得破戒的僧人被人一棍子敲醒。她讪讪地放下手，规矩地往旁边靠了靠，冲还在不停地往这边瞄的阿姨笑了笑："下次，下次。"

等到了楼层，温折逃似的先走出了电梯，沈虞跟在后面，顺势进了总裁办公室。

平时轮不着实习生上来汇报，所以沈虞还是第一次进温折的办公室——很是简单、公式化的陈设，黑、白、灰色调，几盆绿植是少有的亮色。

温折进了办公室就往办公椅旁走，沈虞目瞪口呆地看着他打开电脑就开始敲键盘工作。刚刚在电梯间那点儿荡漾的心情瞬间消散，她绷着脸："真加班啊？"

温折分出个眼神："不然呢？"

沈虞撇撇嘴："什么啊……"她坐在沙发上，有些失望，"我还以为……"

"以为什么？"

沈虞的肚子突然叫了一声，她回神："我还以为你请我吃饭。"她又自己找了个台阶下，"请我吃饭，之前那件事我就不计较了。"

"哪件事？"温折抬眼，"'给你爸爸磕个头'这件事？"

沈虞一噎，还在嘴硬，只是声音越来越小："也不用你……磕头。"

"继续啊。"温折滚动着鼠标滚轮，电脑的光芒映在他的脸上，"上次不是挺会骂？"

"那还不是你先凶我？"说起这件事，沈虞还是余怒未消。

温折垂眼，淡淡道："我那天喝多了。"

他喝多了就把她当出气筒了？沈虞坐在沙发上，闷声不说话。

"想吃什么？"两人说话间，温折拷好文件，拔了优盘，同时合上了电脑。他站起身，自上而下地看着在沙发上坐着的沈虞。

沈虞鼓腮，抬眼瞪着他："你这态度一点儿也不真诚。"

125

男人走到她身前,弯下身,目光和她平视:"那尊贵的沈虞小姐,请问您想吃点儿什么?"

她嘴角止不住地上扬:"你这是在哄我吗?"

温折的语气里多了些妥协:"你说是就是。"

沈虞突然将手贴在温折的脸上,自上往下地摸了一把。

温折按住她的手:"做什么?"

"看你换没换人。"沈虞满脸惊奇,又趁着机会伸出另一只手,在他的脸上胡乱揩油,语气夸张,"你真的是温折吗?

"嗯?是不是呢?

"温折这个男人竟然会哄我了呀!"

温折原本还算平缓的呼吸被沈虞作怪的手打乱了。他按住她的手,有些许恼怒:"沈虞!"

沈虞现在一点儿也不怕他:"在呢。"

温折用一只手按住沈虞的两只手腕,皱眉,让她动弹不得:"少作一点儿。"

"你不是问我吃什么吗?"沈虞笑眯眯地看着两人纠缠在一起的手腕,"我想吃你亲手做的。"

沈虞从沙发上站起,贴近他,漂亮的桃花眼直勾勾地对上他的眼睛:"去你家,你做给我吃,嗯?"

搭上去温折公寓的电梯时,沈虞才堪堪从一股落不到实处的、快要飞起来的状态里平静下来。

她时不时偷瞥一眼温折,然后扭头,抿唇偷笑:这次,总不能再是她自作多情了吧?

她耐不住寂寞,想从温折身上探求更多的征兆,伸手扯了扯男人的衣摆。

温折回头。

"没什么,"沈虞捋了捋头发,做作地笑了笑,"就……有点儿晕电梯。"

温折面色平静地扭回头。

他这是什么态度？沈虞不爽地戳了戳他的脊背："你怎么一点儿也不怜香惜玉？"

温折一把将絮絮叨叨的女人拉出电梯："到了。"

沈虞看着他拉着她的手，不说话了，笑眯眯地把手嵌进他的掌心。两只手触碰的一瞬间，男人温热的掌心避了下，却被沈虞反扣住，牢牢地固定在一起。

温折没再动，一路走到公寓门前开门。

跟着温折进了门，沈虞站在墙边，目光雷达般在屋内扫视。冷冷清清的屋子，陈设低调却奢华，很符合他的品位。

沈虞看到温折从柜子里拿出来一双女式拖鞋，放在她面前。

她看着这双拖鞋，表情凝固了："你不会在屋子里还藏着什么小妖精吧？"

说完，她还四处张望着，一副要掘地三尺的架势。

温折揉了下眉心："我妈的。"

沈虞一顿，随即面不改色地看着地上普通的毛绒拖鞋，眼都不眨地说："我就说，一般的女人怎么可能有这么好的品位，必定是阿姨这样优雅的女神。"

温折的嘴角抽了抽。

"阿姨在家吗？"沈虞又扒着门，有些紧张地问。

"她在苏城。"

沈虞这才放了心，长吐一口气："还好还好，人家还没准备好呢。"

一听这话，温折回头，瞥她一眼："你要准备什么？"

沈虞挺直了背，大胆回视："和你一起拜访阿姨啊！"

温折垂下纤长的睫毛，不置可否。

沈虞从不知道尴尬为何物——他不答，她也不在意，穿上拖鞋就跟着他进了门，一边矜持地坐在沙发上，一边不动声色地观察四周。

这屋子陈设简单，几乎没有人气，只能满足最基本的生活需求，一点儿也不乱。

温折脱下西装外套，站在中岛台旁边，慢条斯理地解着衬衫袖扣。

他只是站在那儿就令人觉得赏心悦目。沈虞直勾勾地观察着温折的动作，目光掠过他如玉的指尖，搜寻着话题："真没想到，你还真的会做饭呀？"

"为什么没想到？"温折反问。

"就……"沈虞转了转眼珠，试图拍个马屁，"感觉你像个大少爷，十指不沾阳春水那种。"

温折缓缓地吐出三个字："大少爷？"

他似有若无地笑了声，没继续往下说。

沈虞刚想往下问，门铃声打断了二人的交谈。

温折迈步去开门，门口是送菜的外卖小哥——早在回家之前，他就在手机上的外卖软件上订了菜和调料。

沈虞眼巴巴地看着他手中的塑料袋："让我猜猜，有没有我的最爱——小龙虾、酸菜鱼、醋熘土豆丝……"

她每报一个菜名，温折便从袋中拿出对应的菜。

沈虞眼睛亮了，惊讶和喜悦快要溢出眼眶："全都有啊！你怎么知道我爱吃这些？"

被她眉目间的笑意感染，温折眸色微暖，动了动唇："你猜。"

沈虞托腮，转了转眼珠："我猜……你是不是暗恋我啊？"

温折收拾好菜，面无表情地转过身："那你的想象力挺丰富的。"

说完，他便径直往厨房的方向走去。

"等等！"沈虞"嗒嗒嗒"地跟上去，"我来帮忙。"

温折正在系围裙，颀长挺拔的背影对着她。沈虞跑过去，站在后头左看右看，看着男人系紧围裙，勾勒出劲瘦的腰，一个没忍住，伸手戳了下。

男人身体一僵，一把按住她的手："做什么？"

"没什么，"沈虞朝他无辜地眨眼，"就……你的腰好细。"

温折眉心直跳，伸手将人拉到一边，指了指水龙头："站好，去洗菜。"

沈虞："哦。"

因为她对做饭一窍不通，所以洗菜已经是她唯一能帮上的忙了。看着温折娴熟地把土豆切丝，她惊讶地睁大了眼睛："厉害啊，怎么做到的?"

"多做多学。"

沈虞耸了下肩,理所当然地回答:"两个人有一个会做饭不就行了吗?"

"然后我天天都做给你吃?"温折扯唇,手上切菜的动作依旧利落,"想得倒挺美。"

沈虞没忍住,尽力捂嘴却还是笑出了声,重复一遍:"天天?温折,你想得还挺远的。"

有的时候,沈虞有点儿恨自己这张嘴说话太快了。对温折这种口嫌体正直、说一句软话能让他半条命的人,她就不该把话说得这么直接。

现在好了,她一句话把人惹急了,他现在干脆不理人了。

沈虞目光悠悠地打量着温折——男人垂眸专注地切菜,下颌绷得很紧,但就是不看她一眼。

对付这种人她能怎么办?哄着呗!

"好了好了。"沈虞哄道,"以后我做,你吃,这样行了吧?"

温折横她一眼:"我怕你把厨房炸了。"

沈虞也不生气,吊儿郎当地靠墙站着,欣赏景物一般盯着温折。

她心中不停地偷笑。温折是真挺好逗的,一个坑竟会跳两次。刚刚她才揶揄他想得挺远,只不过换了种说法,他又跳进了同一个坑。

她正出神地想着,客厅突然传来一阵手机铃声。

温折的手上全是水,于是他看了沈虞一眼:"帮我把手机拿来。"

沈虞应了一声,走去客厅拿了手机。出于维护隐私,她没乱看,只在走到温折身边时把手机递给他。

"放我耳边。"

沈虞受宠若惊,按了接通就把手机举高,放在男人耳边。

那头的人不知道是谁,温折罕见地温顺,连声音都柔了许多:"在做饭……今天有时间做……嗯,会注意休息。"

不知说到什么话题,温折顿了下,似有些无奈:"这事不急。"

电话那头的温母一听这话就不乐意了,嚷嚷道:"什么不急?你虚岁都二十七岁了,再耽误两年都三十岁了!还不急呢?"

"工作忙。"

"忙得连找女朋友的时间都没有吗？"温母瞬间来气，"给你介绍女孩子不要，让你自己找也不找。你到底要什么样的，你说？你不会还惦记以前那个小女朋友吧？"

不知道温折在说什么，沈虞举着手机，百无聊赖地盯着天花板。突然，她眼睛一直，全身肌肉绷紧，如临大敌般看向某一点——那里停了一只黑色的飞虫，一人一虫大眼瞪小眼。

倏地，飞虫振翅，猛地往下朝她的方向飞来。

沈虞瞳孔骤缩，不管不顾地喊出了声："啊！有虫子！温折！有虫子！你快把它打死！快点儿啊！"

边喊，她还边往温折的怀里钻，细白的手臂揽住他的脖子，把脸埋进男人的胸膛里。

骤然温香软玉满怀，温折瞬间气息乱了。手机另一边，温母念念叨叨的声音也戛然而止，一切突然安静下来。

第一时间，温折将掌心按在沈虞的后脑勺儿上，安抚般地揉了下，另一只手从她的手中接过手机，对那头的人道："妈，我先挂了。"

刚刚还能说会道的温母一瞬间似被点了哑穴，生怕来不及般地挂断了电话。

与此同时，沈虞的脑瓜子"嗡嗡"作响——刚刚温折喊什么？妈？妈！

沈虞头晕目眩，一瞬间都要昏厥了。偏偏温折四处环顾一圈，还在问她："虫子呢？在哪儿？"

沈虞索性把头更深地埋进温折的胸膛，手也环抱住了他劲瘦的腰。

她虽然脸丢没了，但便宜不占白不占。

"你再仔细找找。"沈虞声音虚弱，"我刚刚还看到了，好大一只，真的好吓人啊……"

温折看着缠得越来越紧的人，呼吸微紧，声音也有些僵，道："那你去外面坐着。"

她这么个大美女在怀里，他不抱着温存一下，就这么对待她？沈虞无语地瞪了他一眼，没好气地推开人走出了门。

温折看着她离开的背影，垂眼，指尖轻轻地摩挲了一下，仿佛还残留着灼人的温度。

　　出去后，沈虞安分地坐在客厅里，也没什么事，拿出手机心不在焉地刷了刷。她刚一打开，微信消息便跳了出来。

　　是今天问她上衣链接的女同事，叫李玟，也是下午和她一起下班的人。

　　李玟："小虞你快看！我在同城微博刷到了什么！"

　　李玟发来了一个视频链接。

　　李玟："今儿追你的那个男的搞得阵仗挺大啊，这么一会儿这么多人转了。"

　　李玟："还有……咱们温总也入镜了。"

　　其实李玟不是很关心那个追沈虞的公子哥儿，毕竟沈虞这样的美人有人追很正常。她最想知道的是自家那个"高岭之花"般从不让女人近身的温总是怎么回事！

　　果然英雄都难过美人关，温总已经跌落神坛了？

　　沈虞不知道李玟的心理活动，点开了视频，看完后，脸色沉了下来。

　　视频弄了个颇为引人注意的标题："震惊！香车玫瑰追美人，美人的选择竟然是——"

　　视频里，她拒绝了陈和泽，反而转身和只出现一秒的温折离开了。

　　不过，似乎这个视频的关注点完全偏移了。网友的注意力全在堪堪露了个脸的温折身上，不少人"嗷嗷"叫。

　　"一秒钟，我要这个大帅哥的全部信息！"

　　"哎呀，我要是这个美女我也选这位，太帅了吧！"

　　"就没人觉得这个美女真的巨美吗？不多说了，我爱美女！"

　　……………

　　还没看完，沈虞就关了视频，黑眸微眯。

　　她没想再以这种方式刺激韩雅和沈弯弯，陈和泽却打了一手好算盘，想利用她脱离联姻。最后的结果不过是他得偿所愿，惹来的黑锅全扣在了她的头上。

想到这儿,沈虞又有些心虚地朝厨房的方向看了一眼,不知道温折看到这个视频会有何感想。

他这么高冷的一个人,突然成了大家的谈资,会不会不高兴?

于是,沈虞找到视频平台,毫不客气地举报了视频侵犯肖像权和个人隐私。

同一时间,沈宅。

沈弯弯"哐当"一声打开门,将臂上昂贵的手提包狠狠地扔在地上,同时蹬掉脚上的高跟鞋,把厚重的实木门关得震天响。

厅内的用人大气也不敢出,只能跟在沈弯弯后头弯腰替她捡包。

听到声响,韩雅蹙了下眉,放下手中的茶杯,责怪道:"做什么弄这么大动静?"

"妈!"沈弯弯两步踏到韩雅身边,平时温婉的面容因为怒极而扭曲。她想找手机,却发现手机还在包里,于是扭头朝后面的用人喊道:"还不快把手机给我?!"

用人连忙把包双手递上。

拿手机的手指抖得不成样子,沈弯弯调出视频给韩雅看:"妈,你看,沈虞……沈虞这个贱人,又去勾引陈和泽了!

"她总是抢我的,总是抢我的!为什么会有这种人?!"

骂到后头,沈弯弯已然失去理智,只想骂尽天下最恶毒的话:"这种总抢别人男人的女人,就该下地狱!"

韩雅听到这里,原本还算温和的表情倏地变沉,警告般地喊道:"住口!"

沈弯弯被这么一喊,才知道自己失言,刚才的字字句句几乎是往韩雅的心窝子上戳,因为当初韩雅上位的手段也……并不光彩。

韩雅抿了口茶,拍拍沈弯弯的手:"不生气,陈家也没多高的门楣,陈和泽更没多大能耐,丢了就丢了。

"我那天的话已经很清楚了,陈家也不会接受一个不受宠爱的女儿。"

沈弯弯唇瓣颤抖,心中并未因为韩雅的宽慰而好受一些。在她看来，陈和泽并不值得自己大动肝火，之所以这么生气……

她想起视频里那张一闪而过的俊颜，指甲几乎陷进了肉里。

他们……又在一起了，这怎么可能？温折怎么可能还会再接受沈虞？明明沈虞当初把他骗得那么惨！

无限的恨意混着年少时的不甘心涌上胸腔，沈弯弯几乎快要控制不住理智。

韩雅并不知道女儿的心理活动，眼眸微眯，透露着算计："这件事我会和你爸好好说说的。"

沈弯弯勉强冷静下来，委屈地抹了把眼泪："爸呢？今天又不在家吗？"

韩雅笑了笑："不在，你爸工作忙，不着家正常。"

沈弯弯"哦"了声，并未放在心上，和韩雅打了招呼便独自上楼回了房间。

她的房间在别墅的二楼，明亮宽敞，每一处装修都精致无比，连随意摆放的小物件都是市场上难买到的珍品。沈弯弯看着房间里的一切，享受地眯了眯眼。

这里原来是沈虞的房间。在沈虞走后，沈弯弯自然而然地就住进了这个最好的房间。她极尽奢侈，一点点地彻底抹去了沈虞存在过的痕迹——就好像她住在这里理所应当。

沈弯弯走到书柜边，伸手从最上层的夹层里抽出一本书——《人间失格》。这是高中时温折在学校旁的二手书铺里经常翻阅的一本书，沈弯弯悄悄地把它买了下来。

尽管书的封皮已经被她尽力保护，但因为经常被翻阅，深色的封面上还是泛起了白边。

沈弯弯低头，从书的夹层中找出一张已经泛黄的照片。

阳光下，少年容貌清秀，如天上月般遥不可及。

沈弯弯静静地看着照片，拿着照片的手指却不自觉地捏紧。

她想起了在夜宵店的惊鸿一瞥。现在的温折相比年少时，一举一动都更加迷人，属于成熟男人的理智与魅力无不催发着女人的心动。

这样的人……这样好的人，为什么会看上沈虞那个妖精？

沈弯弯回忆起多年前满腔怨愤的自己极尽恶毒地告诉温折——

"你真的以为沈虞喜欢你吗?

"她这样被从小宠到大的公主,身边的人来来去去,知道什么是认真吗?

"沈虞接近你的原因——不过是想要报复我。

"你之于她,不过是用来刺激我的工具人,抑或是……闲来无事的消遣。"

沈弯弯至今也忘不了自己说出所有的真相后温折的眼神,就像是"高岭之花"被扔进了泥里,满身傲骨都被碾为尘埃。

但那样荒唐的闹剧后,多年后的现在,温折又和沈虞走到了一起。

沈弯弯捂住闷得快要喘不过气的胸膛,那种被沈虞碾压、羞辱的耻辱感再次席卷而来。

沈弯弯抬头,环顾装修得明亮又梦幻的房间,突然疯了般把桌上的所有物品都摔在地上。昂贵的琉璃灯落在地上发出刺耳的响声,更像是在嘲讽她——连她的房间都是沈虞不要的。

她眼睛通红,失控地抱头尖叫。

视频被举报后,没多久,平台就反馈已经把原视频删除了。

这到底是一件小事,在网上没掀起太大的水花。但沈虞并不觉得这事已经结束——陈和泽势必会想方设法把消息递给沈弯弯以达到他的目的。

她沉思着,有一搭没一搭地滑着手机屏幕,突然厨房的门被推开了。

温折看向她,嗓音平淡:"过来吃饭。"

刚刚还沉郁的心情一扫而空,沈虞拍了拍手就迈步跑过去,直奔餐桌,看到几样已经摆好盘的菜,吃货之魂燃烧,眼睛发亮:"哇!"

温折瞥了她一眼,压了压勾起的唇角。

刚刚她点的几样菜温折全做了,还附带一份番茄汤,色香味俱全,光是卖相就让人食指大动。

"别看了,"温折拖开椅子,"赶快吃。"

沈虞哼了声，拿手机对着桌面拍了张照，很"不经意"地拍到了温折露出的半截手腕，那里戴着一块精致又低调的瑞士手表。

"你拍照做什么？"

沈虞低头摆弄手机："炫耀啊！"

温折："……"

沈虞开始动筷，好吃得直点头，还捣鼓手机发了朋友圈："今天有人请吃饭！"她还发了刚刚拍的照片。

她刚发出去，手机就"丁零零"地响个不停，"十级虞学家"梁意的消息顺势就飞了过来。梁意向来会找重点，直接用红笔圈出那一截手腕，抛出了问号，接着大串的语音消息轰炸似的涌了过来。

沈虞边吃边把语音转成文字。

"解释一下这只手，是哪个野男人的？

"难道是温折那个野男人？！

"这大晚上的，孤男寡女共处一室，你这都不把人睡到手，我看不起你啊沈虞！"

沈虞咬着筷子笑，指尖轻点屏幕，正欲把下一段语音转成文字，对面传来"啪嗒"一声。温折不轻不重地放下筷子，淡淡地看着捧着手机笑的沈虞："你到底还吃不吃？"

正看得出神的沈虞被吓了一跳，指尖下意识地一按，不小心点了外放。同时，安静的屋内回荡起梁意含着猖狂大笑的嗓音——

"对了，'小雨伞'买没买啊？要不要我给你叫个同城加密快递？你……"

梁意后面的话被沈虞硬生生给掐断了，因为有的人上一秒还是闺密，这一秒就不是了。

屋内一片安静，沈虞尴尬地抠紧脚趾，屏住呼吸，抬眼看温折。

男人将目光虚虚地落在她的手机屏幕上，像是什么也没说，又像是什么都说了。

沈虞面不改色地摁灭手机屏幕，淡定道："梁意说，今晚可能要下雨，要给我送雨伞，"她干笑着咬筷子，"真是太操心了，哈哈。"

温折点点头："挺好。"他将目光慢悠悠地落在窗外洒入的淡金色夕阳上，屋外天空蔚蓝，一看明天又是个好天气，"那你吃快点儿，回去还能挡太阳。"

沈虞认命地垂下头扒饭，沉默下来。

这种事，他当然心知肚明。从他答应让她进家门……哦不……从他傍晚叫住她开始，这段关系的走向就已经变了道。

只是沈虞现在还探不到温折的底，不知道他究竟能宽限到哪一步。探不着底，那她就继续往下，试探他的底线。

沈虞的嘴角勾起一抹笑，她想：这种慢慢征服一个人的感觉真的很不赖。

饭后，沈虞主动揽了洗碗的活。她将目光从厨房的玻璃门往外扫，看见温折进了书房，发现对方俨然就放心地把她扔在了客厅。

他怎么一点儿都没把她当成客人？沈虞不满，一不留神挤多了洗洁精，满池都是泡泡水。她只能认命地把盘子清洗了好多遍。

等做完苦力，已经是半个小时后了，沈虞悠悠地来到书房门口，敲了三下门。

"温折，我能进去吗？"当然，沈虞也只是客气一句，她的手已经搭上了门把手，只等温折开口便开门。

"进来。"男人淡淡的嗓音响起。

像是打开潘多拉魔盒一般，沈虞渴望进驻温折更多的领域，而书房无疑是最能隐藏一个男人秘密的地方。

曾经梁意就说，进了江至的书房后，发现他的鼠标垫、电脑桌面都是二次元萝莉，当天便狠狠"下头"。

于是沈虞进书房后，第一眼就看向了温折的鼠标垫——还好，和电脑同品牌；第二眼看向电脑屏幕——还好，桌面是系统自带的。

温折正在打印文件，打印机"哐哐"地发出响声。间隙中，他看向沈虞："你在看什么？"

看你有没有恶趣味。当然，这种话沈虞自是不敢说出口。她两步上前坐到了温折对面，托着腮："看你啊！"

温折没接话，从打印机上抽出纸张，放在沈虞面前："你要实在闲，就把这份投资报告看了。"

沈虞脸一垮："可我已经下班了。"

而且她在和他调情啊，他看不见吗？怎么会有这种脊柱长钉的冷漠直男啊？！

"加班。"

沈虞苦着脸，动作干巴巴地去拿文件，突然听到温折问："你想留在鼎越吗？"

"不留。"她嘴快，不假思索地说出了口，回答完，才发现空气似乎都凝固了。

温折安静地看着她："那你以后想做什么？"

沈虞笑了声，看起来一点儿也不正经："温折，你这就替我操心未来了？"

"不想说？"

"我呀……不想努力了，"沈虞吊儿郎当的，像是在开玩笑，"回家继承家业吧。"

大概没人觉得她的话是真的，沈虞也不在意。

温折没说话，沈虞看不出他信没信。

接下来的时间没人说话，沈虞懒懒地看着文件，温折应是真有工作，专注地看着电脑。

等到把整个项目书看完，沈虞才惊觉温折看项目的眼光有多独到犀利，"点金圣手"的名声绝不是虚传。

沈虞本想给温折来个三百六十度夸奖，但看见男人认真的眉眼便咽下了口中的话，没去打扰他。她托着脑袋发呆，顺着温折背后的黑色书架，一排排看过去。

架子上多是一些财经金融书，沈虞在最上层看到了好几本吉他教程以及乐谱。像是有什么感应般，她的目光停顿下来，在最下面有磨砂玻璃的柜子里，她隐隐约约地看到了一把吉他。

她眼睛一亮："温折，你会弹吉他啊？"

"不会。"

沈虞却指着他身后的柜子："那你买吉他干什么？"

温折顺着她的视线看过去，眼眸变黯，道："那不是我的。"

"不是？"沈虞警觉地眯了眯眼。出于女人的第六感，她第一反应就是——那把吉他是他的前女友的。

都分手这么多年了，他还把前任的东西视若珍宝地藏起来，沈虞光是想想就酸得翻江倒海，火气和酸气一同直冲脑门儿。

沈虞表面不动声色地道："巧了，我也会弹吉他。"她站起身，抬步朝书架方向走去，伸手欲打开柜门，"我能试试吗？"

结果，沈虞的手刚抬起一半就被男人拦住了，明明他的掌心是灼热的，说出的话却让她的心凉了大半截："别动。"

温折看她的表情很复杂。

沈虞脸上的笑终于慢慢消失了。她悻悻地放下手，冷冷地问道："前女友的？"

温折仍旧看着她，不承认也不否认，这意思不言而喻。

沈虞别开脸，瞬间觉得没意思透了。有那么一瞬间，她很想不管不顾地把吉他拿出来，当着温折的面给砸了。

但最终，沈虞只是挣开温折的手，声音沉了下来："你就那么忘不掉她？"

温折看着落空的掌心，突然问出没头没脑的一句话："那你呢？"男人一字一顿，说话异常慢，"你喜欢过他吗？"

这么没头没脑的一个问题还是让沈虞瞬间就明白了这个"他"是谁，心不受控地狂跳了一下，她下意识地躲开视线："不记得了。"

温折眯了眯眼，突然站起身。座椅摩擦地板发出刺耳的响声，男人倾身而上，把沈虞一把按在书架上，右手抬起她的下巴，容不得一丝逃避的空间："回答我！"

沈虞被他眼中灼人的温度所慑，心跳也越来越快。

她眼神闪躲，显然在琢磨着措辞。

温折大概看出了她的为难，捏着她下巴的手松了些，反而带着些诱哄般，轻轻摩挲了下："实话实说。"

沈虞卷翘的睫毛小幅度地颤动着，否定的话到了嘴边，她终究是吐不出口。那些梦境明明白白地告诉她，她曾实实在在地动心过，对一个连脸都回忆不起来的初恋。

沈虞用力地咬着下唇，最终下定决心，以最快的语速含糊作答："温折，你听我说——

"虽然吧，我是喜欢过他，但那都是过去的事了。谁年少的时候没有点儿小心思那也不正常，你说是吧？你只要知道我现在……"喜欢的是你。

话未说完，她便被打断了。温折手指用力，捏紧她的下巴，眼神像是要望进她的灵魂里："你说什么？再说一遍。"

"我说那都是过去的事了，你只要知道我现在喜欢的是你。"

"上一句。"

沈虞语气弱下来："我说我是喜欢过他……"

等说出口，她又觉得不对——为什么从她问某人的前女友变成她被掐着下巴威胁了？

沈虞怒了，大眼睛瞪着温折："等等，不是我问你的前女友吗？怎么话题却绕到我这儿了？"

男人的面庞距离她很近，他肤色冷白，唇色殷红，骨相极佳。只是此时他紧抿着唇，漆黑的眼眸紧盯着她，似乎在观察她是否有一丝说谎的迹象。

沈虞被他看得背后发毛，却仍在倔强地顶嘴："你看我做什么？是不是心虚了才顾左右而言他？明明是你吃着碗里的还想着锅里的，和我搞暧昧还忘不了前女友！你这个大渣男！"

她越说越生气，还伸出细白的手指用力戳了戳温折的胸膛，口不择言道："是，我就是喜欢过我的前男友。但我有你过分吗？你还把你前女友的东西珍藏起来不让我碰！你真是好样的啊温折，是不是真把我当备胎啊？你……"

她一张小嘴喋喋不休，红唇翕动，天鹅颈抬得高高的，依旧是那副骄横跋扈的姿态。

温折眸中溢出浅淡的笑意，声音低沉，蛊惑般地凑到她的耳畔："你以前喜欢他？"

沈虞噎住，眼珠转动，惊疑地打量着温折：他……变态啊？怎么还在笑？

她尿了尿,谨慎地选择了沉默。

温折松开她的下巴,指尖转而温柔地贴近她的耳畔。黑发被缠绕着别到耳后,发丝掠过她的耳郭,像是羽毛般轻轻地从心尖上扫过。

沈虞连眼睛都不敢眨,感觉身体都软了半边。

男人凑近那只耳朵,轻轻吐息,唇瓣若即若离:"现在喜欢我?"

沈虞脑子一片空白,呆呆地点头,几乎凭本能在回应他。

她的耳边传来轻笑,酥酥麻麻的,脸"唰"的一下就红了,她也终于反应过来——温折在和她调情。

他之前不是不会,他可太会了啊!这一切的区别只在于他想与不想,之前他不想,现在……现在就想了?

脑子突然就"死机"了,沈虞屏着呼吸,看着温折本就近在眼前的面庞还在逐渐靠近,直到与她鼻息相闻。

屋内的暧昧氛围到了一触即发的地步。

沈虞慌得连眼睛都没处放,心跳如擂鼓,似乎下一秒心脏就要跳出胸腔。

温折……是不是要亲她?啊啊啊!怎么办?怎么接吻来着?沈虞试着回忆以往的经验,蓦然想起那个人好像很会亲。她的脸越来越红,像是要烧起来。

打住!她不能再想了啊!

沈虞尿得闭上了眼睛,脊背死死地靠在书架上,一副视死如归的表情。

突然,她感觉,温折在距离她几厘米的地方停了下来,轻声问她——

"你什么时候回家?"

沈虞蒙了一秒。

你说什么?你再说一遍?她猛地睁开眼睛,看向温折。

男人眼中盈满笑意,明摆着是在逗她,语气似乎还满是真切的疑惑:"你闭眼睛做什么,以为我要吻你?"

沈虞:啊啊啊,温折,我要拿你的狗命!

她眸中愤怒的火焰熊熊燃烧。

眼看着她就要炸毛，温折则早有预料，掌心轻扣她的后脑勺儿，揉了下，微微低头，唇瓣蜻蜓点水般在她的额上轻碰了一下。

他说话时，气息似有若无地拂过她的额头："那你以为的没错。"

"唰"的一下，沈虞胸腔中的怒火灭了；"砰"的一声，她心尖上那只蹦跶的小鹿也撞死了。

她的脸颊也越来越红，艳若桃李，纤长的睫毛颤动着，她竟紧张得不知该说什么。

温折眼中的笑意越来越盛，他到底没继续为难这只外强中干的小鸵鸟，用长指捏了下沈虞酡红的脸颊，附在她耳边道："送你回去。"

沈虞愣了愣，下意识地松了口气。最终，她捂着发烫的脸颊暗暗懊恼——我怎么这么没用啊？

沈虞难得老实，一句话没说地跟着温折坐上了车。李宗开着车。后座上，她扭过头，脊背僵直地盯着窗外，就是不往温折的方向看一眼。

她表情变来变去，既懊恼自己刚刚没发挥好，又恨温折老奸巨猾。他简直就是个情场老手，自己难道就这样上了贼船？

内心戏过了一轮又一轮，殊不知，她所有的表情都映在了车窗上，暴露无遗。温折撑着手肘，看着女人莹白的面容上不断变化的表情，掩唇闷笑一声。

大概是累了，沈虞靠在车窗上，困倦地打了个哈欠，没一会儿，呼吸便绵长起来。

路有些颠簸，她感到脑袋磕在车窗上，有些疼。她难受地蹙起眉，哼了一声，眼看着又要倒在玻璃上。温折轻叹，伸手拦住她，掌心垫着她的侧脸，动作轻缓地将人揽在了肩上。

这下舒服了，沈虞下意识地找了个最舒坦的姿势，还欢喜地蹭了蹭。

开车的李宗悄悄瞟了眼后视镜，压下快要上扬的唇角，极为贴心地放缓了车速。

夜有些凉，温折看着女人短而薄的上衣，以及露出的那一截雪白纤细的腰，拧眉，拿过西装外套便盖在了沈虞身上，直到紧实地盖住所有风光才松开眉头。

温折垂下眼，轻轻地拨开沈虞为挡疤而留的空气刘海儿，那里只剩一道淡淡的浅棕色疤痕，虽浅，但依旧是绝美工艺品上的瑕疵。他修长的手指从上面轻抚而过，一下下疼惜地摩挲着，他的目光由浅变深，心中有一道声音一遍遍蛊惑般响在耳边——就这样吧，她永远想不起来也罢。

她说喜欢过他，他就信。

重新替她藏好那道伤疤，温折将掌心护在沈虞的脑后，像是对待珍宝般轻轻地揉了揉。

他想：这样已经很好了。

沈虞醒来时，发现自己正披着温折的西装，脑袋枕在车窗上，车厢内只有她一人。她连忙爬起来，朝车外看去。

温折靠在车门边，指间夹着一点火星，在黑夜中闪烁。如玉的长指时不时地轻点烟头，弹下烟灰，颇有些桀骜。

沈虞愣了下。她竟然从不知道温折会抽烟——平日里，他容颜俊秀，气质冷淡，整个人就是个大写的"正"字，居然也会抽烟。

李宗先发现沈虞醒了，朝温折做了个手势。温折回头，对上了沈虞的目光。

沈虞张了张唇，推开车门，不太好意思地问："等很久了吗？"

温折直接掐灭烟头，利落地抛进了垃圾桶里："不久。"

沈虞看着他的动作，有些发愣，却听温折突然解释："我不常抽。"

"那刚刚……"

"想些事情。"

"哦。"沈虞点头，"那我回去了？"

温折颔首。

沈虞进楼前，还回头看了一眼。李宗已经坐上了驾驶座，温折却依旧站在车前，白衣黑裤，挺拔清瘦。

他的目光追随着她的身影，察觉到她的视线，他直勾勾地看向了她的双眸。隔着不远不近的一段距离，他的眼神暗潮汹涌，像是无声的海浪，大起大落间，他经年的等待终究是……落到了实处。

沈虞的心猛地一跳,她几乎想落荒而逃。她从未有这么一刻有这么强烈的感觉——她或许……真的追到温折了。

一路掩着通红的脸,沈虞快速开门,脱力般靠在门板上,一片安静间,仍能听见自己"怦怦"作响的心跳。

良久之后,沈虞洗完澡,躺在床上,才堪堪平复下心情。她试着给温折发了个消息:"到家了吗?"

不多时,温折回她:"到了。"

沈虞没话找话:"你在干什么呀?"

屏幕上显示"对方正在输入",却半晌没有消息发过来。

温折坐在书房的地上,屈起一条长腿,另一条腿上横搭着一把木吉他——正是书柜里那把。

他随手拨弄了几下弦,吉他发出清脆的乐音。他多年未碰,吉他依旧被保存得很好,上面甚至连一丝灰尘都找不到。

他没再拨弦,指尖转而摸到琴身侧面。在那里有一块小小的凹陷,被人刻上了几个字母——WZ&SY。

这是真正意义上沈虞送给他的第一个礼物。

温折低头看着手机,指尖轻点屏幕:"能给我唱首歌吗?"

那头的人明显有些蒙:"啊?你要听什么?"

温折:"Cry on my shoulder(《在我的肩上哭泣》)。"

沈虞发了一连串莫名其妙的问号过去。

温折:"不行吗?"

小鱼:"行吧。"

沈虞猛地撑起身体,清了清嗓子,发消息:"前面的我不太记得了,就从中间挑着给你唱一段吧。"

没一会儿,沈虞发来一段长长的语音,足有一分钟。

她的嗓音干净清甜,英文发音标准。柔美的女声响在静谧的书房内,温折就着旋律轻轻地拨弄琴弦,轻轻地闭上了眼睛。

依旧是那年盛夏,满树夏蝉撕心裂肺地嘶吼,似在为它们短暂的生命奏响最后一支乐曲。

阳光从树叶的间隙漏下，洒在滚烫的柏油马路上。

穿着蓝白校服的少年从医院大楼一路往下跑，身侧的人群来来往往，仿若电影的慢镜头，一帧一帧往后移。

从医院，到街道，再到不知方向的公园，温折不停地奔跑，直到筋疲力尽，父亲温远虚弱又沙哑的声音依旧在脑中一遍遍盘旋——

"小折，爸爸真的走不下去了。

"算了吧，别治了，咱们……也治不起。

"是爸爸对不起你……我走后，你要照顾好你妈妈。

"她这些年，太苦了。"

…………

已至傍晚，远处天边的夕阳收回最后一丝余晖，晚霞悬挂在天边，映于江面，美不胜收。公园里的人多了起来，多是饭后出来散步的夫妻和情侣。在一片欢声笑语间，温折停住脚步，绝望地弯下腰，眼睛通红，一动不动地盯着地面。

他像是一个游离在世界之外的绝望旅人，误入了这场不属于他的繁华梦。

不远处有歌声传来，甜美舒缓，像是最温柔的风——

But if you wanna cry.（但如果你想要大哭一场。）

Cry on my shoulder.（就在我的肩头哭泣吧。）

If you need someone who cares for you.（如果你需要一个人关怀。）

If you're feeling sad your heart gets colder.（如果你感到难过，心如死灰。）

Yes, I show you what real love can do.（那么我会告诉你真爱能够做到什么。）

温折突然直起身子，漫无目的地迈开了步子。他不知道要去哪儿，却过了桥，拐过公园的廊亭水榭，在看到站在江边的少女时自然停下了脚步。

大片的人停住脚步，望着小乐队中心抱着吉他自弹自唱的少女。架子鼓和贝斯的声音交杂在一起，这首略带忧郁的 *cry on my shoulder* 被她唱得充满生机。

十七岁的沈虞自信洋溢、闪闪发光，只是站在那里，就让波澜壮阔的江水、绚丽灿烂的晚霞都成了陪衬。

她也死死地困住了温折的整个青春。

一分钟毕，语音播放结束，吉他声也戛然而止。

温折睁开眼睛，目光定定地落在书房洁白的墙壁上。少顷，他编辑了条消息发给沈虞："不早了，睡吧。"

屏幕很快跳动了一下，小鱼："晚安！！！"

沈虞盯着手机屏幕，看见温折回了消息——

"晚安。"

她惊讶地睁大眼睛——有生之年，温折竟然会给她回"晚安"了！

沈虞一把扔了手机，抱着被子，兴奋地捂住脑袋，躲在被子里小小地尖叫了一声，心尖甜丝丝的，一种从未有过的甜蜜感席卷而来——

妈妈呀，我要恋爱了！

第五章
苏城情定时

"你们昨晚没睡？"电话那头，梁意提高了声音，颇为恨铁不成钢，恨不得钻过去敲打沈虞一番，"这么好的机会你都不睡，还想等到什么时候？"

沈虞正走着路，风风火火地踩着高跟鞋上班。今晨她起了个大早，在化妆和选衣服上就花了一个小时。

等到把头发丝都打理得一丝不苟时，她才舍得出了门。

"肤浅！感情是睡出来的吗？"沈虞笑得满是自信，"显然不是。"

梁意语气很是狐疑："那你们昨晚做什么了？"

"就一起工作、聊天儿……"沈虞拧着眉，回忆着昨晚的细节，"然后他送我回家，但我在车上睡着了。"

梁意狠狠地翻了个白眼："就这？你别告诉我就这啊！"

沈虞伸手拦了辆出租车，和司机说了位置后，坐上后座，反驳道："还有！"她有些羞涩地笑了笑，用着极快的语速含混不清地说，"我们……还亲了。"

"哟！"久经沙场的梁意这才欣慰了一点儿，"亲哪儿了？"

沈虞捂住脑袋，那里似乎还残留着男人唇瓣的温度："额头，亲的是额头！停止你肮脏的思想，梁小意同学。"

"喊。"梁意不屑极了,"你们俩这是在干什么,小学生过家家啊?我几年前就不玩这套了!"

沈虞有些恼:"循序渐进嘛,人家这不是第一次……"

"呸。"梁意啐了声,"你要是拿出点儿钓你初恋时的经验,昨晚早得手了。"

沈虞张了张唇,有些眩晕:"我和他都到那地步了?"

电话这头的梁意正在做蛋糕,嘴上"叽叽"地说着话,手上裱花的动作却是一点儿都不含糊:"可不是?你那时候和被下了降头似的,我看你差点儿直接上'本垒'。"

沈虞去苏城那一年,偶尔会回京城和梁意见面。那时候的沈虞,用梁意的话来说就是个自欺欺人的叛逆少女,嘴上说着玩玩就好,实际上陷得比谁都深。

沈虞被吓得背后起了一层汗:"我这么恋爱脑吗?"

"你有点儿自知之明就好。"梁意耸肩,"我给你提个建议,你先别急着和温折在一起,找高中同学打听一下你那个初恋的消息,然后见他一面,看看谁更有感觉。你觉得怎么样?"

听不到那头的人回应,梁意又问了一声:"小虞?"

"啊……"沈虞都被说蒙了,结巴了半天,"我……我不敢见他。"

如果……如果梦境中那些都是真的,那她真是万死难辞其咎,哪里有胆子再见他?

梁意:"那你……悄悄见他?"

梁意的提议仿佛在沈虞的心尖上烧了把火,让沈虞的灵魂都开始战栗起来。沈虞握紧手机,压下那种莫名其妙的激动心情:"我再考虑一下。"

一连几天,沈虞都在考虑梁意的提议,时间一晃就到了周五。

但这天临下班,沈虞接到了两通电话,其中一通来电竟自陈和泽。这人不知从哪儿弄来了她的号码,电话那头的声音吊儿郎当的:"沈大美女今天有空没?我请你吃个饭?"

"不必。"沈虞冷淡地回应,"你的心思最好收一收,我不是你达到目的的垫脚石。"

"这话说的,"陈和泽懒洋洋地笑道,"就不能是我真的想追你?"

沈虞:"那就更不用了,我有——"

话说一半,她卡住了。她有什么?男朋友?温折现在是她的男朋友了吗?显然不是。

这几天,忙是真的,但两人几乎没见面也是真的。

沈虞每天等他的邀约等得望眼欲穿。但那晚的温折摇身一变,似乎又变成了之前那副死样子。

狗男人!想起这个沈虞就来气。

电话那头的陈和泽似乎也懂了什么:"有?有什么?男朋友?"他意味不明地笑,"不像吧。"

沈虞懒得理他:"你还有事吗?没有我挂了。"

"等等。"陈和泽开始卖关子,"我这里有你想要的东西,确定不来见个面?"

沈虞冷笑,作势要挂电话。

陈和泽终于急了,直接和盘托出:"你别挂,我这儿有你母亲陪嫁的镯子,一个白色的翡翠镯子,你确定不要?"

沈虞声音冷了下来:"那个镯子为什么会在你那儿?"

"韩雅送给我妈的。"

沈虞的表情彻底沉了下来,她说:"地址。"

意识到沈虞语气不善,陈和泽没再废话:"短信发给你了。"

沈虞在去目的地的路上接到的第二通电话来自沈光耀。继上次被她拉黑后,他又换了个号码。

她没有挂断,强压住心中的戾气:"说。"

沈光耀语气踌躇地和她打着商量:"小虞啊,今晚你有空回家一趟吗?"

沈虞语气很是自然地说:"好啊,什么时间?"

见沈虞答应得这么干脆,沈光耀异常受宠若惊,连连道:"随便,随便,凑你时间就行。"

"好。"沈虞沉沉地笑了声,"你们在家好好等着我。"

挂了电话，沈虞漫无目的地看向窗外飞逝的景物，眯起眼睛。

经年来，那种生理性的反胃再次达到了顶峰，沈虞垂眸捂住胸口，不可自控地回想起自己的母亲白婉玉——那样一个腹有诗书气自华的女子，在丈夫和闺密的共同背叛下香消玉殒。

白婉玉生在江南苏城，是水乡娇养出来的美人，白家是有名的书香世家，她的父母都是名声在外的金融界老教授。

沈光耀作为一个初出茅庐的穷小子，靠着张会骗人的嘴，让白婉玉宁愿和家里闹僵也要下嫁，婚后只身陪着沈光耀来京城打拼。

靠着沈虞外祖父家积累的人脉，沈光耀一步步取得了今天的成就。

白婉玉身子弱，早年生沈虞亏了身子，之后一直大病小病不断，到沈虞上高中时，已经久久缠绵于病榻。

这时候，白婉玉的少时玩伴韩雅借着照顾白婉玉的名义，暂时留住在了沈宅。

韩雅婚姻不幸，被前夫家暴。白婉玉一时好心收留了她，万万没想到却被她趁机抢走了丈夫。

因为一次放学早退，沈虞在家中撞见了沈光耀和韩雅的奸情。

当天晚上，沈虞连胃里的酸水都呕了出来。

这一切，全部被沈虞烂在了肚子里。以至于到最后，白婉玉都是在不知情的情况下离开的。

沈虞想：也好，母亲那样的人，一定要干干净净地离开。

沈虞回想间，出租车已经到了与陈和泽约定好的大厦楼下。

她下车，低头看向了手机。突然，她的指尖顿了顿——她下班时给温折发了消息，问他晚上有没有安排，此时才收到了回复。

"有应酬。"

沈虞心里颇有些不是滋味，再加上心情不爽，没好气地回复："巧了，我也有。谁还没个应酬啊？"

没一会儿，那头的人问："和谁？"

沈虞边走边翻白眼，心中嘀咕：管得着吗你？

她没回，一方面出于心虚，另一方面也不想这么轻易被拿捏——谁还不要被哄了？！

温折又发了消息:"我结束得早就去接你。"

看到这儿,沈虞忍不住勾起嘴角,给温折发了定位:"早点儿来,我可不会等人。"

发消息期间,沈虞已经进了大厦,来到了陈和泽订的法式餐厅,一眼就看见了坐在窗边穿着花西装的陈和泽。

看见沈虞,陈和泽插兜站起身,笑了笑:"千请万请,可终于请到我们沈大小姐了。"

沈虞把包放在坐垫上,径直坐下,语气冷淡:"我妈的镯子呢?"

"想吃什么?"陈和泽依旧含笑,把菜单递给沈虞,"这儿的法餐很正宗。"

沈虞不愿与他虚与委蛇:"你不用和我卖关子,说吧,什么条件?"

一直被下面子,陈和泽笑意变淡,放下菜单,随意朝服务员指了两份套餐。

"我想要什么,沈小姐应该很清楚。"

沈虞:"想退婚?"

"退婚我要。"陈和泽慢悠悠地打开首饰盒,上好的翡翠在灯光下呈现出柔和的光泽,"和沈家的联姻,我也要。"

瞬间,沈虞就明白了他的意思。她直直地盯着翡翠镯子,笑了:"所以你想和我结婚?"

"不好吗?"陈和泽打量着沈虞精致的面容,满意地眯了眯眼,"我知道你很恨她们,借用我可以狠狠地出一口恶气。"

沈虞几乎要笑出声,红唇张扬地弯起:"这一招是我早就玩腻的把戏,需要你教我?"她像打量商品般扫了眼陈和泽,摇了摇头,"再者,你这品相也不太够格。"

"你!"陈和泽气结,几秒后,深深地吐出一口气才勉强冷静下来,"我劝你好好想清楚。和我结婚,你好处很多。"

沈虞:"不用考虑了,这个镯子我以原价买下来,退婚的事也可以帮你,除此之外的事情,免谈。"

眼看着沈虞油盐不进,陈和泽越发脸色难看,冷冷道:"镯子我不卖给你。"

他伸手把玩着镯子，似乎觉得十分有趣："令堂也是个雅人，可惜了，这么好的东西，却遇见不懂得珍惜的人。"

沈虞盯着镯子，半晌没说话。

她记得这个镯子——这还是韩雅当年来到沈家避难时，白婉玉送给韩雅的。

沈虞的指甲几乎要嵌入肉里，她闭了闭眼，深吸一口气，道："我最后说一遍，两倍价格，卖给我。"

陈和泽懒洋洋地笑了，手指有一搭没一搭地转着镯子。他欣赏着沈虞隐忍的表情，玩味道："我不。联姻的事，我给你时间，你再考虑考虑……"

话未说完，沈虞冷笑着站起身，趁着陈和泽不注意，伸手一把将镯子夺了过来，扬臂往地上狠狠一摔。

一声清脆的响声响彻整个高档餐厅，昂贵的手镯瞬间变得粉碎。

"这种过了人手的脏东西，不要就不要了。"她拍了拍手，居高临下地看着目瞪口呆的陈和泽，随后拎起包扬长而去，在众多顾客和服务员的目光中淡淡地留下一句，"钱我之后会打给你。"

女人的背影纤细窈窕，她走起路来婀娜多姿，高跟鞋踩在大理石砖上，一人自带千军万马的气势。

良久，直到沈虞彻底离去，陈和泽才反应过来，颇觉得没面子，用气音低咒了句。但没一会儿，他又摸了摸身上的鸡皮疙瘩，瞥了眼沈虞离开的方向："还挺够劲啊……"

走到马路上，沈虞面无表情地拦下辆出租车，并和司机报了沈宅的位置。

她没什么心情地翻了翻手机，又想起来什么，给温折回了个消息，让他晚上不用来了。

她倒没想到温折竟在应酬时开小差："结束了？"

输人不输阵，沈虞挑衅地回复："没呀，我赶下一场。"

那头的人没了回应。

一杯酒下肚，蒋胜刚吃了口菜缓解，便听到旁边的温折发出声轻嗤。今日酒桌氛围还算轻松，几个老合作伙伴一起组了个局。温折今日本不想来，但蒋胜可不想让火力集中在自己身上，好说歹说还是把人给拐来了。

开宴前，蒋胜还像煞有介事地奚落了他一句："反正也没人陪你吃饭。"

结果温折人是来了，心却不知飞到哪里去了。

温折的手指按在手机一侧，将屏幕摁亮又摁灭。

蒋胜用手在他面前晃了晃："魂呢？心不在焉的，"他又打量了温折一眼，"你不会是谈恋爱了吧？"

"还没。"

没就没，他笑什么？蒋胜眉头拧一半，才反应过来他的意思——

还没，那不就是快了？想通这一茬，蒋胜松开眉头，没再计较温折的种种反常。毕竟，谈恋爱的人都沾点儿傻。

温折估摸了下饭局的结束时间，终究还是摁亮了屏幕："在哪儿？八点半我去接你。"

沈虞再看到温折的消息时，时间已近八点，她已经站在沈家别墅的大门前了。

她看到消息，心跳快了一拍，没多犹豫就把位置分享给了温折。

沈宅位处京南紫园。多年前沈光耀买房时，这处地还未达如今寸土寸金的价格，而今紫园已经成了京城富人区的标志，住在里面的人非富即贵。

沈虞站在沈宅门口，看着这个她自小长大的地方，陌生和疏离感扑面而来。

沈宅初建时，家中的每一处都由白婉玉亲自设计。也只有那样一个温柔的人，才能创造出这样一个诗情画意的宅子。

但现今，门口处的雕花换成了金砖，宅内白婉玉精心打理的郁金香早已不知所终，只余下满片艳俗的芍药和牡丹，每一处都不一样。多年过去，韩雅一点点如钝刀割肉般地抹去了白婉玉的所有痕迹。

前方带路的用人观察着沈虞的脸色，低着头不敢说话。

沈虞悄无声息地跟着用人进了沈家大门，隔着长长的走廊听见了说笑的声音。

韩雅轻声细语地规劝着沈光耀:"多喝点儿老鸭汤养胃,天天在外面喝酒,胃都要喝坏了。"

"应酬嘛,没办法的事。"

"天天就应酬、应酬,一点儿也不爱惜自己的身子。"韩雅讲话的声音里带着不符合年纪的娇俏,"到时候喝坏了,谁照顾你?"

沈光耀"哈哈"大笑:"这不是有你嘛!弯弯也在,有你们娘儿俩,我还怕什么?"

"爸爸不用担心,"沈弯弯笑眯眯地插话道,"我和妈妈都在。"

她语带深意:"再不济还有小虞呢。有她在,爸爸可放心了吧?"

"弯弯!"眼看着沈光耀的表情僵硬下来,韩雅适时打断沈弯弯,又含笑给沈光耀舀了一碗汤:"来,多喝点儿。"

被墙壁挡住了视线,沈虞倚在墙边,安静地听了一出大戏。

前方僵硬地站着的用人脊背上直冒冷汗,提高嗓音提醒:"先生,小虞回来了,正在门口站着呢。"

屋内碗筷的声音戛然而止,紧接着是一阵稍显忙乱的脚步声,沈光耀先从饭桌旁走了过来:"小虞啊,怎么来了不提前和爸爸说一声?吃饭了吗?"

韩雅也跟了过来,一脸忙乱地拍了下手:"哎哟!瞧我,都没给小虞留饭。"她又满脸自责,"是我不好。"

沈光耀拍拍她的手,安慰道:"不是你的责任……"

"行了,少做点儿戏。"沈虞打断二人,冷冷地掀起眼皮,冷漠的一双眼看向韩雅,露出了一抹笑:"我来只为一件事,聊聊?"

"好。"韩雅依旧优雅含笑,"有什么事咱们坐下来说,站着多累啊。"

沈光耀:"对对对,坐下来聊,刚好爸爸也有话和你说。"

吃到一半的饭被用人匆匆收了起来。沈虞占据一边,对面坐看沈光耀和韩雅,侧边是表情莫测的沈弯弯。

时隔多年,沈虞再次坐在了这个位子上。

只不过,上次她的对面只有沈光耀。他用最虚伪的言辞告诉她,他要和韩雅结婚了。

用人上了茶，热气袅袅间，气氛安静到沉闷，没人先开口说话。

"小虞啊……"沈光耀喝了口茶，轻轻喟叹一句，"这件事……爸爸一直不知道该怎么和你提起，现在关上门都是自家人，也就直说了。"

"上次你韩阿姨和我说，你与陈和泽走得很近？"说话间，他瞥了眼沈虞的脸色，"陈和泽毕竟是你姐姐的未婚夫，这一点我想你很清楚。"

后面的话，沈光耀停顿了下，似乎觉得难以说出口："女孩子毕竟还是要自珍自爱，你上高中的时候就……"

沈虞冷静地反问道："上高中的时候？我上高中的时候怎么了？"

"你以前利用那个男孩子，现在又利用陈和泽来伤害弯弯，屡教不改。"沈光耀面色很不好看，似乎为沈虞的行为感到痛心，"我想，是我对你教育得不够好。"

沈虞一听就笑出声了："您的教育？您什么教育？以身作则何为虚伪，何为出轨，何为狼心狗肺吗？"

"沈虞！"沈光耀气得一拍桌子，"你还是不知悔改！"

气氛紧绷，到了一触即发的地步。沈弯弯低眉顺眼，苍白的手指蜷在一起，轻拍着沈光耀的背，梨花带雨地说："爸爸，您别气，气坏了身子可不好。"

韩雅也站起身给沈光耀倒茶："喝点儿水，润喉。"

她轻轻拧着眉，朝沈虞看去，一副痛心疾首的模样："小虞啊，你爸爸身体不好，你少说两句。"

沈虞抬起下巴，美眸犀利又冰冷："你算什么东西，也敢来教育我？"她站起身，朝瑟缩的韩雅步步紧逼，"我妈给你的镯子呢？"

韩雅表情一变："什么……什么镯子？"

沈虞抓住她的手臂："我再问一遍，镯子呢？！"

韩雅开始喊沈光耀："光耀，光耀，我的手好疼！"

沈虞直接伸手把韩雅按在墙上，眼神冷到可怕："镯子是我妈的陪嫁，她把你当朋友所以送给了你，你是怎么对待它的？你还是人吗？我最后问一遍，镯子呢？"

韩雅被吓得满眼是泪，结结巴巴道："镯子……镯子，陈夫人说喜欢，我就送给她了。我给你要……要回来。"

154

"哗啦"一声,热茶从韩雅的脑门儿上当头倒下,沈虞手中举着空茶杯,往地上一扔。她看着满头茶叶、狼狈不堪的韩雅,恨恨地吐出两个字:"爽吗?"

韩雅抱着头,尖叫出声:"光耀!光耀!救我,救我!"

一切发生在须臾之间,在韩雅的尖叫声中,沈光耀如梦初醒。他失望透顶地看着依旧漫不经心地伫立着的沈虞,气血上涌,两步上前便扬起手扇了她一耳光。

"啪"的一声,火辣辣的疼痛从脸颊上传来,沈虞偏头用舌尖顶了顶腮。满口的血腥味蔓延开来,她疼得拧了下眉。

这场荒诞的闹剧仿佛被按了暂停键,一切都安静下来。

沈光耀难以置信地看着自己发麻的掌心,颤抖着手朝沈虞又迈了一步:"爸爸看看,有没有事……"

还未说完,他便被沈虞推了一个趔趄。

沈光耀看过去,却对上沈虞冰冷的眼神。

沈虞沙哑地吐出一个字:"滚!"

地上的茶叶、水渍、玻璃碎片到处都是,满室凌乱,用人沉默地收拾着地面。客厅内,韩雅无声地掉着眼泪,沈光耀始则终低头看着自己的右手,僵硬地坐着。

"爸爸,"沈弯弯轻声细语道,"那陈家的事……"

沈光耀听得一阵烦,粗声粗气地打断她:"闭嘴!这事我不管了,你爱怎么样就怎么样。"

沈弯弯不敢再说话了,唯唯诺诺地低下头,指甲却恼恨地深陷进肉里。果然,她就知道,沈光耀这样的男人无能又怯懦,一点儿也不靠谱儿。

今晚的月色有些淡,漆黑的天空中满是厚重的云层,只有零星几颗星星点缀在夜空中。沈虞独自从紫园走出来,这儿算是郊区,放眼望去,也只有稀稀拉拉的几个人走在路上。

还未入夏,夜晚有些凉。沈虞摸了摸泛着鸡皮疙瘩的手臂,漫无目的地往前走。折腾了一晚上，也没吃饭，还被打了一巴掌，沈虞从出生到现在就没这么窝囊过。她自嘲地牵了牵唇角，结果一动，又疼得一哆嗦，手抚上脸，发现已经肿了一大块儿。

时间已近九点，似回忆起什么，沈虞连忙摸出手机，看到温折打来了好几个电话，最近一通在几分钟前。

沈虞眨巴了两下眼睛，心道：完蛋了。

她上次没回消息就被讽刺了一晚上，这次把人放了鸽子，不得老死不相往来？

正在她愣神间，电话铃再次响起。

她瞪大眼睛，半晌不敢接电话。最终，她眼一闭心一横，按下接听键："喂……"

温折语气不是很好，但依旧压着脾气，耐心地问："在哪儿？为什么不接电话？"

沈虞想起自己凄惨的模样，胡乱撒了个谎："我等你很久也没等到，就先回家了。"

"是吗？"男人语气冷了下来，"你家在垃圾桶边上？"

沈虞一愣，猛地抬头，看见自己身侧立着几个公用垃圾桶。

她蒙了，左顾右盼，声音带着自己也未曾发现的颤抖："你在我旁边吗？在哪儿？我怎么没看见你？"

似乎有些无奈，温折叹了口气："你往后看。"

沈虞仍保持着接电话的姿势，转身看过去，一辆黑色轿车早就停在那里，不知等了多久。

她转身的同时，驾驶座的车门被打开，男人自车上下来了。

他的身姿挺拔颀长，路边冷白的灯光倾泻在他的头顶上，他一步步走过来的时候，仿若踏着清风朗月。

沈虞呆呆地看着他走近，等窥得他眼神的变化才惊觉自己此时模样狼狈，连忙就要伸手挡住脸。

但她慢了一步，还未成功，下巴便被一双微凉的手轻轻抬起，视线对上了男人的双眼。

与此同时，她的头顶传来温折异常冰冷的嗓音："谁做的？"

沈虞一直以为自己不是个脆弱的人。她自小娇生惯养，被众星捧月惯了，再加上武力值不弱，在同龄人里几乎是横着走。除此之外，她还很小心眼儿，报复心尤其重。她从小到大都没吃过亏，难得倒霉了这么一次，狼狈至极的模样还偏偏被喜欢的男人撞了个正着。

其实温折没多温柔，也向来不是那种情绪外露的人，但当自己的脸被他温热的掌心捧着时，沈虞竟久违地感受到了一种被疼惜的温暖。

温折的动作很轻，他想碰她的脸，似又不敢碰，半晌，又缓缓问了一遍："谁做的？"

沈虞的喉咙有些痒，她没说话，直勾勾地盯着男人的脸，眼眶有些发红，卷翘的睫毛微微颤动，再加上受伤的脸，一副楚楚可怜的模样，好似受了天大的委屈。

见她不肯说，温折放轻了嗓音，用哄孩子似的语气问道："我带你去医院？"

沈虞皱了皱鼻子，摇头。

"可你会疼。"温折的目光落在她的脸颊上，他压着嗓子，"乖一点儿，嗯？"

沈虞唱反调般摇头，但不知为什么，这一摇竟把眼泪给晃了下来，扑簌簌地流了满面，连眼前温折的面庞都模糊起来。

她更觉得丢脸，吸了吸鼻子，忙要别过头，却被温折按住了脑袋。他有些无措地轻声哄她："别哭，别哭。"

人就是这样，越让别哭便越觉委屈，因此她哭得更加厉害，眼泪流得更凶了，怎么也止不住。她把脑袋埋在温折的胸前，环抱住他的腰，恶狠狠地把眼泪全都蹭到了他的衬衫上。

温折也不动了，将掌心贴在她的后脑勺儿上，抿紧薄唇，安静地任她发泄。

夜色寒凉如水，乌云厚重，几乎挡住了所有月色。远处的天边有电光闪烁，雷声"轰隆"。似有所感，温折刚抬头，天上便下起了大雨。这雨来得急，细细密密地倾泻而下。

温折连忙将受伤小兽模样的沈虞往怀里带，替她挡住雨珠，俯身在她的耳边道："先跟我上车。"

沈虞不想动，赌气摇头，将人抱得更紧。

眼看着雨越下越大，几乎要把怀里的人淋湿，温折也不废话，直接强硬地将人打横抱起，上了车。

等坐上后座时，温折已经满身雨水，白色衬衫紧贴在了身上。

他试图拿下沈虞的手臂，却半天也没弄下来。

看着八爪鱼似的抱着自己的沈虞，温折轻捏其后颈，有些无奈地笑道："我身上都是水，会弄湿你的。"

闻言，沈虞动了。她慢吞吞地蹭掉最后一滴眼泪，总算舍得松开了手臂，像个犯错的小学生般，不好意思地看着温折衣襟前端被她浸出的泪痕，以及……上面五颜六色的化妆品，好好的昂贵衬衫就这样被她染成了调色盘……沈虞捂住脸装死。

温折："不想去医院？"

沈虞点头。

"那回家吗？"

沈虞又摇头。

温折摩挲着指尖，压低了声音："那跟我回家？"

沈虞的睫毛剧颤一下，她猛地抬起头，呆呆地看着他，满脸"我都这样了，你竟然还想乘人之危"的意味。

车厢内死寂了一秒。

温折面无表情地举起手机，对着沈虞的脸，哪怕车厢昏暗，反光的屏幕依旧照出了她现在的尊容——头发凌乱，脸色苍白，一侧脸颊还高高肿起，早晨精致的妆容尽数变花，乱糟糟地糊在脸上，怎一个"丑"字了得。

"啊啊啊！"向来连头发丝都无比精致的沈虞眼前一黑，差点儿晕过去。

温折忍着笑打开后座的门，下车又坐上了驾驶座。末了，似乎为了让她放心，他还贴心地补充了一句："我还没到那样饥不择食的地步。"

沈虞在后座埋头装死，手指在坐垫上画着圈，一声未吭。接下来的整个路程她都恹恹的，像被吸走了所有的精气。

人生就是这样，当你以为已经很糟时，其实还可以更糟。沈光耀给她的这一巴掌，着实还抵不上温折的致命一击。

时隔一周再来温折的家，沈虞望着几乎没有改变的陈设，心中着实有诸多感慨。遥想上次来时，她还是个都市丽人，这回却宛如丧家之犬。

温折一进门，便抬手慢慢解着纽扣，边往卧室里走，边指向客房对沈虞道："那里也有间浴室，你先去洗个澡。"

沈虞跟在他后面，缓慢地点头，左耳朵进右耳朵出，直勾勾地盯着他的动作——男人已经解开了两颗纽扣，露出白皙平直的锁骨，说话间，第三颗纽扣也解开了，她隐隐能看见他肌理分明的胸膛。

突然，他指尖顿住，不动了。第四颗纽扣将解未解，不上不下的，勾得人心里直痒痒。

你脱呀！继续呀！沈虞在心里呐喊，却见那手不仅没往下挪，反而往上移，把刚刚解开的几颗纽扣尽数扣上了。

温折面无表情地站在房间门口："看够了吗？"

沈虞在心里翻了个白眼，嘴上咕哝道："什么也没露，有什么好看的？"

话音刚落，卧室房门"哐当"一声，关上了。

沈虞："……"

沈虞来到客房浴室，等到合上门，独自站在镜子前时，一直强撑的淡漠神色才尽数退去。

她细细观察着自己的左颊，睫毛微颤。这一巴掌，沈光耀是真没留手。

其实很多年前，他也曾像个好父亲，会在周末带她去游乐园，会在出差时给她带礼物，会亲昵地喊她一声"囡囡"。

他是什么时候开始改变的呢？大概是事业获得成功，蒸蒸日上之时。

圈子里不少人觉得沈光耀靠岳父家发家，是个不折不扣的"凤凰男"。沈光耀恨极了这种说法，再加上白婉玉心气高，夫妻间吵了架也从不低头——一来二去，他在家的时间越来越少。

到后来，白婉玉卧床，形容枯槁，不复年轻时的美貌，而韩雅伏低做小、乖巧温婉的模样恰恰满足了沈光耀爆棚的虚荣心。

忆及此,沈虞闭了闭眼,花洒喷出的水珠淋在身上,混杂着最后一滴眼泪,流在地上,消失了个干净。

洗完澡后,沈虞清洗了内衣,就着烘干机烘干,潦草地穿在了身上。

可白天的衣服一时半会儿处理不好,几番权衡之下,沈虞忐忑地打开浴室门,朝门外呼喊着温折的名字。

客房门口传来了脚步声,隔着门板,男人嗓音不甚清晰:"怎么了?"

沈虞倏地就有些结巴,支吾了半天:"那个……你……你有没有多余的衬衣?"

"什么?"他硬是没听清。

"我说!衬衣!"沈虞索性喊出声来,"我没衣服穿了!"

门外突然就没了回应,沈虞将耳朵贴着浴室门板,听到了错乱的、渐远的脚步声。

没一会儿,客房重新传来敲门声,很是匀速、拘谨的三声。

"你直接进来。"

温折顿了顿:"你确定?"

沈虞怎么也没想到温折这人能这么龟毛,好像生怕她把他怎么样似的。

她有些不耐烦地说:"你进来就是了!"

脚步迟疑地迈进客房,温折在浴室朦胧的磨砂玻璃门上看到了紧贴着门站立的影子。

长腿、纤腰,再加上腰上方绵延的起伏,若隐若现地映在了门上。相比直接的视觉冲击,这般若隐若现显然更加勾魂摄魄。

偏偏里面的人还不消停:"温折?你进来了吗?"

"我在外面。"他哑声回答。

下一秒,浴室门被打开了,温折眉心猛地一跳,看见水雾缭绕间伸出来一只白皙纤细的手:"给我吧。"

半晌没得到回应,那只手晃了晃,她问:"人呢?"

"你别动。"温折有些咬牙,"门关上,我放外面了,你自己出来穿。"

"哦。"里面传来笑声,沈虞奚落他,"你可真麻烦。我又不是没穿内……"

话未说完,客房门已经"哐当"一声关上了。

沈虞愣了下,嘟囔了句:"什么啊?我还能强迫你不成?"

温折拿来的衣服就放在客房的床上。他没拿衬衫,反而拿了一件纯棉的灰色T恤以及配套的灰色长裤——是她四十岁都不会穿的款式。

沈虞换完衣服,面无表情地看着镜子中面色苍白、半边脸肿胀、衣着臃肿宽大的自己,抽了抽额角。

沈虞自恋地摇头。该说温折是对她的美貌太有信心,还是对他的自制力太没信心?

沈虞收拾完毕,走出了客房。等打开门,客厅中便有一股鸡蛋的香味扑鼻而来。

她使劲吸了一口,饿了一晚上的胃便像是活过来般,饥饿难耐。

沈虞自觉地坐到了餐桌旁。温折硬是没听到她的声响,还在厨房里收拾着餐具。她有些失望地看着餐盘里的几个水煮蛋,心道:温折真是极尽敷衍,几个蛋就想把她打发了。

但她实在饿得发慌,也不再挑剔,三下五除二就把水煮蛋剥了壳,两口一个咽下了肚。

几分钟内风卷残云,沈虞不太满足地盯着厨房里的温折。

而温折出来后,看着满桌的鸡蛋壳以及桌前睁着大眼睛眼巴巴等着他的沈虞,额角跳了几跳。

他放下手中装着开水的盆,抱着最后一丝希望问:"鸡蛋呢?"

沈虞还一副"就这"的表情,摸了摸依旧空空的胃:"三个鸡蛋,你打发叫花子呢?"

温折揉了揉眉心,还是没忍住,伸手敲了沈虞一下:"鸡蛋不是给你吃的。"

沈虞还不服:"鸡蛋不让吃你拿来干吗?孵小鸡啊?"

温折深吸一口气:"算了。"

他弯腰盯着沈虞的脸,洗完澡后,那处的红肿更加触目惊心。指尖不自觉怜惜地从沈虞的脸上轻抚而过,温折眼中出现一丝寒意:"鸡蛋是给你揉脸的,脸蛋儿还要不要了?"

沈虞恍然,尴尬直冲脑门儿,也终于意识到了事情的严重性,娇声说:"那你再去煮几个鸡蛋。"

她摸了摸自己的脸,又想起额头上的疤,突然想起,自己从车祸到崴脚,再到今天被打了一耳光,所有的不堪都被温折尽收眼底,倏地焦躁起来,表情复杂地问:"温折,我漂亮吗?我要两个字的回答。"

温折正从热水中拧干毛巾,闻言愣了下,看向她。须臾后,他垂眼,吐出两个字:"能看。"

沈虞气得鼓腮,却见温折把热毛巾递给了她:"敷在脸上,我去煮鸡蛋。"

"再给我煮碗面。"她得寸进尺。

沈虞把毛巾捂在脸上,感觉到火辣辣的疼痛缓解了许多,双目则看着挺拔地站立在厨房里的温折。

温折和她遇到的所有男人都不一样,从不和她说甜言蜜语,甚至没说过一句"喜欢",表面对她不假辞色,实际从不越界,温柔而有分寸。但似乎从车祸后睁眼看到他的第一秒,她就下意识、无条件地选择相信他。究竟是为什么呢,难道就因为他长得帅?

沈虞趴在桌上,安静地看着男人的背影,思绪不自觉地飘到了远方。她在想:那个女人是不是也曾经被他这么照顾着,然后理所当然地享受着他的好?

沈虞将脸埋进热毛巾中,以挡住眸中快要藏不住的黯淡。

她能感觉到温折对她不一样。他对她或是有好感,或是感兴趣,但如果那个女人回来了呢?

沈虞不知道。她从未想过,有这么一刻,自己会如此忌妒一个人。

温暖的毛巾冒着热气,沈虞舒服得眼皮直打架,厨房里,温折的背影也渐渐模糊起来……

沈虞看到自己穿着校服,手上晃着一支笔,满面愁容地盯着桌上的试卷。大概已至初秋,窗外葱郁的枫树叶变了色,风一吹,满地落叶。

她的脑袋被人用笔头敲了一下。

"又开小差。"

沈虞被敲得一激灵,捂着脑袋可怜巴巴地扭头:"没开小差,我就是……写不来。"

她左手加右手比画了半天,毛都薅掉几根,连电子的运动方向都搞不清。

男生瞥了眼她的卷子,无奈地叹了口气,朝她招招手:"过来点儿。"

沈虞连忙凑近,捧着脸满脸崇拜地注视着他。

男生摊开白皙修长的右手:"你看,磁场自上而下从我的掌心穿过,原本电子的运动方向该是我的大拇指。"

"嗯!"沈虞神采奕奕——这个她会。

"但注意,这是个叠加电磁场,电场、磁场相互作用下……"

"嗯。"沈虞挠了挠头发。

"然后……"

"嗯……"沈虞的眼皮缓慢地耷拉下来,她随口应着。

"所以这道题选 A、C、D,懂了吗?"男生皱眉,似乎觉得这是个不可思议的事情,"你为什么会选 B?用脚丢色子选都不会这么离谱儿。

"沈虞?

"沈虞!"

沈虞一激灵,艰难地睁开眼睛:"在在在!"

男生"啪嗒"放下笔,把卷子扔给她:"让我帮你补课,你就是这种态度?"

…………

"沈虞,沈虞!"温折看着趴在桌上都能睡着的女人,摇了摇头。

沈虞本就睡得浅,被喊得浑身一颤,猛地睁开眼睛,打着包票:"对不起,对不起,下次!下次绝对好好听课!"

她眸中惊疑未散,俨然还没从梦里脱身出来。

"又做梦了?"温折蹙眉,示意沈虞起来,"别趴着,脸还伤着。"

沈虞却仍然神魂未定地盯着温折,又晃了晃脑袋:"温折。"

"嗯?"温折把刚下好的面条推到她面前,色香味俱全,虽只是素面，依旧能引得人食指大动，"趁热吃。"

沈虞没急着吃面，眼睛都不敢眨，像是要把温折盯出个洞。

男人穿着黑色家居服，纽扣扣到了最上面，细碎的额发微潮。他正在专注地剥着鸡蛋壳，怎么看都和她梦中的少年判若两人。

沈虞觉得自己真是睡傻了，醒来的一瞬间，竟然看到梦中的男生就是温折。光是想想，沈虞便打了个寒战，又猛地晃了晃头，把刚刚那个画面甩出脑海。

"没什么，"沈虞低下头吃面，"就是梦到了一些陈年旧事。"

"什么事？"

沈虞想了想，省略了男生的身份，简略地道："就梦到高中的时候，找了个男的帮我补物理。"

"然后呢？"

"题目问我电子怎么运动，我怎么知道它怎么运动？"沈虞漫不经心道，"我听不懂，就睡着了呗。"

温折剥完最后一点儿蛋壳，瞥了沈虞一眼："你怎么睡得着啊？"

沈虞一听便恼了，"啪嗒"放下筷子，小嘴"叭叭"的："根本不是我的错好不好？那个男的讲得不怎么样，事还挺多。"她嘟囔着，"我睡着了，就说明他的教学方法有问题嘛，怎么能怪我呢？

"再说，那男的还鄙视我。"

温折面不改色，拿着刚刚剥好的鸡蛋走到沈虞身侧："鄙视你？"

"他说我用脚丢色子都不会错得那么离谱儿。"

温折别过脸，忍住了冲到喉间的笑。

沈虞愤愤地一拍桌子："这种男的一点儿情商都没有，这辈子'注孤生'……哎哟！疼疼疼！"

她皱起眉，按住温折往她脸上招呼的鸡蛋。

光滑的鸡蛋温度滚烫，再加上温折用了力，沈虞连颤音都出来了。她扒拉着男人的手，皱着张脸，撒娇似的蹭了蹭："你轻点儿嘛……"

温折手一抖，差点儿没把鸡蛋丢了。他拧眉，伸手掐了把沈虞的左脸："好好说话，不许撒娇。"

"谁撒娇了？"沈虞脸一红，不自在地别过了脸。

温折垂眼，目光也柔和了下来，放轻了嗓音："你现在，还是会经常梦到他吗？"

沈虞屏住呼吸，瞥了眼温折的脸色，面露踌躇。突然，她脸色一变，猛地抬眼："你怎么知道刚刚是他？"

"猜的。"

"哦。"沈虞点头，眸色有些茫然，"也没有经常。"

她回忆了几秒："说起来也奇怪，每次见了你，就会梦见他。"她半开玩笑地歪了歪头，伸手拽了拽男人的衣摆，眼神灼灼，"大概是见到你，我就有了恋爱的感觉。"

温折动作顿住，指节弯曲，手指蜷在一起。他的表情看不出什么变化，不置可否。

一时间，屋内安静下来。

沈虞懒洋洋地靠在座椅上，享受着温折的服务。

不知过了多久，温折猝不及防地开了口："你想找回记忆吗？"

沈虞下意识地答道："不想。"

"怎么？"温折手上的动作停顿住。

沈虞缓了好几秒，倏地睁开眼睛，正对上温折居高临下的视线。他的瞳孔漆黑，像是深不可测的寒潭。

她逃避般地移开了视线："梁意和我说，我和他之间发生过很不好的事情。"她耸了耸肩，"既然不好，那我还是不要记起来了。"

良久，鸡蛋没了温度，温折的指尖也变得冰凉。他沉默了片刻，道："也好……所以，"他又停顿了几秒，嗓音很低，"如果他来找你，你还会和他复合吗？"

沈虞回答得不假思索："不可能。"

温折垂眼看她，不动声色地问："怎么？"

"反正就是不可能。"沈虞自觉采用了个完美答案，朝温折露出一个真诚的微笑，"我和谁在一起，都不可能再和他复合。我不会再去经营一段失败的感情。"

开玩笑！她是有多大胆子，才敢同意复合？

温折一言不发地收好桌面上的所有碗筷，淡淡地留下一句："去休息吧。"

沈虞却揪紧他衣服的下摆,喊道:"等等!"她目露忐忑,根本拿不准温折的态度,沉吟好几秒,才问出藏在心里一整晚的问题,"你呢?如果她回来找你了,你会答应吗?"

温折微微侧首,没回答,室内满是一片窒息般的沉静。

不知过了多久,意识到自己在自取其辱,沈虞颤着手放下了衣摆:"那我呢?你既然那么爱她,"沈虞字字犀利,"为什么把我带回家?为什么对我这么好?可以啊温折,吃着碗里的,看着锅里的。"

沈虞别过头,一晚上的情绪瞬间便达到了顶峰,失望透顶地盯着地面,声音已带哽咽:"果然,你们男人都是这样的。"

太可笑了,明明见过了沈光耀这种有前科的人,她为什么还会一头栽进坑里?

沈虞狠狠地抹了把眼泪,起身飞奔去房间拿了手机,随后走到门边就要开门。外面暴雨倾盆,电闪雷鸣,又是一个极其骇人的夜晚。

沈虞低咒了一声,觉得自己真是倒了八辈子的霉才会惹上这种事,"哐当"打开门,正要往外跑,背后传来一道厉声:"你又想跑到哪儿去?"

她被吼得一颤,眼泪都憋了回去,回头看去,只见温折不知何时已经站在了她的身后。男人眼尾通红,下颌绷得极紧,带着满身的戾气。

沈虞表情冷若冰霜:"回家。"

说完,她刚要迈步,手腕却被男人一把握住了。温折一把将她拉回去,同时关上了门,令门框发出"哐当"一声巨响。

沈虞贴墙而站,咬牙切齿地盯着温折:"你做什么?"

"在这儿待着。"温折语气阴沉。

沈虞愤愤地盯着他,胸膛剧烈起伏着,嘴角挑起嘲讽的弧度:"你什么意思啊温折?不是爱你前女友爱得无法自拔吗?不是连她的东西也不让我碰吗?

"你去找她啊,找我做什么?

"你有什么目的?是不是想PUA(精神控制)我?"

沈虞不无恶意,一字一顿极尽狠辣:"这暧昧游戏玩得我恶心。"

沈虞每说一句，温折的脸色就沉一分，和平时不同，男人此刻是那种真的想掐死她的危险。沈虞被温折看得脚发软，欲挣开他，但男人的力气极重，她的手半分也挣不开。

"放开！放开……唔。"她的唇瓣被人用力堵住，她带着疾风骤雨般的攻势，让她瞪大了双眼，喉间未骂出口的话也被尽数淹没。

沈虞咬着牙，死死地闭着唇，不让他侵入半分。

温折眼神阴沉地退开，沈虞得到机会就要张嘴骂人，还未出声，唇瓣便被一根手指拦住了。

男人将食指竖在她的唇边，"嘘"了一声："再吵，我真的弄你。"

一瞬间，沈虞以为自己幻听了。她惊骇地回视过去，但温折的表情明明白白地告诉她——他没有开玩笑。

终究是理智占了上风，满腔骂骂咧咧的话顷刻间蒸发了，沈虞蔫下来，再没刚才的半分嚣张。

她眨巴两下眼睛，半响才讷讷地憋出一句："我承认我刚刚说话的声音大了点儿，你……先冷静一下。"

毕竟这月黑风高的下雨天，要是把人惹急了，真出什么事，她喊破喉咙也喊不来人。

经过这几秒，温折的脑子也清醒了些，他松了松衣襟，放开对她的控制，指着客房的门："进去。"

沈虞犹豫地站着没动。这一来，她不知道进去会发生什么；二来又觉得自己秒怂的行为非常没有面子。

但这点儿犹豫在触及男人威吓的视线后消失殆尽，她尴尬地低下头，眼睛都不知道该往哪儿放，当着温折的面，同手同脚地进了客房，连关门的声音都尽力放轻。

沈虞靠着门板，没开灯，在一片黑暗中，"怦怦"作响的心跳伴随着窗外"轰隆"的雷鸣，组成一支刺激的交响乐，遍遍鞭打着紧绷的神经。

她抚上自己的唇，手指刚碰上，又像是被烫着般连忙移开。

这个流氓！怎么会有人把强迫做得这么理直气壮？这犯法了吧？！

沈虞怒从心起，抬腿狠狠地踹了一脚门以表示自己的怨愤。下一秒，门外传来男人冷淡的声音："怎么，你不服气？"

"服气……"

门内传来几声脚步声，之后再无声响。折腾了一晚上，她终于愿意上床睡觉了。

温折头疼地揉了揉眉心，脱力般坐在客厅的沙发上，烦躁地从抽屉里摸出香烟点上，却没抽。

满室烟雾缭绕间，温折定定地看着一点，久久未曾动作。

良久，他终究未理出头绪，剪不断，理还乱。

最终，温折掐灭了烟头，极其难得地爆了句粗口。他真是上辈子欠她的，这辈子才会因为她生出这么多糟心事来。

但既然招惹了他，别管愿不愿意、记不记得起，这辈子她都跑不掉了。

沈虞睡前还在生气。

她原以为会气到失眠，谁知被子一盖，脑子一混沌，没几分钟便昏昏地睡死了过去，难得的一夜无梦。

她是被门外阵阵剧烈的敲门声弄醒的，揉着眼睛，还不知自己身在何处，烦躁地嘟囔了一句："谁啊？"

"我。"

男人冷淡的声音让沈虞瞬间清醒。她倏地睁大眼睛，心中暗恼：她是猪吗，这都能睡着？

她又摸出手机，看了眼时间——十点半，怪不得温折已经要砸门了。

但沈虞没理他，慢吞吞地起床，趿拉着拖鞋，懒洋洋地朝浴室走去。

门口又传来叩门声，男人道："再给你二十分钟。"

沈虞狠狠地翻了个白眼，冲着门外没好气地喊了声："敲什么敲啊？我要吃面条，再加个鸡蛋，没有就不出去！"

温折没理她，沈虞却听到了渐远的脚步声。

沈虞走到洗漱台前，边刷牙边拨通了和梁意的语音电话。

168

"喂……"那头的梁意应该也是刚醒,连语气都犯着懒,"这大周末的,吵什么啊?"

沈虞吐出一口牙膏沫,淡定地丢下一颗炸弹:"我昨天被沈光耀打了一巴掌。"

梁意立马清醒,怒气值刚蓄到一半,又听到:"然后温折去接我,我就住进了他家。"

信息量太大,唇瓣翕动了半天,梁意也没吐出一个字。几秒后,她遵从本心,问出了一个最想问的问题:"你们……做了?"

沈虞:"是,他差点儿把我'做'了。"

梁意倒吸一口冷气,还没喊,就听沈虞补充道:"此'做'非彼'做',是想把我掐死那种。"

"你是把他家炸了?"

沈虞摇头:"我只是问他前女友和我,选谁。"

"他说前女友?"

"然后我就发火了,把他从头到脚骂得狗血淋头。"

"然后呢?"梁意追问的声音越来越小了。

沈虞自动略去了强吻那一段:"他说我再吵,就弄死我。"

梁意提问的语气已经不能用震惊来形容了:"为什么你们的发展总是这么不正常?"她又咽了咽口水,"然后呢?"

"然后我睡到了现在。"

梁意:"……"

沈虞其实也在发慌:"所以梁小意,你说我该怎么办?"

"跑,"梁意说道,"马不停蹄地跑。这种男的你惹不起——他放不下'白月光',又放不下你,典型的渣男。"

梁意下了结论:"除非他说'白月光'是你,不然洗不白的,但这显然不可能。"

沈虞"啊"了一声,没说话。

"你不会还不舍得吧?喂!开玩笑,你是谁啊?沈虞啊!多少男人追的大美女!你就因为这么一个男的糟践自己?"

沈虞被说得脑子一片纷乱,理智告诉她,梁意说得都对,但她的直

169

觉和本能似乎一直在耳边说——不行,她并不想离开他。

听沈虞不说话,梁意气得恨不得从电话那头钻过来:"沈小虞!你不会又恋爱脑了吧?我劝你清醒一点儿!"

沈虞咬着下唇,解释道:"我和他的事情一时半会儿说不清楚,再说吧。"

说完,怕梁意发火,她等不及就挂了电话。

她掬起一把冷水泼在脸上,愣愣地看着水珠从睫毛上往下落。

良久,沈虞拿过毛巾擦去脸上的水迹。脸上触目惊心的印子散去了大半,只微微有些肿胀,沈虞低头从手包里拿出粉底液和遮瑕膏,一点点地遮去痕迹,直到再也看不见一点儿。

而梁意谴责的消息还在弹出来:"我看你是不撞南墙不回头!"

沈虞的眼神已经恢复清明,她轻点手机回复:"那就等我撞了南墙再说吧。"

收拾完毕,沈虞换上了昨天的衣服。昨晚洗过后,衣服不过半干,穿在身上不是很舒服。她轻轻地打开房间的门,悄悄探出半个脑袋。

客厅里一片安静,她看不见温折人在哪里。

他是在厨房给她下面条吗?沈虞被自己这样的联想吓了一跳。温折都说要弄死她了,她还想吃面条?

她干脆推开门走了出去,结果刚好和在对面卧室打开门的温折打了个照面。

男人西装革履,乍然矗立在她眼前时俊美得像神祇。沈虞的眼睛被晃了一晃,随即,她将目光落在他身侧纯黑的行李箱上。

他这是……要干吗?离家出走?

沈虞还在发愣,温折却看了眼手表,又仔细观察了半晌她的左脸。他用手指指向饭桌,淡淡道:"赶快吃,我赶时间。"

她看过去,惊奇地发现桌上放了碗面条,面上还卧了一个荷包蛋,正冒着热气。

沈虞饿得发慌,难得没有顶嘴,老实地走过去吃面条。她时不时地抬眼偷瞄一眼温折:"你……要干什么去?"

温折瞥她一眼,掌心还捧着手机回消息:"出差。"

沈虞轻轻点头，又喝了口汤："去多久？"

"两周。"

沈虞继续点头，没忍住，又问："去哪儿？"

温折却倏地盯向她："你想问什么？"

沈虞低头吃面条，突然，很小声地来了句："你都不和我道歉，就想一走了之？"她一口气闷在心底，很是不甘心地"啪嗒"放下筷子，冷着张脸，"这事没完。"

温折推着行李箱过去，倏地微微弯腰，似笑非笑："那你要怎么和我没完呢？"

"反正你想一走了之，不行。"沈虞烦躁地拉着他的衣袖，指尖用力到发白，"我不同意。"

温折低头瞥了一眼她的手，突然回答："我去苏城。"

"苏城？"沈虞失神地重复了一遍。

坐在飞机的头等舱里，看着窗外蔚蓝的天空以及重叠的云层时，沈虞才有了一种恍惚的真实感——她又登上了回苏城的飞机。

八年前外祖母去世后，沈虞便跟着周宪回到了京城重读了一年高二，随后高考、保研，活成了大家口中优秀的人，直到今天。而之前那个桀骜的、离经叛道的、没心没肺的少女，也彻底被埋葬在了苏城。

沈虞出神地望着窗外，并未注意身侧本在看文件的温折已轻轻地将复杂的目光落在她的脸上。

此次同行的还有温折的助理和司机。袁朝和李宗安静地坐在后排，看着温折身侧突然多出的女人，同时陷入了震惊。

袁朝从在国外时就跟在温折身边，自是知道温折工作起来有多不要命，这次身边居然跟了个女人。而李宗则摇了摇头，觉得自家老板是没救了，这么快就色令智昏，一点儿自控力都没有。

沈虞自是不知这二人的想法。从京城到苏城的航程大约两个小时，她打了个哈欠，又开始困了。

她忍住睡意，往身侧瞥了一眼，看向男人认真翻阅文件的侧脸，突然福至心灵，问道："你是苏城中学的吗？"

温折指尖一顿："问这个做什么？"

沈虞困倦地眯着眼睛，随口道："我很久没回苏城了，这次想回母校看看。我就在想，如果你也是苏城中学的，咱们可以一起回去。"

当然，除了这个，沈虞还有私心——她想起梁意建议自己去悄悄看一眼前男友，看看还有没有感觉。

她这次回苏城中学说不定能遇见熟人，顺藤摸瓜便能摸出前任的消息。

这些小心思，沈虞自是不敢和温折透露半分。

过了很久，温折才缓缓翻了一页文件："好，我陪你一起去。"

沈虞眨眨眼睛，半响才回过味来："巧了啊，你真的是苏城中学的？"她嘟囔了一句，"不应该啊。"

温折："不应该什么？"

"你就比我大一届，不应该不知道我。"沈虞怀疑地看着他，"我当时在学校里还挺出名的。"

出名？温折目光微散，回忆了几秒，扯了下唇。她是挺出名的，出名出得尽人皆知，他跟在后面写了三次检讨。

温折深深地看着她，女人的眉眼里俱是骄傲，满眼"你怎么可能不认识我"的自信。

他托腮，突然想：如果他告诉她自己的身份，她还能不能笑出来？

沈虞看他满脸意味深长，不服地拧起眉头："校花都不认识，你不上网啊？"

温折扭过了头，缓缓重复一句："校花？"他弯唇笑笑，"哦。"

哦？这是什么态度？！

沈虞去拉温折的手腕："你不认识？"

温折继续低头看文件："不认识。"

这句"不认识"把沈虞打击得外焦里嫩——她头一次对自己的魅力产生了片刻的怀疑。但不过瞬间，她便皮笑肉不笑地"呵"了一声。也是，温折以前大概忙着和小女友你侬我侬，世界末日来了说不定都要绑在一块儿死，哪里还关心什么校花不校花的？

沈虞自讨没趣，丢下一句"没见识"，便悻悻地扭头，闭上了眼睛。

温折稍稍侧眼,看了看紧绷着一张小脸的女人,摇了摇头。

依旧是小脾气一大堆,这么多年,她一点儿都没变。

沈虞再睁开眼时,已经是一个小时后了,飞机即将在苏城降落。

温折看着睡眼惺忪的沈虞:"把东西收好。"

今日来得匆忙,沈虞只随意收拾了点儿东西,行李不多,下飞机也快。

李宗早就找人备了车,袁朝坐上副驾驶座,沈虞跟着温折坐在后座上。温折大概在和人对接工作,手机一直响个不停,没空搭理她。

而前排的袁朝大概怕沈虞无聊,时不时地找话题和她聊天儿。

对于沈虞,袁朝只觉得眼熟,毕竟公司来了个大美女实习生的事不是秘密。他倒是没想到,这才几天,实习生转眼就搭上了禁欲的大老板。他绞尽脑汁地套近乎:"沈小姐来过苏城吗?这儿可是咱温总的老家。"

沈虞笑道:"我外祖母家也在苏城。我高中在这儿待过一年,只不过很多年没回来,都快忘了路怎么走了。"

袁朝没想到沈虞一点儿也没摆谱儿,语气也放松了些:"我也陪着温总来过苏城不少次,沈小姐要有任何需要都可以和我提。"

"好的,那麻烦你了。"

二人一来一去,有问有答,说到好玩的,沈虞还会掩面笑得眼睛弯弯。

温折睫毛微动,突然面无表情地抬头:"袁朝。"

嗅到危险的气息,袁朝警觉起来:"在。"

"我是让你过来当导游的吗?"

车内的温度好像突然就降了不少。

袁朝识趣地闭嘴,但偏偏还有壮士不怕死地往枪口上撞,比如沈虞。她不满地瞥了眼温折:"那你给我当导游?"

袁朝紧张地倒吸了口气,便是连开车的李宗都缩了缩脖子,尽力降低存在感。

开玩笑!温总怎么可能放下工作陪一个女人游山玩水?

但下一秒,温折的声音便从后座传来。他应是叹了口气,有不耐烦,但更多的是妥协:"忙完就陪你。"

袁朝满脸惊疑:所以您是要亲自做导游?

李宗面无表情,早就猜到了。

但沈虞似乎还不满意,嘟囔着:"那还不知道要等多久。"

温折瞥她一眼,伸手摸了把她毛茸茸的头顶:"你消停一点儿,我就快一点儿。"

温折说话间,轿车总算停在了预订好的酒店外面。但房间只有三间,还是早就预订的,现在酒店满房,没有多余的房间。

袁朝自动默认温折带着沈虞一起住,拿了房卡后递给温折一张,却听温折问:"她的呢?"

袁朝:"您不和沈小姐……"话说到一半,接收到温折不赞同的眼神,袁朝连忙会意,转了话头,给沈虞递了另一张房卡:"这张是沈小姐的。"

沈虞接过房卡,道了声谢。

看着二人一前一后离开,袁朝满脸疑惑地抽了抽嘴角,觉得这段关系异常扑朔迷离。

他的肩膀被李宗拍了下。

这位司机一副明白人的样子:"温总和沈小姐不是你想象的那种关系。"

向来严谨的袁朝皱起了眉头:"你知道我想的是哪种关系?"

"你这都写到脸上了。"

袁朝:"那是哪种关系?"

李宗叹了口气,又拍了拍他:"袁助啊,我说你工作起来也挺精明的,怎么一遇着这事就看不清了呢?"

袁朝更加迷惑了,却听李宗高深莫测地说了句:"你要喊老板娘的关系。"

老板娘?!从排名前二的名校硕士毕业的袁朝,头一次觉得人生竟如此玄幻。明明温总之前还是个一看就不开窍的工作狂,怎么一不留神就不声不响地找了个老板娘呢?

袁朝的眉头拧得更紧了——看来，始终母胎单身的只有他自己。

这趟出差来得匆忙，和私奔似的，沈虞谁也没来得及通知。眼看着梁意在微信那头都要报警了，沈虞才硬着头皮吱了个声："我来苏城了。"

梁意："你去苏城干什么？"

沈虞有些心虚："和温折一起出差。"

梁意气得快要上火："你这恋爱脑拿去捐了吧，别被骗了还帮着数钱。"

沈虞却冷静了许多，细细地和梁意分析："你说他骗我，他骗我什么？骗钱？我没他有钱。骗色？他比我还保守。"

梁意："那他的前女友呢？你不在乎了？"

沈虞："我也有前男友啊！而且我听你的，这次来会悄悄见见他。"

梁意被搅得没法："行行行，我说不过你。你一意孤行可以，但要保护好自己，听到没？"

沈虞心里涌过一丝暖流："知道啦！爱你！"

梁意回了个"受不了"的表情。

她们对话间，温折突然来了消息："我有点儿事要出去，晚饭自己解决。"

沈虞满脸冷漠："哦。"

似乎察觉到她并不高昂的情绪，温折难得哄了她一句："回来给你带好吃的。"

看到消息，沈虞勾起唇角，又强自压下。

她甚至不知道自己该不该高兴：不高兴嘛，身体反应作不得假；但高兴嘛，显得她真的很像个"舔狗"。

但她想了很久，也想不出个名堂出来，索性放弃思考，人生难得偷得些许快乐，至于别的，之后再想吧。

温折刚刚入住酒店，便接到了母亲董舒的电话。

他要回苏城出差的事，一周前董舒便已知晓。他自上大学以后，和母亲见面的次数便逐年递减,再加上出国几年,仔细算起来,回家的次数一只手都数得过来。

故而他刚刚到苏城,董舒便火急火燎地让他回家吃饭。

当温折站在弄堂口时,坐在楼下下棋的老爷子、择菜聊天儿的老太太全都不约而同地扭头打量着他。

对着几张打量的面孔,温折难得有些局促,一一喊了人。

几秒后,离他最近的刘奶奶扔下手中的葱,操着一口苏城口音:"哎哟哎哟!这是……是小折啊!"

温折点头:"是我,刘奶奶。"

刘奶奶连忙扬着嗓子喊人:"小董,小董!董舒!你儿子回来了!"

她这一嗓子,把整个弄堂都喊得颤了三颤。

最里面的二层小楼里传出道女声——

"知道了,刘妈!"董舒站在厨房,直接往外喊:"回来了还不上来,还要你妈去请啊?我在做饭!"

温折失笑,和众人打了招呼便抬步往里走。人还没走出几步,身后便传来了几位老太太的议论声:

"哎哟!小折这孩子,可真俊啊!"

"据说现在还是大老板,身家几百亿呢!"

"董舒好福气啊,虽说老温死得早,这儿子可有出息了。"

"小折谈没谈朋友啊?我侄女今年二十五岁……"

"哪里轮得到你侄女?我孙女也在京城,今年刚刚二十岁……"

…………

温折加快脚步,进了房门。

董舒正端了菜上桌,看见儿子的身影,还歪着头往后看了看,没见着人,满脸笑容散了点儿:"人呢?"

温折放下拎了一路的公文包,从里面拿出送给董舒的首饰盒:"什么人?"

董舒急了:"女朋友啊!"

温折索性装没听到。

"你这孩子。"董舒气得一跺脚,"女朋友都不带,你回来干什么?"

厨房里传来一阵沸腾声，董舒脸色一变，急急忙忙就往厨房跑："哎哟，汤都潽了！"

眼看着母亲没时间再搭理他，温折才微微松了口气。

他站在客厅里，四处走了一圈。老房子的陈设被董舒保护得很好，这么多年了一点儿都没变。

突然，他的目光停在电视机旁边的柜子上——那里摆了张他十二岁时拍的全家福。那时候，温远身体康健，董舒年轻知性，未有现在一半操劳。

温折低头端详了全家福很久，似想到了什么，突然伸手拆开了相框背后的暗扣。

此时，相框后藏着的另一张照片露出了一角——照片还在。

温折睫毛一动，顺势把照片抽出。与此同时，照片上的少女也一点点地显出了真容——正是十七岁的沈虞。

少女坐在大礼堂的凳子上，抱着一把吉他自弹自唱，全场的光倾泻在她的头顶上，美得不可方物。

这张照片被他偷偷地放在全家福后，藏了很多年。

饭厅传来董舒嘹亮的声音："开饭啦！"

温折如梦初醒，略带慌乱地重新把照片藏了进去。

母子俩面对面坐着吃饭。为着儿子回来，董舒准备了一大桌子菜，结果就两个人吃，越发显得冷清。

"怎么不回来住？"

温折回答："住在酒店方便些。"

董舒摇摇头，没再强求，但还是吃一口就叹一口气："上次电话里的那个女孩子是不是你的女朋友？"

温折："暂时还不是。"

"你……"

"但以后肯定是。"

董舒憋着的一口气又吐了出来："还没追上人女孩子？"

温折没吭声，眼看着董舒又要发作，才放下筷子，表情也认真起来："这事我想了很久，还是得事先和您打个招呼。"

董舒:"你说。"

"那个女生是沈虞。"

董舒手里的筷子"啪嗒"一声掉在了桌上:"你说什么?"

"我忘不了她。"

董舒指尖发颤,满脸写着"恨铁不成钢"地看着温折。她当然知道沈虞。循规蹈矩了这么多年的儿子,就叛逆过那么一次,谈个恋爱谈掉了三魂七魄,结果女生拍拍屁股就消失得没了踪影。

其间具体发生了什么,温折是死都不肯说。但他越不说,董舒就越觉得有问题。

"她又来找你了?!"

温折平静地回答:"是我找她。她失忆了,不记得我了。"

这都是些什么事啊……董舒的一颗心紧紧揪起来,满腔的气吐不出来又咽不下去,她问:"所以呢?你还想和沈虞在一起?"

"是。"

董舒咬牙:"你就这么喜欢折腾你自己?"

温折垂首,看不清表情。良久,他才回答:"不喜欢,但更不喜欢没有她的日子。"

第六章
和我谈恋爱

橘猫亲昵地蹭着温折的腿,细着嗓子"喵喵喵"地叫着,热乎得好似会见多年未见的情人。

而温折也浅笑着蹲下身,修长的手指抚过橘猫的头顶,轻柔地抚过它的脊背,令橘猫舒服得直接翻过了肚皮。

醋劲从心底涌上来,沈虞心中不爽,蹲下身对着橘猫拍拍手:"小鱼,过来。"

可惜一别经年,小色猫变成了老色猫,对沈虞的呼唤只懒懒地投去一瞥,随后冷漠地一甩尾巴,就对沈虞置之不理了。

果然,她还是那么不招猫待见。

她未曾注意听到"小鱼"二字的温折——他撸猫的手停了一瞬,看向蹲在一边就快要自闭画圈的她,缓声道:"小鱼?"

沈虞怕他看出点儿什么:"这是我乱取的名字。"

温折没什么反应,淡淡地"嗯"了一声,不置可否。

沈虞蹲着往前挪了几步,伸手戳了下猫咪的头顶,小声骂道:"好歹也喂了你那么多猫粮,白眼儿猫!"

温折轻笑,突然一把握住沈虞的手,放在猫猫的头上,放轻声音:"你温柔一点儿。"

掌心的触感很软，橘猫在男人的掌下出奇地乖巧，沈虞也顺势蹭着撸了几把猫，小脾气来得快走得更快，很快便眉开眼笑了。

她和温折凑得近了，他身上清冽的木质香气涌入她的鼻腔，她的视线不由自主地飘了过去。

阳光透过树叶的缝隙，斑驳地投在他的侧脸上。男人低着头，细碎的额发随风轻轻拂动，鼻梁高挺，下颌线精致，仿佛是最完美的工艺品。

沈虞想：岁月对他可真温柔啊，明明二十好几的年纪了，但他换套衣服，似乎还是少年模样。

沈虞的眼睛被晃得发晕，她将目光直勾勾地往下移，落在了男人殷红的薄唇上，心尖像是被羽毛挠了下，有些痒。

他这样子真的太招人了，她有点儿……想亲上去。

这般想着，沈虞也这么做了。她撑着膝盖，屏息凝神，一点点往温折的身侧靠拢。男人身上好闻的气息越来越浓郁，像是引人沦陷的迷迭香。

距离温折越来越近，沈虞紧张得睫毛直颤。她瞅准时机，正准备径直冲上去偷亲他一口，突然，脚边的橘猫猛地翻了个身，像是警告般恼怒地"喵喵"了好几声。

而一直低着头的男人终有所觉，掀起眼睑，朝沈虞看了过去。

视线相撞的一瞬间，沈虞眼中的心虚快藏不住了。她慌张得连忙就要往后退，谁知温折却比她先出手，长臂从后揽住她的腰，重新拉近了距离。

他压低了声音："想做什么？"

想要流氓被当场抓包，沈虞又尴尬又气恼地瞪了一眼地上的罪魁祸首，换来橘猫一声挑衅的叫声。

温折观察着她通红的脸色，良久，像是突然明白了什么，眸中闪过戏谑的笑意："你想偷亲我？"

沈虞自是死都不肯承认，随口胡诌："哪有？我是看你眼睛里有东西。"

谁知温折却不依不饶："有什么？"

沈虞抬眼，盯着他看了两秒，在男人宛如琉璃的漆黑眼眸里看到了慌张的、漏洞百出的自己。她索性破罐子破摔，明撩回去："有我。"

像是往平静的湖水里投了颗小石子，泛起层层涟漪，温折的眼眸深黑，她望不见底。

见他发愣，沈虞将计就计地从了自己刚刚的心思，不给自己任何反悔的机会，猛地倾身覆上温折的唇，一秒后便蜻蜓点水般退开了。随后，她得逞地弯起眼睛笑："你猜得没错，我就是想亲你。"

唇上柔软而轻盈的触感一触即离，而他眼前女人姣好的面容渐渐和多年前那个张扬肆意的少女重合……

他们第一次接吻，也是因着沈虞这股无赖劲。那时候，他们刚在一起不久。也是在一个安静的午后，大多数人都回家了。沈虞大摇大摆地趴在他的身侧，毛茸茸的脑袋晃来晃去，眼睛直勾勾地盯着他不动。她向来想一出是一出，偷亲这种事说做就做。

只不过，那次她没被抓包，得了逞。触及他惊愕的神色后，少女还得了便宜又卖乖，脸涨得通红，却故作一副老练的样子："初吻啊？"

一秒后，沈虞又凑上去，抬起下巴在他的唇上啄了一口："那现在不是了。"

思绪从记忆中脱离，温折深深地看着沈虞，表面虽然波澜不惊，眼中却泛起层层涟漪。

沈虞被他看得脊背发毛，干了坏事就想跑，但温折似乎早有预料，直接站起身，把人连拉带提地抱起来，两步就按在了枫树的树干上。

老枫树树干粗壮，枝繁叶茂。沈虞靠在树上，听见头顶传来树叶的"沙沙"声，以及……耳边男人略微急促的呼吸声。温折在和她咬耳朵，声音低沉，眼神还自上而下地掠过，轻易就让沈虞酥麻了半边身子。

"亲我，经过我同意了吗？"说话的同时，男人还用指尖轻抚她耳侧的乌发，轻轻缠绕着，"嗯？"

这男人，调情老手啊！

沈虞被撩拨得心脏都快跳出来了，红着脸，干巴巴地憋出一句："你之前……之前也没经过我的……同意。"

她的声音却越来越小。

"是吗？"温折扬眉，似乎在回忆，又忽地低笑，"那我知道你的意思了。"

沈虞讶异地眨了下眼：她什么意思啊，他就知道了？

下一秒，她便听温折压低了嗓音，缓声问道："所以我现在可以吻你吗？"

沈虞彻底愣住，与此同时，脑子"轰"的一声，炸了。

男人却好似不知羞一般，伸手抬起她的下巴，灼热的目光落在她形状优美的唇瓣上，描摹了一圈："嗯？可以吗？"

这种话她应该怎么回答？难道她要说"好的你快来，不用怜惜我这朵娇花"，抑或是踩他一脚，大骂几声"臭流氓"？

偏偏男人依旧不愿意放过她，连语气都坏极了："我倒数三声。"

他还倒数，狗男人真不当人了！

沈虞咬牙道："我不同意！"

听到沈虞的话时，温折刚刚数了声"三"，下一秒，他却面无表情地吐出一句话："零——你说晚了。"

沈虞被温折的无耻惊得呆若木鸡。

但不等她反应，男人已经俯身，薄唇重重地覆了上来。

相比她，温折显然经验多得多，几秒内，他便找到了攻城略地的要领。沈虞眼看着便要丢盔弃甲任人撬开唇齿，竹林外的小道上传来的交谈声救了她。

竹林隐蔽，一般人没事也不会跑到这边来，来的这俩恰好是一对偷偷跑来的小鸳鸯。

眼看着隔着几步路的距离，俩人就要过来了，沈虞支吾着，手臂撑在男人的胸膛上，拼命冲温折使眼色。男人眼尾微红，呼吸也乱了。听到声音，他面露些许不耐烦，却半分也不惊慌，揽着沈虞的腰抱在怀里，拐了个弯，借着树干挡住了身影。

而这只橘猫更是没有立场——温折作奸犯科，它就是那个递刀子的。它不仅没乱叫唤，还利用自己的煤气罐身形挡住了温折露出来的一截西装裤腿。

幸好进来的那对小情侣忙着吵架，也没有到处乱看的心思，自然没有发现树后的二人。

相比温折连眉头也不皱一下的淡定自若，沈虞则是颤着睫毛，心虚得满面通红，口红被亲得在唇角晕开，再加上水光盈盈的眼眸，看起来像是一副被欺负惨了的模样，哪里还有之前的半分嚣张？

温折眼中藏笑，冷白色的拇指轻轻地从沈虞唇角晕开的口红上擦过。

沈虞想躲，结果腰间铁一般的长臂将她牢牢地禁锢住，只能眼看着温折的手指在她的唇瓣上摩挲，一点点地擦去她的口红。

他表情认真地做这种动作时，也不动声色，反而像是处理工作般专注。

而枫树后的小情侣似乎也陷入了僵持，没有一点儿要离开的意思。

男生语气冷硬："你要走就走吧，我再求你一次我就是狗。你从来就没把我当回事。"

女生："我能怎么办？我爸妈离婚，我去哪儿由得我选吗？"

"是，你选不了。"男生狠狠地踹了一脚围墙，"所以你就和我分手？我看你根本就是玩够了找个理由分手！"

女生的嗓音冷淡了下来，她说："我只是觉得异地恋没有好结果。"她转身欲走，"你爱怎么想就怎么想吧。"

男生却咬牙切齿地抬步跟上去："等等，把话说清楚再走！"

伴随着凌乱的脚步声，二人的声音越来越远，直到听不到了，沈虞才敢动腿，从枫树后面探出个头。

确定两人走了，刚刚还尿如鹌鹑的沈虞立马推开温折："放开我，流氓！"

温折松开她，缓声轻笑："流氓？"似乎为了证明自己不是流氓，他挑眉，"我不是问过你了吗？"

沈虞扭头，狠狠地瞪了他一眼："我说我不同意。"

温折却当着她的面，低头用拇指慢条斯理地擦去了自己唇上沾染的口红。沈虞像是被烫着了般，倏地移开视线，随即听见他说："哦，没听到。"

沈虞抬步，转身欲走："我走了！"

183

温折没急着跟上她。他蹲下身,手指在橘猫小鱼的腮下挠了挠,眼中的笑意慢慢敛起。

"好些年都没敢来这儿。"他抬眼,看见站在不远处表面不耐烦却依旧在等着的沈虞,又摸了摸小鱼的头,"愿意跟我走吗?"

橘猫盯着他,突然像是读懂了他的意思,抖了抖毛,往后退了一步。

温折理解了它的拒绝。

"那,"温折朝它挥挥手,"再见。"

橘猫抬起爪子:"喵喵。"

沈虞抱臂,看着一人一猫告别,不知怎么,心中涌现出一股很奇异的温暖情绪。她不自觉地放柔目光,看向温折。

她想:离开这儿后,便真真正正地和过去告个别吧。

他们在竹林耽搁了不少时间,走进学校时,沈虞听见了两道熟悉的嗓音,正是刚刚在竹林里吵架的那两人——

就这眨眼间的工夫,男生已经笑眯眯地跟在女生后面,手上还拿着一小袋零食:"研研,我给你买了你最爱的冰激凌,草莓味的。尝一口,就尝一口嘛!"

女生不耐烦地说:"不要!"

"都是我的错,我刚刚说话声音大了点儿。只要不分手,一切都好说。"

女生表面说着"不要",脚步却慢了一些。而这男生也尤其会哄人,没一会儿,便帮着拆了冰激凌的外包装,并顺势塞进了女生手中。

沈虞不无羡慕地观望着:"好甜啊!"

"甜什么?"

沈虞默默地在心里翻了个白眼,突然有点儿理解为什么温折的前女友会甩了他了。这种说句甜言蜜语都能要了他半条命的男人,他不单身谁单身?

她面无表情地横了温折一眼:"你是对浪漫过敏吗?"

想起自己刚刚被人按在枫树下胡作非为的情景,沈虞就气不打一处来，转身就走，温折却没跟上来。

沈虞走了几步，听见身后的温折说："你在这儿等我一下。"

谁等你啊？她才不等。

几分钟后。

沈虞晃到了学校操场边的篮球场，混入一群穿着校服的女生中，观赏着篮球场上的高中生们挥汗如雨。

现在已经是四月底，大下午的，太阳直直地照在头顶，少年们只穿了件运动背心，汗珠淌下时，撩起衣摆便往脸上擦，露出腹间分明的六块腹肌。

沈虞轻轻地"哇"了一声：这就是钻石男高吗？太带劲了吧！

在观众席站着位异常显眼的大美女，两队打篮球的男生无声较劲，动作一个比一个花哨。

不一会儿，刚刚那个撩衣露腹肌的男生抛出了一个漂亮的三分球。场内一片欢呼，沈虞的情绪也被挑动起来，她跟着大家鼓掌，喊了几句"加油"。

场内传来吹口哨的声音，腹肌男生朝沈虞比画了一个帅气的手势，张扬地一笑。

便是沈虞都难得愣了下神，低笑惊叹了句："真帅啊！"

突然，她耳侧传来几个女生压抑着的惊呼声，伴随着激动的耳语。

"哪儿来的大帅哥？帅晕我了，这是来拍戏的吧！"

"天哪天哪！他朝我们走过来了。"

"哎，我怎么觉得他有点儿眼熟？"

说到这里，几个女生像是想起什么般，纷纷从对方眼中看到了激动和兴奋。

"苏城中学蝉联三年第一的校草学神！"

"校光荣榜上身家自亿的知名校友！"

"快！快告诉我我没看错，这是温折学长吗？"

沈虞脑子都听蒙了。她们在说谁？这……这些她怎么不知道？！见鬼的是，她翻遍记忆，脑子里都没这么个人。

沈虞想起自己之前还嘲笑温折没见识，不认识她这个校花——原来没见识的竟是她自己。

沈虞愣神间，她身侧的女生们更沸腾了。几乎已经没人再去关注那几个打篮球的男生了，她们全都眼睁睁地看着这个一步步朝这边走来的男人。

违和的是，这样一个有气场的男人手上提着一袋零食，正朝着人群里的那位气质冷艳的大美女走近。

一群女生的眼中燃烧着浓浓的八卦之火。

而人群目光中心的沈虞，似乎不在状态。她目光复杂地看着温折，开始怀疑自己的记忆不仅仅是缺了那么一块儿——为什么在她的记忆里没有这么一个牛人？不应该啊！难道是她的记忆出现了什么她不知道的其他问题？

她正在沉思间，男人的声音在头顶上响起，同时，她的眼前出现了一个巧克力口味的冰激凌。

温折用白皙如玉的长指剥着包装，递到她眼前："你是说这个很甜吗？"

虽然沈虞还是有些无语，心尖却漫过丝丝的甜，不自觉地嘴角上扬了。

她抿唇，接过冰激凌："你怎么知道我喜欢巧克力味的？"

温折坐在了她身侧："猜的。"

二人旁若无人地互动，身后传来女生们激动的惊呼。她们一个个捧着脸，一副陶醉的模样。

沈虞边低头吃，边偷偷抿唇笑，心不在焉地看着几个少年打篮球。

而打篮球的几个男生大概不满意观众的注意力被吸引过去，变着法子耍帅，场上的呼声一浪高过一浪。

那位有腹肌的男生更是直接脱了上衣，露出肌理分明的上身，朝那边一挥手。

周围的女生欢呼着鼓掌，沈虞被青春的气氛感染，也跟着一起欢呼。

温折淡淡地瞥了眼那个光着上身的腹肌男，皱起眉头："你喊什么？"

"帅啊！"沈虞咬碎冰激凌外层的脆皮,"六块腹肌呢！"

温折抿了抿唇,眼神自上而下有些轻佻地扫过她:"是吗？"

他们都是成年人,谁能不懂这一眼的含义？沈虞瞬间便扭过了头,感觉半边身体如火烧。

就在此刻,那边的篮球朝这边滚来,停在了她的脚边。腹肌男生冲沈虞露齿一笑:"美女姐姐,把球扔给我呗。"

沈虞还没答应,温折便已经顺手捞过球,扔了回去:"拿稳,别砸到人。"

他久居上位,气质冷傲,随口一句警告,便让一群少年都不敢再放肆。

腹肌男生只能接过球,遗憾地朝沈虞一耸肩。

沈虞回以微笑,又侧头和温折耳语:"你还别说,这男生还挺帅。"

温折:"不觉得。轻浮。"

这该死的话题终结者。

坐在操场的观众席上吃着零食看打篮球,沈虞久违地感到了放松。

下课铃响,篮球场上的男生散了,观众席上的女生也要回去上课了。回去前,有两个女生走到了他们身后,声音小心翼翼的:"您是……温折学长吗？"

温折:"你们认识我？"

女生仿佛见了偶像一样,眼睛亮晶晶的:"我在知名校友榜上看到过您。您能给我们签个名吗？"

沈虞两口咬掉冰激凌,轻哼一声,道:"他又不是明星。"

"但温折学长比明星还厉害啊！"

沈虞心中"啧"了声,不说话了。

"抱歉,我不签名。"温折婉拒,又道,"好好学习,不负韶华。"

女生有些失望,却没强求,笑着道了别。

看着人走远了,沈虞在温折身后叽叽歪歪地哼了声:"挺受欢迎啊！"

温折瞥她:"彼此彼此。"

沈虞看他突然站起身，问道："要走了吗？"

"再去最后一个地方。"他说。

"什么地方？"

温折伸手握住她的手腕："大礼堂。"

下午过去了大半，太阳已至西山，落下橙黄的余晖。

苏城中学的大礼堂在操场旁，是校内最大的一个建筑。大礼堂应该是在近年刚刚翻修过，从外面看气势恢宏，算是全校唯一配得上苏城中学"百年名校"这个名头的地方。

学生们都在上课，学校最近也没什么大型演出活动，故而整个大礼堂空无一人。礼堂内是成排的座位，呈包围状圈住最中心的舞台。

沈虞四处打量着，道："这儿还没怎么变，大得离谱儿。"她伸手指向最中心的舞台，"我以前在那儿表演过，一抬眼，黑压压的全是人，紧张得要死。"

"紧张？"温折看她。

沈虞想起了自己以前演出的经历："有一年联欢晚会，我报了个节目，吉他独奏。我以前都是怎么随性怎么来，结果当天看台下乌泱泱的全是人，被吓得差点儿忘词。"

温折边弯唇笑，边牵着沈虞往下走，一步步走到看台前。

偌大的舞台上放着不少备用的乐器，钢琴、二胡、吉他都有。温折的目光落在那把吉他上，他状似不经意地问道："你还记得你当时唱的是哪首歌吗？"

"唱的哪首歌？"沈虞愣了下，在纷杂的记忆中翻找着，良久，才拧着眉，非常不确定地回答，"好像是 pretty boy（《漂亮男孩儿》）？"

温折伸手拿过那把吉他，指尖轻轻拨动着琴弦，闻言看了她一眼："还记得为什么唱这首歌吗？"

"不记得了，"沈虞耸肩，"可能刚好喜欢吧。"

"能再唱一遍吗？"温折突然问，"再为我唱一遍。"

"你想听啊？"沈虞熟稔地拿过吉他，姿态闲散地往台上一坐，"可以啊，你等我找找乐谱啊。"

她翻出手机，下了乐谱，随后点了点头："还行，不算难。"

沈虞边低头试音，边调整着拾音夹的位置。

弄完，她拨弄着音弦，清了清嗓子，正欲唱，一抬眼便看见一直深深盯着她的温折，卡了下壳。不知怎么，她有些紧张，于是挥挥手，指着观众席："你坐那儿去。"

温折难得好脾气，配合着坐在了正对着沈虞的观众席上。

吉他弹出舒缓的前调，一点点地似在诉说着最为青涩的少女心事。

温折坐在观众席上——曾经满座喧哗的观众席上现今只余他一人，第二次听沈虞为他唱这首歌。

八年前的联欢会前，少女曾拦住他："我要在全校面前对你表白。"

他拦住她："你别乱来。"

"你放心，不会乱来。"她张扬地笑，"但势必要你永生难忘。"

后来，她的确做到了。众人瞩目下，她唱了这首 pretty boy。

无人知晓，又人人都听到，那是她在向他表白。

然后，她闪耀了温折的整个青春，被他珍藏了很多年。

  Oh my pretty pretty boy I love you.（哦，我英俊漂亮的男孩儿，我爱你。）

  Like I never ever loved no one before you.（如同我过去不曾爱上任何人一样。）

  Pretty pretty boy of mine.（我英俊漂亮的男孩儿啊。）

  Just tell me you love me too.（告诉我你也爱我。）

一曲毕，女人停下甜美的嗓音，收了声。

二十五岁的沈虞坐在舞台上，眸中有些许忐忑，些许紧张，望向她唯一的观众。

她跳下舞台，朝温折走过去："喜欢吗？"

男人的双眸宛若星辰般闪耀。他望向她时，一瞬间，沈虞以为自己是他的全世界。

温折却突然伸手，一把将她拉到自己面前，仰面看着她："喜欢。"

居高临下的视线下，沈虞更近地窥得了男人眸中的惊涛骇浪。

随后，她听到他问："小虞，和我谈恋爱吗？"

沈虞听过的情话很多。

她从小学时就开始收语句不通的情书，到高中、大学时，来自QQ、微信的骚扰更是数不胜数，其中也不乏文采斐然、才华横溢的。

大学时有个中文系的师兄，为了追她每天都自创一首诗发到表白墙上表白。又因这师兄姓项，所以大家笑称他们俩是霸王和虞姬，把沈虞酸得一周都不敢摘口罩，又连夜去表白墙举报，才堪堪暂停了这个闹剧。

故而，沈虞从不觉得有什么酸兮兮的情话能打动她，除了温折这句——

他说："小虞，和我谈恋爱吗？"

说话时，他仰头看着她，眼中的光芒细碎而温柔。

沈虞的心脏突然疯狂地跳动起来，连灵魂也不受控地战栗起来，脑中"噼里啪啦"地放着烟花，她听见自己快要尖叫到脑门儿的声音——啊啊啊！谈啊！我谈！谁不谈谁是傻子！

可惜她脑中的呐喊到了嘴边，只余一句轻轻的——

"谈。"

温折攥紧沈虞的手，让她重复："和谁？"

"和你。"

"我是谁？"

"温折。"

温折应是在低笑，直接站起身将人按进怀里，同时凑到她的耳边："记住了，我是温折。"

他将掌心按在沈虞的脑后，说话时微微低首，呼吸轻拂过她的发梢，声音很轻，像被风吹过的柳絮。

下一秒却画风陡变。

男人用牙齿咬上了她的耳垂，唇瓣若即若离："再忘，我真的对你不客气。"

沈虞全部的注意力都被耳垂上的触感吸引，她哪里还能分神思考他话中的深意，晕晕乎乎地只知道点头。

到此时，温折应是满意了，唇瓣退开些，伸手抚上她耳垂上的咬印，眸色深深。

"都咬出印子了。"沈虞瞪他，耳垂白里透红，晕出层淡粉。

温折却是笑："要是能打上烙印也不错。"

"你想得倒挺美。"沈虞拽上他的衣袖，小手灵活地钻进他的掌心里，握住，轻哼一声，"怎么不让我在你身上烙个印子？"

温折盯着她看了好一会儿："已经有了。"

"啊？"就在沈虞发愣的时候，她的手被温折抬高，放在了他的肋骨前，隔着薄薄的衬衫衣料，男人炙热的体温传到了她的掌心。

"在这儿。"

沈虞的掌下是蓬勃的心跳。她的睫毛颤动了一下，所以他的意思是——印在心里？自觉领会了温折意思的沈虞，指尖"噌"地滚烫起来。

她的唇角不住地往上扬，最终，她把头抵在男人的胸膛上："你真烦。"

不等温折说话，沈虞便转移了话题："我们什么时候走？饿了，想吃晚饭。"

温折顺势握住她的手往外走："那现在就走。"

和邓苏苏打过招呼后，沈虞便和温折离开了苏城高中。

天色已暗下来，夕阳渐渐地收回余晖，两人卡着点，趁着学生还没放学，出了校门。

站在苏城中学门口，沈虞最后望了一眼学校的牌匾，在心中轻轻道了句"再见"，随后拉着温折的手，一步步离开了苏城中学。

她突发奇想地问："你有没有想过回苏城生活？"

温折怔了下："你想回这儿？"

"我觉得这儿比京城好。"她看着温折的侧脸，越看越喜欢，"苏城的风水养人，养出个这么帅的温折！"

末了，她还把手指伸进男人的指缝间，小声补充了一句："是我的温折。"

女人的眼眸亮晶晶的，看人时炽热滚烫。温折眸色渐深："小虞，别总这么看我。"

沈虞："嗯？"

"我会忍不住吻你。"

沈虞的脸又开始变红，她猛地抬手捂住了脸，突然发现，自己追人时的那些土味情话，和温折这样一本正经地打直球相比全都弱爆了！

而温折似乎并不觉得这算是调情，满脸透露着"这么说有错吗"的坦然。

生怕他再说出什么让她招架不住的话，沈虞闷头一言不发，拉着他往前走。走到车前，沈虞才发现今天是温折亲自开车，于是躬身坐上了副驾驶座。

温折这时候似乎终于明白了自己男友的身份，凑过来给沈虞系安全带。二人呼吸拉近，沈虞瞪着大眼睛，看着骤然凑近的俊颜，屏住呼吸，像个呆头鹅一般，完全不知道该干什么。

"啪嗒"一声，温折替她扣上了安全带。他系归系，但眼睛不往那儿看，反而直勾勾地盯着她，然后突然凑上前，在她的唇上亲了一下。

沈虞真的生涩得连手都不知道怎么放。撩人她会，毕竟追她的人多，没吃过猪肉也看过猪跑嘛！但没人告诉她恋爱怎么谈啊！

这些年，她把唯一那点儿可怜的经验也都忘得干干净净，导致现在就像一张空白的纸。

而相反的是，温折对于这段关系甚至不需要一点儿适应期，就好像他们已经谈了很久了一样。

这么想着，沈虞也这么问出口了，不开心地戳了戳他的胸膛："谁有你经验丰富啊？"

她想：他可不都是在前女友身上锻炼出来的吗？

沈虞发现自己又开始酸了，小情绪一上来便开始患得患失，不开心道："我要是早点儿认识你就好了。"

温折沉默地看着她，头一回发觉何为有苦难言。这个话题无论怎么说，似乎都是个死局。万千情绪涌现在心间，他揉了揉沈虞的脑袋，退回驾驶座："不管你信不信，我只这样对待过你。"

却见刚刚还闹情绪的女人突然扭过头,眉眼中满是惊讶,狐疑地眯了眯眼:"可你很熟练啊!"

温折的动作顿了一瞬,半晌,他面不改色地说:"可能天赋比较高。"

沈虞:"……"

温折作为土生土长的本地人,带沈虞去吃的饭馆似乎颇为地道,具体就表现在——非常难找。

沈虞跟着温折,穿过一条条深长的小巷,踏遍诗情画意的拱桥。她刚开始还颇有头绪,到后头,望着最少三个岔口的道路,则是连方向都分不清了。

她挽紧温折的手臂:"还没到吗?"她四处晃动脑袋,"再往里走,我就要迷路了,被卖了都跑不出来。"

似乎想起了什么好笑的事,温折弯起唇:"卖?谁敢要?"

沈虞当即怒目而视,自信满满的模样:"没人要?我会没人要?"

"不是没人要,"温折声音放低,耳语道,"是我不肯卖。"

他哑声笑道:"虞姬国色,千金不换。"

沈虞的脸上飞快地掠过两片红晕,她拿手肘用力碰了他一下:"烦死了。"

他怎么净说大实话?

温折笑得胸腔直颤,一把将人揽住,不再调侃她:"握紧我,别走丢了。"

饭后,沈虞摸着吃得鼓起的肚子,为保形象不停地吸着气。她今天穿了条收腰设计的及踝长裙,生怕一个放松就露出了小肚子。

毕竟这才刚和温折在一起,她不能把苦心孤诣营造的美女形象给打破了。万一他后悔了怎么办?

沈虞下定决心,在彻底把人吃干抹净之前,绝对不能让他有一点点退缩。

两人沿着江边的水路,慢慢往前走。夜晚的苏城和白天不同,这就好比清丽美人上了浓妆，四处张灯结彩，亮堂堂一片，极富诗情画意。

水街边的人也多了起来，多是小情侣，再加上摆摊的小商贩，整条街人来人往，极其热闹。

沈虞很快便被江边的首饰铺迷了双眼，像个小孩子般兴奋地拉着温折逛各家店。

而今天的温折相比之前格外好说话，并未显出半分不耐烦。沈虞走到哪儿，他便跟到哪儿，说得最多的一个字便是"买"，然后干脆地拿手机付款。

沈虞把买的所有小东西都塞到一起，放在温折手里，开心地唤他："温折。"

"嗯。"

沈虞："我发现，你有点儿不一样了……我说了你别生气啊。"

温折静等下文。

沈虞把玩着他空出的那只手："具体就是，"她咽了咽口水，接着说道，"之前的你像只狗，现在的你终于是个人了。"

最后，她下结论："看来是我帮你完成了一次史诗级的进化。"

温折又气又想笑，伸手便要敲她的脑袋："是不是我真太惯着你了？不适应我对你好？"

沈虞连忙缩头："我只是希望你继续保持。"她伸手钩他的手指，弯眸看着他，"咱们拉个钩。你发誓，要一直对我这么好。"

温折看着两人交缠在一起的手指，低声道："幼不幼稚？"

话虽如此，他却任由她动作，看着她将大拇指和他相抵，投射的影子映在了地上。

水街很长，绵延好几里路。

一路上，温折手中的东西越来越多，但沈虞似乎并没有停歇的意思，又停在了一家簪子店门口，瞬间被店里花花绿绿的簪子迷得走不动道儿。

店主小姐姐也很热情，向她介绍着每个簪子的花纹与工艺。沈虞被说得这个也喜欢，那个也喜欢，但现在只能往头上戴一个，于是握着手中的一把簪子，眼巴巴地看向温折，征询他的意见。

温折会意，语气毫无波澜，全无感情："买。"

沈虞："……"

店主小姐姐"扑哧"笑出了声。

沈虞有些恼："温折！你听没听我们说话呀？明明是问你哪个好看，你就知道买买买！敷衍！"

温折难得说不出话来。店主和沈虞的对话实在太长，他很难不走神。

他将目光停留在沈虞手中的一把簪子上，轻轻地眨了下眼。

很多年前，她也曾举着满手的漂亮首饰，问他哪个好看。她明明全都喜欢，最终顾及他那不值钱的自尊心，只在其中选了一个最便宜的。

温折的睫毛动了动，他回答："全都好看。你戴什么都好看，不用做选择。"

蓦然被这么一夸，刚刚还瞪着美眸的沈虞瞬间便红了脸，移开了视线。但注意到店主小姐姐羡慕又促狭的眼神，她又有些飘飘然，故作生气状地瞥了眼温折，嘴上还在说："真是的，都说了在外面不要这么夸我，真让人不好意思。"

她也不选了，从中抽出一支后，直接把剩下的一把簪子全部递给了店主："麻烦帮我包起来。"

她又将手中的这支递给了温折，娇声吩咐他："帮我簪头发。"

沈虞晃了晃满头长发，熟练地将其盘起，露出白皙修长的天鹅颈。温折从后走近，目光落在女人脆弱又纤细的脖颈上，鼻尖尽是头发的栀子暖香。

他动了动喉结，趁着店主转身的瞬间低头，唇瓣蹭过她的耳郭，若即若离。

沈虞瞬间被他蹭得满身鸡皮疙瘩，压着声音："干什么？"

"很香。"

"什么很香？"沈虞受宠若惊，"我吗？"

簪子缓缓地插进发间，温折从后头半拥着沈虞，把人撩得腿脚发软后，薄唇微启，轻声在她的耳边说了三个字："洗发水。"

沈虞："你可以走了。"

温折低笑一声："小气包。"

拿过店主包装好的簪子，沈虞理直气壮地把东西往温折手里一放："拿着，本宫又要起驾了。"

温折："还要逛？"

"当然，"沈虞，"这才哪儿到哪儿？"

温折却笑不出来了。他没想到，女人的逛街能力竟还会随着年龄呈指数型增长。

他们逛了一晚上的街，回到酒店时已经到了晚上十一点。

沈虞看到窗外下着倾盆大雨——如果不是因为这破天气，她还可以逛到更晚。

沈虞洗了个澡，边擦着头发边和梁意打电话。

电话那头的人像是一个噪声制造机："你们俩这就在一起了？沈小虞，你真的是好大的胆子，真的非要一条路走到黑啊？"

沈虞擦完头发，懒散地靠在床上，手上还在对着今晚的照片大刀阔斧地一顿修图："自从想通他根本不会骗我什么以后，我就放心了。温折长得好看又有能力，我和他在一起，哪怕只是睡个觉也不吃亏啊。而且……"沈虞弯着眼睛笑，目光落在自己今天偷拍的一张照片上，"我是真的喜欢他。"

照片上，来来往往的人群里，满街袅袅烟火气间，温折笔直地站立着，目光淡然地望向镜头。他长得高，哪怕在人群里依旧帅得一眼万年。

梁意已经无法用言语来表达自己的心情了："你惨了，坠入爱河了。"

"反正我是想开了。"沈虞说，"谁能没几个前女友？与其患得患失，不如珍惜眼下。"

怕梁意再说什么，沈虞堵住了她的话头："我要挂了，准备发朋友圈呢，回京城请你吃饭。"

挂电话后，沈虞便开始编辑朋友圈。她暂时不打算公布恋情，于是只放了自己的单人美照，但依旧存有私心，把偷拍温折的那张照片装作景物图放了进去。

修完照片,她编辑了段文字:"蓦然回首,那人却在灯火阑珊处。"

沈虞的微信好友很多,朋友圈一发布,手机的消息提示便一直没有停过,她挑着回了几个人,然后在点赞提示中看到了沈弯弯的头像。

俗话说,知己知彼,百战百胜,沈虞一直留着沈弯弯的微信也是这个目的。虽然有的时候会无可避免地恶心到自己,但也算是时时给自己敲响愤怒的警钟。

平时二人的微信从来都是井水不犯河水的,怎么今天沈弯弯还点了赞?她手滑了?

为了证明自己不是眼花,沈虞再次点开刚刚那条朋友圈,在点赞人里找沈弯弯,这回却没找到。

沈虞冷笑:沈弯弯果然是手滑了。

她正欲退出朋友圈,手机再次振动了一下。她一看,顿时眉开眼笑——就在刚刚,温折也给她点了个赞。

不知怎么,这种只有他们二人知晓的隐晦暧昧,似乎比广而告之地秀恩爱更加甜,沈虞抱着手机,笑眯眯地把脸埋进枕头里。

突然,手机传来语音通话的铃声。

沈虞低眼一看,是温折。她按了接听:"刚刚分开就给我打电话。"她笑得甜丝丝的,"不会是想我了吧?"

两人就住在酒店的同一层楼,温折的房间在她的斜对面。

温折那头很安静,电流声中他的声音更显磁性:"有点儿吧。"

有点儿什么?沈虞蒙了一瞬,随即反应过来——他有点儿想她。

隔着电话,沈虞的脸都烫了起来,她揉着枕头,小声道:"想我就来找我啊。"

"不敢去。"在苏城的工作还处在收尾阶段,温折用一只手滑动着平板电脑看报表,另一只手举着手机,"怕过分了,你以后会躲我。"

沈虞瞬间噤了声,捂住脸。她翻身,把头埋进枕头里,声音闷闷的:"不说了!挂了!"

那头传来一声轻笑:"那,晚安。"

沈虞说了"晚安",便忙不迭地挂断了电话,然后在床上狠狠地打了几个滚儿——她怎么这么没出息？！

恼着恼着，困意也渐渐袭来，沈虞就着趴着的姿势便睡着了。

今晚，久违的梦境再次袭来。

整个城市好似都是灰蒙蒙的，见不到阳光。沈虞看见自己走在苏城高中的那片竹林里，越往里走越暗，到后头几乎看不清前路。

沈虞的背后泛起一层冷汗，她生了一层退意，转身欲往后走，但一回头，却发现身后的路早已消失，往下是万丈深渊。

沈虞继续往前走，开始觉得周身越来越冷，一种直击人心的战栗直往骨缝里钻。她受不住，索性开始奔跑。

竹林仿佛一张网，细细密密地将她笼罩住。

沈虞在道路的尽头，看到一个身穿校服的挺拔身影背对着她——是他！

她跑到他身后，声音颤抖："是你吗？"

男生未转身："是我啊。"他歪头，"我是谁呢？"

沈虞摇头："我不知道。"

"是啊，你不记得我了……

"不记得我了……"

他一遍遍重复着这句话，让沈虞的背后冒出一阵阵冷汗。她摇头往后，却发现身后早已无路可退。

男生却突然转过了身，恐怖的是他的脸上一片空白，没有五官！

须臾，他一把拉住沈虞的手腕，长指掐住她的脖子，声音似哭似笑："你不仅忘了我，还喜欢上了别人！你去死吧，去死吧！"

无脸人伸手就要把沈虞推下悬崖。

"轰隆隆——"半夜的天空发出一声响彻云霄的雷鸣，将沈虞从噩梦中惊醒。

她抱着头，尖叫着从床上弹起，浑身剧烈地颤抖着。她闭上眼睛，满脑子还是噩梦中的情形，那种脖子被掐的窒息感似乎还在。

沈虞颤抖着手拿过手机，不假思索地拨通了温折的电话。

几秒后，电话被接通，男人声音中带着沙哑的困倦感，却温柔又耐心："小虞？怎么了？"

几乎是瞬间,沈虞的眼泪就止不住了,她委屈地抱紧膝盖,声音带着哭腔:"我做噩梦了。外面还下雨,还打雷,我好害怕。你能过来陪我睡吗?"

话一出口,手机那头一片安静,须臾,她才听到了回应。

温折轻声道:"乖,等着我,我马上就到。"

沈虞闷闷地应了一声:"你别挂电话。"

"嗯,不挂。"

一分钟后,门口传来轻轻的敲门声。沈虞极轻地下了床,在满室黑暗间蹑手蹑脚地跑去开门。

门开了,温折高大的身影站在门外。他还未看清室内的环境,便见一团黑影猛地往他身上一扑,温香软玉瞬间抱了满怀。

应该真的是被吓坏了,沈虞将两腿夹在他的身侧,细腕环住他的脖子,丝质的浴衣往下滑,露出大半截白皙的手腕和大腿。

温折全身瞬间僵硬,深呼一口气,将她的浴衣拉好,挡住旖旎的春光。随后他轻拍女人颤抖的脊背,并用脚将门关上,轻吻她的发顶:"怎么了?做什么噩梦了?"

沈虞噙着泪,没回答他的问题,却埋着头,蛮不讲理地先拿他撒了一通气:"都怪你,都怪你。"

温折:"怪我什么?"

见男人还敢顶嘴,沈虞气得用牙咬他的喉结,含混不清地说:"反正就是怪你!"

温折闭着眼,压下满身的燥热,眼中的侵略欲一闪而过。他紧紧地箍住沈虞的腰,警告般喊道:"沈虞!"

沈虞被他喊得一愣,满腔委屈更是绷不住了,眼泪说掉就掉,哭得上气不接下气:"你……你还凶我!明明就是怪你……我做噩梦你都不在我身边。"

温折被她哭得毫无办法,哄孩子似的抱着人坐在床边:"好,怪我,都怪我。"

沈虞顺势坐在了他的怀里:"怪你!是你要和我谈恋爱的!"

温折:"嗯?"

她抽噎着，显然还心有余悸，连声音都小了许多："然后我梦见我初恋要掐死我。"

温折："……"

时间已近初夏，窗外依旧电闪雷鸣，倾盆大雨来得急促又猛烈。但沈虞埋首在温折的怀里，男人坚实的胸膛像是最坚固的城墙，替她挡去了所有的风雨。

沈虞从未像这般安心过。她在人生前十六年顺风顺水，中途却急转直下，成了无人要的丧家之犬，漂泊至今，似乎终于找到了可依托之所。

许是半夜惊梦，许是雨天多情，沈虞抱着温折，哽咽着，絮絮叨叨地把藏匿于心里最深处的害怕说了出来："我曾经犯了一个很严重很严重的错误。"

温折将指尖穿入沈虞的黑发，一点点往下，替她梳理着长发，以作安抚。

"我和前男友不是和平分手。"沈虞眼眶通红，汲取安全感般更加抱紧了温折。

"嗯。"温折的眼中情绪难辨，他将下巴放在女人的头上，安静地聆听着。

"沈光耀在我母亲生病的时候出轨，小三还是我母亲的朋友，沈弯弯是小三带去的孩子。"沈虞抹了把眼泪，平日里所有的坚强都在这个夜晚消散无踪，眸中满是脆弱，"她……她什么都抢我的——我的家、我的房间、我的……父亲。"

沈虞闭上了眼："沈光耀和小三结婚后，我整日在家里闹……沈光耀就把我扔到了苏城。然后，"沈虞咬着下唇，艰难地说出了口，"我遇见了我的前男友。"

她用迷离的双目看向了温折，生怕从他的眼中看到一丝厌恶的情绪。但男人的眸色沉静，在黑夜中也闪着细碎而温柔的光芒。他轻拍沈虞的脊背，示意她继续说下去。

"在京城时，我偶然得知他是沈弯弯暗恋的男生，然后蓄意去追他。梁意说，我把人追到手后就甩了，然后回到了京城。现在，我还把人忘得一干二净。梁意还说,"沈虞压下唇角,"从没见过我这么渣的人,让我回苏城后打探一下前男友的消息,再悄悄地看他一眼。"

温折睫毛微动,声音很轻地问:"你想见他?"

以为温折在意,沈虞连忙答:"本来是想的。"生怕温折跑了般,她把人牢牢抱紧,"但苏苏也不告诉我,刚好你那时候就来了。所以,我选择和过去和解。"

沈虞低声道:"我现在有你就够了。"

温折闭了闭眼,像要把人嵌入怀里般紧抱着,轻轻吻着沈虞的额头,低声道:"这样,就够了。"

"但我害怕。"沈虞抿紧唇,睫毛颤动得厉害,"我总是做噩梦,他肯定特别恨我,肯定的……恨死我了。"

她的情绪一阵又一阵,她倏地惊慌起来,揪紧温折的衣袖,指尖用力到发白。

"不会,"温折的眼中满是心疼,他将掌心扶在沈虞的脑后,一遍遍地在她的耳边重复,"他不会恨你的。"

良久,他低眼,动了动喉结:"只会爱你。"

沈虞再没回应。

温折看向怀中。大概是哭够了也闹够了,困倦顷刻间便袭了上来,沈虞早已经在他的怀里找了个舒服的姿势,纤长的睫毛盖住美眸,呼吸均匀。

温折失笑,伸手掐了把沈虞的脸。似有所感般,沈虞不耐烦地蹙眉,一把打掉他的手。

温折笑骂:"没心没肺。"

但经过这么一折腾,他哪里还睡得着?他顺势抱着人躺在床上,目光细细地在她的脸上流连。

沈虞说的这一切他全都知道,这般不堪的事实早在八年前便被撕开了真面目。一开始,他无疑是恨她的。在她说出那句"你是不是玩不起"的话后,他是真的动过掐死她的念头。

然而辗转这么多年,他再也恨不起来。无数午夜梦回,他只想问她一句——你到底有没有喜欢过我?

温折想：只要她说一句喜欢，他就原谅她。

但后来，连这个他也不想问了。他只是恨自己没能力，留不住也护不了她。

窗外暴雨初歇，只余"淅淅沥沥"的水声。

怀中人呼吸绵长，睡得小脸酡红，再没被噩梦侵扰。怕她第二天起来不舒服，温折动作轻缓地把人从身上慢慢挪下去，打横抱着，刚要放到床上，怀中人似有所觉，皱着眉咕哝了一声，手臂则紧紧缠着他的脖颈，不放他走。

温折一顿，低声哄道："乖，放开。"

结果女人不但没放开他，甚至还把腿钩上了他的腰，八爪鱼一般抱着他。她身上穿的丝绸睡衣早就在这般折腾下不成样子，女人白皙的长腿，纤细的手臂，包括衣领露出的绵延起伏，都在黑暗中泛着莹白的光，无不刺激着他本就敏感的神经。

温折深吸一口气："我数三下，还不放开我就不走了，你考虑清楚。"

沈虞还在睡着，自然听不到，三声数完也毫无反应。

也不管这行为无耻不无耻，温折顺理成章地抱着她，躺在了床上。看着她熟睡的侧脸，他又在她的额上极其珍重地轻吻了一下。

但很快温折便发现，这绝对不是一个明智的选择。他从未想过沈虞的睡相能差成这样——雨天降了温，女人似乎把他当成了一个人形暖炉，抱住就不肯撒手，柔若无骨般紧贴着他。

温折睁着双眼，感觉到女人那只作乱的小脚一点点地从膝盖上移，点火般撩起全身的温度。他全身的燥热都往下腹涌去。

他猛地握住了她的脚踝，阻止她更危险的动作。

他这么多年清心寡欲，如此轻易地就在她面前破了功。他额角直跳，很容易地便回忆起——

很多年前也是这样，最简单的肢体触碰也能让他起火，半晌灭不掉。罪魁祸首妖精似的，往往撩了就跑，一如现在这般。

黑暗中，温折深深地盯着沈虞的脸，滚烫的掌心紧握着她精致的脚踝，眸色晦暗不明。

男人的理智往往只在一念之间崩塌。温折的黑眸深不可测，欲念流转，他低首就欲覆上女人殷红的双唇，目光落在她脸上的泪痕上，动作一顿。

他眼神闪烁了一下，深深地吸了一口气。

算了，她被闹醒了一会儿又要哭，眼泪都要流干了。他闭上眼，最终无可奈何地在那双唇上泄愤般地咬了一口："真是败给你了。"

最后，他把枕头塞进沈虞的怀里，转身下床，进了浴室。

静谧的夜里，只余浴室里传来"滴滴答答"的水声，床上，沈虞抱着枕头睡得正香。

后半夜沈虞睡得极沉，再睁眼时是难得的神清气爽。

她愉悦地伸懒腰，刚一动，手指便碰到一片带着温度的皮肤，动作猛地一顿，连哈欠也不打了。她猛地撑起身，惊讶地看着睡在自己身旁的男人。

温折躺在她身侧，头发有些凌乱，眼下满是青黑，一看便知昨夜没休息好。

刚刚那一下又把浅眠的男人弄醒了。他悠悠地掀开眼皮，眸中是更明显的疲惫。他睡眼惺忪，显然还没回过神来，拉着沈虞的手腕便把她往怀里按。

沈虞还在发蒙，等反应过来时，已经又躺回了温折的身边，鼻端俱是男人身上清冽的气味。

关于半夜里的记忆，也终于在此时一帧帧地开始回放——所以，她昨天大半夜发疯，把刚交往一天的男朋友喊过来，把自己对前男友骗身骗心的垃圾行为和盘托出了？！

然后……然后呢？记忆戛然而止，今晨她醒来，温折被折腾得满脸疲惫，躺在她身边。

沈虞闭了闭眼，满脸生无可恋：她到底在做什么啊？！

莹白的脚趾紧紧地缩在一起，她觉得人生都灰暗了。昨晚，她还是人美心善的女神，今早就成了骗人感情的诈骗犯。

温折可能太累了，没回过神。但万一以后他们吵架，感情淡了、腻

203

烦了,他随时都可以把这件事拿出来"炒冷饭"。

沈虞想象着,温折冷冷地看着她,语气如冰:"我无法和你这种骗人身心的坏女人在一起,分手吧。"

不可以!不可以!沈虞的表情陡然惊慌,她扑腾着就要直起身。

又被吵醒的温折实在有些不耐烦,按着沈虞的脑袋威胁道:"再作我现在就办了你。"

沈虞弯曲的膝盖一抖,与此同时也触碰到了一处想要忽视却忽视不了的……她猛地往下一看,脸颊瞬间变得通红:"那个……你那个……"

她"那个"了半天,才憋出一句:"流氓。"

温折不堪其扰,一把将人按在身下,睁开困倦的眼睛,嗓音还带着晨起的沙哑:"早上的正常现象。"他意味不明地打量着她,"我要真流氓,能让你睡到现在?"

沈虞纤长的睫毛直颤,脸烫得直冒热气。然后她猛地推开他,滚到床的另一边,盖上了小被子。

温折盯着她,揉了揉太阳穴,正欲喝口水,放在床头柜上的手机响了起来。他拿过手机,看到来电人是董舒,按了接听。

"喂,妈。"温折站起身,从桌上拿了水杯,喝了一口,又居高临下地瞥向躲在被子里只露出一双眼睛的沈虞。

董舒操着苏城话问他哪天走,温折同样用苏城话回:"还没定。"

"走之前再回家吃个饭。"

温折看着沈虞,缓缓地答道:"好,我会带一个人回去。"

董舒沉默了会儿:"来就来吧,我看看什么模样。"

"嗯。"温折压低声音,"我之后再打给你。"

没说几句,温折挂了电话。

沈虞从被窝里露出脑袋:"是阿姨吗?"

"嗯。"温折放下水杯,"我妈让我回去前回家吃顿饭。"

沈虞眨了两下眼睛:"然后呢?"

"我说带你一起去。"

沈虞忽地揪紧被子,傻里傻气地冒出一句:"啊?"她紧张极了,"我们……我们这是不是太快了?这就见家长了?"

温折抿了口水:"快吗?"

他想:八年了。

沈虞嘴上扭捏,心里却开出朵甜丝丝的花,借被子挡住了脸上快止不住的笑:"哎呀!照这速度,不得明年就结婚啊?"

温折:"你要愿意,今年也可以。"

沈虞一呆,被蛊惑得差一点儿就要点头。头点到一半,她捕捉到男人眸中的愉悦,立马反应过来:"还早呢!"

温折低头闷笑,两步上前,膝盖微弯,凑近沈虞微红的脸。知道她别扭,他没再提这事,揉了揉她的脑袋:"还不起床?"

沈虞故意使小性子:"不。你哄我,我再起。"

"想听什么?"如今的温折似乎异常好说话。

沈虞想了想,长长的睫毛动了动:"你用苏城话给我表个白。"她又拿被子挡住脸,"就你刚刚和阿姨说的那种话。"

温折看着她通红的耳尖,忍住了到喉间的笑:"真要听?"他凑近她耳边,低低道,"心肝儿,我喜欢你。"

男人的嗓音还带着晨起的沙哑,他刚刚喝了口水,更显得磁性。他叫她"心肝儿"啊!沈虞瞬间就被撩拨得全身酥麻。

但温折很快解释道:"这儿表白都这样说。"

她不管!她就是心肝儿!沈虞一把拿被子盖过头,躲在被子里笑。

见作精终于消停了,温折从床上下来,道:"我先回去一趟,你洗漱好来找我。"

沈虞只对着他露出个后脑勺儿,从被子里传出闷闷的一声"嗯"。

打开沈虞的房间门时,温折还穿着棉质睡衣,向来整齐的头发稍显凌乱,因为折腾了一整晚,领口的纽扣散开好几颗,露出了清晰的锁骨。

而门外——

站在温折的房门口敲了很久依旧未得到回应的袁朝,看向从斜对面房间出来的温折,四目相对间,当场石化。

与此同时,房间里传来一道慵懒的女声——

"温折——你的心肝儿的拖鞋掉在门边了。"

袁朝：不是说好的他们不是那种关系吗？！这不是那种关系是哪种关系？

　　见袁朝正要说话，温折竖起手指，在唇边"嘘"了一声。

　　温折垂眸，无奈地摇头。照沈虞那个脾气，要知道门口还站着个人，得使一天的小性子。

　　得到示意，袁朝自是不敢出声，然后目瞪口呆地看着向来淡漠的男人弯腰从地上捡起酒店的棉拖鞋，同时掩上门朝屋内走去，屋内还传来一声娇气的"你给我穿"。

　　袁朝：这哪里是找了个老板娘？这是养了个祖宗啊！

第七章
甘之如饴糖

沈虞晃着光洁的脚,居高临下地看着男人漆黑的发顶。

温折比她高不少,她平时都得仰头看他,这会儿看着半蹲下身子替她穿鞋的男人,她的胸腔中有种莫名其妙的愉悦,就好像他在向她俯首称臣。

"别动。"看着还在乱晃的脚,温折直接按住她,强制地给她穿上拖鞋。

穿上拖鞋,沈虞懒洋洋地站起身,很想说一句"跪安",但到底没敢,于是冲温折挥挥手:"走吧走吧。"

她全然不知虚掩的门后站着那位呆若木鸡的袁助,世界观都受到了重创。

温折再次推开门,朝袁朝微抬下巴示意,去了斜对面的房间。

袁朝来找温折是为两件事,第一件事便是询问温折是否需要带早餐,第二件事则是关于返程机票的时间。

温折用冷水洗着脸,缓解着夜里的疲惫:"早餐你找人送两份上来。两份南瓜粥、虾饺,还有……"他顿了下,似在思考,"生煎,加醋。"

袁朝连连点头,记在手机备忘录里。温折对吃食一贯不挑,这些自然全都是给那位祖宗点的。

"至于返程……"温折思索了下,"时间不定。你先回京城和蒋总对接,我在这儿再留几天。"

袁朝继续点头,面上不敢表现,心中则是感叹:当真是从此君王不早朝,工作狂都开始休假了。

…………

得知还能在苏城多留几天,沈虞是开心的——她很喜欢这座城市。

苏城是个风景如画的地方,这几天,温折带着沈虞四处游山玩水,几乎把苏城几个颇负盛名的景点走了个遍。

回京城前的最后一个晚上,温折则动身带沈虞回了家。

这几天,沈虞为着见家长的事做足了准备,四处搜罗精巧的小礼物。当日,她又拉着温折去商场挑选衣服,最后买了条素净的及踝长裙,三番五次地和温折确定:"这身真的可以吧?"

"可以。"

"是这条还是那条红裙子好?"

"都行。"

"你给个准确答案!"

"这条。"

在去温折家的路上,沈虞紧张地绞着手指,第十遍开口问:"你妈妈……会不会不喜欢我?"

之前温折给她的答案全都是"不用担心",但她始终得不到一个确切的答复。

车子慢慢地驶到巷口,温折找了个合适的停车位,拉着沈虞下车,另一只手上全是沈虞准备的礼品。

他低声安慰她:"只是吃个饭,不用紧张。"

沈虞咬着唇。

"你妈妈会不会觉得我的家庭不好,配不上你?"她自言自语,"要是你妈妈不同意,你会不会和我分手?"

边说着,她还边点头:"其实你带我早点儿见你妈妈是对的。万一你妈妈不同意,你随随便便就可以和我分手,反正……"

话说到一半,她被温折打断了,他的嗓音沉了下来:"沈虞。"

沈虞:"嗯?"

温折睨她:"你再说一次分手试试?"

沈虞一噎,不说话了。

说话间,二人走到了巷子深处。几个老太太正聚在一起听戏、择菜,其中的刘奶奶蓦然一抬头,看到相携而来的两人,以为自己眼花了,又用力眨了眨眼。她手上没轻没重,扯掉一片嫩叶子,心疼得"哎哟"了一声,又问:"这是小折?"

有人插嘴:"旁边的那是他的女朋友?哎哟!这女娃娃是拍电影的吧,这俊的呀!"

"上次还问小折有没有对象,这次女朋友都带回来了。"

"哎哟!可惜了我孙女。"

"还你孙女?你孙女有人家一半好看吗?"

"……"

沈虞隔着老远就看到了这几位老人家全都直勾勾地盯着他们,顿时谨慎起来。这些老太太的功力可不能小觑,在这整个巷子里她的名声怎么样,她们功不可没。

好在她早有准备,在走近后就热情地跟着温折和她们打招呼,还从包里摸出几瓶昂贵的护手霜,给每位老太太都送了一瓶,耐心地解释着用法。

没一会儿,几位老太太便眉开眼笑,拉着她的手直夸,有位还扯着嗓子朝里面的楼吼了声:"小董!董舒!你儿子带着儿媳妇来了!儿媳妇俊得和明星似的,你可真是太有福气了!"

瞧瞧,首战告捷,以后整个弄堂的人都得夸你的女朋友!沈虞开心地朝温折挤眉弄眼,满脸都是"我厉害吧"的得意表情。

温折始终看着她,微笑不语。

一路继续往里走,沈虞抬眸看了看温折家这栋两层楼的房子,每一处装饰都极富苏城本地的诗情画意,忍不住"哇"了一声:"你家的房子好漂亮!"

温折答:"我爸是建筑师,曾经亲自参与设计,整个房子的布置都是他的手笔。"

"叔叔真厉害。"沈虞夸赞道，下一秒突然像是反应过来了什么，脸色变白，"对了，怎么没听你提起过叔叔？我都没给他买礼物！"

温折脸上的笑意淡了些，他牵着沈虞踏进家门，轻声道："我爸不在世了。"

具体的他没再多说。很多事情说多错多，他不知道沈虞到底对以前的事记得多少，又会不会在某一秒突然回忆起全部。他不敢保证恢复记忆的沈虞会做出什么决定，所以尽可能地避免她想起。

毕竟，现在这样就很好。

见温折的表情突然变淡，沈虞也意识到自己问出了一个非常冒昧的问题："对不起。"

温折摇头，轻叩家里的门："不关你的事。"

屋内传来轻巧的脚步声，沈虞盯着门，心跳猛地开始加快速度，下一秒，眼前的木门被打开，一个眉眼和温折五分相似的女人出现在眼前。

董舒年逾五十，但现在也能看得出年轻时必定是个美人。

察觉到董舒的目光落在自己的脸上，沈虞露出一个热情的笑容，微微躬身道："阿姨好，我是沈虞。"

董舒盯了她好一会儿，目光平静，却始终未吭声。

沈虞被她看得心中直打鼓，直到身侧的温折开口："妈，我们先进去。"

董舒这才有了反应，笑容淡淡的："来了，进来吧。"

温折始终牵着沈虞的手，察觉到她眸中的不安，看向董舒，郑重介绍："妈，沈虞是我的女朋友。"

董舒："我知道。"

她看向了温折身侧的那道倩影。女孩儿面露紧张，水光盈盈的眸子不时看向她，肉眼可见的局促。她极轻地叹了口气，到底是心软了。

在带沈虞来之前，温折曾给她打过好几个电话，生怕她会为难他这个小女朋友。

董舒又无奈又心酸，还恨自家儿子不争气，但如今见着真人了，又暗叹不怪温折栽了这么大一个跟头——沈虞在她见过的人中漂亮得绝无仅有，到了一眼难忘的程度。这么个美人，难怪温折会牵肠挂肚这么多年。

心中百转千回的所有情绪终究还是化成了一缕烟，董舒朝沈虞伸出手："闺女，过来，让阿姨看看。"

眼见沈虞受宠若惊，两步上前，董舒随手就把手上昂贵的玉镯戴上了她的手腕："这个是见面礼，你收着。"

沈虞摸着镯子，眼中泛着亮晶晶的光，开心得不得了的模样："谢谢阿姨！"她伸手就给了董舒一个拥抱，刚刚那点儿忐忑局促瞬间便消失了个干净，"我爱您！阿姨，您是我的神！"

"哎哟哎哟！"突然被人抱了个满怀，董舒还有些不适应，等触及温折眼中细碎的笑意时，心中又猛地一酸，回抱住沈虞，轻拍她的脊背，"好好好，乖闺女。"

沈虞是个非常容易给点儿阳光就灿烂的人，这么一来二去，心中的紧张感便退去了大半。

一顿饭算是吃得非常圆满。沈虞吃得头都不肯抬，把每个菜都一通夸，直把董舒夸得天上有地上无，那点儿芥蒂彻底消失了。

最后，董舒看着这么个嘴甜的小哆精，心道别说自家儿子逃不过，自己这么一会儿也昏了头。谁能不喜欢这样的小姑娘？至少她不能。

董舒一边洗碗，一边看着抱着碗眼巴巴地凑过来帮忙的沈虞："放这儿，放这儿，我来洗。"

"阿姨我来。"沈虞从她的手里夺过碗，"我可会洗碗了！在京城都是我洗的！"

董舒一听，拧起眉："小折都让你洗碗？"

温折本来倚在门边看着她们，听到这话直觉不妙。

董舒扭头瞪他："你个人男人，还让女朋友洗碗？"

洗碗？温折依稀记得是有这么一次——那次他做了满桌的菜，某位作精抢着洗那两个碗，然后用掉了小半瓶的洗洁精，弄得满水池都是泡沫。

沈虞蓦然心虚，以眼神示意温折，生怕他说出真相。

看着她那眼巴巴的模样，温折似笑非笑，没揭穿她，背下了这口黑锅。

董舒看儿子不否认，更是没好气，指着温折："你过来，过来洗。真是，人家小虞都知道来帮忙，就你游手好闲，干看不做。"

温折无奈地卷起衣袖："好，我来洗。妈，您和小虞都去歇着。"

董舒正要拉着沈虞回厅里，但沈虞还没忘记要立贤妻良母的人设，朝董舒矜持地摇摇头，指了指水池："我怕温折做不好，帮他一起洗吧。"

看着俩人洗碗都要黏到一块儿，董舒也没充当电灯泡，站在厨房门口看了看两人，随即笑着转身离开，心中的大石头也算放下了。

她对儿媳妇的要求不高，只要温折喜欢，只要足够爱他。现在看来，唯有沈虞能满足这两点。

听到脚步声离开，沈虞才微微松了口气，讨好地朝温折一笑。

温折横了她一眼，突然用沾满洗洁精的手捏了捏她的鼻尖："小作精。"

沈虞皱了皱鼻子，抹去上面的泡沫，气得瞪大了眼睛："你怎么拿洗碗的手碰我？"

温折挑眉："长点儿记性，下次不要放那么多洗洁精。"

沈虞干脆不理他，伸手用水冲着盘子。

几秒后，她又没忍住，得意扬扬地问："阿姨是不是挺喜欢我的？"

温折勾起唇："嗯，喜欢。"

这会儿，沈虞总算是放下心来，笑眯眯地点头："我就说嘛，没人会不喜欢我。"

温折看了她一眼，眸色温柔。确实，没人会不喜欢她，也没人会有他这么喜欢她。不然怎么明知是火坑，他还连着跳了两次，甘之如饴？

在苏城停留的时间已有半个月，次日一早，沈虞跟着温折踏上了回京城的飞机。

袁朝和李宗得了温折的令，早几天就回了京城，余下沈虞独自陪同温折留在苏城，虽未明确公开，但几个知情人都知道这其中的秘密。

"你说,公司的人会不会觉得我是个傍大款的狐狸精啊?"飞机上,沈虞凑近温折,没骨头似的把脑袋搭在男人的肩膀上。

"我刚到公司,琳达姐就和我说不要对你动歪心思。"沈虞兀自咕哝,"这还没多久就真的勾搭上你了,我还觉得有些不真实。"

温折原本正对着平板电脑看合同,听到这话,眉峰微挑。

沈虞回想着自己从进鼎越到现在,工作虽做得还算稳妥,但最亮眼的战绩应该还是拿下了老总,倒还真像个不务正业、靠着美色走捷径的狐狸精。但她很快便想通了,自信地叹了一声:"我果然魅力无边。"

听到她的自言自语,温折忍不住拿手轻敲她的额头:"太自恋了。"

"你知道琳达姐当时怎么和我说的吗?"沈虞学着琳达冷冰冰的公式化语气,"温总不喜欢心思不正的人,想保住工作,就不要上去招惹他。"

她故意说给温折听:"这得是有多少前车之鉴啊?"

温折看着她又酸又不肯承认的表情,轻轻笑了:"你猜。"

还我猜?我猜?这是一个守男德的男朋友应该说出的话吗?

"爱谁谁,"沈虞干脆盖上眼罩睡觉,"反正我都已经插队了。"

说起这个,沈虞不由得又想起当初那个"250号爱的号码牌"了。当初她追人的时候碰了一鼻子灰,被奚落得一无是处,现在他还不是任由她拿捏?啧啧,男人呀,也就那么回事。

他们到京城时已至傍晚,时间已步入五月,天边的火烧云十分绚丽。他们走时行人多着春装,回来时,大部分的人已经换了夏衣。

时间不早了,温折没再回公司,顺势带着沈虞去吃了顿饭。

这是一家口碑很不错的餐馆,门口都是成排等座的人,倒是贴心的袁助知道温总身边跟着个娇贵的祖宗,早早就预约了座位,所以沈虞吃了一顿非常满意的晚餐。

沈虞边享受边雀跃,在心中呼喊:这就是谈恋爱的感觉吗,怎么可以这么幸福?

鉴于沈光耀的前科,沈虞始终觉得,那些对她攻势猛烈、甜言蜜语的男人全都虚伪丑恶。对他们,她根本提不起一丝恋爱的兴趣。果然,男人还得亲自追。

但沈虞咬着筷子，盯着对面男人如玉般的面庞，在脑中小小地大逆不道了一回——

如果换个人谈恋爱，哪怕对她很好，她能忍吗？

沈虞光是想想，背上就起了一层鸡皮疙瘩。

她不能忍！要死了，她要死了！温折是给她下蛊了吧？她怎么突然就非他不可了？

见沈虞吃个饭表情都那么丰富，温折问她："不合胃口？"

沈虞连连摇头："不不不，合胃口。"

"那发什么呆？"

沈虞仍在发呆，话不经大脑就说出了口："我就是在想换个男朋友会怎么样。"

话刚说出口，席间瞬间安静下来。

沈虞：完蛋了。

温折"啪嗒"一声放下筷子，发出不轻不重的一道响声："你是吃太饱了？"

"然后我发现，"沈虞连忙补救，语气夸张，"这不可能！光是想想男朋友不是你我就难受。哎呀，完蛋了。"

她故作懊恼地拍了下脑袋："我怎么就爱你爱得死去活来？"

"停。"温折给她夹了一筷子菜，"吃饭。"

沈虞低头，本来想偷笑，但看到温折明明听得一脸受用，却还要故作正经的模样，低声骂他："假正经。"

她回想自己这一路艰难的追求史，粗粗地做了个经验总结——美貌占七分，情话占三分。大概温折就喜欢听甜言蜜语，以前那些扑上来的狂蜂浪蝶路走窄了。

为了证实自己的猜测，沈虞撑着头，眼睛亮晶晶地看向对面的男人："哎，温折。"

"嗯。"温折抿了口茶，略掀起眼睑。

沈虞双手托腮，表情看起来颇为认真："抛开脸，你还喜欢我什么啊？"

一秒、两秒……温折还是沉默。

他的错愕和茫然的表情,无一不清楚地告诉她——他抛不开。

沈虞:温折,你完了。

沈虞眼看着就要发火,一阵手机铃声挽救了这段感情。

沈虞狠狠地瞪了一眼温折,愤愤地从包里摸出手机,看到来电人是周宪,表情变戏法般地立马变了个样。

当着温折的面,沈虞接通电话,语气小心翼翼的:"舅舅?"

从高中起就这样,周宪作为沈虞的半个长辈,对她严厉、冷酷。向来无法无天的沈虞,唯一怕的也只有周宪。

她过于拘谨,却不知对面的温折已经迈步坐到了她身侧,眸色意味不明。

周宪向来开门见山:"你是不是有什么事情没告诉我?"

"啊?"

沈虞飞快地在脑中过滤所有的可能:是与陈和泽传绯闻的事,还是去沈家大闹一场的事,抑或是她和温折谈恋爱的事?

想不出来,她抠了抠手指:"哪件?"

"你还有很多件事?"

沈虞:"没!"

周宪不再兜圈子:"沈光耀打你了?"

沈虞噎住,半晌,闷闷地"嗯"了声:"你怎么知道的?"

"沈光耀说联系不上你,来问我找人。"周宪说道,"让我向你转达他的歉意。"

"不需要。"

那头,周宪沉默了会儿,没再继续这个话题:"我听说你最近在温折的公司里实习?"

沈虞心虚地看了眼身侧的男人,闷声答:"在。"

周宪:"跟着温折、蒋胜多学点儿东西,脑子里少装些情情爱爱。你要想回沈家站稳脚跟,就得在平常多下功夫。履历漂亮,能力出众,再加上人脉广阔,这些才是服人的根本。"

沈虞心虚地"嗯"了一声,感觉自己的胸腔被周宪插了两刀。完蛋了，这段日子她光情情爱爱了。

挂电话前，周宪留下了一句惯常说的话："有问题给我打电话。"

电话挂断后，沈虞悄悄抬眼，看了眼温折。男人也看着她，目光一直未动："周宪？"

沈虞不知道温折听到了多少："是。"

温折淡淡道："我记得周宪是家中独子。"

"好像是的。"沈虞想了想，点头。

"你是他的远房亲戚？"

"不是。"虽然不知道温折为什么对周宪有兴趣，但沈虞还是回答，"周宪是我外祖父的学生，和外祖父感情很好，被外祖父收为义子，我喊他一声舅舅。"

温折细细地看着沈虞的眉眼，缓声问："这些年，都是他照顾你？"

"差不多吧。"沈虞无所谓地耸耸肩，"沈光耀不敢管我，也只有他能管我了。"

"他都三十几岁了，还没女朋友？"

周宪大忙人一个，沈虞一个月见不着他一面，哪里知道这个？于是她奇怪地瞥了眼温折："不清楚，但没见他带过女人。"她乐了，"你想给他介绍对象啊？"

温折没有理她："你以前有事都会找他？"

沈虞继续埋头吃饭，这儿的羊排味道极好，她快乐地眯起眼睛，随口糊弄温折："找呀！毕竟我舅舅这人办事靠谱儿。"

温折没再说话，只安静地坐在她身侧，看着沈虞埋头吃饭。

沈虞见他不说话，也不吃饭，转头问道："你不吃了吗？"

"吃不下去了。"温折面无表情。

沈虞："不合胃口？"

温折抿紧薄唇，突然伸手用力掐了下她的脸颊。沈虞疼得龇牙咧嘴："干吗呀？吃饭呢！"

温折胸腔里那股闷气咽不下出不来，他看着这没心没肺的女人，更是气得快要说不出话："你就知道吃。"

当晚,沈虞刷新了战绩,几乎一个人吃完了整份羊肉小排。她本想再好好和温折去散散步、逛逛街,好好温存一番,结果这刚到手没几天的便宜男朋友突然就该死地忙了起来。

"我得回去处理工作,"温折坐在车后座上,"先送你回去。"

到了家楼下,沈虞眼巴巴地看了他一眼,对突然分开有些无所适从。毕竟二人在苏城始终住一个酒店,整天抬头不见低头见,这回了京城,可不就相当于异地恋吗?

沈虞拉了拉温折的手:"你不和我说点儿什么?"她意识到,似乎从吃饭的时候起男人的情绪就不高。

温折轻声问她:"想听什么?"

沈虞小声笑,把头微微靠近他,声音也低了下来:"听点儿好听的。"

两人在后排窃窃私语,眼看着这暧昧的气氛都冲到了车厢顶,李宗自然是个懂事的:"我出去抽根烟。"

说完,他拉开车门,头也不回地"抽烟"去了。

本来还没想做什么,结果李宗这突然一插话,沈虞觉得似乎不想做点儿什么也得做点儿什么。

而温折的目光也慢慢开始变化,他用微凉的指尖拂上沈虞的侧脸,呼吸轻浅,声音带着蛊惑:"说不如做,你觉得呢?"

沈虞的脊背紧紧贴上座椅靠背,她望见男人的目光掠过她的唇瓣,眼中也渐渐掀起涟漪,其中的意味和暗示不言而喻。

沈虞无措地捏紧裙摆,长长的睫毛像蝴蝶的翅膀般轻轻颤动。

在苏城的这么些天,温折应该是刻意给她适应的时间,每次亲昵都是发乎情止乎礼,浅浅触碰,一碰即离。但今天,温折的视线传达出的意思似乎并没那么简单,那是一种肆意的、侵略的、占有的眼神。

温折侧身,高大的身子俯于沈虞上方,围成一片阴影,铺天盖地地将她笼罩住了:"给我亲一口,嗯?"

沈虞没说话,但闭上了眼,手指紧紧地攥住他的衣襟。她的脑袋被灼热的掌心捧住,男人清冽的鼻息轻轻拂于面颊,高挺的鼻尖抚慰般轻轻蹭了下她的。

柔软的薄唇贴上她的，辗转厮磨，男人似乎很快便不满足于唇瓣间的触碰，舌尖迂回却又强势地贴近她的唇缝，随后撬开，长驱直入。

沈虞全身一颤，想往后躲，但被温折按住了。他的黑眸定定地看着她的脸，唇齿间的动作谈不上温柔，甚至算得上急迫与凶狠，与他本人外表所展现的淡漠截然不同。

沈虞躲又躲不掉，哼哼唧唧地呜咽着求饶，但温折今晚沉默又急切，攻城略地，就是不肯放过她分毫。

这是一个漫长又压抑的吻。不知过了多久，温折的呼吸稍不平稳，他微微往后退了几寸，看见沈虞红着眼角，被亲出了满眼的泪花。

她揉着通红的唇瓣，又抹去嘴角的水渍，美眸狠狠地瞪了他一眼。

温折眼眸一沉，没有犹豫，俯身欲再次咬上沈虞的唇瓣。

沈虞要疯了，别过头，伸手便推他："不亲了，不亲了！"

"我轻点儿。"

沈虞动作一顿。温折顺势按住她的手臂没再用力，只温柔地、轻轻地吻她的唇角。

沈虞顺势环抱住他的脖颈，沉迷于这种温存，听见他温声问："喜欢我吗？"

"喜欢。"

"第一喜欢吗？"

"第一喜欢。"

"那我和周宪掉下水，你先救谁？"

正沉迷于男人温柔声音的沈虞突然睁开了眼睛。

温折的这个问题，就好比媳妇问老公："我和你妈掉下水，你先救哪个？"所以，温折为什么要拿这样一个千古难题来为难她？

沈虞很想装死，但温折依旧捏着她的后颈，语气轻柔地问道："嗯？"

沈虞自小就是个识时务的人，具体表现在见什么人说什么话。于是她义正词严："救你！"反正周宪会游泳。

温折似乎只想听个让他舒坦的答案，也懒得细究这其中的缘由。他愉悦地拍了拍她的后颈："回去吧。"

218

沈虞在心中哼了好几声，用手抓住温折规整的领带往下扯："幼不幼稚？舅舅真的只是舅舅，我很感激他。"

温折把领带从她的手中解救出来，随后搂着她的腰，把她放在大腿上。

"我知道。"他眼神异常认真，闷在心口一整晚的话终于找到了出口，"但现在我是你的男朋友。我希望你有任何事情，我是第一个知道的，也是第一个照顾你的。"

沈虞的嘴唇张了张，心脏像是被人用羽毛挠了下，酥酥麻麻的。

从外祖母去世以后，再也没有人和她说过这种话。周宪毕竟是个大她不多的男人，又非亲非故，面对他时，她会收起所有的棱角，生怕给他造成任何麻烦。

但温折不同。他们是平等的关系，温折也是她最能依靠的人。

沈虞的眼睛泛酸，眼泪不争气地盈满眼眶，被她硬生生地憋了回去："知道了。"

温折揉了揉她的后脑勺儿："嗯。"

两人静静地依偎了很久，也不知道李宗抽了几根烟，温折轻拍沈虞的脊背："好了，回去吧，早点儿休息。"

沈虞下车时，脸颊通红，嘴唇也有些肿，一看就知道没做什么好事。

生怕李宗看见，她小跑着进了公寓楼，须臾就不见了踪影。

次日，沈虞恢复正常上班。鼎越的实习期有两个月，如今已经过去一个多月了，但沈虞待在鼎越办公楼的日子还未达半个月。

温折在苏城耽搁的时间回京后全都要补回来，所以这几天他经常没日没夜地加班。与此同时，下面的部门自然也要紧锣密鼓地工作起来。

沈虞不知道有多少人知道她和温折的关系，但可以肯定世上没有不透风的墙，这种事大家多多少少都知道，只是未在她的面前表现出来而已。

真正让沈虞觉得不对劲的是——

之前一天找她八百次的郑林今天安安静静的，之前一沓沓往她的桌上放文件的琳达今日不见人影,之前天天和她闲聊相亲男的几个同事全都不见了。

没有那么繁重的任务后,沈虞完成工作很快,这几天基本能准时下班。

这天下班,她照常和同事李玟一起。温折最近忙,也好几天没顾上和她一起吃饭,今天下班时他倒是给她发了信息:"停车场等你。"

沈虞握紧手机,压下快要弯起的唇角,止住脚步,和李玟说:"小玟,你先走吧。"

李玟:"你不走了吗?"

"我男朋友来接我。"沈虞有些心虚地捋了捋头发。

"哦,男朋友……"李玟重复一句,又突然激动起来,"男朋友!"她往四周看了看,又连忙拉着沈虞往边上走,压低声音:"你和温总真的在一起了啊?"

沈虞也握紧了她的手:"你们都知道了?"

"有这个风声,但不敢确定,也不敢乱传八卦。"李玟崇拜地看着沈虞,"我真佩服你啊小虞,一来就把我们这儿整个风投圈的顶级男神给拿下了。开个班吧,我跪着听。"

沈虞一听,不太好意思地抿抿唇:"其实温折吧……挺好追的。他就喜欢听情话——越土他越爱。比如,他喜欢听'你是我的神'。"

李玟满眼"你不是在开玩笑吧"的神色,又看着沈虞那张漂亮的脸蛋儿,心道:鬼才信你的话呢。

两人站在马路边没说几句话,身后传来了轿车的喇叭声。沈虞一看,竟然是温折的车。

大概她和李玟耽搁了太久,他便从停车场直接过来了。

温折从后座下车,站在门边,看了眼手表,皱眉道:"我在停车场等了你很久。"

在公司楼下,他这么大张旗鼓地来接人。

正是下班高峰期,不少人从写字楼里出来,便看到大老板牵着那位漂亮的实习生的手,十指相扣地上了车。

一时间,公司的整个内部群都炸了。

"我还以为是谣言，没想到是真的啊！那个实习生有照片吗？到底有多漂亮？"

"呜呜呜！我真的要从鼎越二十四层跳下去！黄河的水，我的泪，温总谈恋爱我失恋。"

有人发了沈虞的照片。

"我是目击者。我可以证明，他们真的在一起了。"

"天哪！高糊都挡不住的美貌，女娲炫技之作。"

"两周啊！半个月啊！这就在一起了！跪求这妹子开班。"

…………

公司群信息爆炸，而自觉不当电灯泡的李玟自是没敢答应上温总的车回家，边看群消息边往地铁站走。

她还没走出几步，前方突然传来一道清澈的嗓音，有人挡住了她的去路："小姐姐，你好。"

李玟抬起了头，看向眼前这个满身名牌、妆容精致、嘴角露出得体笑容的女人："你好。"

"我是你们温总的高中同学，平时就在这座写字楼里上班。"沈弯弯自报家门，看着李玟狐疑的神色，她的眸中恰到好处地露出些黯淡，"我从高中起一直暗恋你们温总。但我刚刚看到……

"那个女生，是他的女朋友吗？"

看到眼前女人灰败的脸色，李玟心中感慨：又是个为情所困的女人。

她同情地拍了拍沈弯弯的肩膀："是的，温总刚交的女朋友。妹子，爱要大胆说出来，现在人交女朋友了，你换个人喜欢吧。"

说完，李玟不忍看其落寞又破碎的神色，摇了摇头，径直就离开了。

她未看到，刚刚眼中还满是脆弱的女人一瞬间扭曲了表情。

沈弯弯死死地攥着手，感觉到指甲陷入肉里的疼痛，才堪堪从快要失控的情绪中脱离出来。

一周前看到沈虞朋友圈里的那张照片，当晚，沈弯弯一夜无眠。

如果说之前那个视频还只是巧合，那二人一起同游苏城则是光明正大地把他们的关系宣之于众了。

她不甘心,日日到温折公司楼下偷看,直到看到刚刚那幕,又在李玟口中得到了确切的消息。

沈虞勾引陈和泽还不够,竟然还能重新勾搭上温折。

而如今事业有成、一帆风顺的温折,竟然还能和这个给他带来过万千屈辱的女人在一起!

沈虞她凭什么,凭那张妖精似的脸来卖弄风情吗?沈弯弯死死地咬着下唇,眼中是无穷无尽的不甘和怨毒。

为什么当初车祸都没有撞死沈虞?沈弯弯极尽恶毒地想:要是沈虞再出点儿意外就好了。

突然,沈弯弯脑中的某个念头一闪而过,随后像是着了火般愈演愈烈,有将所有理智焚烧殆尽的趋势。

是啊……没有意外,她制造点儿意外不就行了?

沈虞坐在车上,手机突然"嗡嗡"地振动了两下。师兄宁祁给她发了个文件,沈虞定睛一看,发现是导师宋昆手上新接的一个项目。

"师妹,你有兴趣吗?这个项目现在还缺人手。"

沈虞粗略地翻了翻,知道这个项目的含金量很高,很有参与价值,于是回复:"有,带我一个。"

"好,机会难得,我帮你报名了。"

沈虞回了个"OK(好)"的表情。

"工作忙得过来吗?"温折瞥了眼沈虞的手机屏幕,"还有时间做项目?"

"当然忙得过来。"沈虞收起手机,抬了抬下巴,"你可别小看我。我以前可是为了写论文、考证一天只睡五个小时,全靠咖啡续命。"

她靠在温折的肩上,语气颇有些骄傲:"我可是很优秀的——邵老师、宋老师都喜欢我,琳达姐也没说我一句不好。"

说完,沈虞还胆大包天地拿手拍了拍温折的脸。温折没和她继续胡闹,反而轻捏她的后颈,低声问道:"不会累吗?"

他的目光有些涣散。十七岁的沈虞,一学习就偷懒,他还不能说,一说她就撒娇。

沈虞瞥了眼温折,懒散地往他身上靠:"会累,但我更不想一事无成。"她搂住温折的脖颈,笑嘻嘻地凑上去亲了他一口,小声在他的耳边道,"我的男朋友这么厉害,我也不能差呀!"

他们几天没怎么见,难得这么温存一会儿。温折抱紧人,轻轻地将下巴放在她的头顶上,轻声问:"今天想吃什么?"

沈虞眼睛一亮:"你亲自下厨?"

"你喜欢我就做。"

"那我要吃红烧肉!"沈虞扳着手指,"再来个水煮鱼片。"

说完,她又瞥了眼温折,自觉非常有道义地说:"剩下一个蔬菜名额,留给你点吧。"

"那就青菜。"

沈虞皱起鼻子:"不喜欢吃青菜。"

"不喜欢也要吃。"温折当然知道她挑食,非要治治她这个毛病。

"下次不给你名额了。"沈虞极为惋惜地哼了一声。

他们说话间,轿车开到了温折的公寓所在的小区。温折示意李宗把车停在小区的超市门口,牵着沈虞去买了菜。

逛到蔬菜区时,沈虞正欲就买不买青菜一事和温折据理力争一下,包中的手机"嗡嗡"振动了两下。

打开手机,看到是宁祁打来的语音通话,沈虞只能先接电话:"喂,师兄?"

宁祁有些抱歉地说:"不好意思啊师妹,我通知你晚了,项目名额满了,成瑞那边说不需要人了。"

成瑞就是这次宋昆需要合作的公司,在业内颇负盛名,她若得到公司领导的器重,绝对是一条可遇不可求的人脉。

闻言,沈虞有些失望。但这事自然也怪不了宁祁,她这些日子几乎不在学校,得不到一手资源,自然竞争不过别人。

宁祁:"这次宋老师应该是有意给程朗制造机会,毕竟上次的实习……"

听他欲言又止,沈虞忙接话:"我明白的,还是谢谢你,师兄。"

"客气了。"说完,宁祁便挂断了电话。

沈虞面露沮丧,把手机重新塞进包里。也是,她这阵子净谈恋爱去了,实习工作本就繁重,学校那边的任务更是停滞了。

温折刚把一把小青菜放进购物车,转头便看见了满脸幽怨的沈虞。

她气呼呼地鼓腮:"我的项目都没了!你还让我吃小青菜!"她索性开始耍赖,"这日子没法过了!"

温折的眉心跳了跳,他说出的话冷漠无情:"项目没了,也要吃青菜。"

沈虞一跺脚,一口气还是没出来:"你做了我也不吃!"

温折边推着购物车,边看向沈虞。女人绷着张脸,看起来非常不爽。

他感觉有些好笑:"什么项目?"

"成瑞集团的。"沈虞抱着臂,"宋老师跟的大项目,多好的机会啊,就这么没了。"

"成瑞?"说话间,温折从货架上选出一盒新鲜的五花肉,用一种说"这块肉不错"的语气轻飘飘地道,"我与成瑞的何总有交情。你要真想跟着宋老师参与这个项目,我和何总说一声就行。"

刚刚还"叽叽喳喳"的女人瞬间安静了。温折斜眼看过去,沈虞冲他眨巴眨巴眼:"那个——这是可以做的吗?"

"周宪没告诉你这么个道理?人脉就是拿来用的。"温折把五花肉放进了购物车,眉峰微挑,"放着捷径不走,傻子吗?"

沈虞咽了咽口水,还未从自己突然就抱上这么个黄金大腿的冲击里反应过来,也从未有一刻这清晰地意识到——温折的能力和人脉绝不是随便说说的,甚至不输周宪,远超沈光耀。

随后,她又有些后知后觉地吃惊——她竟然就这么拿下了这样一个男人?

一路上,沈虞连走路都有些轻飘飘的,听见温折和人打电话,电话那头的人大概就是成瑞的何总。

待温折挂了电话,没过多久,宁祁的消息又发了过来:"好消息!成瑞那边放宽名额了,宋老师重新把你报了上去。"

而这一切就发生在温折打了个电话以后，沈虞甚至有些反应不过来。

哪怕是周宪，也不会这么无底线地给她走后门，而是会给她提供尽可能多的机会，至于能否把握得住，全看她自己。

就这么胡思乱想着，沈虞被温折牵着进了家门。

看着在外西装革履的男人为了给她做饭系上了围裙，沈虞难得生出些患得患失之感，从后头环抱着温折的腰，一言不发。

外婆去世后，再没人这么无原则地对她好过。

手上洗菜的动作一顿，温折感受到背后的小脑袋，放轻了声音："怎么了？"

沈虞闷声道："就是想抱你。"

"你这么抱着，我怎么做饭？"

沈虞可不管："那你想办法。"

温折："……"

十分钟后，沈虞这么个大型人形挂件被温折径直抱上了沙发："坐好，在这儿等着。"

说完，温折径直回到厨房，还"哐当"锁上了门。

等待吃饭的时间里，沈虞闲着无事刷起了手机，突然看到师妹许雯给自己发了条消息，是一张截图，上面是十分钟前程朗发的一条极其阴阳怪气的朋友圈——

"某些走后门的垃圾人，到底能不能要点儿脸？是真把别人当傻子吗？"

评论里另一个课题组的人问："怎么了兄弟？"

程朗回复："遇到个极品的'后门咖'。"

"是不是上次抢你实习名额的那个院花？"

后面程朗没再回复了，显然是默认。但这个人还不满足，继续调侃："要是院花啊，那就正常了。"这人还配了两个"坏笑"的表情。

许雯很是愤怒："师姐！你快看，这个人在朋友圈里内涵你！"

沈虞没什么表情地看完，随手退出对话框，找到程朗的微信，把截图甩过去，结果屏幕上显示出一个大大的红色感叹号——

"对方开启了好友验证,你还不是他的好友。"

沈虞沉沉地吐出一口气,以缓解胸腔中沉沉的怒火。她重新给许雯发消息:"不用理他,小狗乱叫而已。"

但她当然气不过。她向来记仇,程朗不但骂她,还把她拉黑了,这气谁爱忍谁忍。

她狠狠地捶了下沙发:"狗东西!"

结果刚骂出口,她便听旁边传来了温折的声音:"吃饭。"

沈虞一噎,后面的骂声也顺势消失在了温折的视线里,灰溜溜地咽下口中的骂骂咧咧,走向餐桌。

温折用饭勺柄轻敲她的脑袋:"又怎么了?"

沈虞不至于把这点儿破事也拿出来说,只摇摇头:"遇到个极品。"

她伸手就夹了块肉,又香又软糯,好吃到咬舌头,幸福地眯起眼睛,满腔怒火瞬间就散了:"好吃!"

前一秒她还在生气,后一秒情绪说走就走。温折笑着摇摇头,没再问,坐下吃饭。

又是一顿丰盛的晚餐。吃完饭,沈虞满脸餍足地打了个哈欠:"好饱呀!"

趁着温折洗碗的空隙,沈虞揉着肚子在客厅里乱晃,四处走走停停,看到什么都拿下来看看,直到走到阳台——那里有一台跑步机,旁边有一个秤。

恋爱后数次跟着温折胡吃海喝,刚刚还吃了两碗饭的沈虞,头一次对这玩意儿产生了种类似于惧怕的情绪。

她咽了咽口水,试探着朝秤的方向挪去。

沈虞的脚尖几番试探,最终轻轻搭在了秤的边缘上,她心一横,往秤上一踩。

几秒后,她睁眼——四十七点五千克。

五斤……她胖了整整五斤,这不可能!

"温折!啊啊啊!"

阳台的惊叫声惊动了温折。男人连手都来不及擦就从厨房跑出去,看着满脸惊恐的沈虞,拧着眉:"怎么了?"

沈虞伸出一只颤抖的手指,指着秤让他看:"你家的秤坏了。"

温折俯身看了一眼:"没坏。"

"就是坏了。"沈虞抓狂地从秤上跳下来,"不然我就是胖了五斤!五斤你知道是什么概念吗?你今天买的那么一大坨五花肉才两斤!"

温折看着她焦躁的小脸,别过头,没忍住,"扑哧"笑出了声。

笑完,怕人崩溃,他把人按在怀里拍了拍:"但你现在比以前更好看了。"他又轻轻捏了下女人柔软的腰肢,"多点儿肉,抱着舒服。"

沈虞瞪他:"你少来这套!男人都是视觉动物,现在好言好语地哄着我,以后我要是胖了,第一个腻味的也是你!"

说完,她便懒得理会只会画饼的男人,两步踏上跑步机,慢走起来。

温折试图和她讲道理:"你身高一米六八,体重一百二十斤左右是最健康的。而且你刚吃完饭,应该比平时重一斤。"

"你的意思是我今晚吃了一斤饭?我怎么可能吃那么多?!"

温折:"……"

"走走走。"沈虞干脆伸手推他,"我才不信你。"

女人的行动力是最强的,没一会儿,沈虞便从网上下载了好几个健身视频跟着练。

温折洗完碗,正擦着手,转头看见蹦蹦跳跳、满头大汗的沈虞,额角抽了抽。

他依稀记得很多年前也是这样,她明明瘦得风都能吹倒,还天天嚷嚷着减肥,吃起饭又不停,矛盾又可爱。

温折轻笑着摇头,在心中叹了口气。他加了一周的班,攒了今晚的时间陪人,结果沈虞陷入了自己的世界。

"想出去吗?"

"不想。"

"看电影呢?"

"不想。"沈虞呼出一口气,朝温折看去,"你要不要陪我一起跳操?"

温折面无表情:"不了。"

跳了两个小时的操，沈虞深吐一口气，只觉得神清气爽。她抹了把头上的汗，走向正闲散地靠在沙发上、有一搭没一搭地看新闻的男人。

她凑过去时，温折似乎还有些嫌弃她满身的汗味，稍稍往旁边避开，指着桌上的纸巾："把汗擦擦。"

沈虞见他还敢躲，愣了下，坏心一起便凑上去，直接往人怀里一倒，呼出的热气全扑在他的颈间，将汗珠在他的衣领上擦了个干净。

温折躲避不及，被她满头的汗蹭个正着，难得失了冷静，气得抵了下舌尖："沈虞！"

沈虞还仰头去亲他："你嫌我？"

就着坐在男人身上的姿势，沈虞居高临下地吻着他。她动作生涩，但哪怕是这样，也立刻让温折的呼吸失了刚才的平稳。

他很快反客为主，也不管什么汗不汗的了，力道重得似乎要把她揉进怀里。

下一秒，沈虞的身体往下滑去，她感受到他的反应，身体剧烈一颤，但没犹豫便把手放在了温折的衣襟上，慢慢地解着他衬衫的纽扣。

"温折，"衣料摩擦间，沈虞低声问，"你希望我今晚留下来吗？"

温折的睫毛一动，露出一双充满情欲的眼眸，他深深地看着她，没有说话，但宛如疾风暴雨般的吻说明了他的答案。

沈虞纤长的睫毛微颤，细软的小手继续摩挲着去解温折的纽扣。

一颗、两颗……她一直往下，到男人从未在她面前解开过的第四颗，再往下，她的动作一顿，模糊的视线突然定格——

透过解开的衣襟，沈虞看到温折左侧的肋骨处似乎有一个图案，好像是……文身？！

她用力眨了下眼，一时还以为自己看错了。

沈虞再欲细看，温折却浑身一震，突然将她移开。下一秒，他便开始系衬衫扣子，将那个图案隐藏在了衬衣后面，双眼也从满是欲望变得清明。

大脑还在发蒙，沈虞却听见温折哑着嗓音说："我送你回去。"

沈虞好不容易燃起的小火苗被温折一句话扑灭，宛如有一盆冷水当头浇下。

她看着温折一点点系扣子的动作,那个从眼前一闪而过的图案被他彻底地藏在了衬衫里面。没人再说话,空气中原本的暧昧氛围渐渐烟消云散,变成一股快要凝固的沉默。

沈虞也终于从刚刚火热的情绪中清醒过来。

究竟什么样的文身,能让温折从那样的氛围脱身而出,又这么不想让她看到?沈虞想破脑袋,找了无数种借口,也无法否认这一事实——那个文身代表的不是别人,只可能是他的前女友。

她甚至想:温折这样的人到底得爱到什么程度,才会把一个女人的印记刻在身上?

左胸口是靠近心脏的位置,她想到这里,鼻子突然就酸了,从未有过的失望和难过一瞬间席卷全身。

她曾告诉自己,也告诉梁意:珍惜眼下。

但她无法忍受男朋友身上永远刻着别的女人的印记。

她全身的温度突然就冷却了下来,温折沉默着想要去拉她的手,却被她一下避开。

沈虞哑着嗓子道:"别碰我。"

温折看着她慢慢变红的眼尾,满身的无力感涌上心头,极其头疼地按了按眉心,突然觉得前路像个死胡同,找不到破局的方法。

咬了下舌尖,他强势地把人从沙发上抱起来:"不管你怎么想,不是你想的那样。"

沈虞伸腿就要踢他,质问道:"那是哪样?你敢让我看吗?你爱她爱得快要死了吧?"沈虞眼眶都红了,强忍着不让眼泪掉下来,"你还对我这么好干什么?

"温折,咱俩分了吧,趁着感情还没那么……"

温折眸中的戾色一闪而过,他迈出两步,把人按到墙边,胸腔重重起伏,眼中还带着未散的情欲,低吼出声:"沈虞!我真不欠你的!你把我当狗吗?说要就要说分就分!"

沈虞被他这么一吼,吓得连眼泪都憋回去了,满腔的悲愤和委屈突然就落不到实处了。因为……温折的状态好像比她更加失控,伴随着一种扑面而来的窒息和压抑。

沈虞含着一汪眼泪，尽管有满肚子的理，但潜意识似乎在告诉她——不能再说了。良久，她低闷地憋出一句："我想回家。"

温折没动，只是抱着她，脸颊埋在她的颈侧，炽热又急促的呼吸一下下地喷在她裸露的肌肤上，显然还在平复情绪。

"沈虞，"他喊她，"最后一次。"

沈虞："嗯？"

温折松手，把人轻轻从墙上放下，冰凉的指尖一下下轻抚着沈虞莹白的脸颊，缓声道："这是我最后一次从你嘴里听到'分手'两个字。"

沈虞垂下双眼："你不会和我说分手吗？"

"不会。"

"但那个文身……"

"洗掉。"

自那晚后，沈虞开始繁忙，温折则天天加班，两人极有默契地给了对方一段冷静期。

除了实习的工作，沈虞晚上开始忙这次跟的项目，暂时也没有时间去梳理和温折的关系。

好死不死的是，她这次和程朗分在了一组，共同负责对接成瑞的一个高层。

对宋昆的学生，业内的人自都会让三分薄面，沈虞跟进项目时还算轻松。唯一让她烦心的便是程朗了。她和程朗的不对付已经不在暗处，两人间的剑拔弩张甚至快要到了连工作也没办法进行下去的架势。

沈虞他们负责的是营运模块，需要计算的数据复杂，参考的文件也多。但沈虞和程朗意见不一，就方案的展开各执一词。

项目进行不下去，再加上实习工作繁杂，和温折的关系进入冷静期，一切都让沈虞大动肝火，她的嘴角甚至都起了一颗疱。她索性懒得再和程朗说一句话，憋着满肚子的火熬了几个大夜，把整个模块的工作全部按照自己的想法做了出来。

第二天正是周三，也是沈虞唯一不需要去鼎越的工作日。

她一大早就去成瑞和那位高层——成瑞的财务部副总监对接。

高层问:"这份是你一人完成的?"

沈虞点头,礼貌地说:"是的,有问题您随时和我联系。"

周三学校还有课,带着满身的疲惫,沈虞坐在了教室的角落里。老教授的嗓音仿佛是催眠的摇篮曲,沈虞靠着墙,没几分钟眼皮便奄拉了下去。

午后的教室,炽热的阳光透过窗户洒在桌上,本该岁月静好的时光,沈虞却陷入了深深的梦魇。

久违地,沈虞又梦见了他。只是,那个一直淡漠的、骄傲的少年,唇色苍白,眼神冷得像冰。

依然在学校后门的那棵老枫树下,男生一动不动地看着她,像是要看进她的灵魂:"你喜欢我吗?"

"喜欢……啊!"

"多喜欢?"男生突然上前一步。

沈虞却退后一步,背在身后的手紧张地揪了起来:"很喜欢。"

男生别过脸,应是在笑,只是面色透着惨白:"你敢看着我的眼睛说吗?"

沈虞:"我……"

她想问他怎么了,但男生突然情绪激动起来,倏地制止住她,声音愤怒又无力:"你别说了!"他一字一顿,"我最恨别人骗我。"

沈虞眼神一闪,眸中显出些慌乱来。她还未说话,就直接被男生的下一句话钉在了原地:"初见乍惊欢,久处仍怦然。"

他惨然一笑:"是不是很熟悉?"

沈虞的脊背顷刻间涌上了一层凉意,她猛地抬起头,眼中的慌乱和害怕几乎快要透出来。

而男生的脸色也越发阴沉,额角甚至泛起了青筋,那是一种由于极致的失望和愤怒才能展露的表情,他一字一顿,"沈虞,这么坑我有意思吗?"

男生一步步往前走,双眼通红:"看着我一点点地挣扎、沉沦、失控,是不是觉得很好笑?"

沈虞拼命摇头,一步步往后退,直到脊背抵上老枫树,退无可退。

"回答我！"他嗓音嘶哑，带着歇斯底里的绝望。

沈虞："不是……"

话还未说完，她却见男生重重地一拳砸在树上："你不用说了。我恶心。"

心脏像是破了洞的小口子，"嗖嗖"地灌着冷风，沈虞眼睛通红地看着男生走远，直至消失在看不见尽头的竹林里。

眼泪悄悄地顺着脸颊滑过，沈虞靠着树蜷缩成一团，瘦弱的脊背剧烈地颤抖着。

她实在想不通，为什么整个世界突然就这般天翻地覆？

她唯一的亲人——外祖母突然病重，在重症监护室里生死不明。她怀揣着满腹的绝望，想找那个唯一能倚靠的肩膀，但丑陋的真相突然被揭开……她失去了最后的安慰。

梦中是无穷无尽的绝望，像是深渊、黑雾般缠绕着裹挟而来。

沈虞的身体不断下坠，呼吸也越来越艰难，就在窒息的前一秒，她猛地从梦中惊醒。

夕阳西下，课程不知道何时早已经结束，整个空旷的教室里只余她一个人。天色已黑，凉风吹着深蓝色的窗帘，洒下一圈圈阴影，整个教室像是吃人的巨兽。

沈虞揉着昏沉的眉心，头重脚轻地从椅子上站起来。深重的疲惫涌上来，她头痛欲裂，抚摸着自己的额头，很烫，应该是发烧了。

偏偏刚走到教室门口，她就遇见了一张不想遇见的面孔——程朗。

程朗显然来者不善。

她嗓音喑哑："你过来干什么？"

他表情阴郁，极其轻蔑地上下打量着她："把温折伺候得爽吗？"

沈虞头疼，实在懒得和他吵："滚开，好狗不挡道。"

说完，不等程朗让路，她便一把推开他，快步往走廊走去。

"别走啊。"程朗跟在她后头，极尽侮辱，"和我说说你是怎么伺候的呗，我下次就找你这样的。"

沈虞猛地顿住脚步，语气如冰："程朗，我今天没有心情和你吵。你等下次，看我不废了你。"

说完,她继续往前走,走到楼梯间,却被程朗伸腿拦住了去路。

"你又使了什么手段让高彩民采用你的方案?"

高彩民就是今天和沈虞对接的那个副总。

沈虞闭了闭眼,压下胸腔间排山倒海的恶心:"让开,我最后说一遍。"

程朗依旧没让她走,反而凑近几步,语气下流又轻佻:"不如也陪我睡一晚上呗?"

沈虞扬起手里的包就往他的脸上砸:"你是不是要我把你剁了喂狗?"

程朗被她这么一砸,彻底撕下了脸皮,愤怒地就要扇沈虞一巴掌。但沈虞三年的空手道可不是白学的——她侧头躲开,顺便按住他的手臂,一拉一掰,程朗的手肘就脱了臼。

他惨叫一声,翻着白眼,朝楼梯间外的走廊喊道:"救命,救命!快来啊!再不来我要死了!"

还有人?!

沈虞眉峰一拧,正要往后看,突然,一股极大的推力从背后袭来。见状,程朗重重甩开了她的钳制。沈虞本就生病了,体力不支,在合力作用下猛地往楼梯摔去,随后一脚踩空,顺着高高的楼梯滚了下去。

这一跤摔得极重,以致沈虞从楼梯滚下后,惯性作用还使得她的后脑勺儿重重地撞上了瓷白的墙壁,发出沉闷的声响。

痛……全身散架般痛,沈虞努力睁眼,眼前却模糊一片。

彻底昏过去前的最后一秒,沈虞透过层层叠叠的血雾,看见从程朗身后走出个女人,抱臂站在楼梯上,居高临下地看着她。

第八章
旧忆重现时

变故就这样发生在一瞬间。

程朗瞳孔骤缩,满目惊慌地看着从楼梯上高高滚落的沈虞。她躺倒在地,大概是因为疼痛,全身都蜷缩在一起,浓密的黑发挡住脸,看不清具体情况。

"怎么办?"他害怕得连手指都在抖,指向跌在地上的沈虞,然后惊恐地发现,她的头下慢慢地流出一摊血,触目惊心。

"啊啊啊!"程朗抱住脑袋,拼命摇头,"不是我做的!"

他指向面前的人,慌忙地推卸责任:"是你!是你推的她!"

随即他便被沈弯弯甩了一巴掌。

她瞪大眼睛,表情再无平时的半分温婉:"蠢货!喊什么?"

沈弯弯是程朗在半个月前认识的。在学校的咖啡店里,她不小心弄洒了他的咖啡,随后抱歉地问他要了微信,要把钱赔给他。女人笑容无害,气质优雅,宛如一朵高贵的莲花,和嚣张恶毒的沈虞完全不同。

后来熟悉了,两人经常会聊天儿,沈弯弯甚至会约他出去。巧的是,他眼前这个善良温柔的女人竟然是沈虞的姐姐!

而沈弯弯似乎和他一样,也经常受到沈虞的欺负和排挤。

"你知道当初沈虞为什么要抢你的实习名额吗?"沈弯弯把手中的照片递给他,画面上,沈虞被鼎越总裁温折牵着上了豪车,"她踩着你夺得名额,然后勾引了鼎越的总裁。"

说这些话时,沈弯弯语气轻柔,看起来尤其自责:"说起来都怪我,没有担好教妹妹的责任,让她肆意妄为,伤害了别人……我代她对你说一句'对不起'。"

程朗听得大动肝火,当即决定要替沈弯弯教训沈虞。

"别,你别为了我强出头。"沈弯弯拦下他,"沈虞很有手段,后台很多,不止温折,优创银行的周宪,甚至你的导师宋昆,都可能是她的入幕之宾,我怕你吃亏。"

程朗冷笑,心道:这种女人还能一手遮天不成?

随后,沈虞靠着"走后门"硬挤进项目组,处处和他争锋挑事,今天还撇开他直接向高彩民交了材料!

积年的怨恨沉淀,真有将理智浇灭的趋势,程朗当下决定要去教训沈虞这个嚣张至极的女人。

沈弯弯似乎担心程朗做过了火,一边劝他理智一点儿,一边跟了过去。

程朗安慰她,表示自己只是吓一吓沈虞,让沈虞收敛点儿——他一个男人还能被一个女人欺负了不成?他并没想做什么,顶多只是恐吓她,却没想到,最后下死手的竟然是这个看起来人畜无害的沈弯弯!

程朗不是傻子,明白今天情况混乱,和沈虞起正面冲突的只有他,沈虞甚至没有看到沈弯弯!如果沈弯弯咬死不认,倒霉的只有他!

他想通这一茬,脸色变得异常难看。他向来是个利己主义者,清醒得也快,伸手就掐住了沈弯弯的脖子:"你什么意思?借刀杀人?"

沈弯弯眯了眯眼,完全撕破了面皮,梗着脖子讥诮道:"程朗,我给你三秒,不想把牢底坐穿,就放开我。"

程朗死死地咬着牙,放开了手。

"这次的事,只要你认罪,我就有办法保住你。"

程朗:"你放屁!"

沈弯弯耸肩:"你要么信我,要么供出我。只不过你应该知道我爸是谁,他不可能让我出事。"

面前的女人看起来依旧无辜,但这一瞬间,程朗全身发冷,只觉得她是个良知泯灭的恶魔。他眼眸冰冷,彻底清醒了过来,颤着手从口袋中摸出手机拨打了120:"我还没你这么恶毒。该认的罪我认,不该认的罪,你休想让我替你认一分。"

沈弯弯表情剧变,连忙要去抢手机:"不准打!让她去死!这儿是监控死角,只要我们统一口径,这事根本死无对证!"

程朗觉得这个女人已经不能用"恶毒"来形容了,简直就是个疯子。二人争执间,突然,安静的楼梯口传来一道尖叫声。这儿是经济管理学院的教学楼,这个时间段,老师下班,学生下课,基本不会有人来,此时却出了变数。

"师姐!"许雯抱紧手中的书包,连脸颊上的肌肉都在颤抖。她抬起头,犀利又难以置信的眼眸直直地向楼梯上的两人看去。

鼎越资本,二十三层会议室。

温折今天会见的是绿园科技的刘介,自从苏城产业园考察回来后,第一笔资金已经投了进去。但其间问题多如牛毛,故而他们今天的会议氛围异常紧绷。

刘介对于管理层的问题避重就轻,始终给不出个确切的解决方案。

气氛凝滞间,温折松了松领带,本就所剩不多的耐心在这个下午更是接近于无。

他的右眼皮不时跳动,胸腔间满是即将破笼而出的烦躁和不耐烦。

他有一搭没一搭地用钢笔轻敲着桌面,突然没握稳,钢笔从指尖掉落,重重地落在了地上。昂贵的钢笔从中间断开,漆黑的墨水洒在瓷白的地砖上,一片狼藉,触目惊心。

会议室内一片安静,所有人都被这响动震得惊魂未定,温折轻道了句"抱歉"。下一秒,他的手机突兀地振动起来,来电显示——沈虞。

她从来不会在他工作时打电话,更别提这几天都没联系过他。

温折眉头微皱,心中那种说不清道不明的不祥预感越来越重了。他握紧手机,站起身朝满座的人又道了句"抱歉",随后走出会议室去接电话。

他刚刚按下接听,一道有些熟悉的嗓音在耳边响起,不是沈虞的:"你好,请问是温总吗?是我。"

因为害怕,许雯嗓音颤抖得不成样子:"师姐和我说过你是她的男朋友。师姐她从楼梯上滚下去了,头上全是血……"

温折握手机的右手连指尖都用力到发白:"在哪儿?"

许雯被对方冰冷的声音吓了一跳,连话都说不利索了:"在……在……"

那头的人突然提高了声音:"我问你在哪个医院?!"

许雯哽咽着:"A大附院,现在送急诊了……"

温折闭了闭眼睛,颤着手指挂了电话,一阵寒意从脊背涌上,站不住般扶住了墙壁。

眼看着老板的脸色突然惨白如纸,站在会议室门口的袁朝连忙上前搀扶住他:"温总?"

"备车,"温折眼神涣散地开口,"送我去A大附院。"

宾利急速行驶在川流不息的车道上,李宗全神贯注地开车,大气都不敢出,后座的氛围已经窒息到整个车厢都快要凝固的地步——

温折闭着眼靠在车后座上,西装外套被扔到了一边,衣襟散开了好几颗纽扣。

李宗替温折开车这么久以来,只遇到过两次这种情况——一次在数月之前,一次在今天——两次都是为了一个人,两次都是去医院。

李宗在心中摇头叹气:这都是造的什么孽啊,小祖宗这么多灾多难的,到头来非得把自家老板折腾死不可。

沈虞看见自己在满是人群的街道上奔跑,身边迷雾重重,来来往往的人全都看不清脸,一帧一帧,像是电影幕布上行走的背景。班主任惋惜的声音仍旧在她的脑中回放:"孩子,去医院,应该还能见你外婆最后一面。"

沈虞搭上出租车,坐在后座上,全身发冷,一瞬间似又回到了母亲去世的当天。那次她也在学校,赶到医院后,却只看见了母亲永远闭上的双眼。病床上的女人瘦得不成人形,脸色灰败。明明上一次分别时,她还笑着要给沈虞梳头发。

而这一次是外祖母。死神握着镰刀,一个个带走沈虞身边重要的人。

所幸,这次她赶上了见外婆最后一面的机会。

但当她冲到病房门口时,在走廊里看到了韩雅和沈弯弯母女,又透过病房的玻璃看到了沈光耀正跪在床边。

"嗡"的一声,沈虞的脑子炸了。她不明白,沈光耀拖家带口地来跪在病床旁边干什么?他是为了逃脱良心的谴责,让外婆死也不能安生吗?

沈虞赤红着眼,伸手就甩开了想要过来牵她的韩雅,又随手甩给了沈弯弯一巴掌,用看垃圾般的眼神看着她们:"滚!"

临进病房之前,沈虞回眸瞪了一眼正捂着眼的沈弯弯,心脏不可抑制地抽痛起来——温折会知道所有的真相,唯一的可能便是沈弯弯说的。

沈虞推开房门,沉默地进去。

沈光耀眼眶微红,在病床前流了两滴鳄鱼的眼泪。而苍老的外婆面容枯槁,闭着眼睛,未给出一点儿回应。

"沈光耀,"沈虞没力气吼,嗓音异常平静,"我求求你,滚远一点儿好吗?我外婆不想看见你。"

沈光耀面色一僵,尴尬地站起了身,被骂得手都不知道往哪里放。

沈虞不想看见他,指着病房门:"走。"

见沈光耀欲言又止,沈虞闭上眼睛,加重语气:"滚!"

"你先和外婆告个别。"沈光耀说,"爸爸等会儿再和你聊。"

沈虞径直绕过他,走到病床前。听到关门声后,她握住病床上的外婆的手,一直强忍的眼泪夺眶而出。

病床上的宋书华呼吸微弱,但还有意识,枯瘦的手指轻轻搭在沈虞的手上,以示安抚。

"小……虞,"宋书华说,"别哭,别哭。"

沈虞嘶哑着嗓音,一遍遍地喊着:"外婆!求求你别走,你走了就没人要我了。

"你们都走了,我怎么办啊?小虞怎么办啊?"

宋书华的眼角滑出一滴泪,脖子上的青筋微动,她艰难地说出了几个字:"外婆找……找了人照顾你……你到时……喊他一声'舅舅'。"

沈虞拼命摇头:"不,我不要舅舅。"

宋书华伸手爱怜地轻抚沈虞的头:"听话。"

意识到外婆接下来说的话很重要,沈虞微微侧耳,凑近宋书华的嘴边。

"小虞,好好生活,要……开心。"宋书华一字一顿,说得异常艰难,"不要被仇恨迷失了双眼。"

宋书华眼中没有责怪,只有心疼:"那个男生,和他分开……不要用大人的过错伤害别人。"

沈虞瞳孔一颤,放在腿边的手不可自控地颤抖了起来。

可是,外婆……外婆为什么会知道?

沈弯弯!

沈虞闭上了眼睛。

宋书华仍旧在说话:"小虞,跟着舅舅离开……放过他,也放过自己。"

沈虞沉默。

宋书华强撑着精神说话,加重了语气:"小虞,你现在还没有为自己行为负责的能力。答应外婆,好吗?不要和你妈妈一样在错的时间遇上错的人,一辈子都为年少的错误买单。"

沈虞睁着泪眼,看着外婆。这个智慧了一辈子的老人,早年送走病重的外祖父,白发送走黑发的母亲,最后自己也油尽灯枯。

沈虞跪在床边,那句"可我真的喜欢他"藏在心底,再也没能说出口。

任由眼泪从脸颊滑落,沈虞哭着点头。

…………

宋书华在初春去世,那时正迎来苏城一年一度的梅雨季节,雨下个不停,整个房子都空旷而潮湿。

外婆去世当天,沈虞见到了那位传说中的舅舅。

周宪风尘仆仆地从京城赶来。那年他二十七岁,许是上位久了,全身上下都透出一种冷傲的气质。

后来沈虞得知,外祖父待周宪如师如父,并实实在在地对周宪有恩。周宪年轻时也曾犯过浑,是外祖父将他从歧道上一把拉了回来。

周宪来后一手操办了宋书华的丧事,雷霆手腕,未让沈光耀有任何插手的机会。

对这个从天而降的"煞神"舅舅,沈虞难得横不起来。再加上外婆临去前的殷切叮嘱,她不敢对周宪的安排有任何反抗。

半个月后,周宪替沈虞在苏城中学办了退学,并将她的学籍重新转回京城。沈虞沉默地接受了他所有的安排。

自去医院和外祖母告别后,沈虞再没回过学校,竹林一别后,也再没见过温折。距离回京的日子越来越近,沈虞的心也越来越迷茫,她想:他们……就这样结束了吗?

想到这儿,她又自嘲地笑了。温折那么骄傲的一个人,在得知自己是她报复沈弯弯的工具人后,恨她都来不及,更不会再看她一眼了。

离开苏城前的最后一天,周宪来接沈虞回学校办最后一部分转学手续。

那天天色很沉,黑云层层叠叠地压下来,似乎在酝酿着一场倾盆大雨。

仍在丧期,沈虞穿着一身素净的白裙从老宅出去。刚走到院门口,她一抬眼,看到门口站着的那道挺拔的身影,浑身剧烈地一颤——

那是……温折。

他们多日未见,他的头发长了些,皮肤更白了,却是一种死气沉沉的苍白。

两人四目相对间,沈虞听到了自己宛若擂鼓的心跳声,怕他再说出什么让她难堪的话,害怕地躲开了他的视线。

最终是温折先开口,他看着她:"你已经半个月没去学校了。"

"我要转学了。"

温折眸中俱是不敢置信:"转学?你要去哪儿?"

"京城。"沈虞不敢看他,故作漫不经心地说,"你放心,我不会再回来了。"

温折朝她走近一步,纤长的睫毛不停地颤抖着:"你没和我说过。"

"我为什么要和你说?"沈虞忍住即将夺眶而出的眼泪,抬起下巴问道,"我们不是分手了吗?"

"分手?"温折的目光涣散了一秒,他又朝她走近一步,眸色漆黑,"你要和我分手?"

他明明说过她恶心,这还……不算分手吗?沈虞咽了咽口水,没有说话。

良久,温折喉结动了动,紧抿淡白干裂的唇。突然,他弯下脖颈,一瞬间似卸去了所有的傲骨——

"小虞,"男生极其艰难地问出一句,"能不能……不分手?"

怕眼泪夺眶而出,沈虞不停地眨着眼,胸膛剧烈起伏,忍住胸腔快要窒息的疼。到此时她才意识到,一时的仇恨和莽撞让她做出了一件多么不可理喻的事。

那个被无数女孩儿珍藏在相册里的温折,为自己这种人抛弃原则,敲碎一身傲骨……外婆说得没错,她从未拥有为自己的过错负责的担当。

对于温折这样光风霁月的男生来说她是什么,是歧途还是污点?

沈虞在心中说:放过他吧,也放过自己。

天边乌云密布,不停有雷声轰鸣,天色越发阴沉。

温折问出这句话后,是一阵漫长到窒息的沉默。

少年像是等待审判的罪人,终于等到了最后的宣判——

那个始终对他笑得张扬的少女动了动红唇,面无表情地反问他:"你是不是玩不起?"

沈虞说完这句话,再也没有抬头看他的勇气。她僵硬着身子,把手中的伞塞进温折的手里,用尽最后的力气说:"回去吧。"

温折没接她的伞,任由其跌落在地上。

沈虞没再管,僵硬着步子,走到因为等待多时已经下了车的周宪旁边。

看到她失魂落魄的表情，周宪难得没有教训她，只是抬首远眺，目光落在那个背对着他的男生身上。

沈虞飞快地钻进了车里，到此时才敢透过车窗，目光仓皇地寻找温折的身影。

不知何时，男生已经转过身去。外面下起了雨，"淅淅沥沥"地，模糊了车窗，他就站在雨里，脊背僵直，也没有拿她给的伞。

周宪上了车，司机收到指示，发动了轿车。

沈虞眼睁睁地看着男生模糊的背影在雨幕里越变越小，直至再也看不见。

一滴雨珠顺着车窗流下，沈虞将头抵着窗户，脊背颤抖着，眼泪一滴滴地落在车座上。

这一面，是将近三千个日夜前，沈虞最后一次见温折。

…………

冗长的记忆回归，梦中的自己似乎一直在哭。

人生八大苦——生、老、病、死、求不得、怨憎会、爱别离、五阴盛，重重滋味，沈虞都在这如火烧的回忆间品尝了个遍，太苦了，连喉间都发涩。

后一刻，似有清风拂过，从身侧传来一阵暖意。沈虞感觉自己陷入了柔软的云层，陷入了更深层的沉睡。在这个梦境里，她看见自己走在苏城的水街上。那晚的水街四处张灯结彩、游人如织，二十七岁的温折牵着她在人群间穿行。

画面一晃，她又来到了苏城中学。老枫树下，温折半蹲下身揉着小鱼，冲她笑得温柔，一如少年时。

书架最下层的柜子里藏着的那把吉他；男人肋骨处的文身；她要到微信时，男人微信头像的橘猫"小鱼"；那次争吵时，她歇斯底里的那句——"你是不是爱她爱得快要死了？"

最后是她车祸前的最后一眼，温折站在破碎的车窗前，黑眸中惊涛骇浪。

沈虞的眼泪似乎快要流尽了，她恍如一个大梦初醒的痴人——她全都记起来了。

温折——这个藏在她心底曾被喊了千千万万遍的名字，这个最不该被她忘记的人。

无尽的懊悔、难过、自责……酸甜苦辣，纷至沓来。

额上传来轻柔的触感，似有人在她耳边低唤。

"小虞……

"小虞，睁开眼，看看我好不好？

"小虞，没有别人，唯有你。

"我只爱你。"

男人的声音低沉、喑哑，仿若天外传来的梵语，极尽虔诚，渐渐唤醒了沈虞的意识。

她的头好疼，眼皮也好重。

沈虞纤长的睫毛在空中颤抖，几经努力，她终于缓慢而沉重地掀开了眼皮。视野一点点地扩开，她眼前的一切由模糊渐渐变得清晰，温折近在咫尺的俊颜也一点点地放大了。

她怔怔地看着温折，久久未动。

她最深刻的记忆还停留在八年前的那个雨幕里——她坐在车上，一点点地、几乎是永远地离开了他。

男人拿手在她的眼前晃了晃，目光细细地打量着她的眉眼："小虞。"他似担心她又跟上次一样，"我是谁？你还记得我吗？"

见沈虞始终不说话，温折直接道："我是你的男朋友。"

沈虞的表现看起来极不正常，温折的表情由她转醒时的喜悦慢慢变得复杂，他倏地便站起身，留下一句："我去喊医生。"

"别走。"沈虞拉住他的衣摆，美眸仍直勾勾地看着他，不舍得从他的面上移开视线，语气也带上了哭腔，"你别走，别离开我。"

她在昏迷中大概流了许多眼泪，此时眼睛又酸又疼。

眼看着女人又要掉眼泪，温折连忙俯身替她擦去："我不走。"他似仍心有余悸，"你还记得我吗？我是谁？"

沈虞揪紧他的衣袖，愣了下，下一秒怕温折看出什么，又快速垂下了睫毛。几乎是顷刻间，骨子里的不安感作祟，她立马便否定了交代一切的想法，转而做了另一种决定。

当着温折的视线，她把头埋进他的怀里，小手攀在他的肩膀上，极尽委屈的模样："温折，你别以为我摔坏了脑子就不记得了。"她抬起头，指尖摸上男人的肋骨，低声道，"你上次还为了前女友的文身和我吵架！"

话一出口，沈虞就后悔了。因为温折这次再未迟疑半分，和她说："等你出院，我就去洗掉。"

"啊……"沈虞张了张唇，脑子里一团糨糊。她忽然就意识到，自己把自己作到了一个骑虎难下的境地。

她讪讪地别过头，没吭声，绝口不应这件事。

温折微凉的手轻轻地放在她的颈后："你现在感觉怎么样？"

沈虞正欲松开抱温折的手，刚一动便疼得一拧眉。刚醒的时候还没感觉，这会儿她只觉得全身像被碾过般疼。

她不自觉地撒娇："疼。"

温折皱眉，抬手，指尖轻轻蹭了蹭她的脸颊。且不说脑后的一大片瘀血，女人裸露的肌肤也是青一片紫一片，精致的脸颊上也有血痕，让人看得触目惊心。

他伸臂，掌心小心翼翼地轻抚她的脊背，哑声道："你昏迷了一天一夜，但我感觉好像过了很久。"

沈虞掀起眼皮，窥见了男人眼中的血丝和疲惫。他衣服凌乱，状态看起来并不比她好多少。

她鼻子一酸。

"还好，大部分都是皮外伤，"温折声音很低，"只是有些疼，小虞得先忍一忍。"

只是关于脑部的 CT 结果还没出来，后续他还需和医生详谈。

沈虞安静地听他说着话，难得乖巧。

只是温折说到一半，目光复杂地落在了沈虞脑后包着的白色纱布上。如果不出意外……那里的头发应该是被剃掉了。

他看着沈虞苍白的小脸，咽下已经到口中的话。她向来爱美到了极致，如果他现在告诉她这个残忍的事实……她很可能要闹，到时候他哄也哄不过来。

时间一分一秒地过去，温折安静地抱着沈虞，那颗悬着的心到此时才堪堪落下。

但沈虞的心并不宁静，她眸色复杂地盯着地面——疼痛和初醒的混沌让她无法静下心来思考。

她选择装失忆完全是下意识的举动，但当她看见温折的疲惫和担心，胸腔中的负罪和愧疚瞬间达到了顶峰。

她张了张唇，触及温折深情的视线，坦白的话几乎已经到了口中——其实，我已经全都想起来了。

她的心"怦怦"直跳，下一秒，病房的门突然被人推开了。

梁意手中拎着一个饭盒，风风火火地从外头进来，结果刚进门便看到了抱在一起的两人。她"呀"了一声，连忙掩耳盗铃般地挡住眼睛，连连道："你们继续，继续，当我是空气。"

听出她话中的揶揄，沈虞脸一红，连忙放下环抱着温折的手。温折扶着沈虞让她躺好，随后转身望向梁意，客气地颔首。

梁意到现在还怵温折这冷淡的气质，点头示意，转而和沈虞说话："我给你带了些吃的，粥和绿豆糕。"

沈虞接过饭盒后，梁意担心地看着她："能不能拿得动？我来喂你吧？"

温折却先梁意一步坐在床边："我来就行。"他像个主人般朝梁意一抬下巴，淡淡道，"你坐。"

喂！那是我的闺密啊！那是我二十年的姐妹啊！你这刚上位二十天的男人凭什么抢我的女人？！尽管满腹牢骚，梁意面上却不敢表现出半分。

她坐到一边，默默地观察着病床边的两人。原本那个张扬肆意的人美人沈虞在温折身边乖得像只猫似的，美眸一眨不眨，目光连一秒也不舍得从人家的脸上移开。

而初见时那个高不可攀的男人竟也会如现在这般，满身冷淡化成绕指柔，待一个女人如珍如宝。

梁意有那么一瞬间，终于明白了沈虞为什么会说出"不撞南墙不回头"这种话。这样的男人，搁谁身上谁不迷糊啊？

两人氛围温馨，梁意看着看着，也终于意识到身处其间的自己是个多亮的电灯泡。她索性找话题，严肃了表情，问沈虞："小虞，你怎么会从那么高的楼梯上滚下去？"

沈虞本来在咽粥，一激动，米粒呛在嗓子里，咳出了声。温折连忙放下了碗，站起身替她轻轻拍着脊背。

他垂下纤长的睫毛，挡住眸中的戾气横生，替沈虞回答："我收到的消息是有人蓄意谋害。"

"什么？！"梁意眉头一拧，怒道，"谁啊？是哪个要下地狱的瘪三？"

她气得拿手在脸侧扇着风："法治社会还有人敢做这种事？这不是谋财害命吗？这不得把牢底坐穿？"

温折垂首，仍在替沈虞顺气，抽了纸巾替她擦嘴，轻声道："慢点儿。"

沈虞咳了好一会儿，眯了眯眼，回答："有两个人。一个是我的同学，程朗，他动了手，但没推我；另一个推我的……我没看清。"

温折重新拿过饭盒，给她喂粥："先吃饭。"

沈虞气性上来了，一边吃一边不忘骂："等出院，我绝对不会放过……"

嘴里又被喂了一口粥，沈虞想瞪温折，却被他板着脸教育："吃饭别说话。"

"哦……"

梁意看着被管得大气都不敢出的沈虞，心中"啧啧"两声。

她安静地等沈虞吃完了饭，冲在这儿守了一天一夜的温折道："我在这里照顾小虞。你……要不要先回去休息？"

温折没有拒绝。他看了眼床上的沈虞，俯身在她的额上吻了一下，轻声叮嘱："先让梁意在这儿照顾你，我晚上再来。"

沈虞连忙点头，掩在被中揪紧的指尖松了松，说出真相的勇气在被打断后瞬间消失得无影无踪。

温折走后，梁意终于得以坐到沈虞身侧。她摸了摸沈虞脸上被擦出的血痕，拉住沈虞的手，心疼道："我的小虞最近怎么这么多灾多难啊？"

沈虞苦笑："这么一说，好像这几个月是挺倒霉的。"

她愣怔着，心中百感交集，有太多的话想和梁意倾诉，但似乎怎么也找不到突破口。

最终，她轻轻开口："小意。"

"嗯？"

"我全都想起来了。"

"想起来什……啊！"梁意惊得差点儿没从凳子上摔下来，"你是说，上次车祸丢失的记忆？"

沈虞抿唇，脸色苍白。

梁意不由自主地脑补出一出狗血大剧："你不会要和我说，你还是更爱初恋吧？"她压低声音，"这么狗血的？"

沈虞看着她，然后咽了咽口水，道："你有没有想过，可能比这个还狗血？"

在梁意被镇住的眼神中，沈虞轻轻放下枚"重型炸弹"："我刚刚想起，我的初恋就是温折。"

梁意僵在原地，因为过于震惊，半天都没有动作。漫长的三十秒后，她两眼一翻，按住胸口："天啊，我真是……真是，心脏病都被你吓出来了。"她弯腰摸了把沈虞的额头，"你真的不是在编故事？"

但看沈虞的表情又确实没有一丝开玩笑的意思，梁意抬手示意道："你先别说话，等我……等我缓缓。"

一分钟后，梁意终于厘清了所有思绪，震惊地呢喃着："怪不得，怪不得你车祸那次……这样一切都解释得通了。

"这真是大情种啊！他这是得多爱你才能再接受你啊？"

逐渐接受现实的梁意终于找到头绪，问出了最关键的一个问题："所以，这件事……他知道吗？"

沈虞看着她，然后缓慢地摇摇头。

"你不准备和他说吗？"

沈虞抱着膝盖坐着，声音里是藏不住的沮丧和忐忑："我不敢说，我以前真的很浑蛋。"她声音越来越低，"他越对我好，我越害怕……现在那些不好的过去全部被我记起来了。"

沈虞闭上了眼睛,卷翘的睫毛不停地颤抖:"如果告诉他,我该怎么和他相处下去?

"我害怕……害怕现在触手可及的幸福会变成泡影。"

梁意听得心都一把揪了起来,抚慰地轻拍沈虞的肩:"宝贝,听我说。你现在太乱了,这件事先别提了。等你想好了,做好了万全准备再和温折坦白,好不好?"

沈虞眼眸微动:"你说得对,等我准备好了,再和他坦白。"

梁意点头,目光落在沈虞的后脑勺儿上——包着厚厚纱布的脑袋,没了浓密的黑发。

沈虞是货真价实的大美女,连头发都特别会长,美得别有风情,她平时别提多珍惜这满头长发了。

但看沈虞如今这模样,显然……是还不知道。

怕人真的哭到崩溃,梁意体贴地没提这回事,不但没提,还安慰沈虞:"小虞,温折是真的很爱你。"

哪怕沈虞秃了,他也爱。

沈虞扭头看她,脸上飘上一层红晕,低头抿唇甜甜地笑:"我从没想过……从没想过还有这一天,我还能重新和他在一起。

"如果这是一场梦,也请不要把我喊醒。"

温折出了医院,便让李宗驱车送他去了派出所。

袁朝办事向来稳妥,在电话那头汇报:"程朗和沈弯弯仍在派出所,均否认了谋害行为,并且互相指认。同时沈弯弯拒不配合警方询问,强烈要求保释。"

温折漫不经心地松了松衣领,从喉间溢出声冷笑:"警局怎么说?"

"这件事确实棘手,证人许雯没看见行凶过程,程朗又带伤,有正当防卫的可能。当然,最终还要参考沈虞小姐的口供……"

温折打断他:"知道了,我马上到。"

沈弯弯被关在派出所已有一天一夜了——无休无止的讯问即将把她逼疯。

"我再说一遍,我没有蓄意谋害!"沈弯弯表情厌烦,"当时程朗和沈虞发生争执,我上前想要拉开他们,结果不知怎么,她突然摔下去了。

"我申请保释!让我爸来和你们说。"

沈弯弯一口咬死自己没有害人,而在另一个审讯室内,程朗始终坚持他没有推人,是沈弯弯下毒手害了人。

两人的口供不一致,现场的目击者只有事后才到的许雯,案件到了瓶颈,直到沈光耀赶到警局,提出要保释沈弯弯。

负责这个案件的林警官上下打量了沈光耀几眼:"受害人沈虞和嫌疑人沈弯弯都是你的女儿?"

沈光耀答:"是。"在商场沉浮久了,他也有不怒自威的气势,"我相信弯弯不可能做出蓄意害人的事,定是有人栽赃。"

另有警察来到林警官耳边说了几句什么。

"现在沈虞已经醒了。"林警官道,"她的男朋友来了趟警局,不同意你带走沈弯弯。"

沈光耀明显蒙了:"男朋友?"

一个父亲不去看望在医院受伤的女儿,反而跑来保释另一个女儿,连受伤的女儿有个男朋友都不知道……

林警官皱起眉头,吩咐:"先让温先生进来吧。"

门口走进一道颀长的身影,来人身高腿长,面容英俊,林警官朝他点头示意:"温先生。"

沈光耀久居金融界,哪能不知道眼前的年轻人便是如今圈内风头正盛的点金圣手——温折。

"幸会幸会。"沈光耀脸上露出了客气的笑容。他朝温折伸出了手,客套道:"我竟不知温总是小女的男朋友。"

闻言,温折掀起眼皮,淡淡地瞥了他一眼,并未伸手回握:"客套就不必了。"

沈光耀脸上的笑容一僵。被一个小辈这样下脸,他压下胸腔中的怒气,变了脸色:"不知道温总来警局干什么?"

"小虞的事情,我要一个交代。"温折道,"在沈弯弯没有担下罪名之前,还请沈总不要自作主张地保她出去。"

沈光耀:"温总这是什么意思?弯弯怎么可……"

"我不听这套。"温折瞥过去,淡淡道,"我只信小虞。"

沈光耀不怒反笑:"温总这手未免伸得太长了吧?我若非要保呢?"

温折哂笑一声,压低了声音:"那你可以试试。就算你保她出去了,沈弯弯也未必有在里面过得好。"

温折的声音很轻,但每个字都重重地砸在了沈光耀的心上。

沈光耀瞪眼看着眼前这个气势沉稳、说话却极其嚣张的年轻人:"什么意思?你威胁我?我是小虞的父亲,你这么和我说话?"

温折:"我从没把你当成她的父亲。"他笑了笑,缓声提醒,"你又该以什么态度和我说话?"

听到这话,沈光耀脸上红一阵白一阵。商场可不按岁数论资排辈,温折如今炙手可热,沈家这几年的事业却一直在走下坡路。若在生意场上见了,他还真得客气地喊温折一声"温总"。

僵持之下,沈光耀开口道:"在这件事未下定论之前,我不能让弯弯待在这里。"

温折面无表情地反问:"那你有没有想过,小虞还躺在医院里?"

"这件事往小了说,是沈家的家事。"见他寸步不让,沈光耀沉声道,"温总这手未免也伸得太长了!"

温折:"所以沈总是执意要保沈弯弯出去?"

沈光耀被他冷冽的语气逼得脊背上冒出了一层寒意,但家丑不可外扬。这些年他的名声本就差,若这种事情再闹大,若是沈弯弯因为这件事获罪坐牢,以后他在商场上还怎么混?

几番权衡下来,他咬牙道:"我只是在走正规的法律程序。温总还是不要多管闲事了。"

"行。"听完这话,温折轻笑一声,"沈总真是爱女心切。"

他走前,轻飘飘地丢下一句:"希望沈总不会后悔你今天的决定。"

袁朝跟在温折身后,看着男人不善的表情,语气踌躇:"温总,这个案子确实比较棘手。

"首先,沈小姐并未遇到性命危险,楼梯口又是监控死角,没有拍到行凶过程；其次，人证不足，嫌疑人口供不一致，若是硬要起诉，又是一个漫长的过程……"

这些事实，林警官刚刚已经隐晦地和温折透露过了。

温折："知道了。"

没关系，别人惩罚不了伤害沈虞的人，他来惩罚。

沈虞一连在医院休养了三天。

其间，温折把工作带到了病房，每天就面对面地看着她。

也有民警来找沈虞，询问她当天发生的细节。

听到"嫌疑人沈弯弯"这几个字，原本懒散地躺在床上的沈虞，猛地坐了起来，一字一顿："沈弯弯？"

温折按住她的手背，示意她放松。

"是她就不奇怪了。"沈虞淡定地说，"是她推我下去的。"

"但沈弯弯的口供是她意欲上前阻止争执，混乱间你被程朗推下了楼梯。民警又说，"程朗说是沈弯弯从你背后蓄意谋害你。"

沈虞想也不想："是沈弯弯推的我。如果我想起诉，她会被怎么判？"

"视您的伤情而定。"民警据实回答，"但此案证据不足，可能需要走很长的法律程序。

"并且您的伤情被判定为轻伤一级，就算法院受理，最长服刑期也不会超过七个月。"

民警说话足够委婉，几乎是在告诉她，沈弯弯很难被判刑，如果再加上好的律师和担保，可能连刑也不会判。

沈虞动了动睫毛，轻声和民警道了谢。

民警走后，她抱着膝盖坐在床上，突然抬起眼问温折："你说，我雇人把沈弯弯打一顿怎么样？"

温折："不要胡闹。"

沈虞握紧手，指尖用力到发白："可是，我真的……真的很恨她。"沈虞颤着睫毛，"如果不是她，我们或许就不会……"

"分开"二字，在触及温折的视线后被猛地咽了下去，沈虞连忙别开眼，缓解快要突破喉咙的心跳——吓死了，她差点儿就说漏嘴了。

温折："或许什么？"

"或许……"沈虞脑中飞速转着找理由，急中生智，"或许我们就不用在医院过'520'了！"

温折难得愣了下："'520'？"

沈虞摸出手机，把后天的日期指给他看："'520'——"她抿唇笑了笑，"我爱你呀！"

温折看了半天，突然失笑："一年一次的情人节和七夕还不够？哪儿来的这么多七七八八的日子？"

他犹记得很多年前，沈虞借着认识一百天纪念日、在一起三十天纪念日等千奇百怪的理由缠着他一起出去玩，而自己……竟也陪着她疯，甚至翘了几次晚自习。

沈虞见他不以为意的态度，本来不生气也生气了："喂，你有没有点儿浪漫细胞啊？"

温折俯身凑近她："那小虞想怎么过？"

沈虞："哪有问我想怎么过的啊？"她别过头，眼中满是骄横，"你自己想，看你的心意。但现在……"

沈虞拉了拉温折的袖子，满脸哀求："我真的想洗头。你知道仙女三天不能洗头该有多痛苦吗？"

温折的视线触及她的后脑勺儿，默默移开了。沈虞到现在还不知道她脑后的大半头发被剃掉的事实。

他轻咳一声："医生说，伤口还没结痂，不能洗。"

沈虞苦下脸，伸手想去触碰后脑："可明明医生也说是普通撞伤啊。"

前天脑CT结果出来时，沈虞还着实地紧张了许久，生怕医生能看出她恢复记忆。但好在医生只说明了伤势，并叮嘱她伤处七天不要碰水。

"不许。"温折直接否决了她的提议，转身坐回去处理工作。

沈虞懊恼地"呜"了一声，百无聊赖地躺了回去。

"沈弯弯！"她盯着天花板，一字一顿地咬牙切齿。

温折正在和袁朝交接工作,电脑屏幕上是沈氏金融近些年的财报以及这些年投资的几个重点项目。其中,袁朝重点标红了几个项目,说明里面大有名堂可做。

沈氏金融吃了最早的一批红利,天使轮投了几个现今大名鼎鼎的上市公司,狠赚了一笔,但后续的发展一直平平,数次投资入不敷出,年报年年亏空。

可以说沈光耀没有经商头脑,早年的成功全靠沈虞外祖父的提携和人脉。就这样资质平平、优柔寡断的一个人,极好面子,最恨外人说他是"凤凰男""攀高枝",把面子看得比什么都重,可惜干的净是让人不齿的事。

温折眼中的暗芒一闪而过,他发消息给袁朝:"继续查。"

安静的病房传来敲门声,沈虞偏头看过去——周宪推门进来了。

她连忙直起身:"舅舅。"

周宪的目光从沈虞面上一扫而过,他皱眉:"怎么弄成这样?"

他又看向病房里的另一个人:"你就是这样照顾她的?"

眼看着周宪一来就兴师问罪,沈虞连忙解释:"舅舅,和他没关系,是我……"

温折却打断她,站起了身,道:"舅舅,是我的错。"

谁是你舅舅?

周宪径直找椅子坐下了。他昨天才从外地出差回来,今天便来了医院。

满肚子的话没说出口,周宪便见刚刚还坐在桌前的男人宣示主权般地走到了病床边上,和沈虞统一战线,语气似乎很真挚:"这次是我没保护好小虞,让她出了意外。但我保证不会有下次,也不会让小虞白受了这次的委屈。舅舅工作繁忙,很抱歉给你带来这么多麻烦,以后我一定照顾好小虞,势必让你放心。"

他的潜台词就是:沈虞我来管,你有多远滚多远!

周宪盯了温折好一会儿,想起自己一开始就不愿和这人打交道,果然,此人能屈能伸,比想象中还难缠。

良久,周宪冷笑一声:"说的比唱的还好听,你是马良吗,这么会画饼？"

沈虞自是知道周宪这张嘴有多么毒，是实实在在地能把人说到自闭。

但温折的心理素质显然比她想象的好，他非但不恼，还好声好气地做足了姿态："是不是画饼，时间会证明一切。"

周宪见不得他这副模样，嘲道："我看了八年的外甥女，凭什么交给你？"

温折："因为小虞选择了我作为她的男朋友。"

周宪还欲发作，突然，病房门再次被人敲响。

看清来人，周宪满肚子的阴阳怪气当即转移了目标。他轻"呵"一声："哟，沈总！什么风把日理万机的您给吹来了？保释的手续挺复杂吧？"

沈光耀提着满手的补品，看着屋子里坐着的两个金光闪闪的男人，一个嘲讽，一个冷漠。

而沈虞看见他后，一句话没说，当机立断地背过身，借温折挡住了身形。

沈光耀脸上的笑容僵住了："上次小虞住院，我在外市出差实在抽不出身，不然再忙都要过来的。而且……"沈光耀凑上前，和沈虞说："这次过来，我是真的想和小虞道个歉。上次是爸爸脑子不清醒，失手打了你。"

听到这话，温折心中的猜测被证实，骤然抬眼，沉声："你打她？"

沈光耀被他语气中的戾气所慑："是我不小心……"

温折陡然冷笑出声，把沈虞彻底护在了身后，语气冷漠："你这样的，也配做父亲？"

沈光耀的虚伪让人作呕，沈虞有种乍然被揭开遮羞布的羞耻。她扯了扯温折的衣摆，示意他不要生气。

她安静地从温折背后移开，面无表情地看向沈光耀，已经没有了发脾气的力气："你回去吧，我是真的不想看见你。至于沈弯弯和韩雅，你让她们好自为之，我会亲自去收拾她们。让沈弯弯这些日子好好锻炼身体，别到时候不经打。"

意识到沈虞的语气不是在开玩笑，沈光耀开口道："小虞，你不要冲动行事……"

"冲动？"沈虞歪头，眨眨眼睛，"她想让我死，我揍她一顿已经是大发慈悲了。"

…………

沈光耀在病房里待了不到半个小时，准备的一肚子的话尽在沈虞的冷嘲和周宪的讽刺中溃散。最后，他面色难看地走出了病房。

沈光耀走后，周宪对着温折也没了说话的兴致，更不想戳在这里当电灯泡，照例和沈虞说了句"有事情打电话"便转身离开了。

温折送周宪到门口："舅舅慢走。"末了，温折还加了一句，"'520'快乐——哦，不好意思。"

他掩唇轻咳一声："不知道有没有人陪舅舅过'520'呢？"

周宪本来已经要走了，闻言又回过身，看着温折眯了眯眼，窥见他嘴角的笑意，怎么看怎么不爽。

"你是八年前站在小虞门前等的那个男的？"

温折眼中的笑意慢慢敛去。

"挺好。"周宪轻"喷"了声，"小虞还不知道你就是那个初恋吧？"

他眼中兴味渐浓："你说她要是知道了，会不会立马跳着要分手？"

温折眼中再无一丝笑意，泛出冷冽的光："我劝舅舅还是不要多管闲事。无论想不想得起来，她都得是我的。"

末了，他还强调了一句："只能是我的。"

第九章
和我结婚吧

沈虞在医院休养的第五天,除了头上的纱布没拆,身上的擦伤基本痊愈了。

她迫切地想出院,但温折遵照医嘱,坚持要她在医院继续观察两天。

虽是如此,但沈虞拒绝他继续待在医院陪自己。且不说鼎越堆积了多少事务,便是她这多日未洗的大油头也绝不允许温折继续待在这里。

这天,许雯发来消息:"师姐,大快人心!程朗突然被抓了,现在连学校都要开除他的学籍!"

沈虞还不知道发生了什么:"被抓?"

虽然程朗没有蓄意推她下去,但绝非好东西,这样的下场也是罪有应得。只是……这件事就在这个节骨眼儿上发生了,显得非常凑巧。

许雯继续发来消息:"有人举报他,连他常去的那个窝点都被一锅端了。"

"啧啧,真是人不可貌相啊!他这么刻薄一男的,居然还舍得出去干这事。"

沈虞这下是真的有些震惊了,不是震惊程朗犯法,而是这种私密的事突然在这种时候被爆了出来。

许雯还在发:"师姐,你说这是不是罪有应得?害你的事判不了,结果他因为这件事进去了。"

　　…………

　　事情发生得这么快，沈虞还有些震惊。她本来打算出院后就好好处理这些垃圾，结果还没等她亲自出手，程朗就进局子了。

　　沈虞还在胡思乱想中，她的手机突然振动两下，有一条短信。

　　"【××银行】您尾号5875的账号05月20日13:14完成转存交易13,145,200.00元。"

　　饶是从小并不缺钱的沈虞，在看到这一长串数字的时候也瞬间惊叫了一声，又连忙捂住了嘴。她颤着手点开微信，截图发消息给温折："这是你转的？"

　　很快，那头的人回了消息："嗯，你说礼物看我心意。这是我的一点点心意。"

　　一千多万元的心意……

　　沈虞看着自己银行卡上骤然暴涨的一大串余额数字，陷入了沉思。

　　说不开心是不可能的，没人能对一千多万元说不。但同时她又开始恍惚——八年前，那个因家庭变故还得申请助学金的少年，一朝之间成了这般豪气的精英，一千多万元扔出去眼睛都不眨。

　　沈虞眨巴眨巴眼，一时不知道自己作为"被宠爱的女人"应该表现出什么样的反应。

　　思来想去，她想起温折好像很喜欢被人叫爸爸，于是非常没有底线地发了个"谢谢爸爸的宠爱"的表情包。

　　晚上，李宗接温折去医院。路过的街道上聚集着一对又一对的情侣和满街道的玫瑰花。感觉温折的心情似乎不错，他不由得问："温总，沈小姐对您的礼物满意吗？"

　　前两天，送温折上班的路上，他突然被自家老板问了这样一个问题："女生最希望收到什么礼物？"

　　他可太有经验了，于是回答："大牌包包、昂贵化妆品、零食、偶像周边……丰富一点儿，做成一个大礼盒，保证她们感动。"

　　"有没有简单一点儿的？"

李宗："那就直接打钱啊！发两个一千三百一十四元和五百二十元的红包过去，寓意'一生一世我爱你'，多浪漫啊！"

而今天的效果显然也不错，温折点头回答："挺满意的。"

李宗"嘿嘿"一笑，说："那就好……哦，对了。"似乎想到了什么，他看到路边的情侣，提醒道，"温总，您可以再给沈小姐带一束玫瑰花，女生最注重仪式感了。"

温折将手肘撑在车窗沿上，闻言道："那你找个花店，停一下。"

这边，沈虞仍看着从天而降的巨额存款发呆，脑子里脑补了一出大戏，越脑补越心虚。

她作为甩了温折的垃圾前女友，现在仗着失忆又回到了他的身边，甚至还身揣一千多万元。说实在的，从旁观角度来说，她真的很像个攀龙附凤的"捞女"，眼看着初恋飞黄腾达了，又巴巴地跑回他身边。搁在小说里，她是要被烧成炮灰的。

这眼下收了钱，沈虞更不敢开口说自己已经全部想起来了。

她想起来了，然后呢，和他说自己不是故意甩了他的？

沈虞倏地想起，温折曾经问她，如果他依旧一贫如洗、一事无成，她还会不会喜欢他。

这个问题，沈虞这几天思考了很多很多遍，却始终未能得出答案。

她现在再回忆失忆那段时间的经历时，反而像是隔了一层纱。她那时候，在不知道温折的身份时，怎么就突然脑子发热对人穷追不舍了？

想了半天，沈虞叹了口气，被金钱冲昏的脑袋也慢慢清醒过来。

温折始终未曾和她提过一句过去，甚至被误会有前女友，就是不解释一句。

所以他是不是……也不想让她想起来？

沈虞想起了在苏城见过的邓苏苏，摸出手机就给她发消息："苏苏，我恢复记忆了。"

邓苏苏应该得空，很快便回复道："啊？想起来了啊，那你们……"

"我全都知道了。"

邓苏苏直接给她发了语音通话邀请过来，语气非常抱歉："对不起啊,小虞,我不是故意瞒着你的,只是……唉!"邓苏苏叹了口气,"其实早在你来找我之前,温折就联系上我了,和我解释了你们目前的情况,说你大概不想记起那些记忆,还怕你觉得那些记忆是负担,所以请求我不要告诉你。"

沈虞垂下睫毛,说不出心里什么感觉:"这样啊……"

邓苏苏又说了很多道歉的话,语音通话结束前,还真诚地和沈虞说:"小虞,温折他是真的很爱你。你不要怪他,你们要好好在一起。"

沈虞轻轻"嗯"了一声。

复杂的心绪涌上心头,沈虞眨眨眼睛,感觉眼眶越来越酸涩。想得越多,她越不知道自己还有什么脸再享受温折对她的这些好,又怎么能坦然地说出过去。

突然,病房的门被人推开了。沈虞连忙憋回快要冲出眼眶的眼泪,看向门边,然后微微睁大了眼睛。

温折站在门口,手里还捧着一大束娇艳欲滴的玫瑰花,门口还有路过的护士和病人家属八卦地往里看。

大概是一路上一直被人打量着,温折也有些不自在,飞快地关上了病房门。

看到沈虞微红的眼眶和受惊般的神色,温折突然想起李宗说的——如果送了这些,女朋友都会感动哭的。

所以……她是感动哭了吗?

他举着手中的大束玫瑰花走近,问沈虞:"喜欢吗?"

沈虞还没从刚刚的情绪中缓过来,眼看他又送钱又送花,开心和酸涩齐涌,胸腔间五味杂陈,讷讷地点头:"喜欢。"

怕温折觉得敷衍,她又肯定了一句:"好看。"

如果今天不住院,不包着这一头丑陋的纱布,沈虞高低要抱着这束玫瑰花去京城的CBD四处招摇——有朝一日,连温折都会送她玫瑰花了呀!

温折伸手,用指腹擦了擦她微红的眼尾:"不用这么感动。"

"不过,"沈虞想起他打的钱,犹豫道,"你给我这么多钱,不怕我是个女骗子,然后携款逃跑吗?"

温折笑了，坐在她身前："跑了抓回来不就行了？"

沈虞沉默了一会儿，然后问："要是抓不到呢？"

她其实很想问：那么多年，他找过她吗？

温折看了她一会儿，眼中的笑意也慢慢消失了，突然道："别问这种问题。"

沈虞意识到自己过了，点了点头。隔了几秒，她伸出手牵住了温折的衣袖。

这些日子，因为洗不了头，沈虞始终拒绝男人的靠近，甚至恨不得把整个人都用被子埋起来。这时，她却轻轻地钩住他的手指，露出小鹿一般试探的眼："温折，你要是不放心的话，我给你个机会——和我结婚吧。"

其实这话说出口后，沈虞就开始心虚了。现在从第三视角来看，她好像是个收了一千多万元立马便赶着往上贴的拜金女，还是野心勃勃地想要立马上位结婚的那种。

她看着自己钩住温折的手指，指尖蜷了蜷，有退缩的冲动。

谁知，她的手指刚一动，便被温折一把拉住了。他眸色深深，握住她的手温热有力。

他微抿薄唇，黑眸望向她，窥不出什么情绪，却骤起层层涟漪。

沈虞屏息，觉得自己有必要解释两句："那个……你不要误会，我不是为了钱才想要和你结婚。"

话说出口，她又觉得自己口是心非，于是干巴巴地又说："也不完全不是因为钱，毕竟没人能抵挡一千多万元……哎哟！也不对。"她开始语无伦次，"我反正不全是因为钱！"

最后，她索性不辩解了："我不说了，爱咋咋地吧。"

看着沈虞自己把自己说得脸红，温折眼中闪过一丝笑意，侧了侧头："所以——小虞这是在向我求婚？"

沈虞瞥了他一眼，别过头，哼了一声："是，你可捡着大便宜了。"

温折定定地看着她的脸，突然坐下，慢条斯理地解着袖扣，端着架子逗她："这事来得太突然，我考虑一下。"

一听他还要考虑，沈虞鼓了鼓腮："你一个大男人还磨磨叽叽地考虑？没让你求婚就谢天谢地了好不好？"

温折用指尖漫不经心地拂过面前娇艳欲滴的玫瑰花瓣，眼睑低垂，轻声道："我是怕你会后悔。"

沈虞正欲回答"我不可能会后悔"，目光触及温折眸中的复杂神色——他正看着她，眼中有考量，有犹豫，甚至是……挣扎。

沈虞蒙了一瞬，当即明白了他的顾虑——自己在他的眼中是没有恢复记忆的。

他说怕她后悔……是怕她恢复记忆会后悔吗？

沈虞的心尖像是被人用针重重地刺了一下，她张了张唇，讷讷地转过话题："哦……"她摸了摸鼻子，"那你再考虑考虑，我不急。"

温折却依旧没有放开她的手，漆黑的眼眸将沈虞牢牢锁住。沈虞被他看得有些心慌，不自觉垂下眼睑，刚低眸，便听见他低声说："但这次，我想做个小人。"他笑了声，"我不会给你后悔的机会。"

沈虞听到了自己快要冲破胸膛的心脏的跳劲声。

她突然懊恼，这个时机不太好。这么浪漫的时刻，温折西装革履，眼前大捧玫瑰，英俊得像西方神祇，而自己病服加身，连头发……哦，头发都能炒菜了。难得温折还能从容地面对她这副尊容。

这般想着，沈虞大动肝火。她推了推温折的手臂："虽然……但是……作为女主角的我是不是应该好看一点儿？"

她拱手请求："让我洗个头吧，求求你了。"她又威胁他，"你不让我洗头，我立马悔婚给你看。"

温折动了动喉结，触及沈虞满脸哀求的神情，终究没敢直接说，只轻咳了一声："我喊医生过来给你看看。"

不久后，医生过来拆开纱布看了看，看着已经结了厚厚的痂的伤口，点头道："恢复得不错，可以洗头，但注意这块要避着点儿水。"

温折点了点头。

沈虞没有心情听医生说话，全部心思都在于——她为什么感觉头顶有些……清凉？

医生还在和温折说注意事项，沈虞半点儿没听，心中那点儿不安越放越大，颤抖着把手放在脑后的伤处——没有熟悉的浓密软发，有的只是一块痂。

沈虞蒙了：她的头发呢？她脑后那么密的长发呢？

所以，这些天她就是以这副模样见客，以这副模样和温折求婚的？这样温折都没反手告她性骚扰？

沈虞连瞳孔都涣散了。她长这么大，从未觉得一辈子这么长。

医生没说几句便走了，关门的前一秒，病房内传来一声石破天惊的惊呼——

"温折！我的头发呢？！"

而刚刚那个淡然的男人，此时正软下嗓音哄道："乖，没事，没事，头发还会再长的。"

"温折！你这个诡计多端的骗子！"

还好他走得早，火没撒到他的身上。医生在火速关门的同时，为病房内的男人捏了把汗。

沈虞是真的气坏了，连眼睛都因为崩溃而红通通的。她颤抖着声音："这么多天，这么多天啊！你竟然都不告诉我！你是人吗温折？"

意识到自己脑后可能是一片沙漠，沈虞拿被子捂住了头，整个人像只蚕蛹般包裹起来，躲在里面小声哭泣。

温折被她哭得心慌，连忙单膝上床，连人带被抱在怀里，低三下四地哄："没事没事，没头发也好看，我们小虞光头都好看。"

沈虞的哭声顿了一瞬，随后她骂道："我可去你的吧！你才光头！温折，这事我和你没完。"

温折抿了抿唇，又憋出一句："你怎么样我都喜欢。"

"谁要你喜欢？！我只要我的头发，呜呜呜……"沈虞埋在被子里，觉得世界都灰暗了。她甚至还迁怒："温折，除非你把头发也剃了，不然我和你没完。"

温折犹豫了一秒，无奈地闭了闭眼，答："好，我剃。"

沈虞的哭声停了，温折以为总算哄好了小祖宗，谁知下一秒，被子里面的声音更为激动："你敢！不许！温折你要敢剃，我就没你这个男朋友！"

她作得让人头疼。

262

沈虞抽抽搭搭地从床边摸出手机，委屈至极："我要买假发……我要买七顶，一天换一顶。"她吸了吸鼻子，趁着温折理亏使劲气他，"我还要找七个男朋友，一天换一个。"

温折闭眼忍了忍，还是没忍住："你是当我死了？"

她在被窝里冷冷地哼了一声。

次日一早，沈虞便戴上了顶巨大的渔夫帽，全副武装地出了院。

她把秃头的怨愤全撒到了温折身上。任他好声好气地哄着，她只是抬了抬墨镜，始终保持高贵冷艳的态度。

其实沈虞心里有数，最近沈弯弯发疯发得这么厉害，百分之九十九的原因在于温折，陈和泽可能只占百分之一。

她清楚沈弯弯对温折的执念有多深，也知道沈弯弯有多不甘心。

很多年前的那场联欢会后，她和温折才正式在一起。

她犹记得那晚夜色正好，繁星漫天，只是天有些冷，呼出的冷气在空气中变成了雾。

她为了表演，只穿了件单薄的毛衣和格子裙，半分不挡冷。她背着吉他站在校门口，在回家的路上堵住了温折。

她搓着手，寸步不离地跟着他。

"一起去吃个夜宵啊！"沈虞找他套近乎。

出乎意料，温折同意了，目光冷淡地落在她的脸上，察觉她微微颤抖的肩："很冷？"

沈虞："冷。"她惯是有梯子便要往上爬的，笑着问他，"我能把手放在你的口袋里吗？"

温折："不能。"

沈虞："……"

但她还来不及失落，下一秒，属于少年的炙热体温从身后环绕住她——温折脱下自己的长外套，披在她的身上："焐手还是会冷。"

沈虞的心跳一瞬间便错了拍，她满脸受宠若惊，半晌后问他："是不是我今晚的歌唱得好听，所以你才对我这么好？"

两人沿着巷口的路继续往前走，沈虞揪紧温折的衣服，看着灯光下少年长长的影子,心底涌出难言的冲动。她悄悄拿出手机,对着他的影子拍了张照。

温折没有察觉,仍带着她往那家据说味道很正宗的馄饨店走去。

沈虞以为他不想回答自己的问题,悻悻地没再说话。

突然,前方的温折停住了脚步,侧头露出白皙如玉的下颌,路灯灯光自上而下地倾泻在了他的头顶上。

沈虞屏住呼吸,有种预感,温折可能要说些什么了不得的话。为听清楚,她往前走了两步,在他面前站定。

温折垂眸,突然弯唇,轻轻笑了:"我之前对你还不好?"

其实还行,他给她补课、带她复习,就是有点儿凶。沈虞看着他,老实道:"挺好的,"她用指尖揪紧外套的衣摆,小声嘟囔,"但没这样好。"

他之前的好都是有距离的。

"那怎么样才算好?"

沈虞的眼睛亮晶晶的,她突然伸手,缓缓牵住他的:"这样的,对女朋友一样的好。"

温折低眸,看着两人交握的手,突然反客为主,将她的手攥紧:"这样?"

沈虞震惊于他的主动,猛地抬眼,窥见他眼中的笑意,一瞬间以为自己在做梦:"我……我……"

温折轻揉她的脑袋,低声问:"还不明白?"

沈虞到现在还记得那天的欢喜,那是一种多年未曾有过的、纯粹的欢喜。可惜的是,那时的她分不清何为喜悦和报复欲,把偷拍的温折的背影照发到了朋友圈,试图让沈弯弯顺着蛛丝马迹发现这些。

后来,她开始频繁地记录各种日常。尽管温折始终未曾露脸,但心思敏感如沈弯弯不可能发现不了,最终,事情闹到了那个地步。

从思绪间回过神时,沈虞已经坐在了预约好的高级理发店里。想了许久,她还是不能忍受戴假发。所以今天她过来不为别的,就是为了接发。

理发师经验丰富，对着沈虞的脸一通夸，三句话就让她决定换个发型。

从下午做到晚上，沈虞对着镜子看着及肩的锁骨发，有些愣怔。理发师满意地打了个响指，语气夸张："哦！沈小姐，这个头发可真是太适合您了。最近有个很火的词叫什么……"理发师想了想，随即一拍手，"对！初恋感！您一定是无数男孩子的青春吧？"

沈虞被夸得"扑哧"一笑："无数不至于，"她站起身，把会员卡递给店员，"我只是我男朋友的青春。"

理发师一听，惊羡道："您和您的男朋友还在一起啊？"

沈虞点头，低声重复："嗯，我们还在一起。"

她对着镜子，看着镜中有些陌生的自己。头发蓬松微卷地垂在肩侧，剪去一头妩媚的黑长鬈发后，她整个人好像一下子回到了十几岁。

沈虞想起，自从和温折在一起，自己就被鞭策着学习，因此没时间保养那一头长发，于是在温折的提议下忍痛去剪了头。

剪过后，她的头发不长不短，和现在差不多，很有点儿乖乖女的味道，彻底挡住了她眉目间的张扬和肆意。

那时，沈虞对这个发型没什么感觉，倒是温折格外喜欢，没事总喜欢揉她的脑袋，轻轻抚弄她的发梢。他说："这样看起来就很乖。"

沈虞记得自己问他："你难道喜欢这种很乖的类型的？"

温折说："我只是喜欢你乖，"他又哑声补充，"好像……很好欺负。"

温折晚上要出席生意伙伴组织的晚宴，实在没空关心女朋友的接发大业。

而沈虞出了院便马不停蹄地往理发店跑，显然也不想和他交流任何有关头发的话题。

温折默不作声，然后把沈虞的行李箱带回了家。

这小祖宗的伤还没好全，如果自己住不知道还能出多少状况，温折生怕她再出什么事。嗯，他只是担心，绝不是乘人之危。

晚宴的地点在京南的一处庄园，庄园的主人便是这次的东家万南。这位万总交友甚广，整个金融圈大半都是他的人脉。所以，在这里见到沈光耀也在温折的意料之中。

多年前，温折便猜测沈虞的家庭条件极好，到最后才知道她是那时风头正盛的沈家的千金。

只是这些年来，沈家没了沈虞外祖父的声望，逐渐走了下坡路，再加上做生意的人尤其忌讳背信弃义，沈光耀自然而然便失去了公信力。但到底瘦死的骆驼比马大，如果沈虞想要这块蛋糕，温折不介意帮她一把。

沈弯弯时常会主动要求陪沈光耀参加晚宴。她从来都知道自己想要的是什么，这样的晚宴人才济济，精英遍地，她随便嫁一个，一辈子都能扬眉吐气——陈和泽那样的二世祖从来就不是她想要的。

今日的晚宴，沈弯弯寸步不离地跟在沈光耀后面，见到了很多金融圈里鼎鼎有名的大佬。只是因为上次的事，沈光耀最近待她始终不冷不热。今天还是韩雅在他的耳边好说歹说，他才施舍般带着她出来。

沈弯弯不知道沈光耀到底信没信自己的说辞，但明白无论他信不信，沈虞也不会给他好脸色，他也不可能舍得下面子真让自己去坐牢。

见着人，沈弯弯惯会利用自己的优势。她自知长相远不如沈虞，就在妆容和衣着上多下功夫，做了很多医美，才营造出如今纤纤细弱、楚楚可怜的模样。

她知道很多男人都会喜欢这种类型，而且今晚的效果显然不错，直到……视线扫到某一处，沈弯弯的目光猛地一顿，然后便再也移不开了。

大厅明亮的灯光下，温折穿着西装长身玉立，身侧众星捧月般站着一圈人。他从容、淡漠，似乎谁能被他垂怜地看一眼，都是莫大的荣幸。

沈弯弯咬着下唇，直直地看着温折的方向发呆，指甲用力到快要陷进肉里。

她想得到他，想成为他掌下的猫。

沈虞不配得到他的爱。沈弯弯站在原地，极力忍住心中的不甘和怨愤。

整场晚宴，沈弯弯的目光始终悄悄地跟随着温折的身影，她看到他和这次晚宴的东家边聊天儿边去了后花园。

多年的暗恋一朝灼烧，沈弯弯闷下一口红酒，朝着温折离开的方向跟去。

后花园一片静谧，除了初夏低低的声声蝉鸣，只余两个男人聊天儿的声音。

万南笑容爽朗："温总怎么对我这庄园感兴趣？"

温折低声笑道："不瞒万总说，很早之前我的女朋友就说喜欢欧式庄园。"

万南"哈哈"大笑，伸手拍了拍温折的肩："我怎么不知道你有女朋友了？怎么不带出来见见？"

"她有些怕生。"说起这话时，温折脸不红心不跳。

"我已经能预见多少女性要伤透心了。"万南摇摇头，又道，"行，我帮你留心，等有消息了通知你。你急吗？"

"越快越好。"

万南有些诧异："怎么这么急？"

温折的目光温柔地闪烁，他轻笑："婚房。"

万南恍然大悟："你小子可以啊！这么快就要结婚了？"

温折摇头："不快，很多年了。"

沈弯弯躲在后花园的柱子后——温折的每一字每一句都宛如刀子般割着她的心脏，酒精几乎要灼烧尽她所有的理智。

两人聊完，万南是东家，先走一步，留下温折站在原地。

沈弯弯躲在柱子后，眼尾通红地看着男人挺拔颀长的背影，心中的不甘达到了顶峰。她安静地从柱子后走出，想从侧面抱住温折。

谁知男人的反应比她快得多，他微微侧身便让她扑了个空。惯性下，沈弯弯向前冲去，只来得及触碰到温折的衣角，便跌在花坛前，扶住瓷砖才勉强稳住了身形。

片刻后，沈弯弯扭头，正看见温折脱了西装外套，随手便扔到了后花园的垃圾桶里。与此同时，她还从温折的眼中窥得了一丝极其不易察觉的厌恶。

在沈弯弯和温折短暂的同窗时期里，温折从来都是个很有礼貌、宛如清风朗月般的少年，她从未见他厌恶过谁。

而刚刚……

沈弯弯的指尖不自觉地颤抖着，她哽咽出声："温折……我有话要和你说。"

温折居高临下地看着她，没说话。

"我喜欢你。"沈弯弯眼中含泪，一双眼眸楚楚可怜，她知道自己这个角度最好看，"我从很久以前就喜欢你。温折，沈虞她不爱你。她一点儿也不爱你，不如我半分爱你……"

"我和小虞的事与你无关。"温折打断她，眼中的戾气一闪而过，"我劝你好自为之。"

沈弯弯撑着花坛慢慢站了起来，眼中的癫狂一闪而过："你是不是傻子啊温折？沈虞现在是看你发达了，才死皮赖脸地贴上你！你要还是个穷鬼，看她会不会看你一眼？！"

温折眸色一沉，声音已经彻底冷了下来："闭嘴。"

"我不！"沈弯弯大笑，"你是不是心虚了啊，温折？"

沈弯弯一字一顿，咬牙切齿："她就是不爱你！"

温折闭了闭眼，压下胸腔中快要失控的情绪。他朝沈弯弯走近一步，黑眸冰冷："有件事情忘告诉你了——小虞失忆了。现在，她只能爱我。"

沈弯弯神色一顿，难得没能反应过来……失忆？失忆？！

但接下来，沈弯弯便被温折语气中的冷冽所慑。男人语气阴沉，直寒到了她的心里："过去的事，你要敢在她面前提一个字，我势必让你们一家子在京城混不下去！"

到此时，沈弯弯才慢慢清醒过来，眸中闪过害怕的情绪，也终于意识到——温折没有开玩笑，是真的做得出来。

说完，温折转身便走。沈弯弯心有余悸地待在原地，眸中的惊慌和错愕久久未曾散去。

沈虞既然做了头发，那自是要找人好好欣赏，一个人独守空房有什么意思？于是她回了温折的公寓。

在看到家中的行李箱后，她"啧啧"摇头，暗叹温折的坏心思还不少——他这就暗示她来和他同居了?

明明人看起来无比正派,结果……男人嘛,再正派也不过如此,大多满肚子坏水。

她从晚饭时间等到了九点,门关处依旧没有动静。

沈虞蹙了蹙眉,心想:温折今天野得很啊,这么晚还不回家。

于是她又去镜子前一遍又一遍地细细观察自己的发型——没毛病,很美,很像以前的自己。

她正欲发个短信提醒温折,门关处便传来了门锁转动的声音。

沈虞连忙从浴室出来,看见温折笔直地站在门边,去的时候穿的那件西装不知怎么没了,只穿着一件贴身的衬衣。

正要开口问,她发现温折的表情不太对劲。

男人一直看着她,半晌未眨眼睛。

沈虞被他看得脊背发毛,走近后,闻到了他身上的酒气,皱了皱鼻子:"你喝酒啦?是不是喝多了?"

温折仍不动,黑色的眼眸似乎含着波涛。

突然,他伸手重重地将沈虞按在了墙上,炽热的呼吸喷在她的颈侧,随后不容分说地,一个又一个强势的吻落下来,从耳郭蔓延到锁骨,又痒又麻。同时,男人的另一只手还轻轻抚弄着她的发梢。

沈虞被他的举动弄得蒙在原地,随后,听到了男人沙哑又模糊的嗓音:"是你吗?你回来了?"

沈虞脑中的一根弦,倏地断了。

她睫毛动了动,飞快地挡住眸中的错愕和慌乱,被迫迎着男人温热又细密的吻。

难道温折……知道了什么?

她刚要开口,下一秒,满腔的话被堵住,温折趁势已经咬上了她的唇,随之,浓重醇厚的酒气侵袭而来。

沈虞瞪大了眼:所以他这是喝醉了,意识不清醒?

她的脊背紧紧地靠着门板,默不作声的模样更加方便了男人的动作。温折握住沈虞不盈一握的细腰,唇瓣轻轻摩挲着她的,轻声哄:"张嘴。"

沈虞抬眸，看到温折原本被酒气氤氲的眼眸染上了说不清道不明的欲念，顺从地张了唇。

大概是酒意作祟，温折的动作比以往更加猛烈，他像是要把她吞吃入腹。沈虞被亲得缺氧，感觉连自己都要醉了，只能呜咽着推他的胸膛。

温折却按住她的手，呼吸失了一贯的平稳，低声道："这个发型好看，我很喜欢。"

沈虞："所以……"

温折则轻笑一声："所以情难自禁。再给我亲一亲，嗯？"

亲吻的缘故，他的唇色相比往常更加殷红，像是染了色般昳丽。高岭之花染欲，从骨子里透出迷人。沈虞被诱惑得不知东西南北，垂眼默许。

男人清冽又强势的气息再次袭来，沈虞闭上眼，仰头环抱住他的脖颈。

她有了之前接吻的记忆，自然不再似原来那般笨拙和局促，但以往的技巧又不敢显露半分。

谨慎如温折，她任何一个小动作都可能让他有所发觉，而原因无非是两种——恢复记忆，抑或是外面有人。

但见鬼的是，装不会这种事也很难，不过温折倒罕见地极有耐心，亲得没刚刚那么急切，细水长流地，似是慢慢地给她教学。

沈虞被他磨得不上不下，脸憋得通红。

两人亲得投入，温折的呼吸也越来越不平稳，放在沈虞腰后的掌心也越来越烫，是能将人灼化的温度。

夜深人静，孤男寡女同处一室，气氛极尽暧昧。

门外传来了轻轻的响动，但二人都无暇关注，直到紧闭的大门极其突然地被人从外面推开，随之而来的是一声短促的"哎哟"。

沈虞的睫毛重重一颤，她第一时间推开温折，仓皇地朝旁边看去，然后看到了满脸尴尬的董舒。

没错，温折自进门后便把她压在墙上亲。所以，董舒应是近距离观赏了一场自家儿子和沈虞的辣眼激吻。

空气似乎一瞬间就凝固了。

一辈子很短,她忍一忍也就……不!过不去!这件事过不去!沈虞的脸色由红变得更红,她擦了擦通红的唇,讷讷半晌,颤抖着声音喊了声"阿姨",然后再也受不了,捂住脸转身对着墙自闭了。

董舒本来还很尴尬,这会儿却被沈虞逗笑了。她笑着伸手去安慰沈虞:"闺女,没事的,是阿姨没考虑好,没打声招呼直接就过来了。早知道给你们打个电话就好了。"

沈虞拿额头自闭地撞墙:"阿姨,要不您失个忆吧?"

董舒被逗得直笑:"好好好,我失忆了。"她用故作惊讶的语气说道,"咦?刚刚发生了什么?我怎么什么都没看见?"

沈虞:更尴尬了怎么办?

其实董舒也尴尬——没想这么多就进了门,竟直接打断了小情侣的好事。不过……他们确实亲得挺火热。

相比沈虞,从一开始就被推开的、戳在旁边的温折显得过于镇定。他慢慢地用指腹抹着唇,擦去亲出来的暧昧痕迹。

他走过去替董舒拎过行李箱:"妈,您怎么过来了?"

董舒仍担心把沈虞吓坏了,回答:"这不是你说小虞出了点儿意外,刚刚出院吗?我想着过来给小虞补一补身子。"

温折今天在和董舒的通话中提过沈虞的事。他本来只是随口一提,结果晚上母亲就大老远坐飞机过来了。

沈虞一听,心中涌上一股暖流,缓缓转身拉住董舒的手:"谢谢阿姨。"

"哎哟!和我客气什么?"董舒拉着她坐到了沙发上,一直握着她的手,心疼的目光落在她的脑后,"哎哟!这得疼坏了吧?"

被董舒关心地看着,沈虞低下了头,挡住眸中的酸涩与愧疚,想起在苏城时,自己在毫不知情的情况下跟着温折拜访董舒时,董舒一开始的不自然。

董舒一定什么都知道——知道她辜负了温折,知道她对他不好,但还是善良而热忱地愿意接纳她。

万千思绪压在心底,沈虞却半分都不敢说出口。

温折去给董舒倒了水。在他回来时,董舒皱了皱鼻子,立刻便闻到了他身上的酒气："又出去喝酒了？"

"只喝了一点儿。"温折把水杯放在桌上，表情有些无奈。

董舒伸手打他的手臂："让你少喝点儿、少喝点儿，没事别喝酒！你那胃不是铁造的，到时候又要吃药！"

温折无奈抿唇，难得没有半点儿办法。

沈虞脸一白："吃药？"

"妈，"温折却先开了口，"别说了，给我留点儿面子。"

董舒却不理他，叹了口气，和沈虞道："他应酬多，好几年前就把胃喝坏了。有一次还在国外喝到了胃出血，这些年才慢慢养好一点儿。"

沈虞猛地抬头看向温折，后者却别开了脸。

董舒站起身朝厨房走去，边走还边絮叨："我去给你煮碗醒酒汤。你自己的身子你自己心里有数，我是管不了——你也不听我的话。我管不了，让小虞来管你。"她又朝沈虞道："小虞，你以后好好看着他，不许他喝酒。"

沈虞连忙点头："您放心，我绝对看着他！"

等温折被硬逼着喝了两口汤，时间已到了深夜。董舒动作麻利地准备去房间收拾行李，转眼在次卧看到了铺得整整齐齐的床铺，上面还堆着沈虞洗漱后要换的睡衣。

董舒一看，从房间探出头来，和在餐桌旁端坐着的沈虞的目光对了个正着："小虞，你住这个房间吗？"

沈虞一噎，脸涨得通红。所以……董舒会不会觉得她很不矜持，这么快就住进温折家了？

结果，下一秒，董舒却惋惜地叹了口气："哎哟，可惜了。"

沈虞：可惜什么？

下一刻，董舒又拿着行李箱去了另一个房间："那行，我住这个房间。"

说完，她便进去收拾行李了。

沈虞如坐针毡，朝温折挤眉弄眼，用气音问道："阿姨在可惜什么？"她面露不安，"是不是阿姨平时都住那个房间啊？要不我今晚还是回去……"

温折的眼中还有微醺的醉意，闻言，他含着一口汤，肩膀因为笑而颤抖了起来。他咽下汤，目光轻轻地从沈虞的脸上扫过："她是在可惜——"男人拉长尾音，"你怎么还没和我睡在一起。"

温折饶有兴致地看着沈虞瞬间变红的脸颊，上上下下打量着她："其实妈今晚要是没来，就不可惜了。"

沈虞愣了一秒，突然反应过来什么，明白了温折的意思。

"司马昭之心！"她鼓腮瞪了他一眼，"我要找警察叔叔把你抓起来。"

温折的手指却在桌面上钩住了她葱白的手指，大概是被酒精冲昏了脑袋，他说话毫不掩饰："你不想吗？"

其实她很早就知道……温折好像有点儿敏感，看起来冷静理智的一个人，结果有的时候只是抱她一下就会……

他们不少次差点儿擦枪走火，最终还得温折硬生生地忍住。

他会不会……沈虞这么想着，目光也缓缓地沿着温折的胸膛往下移，落在某个位置，又赶紧离开，眼中透露出的意思不言而喻。

"你这是什么意思？"温折眉心一跳。

沈虞忙摇头。

两人聊到一半，董舒收拾好走了出来，看到温折空了的碗，满意地点点头，随后赶小鸡一样赶着两人去洗漱、睡觉。

许久没被长辈管过，沈虞还有些新奇，乖乖地去洗了澡。

她刚从浴室出来，房门就被董舒敲响了："小虞，睡了吗？我给你热了一杯牛奶，补补营养，喝了再睡吧。"

沈虞立马皱起眉——她不喜欢喝牛奶。温折都逼不了她的事，董舒可以。

"没睡！"她回，"阿姨，您直接进来吧。"

董舒拿着杯牛奶进来，又关上门，把牛奶放在了桌上。她牵着沈虞坐下，满目慈爱地看着沈虞喝牛奶。

沈虞欲哭无泪，硬着头皮咽牛奶。

房门又被人敲响，温折的声音隔着门板传进来："妈，您也在里面？"

"是是是！"董舒冲门口喊，"我们娘儿俩聊天儿呢，你哪儿凉快哪儿待着去吧！"

温折沉默了一瞬，然后闷闷地应了一声，脚步声渐远——他走了。

董舒看着沈虞小口小口地喝着牛奶，突然笑着说："小虞啊，阿姨今晚过来，想和你聊聊天儿。"

沈虞的动作顿了一瞬，随后她垂眼，点头："嗯，阿姨想和我聊什么？"

上次见到董舒，沈虞还能心无旁骛地讨好、撒娇，但这次就很难保持上次的状态了，绵延不绝的愧疚和自责始终淡淡地萦绕在她的心尖上，哪怕温折依旧爱她，哪怕董舒能接受她。

董舒轻轻地叹了一声："好孩子。"她试探着开口，"小折有没有和你说过他有个前女友？"

牛奶卡在喉间，差点儿就要喷出口，沈虞重重地咽下了牛奶，尽力不露半分破绽，点头："我知道这件事。"

似乎怕她难过，董舒连忙补充道："小虞，我绝不是为了让你难过，小折他喜欢你，绝对最喜欢你。"

因为他也再没有别人了。

沈虞仍点头，脑中却在推测：温折肯定已经把她失忆的事告诉了董舒，可能正是因为这一点，董舒才会那么轻易就接受了她。

所以，她绝不能露馅儿。

她微笑："阿姨，没关系的，那都是过去式了。"

董舒搓着手，似乎在琢磨该怎么开口。最终，她把手放在沈虞的手背上，郑重地握住了沈虞的手："小折在之前那段感情上受了一次很大的挫折。那时候他在家病了一周，吃什么吐什么，高烧不退。他瘦了十斤，连精气神儿都散了，"董舒抹了把泪，"之后脸上连个笑影也见不着。"

沈虞手脚冰凉，像是坠入了冰窖，嘴唇翕动着，半天说不出话来。

"小折很优秀，大二就拿到了全额奖学金出国，但天天拼了命一般学，一年也回不来一次。"董舒叹气道，"我不知道他那些年在做什么，但给我打的钱越来越多，多到我都不敢数的地步。

"但这孩子,喝酒喝到胃出血也不往外说一个字。"

说到这里,董舒声音颤抖:"他就这样,有委屈从来不说。"

沈虞的鼻翼翕动着,巨大的愧疚和心疼几乎将她湮没。

董舒的眼中藏着复杂的情绪,她用手紧紧地包裹住沈虞的两只手:"小折是真的喜欢你,会对你很好很好的。小虞,答应阿姨,好好爱他,可以吗?"

董舒讲话的声音不高不低,却宛如惊雷,一声声地砸在沈虞的脑中。作为母亲,董舒没有怪她的意思,只是想让她好好爱温折。

针扎一般的痛,细细密密地从沈虞的心底渐渐蔓延到全身。她几乎要维持不住表面的平静,怕失态,只敢垂着头。她重重地点头,再说话时,声音已带着鼻音:"我知道的。阿姨,您不用担心,我绝对不会……"话说到一半,她顿了顿,保证道,"我一定会好好照顾他的。"

感受到沈虞的认真,董舒心中最后的顾虑也慢慢消失了。她怜爱地捏了捏沈虞的脸:"好孩子,阿姨在这儿照顾你几天。等你彻底恢复了,我立马就走。"董舒笑了笑,意有所指道,"我也不好待在这儿打扰你们年轻人。"

沈虞:"……"

"不过,小虞你是女孩子,这方面会吃点儿亏。反正,要不想这么快要孩子,你一定要保护好自己,不能任那小子胡来。"董舒面色严肃。

沈虞也像煞有介事地点点头。

不过下一秒,董舒又转了笑脸:"不过你们要真的不小心有了孩子也不用担心,阿姨来带!"

沈虞摸了摸鼻子,"好……"

送走董舒,沈虞长长地吐出一口气,脱力般往床上一躺,她的喉咙像是卡了根鱼刺,咽不下、吐不出,哽在那里又疼又堵。

门外,董舒在厨房里清洗了杯子,随后关了灯,脚步声渐远,应是回了房间。

静谧的夜里,沈虞在床上翻来覆去。那种心疼依旧细细密密地蔓延至全身,沈虞甚至能听见自己的心跳声。

半个小时后,她无奈地翻身下床,蹑手蹑脚地打开了门。

温折的房间就在她的对面,而董舒的则隔了一个客厅。

她探出脑袋环视一圈,然后大步移到了温折的房间门口,悄悄转动门把手,一个侧身便钻进了温折的房间。

这还是沈虞第一次进温折的房间——冷白的色调,深灰的床单,陈设简单,没有任何花里胡哨的东西。

沈虞往床上看了眼,没找着人,屏息一听,浴室里传来水声。

哦?他竟然在洗澡。

沈虞突然不敢再乱看,没温折的允许也没有四处乱动,只好站在浴室门口,讷讷地盯着脚尖。

其实她也不知道为什么要过来,直到来到这儿后,悬着的心似乎才慢慢安稳了下来。

突然,水声停止。不多时,浴室的门倏地被人推开了。站在门口发呆的沈虞偏了偏头,看过去。然后,她倏地屏住了呼吸。

两人四目相对,一秒、两秒……

沈虞猛地移开了烧起来的脸:"你……你穿件衣服吧!"

她眼前的男人只松松垮垮地套了件浴袍,要掉不掉的样子,连水也没擦干,还有水珠不断地从喉结往下淌,从胸膛到腹肌,再到……打住!要命了啊!

骤然看到闯进来的沈虞,饶是温折也愣了一下。随后,他稍稍抬眼,不慌不忙地勾了勾唇:"你来我的房间,然后让我穿好衣服?"

沈虞还是忍不住用余光偷偷打量他,然后陡然定住了目光——她看到了在温折左边肋骨处的那个图案。

察觉到她的目光,温折一顿,随后几不可见地皱了下眉,修长的手指微动,欲不动声色地用浴袍挡住胸膛。

但沈虞早已察觉他的意图,先一步上前,把人按在了浴室的墙上,不由分说地拉开他的浴袍。

"做什么?"温折的眸色漆黑,他还想拉开沈虞,却见女人凶狠地抬头瞪了他一眼。

"不许动!"

温折薄唇微抿,深深地吸了口气,无奈地闭上眼。

276

浴室的灯光明亮，从温折的头顶倾泻而下，将图案照得纤毫毕现——男人的皮肤很白，像是纯白的画纸，深蓝色的小鱼晃着花纹繁复的尾巴游于其上，小鱼的四周是密密麻麻的花纹，像是水，又像是缠绕的藤蔓。

沈虞错愕地看着，忍不住伸手触碰他，却连指尖都在不住地颤抖。

这个图案她见过——在温折八年前发的那条朋友圈里。

沈虞闭了闭眼，任由眼泪从脸颊上滑过。

温折这样的人……他这样的人，竟然会任由自己这种人在他身上留下这样深重的痕迹。

她极力克制着颤抖的呼吸。

温折却抬起她的脸，无可奈何地说道："别哭，我会去洗掉，你想什么时候就什么时候。"

沈虞却一直摇头，脸色煞白，死死地咬着殷红的下唇。

温折眸色复杂，挣扎、无奈、懊悔一齐涌现。

下一秒，沈虞紧紧地环抱住他，像是抱着最后的救命稻草："别洗……不要洗，洗文身很疼的，我不在意。"

温折僵硬着身体，缓缓抬手抱住怀中的身体，指尖一点点地梳理着沈虞的发梢。良久，他的喉结动了动，眼中的复杂情绪一点点散去，最终眼神变得清明，他缓慢地出声："小虞，你还没感受出来吗？我的初恋……"

沈虞听出男人话里的意思，眼中刹那间涌出无限惊慌——不要说，不要说！

她伸手就捂住了他的唇，用力摇头："我不想听！你不要说，我不想听！你们的事我半个字都不想听！"

温折的唇被沈虞堵住，他低头，对上她慌乱的眼，那种走至死胡同的无力感再度袭来。

也是，她不想记起那些事，一直都不想。

温折拉下沈虞的手，捏了捏她的脸："好，我不说。但能让我把衣服穿好吗？毕竟这样……"他将视线往下移了些，意味不明，"我可能会误会你的意思。"

沈虞尴尬地从他怀里出来，面对着近乎没穿衣服的男人，连眼睛都不知道往哪儿看。

她知道——他好像挺难受的，全身都很烫，连呼吸也不再平稳，却依旧克制着，压抑着自己。

女人目光飘忽，时不时地往他的身上扫，带着意味不明的味道。温折额角的青筋直跳，深深地呼吸了几个来回，指向浴室门口："你先出去等我一会儿。"

"我……"沈虞硬着头皮，"我等你一起。"

温折揉了揉眉心，眸色沉沉地望向她，低哑的嗓音中有掩饰不住的侵略欲："你知道我要干什么吗？"

沈虞挺直腰背："我知道……我的意思是……"她声音越来越低，"我留下来帮你。"

温折的眸中越是惊涛骇浪，脸上越是平静，他朝沈虞走近一步，轻声反问："小虞想怎么帮我？"

沈虞垂下卷翘的睫毛，连呼吸都放轻了："都可以……就是，阿姨刚刚也说了，要做好措施。不过，我们不做措施的话，真有孩子了，也……也没事。"沈虞咬牙道，"反正阿姨说她来带。"

温折眼尾微红，胸腔中的占有欲一阵高过一阵，快要冲破牢笼，幻化为失去理智的凶兽。他轻轻地握住沈虞的手，声音嘶哑："小虞，你知道你在说什么吗？"

"知道啊。"沈虞说，"我要留下来帮……"

她被一把抱起，坐在了洗手台上。男人铺天盖地的吻毫无章法地落下，一个又一个，满是侵略欲，不给她半分喘息的余地。

沈虞甚至感觉心脏快要跳出来了。正胡思乱想着，她感觉到自己的手被男人轻轻地握住了。然后，温折咬着她的耳垂，嗓音低沉："委屈你一下了。"

她反应不及，脱口而出："就……就这？"

第十章
奥斯卡夫妇

接下来一整天,沈虞都心神不宁。

结束了在鼎越的实习,她照例需要回到学校。两个月来,她堆积了不少功课和论文,现在到了学期末,所有事情都堆在了一起。

但忙碌间,温折那个"求婚预告"还不停地在沈虞的脑中循环播放,沈虞每在键盘上敲几个字就要停顿一下,然后甩甩脑袋——啊啊啊!烦死了!

她翻出手机,微信显示李玟发来了消息:"小虞,你今天就不来啦?"

沈虞:"对,我昨天已经和人事对接,办了离职手续。"

不得不说,鼎越的工作环境和氛围都是极好的。沈虞虽然待在公司的时间不久,学到的东西却不少。

但现在,她和温折的关系尽人皆知。一开始铁面无私的琳达减少了她的工作,周围同事和颜悦色的同时也变得客气生疏。实习期已满,再加上她没有留在鼎越的打算,也就没有继续待下去的必要。

也好,留给温折一个清静的工作环境。毕竟公司的传言一浪高过一浪,已经从"小实习生和总裁不得不说的二三事"延伸到了"总裁为色所迷亲自接送实习生,尽显无上宠爱"。

对沈虞的离开，李玟显得很失落："好吧，那咱们有空再约啦！以后还得靠夫人替小的在温总面前美言几句。"

沈虞忍俊不禁："收到！我尽量。"

她本欲放下手机继续写论文，谁知下一秒，手机毫无预兆地响起，来电显示是一串本地的陌生号码。

沈虞皱了皱眉，还是按了接听。如她所料，随后，沈光耀的声音从听筒里传来，相比之前苍老了许多，他小心翼翼地喊她："小虞？"

沈虞的手指在挂断的按钮上停顿了一下，最终没有挂断。

上次的事她还没讨个结果。这一个月以来，她脑后的伤好了，董舒也回了苏城，是时候处理这笔烂账了。

"什么事？"

沈光耀默然几秒，开口道："你有时间回趟家吗？爸爸有点儿事要和你说。"

沈虞漫不经心地抠了抠指甲："什么事？奔丧？"

那头安静了一秒，沈光耀又道："小虞，你有什么气，今天都来家里说清楚吧。"

沈虞笑了，立刻便明白沈光耀这是有事求她。

"好啊。"沈虞欣然答应，"让沈弯弯在家等着我。"

沈虞看了下时间，快到正午了。她加快了写论文的速度，又匆匆吃了午饭，便搭车去了沈宅。

坐在出租车上，她用指尖摩挲着手机，最终没对温折说这件事。

沈家那些烂事，她不想再让他插手了。

她想法简单：沈弯弯背后阴人，她便光明正大地打回去。

打人而已，她不需要挑日子。

沈虞到达沈宅时不到两点，炽热的阳光倾洒在柏油路上，温度灼热得烫人。

大概沈光耀提前打了招呼，沈虞顺利地进了门。

偌大的沈宅此时一片安静，其他人大概都在午睡，唯有几个用人在轻手轻脚地打扫厅内卫生。看见她，几个用人面面相觑："小姐，先生在楼上的书房里。"

"嗯。"沈虞四处环顾一圈，便径直上了楼，进了三楼的书房。

她没敲门，进门后和坐在桌后的沈光耀对上了视线。平心而论，沈光耀的长相是出挑的，人到中年依旧风度翩翩，装得一副儒雅的模样，只是今天的沈光耀失了往日一半的精致，颇有些不修边幅，头发灰白，看起来苍老了许多。

看见沈虞，沈光耀忙站起了身过去迎她："小虞，你来了。"

沈虞避过他坐在桌前，目光落在桌案上复杂的报表上，冷淡道："你有什么事？"

有用人上来送茶水，沈光耀亲自端着，放到了沈虞面前。

沈虞眯了眯眼，静等下文。

随后，沈光耀搓了搓手，面露难色："是这样的，最近沈氏的资金链出了点儿问题……前年投的那个项目的产权出了问题，现在资金回不来……"

他话说一半留一半，欲言又止的模样让沈虞烦躁感顿起。

"你有话直说。"

"现在沈氏急需资金，我想找优创银行贷款，这件事你能和周宪聊聊……"

话未说完便被沈虞打断，果然，他绕来绕去，目的在这里。

沈虞"扑哧"冷笑出声："沈光耀，我为什么要帮你？"

沈光耀的脸上青一阵白一阵，最终，他僵着脸憋出几个字："你手上也有不少你外祖父和母亲留下的沈氏原始股。沈氏出事，对你没好处。"

沈虞耸肩，不屑道："那我不要了呗！趁你还没破产，卖掉了股份，我一辈子都不愁吃穿。"

沈光耀气极，伸手指向沈虞："你！"

"我？"沈虞懒洋洋地抬眼，"我什么？公司又不是我的，关我什么事？"

沈光耀听出她话中的意味："这件事办成，我让你进沈氏。你是我的女儿，公司以后自然是你的。"

"我进沈氏,公司就是我的了?"沈虞跷着腿晃了晃,似笑非笑地看着沈光耀,"不能吧?"

她知道现在主动权在自己手上,脸上不慌不忙。

"你要来公司,自然是我的左膀右臂。"

"左膀右臂?"沈虞轻蔑地勾唇,"沈光耀,你少用蒙我妈那套给我画饼。废话不多说了,我要你手中一半的股份,还要公司的管理权。"

她手中的股份不少,加上沈光耀的一半,她就达到了一半以上的绝对控制权。

沈光耀表情一变:"小虞,你这是什么意思?"

"让你把公司给我的意思。"沈虞低首吹了吹指甲,理所当然道,"你名下的股份够你养老了。早点儿退了吧,你不是这块料。"

沈光耀被气得半天说不出话。触及利益和权力,他撕去了伪善的面具:"沈虞,我这些年是不是太惯着你了?你别得寸进尺!"

沈虞平淡地瞥了他一眼,半句话没说,干脆利落地准备拎包走人。

"等等!"沈光耀喊住她,"你能给我筹到两个亿,我就答应你。"

从书房出来后,沈虞径直到了二楼——她没忘记自己此行最大的目的。

二楼有两个房间,一个朝阳,一个朝阴。

在离开之前,沈虞始终住着朝阳的那个房间。

她从五岁起就住在那里,一直到十七岁。她也始终记得,夏天窗台上会有茂密葱绿的爬山虎,冬天日光会一点点从窗外爬进来,照在毛茸茸的床单上。

白婉玉总是会语气轻柔地喊她起床,更早的时候还会躺在床上哄她睡觉。

可现在,这儿成了沈弯弯的房间。

沈虞在门外沉默了几秒,突然伸手拧开房间的门,入眼满目奢靡,珍品随处可见。

她记得自己的房间,原来有垂着流苏的、米白色的琉璃灯,有紫檀木做的书架,书桌上还有白婉玉亲手做的小夜灯。

但现在，那些全都没有了。

小夜灯被沈虞带回了苏城，又跟着她回到京城，但经年过去，已经不能用了。

沈虞的目光安静地落在天鹅绒做的粉色床单上，沈弯弯躺在床上，睡得正香。

所有的理智、耐心顷刻间蒸发，随之而来的是多年堆积起的熊熊燃烧的怒火。沈虞径直上前，半分不留情面，一把将熟睡的人从床上拉起，又扔垃圾般扔回了床上。

沈弯弯被这么大的动静吓得猛然从睡梦中惊醒，看到近在咫尺宛如修罗的沈虞，惊愕地瞪大了眼睛："你要干什……啊！"

一个耳光重重地扇在了沈弯弯的脸上，火辣辣地疼，几乎是瞬间，沈弯弯就被打出了眼泪。

她还没反应过来，脑袋就被按在了床板上。沈虞捏着她的下巴，居高临下地看着她："疼吗？"

沈弯弯害怕得连身体都在颤抖，想要大喊"救命"，却透过打开的房间门看到了站在台阶上的沈光耀。

一时间，她的心中一阵恶寒。

沈光耀知道……他知道，然后眼睁睁地看着沈虞打她！

沈弯弯艰难地吞咽着口水，伸手便欲挣扎，但她的力气哪里能和沈虞比？下一刻，沈虞又一巴掌直接把她打得翻了身。

沈虞还在问："疼吗？"

沈弯弯觉得沈虞疯了："沈虞！你这个疯子！你这个疯狗！"

在凌乱的枕头和被褥下，她颤抖着摸到手机，想打电话求救。谁知下一刻，沈虞的话让她彻底愣住了——

"你抢我的房间，害我分手八年，推我滚下楼梯的时候，有过一丝一毫的愧疚吗？"

沈弯弯眼皮重重一跳，脸上满是震惊，重点全放在那句"分手八年上"。

沈虞为什么会知道她分手了八年？温折不是说她……失忆了吗？

沈弯弯垂眼，挡住晦暗的眸子，随后，不动声色地打开了手机录音软件，死死地把手机藏在枕头下。

下一刻，沈虞拉过沈弯弯的手腕，又狠狠地扇了沈弯弯一个巴掌。

沈弯弯任由沈虞打，抹去嘴角的血丝，意味不明地笑着问道："沈虞，你当初那么对他，怎么还好意思和他在一起啊？你怎么好意思啊？"她笑得肩膀直颤，"你对他有过一丝一毫的愧疚吗沈虞？温折喜欢你也真是瞎了眼！你这个恶毒的人不配得到任何人的爱！"

不知被哪句话激怒了，本来准备收手的沈虞又顺势抽了沈弯弯一耳光，嗓音沙哑至极："闭嘴。"

她揪住沈弯弯的衣领，和沈弯弯四目相对，扬眉冷冷地笑了："可那又怎么样呢？他爱我——我甩了他，他还是爱我；我骗他，他也爱我——他今天还要和我求婚。"

她又轻蔑地把人一把扔下，可怜地摇摇头："你呢？他给过你一个眼神吗？"

沈弯弯的胸膛剧烈起伏，无数怨愤涌上了心头，她眼睛赤红地推开沈虞："沈虞！你这种人哪里知道爱是什么？！"她摸到枕头下的手机，露出一个柔和的笑，"沈虞，你会后悔你今天说出的话的。"

其实不用沈弯弯说，话出口的瞬间沈虞就后悔了，身侧的手紧紧握起，用力到发白。

这种话……她怎么能说得出来？温折爱她，不该被她用作伤害沈弯弯的武器，不该……被说得如此廉价。

沈虞闭了闭眼，汹涌的悔意涌上来，掐住沈弯弯的下巴的手指也开始颤抖。

一时间，房间内安静无比。

在房间里午睡的韩雅听到了楼下的动静，只穿着睡衣就下了楼。看到被打得双颊充血、虚弱地躺在床上的沈弯弯，韩雅惊叫了一声："弯弯！"

这一声惊动了站在台阶上没动的沈光耀。韩雅的表情异常难看，她两步走近，拉住沈光耀的手臂："光耀，沈虞……沈虞在打人啊！你怎么不去管管？！"

沈光耀无动于衷："管？怎么管？"他烦得一把甩开韩雅的手，不耐烦地说，"这事我管不了！"

公司出问题，银行贷款贷不到，他现在处处被沈虞掣肘，再上前去制止无异于火上浇油。沈虞今天要是能出了气，事情还好办些。

韩雅怔在原地，难以置信地看着沈光耀冷漠的面孔，像是重新认识了这个人一般，一时间从脊背寒到了脚底。

她绷着脸下楼，跑进房间，伸手就去扶床上的沈弯弯，满目心疼地看着女儿的脸："弯弯，给妈妈看看，我看看。"

看到韩雅，沈弯弯把头埋进韩雅的怀里哭泣："妈……沈虞打我……她打我。"

韩雅再也维持不住表面的温婉和友好，再抬眼看向沈虞时，眼中的怨恨一闪而过。

沈虞始终面无表情，居高临下地看着她们上演母女情深，嘴角含着淡淡的嘲弄。她百无聊赖、漫无目的地打量了一圈，突然，视线定在了书架最上层的某一角上。她大步迈过去，伸手把那本《人间失格》从书架上拿了下来。

察觉到她的意图，沈弯弯瞪大了眼睛，挣扎着就要从床上爬起来："沈虞！把书给我，还给我！"

沈虞充耳不闻，手上的动作并未停下。几秒后，看见温折那张被珍藏的照片，她冷冷一笑，干脆利落地把照片从书中抽出。

沈弯弯疯了一般奔过去夺照片："照片……照片还给我！"

"我男朋友的照片，为什么要还给你？"沈虞勾唇冷笑，把照片塞进了包中，意有所指地看向韩雅："觊觎别人的男人，你们到底要不要脸？"

沈弯弯死死地咬着下唇，心中恨得快要滴血，继续不休不止地抢沈虞的包。

沈虞侧身躲过，顺势把那本书也放进包里，而沈弯弯扑了个空，直直地栽倒在地上。

韩雅一看，连忙上前扶起沈弯弯，怜惜地擦去她的眼泪。

沈弯弯指着沈虞，哭得肝肠寸断："妈，我的照片，我的书……让她还给我。"

韩雅虽不明白女儿为什么难受，但还是兴师问罪般看向沈虞："你为什么要拿弯弯的东西？！"

"她的东西？"沈虞"扑哧"笑了，"什么是她的东西？这里有一丝一毫是她的东西吗？"

最后看了一眼二人，沈虞迈着长腿，转身便要走。

看着沈弯弯伤心欲绝，韩雅不依不饶地奔上前就要抢沈虞的包，却连人都没碰到，便被沈虞挥手甩在了地上。

沈虞厌烦地回头："韩雅，我劝你不要不识好歹，不然我连着你一起打。"

沈虞走了。

沈弯弯坐在地上，死死地盯着沈虞离开的方向。韩雅气得血压飙升，连头也隐隐地疼起来。

沈光耀进来，看到了形容狼狈的母女俩，头疼至极："行了，也没多大的事，脸上的伤养养就好了。"

话音落下，屋内一片安静。沈弯弯低着头一动不动，而韩雅缓缓抬头，用一种看陌生人的眼光幽幽地盯着他。这么多年来，她第一次撕开了温婉的面具，露出一丝堪称嘲弄的笑："没多大事？弯弯被沈虞不讲道理地打了耳光，这也叫没多大事？"

沈光耀拧着眉，本就因为公司的事烦心，现在连向来听话的韩雅也要找他闹，更是烦不胜烦，于是一挥手："行了！你们爱怎么样就怎么样，别来烦我。"

说完，他转身便上了楼。

韩雅搂住沈弯弯，冰冷的视线循着离开的沈光耀移动，直到再也看不到人影才安静地收回视线，唤了用人上来送药膏。

沈虞从沈宅出来时刚刚三点，屋外依旧是烈日当空。

但这一趟让她失了做任何事的心情——她直接叫了辆车，本想直接回家，但走了一半又改了主意，转而让司机开去一家酒庄。

为了某种隐秘的心思，沈虞进酒庄买了两瓶红酒。求婚嘛，搭配点儿酒才有情调，而且，万一……要发生点儿事，她喝酒才能壮胆。

286

待沈虞到家时，时间已至五点，距离温折回家的时间越来越近。她坐在空旷的客厅里，把买的东西拍下图片发给温折，然后抱着手机安静地靠在沙发上等他。

但不知怎么，她右眼皮直跳，有些心神不宁。

手机也看不进去，沈虞烦躁地瘫在沙发上，刚一动，方才随意地扔在沙发上的挎包便"哧溜"滑了下去，里面的书也掉了出来。

沈虞弯腰把书捡起来，又从包中翻出了那张照片。照片上，少年温折眉眼俊秀，满身干净的学生气，面带笑意地轻抚着面前的橘猫。

八年过去，照片已经有些泛黄，再加上应是经常被人拿在手中摩挲，边缘已经被磨起了白边。

沈虞捏着照片的手微微用力，将其珍重地重新放回书里。

她开始翻这本书，不知道沈弯弯为什么要把照片藏在这本书里，这么多年一直未变。

沈虞捧着书，窝在沙发上看着看着，眼皮竟有些睁不开了。

黄昏到来，天色渐渐黑下来。一天的疲惫袭上心头，沈虞抱着书，就这样歪头睡着了。快要睡着前，一股失重感突然从头侵袭到脚，沈虞浑身剧烈一颤，差点儿从沙发上滚下去。

满目黑暗中，沈弯弯似乎在冲她笑，那句"你会后悔的"像是魔咒般，一遍遍地在她的脑中循环。

鼎越资本二十四层，总裁办公室。

今日，办公室的人达成了一个共识，那就是——温总的心情好像很好。

平时不苟言笑的"高岭之花"，今天好似连说话都带着笑。几位秘书争着去汇报工作，纷纷感受到了何谓"如沐春风"。

总裁办公室的人难得准时下班，离开前，几位秘书都朝着袁朝挤眉弄眼，指了指总裁办公室的门："今儿有什么好事啊袁助？"

袁朝把手中的戒指礼盒往身后藏，故意卖了个关子："秘密。"

"喊——"几位秘书觉得没趣，都笑骂袁朝装神弄鬼。

袁朝一挑眉，在进办公室前暗示道："反正这事要成了，未来的日子，温总的心情都会很好。"

"哇！"

有人调侃："这人生几大喜事，他乡遇故知，金榜题名时……我猜今儿可不得是温总的洞房花烛夜啊？！"

这话一出，全场人都"哈哈"大笑。

有女秘书眼尖，看出袁朝手中的礼盒是某品牌的，不无羡慕地点头："我看是八九不离十了。"

"这实习生好福气啊！咱们这'风投第一男神'就这样被拿下了。"

"唉，她这上辈子是拯救了银河系啊！"

…………

周围欢声笑语一片，袁朝被吵得头疼，一挥手，示意他们安静。

随后他敲门，里面传来一声清越的"请进"。

关上门，袁朝把手中昂贵的礼盒放在桌上，朝着电脑前工作的男人道："温总，戒指送过来了。"

温折颔首："辛苦了。"

说起来，买到这个钻戒确实费了袁朝不少心思。从温折给他透露需要一套首饰求婚用时，他便四处留心，筛选了很多套——温折都不满意。

终于，在一周前京南的拍卖会上，袁朝以八千万元的价格拍下了这套F国国宝级设计师米切尔夫人的收官之作。

戒指上镶嵌的是顶级的八克拉粉钻，极尽娇美华贵，拍品放出的一瞬间，温折便点头让他拍下。

袁朝看着温折轻轻打开方盒，昂贵的红丝绒礼盒包装中，粉钻耀眼夺目。

温折只看了一眼就合上了礼盒，又吩咐袁朝备车。随即他便低头摁亮手机，正巧看到了沈虞刚刚发来的消息。

图片上是……两瓶红酒？温折有些诧异地扬了扬眉，眼中闪过一丝笑意。

他看了几秒，突然用指尖放大图片，看清了角落里应为不小心入镜的几个红色的方正盒子……

温折突然掩面，别过脸，轻咳了好几声。

袁朝刚好通知完李宗备车，转头看见自家老板在咳嗽，连脸都咳得泛起了薄红。他挠了挠头，疑惑道："温总……感冒了吗？"

"没。"温折摇头，为缓解尴尬，朝袁朝一抬手，示意他安静，"我先看个邮件。"

他的工作邮箱是对外公开的，公司官网上就有。不少创业者会发项目书过来，温折平时会交给总裁办公室的下属筛选，偶尔得空时也会亲自看。

但今天的最新邮件不是惯常的文件形式，温折打开附件，正欲细看，突然，打开的录音开始自动播放——

属于两个女人的嘈杂的对话声从手机中传出，虽不甚清晰，但便是袁朝也能够清晰地听出，其中有一道清亮好听的声音属于沈虞，也是……他未来的老板娘。

录音很短，似乎只有几句对话，但透露出的信息量好像有点儿大。

她……她……甩了谁？骗了谁？谁今天还要求婚？工作向来干净利落的袁大助理，脑子似乎不太够用了。

一分钟后，堪堪反应过来的袁朝猛地倒吸一口凉气，在心中低咒了好几声：这都什么破事？！怎么就让他给遇上了？！

他悄悄抬眼看向了仍旧坐在椅子上的温折。

男人仍旧面无表情地握着手机，似乎没什么变化，只是眼眸黑得瘆人。他垂下睫毛，目光轻轻地落在办公桌上的红丝绒戒指盒上，像是暴风雨前的平静，仿佛下一秒就要掀起惊涛骇浪。

沈虞睡了极为漫长的一觉，再醒来时，家中一片漆黑，只有阳台上的窗帘被晚风轻轻吹起，露出远处星星点点的灯光。

她打了个哈欠，懒洋洋地从沙发上起来，懵懂地环顾一圈。

四下安静，寂无人声。

沈虞从身下摸出手机，摁亮屏幕，幽暗的光线映在了她的面颊上。她看到了时间——晚上九点三十六分。

沈虞眨了眨眼，蒙了：为什么温折还没回来？

她又打开微信，找到温折的对话框，只是消息记录还定格在四个小时前。在这期间，温折没有给她只言片语的回复。

沈虞握紧手机，再次奇怪地往四周看了看，一瞬间以为自己进入了异次元。

她摸索着从沙发上下来，光着脚找拖鞋，但半晌没找到，索性直接踩在了地上，冰凉的瓷地砖有些冰脚。

沈虞蹙着眉，边去开灯边给温折打电话，但电话刚刚拨通一声，就被掐断了。她再拨，再次被掐断。

沈虞的心跳了跳，她走到玄关前，准备开灯，但刚刚碰到开关，突然，厚实的木门上传来一声响动。

沈虞动作一顿，屏住呼吸。

寂静中，门口的动静逐渐清晰起来。沈虞直勾勾地盯着门，听到了自己突然加快的心跳。

下一秒，木门被从外面推开了。大门打开的一瞬间，屋外浓烈的香烟味涌入她的鼻腔。

沈虞从墙角探出了头，看见昏暗的声控灯的映照下男人颀长挺拔的身影，轻轻出声："温折？"

没人答应，随之而来的，是一道重重的关门声，大门隔绝了屋外声控灯的光亮。

沈虞被这诡异的氛围弄得心底满是不安，伸手欲开灯，下一秒，放在开关上的手被男人强制按在了墙上，随之而来的是涌入鼻腔的刺鼻的香烟味。

他这是……抽了多少啊？

沈虞瞪大了眼睛，正要开口询问，抬眼却望见温折漆黑的眼。他急促的呼吸落在她的鼻畔、脸侧，下颌绷紧，满身的气息都散发着侵略性。

最终沈虞先受不了了，难耐地别过脸："你……怎么才回来？"

温折依旧看着她，微凉又带着淡淡烟草气息的指尖轻轻地摩挲着她白皙的右颊，哑声笑了："有点儿事。"

"可……我等了你好久。"说起这个，沈虞还有些委屈，埋头环抱住温折的腰,"你怎么都不回我的消息?"

温折:"等我?等了我多久?"

"四个小时。"

"那你知道我等你多久吗?"温折低头,额头和她相对,轻声问。

沈虞愣了下,眼中闪过一丝慌乱。有那么一瞬间,她甚至以为温折已经知道了她恢复了记忆:"什么……等了我多久?"

温折的表情似笑非笑。

"啊?"沈虞想了想,问,"你是回来过又走了吗?"

温折没再答,依旧看着她。

两人在黑暗里无声对视,气氛诡异又安静。沈虞想要伸手开灯,但手刚抬了一半就被按下了。温折更用力地将她按在墙上,令二人几近相贴。他呼吸浅浅,从她的额头一点点往下吻,复又咬上她莹白小巧的耳垂,和她耳语:"小虞今天做了些什么?"

"在学校……"沈虞被他弄得痒,意欲侧开脸,却被强按住了后脑,"写论文。"

"然后呢?"他轻柔的吻来到了她的脖子上。

沈虞纤长的睫毛上下颤抖,她从喉间溢出了声音:"去了酒庄、超市……买……买东西。"

"买了什么?"

"酒。"另一样东西,沈虞打死也不好意思说出口。

但温折不依不饶:"还有呢?"

"没了。"

温折扯了扯唇。突然,沈虞的锁骨被男人用力地咬了一口。他没留力气,泄愤般用力:"怎么一点儿也不诚实?"

沈虞被咬得一缩脖子,想躲开,这个动作却激怒了凶兽般的男人。

"你发什么神经……呲。"

她胸前的好几颗纽扣掉在地上,发出了清脆的声响。一瞬间,清凉的空气接触皮肤,沈虞一激灵,还没反应过来,整个人便被打横抱起,扔在了沙发上。

黑发缠绕着,挡住视线,沈虞挣扎着想要撑起身体,睁眼便看见温折用修长的手指把玩着她下午买回来的那几个盒子……

一瞬间，沈虞整张脸涨得通红："你……你不要误会。"

温折却始终看着她，另一只手轻转着开酒器。清脆的一声响，他打开了红酒瓶塞，歪头轻轻笑道："误会什么？"

沈虞被他笑得脊背微凉。她感觉……温折今晚非常不正常，瓷白端正的面庞无端显得妖冶，像个衣冠禽兽。

此刻，她衬衫裙的衣襟散乱，露出了雪白的皮肤。

温折缓步走近她，目光一动不动地落在她的脸上。

他突然居高临下地抬手，冰冷的红酒倾泻而下，倒在沈虞身上，从散乱的衣襟往里流，沾湿了雪白的衬衫和细腻的肌肤，又像用颜料浸染了一幅画。

沈虞惊呆了，完全不知道温折发的是什么疯。待她反应过来时，大半瓶的红酒已经被他倒完了。她意识到自己的全身都被洒上了红酒，便是修长笔直的双腿也不得幸免。

而这一切的罪魁祸首面无表情，像是欣赏画卷一般，唯有一双眼露出了欲念。

沈虞低骂了一声，到现在，火气已经直升到头顶。她撑着身体便要从沙发上起来，嘴上还在骂："温折你发什么疯……"

不再给她说话的机会，温折直接跪上沙发，捏住她的下巴堵住她的嘴，撬开齿关，不给她一丝反抗的余地。

红酒流得到处都是，从沙发流下，滴在瓷白的地砖上。温折一点点地吻去沈虞脸侧溅落的酒渍，接着是脖子、锁骨……

沈虞被亲得全身发软，浑身都使不上力，手臂半分都推不开铁一般坚硬的男人。

她听见温折拆包装的声音，脑子里"嗡嗡"作响，也终于忆起……他不是说要和她求婚吗？这……就是求婚吗？

被洒红酒、被狎昵对待、被强迫的委屈齐齐涌上心头，沈虞没有反抗，只是闭上了眼睛，但眼泪还是从眼角缓缓地流出。

她不是不愿意，但他为什么要这么欺负人？

她身上的人再次强势地覆上来。

温折继续吻她，漆黑的瞳孔饱含令人心惊的欲色，已不含几分清明，直到吻到一滴咸涩的泪珠才突然停了下来。

他的目光涣散了一瞬，随后聚拢，他慢慢回了神，然后看见清冷的月色下，女人纤长的睫毛下一滴滴流出的眼泪，顺着下巴往下，流到刚刚被他吻过的红酒渍上。

温折猛地直起身，眸中满是懊悔和无措——该死的，他到底在干什么？

他沉默地把人抱起，闭了闭眼，哑声道："对不起。"

沈虞抽噎着，一口咬在他的肩膀上。她看着自己满身的狼藉和凌乱，沙哑着嗓音："你这个浑蛋。"

温折低眸："我是浑蛋。"

"你欺负我。"沈虞把眼泪全擦在他的肩上，贝齿咬了咬下唇，受尽了委屈般，"你怎么能这样欺负我？"

温折闭上眼，只觉头痛欲裂，而回来时满腔的愤怒和无力也都在她娇气的哭声里消失殆尽。

他轻拍着沈虞的肩膀，又吻去她的眼泪："不哭了。"

沈虞闹了好一会儿，最后大概是哭累了，赖在他的怀里又睡着了。

温折沉默地把人抱起，忍着满腔的火气给她洗去了满身酒渍，再用浴巾包着人回房间，最后用被子死死地盖住她，不露出一丝春光。

他坐在床边，用微凉的指尖一点点地描摹女人的眉眼。

不得不承认，事到临头，他还是退缩了。

在今天听到录音的那一瞬间，温折曾在脑中排练过数种收拾沈虞的方法。恨极的时候，他恨不得用最坏的方式弄脏她。

这个女人真的够狠，狠到总能随便几句话就碾碎他的心。

想到此，温折恨不过，再次用力掐了下沈虞的脸，眸中闪过一丝暗芒。

既然她这么喜欢演，他就陪着她继续演，看看谁能演到最后。

把沈虞安顿好，温折边解着扣子，边迈步回浴室。

刚刚他帮她洗澡，被闹腾得水溅了满身，衬衣几乎贴在身上。

哪怕他闭上眼，满目依旧是雪白细腻的一片，晃得人眼疼。水"淅淅沥沥"地从他的头顶倾泻而下,淋湿了黑发,沾湿了英挺的鼻骨,又顺着喉结滑到胸膛上,一点点延伸而下。

不多时,浴室里响起低沉压抑的声音。

…………

良久,温折湿着黑发,迈步从浴室走出来了。他打开沈虞房间的门——女人呼吸绵长,没心没肺地睡得极沉。

他盯了她好一会儿。最终关门,转身去了客厅。

沙发上仍是一片狼藉,刚刚淋于其上的红酒,沿着灰色的沙发落在瓷白的地砖上,一滴滴晕染出深红的痕迹。

温折安静地看了会儿。突然,他的目光定在沙发角落里的一本深色封面的书上,他迈步走过去,伸手把书拿起。

《人间失格》——高中时,他曾翻阅过数遍。那段日子里,父亲病重,家中负债,不幸似乎突然就闯入了平静的生活。他也曾有过沮丧到不行的时候,但面对不讲道理的命运,任何负面情绪好像都了无意义。

温折在书铺看完了这本书,并没有买回家。他不知道沈虞为什么要把这本旧书带回来。

他的指尖漫不经心地翻着书页,突然,有什么东西从书的夹层中掉落。温折俯身,从脚边捡起照片。看清照片后,他睫毛一动,指尖微微用力,将照片背面朝上,看到了那一行字——

"初见乍惊欢,久处仍怦然。"

一切似乎突然水落石出了。温折安静地把照片重新夹进书里,在沙发上找了处干净的地方坐下,随意地又开了瓶酒,倒在高脚杯里,仰头灌入喉间。

这酒入口微甜,至喉却辣,后劲十足,一路灼烧着滚到胃里。

明明酒精醉人脑,但他眼前的景象似乎更加清晰了,录音里的那段话也仿若咒语一般不停地在脑中播放。

恍惚中,这声音依稀和八年前的重叠——

三月初,正是初春,苏城遍地草长莺飞,临近沈虞的生日。刚好月底结了笔家教费,温折去了趟水街,悄悄地买下了上次她看上的最终却因为他而放弃的手镯。

但最终他精心准备的礼物没有送出去，在那之前，他遇见了沈弯弯。

对这个同窗了两年的女同学，他只有些微的印象，而这点儿印象，还是因为认识沈虞的当天，少女随口问的一句——

"你认不认识沈弯弯？哦，不，廖弯弯。"

相比之前在班上沉默寡言的女生，他再见沈弯弯时，她穿着价格不菲的连衣裙，脸上妆容精致，微笑着跟他打招呼，并提出和他叙叙旧。

温折礼貌地拒绝，却在离开时听见她说："我是沈虞的姐姐。"

他陡然顿下脚步。

沈弯弯一改之前的腼腆，和他说了所有来龙去脉，从搬家到照片，再到沈虞暗暗和她炫耀的种种。

"母亲纵然有错，但他们是两情相悦的啊……"沈弯弯流下了眼泪，抽噎着跟他说，"而且，玉姨已经去世了……"

温折听得直拧眉，打断了她的话，冷冷道："我不觉得出轨和破坏别人的家庭是值得原谅的行为。"

沈弯弯一噎："但沈虞……她为了报复我而欺骗你，而这一切只是因为我喜欢你……她根本不喜欢你。"

温折指尖微颤，手上的礼盒落了地，里面的玉镯也顺势掉出，在地上跌成两半。

镯子落地，发出清脆的声响，沈弯弯被其吸引了目光，突然笑了笑："温折，你知道小虞的爸爸是谁吗？"

温折默不作声。

"沈氏资本的创始人。"沈弯弯道，"沈虞随便一件衣服都是五位数，京城追她的公子哥儿数不胜数。她勾勾手，多的是人愿意贴上去。你觉得，这样游戏人生的沈大小姐，真的会有真心吗？"

温折始终没说话，安静地把镯子捡了起来。

见得不到回应，沈弯弯试图握住他的手，却被温折厌烦地躲开了。

她表情微变，轻轻地笑了笑，细细的嗓音响在他的耳边。

温折记不清她具体说了什么，至今能回忆起的只有她说话时涂着刺目口红的双唇，一开一合，让人有些反胃，以及那句——

295

"你之于她，不过是刺激我的工具人，抑或是……闲来无事的消遣。"

他的胃里翻江倒海，像是要吐的感觉。他折腾了一个晚上，没有吃饭，倒是喝了半瓶酒，酒精在胃里灼烧，熟悉的痛感传来……

温折睁开了眼，忍着疼痛带来的冷汗，撑着沙发站起来去翻药箱。取出常吃的胃药，他动了动喉结，艰难地吞下了满口的药粒，喉间苦涩一片。

大概是睡得太多，沈虞醒来时，屋内一片昏黑，天还没亮。屋内十分安静，她撑着身体欲起，刚一动，却发觉自己被人完全抱在了怀里。

她猛地回头，却对上男人昏睡的脸。借着屋外昏暗的光，沈虞注意到温折的面色呈现出不同寻常的苍白和虚弱。男人眉头紧蹙，薄唇抿成一条线，揽在她腰上的指尖都泛着白，手背一片冰凉。

沈虞的心跳得快了些，她伸手就去摸温折的脸，触及满手冰凉的冷汗，男人不太平稳的呼吸喷在了她的手心上。

"温折。"沈虞慌了神，欲从他怀里挣脱，但男人铁一般的手臂牢牢地将她的身体禁锢住了。

她伸手轻拍温折的脸，声音颤抖着低呼："温折，温折！"

大概被唤醒了一丝意识，男人拧眉，按下她的手："别动……疼。"

沈虞挣又挣不开，急得要命，不停地问："哪里疼？温折？你哪里疼？"

她忙乱间，手肘不知碰到了哪里，令温折的眉头锁得更紧了。

他疼得抱不住她，无力地倒在了一旁："胃。"

沈虞颤着腿，飞快地下床："你等等，等我……我去给你找药，再叫救护车。"

她奔到客厅，看到了散落一地的药片。

她哆嗦着拿起药盒，被上面的英文字母晃得眼疼。她死死地掐着自己的手心，又去找手机打120。

沈虞去倒了热水，把所有的药都拿到房间里，瞬间觉得自己罪该万死——明明董舒和她说过温折有胃病，但她竟然从没想过他还在吃药，他该吃什么药?

看着床上温折脸色越发苍白,红唇干裂,沈虞紧紧地握住他的手,带着哭腔:"温折,你别睡,醒醒。我不知道你要吃什么药。"沈虞无助地把脸埋在他的手心里,哑声祈求,"你别睡,理理我……理理我好不好?"

温折的手轻轻地动了动,抚过她的脸,像是在无声地安抚她。

急诊后,沈虞睁着一双通红的眼睛坐在温折的病床前。

"病人曾有过病史,这次是饮酒造成的急性胃出血,需要暂时禁食。"医生和她交代着注意事项,"往后注意饮食清淡,忌辛辣,忌油腻,忌饮酒,除此之外,不要过于疲劳,并且不要有过大的情绪起伏。"

沈虞怔了下:"情绪起伏?"

"嗯。"医生点头,"让病人保持积极的心态。"

送医生离开后,沈虞坐在病床前,目光细细地描摹着温折的睡颜。

在有限的和温折共处的时间里,她能见他沉睡模样的次数少之又少。他连睡觉都是规矩的,收敛了所有的锋芒,像是高中时那个沉稳而安静的少年。

一夜的兵荒马乱,到此时,沈虞才微微地松了口气,后怕地把脸埋在温折的手心里,蹭了蹭。她蓦然想到,他们这恋爱谈得也是真辛苦,三天两头,不是她进住院部就是他进急诊科。

沈虞一直守护在病床边,用自己的手机给袁朝发了消息,告诉他温折住院的事。

微信上,袁朝的对话框一直显示"对方正在输入"。良久,那头的人发来:"知道了,祝温总早日康复。公司的事有我们在,让他不用担心。"

沈虞回了句"谢谢"。

又过了几十秒,袁朝似乎还在编辑文字,但始终没有消息发过来。

沈虞没再看,正欲摁灭手机,袁朝的消息突然弹了出来。

"沈小姐,请您一定……对我们温总好一点儿。"

沈虞看到这条消息,心像是被人用针狠狠地刺了下,有些失神地凝视着手机，半晌，回了句："好。"

放下手机，沈虞把自己的手指一点点地从温折温凉的指间插进去，直至十指相扣。

她低头，低低呢喃："怎么大家都说我对你不好？他们说得没错，"她鼻子有些酸，声音也带着哽咽，"我是一点儿也不好，爱发脾气，又任性，不会做饭，洗碗也洗不好……"

沈虞越说声音越低："就连你吃什么胃药都不知道，我怎么这么差啊……"沈虞流下了真诚的泪水，说着说着又开始耍无赖，"都是你……是你把我惯坏了。

"你要是对我凶一点儿、坏一点儿，我肯定不会这样了。

"所以还是怪你。"

刚从混沌中找回意识，温折便被耳边"叽叽喳喳"的声音吵醒了。女人说一句还不够，絮絮叨叨的，好像有说不完的话。

温折很想让她安静点儿，但无奈用尽全力也没睁开眼。

沈虞仍自顾自地嘟囔："温折，我以后一定一定对你好。我不会照顾人，连自己也照顾不好。"她又拍拍胸脯做担保，"但我愿意为了你学，只要你喜欢。"

温折忍不住想笑：论画饼，沈虞这女人是专业的。

说着说着，女人突然压低了声音。

温折感觉到自己的指尖被人用手轻轻捏着。

"趁你还没醒，我告诉你一个秘密。"沈虞把歪理说得理直气壮，"我告诉你了就不算骗你了，你以后不许生我的气。"

温折的睫毛动了动。

"我其实……"沈虞没看见他的动静，声音仍旧像做贼般轻，"都想起来了，但并不准备告诉你。"

她咽了咽口水，道："咱们不说以前的事，就好好过吧。"

沈虞猛地松了口气，自言自语道："好了，我说完了。我这也不算骗人了吧？"

温折的嘴角抽了抽，睫毛又动了动，他终于睁开了眼。

沈虞一口气刚松一半，眨眼就对上了温折不知何时已经睁开的漆黑的眼眸。她睁大了眼,胸腔起伏,倒吸一口凉气,一时间紧张到失语。

而温折仍旧安静地看着——她从男人平静的目光中窥不得一丝别的情绪。

两人面面相觑了几秒,安静的病房里响起男人清冽而疑惑的嗓音:"什么骗人?"

沈虞:我要死了。

他问:"你刚刚说了什么?没听见。"

沈虞:我觉得自己又活了。

沈虞的心脏从高至低,宛如坐了趟呼啸的过山车。最终,她才深深地吐出一口气,对上温折清透的眼眸,干巴巴地笑了一声。

"哈哈。"沈虞拿起床边的水杯,猛灌了一口,"你没听到,真是……太可惜了。我刚刚在说,我沈虞这辈子最恨骗人的人!"

她的表情义愤填膺。

温折静静地看了她几秒,突然别过脸,忍住到嘴边的哂笑,点点头:"说得好。"他咧开唇角,直视她,一字一顿地强调,"我也讨厌。"

沈虞心虚地不停埋头喝水,不吭声了。

偏偏温折还在说话:"要是发现身边有人骗我,我一定——"

说到一半,他拖长了尾音。

沈虞紧张到用牙齿咬了咬杯沿:"一定什么?"

"这要分人,是下属就开除,是生意伙伴就断绝合作。"

沈虞有些握不住杯子了,抬起眼皮,故作轻松地问出一句:"那女朋友呢?"

温折似笑非笑地看她一眼:"女朋友我就放点儿水。"

沈虞凝神:"放什么水?"

"让她下不来床了,"温折淡淡道,"是不是就能老实点儿?"

温折平时冷静端方,连脏话都不说,更别提开黄腔了。沈虞被说得哑口无言,半晌才憋出一句:"你变态啊!"

失控喜欢

下册

槐故 著

青岛出版集团 | 青岛出版社

第十一章
我有多想你

温折只在医院待了一天,便出了院在家休养。

这次病假,温折没有一回家就忙工作,难得闲了下来。倒是沈虞忙了起来,自觉担下照顾他的任务,一到家就忙着从家政中心请阿姨过来做饭,并和温折担保要跟着阿姨好好学做菜。

她说这话时,家政阿姨还没到,而家中……还保持着上次走时的狼藉。灰色的沙发上满是已经干透的酒红色酒渍,便是地上也洒上了深红色的酒液。除此之外,四处的地上都有药片,乍一看仿若凶案现场。

沈虞看得头都大了,揉了揉头发:"这……这都是什么啊?"

她现在回顾前天晚上,温折该不是喝了假酒,才能疯成那样?

还有,求婚呢?她的求婚呢?温折不会以为那是一种别出心裁的新型求婚方式吧?

就在沈虞还在为满屋的狼藉而头疼时,温折已经旁若无人地坐上沙发干净的一边,然后摸出手机打电话了。

言简意赅的几句之后,温折挂了电话,和她说:"等会儿会有人过来换沙发,还会有钟点工过来打扫。"

沈虞讷讷地点头,"哦"了声,还欲问什么,目光突然落在温折身侧的那本《人间失格》上,愣了两秒。她睁大了眼睛——完了!温折到底看没看？！

想到此，沈虞猛地冲上前去，从侧面抱着温折的脖子，不动声色地将书压在腿下，死死地藏住。

温折睫毛一动："做什么？"

沈虞紧张得连说话都结巴了："没……没什么，就想抱抱你。"

温折的目光从她身下露出的漆黑的书角上一扫而过，他轻笑了声："怎么突然这么黏人？"

"因为……因为……"噎了半天，沈虞也憋不出什么肉麻的情话，索性把头埋进他的颈窝，蹭了蹭，小声撒娇道，"喜欢你啊！"

今天温折穿了件棉质的家居服，没喷香水，身上只有干净而清新的沐浴液味。

沈虞边抱着他，边把自己腿下藏着的书往沙发的死角藏，又生怕被温折发现，便主动献上红唇，一点点沿着男人冷白的耳郭往下亲。

她还差一点儿……差一点儿就要成功。沈虞在心中给自己打气，但大概……亲得有些过了火，还差一点儿就把书藏起来时，温折突然一把将她抱到了大腿上。他抬手捏住她的下巴，黑眸隐含欲色，嗓音低哑："一回来就招我。"他咬上她的唇。

沈虞要裂开了。

偏偏温折一下下吻着她修长的脖子："嗯？"

她哪里敢回答？她的余光全都落在差一点儿就被藏起来的书上。

救……救命……

大概是不满沈虞这时候还分心，温折轻咬她的锁骨："你在看什么？"他似是不经意地看向沈虞所关注的地方，伸手就要去拿书，"嗯？哪儿来的书？"

"等等！"沈虞被吓得快要冇毛了，忙道，"别动！这是我的书！"

温折挑眉："你的书？"他不依不饶，"你的什么书？"

说完，他便直接将书拿到了手里。

沈虞连呼吸都快停止了，事到临头却不敢轻举妄动，紧张得连睫毛都在抖。

温折看了她一眼，读出书名："《人间失格》……怎么想起看这本书？"

沈虞："我……想接受一下文学的熏陶。"

她一动不动地盯着温折的手，生怕他下一秒就要打开书，看到里面掉出来的照片。

"嗯。"温折点头，"我也看过这本书。"

随着他修长的指尖轻轻翻动书页，沈虞深吸一口气，认命地闭上了眼——得，这车终究还是翻了。

她闭眼等了一秒、两秒……但始终没等到应有的动静。

沈虞夯着胆子，微微睁开一只眼，看见温折浅翻了下书页，随后便没再动。

"这本书，你多看看也挺好的。"温折淡淡道。

沈虞劫后余生般松了口气，动作僵硬地把书从温折的手中拿回来，勉强挤出一个笑："哈哈。"

她正愁该怎么面对这种死亡局面时，突然，门口响起了敲门声。

沈虞如蒙大赦般抱着书从沙发上跳下去："我去开门。"

来人正是过来收拾的钟点工。

不多时，家政阿姨和沙发配送员全都到了。

屋内骤然来了这么多人，沈虞心中的紧张才堪堪被冲淡。

她回到房间，把书中夹着的照片放进带锁的抽屉里藏着。到此时，她悬着的心才终于落了地。

几位工人和阿姨动作麻利，没一会儿，地板便光亮如初，沙发也还是原来的款式，似乎一切都没有发生变化。

沈虞进了厨房给家政阿姨打下手，身体力行地向温折展示自己要照顾他的决心。只可惜，最后阿姨蒸出来的鸡蛋羹平整又滑腻，沈虞的却宛如坑坑洼洼的蜂巢，上面有一个又一个洞。

沈虞将这两碗鸡蛋羹都端到了书房里。

她托着腮坐在男人对面，脸不红心不跳地朝他眨眨眼："你想吃哪碗？"

温折的额角动了动，最终，他指向了那碗"蜂窝"。沈虞还没来得及激动，便听温折道："不吃这碗。"

沈虞撑着桌子站起了身："这碗怎么了？除了丑一点儿有什么问题？"她还顺势发散思维，"好啊温折！你果然就是个以貌取人的庸俗男人！"

温折被她吵得头疼，只埋头吃另一碗鸡蛋羹。

沈虞气不过，端回自己做的那碗鸡蛋羹放至面前，瞪了他一眼："你完了温折，哄不好我了。以后你休想我给你做一口……呸！"

"嘎嘣"一声，沈虞的牙齿咬上了没处理干净的鸡蛋壳，震得她脑子"嗡嗡"响。

她站起身就要找垃圾桶，又觉得在温折面前吐有失雅观，于是迈腿就往门外跑，在洗手间"呸呸"地把口中的鸡蛋羹全吐了出来，又用冷水不停漱口，才将将清出所有的鸡蛋壳。

要了命了……

沈虞吐到一半，脊背被人顺着拍了几下。

温折满脸"我早有预料"的表情看着她："谢谢。"

沈虞：他谢什么？

"帮我以身试毒。"

沈虞感觉受到了深深的冒犯，怒不可遏，伸手就推开了温折："以后再给你做饭我就是狗！"

沈虞这气从中午生到了晚上。她鸠占鹊巢，把温折从书房赶走，自己霸占他的位子写论文，写几个字便要捶一下桌子——狗男人。

写着写着，她似突然想起什么，目光突然落在身后的书柜上，然后渐渐下移，透过书柜的磨砂窗看到了里面的那把吉他。

这把吉他是她母亲还在时，亲自找的国外名匠给她手工做的。吉他的价格自不必说，最重要的是，这是白婉玉送给她的。

但最后，沈虞把吉他给了温折保管。

在送出去的那一刻，沈虞一直以为他们会永远在一起。

她侧耳，仔细听了听外面的动静——安静一片。温折要午休，基本没有例外。

于是沈虞胆大包天地弯下身，轻轻地拉开柜门，从柜子里摸出了那把吉他。

这么多年了,吉他依旧被保存得很好,崭新如初。沈虞细细地摸着吉他弦,手指从上往下摸到侧面的一处凹陷,停顿下来——这是她找人刻上去的。

沈虞抱着吉他,靠着书柜缓缓坐下,指尖灵活地在其上跳动,却始终不敢弹出声音。

正在失神时,沈虞未曾注意到从外推开的书房门。等听到动静那一刻,她已经和刚刚进来的温折四目相对了。

沈虞觉得自己活了又死。

一秒、两秒……两人四目相对时,沈虞甚至在想:现在装晕还来得及吗?

但晕是晕不了了,她抱紧吉他,咽了咽口水,几种说辞飞快地从脑中掠过。最终,她选择硬着头皮演下去,脸上恰到好处地露出些"紧张无措":"对不起,我不该乱碰你……的吉他。"

温折抱臂看着她,冷白的面上浮现出似笑非笑的表情。

"你不用和我道歉。"他淡淡道,"这不是我的。"

沈虞:所以她该和谁道歉?和她自己吗?

"这不是,你上次还不让我碰吗?"

温折迈步朝她走来,居高临下地看着她:"既然喜欢,那就试试弹一曲。"

沈虞哪里敢再弹?以前那是"不知者"无畏,现在借她十个胆子,她也不敢弹。

"我不弹。"她抱起吉他就准备往柜子里塞,脑中却飞快地寻找着应对策略。她知道最正常的发展应该是和以前一样由于"吃醋"撒泼发个脾气,但到底装不出那么自然,反而更容易露馅儿。

温折却从她的手中夺过了吉他,当着她的面用指尖摸上那一甲刻上去的字母:"你看到这个了吗?"

沈虞睫毛颤了颤:"嗯……"

她脊背冒汗,将视线移向了别处。

温折的指尖轻轻地从"SY"两个字母上拂过,他问沈虞:"那你猜猜这两个字母是什么意思?"

沈虞宛如论文答辩，紧张地抿了抿唇，声音也绷紧了："我不想猜。"

怕再说下去真要翻车，她背过身，捂住耳朵，用尽毕生演技道："你们的事我一个字也不想听！我不听！我不听！我不听！"

温折的唇角冷冷地勾起——她还挺能装。

他抱着吉他靠在书柜旁，指尖时不时地拨弄一下弦。

"其实我前女友这人，"他边说边看了眼沈虞僵硬的背影，拖长了声音，"我也不知道我喜欢她什么——她脾气差。"

沈虞："……"

"很作。"

沈虞："……"

"还总是和我吵架。"

沈虞："……"

"你说漂亮吧，好像……"温折顿了顿，看见沈虞放在身侧悄悄握紧的拳头，一改语气，"是很漂亮。"

她的拳头松了松。

温折眸中闪过了一丝笑意："你怎么不问，她和你谁更漂亮？"

"这还用说？"沈虞咬牙吐出几个字，"当然是我漂亮。"

温折："那倒也不是。"

沈虞：温折你不想活了？是不是真当我不发火啊？

"她比你年轻些。"

"温折，"沈虞试图让自己的嗓音听起来饱含愤怒，"你再敢说她一句试试！"

"我不说了。"他把吉他放进书柜，站了一会儿，看起来像是睹物思人，"抱歉，看见旧物，有些情难自禁。"

沈虞的嘴角抽了下。哪怕她平时口齿伶俐，在面对这种复杂诡异的对话时，一时也觉得智商不够用。她的胸腔些微起伏，甚至一瞬间有把一切和盘托出的冲动，毕竟翻车也翻得痛快些，总比现在这种要翻不翻、随时玩心跳的体验要好得多。

坦白的话已经到了她的嘴边，但下一秒，她又见温折转过了身。男人漆黑的眼眸和她相对,深若寒潭,清冽又淡漠。

刚刚生出的勇气瞬间便没了,沈虞动了动唇,然后把嘴闭得更紧。

温折不过在家休养了两天,便重回公司上班了。

男人忙起来后,一天内两人打照面的时间便大大减少。沈虞反在心中悄悄松了口气——她再也不用担心自己时刻游走在翻车边缘了。

但坦白这件事,她得从长计议。

当天,沈虞约了梁意。从苏城回来没多久,沈虞便进了医院,之后忙着交接离职手续,答应梁意的那餐饭始终没有赴约。

二人约了一家常去的餐厅。

"你准备坦白啦?!"梁意翻着菜单,一听沈虞的话,猛地抬起头,"什么时候?"

沈虞托着腮,看着桌面发呆,然后缓缓地摇了摇头:"不知道……你觉得我该怎么做,他才不会生气?"

梁意笑了笑,饶有兴味地上下打量了一眼沈虞:"这还不简单?你脱光了往他的床上一躺。"

"喂!"沈虞臊得红了脸,"我说真的呢!你别开我玩笑呀!"

"我也是认真的啊!没开玩笑。"梁意狐疑地瞥了眼沈虞,"咦"了一声,"不应该啊。"

"什么不应该?"

"你这反应……"梁意瞪大眼,惊讶地提高了声音,"你们竟然还没睡啊?!"

沈虞用手挡住了侧脸,躲着旁边那些看热闹的视线,又面无表情地看向了梁意:"这事很光荣吗?"

梁意尴尬地缩了缩脖子,嘟囔:"我只是吃惊嘛——毕竟你们俩都……"她伸出两根食指,凑在一起碰了碰,"都住在一起了,对吧?"

沈虞头疼地扶住了额:"给我出个主意啊……这事真不能拖下去了,拖得越久,车翻得越狠。"

梁意无辜地喝了口茶:"我不也给你方法了吗?男人一满足,你再撒个娇、发个嗲,这事就过去了。"

沈虞听得额角青筋直跳:"我就知道,你一点儿也不靠谱儿。没点儿别的法子?"

梁意耸肩:"没有。你这种二次欺骗行为,罪无可恕!"

沈虞哭丧着脸,哀号一声,只觉得头皮都要炸开了。

吃完饭,两人又逛了会儿街。

沈虞回家时已近深夜,而此时温折似乎也才刚刚从应酬局上回来,身上的西装依旧笔挺。

由于几次都在翻车边缘徘徊,这几天,沈虞只敢和温折简单地打照面。她本以为今天还是相安无事,直到温折突然喊住了她:"小虞。"

沈虞:"嗯?"

温折笑了笑:"没什么,只是……"他顿了一秒,道,"觉得你这两天有些奇怪。"

沈虞心一跳,僵立在房间门口:"奇怪?"

"嗯。"温折慢条斯理地解开领带,脱下外套,温声问她,"是不是有什么心事?"

沈虞咧开唇角,用指甲抠了抠拎着的包的拉链:"我能有什么心事啊?"

"真没有?"温折迈步朝她走了过去,俯首,目光细细地扫过她的眉眼,几秒后,轻笑了声,"没有就好,要有什么心事一定要和我说。"

沈虞:"嗯……"

她迈步,欲继续进房间。

突然,温折又叫住了她:"有件事和你说一下。"

沈虞:"嗯?"

"最近沈氏的资金链出了点儿问题,事情可能有些棘手。"

沈虞当然知道这件事情,这几天都在动手查沈氏近几年的财务报表。

沈光耀前些年投的一个项目,出的问题就在于其产权不明晰,两家打起了官司,事情陷入僵局。项目出问题,投入的资金回不来,公司经营不下去,沈氏必须尽快筹到可融通的资金。

而两亿元这个数目不小,她只能暂时先找周宪借款。

至于温折……沈虞曾在某一瞬间想过找他筹款。但只是想想，她便放弃了这个念头。温折对她似乎没有什么底线——万一两亿元对他来说是暂时很难运转的金额，她便是在给他添麻烦。

除此之外，她好像……没有什么资格问他要东西，何况涉及这么大一笔款项。

所有思绪回归，沈虞轻轻点头："有所耳闻。"

她抬头看着温折，眸中含着淡淡的疑问，似乎在疑惑他说这个做什么。

"所以呢，"温折停顿了下，"你没什么话要告诉我吗？"

沈虞的心又狂跳了一下，她想：什么话？她哪里又要翻车了吗？！

嗫嚅半天，她咽了咽口水："什么话？"

温折表情淡了些："你家里的事怎么不和我说？"

沈虞状似恍然："你说这件事啊？这也不算什么事。"她漫不经心地说，"该急的是沈光耀。"

温折："你不是想回去吗？"他淡淡道，"我有办法。"

"不了。"她连忙摇手，生怕温折要给她钱，回答，"就不用你为我操心啦！"

"不用我？"

"嗯。"

温折盯着她看了好一会儿，淡淡颔首："知道了。有什么事了再和我说。"

沈虞连连点头："嗯。"

两人面对面站了会儿，灯光有些昏暗，温折的眉眼在灯下显得不太清晰。

沈虞满肚子的事不敢说，偏偏温折也显得有些奇怪。

莫名其妙的不安感在沈虞的胸腔中放大，她总觉得温折在等些什么，而他的耐心似乎也所剩无几了。

一种堪称离奇的猜测涌上沈虞的脑海，又被她惊慌地否认了。

突然，温折两步迈过来。暧昧和压抑的情愫一触即发，他像座沉默的火山，伸手抬起她的下巴便吻了上来。

309

男人将手掌轻拢在她的脑后,撬开她的齿关,舌尖长驱直入。整个过程都是安静的,直到沈虞被吻得喘不过气,胸腔急促地剧烈起伏。温折目光深沉地放开了她,没多久又再次吻上来。

沈虞被亲得脑袋缺氧,受不住地往房里躲。温折却好似丧心病狂般,脚步凌乱地推着她就倒在了床上。

他撑在她的上方,没有停顿,继续亲上她,呼吸声急促。

沈虞觉得他似乎又有点儿那天晚上的疯劲了,只是这次稍微多了些理智。这个人的骨子里是强势又霸道的,只是表面上总是会被他很好地压下来。

他不只在亲她。

…………

良久,沈虞眼睛失神地盯着天花板,连喘息的力气都没有。她侧过了头,看见温折正慢条斯理地用纸巾擦着指尖,脸瞬间红得滴血。

她想起在云端之时,温折咬她的耳垂,低声问:"想要我吗?嗯?"

沈虞不记得自己点没点头,迷蒙间听见他说:"我不给。"

沈虞不知道温折想做什么。他将她弄得神志不清,自己看起来也并不好受。

浴室里传来"淅淅沥沥"的水声,男人在里面待了许久,出来时黑发湿润,连眼眸都像是被水雾浸染,宛若深潭。

背着光,温折侧头看她:"还好吗?"

沈虞连忙起身,低头整理自己凌乱的衣襟,刚消退的红晕又悄然爬上了脸颊。她故作镇定地眨了眨眼:"还可以。"

沈虞观察着温折——他正在用毛巾擦头发,修长的手指看起来骨感而有力。

她蓦然想起梁意说过,要给予男人充分的肯定和夸奖,于是肯定地点点头,又加了句:"你很棒,很厉害。嗯,非常有潜力。"

温折慢悠悠地转过脸,偏头看她,压下唇角:"吃错药了?"

沈虞干脆翻脸:"慢走,不送。"

温折走之前,还回头深深地看了她一眼:"你还有话要说吗?"

沈虞:"无话可说!"

温折表情淡淡地点头,颇有些咬牙切齿地吐出一个字:"行。"

沈氏历年来的财务报表全都被沈虞搜集来,存在了学校的电脑里。白天她基本待在学校看文件,看得眉头直皱。

自沈氏初创,沈虞的外祖父便入了不少股,再加上母亲的,故而她手上一直攥着不少沈氏的股份,这些年靠着分红也从未为钱发过愁。

沈光耀重利重财——韩雅跟了他这么多年,也并未在沈氏分得一丝股份,宛如菟丝花一般依附着沈光耀。这大概也是沈光耀一直以来想要的。

沈虞的母亲虽温柔,但心气高、家世好,结婚多年,沈光耀在内不得不依附岳丈,在外走到哪儿都得被说一句"凤凰男"。

沈光耀这些年独自掌舵的投资决策在沈虞看来大多鸡肋,能一本万利的少之又少。没了外祖父的提点和人脉,按照沈光耀平庸的能力,沈氏这些年走下坡路是必然的。

沈虞重点关注了前年沈氏投资的一家药企。沈光耀看中药企的高利润,砸了三亿元作为研发资金,现在药企出了成果,经过层层审核正要上市,却在最后一个环节出了问题——产权归属不明晰,被另一家药企起诉侵权,盗取研发成果,上市被迫终止。沈氏本想通过这次上市赚一笔,结果不但没赚着钱,便是原本投入的资金也有可能打了水漂。

事发突然,像是巧合,又像是有人一手操控。不然这件事为什么早不发生,晚不发生,偏偏在此时?

在资金链断裂时,沈氏最重要的就是筹得资金,公司才能正常运转。

沈虞翻着文件,良久,闭上了眼,长长地吐出一口气。

沈氏于她而言并没有什么特别的意义。当初周先接她回京城时便明确地告诉她,会给她提供最好的环境和机会,至于未来是回到沈家夺回属于她的一切,还是放下仇恨好好生活,全看她自己。

至于现在,便是最好的时机,她完全可以借这笔资金逼沈光耀退位,以此正式进入沈氏。

但最重要的是……钱。沈虞算了算,自己名下有两处房产,再加上一众奢侈品包包，即使全部卖掉距离筹够也相差很远。但两亿元……没有哪家银行愿意承担这么大的贷款风险。

一个下午的时间，沈虞都在纠结，手机屏幕上，周宪的号码被调出来了好多次。

暮色已至，夕阳的余晖顺着窗户透进，洒下一地金色的碎片。

沈虞对着电脑发呆，半晌未动一下，直到一道突兀的手机铃声在安静的空间内响起。沈虞低眼一看，差点儿以为自己下午是不是误点了拨通，不然……周宪怎么会突然给她打电话？

沈虞正襟危坐地接了电话："舅舅。"

那头一片嘈杂，周宪应不是在和她说话，声音是从未有过的温柔："别哭，停，先别哭。"

她听到周宪问她有没有时间，电话那头依稀还有小女孩儿低低的抽泣声。

沈虞一头雾水："有……有的。"

"那你过来一下。"周宪叹了口气，"有点儿事。"

除了有正事，周宪甚少会找她，二人的私人生活更是从来都互不打扰，今天这般情况更是从未有过。

于是，沈虞怀着满肚子的疑问搭车去了周宪家。在路上，她给温折发了消息，如实道："我舅舅找我有点儿事，晚上要迟点儿回来。"

没一会儿，温折问她："什么事？"

沈虞："我也不太清楚。"

那头的人没再回。过了很久，沈虞已经到周宪家楼下后，才看到温折最新发来的消息："结束了我去接你。"

沈虞："OK。"

她一路来到周宪家，刚刚按响门铃，大门便从里面打开，随之而来的是震耳欲聋的哭声。

沈虞一惊，错愕地从门口往里看——一个十岁出头的漂亮小姑娘，满脸拒绝地瞪着周宪；在外向来毒舌冷漠、说一不二的周宪，似乎头一回露出这种无可奈何的表情。

沈虞探入一个脑袋，打破了二人之间的僵局："舅舅？"

屋内的二人同时朝她看去,动作如出一辙,连眉眼也相似。

"来得正好。"周宪松了口气,"这孩子不理我,你帮我照看一下。"

沈虞进了门,看了看沙发上坐着的小姑娘,问周宪:"这孩子是谁呀?是你的哪个亲戚?"

周宪面无表情地扔下一颗炸弹:"是我的女儿。"

沈虞脑中惊雷作响,腿一绊,差点儿摔倒——什么情况?她没听错吧?

女儿?周宪哪儿来的女儿?!

在周宪说出这句话后,小姑娘却恼怒地瞪向了他:"你不是我爸爸!我没爸爸!"

"你有。"周宪淡淡反驳,"我就是你爸爸。"

小姑娘被气得小脸绷紧,猛地扭过头,小拳头紧紧地握起。

沈虞一边消化着这个重磅消息,一边来到了小姑娘的身边:"小朋友……"

"我不要和你说话!"小姑娘皱起眉,眸中净是生气和伤心,"你和我爸……呸!和他是什么关系?"

沈虞:"我是他的外甥女,你喊我一声'姐姐'。"

小姑娘听到这个回答,错愕了几秒,随即有些尴尬地扭头:"我才不喊。"

沈虞看向周宪:"她妈妈呢?"

"她暂时不方便带。"周宪坐下,疲惫地按了按眉心,"我也是最近才知道柚柚是我的女儿。

"事发突然……别人我不放心,对周家暂时还没通知。柚柚也不认我,只能先找你帮忙照顾一下。"

沈虞被这一个个宛如深水炸弹般的消息砸得一愣一愣的,只会点头:"哦。"

柚柚大名宋柚,今年十二岁。沈虞默默地在心中算了算年纪——周宪竟然二十三岁就有了孩子。

关于柚柚的母亲,周宪讳莫如深。他似乎也对目前的变化有些措手不及,所以有些心不在焉。

沈虞跟着柚柚进了房间，看见她"砰"地关上门，把周宪隔绝在外。

宋柚满脸机灵，不是个寡言的小姑娘，只是尤其排斥周宪。

"柚柚，"沈虞轻声喊她，和她聊着天儿，"你上几年级了呀？在哪里上学呀？"

宋柚犹疑了会儿，还是回答了她的话："六年级，在第一小学。"

"哦。"沈虞颔首，"姐姐也是在那儿上的小学呢。"

就这么聊着天儿，沈虞一点点地靠近宋柚，看着她百无聊赖地把玩着自己的小手机，数着日子。

"在数什么日子啊？"

宋柚："数妈妈接我回去的日子，还有十三天。"

沈虞完全摸不清楚周宪和这个"妈妈"的关系，不敢多问，只摸了摸鼻子，"哦"了一声。

她只在外婆口中听过几句，知道周宪年轻的时候浑得很，性子无法无天的，但没想到他竟有了个孩子，这么多年了才知道。这样一对比，她和温折那就叫小打小闹，那点儿破事到现在还没说清楚……

"那柚柚要不要先住在姐姐家？"沈虞提议。

宋柚眼睛一亮，看着沈虞的脸。反正在宋柚看来，只要不和周宪待在一块儿怎么都行，眼前这个姐姐这么漂亮，一定不是坏人。于是，宋柚重重地点了头。

沈虞和周宪表露了这个意思后，他皱眉道："你现在住温折那儿？不会打扰到你们吗？"

沈虞自是摇头："没事，不打扰的。"

面对这么个突然而来的意外，饶是周宪也措手不及。

沈虞不清楚到底出了什么事，宋柚的妈妈才会把孩子交给周宪——按理说，宋柚的妈妈把孩子藏了这么多年，不到紧急情况也不会告诉周宪真相。但周宪没说的事沈虞也不会问，在手机上联系了温折后，她便带着宋柚下了楼。

周宪拖着行李箱跟在后头，目光怔然地落在前面被沈虞牵着的小姑娘的身影上，然后晃了晃头。

贷款的事，沈虞在嘴边绕了一大圈，终究还是没说出口。周宪自己都处于多事之秋，她要再提借钱的事，未免太过惹人嫌，还是得从长计议。

正在她出神时，周宪却似看出了她的心事，直接点破："沈氏的事，我有所耳闻。有什么需要，你没必要和我客气。"

沈虞睫毛一动，看过去。

"需要贷多少？"

沈虞："两亿……"她语气很弱地补充，"但我可以抵押我的房产！两年……不，一年内我就会还上！"

周宪的目光仍落在冷若冰霜的宋柚面上，他漫不经心地道："这点儿钱温折都不舍得给你花？"

"我没和他说。"沈虞耷拉下脑袋，"毕竟……"

她顿了顿，实在不知道该怎么说。

宋柚突然晃了晃她的手臂，指向前方："姐姐，那边有个哥哥一直看着你。"

沈虞抬眼，看到温折不知何时已经来了。男人颀长的身体靠在车门上，目光淡淡地看向他们这边。

触及温折的视线，沈虞有些恍然。然后，她后知后觉地觉得……眼前的情境有些诡异。温折看过来的眼神不像是接人，反而像——捉奸。

沈虞也被自己这莫名其妙的想法吓了一跳。然后，她看见温折迈着长腿，朝他们的方向走了过来。

在离他们几步远的地方，温折朝周宪轻轻颔首："周总。"

周宪淡淡地应了一声。

目光从宋柚的脸上扫过，温折微挑了下眉："这个小姑娘是？"

沈虞为难地看了眼周宪，不知道该不该坦诚。

周宪："我女儿。"

宋柚听罢，没好气地哼了一声。沈虞安抚地捏捏她的指尖。

饶是温折也难掩惊讶，偏头轻咳了一声，然后询问般地看向沈虞。

沈虞被他看得一愣，连忙说："不是我的！"

温折脸一黑，走过去就敲了敲沈虞的脑袋："乱说什么？"

他还和周宪客套了一句:"我才知道周总有这么大一个孩子。"

周宪淡淡地回答:"我也才知道。"

眼看这天儿有些聊不下去了,温折沉思几秒,道:"时间不早了,我带小虞先回去了。"

沈虞抬起宋柚的手,提醒温折:"还有柚柚,她和我们一起回去。"

宋柚生怕眼前这个看起来就很冷淡的男人不让她回去,小脑袋瓜飞快地转了转,乖巧地喊:"姐夫。"

沈虞:"呃……暂时还不是……"

她话未说完,温折已经应下了:"嗯,柚柚和我们一起回去吧。"

周宪无语地冷笑一声。

温折却恍若未闻,牵着沈虞就往车前走,二人带着宋柚坐上了车。

周宪跟着把宋柚的行李装在了后备厢中,看着宾利车扬长而去。

沈虞牵着宋柚坐在了后座上,嘀嘀咕咕地聊着天儿。

离开了周宪的目光,小姑娘兴奋得宛如脱缰的野马。

沈虞:"柚柚晚上想去哪里吃饭呀?姐姐带你去。"

宋柚:"肯德基!"

"好啊!"沈虞也喜欢吃肯德基,之前为了控制体重不敢吃,今天却想好好放纵一次。

两人一拍即合,兴冲冲地便敲定了要去某家商场的肯德基,却听驾驶座上传来一声:"不许吃,垃圾食品有害健康。"

后座上的二人同时垮下了脸。

沈虞郁郁地盯着前排温折的后脑勺儿。

宋柚:"我想吃。"

哄孩子时,温折语气稍缓:"不可以吃。"

宋柚:"我想。"

"不许。"

宋柚:"姐夫。"

温折轻咳一声:"小朋友不能吃。"

宋柚:"姐夫。"

"小朋友……"

"我觉得你比我爸爸帅得多，一定不会那么啰唆的。"

沈虞看着这古灵精怪的丫头，心里憋着笑，等着看温折的反应。

"小朋友可以适当吃一点儿。"

"好！"

三人来到了市中心的商场，还未进去就在商场一层的玻璃落地窗外看到了家肯德基。

沈虞正要牵着宋柚进商场，突然，小姑娘顿住脚步，抬头一动不动地看向了商场投屏上的珠宝广告。

顺着她的目光看过去，沈虞疑惑地眨巴了两下眼。

广告上的女人乌发红唇，身穿黑色高定礼服，晶亮的眼眸和项间的钻石项链一样耀眼，全身上下的贵气和时尚感呼之欲出，正是如今炙手可热的女星——宋诗。

沈虞笑看着小姑娘痴痴的表情："你喜欢宋诗啊？"

"喜欢。"宋柚点头，突然低落地垂下了眼。

温折也循着宋柚的目光看了眼广告上的女人，突然像发现了什么般又看看宋柚，随即轻挑了下眉，出声问："柚柚，你妈妈让你吃肯德基吗？"

"让！"但说完，宋柚便心虚地抬头看了眼广告，慢吞吞地道，"不让。"

温折："那就不能吃。"

宋柚闷闷应道："好吧。"

倒是一直想吃肯德基的沈虞愣了下："不……吃了？"

温折睨她一眼，往前走："你这么大个人了，还和小孩子一样。"

沈虞鼓起腮，恨恨地跟了上去，嘟囔道："我这么大个人了，你怎么还管我？"她边走边叨叨，"以后孩子可不得被你管死？"

前头的温折脚步一顿，转头，似笑非笑地牵住了她的手，点头道："孩子有你这么个妈妈，是挺难管的。"

…………

最后，三人在商场的一家餐厅解决了晚餐。

回去后，趁着宋柚洗澡，沈虞替她收拾了行李。把小姑娘明天要穿的衣服准备好后，沈虞又给她吹了头发，哄着她睡了觉。

等小姑娘入睡了，沈虞便和周宪发消息，汇报一切都好。

夜已深，沈虞悄悄地从房间出来，打开平板电脑一点点地搜索着带娃注意事项。虽然宋柚已经十二岁了，白天基本都待在学校里，但关于上学接送、忌口、是否有过敏原之类的，沈虞都是需要细细谋划的。

周宪对沈虞来说是恩人一般的存在。照顾他的小孩儿，沈虞不敢有一点儿闪失。而且……她最近还得朝周宪借一笔巨款。

沈虞看得用心，未曾注意到头顶多了个人。

温折穿着棉质睡衣从房间里出来，应该是刚刚洗过澡。目光从平板电脑的屏幕上一扫而过，他低首敛目："难得见你这么认真。"

"柚柚是舅舅的孩子，"沈虞说得理所当然，"我自是要对她好的。"

温折坐在她身后，沉默了会儿，问道："周宪怎么会有这么大一个女儿？"

沈虞耸肩："不知道啊。"

她滑动着网页，一刷新，不知从哪儿冒出来条八卦新闻："惊！知名女星宋诗疑似二十岁未婚生子？"

下面是两张模糊的图片，包裹严实的宋诗牵着个小姑娘的手过马路，大概被狗仔给拍了下来。

沈虞没放在心上，随手便点了关闭。

"这么大的女儿他到今天才知道。"温折的目光从她的屏幕上一扫而过，他突然问，"你就没对周宪人品方面有点儿怀疑？"

"什么怀疑？"沈虞扭头看他，有些莫名其妙，"我怎么会怀疑他？"

温折不置可否地扯了扯唇："你倒是挺相信他。"

沈虞的指尖滑了两下屏幕，突然停顿。她扭头，满面认真："温折，我不明白你是什么意思。我很感激我舅舅——这些年来，他很照顾我，我也很尊敬他。"沈虞道，"哪怕你不喜欢他，也不可以在我面前这么说他。"

温折绷紧下颌线，沉沉地盯着她，没再说话。

沈虞也不清楚温折的意思，只是觉得他可能是不太开心。于是她用指尖去钩男人的手指,再次解释道:"温折,周宪真的只是我的舅舅。"

"我知道。"温折淡淡道,仍是看着她,目光复杂。

"你别听圈里那些谣言。"沈虞道,"我们平日里基本都不见面,舅舅就像长辈一样,会照顾我的学业,会给我推荐好的机会,还会带我出去见识世面,我很……"

"够了。"温折突然打断了她,表情很淡,"我不是很想听。"

沈虞一时有些词穷,又被说得有些委屈,索性转身挥了挥手:"算了,和你讲不通。"

室内一时安静下来,只有时钟"嘀嗒嘀嗒"的响声。

沈虞正在记着笔记,突然被人从身后揽住腰,抱在了沙发上。

男人手臂坚硬,力气极大,勒得沈虞的细腰一阵疼。

她皱眉:"你做什么啊?"

温折却只是沉默地咬她的颈侧,再到锁骨,上下流连。沈虞懒得动,索性任由他胡来。她不挣扎,反而更激怒了男人。他将她压在了沙发上,双眸漆黑又压抑。

她被看得一阵心悸,忽然听到温折哑声在她的耳畔道:"那你知道我那八年怎么过的吗?我有多想……"

但话说一半,他便顿住,紧抿下唇不再往后说了。

沈虞:"想什么?"

第十二章
十八岁的温折

沈虞问完,突然想起了什么,猛地对上了温折的视线,心尖不可抑制地颤抖起来——

"你……"沈虞压下那股慌乱,"你……"

她咬了下自己的舌尖,强令自己冷静下来。她不能慌,不要慌……温折的情绪不稳定,现在这种情况她坦白真相绝不是好的选择。

见男人缄默,沈虞干脆伸手环抱住他的脖子,亲昵地贴近他的耳侧:"我们不说这个了,行吗?多伤和气呀。"

温折却是扯唇,不置可否地笑了声。他垂着眼看她,眼眸很深,几秒后,突然撑起身体坐了起来。

"沈虞,我的耐心不多了。要和我说什么,你好好想清楚。"

说完,他站起了身。客厅昏暗的灯光从他的头顶倾泻而下,在他的侧脸上明明暗暗地洒下一圈光影。他身量高,这般居高临下地看人时,更显压迫。沈虞心虚到脊背沁上了一层冷汗,抿紧薄唇。

她表面看起来冷静,实际上心底早已慌得要命了。

她不知道温折指的是哪件事。是她要和周宪借钱,还是……还是她已经恢复记忆这件事?

沈虞藏在背后的手指紧紧揪住了沙发垫。她有些演不下去了,低着头沉默。

温折站在原地,静静地看了她很久,他的眼睛像是黑曜石一般冷。"不早了,"他低声道,"你早点儿休息。"

宋柚在沈虞身侧酣睡,小脸埋在枕头上,呼吸绵长。沈虞却瞪着一双大眼睛盯着天花板,实实在在地失眠了。

人在深夜里,思绪更容易游荡。沈虞细细回想了自己这段日子和温折相处的细节,百思不得其解:温折到底知道了什么?明明……面对书、吉他,他都没有什么过激的反应。

沈氏出了事,温折也一早就知晓,而她也并没有告诉他自己的意图。

除非……他什么都知道,之前所有的举动都是在演戏。他最为情绪外露的一次,便是本该求婚的那天晚上。难道他那个时候就知道了什么?!

只是这么稍微一想,沈虞便骇出了一身的冷汗。她越想越烦,揉着头发,怕翻来覆去打扰柚柚,就轻手轻脚地下了床,往客厅走去。

沈虞靠在沙发上,眼神呆滞地望着前方,心中的惊慌和无措几乎要溢出喉咙。

如果温折全都知道,为什么要装作不知道?

除此之外……他好像再没提过要和她结婚的话。便是那晚,滚烫的情动时,他也隐忍不发,轻而易举地将她送上云端,却始终居高临下地看着她。

一直以来的不安数倍放大,沈虞抱着膝盖,咬紧下唇,完全不明白温折的意思。

是不是她坦白了……他就会不要她了?

一整个晚上,沈虞也没想出个结果,直到后半夜才在沙发上迷迷糊糊地睡了过去。

这晚,沈虞做了个梦,梦到了从前——那个没有温折的从前。

当年,沈虞收敛了所有的张扬肆意,缄默地跟随周宪离开了江南的苏城,重回京城。

周宪给她办了入学手续,她复读了一年,像是要把前一年的经历全部覆盖。

沈虞的基础不太好,后半学期被温折带着补了很久的课,她才堪堪达到中游水平。回到学霸云集的京城,她哪怕复读,成绩依旧不太够看。

她走了没几个月,温折便要高考了。

出分那天,沈虞才敢拿出手机联系之前苏城的同学。那年,苏城中学的群炸了一般,红通通的喜报铺天盖地。那年苏城中学的高考成绩喜人,当然,最引人注目的便是市状元温折,全省排名第五。

一时间,沈虞心中五味杂陈,甚至不知道该哭还是该笑。还好,他没被她这种人影响;还好,他依旧耀眼。

苏城电视台会对状元进行一个专访,沈虞悄悄地翻遍了整个新闻资讯才找到那个采访。

时隔几个月,她连隔着屏幕再看他一眼似乎都需要莫大的勇气。男生清瘦了些,但似乎对采访没什么兴致,回答言简意赅。

记者最后抛出了一个问题:"感谢温同学的经验分享。我看到A大和B大的招生老师都等不及要找你聊了,哪个学校是温同学的心仪院校呢?"

画面上,温折的表情淡了些,他轻描淡写地回答:"抱歉,京城的院校不是我的第一选择。"

后面的采访他说了什么,沈虞忘记了。

但哪怕经年,沈虞仍不能忘记那一瞬间指尖的沁凉。她明明身处炙热的盛夏,却好似置身彻骨的冰窖。

后来,她再未寻得温折的丝毫踪迹,而苏城中学的所有群也几近沉寂。温折彻底地从她的生活中消失了,再不留一丝痕迹。

沈虞日复一日地学习、生活。经历枯燥的高中,再到平淡的大学,生活宛如死水,她一步一步地活成了另一种模样。

从十九岁到二十五岁,她一直都在A大金融系——这个温折原本要去的地方。她心中甚至抱着那一丝渺茫到可笑的希望——会不会有一天,她还能在这里见到他?

但她没有，始终没有。

沈虞麻木地循着她的人生轨迹慢慢地行走着，每行一步都会想：要是温折会怎么做呢？他一定会成为最优秀的那个。

沈虞就这样，无知无觉地把自己活成了他。

…………

沈虞是被人喊醒的。她睁开酸涩的眼睛，温折俊秀的眉眼出现在眼前。他应也是刚起，身上还穿着昨天的深灰色棉质睡衣，头发有些凌乱，平直的锁骨从领口突显，浑身挡不住的慵懒气息。

"怎么睡这儿了？"

她睁眼，没回答，看着他恍惚了好一会儿。漫长的、茕茕孑立的八年已经过去，他又回到了她身边。

沈虞皱了皱鼻子，挡住突如其来的酸涩，突然伸手，语带鼻音："温折，你抱我一下。"

见他不动，沈虞哑了声音，带着不明显的哭腔："抱我。"

温折伸手将她从沙发上抱小孩儿般托住，抱了起来，手掌放在她的脑后："怎么了？"

沈虞把脸埋在他的肩窝中，眸中还带着困倦。她摇摇头，就是不说话。

"做噩梦了？"温折低声问她，"又梦到以前了？"

沈虞点头，又摇头。她吸了吸鼻子："不是苏城的以前，是苏城之后的以前。"

温折的喉结动了动，他从嗓间闷出一声："嗯。"

"我真的真的……"沈虞顿住，艰难地说出后面的话，"很想他。"

她不敢去看温折的反应，兀自说着："我一直在A大等他……但我等了许多许多年，"她揪紧了温折的衣摆，"都没等到。"

温折眸中晦暗不明："然后呢？为什么不去找他？"

沈虞不停地摇头："我以为，他肯定不想见我的。"

她死死地抱紧温折，一遍遍低声呢喃着他的名字。

温折胸腔起伏，闭了闭眼，再也压不下胸腔中的那股冲动，用修长的手指捏住沈虞的下巴："你看着我的眼睛，告诉我，他是谁？"

沈虞的眼中还含有水光，红唇动了动，她没出声。

温折加重了语气："嗯？"

沈虞的眼中满是挣扎，她依旧没说话，下唇被咬得发白。

男人用食指撬开她的齿关，解放了她的下唇："别咬着。听我说。"他诱哄一般地和她咬耳朵，"诚实的孩子才不会受惩罚。"

沈虞心跳如擂鼓，紧张得一动不敢动。她细细琢磨着温折的态度，仔细分析他话中暗示的意思。

一瞬间，似乎所有的主导权全都掌握在男人的手中。她就像是砧板上的鱼，抑或是即将扑火的飞蛾。

沈虞的嘴唇张了又闭，她始终不敢妄下决断——有些话出了口便再无回旋之地。

今天的温折似乎比昨天多了些耐心，巨大的威压感袭来，在沈虞即将缴械投降的前一秒，一道清脆的嗓音传来——

"姐姐？姐夫？"

宋柚站在不远处，还在睡眼蒙眬地揉着眼睛，等看清眼前的一幕，呆立在原地："哇！"

客厅内刚刚还涌动的暗潮顷刻间消散。

沈虞如蒙大赦，低头看到自己被温折抱小孩儿似的抱在怀里，脸一红，连忙拍他的手臂："快，快放我下去。"

温折的面色没什么波澜，他将她放下，末了，看向了宋柚："柚柚早上想吃什么？"

"三明治。"

温折点头："好。"

沈虞则是松了口气，牵着宋柚便回房间给她换衣服洗漱。

吃完早饭，沈虞便搭车送宋柚去上学，等到晚上再去接她。

家中多了个孩子，沈虞的大半心力都放在照顾宋柚上，再加上温折工作本就忙，一连几天，这个话题便被掩去了，二人就这样无波无澜地过了一周。

今天一早，沈光耀给沈虞打来了电话，语气踌躇："小虞啊……这贷款的事……可有着落了？"

沈虞也在等周宪的消息，毕竟筹集这么大一笔款，他肯定要打点。但这些自是没必要和沈光耀说，她敷衍道："你等着就是，尽快拟好股权转让书，再让韩雅和沈弯弯早点儿收拾行李准备滚蛋。"

沈光耀默了默，再出声时，话头带了指向性："这次的事有蹊跷。"他道，"怎么早不出事，晚不出事，偏偏在沈氏资金断层的时候收不回钱？沈氏被人盯上了。"

沈虞皱了下眉。她自然也早有怀疑："所以呢？"

沈光耀冷冷道："这些天，我顺藤摸瓜查到了那家起诉的药企背后的人，就是温折！之前，两家药企是一个团队，后来分了家。因为专利不在我们这儿，温折就利用这个钻了空子，这一切都是他的阴谋！所以都是温折捣的鬼！"沈光耀咬牙切齿，颇为痛心疾首地说，"你这是引狼入室啊！他想搞垮我们家来报复你！"

沈虞虽然惊讶，却没被沈光耀煽动半分——温折要真的报复她，有一万种方式，没必要用这种费钱费精力的方法。

沈虞冷冷扯唇，慢悠悠地点明："他到底是报复我，还是惩罚你？这点，你还没弄明白吗？"

沈光耀气极："所以……是你？一切的主谋都是你？沈虞，你真是好样的啊！我真的是养了个胳膊肘往外拐的好女儿。"

沈虞冷冷地敛眸，没再听沈光耀啰唆，直接便挂断了电话。

而此时，周宪突然发了消息过来："借款的事行里批过了，定个时间来签合同。"

沈虞看着这条消息失神了许久。面对周宪，她自然不能出尔反尔，好不容易借来的钱又毁约说不要。

而接了沈光耀的这通电话之后，她突然不知道该怎么面对温折。

所以他那次……也是在等她开口说沈氏的事，对吗？而她转头就找了周宪。

万千的思绪堆积在了一起，沈虞头痛欲裂。

次日是周六。

宋柚不用去上课，放假在家。快要小升初考试了，柚柚可比沈虞那时候要认真多了，一大早就坐在桌前翻开书复习。

沈虞慢悠悠地起床，揉着惺忪的眼睛，往宋柚的作业本上看了一眼。

"柚柚做数学呢？"沈虞来了兴趣，当即拖了把椅子坐下，撑着头坐在宋柚旁边，"有没有不会的？不会的问我。"

她还脸不红心不跳地补充："姐姐以前数学可好了。"

话音刚落，她忽然听身后传来了一声嗤笑。温折刚刚从厨房过来，身上穿着家居服，懒懒地斜靠在门边。

偶尔吹一次牛就被抓包，沈虞耳根一红，极力忽视背后那道略带玩味的视线。

她数学好不好，温折当然最清楚。她当年可是到了差点儿让这位理科学神发火暴走的地步。

宋柚把作业本翻开，指了指几处空白的应用题："这几道……"

沈虞故作镇定地清了清嗓子。再怎么样她也是 A 大的高才生，能被区区六年级的数学题难倒？！

"今有雉兔同笼，上有三十五头，下有九十四足，问雉兔各几何？"读出题目，沈虞就觉得稳了。她胸有成竹地握笔，"唰唰"地写下一串方程，细细地给宋柚讲解。

"怎么样？"沈虞得意地一扬眉，"柚柚懂了吗？"

宋柚却拧起眉尖："其实这题，我一直都会做，只是在疑惑……为什么要把鸡和兔关在一起呢？"

沈虞等待夸奖的笑容一僵。

"这个不用管。"沈虞轻咳一声，往下看另一道题，"今有一长方体水池，注水两个小时注满，放水四个小时放完，问一边注水一边放水多久能注满？这题……"

沈虞话未说完，宋柚已经问出了口："所以为什么要一边放水一边注水呢？"宋柚表情像煞有介事，"这不是在浪费水吗？"

沈虞的眉心"突突"跳，她突然感觉，宋柚这搅事的态度有点儿熟悉——她以前不想好好做题时就是这么搅事的，往往能把温折气到失语。

沈虞握紧笔，尽量露出一个温和的笑，干巴巴地解释："这个……这个嘛……"结巴了半天后，她索性怒而摔笔道："就是！这都什么弱智题？我从小就看这些破题不爽！别做了！"

温折实在看不下去，用掌心捂住了沈虞喋喋不休的红唇："带坏小孩儿。"

"柚柚，别听你姐姐的。"温折淡淡道，"有些题目确实不符合常识，却是应试教育制度下每个人都要经历的筛选和考验。"

宋柚乖巧地点点头："知道了。"

"好了，柚柚去吃饭吧。"温折又敲了下沈虞的脑袋，吩咐道："快去刷牙。"

等到房间只剩他们两人时，沈虞瞪了眼温折，鼓腮道："就你拆我台。以后小孩儿可不能给你带。"沈虞边去浴室边哼唧，"小孩儿都是有天性的，你这是在束缚他们的天性。"

温折跟着她走进了浴室，似笑非笑地看着她慢吞吞地刷牙："你的意思是……得带着孩子一起胡来？"

"哪有胡来？！"沈虞吐出牙膏沫，斜眼看他，"我这是释放天性！"

温折的目光静静地落在镜子里沈虞一本正经争辩的小表情上，他掩唇笑道："小虞。"

"嗯？"

他顿了顿，掩住喉间的笑："你这是第二次和我说生孩子的问题了。"

沈虞差点儿一口牙膏沫呛在喉咙里，镜子里她的脸正在肉眼可见地变红。她低头挡住了眼，小声试探："咱们以后总会结婚，再生个孩子啊。"

家庭原因，沈虞对结婚生子没有半分憧憬。但这一切如果是和温折，那她就什么都可以。

温折突然上前，从后将她拘在怀里。镜子里，男人冷白的脸贴在她的侧脸上，轻轻地蹭了一下。

"那在这之前，"他放低声音，"小虞有没有什么话要和我说？"

沈虞试图为自己拖延时间："我想想啊……我有太多太多话想和你

说了。"

温折扯唇:"你可以慢慢说,一句一句说,我不急。"

沈虞背后冷汗涔涔。

突然,沈虞放在房间的手机响起了铃声。她睫毛一动:"那个……我去接个电话。"

温折不置可否地"嗯"了声,松开了手。

沈虞连忙出去接电话,来电人竟是周宪。意识到他可能要说合同的事,沈虞侧头瞧了眼温折,蓦地,有些心虚地压低声音:"舅舅。"

周宪:"今天上午十点有时间吗?过来一趟,办贷款手续。"

沈虞轻轻地"嗯"了一声。

周宪和她交代了要准备的东西,沈虞只敢"嗯",目光时不时瞟向温折。

他侧头,始终安静地站在原地。

说完正事,周宪问起了宋柚:"柚柚最近怎么样?"

"挺好的。"沈虞答,"舅舅想见她吗?"

那头的人默了会儿,回答:"你来的时候把她一起带来吧。"

沈虞:"好。"

又说了几句,沈虞挂断了电话。她放下手机,看向温折:"我一会儿可能要带柚柚去我舅舅那儿。"

温折:"需要我去吗?"

"不,不用。"沈虞忙摇头,"我自己去就可以了。"

"哦。"温折淡淡点头。

"早去早回。"他道,"今天我有重要的事要和你说。"

沈虞愣了下,蜷了蜷手指,道:"好。"

吃完早餐,沈虞便带着宋柚出了门。

即便是周末,温折也换上正装,即将去公司加班。

在楼下分开后,沈虞牵着宋柚上了周宪派人来接她们的车,琢磨着该怎么和柚柚交代。

"柚柚,"沈虞轻声喊着正低头玩手指的女孩儿,"我们现在去的是你爸爸的公司，你爸爸说很想见你。"

宋柚哼了声："他要真的想见我，至于这么多年也没个影子？这种爸爸不要也罢！"

沈虞噎了下，也觉得这件事有些离谱儿。

"他……大概不知道柚柚的存在，"沈虞试图为周宪找点儿理由，"要是知道，绝对不会……"

宋柚："那就说明他一点儿也不爱我妈妈！"

这下沈虞彻底圆不了话了。

没忍住，她也在心里骂了一声：周宪到底得浑成什么样，才能这么多年都不知道自己有个孩子？

怕说多了更引起孩子的逆反心理，沈虞把柚柚抱在怀里，安抚性地摸摸她的脸蛋儿。

女儿肖父，宋柚的眉眼和周宪有六分像，英气又秀丽，母亲应也是个美人，不然生不出这么漂亮的女儿。

看着看着，沈虞不由得想起温折：所以……他们以后的孩子是不是也会很像他？

打住打住！沈虞懊恼地一拍脑袋，想什么呢？她怎么天天就知道和他生小孩儿？

车子停在了优创银行楼下。沈虞牵着宋柚进去，和前台的工作人员打了招呼，便直接坐电梯上了楼。

办公室内，周宪坐在桌后忙碌，右手指间夹了根烟。听到动静，他掀起眼皮瞧了眼，淡淡道："先坐。"

末了，目光扫到宋柚，他似反应过来什么，连忙捻灭了烟，语气陡然缓和："柚柚想喝点儿什么？"

宋柚盯着自己的脚尖："不喝。"

周宪沉默了下，有些无奈，以眼神示意沈虞。

沈虞会意，低头和宋柚耳语："喝橙汁吗？还是牛奶？酸梅汁怎么样？"

"奶茶。"

沈虞笑笑："好，奶茶。"

329

周宪应也是想见女儿，和沈虞谈合同时就让宋柚待在旁边，还让秘书拿了平板电脑给宋柚解闷。

"舅舅……"沈虞细细地看了看合同，"你……按照市场利率贷给我吧，不然这钱我拿着不踏实……"

"没问题你就签，"周宪揉了揉眉心，直接打断她，"还不上的话我走私人账户。再不济，这两亿元就送给你玩了。"

沈虞：总有人把两亿元说得和两块钱一样。

"舅舅别不信我的能力啊！"她向他保证，"这钱我一定会按期还的，绝对不让你为难。"

"你这么自信？"周宪勾了勾嘴角，眼中透露出些赞许，"那我是不是得多收点儿利息？"

沈虞整理着合同，正欲回答，门口传来了秘书的敲门声。

"周总，"秘书声音有些紧张，"宋……宋小姐来找您。"

宋小姐？哪个宋小姐？沈虞眉心一跳，看向了正在一旁看综艺的宋柚——是柚柚的妈妈吗？如果不是该怎么办，她要不要把柚柚带走？

正在纠结时，她听到周宪回应："让她进来。"

没一会儿，门口传来高跟鞋"嗒嗒"的声音，随后，门突然被人一把推开。来人戴着墨镜，身穿黑色长裙，美得极具侵略性。

"周宪，"女人开门见山，"我的女儿呢？你把我的女儿藏哪儿去了？"

沈虞还维持着刚刚的动作，看着走进来的宋诗，脑子"嗡嗡"作响。

宋诗！柚柚的妈妈竟然是宋诗！网上热议的绯闻竟然是真的，怪不得宋诗得把柚柚交给周宪。

宋诗显然有些焦躁："我的女儿呢？怎么不在你家？"

室内安静了一秒。

宋柚："妈妈，我在这儿。"

宋诗摘下墨镜，看到宋柚后明显松了口气，走过去把她牵起来。目光从沈虞面上掠过，宋诗眉头一拧，眼神沉了些。

生怕她误会，沈虞连忙道："宋……小姐，我是他的外甥女，真的外甥女。"

"哦。"宋诗似笑非笑,"以前是身边的妹妹,现在年纪大了,变成外甥女了,挺会玩的。"

周宪皱了下眉:"不是你想的那样。"

宋诗冷笑:"我是来接柚柚的。你怎么样,和我没有关系。"

说完,她牵起宋柚就要走。宋柚犹豫地朝沈虞看了看,晃了晃宋诗的手,道:"妈妈,姐姐有男朋友的,真的不是他的……"

宋诗有些愣怔,面上也浮现出了尴尬之色。

意识到自己搅和到了他们的家事,沈虞飞快地收拾合同,打了招呼就走出了办公室,把空间留给了他们。

她走前,宋诗抱歉地朝她点头:"不好意思,是我误会了。"

沈虞摇头:"没关系。"她摸了摸宋柚的头,道:"要是打算跟妈妈回家了,东西我之后寄给你。"

宋柚点点头。

沈虞走后,宋诗牵着女儿转身:"我走了。"

周宪喊住她:"等等,柚柚跟着你还不安全。"

宋诗回头,重新戴上墨镜:"我已经打算公开了。"

"公开?"周宪皱眉,"你疯了吗?"

"我没疯。"宋诗道,"公开以后,我允许你半个月见柚柚一面,至于其他的关系,断了吧。"

周宪眉目间的戾气一闪而过。他动了动喉结,但目光触及宋柚,所有的话又忍了回去,只说:"我们的事,之后再谈。"

沈虞从公司出来后搭了辆车,没有先回和温折的家,而是回了趟自己家。

她许久没有回来,家中更显冷清。

她径直去了房间,在放着旧衣服的衣柜里不停地翻找,在看到蓝白双色衣角的一瞬,她的动作停顿了。

然后,她轻轻地把衣服拿了出来。这是苏城中学的校服,沈虞一直没舍得扔,从苏城带到京城,又在衣柜里放了八年。因为她会定期清洗

331

加熨平，衣服保持得还不错。

这些年她没长胖，身量也只比原来高了点儿，要穿的话，应该还能穿上。

把衣服取出放在袋子里，沈虞提着袋子来到书桌前，然后从抽屉里拿出了一张白纸。垂下纤长的睫毛，她握紧了手中的笔，千言万语到了嘴边，却突然不知该如何下笔。

犹豫了很久很久，沈虞才握着笔，缓缓地在纸上写下一行字——"To（给）：十八岁的温折"。

第十三章
疯魔不成活

鼎越资本，二十四层。

温折坐在办公椅上，目光落在眼前的专利转卖合同上，指尖一下下轻点着桌面。

沈光耀好大喜功，只看得见项目的回报率，产权不清晰的项目都敢投，走到今天也是咎由自取。

袁朝找到了原团队负责人，了解到了始末，在背后推波助澜，帮忙起草了上诉书，制造了这次的事件。

有两种种解决办法，最好的自然是药企能够买下这个专利，但原团队显然不可能同意卖；第二种，就是沈氏任由之前投资的三亿元全部打水漂，他们必须在短期内筹得足够的资金，从而度过这次的危机。

温折和原团队沟通后，后者表示愿意将专利卖给沈虞。若沈虞拿着专利回到沈氏，话语权自不可同日而语。这是他送给她的第一个礼物。

合同旁边的另一份文件，是关于沈光耀在职期间多次决策失误的证据，将其在董事会上公开将是逼退沈光耀的利刃。这是温折送给她的第二个礼物。

除此之外，上次的求婚戒指他也放在了触手可及的地方，红色的丝绒礼盒泛着奢靡的光，这……应该也算一个礼物。

温折抬手，轻轻把玩着戒指盒，眸色微敛。

这段时间的试探消耗掉了他的全部耐心，他始终在等，等她毫无保留地告诉他，等她切实地说一句她爱他。

只要她说了，他什么都能给她。

温折摸起桌上的手机，指尖在沈虞的头像上轻轻摩挲。半晌，他才发了消息过去："什么时候结束？"

沈虞刚刚把信纸装进信封里，转头看到温折的消息，睫毛轻颤了一下，回复："已经结束了。"

她看了眼时间——马上到午饭时间。

没一会儿，温折发来了消息："那就回家吃饭。"

沈虞看到消息，指尖微蜷了蜷。她郑重地把信收好，和贷款合同放在一个文件夹里，边走边拨通了沈光耀的电话。

没过几秒，沈光耀便急切地接了电话："小虞？怎么样了？"

沈虞："钱我已经借到了，至于剩下的事，你知道怎么做。"

沈光耀大喜过望："借到了？借到就好，借到就好。"

没说几句，沈虞便冷冰冰地挂断了电话。她想要沈光耀退位，没那么简单。哪怕她筹到了钱，但沈光耀和董事会那帮老狐狸穿一条裤子——她知道，自己距离真正掌舵沈氏还有很长的一段路要走。

当然，这些都是以后的事。沈虞沉下思绪，把所有东西收拾好，搭车回了家。

温折今日来鼎越，最重要的事情已经处理完了。他收拾了合同，正欲离开，袁朝突然叩门："温总。"

"进来，"温折说，"今天辛苦了，没什么事就回去吧。"

袁朝看着他，有些欲言又止："温总，我刚刚得到内部消息，沈氏的债务危机好像解决了。"

温折动作一顿："解决了？"

"是……"袁朝声音越来越小，"沈氏贷到了款。"

"贷款？"温折表情变沉，"哪个银行愿意贷？"

"优创银行。"袁朝低声揣测，"难道是沈家和周家……有私交？"

良久，袁朝也没等到温折的回复，一抬眼，却见对方放在桌上的手因为用力已隐隐泛出了青筋。

"温总，那现在怎么办？沈小姐还能顺利进入沈氏吗？"

"温总？"

温折从喉间冷冷地发出一声嗤笑，直接扔了手中的合同，白色的纸张"哗啦啦"地落在了地上。

"怎么不顺利？"他眯了眯眼，眸中尽是戾气，"她有这么大的本事，哪里稀罕我帮她？"

袁朝完全不明白到底发生了什么，额头泛出些冷汗，怕说错话，抿唇不语，又因温折的后一句话恍然大悟——

"周宪是沈虞的舅舅。"

原来如此！所以遇见这么大的事，沈小姐没找自家老板，反而转头找了周宪借钱，令自家老板筹划的这一切全都成了一场空。

"那现在……"

"备车，"温折松了松领口，"回去。"

"是。"

沈虞回家时，家中并无一人，温折还没回来。

在外头待了大半天，弄得满头汗，她索性去浴室先洗了个澡。洗完澡出来，她光着脚走到了全身镜前，换上了那套校服。

白色的上衣，深蓝的衣领，下身是同配色的深蓝长裤，头发长长了些，垂落在胸前，乍一看，她仿若回到了八年前。

一切都宛似从前，除了……胸前很紧，紧得让她有些喘不过气。

原本宽大的校服，现在胸前却鼓鼓囊囊的，她的腰又极细，校服被她穿得半白生出些别的味道。

沈虞捂了捂脸，深深吐出一口气以放松胸围。

她又从文件夹中拿出合同和信，将合同放在手中，信则藏在了温折房间的床头柜子上——他只要进房间，一定能看到的位置。

做完这一切，沈虞又去房间里拿出温折的那张照片以及书柜里藏着的吉他，全部放在了客厅里。

除此之外，沈虞面前的桌上安静地放着贷款合同。

时间一分一秒地过去，她却一直没等到温折回来。

沈虞原本平静的心情生出些波澜。这种感觉……就好像温折求婚那晚。

她的右眼皮不停地跳，一念之间，所有的紧张和无措一齐涌上，她抿起了殷红的唇瓣。

门口传来脚步声，很缓很慢，却好似一步步踏在她的心尖上。

明明是夏日，沈虞却指尖冰凉，不自觉地颤抖起来。

门锁"啪嗒"一声被从外打开，温折拿着个文件袋走了进来，隔着几米的距离，和她对上目光，然后目光陡然变沉，像是冰块落入滚烫的沸水，"唰"地起了沸腾的泡泡，打破了这满室凝滞的氛围。

沈虞站起了身，素白的脸上，卷翘的睫毛不停颤动。她率先道："温折，我有话和你说。"

温折仍旧看着她，一步步走近，漆黑的眼眸深不可测，一寸一寸地将她从头看到脚，肆意到似要将她吞吃入腹。他似有若无地笑了声："我也有话要和你说。"

沈虞有些受不住他身上迸发出的迫人压力，往后退了一步，但这动作似乎激怒了男人。温折两步上前，一把按住她的肩，把她按在了沙发上。

"不是有话要说吗？"温折厉声道，"退什么？"

待他走近，沈虞才看清他微红的眼尾以及眸中的戾气。

男人的目光从桌上所有的东西上扫过——照片、吉他，再到合同。

"把这些东西拿出来做什么，嗯？"温折捏着沈虞的下巴，字字沙哑，"炫耀我对你有多念念不忘？"

沈虞的黑眸泛起委屈的泪花，她忍住不让它掉下来："不是的，我没这个意思。我只是想……和你坦白。"她声音颤抖，越来越低，"我恢复记忆了。"

一秒、两秒……

温折突然轻轻笑了："终于舍得说了啊，沈虞。你是不是特别喜欢看我像个傻子一样，爱你爱到发狂的样子？"

沈虞不停摇头:"我没有……我没有这个意思!我知道我当年对不起你。"她死死咬了咬下唇,哽着嗓子道,"所以我不敢说。我还想……"

我还想和你在一起。

"可我给过你那么多机会。"温折轻轻重复,"我给过你那么多机会啊……沈虞。"

他侧头,手指轻飘飘地拿过那份贷款合同,粗略地自上而下扫过,嘴角嘲讽的笑意越放越大:"沈虞,你真是好样的。我让你说的,你就是不说;我给你的,你全不要。我是不是就该这么被你糟践?"

男人语气平静无波,像是阐述一件与他无关的事情般淡漠、疲惫。

巨大的恐慌和无措袭上心头,一齐在沈虞的脑中炸开,她明明不想这样,为什么事情总是朝着最差的方向发展?

她抱着膝盖蜷缩在沙发上,眼泪湿润了睫毛:"对不起。"

似乎她的存在,总是能给他带来无穷无尽的烦恼。

"温折,"沈虞低声道,"我对不起你。我欠你的,我可能还不清了。"

她颤着嗓音,忍着锥心的疼道:"我不知道怎么能让你好受些,要不我们分手吧。你把我甩一次,这样是不是就扯平……啊!"

温折用虎口直接卡住她的脖子——女人的喉咙紧贴他的掌心,他似乎还能感受到皮肤下蓬勃的生命力。终究是没舍得用力,他颤着手,嗓音嘶哑地低吼出声:"沈虞,你到底有没有心啊?"

沈虞怔然,感觉颈间的手紧了些。

"你知不知道,我是真的恨不得掐死你?"

沈虞颤着睫毛,脑子乱成一团糨糊,薄唇紧抿,完全不知道该说什么了。

"是不是玩我玩上瘾了,嗯?"温折直接撕开她校服的衣襟,跪上沙发卡进她腿间,另一只手慢条斯理地解开自己的领带,毫不留情地捆在了女人一对雪白的手腕上。

居高临下地看看女人绝美的脸蛋儿,他似笑非笑地弯起唇角:"那怎么不玩得彻底一点儿?"

校服本就岌岌可危的纽扣轻而易举地绷开了,一粒粒落在沙发上,又顺着沙发的丝绒垫毯掉在了地上。

沁凉的空气袭入，沈虞下意识地想挡住肌肤，一动，才意识到手腕上的束缚使自己根本动弹不得。

她错愕地看向面前的男人。温折面无表情，居高临下地看着她，目光从她露出的雪白的肌肤上细细地扫过，眼眸更黯。

男人跪立在沈虞面前，抬起修长劲瘦的手，慢条斯理地解着自己的纽扣，目光始终放在沈虞身上，眼眸一眨不眨。

他俯身，微凉的指尖轻佻地擦过沈虞细腻的脸蛋儿，似笑非笑："别这么看我，看我也不会放过你。我说过，不诚实的孩子是会受到惩罚的。"

褪去衬衫，温折直接弯腰堵上沈虞的唇，不同于之前，这次的吻毫无保留。男人像是一头丧失理智的狮子，长驱直入，占据所有的清甜。

沈虞睫毛剧颤，被吻得快要喘不过气来，下意识地想伸手推他。察觉到她的意图，温折眼眸骤沉，宛如惩罚般，掐着她的下巴吻得更深了。

随后，吻从她的嘴唇往下，来到脖子、耳郭，带来酥酥麻麻的一片战栗——她像是被架在火上烤。

男人胸腔起伏，咬上她的耳垂，微潮的呼吸喷在她的耳侧，氤氲出汹涌的欲望。

他一遍遍喊着她的名字，说出的话让沈虞面红耳赤："你穿着这身给我看，想过会有什么后果吗？嗯？"

她被吻得失神，连目光都涣散了。

今天的温折极其恶劣，指尖钩去她缠在唇边的黑发："有想过我会怎么对你吗？"

沈虞的脑子里"啪"的一声，弦断了。

他疯了吧？

红唇翕动半晌，她还是试图解释："我不是这个意思……"

温折却竖起手指，挡在她的唇边，轻声："嘘——安静点儿。"

她睫毛一颤，鼻翼动了动，下一秒，眼泪就当着男人的面掉了下来。

女人手腕被绑，衣襟凌乱，头发也散在肩上，哭起来梨花带雨，看起来好不可怜。

温折一看,下颌线绷紧。

沈虞用脚踢他的小腿,边抽噎边命令:"抱我起来……快点儿。"

温折冷着脸把人从沙发上抱起。

"回房间。"

他抱着她回房间,走到门口,听见沈虞说:"关门。"

他用脚踢上了门。

门刚关上,女人尖利的牙齿就咬上了他第五根肋骨处的文身。

…………

沈虞再次醒来时,遮光窗帘挡住了所有的光线,屋内一片昏暗,分不清今夕何夕。

她稍稍动一下,不适感就席卷了她的全身。她蹙了下眉,缓慢地从床上撑起身体,细白的手腕上还有一圈圈的红痕。她皮肤娇嫩,一点点痕迹都能留很久。

丝绸被单从肩上落下,女人肌肤上细细密密的红痕当即暴露在空气中,纵横交错,似乎被吻过千百遍。

睡前的疯狂一帧帧在她的脑中重映,她一闭眼,男人额上的汗珠的温度好似还在烫着皮肤,空气中满是微潮靡艳的气息。

沈虞的脸烧得滚烫,藏在被中的脚趾紧紧地抠着深色的被单,她想看时间,却发现手机还在客厅里,这儿只有零乱地丢在地上的衣物。

突然,浴室"淅淅沥沥"的水声停下,不多时,浴室门被推开了。

温折只随手套了件浴袍,露出的冷白胸膛上还有她挠出的红痕,看得人脸热。

他刚沐浴完,眸色被浸润,有些潮湿,看向她时似乎隔了层水雾。

沈虞连忙移开视线。她不会忘记,男人刚刚便是用这双漆黑的眼,就着房内明亮的灯光,一遍遍地看过她身上的每一寸肌肤。

她用深色被单挡住了自己雪白的肩颈,垂下睫毛:"我也要洗澡。"

温折没开灯,也不说话,单膝跪上床,手掌扣住她的后脑便吻了上去:"不洗。"

他轻嗅她修长的脖子,呼吸瞬间便急促了。

这个深长的吻后，沈虞连挠他的力气都没有了，卷翘的睫毛微颤："不舒服。"

"还要继续，"温折将她抵在床边，低低喘息着，"洗什么洗？"

…………

沈虞被温折从浴室里抱出来时，又累又饿，连手指都不想动。

而从一进门就不太正常的温折，显然在这几场欢愉之后，怒火伴随着欲火的发泄消了大半。

越想越委屈，沈虞咬着下唇，把自己藏在被褥里，只留给温折一个冷漠的脊背。

男人从后拥着她，看见她的动作，睫毛动了下，语气带着温存："不舒服？"

沈虞不理他。

温折从后握住她的手："要不要擦点儿药？我去给你买？"

黑暗中，沈虞的耳根红得不明显。眼看着温折就要翻身下床买药，她一把拉住他，没好气地讥道："买什么买？你还没那么厉害。"

话刚说出口，她就对上了温折骤然沉下来的眼神。有那么一瞬间，她恨不得咬掉自己的舌头。

察觉到危险，她连忙像个虾米似的躲进被子里："既然起来了，给我带点儿吃的回来。"

她从中午到现在，睡了又被弄醒，醒了又睡，昏昏沉沉的，不知道过了多少个小时。

温折俯身，在她的额上吻了下："想吃什么？"

"小笼包、粥。"

温折就在房间开始换衣服，没有避着她。

沈虞从被子里探出只眼睛来，目光轻轻地落在他的背影上。

男人应该从没停止过健身，肤色冷白，肌肉紧实，从肩胛骨往下，每一处都流畅得恰到好处。相比单薄清瘦的少年时期，现在的温折一只手就能把她按在床上动弹不得。她纤细的腰上还有他握出的红印，让人触目惊心。

察觉到她的视线，温折坦然地转过身，慢悠悠地穿上裤子，任由她观赏精壮的上身。

沈虞把头埋了起来,尝试着和他叙旧:"你比以前力气大了好多。"

温折散漫地套上T恤,闻言瞥她一眼:"力气不大,怎么按住你?"

不等她反应,温折已经穿好衣服,打开了房门。走前他还转头说:"在家等我。"

沈虞没理他,却听男人强调:"咱俩的事没完,在家等着。"

说完,他关上门离开了。

等到大门被关上,屋内彻底没动静后,沈虞才迈着酸痛的腿下床,随手拿过温折的浴袍裹在身上,从客厅拿回了自己的手机。

她打开温折卧室的窗户,红着脸散去满室的气味。

床上她是不愿意再待了,全是他的味道。她懒洋洋地靠在卧室角落里的单人沙发上,打开手机,看到时间显示——晚上七点十分。

她一下午没看手机,微信上有九十九条的未读消息。

沈虞找到梁意的对话框。闺密俩每天都要聊,经常是各说各的,说到一半人就没了影。

梁意给她发了满屏的消息,从极品客人到明星八卦,再到社会新闻,三百六十度辐射。到最后,面对一下午都没冒泡的沈虞,梁意似乎很是恼火,屏幕上最后一条消息还是半个小时前发来的——

"你不回消息的时候,我会以为你在和温折做什么。"

小鱼:"……"

下一秒,梁意就把消息发来了:"你再不回我,我都要单方面和你绝交了!"

小鱼:"那个……下午出了一点点事。"

梁意:"啊?"

小鱼:"温折什么都知道了。"

梁意直接打了电话过来,"然后呢?然后呢?是你主动坦白的吗?"

沈虞出声时,声音低沉又沙哑,"是……又不是。"

"啊?"

"他其实早就知道了。"

梁意:"啊?!然后呢?你们怎么解决的!"

沈虞沉默了下："你猜。"

梁意那头传来了猖狂的大笑声："我说什么来着？这种事还能怎么解决？"

沈虞："……"

"怎么样怎么样？"梁意语气兴奋，"温折这种男的，表面看起来冷冷清清的，实际骨子里一看就很霸道，就那种……斯文败类，懂吧？"

沈虞冷笑："斯文没有，败类倒是真的。"

"啧。"梁意摇摇头，"所以呢，最后事情解决了吗？"

沈虞也头疼："不知道……所以我很烦嘛，怕他还要和我算账。"

梁意："这有什么……你等着，我给你发链接。"

说完，梁意便挂了电话。

片刻后，看着屏幕上跳出的大片链接，沈虞点了进去，手指放大图片，甚至戴上蓝牙耳机听视频里的产品功能介绍。

她看得入神，连大门被打开的声音都没有听到——不多时，房间门被推开，温折拎着塑料袋，颀长的身影立在了房间门口。

到此时沈虞才听到动静，连忙摁灭手机，拿下耳机，面红耳赤地把手机往后藏。

好在温折没有注意到她的异常，把手中的药盒放下，朝她微抬下巴："小笼包在饭厅，出去吃。"

说完，他打开了灯。

沈虞"哦"了一声，迈腿出去。

温折看了她一眼，随即弯腰收拾地上散乱的衣物——沈虞珍藏了八年的校服到底没有逃过今日之难。他眸中刚刚消退的欲色又蔓延出来。

他敛眸继续收拾，把衣服放进脏衣篓里，正欲离开，目光突然顿住了。

向来整洁的柜子上不知何时出现了一个黄色信封，封口处有一行俊逸的小字——"温折亲启"。

他展开信封，露出里面雪白的信纸。自他回家后，两人从沙发上纠缠到卧室的床上，所以这封信只会是沈虞在此前放在这里的。温折坐在床头，手指缓慢地打开了这封信。

To：十八岁的温折

我是沈虞。准确地说，我是八年后的沈虞。

不知道你知道这个消息会不会生气，生气就生气吧，反正我很开心。我想告诉你：八年后的我们还是在一起啦！你还答应会向我求婚。

是不是听起来很匪夷所思？十八岁的温折甚至不想和我呼吸同一个城市的空气。你会不会想：这个坏女人怎么敢的呀？做了那种坏事怎么还敢来纠缠我？

其实，人家也没那么大的胆子。主要是老天爷都看不下去了，狠狠地惩罚了我这个坏女人，在我和你重逢的第一天，就让我"嘎嘣"，撞到了脑子。

没错，我的脑子坏了，真的坏了，不是做不出数学题的坏，是只把你忘了的坏。

我忘了你的容貌，忘了你的名字，忘了和你有关的一切，过了很久才想起来。

但我就是见鬼地忘不掉对你的喜欢。

失忆的沈虞，还是唯一爱温折。

不过，八年后的你还是很难追。嗯……你不要觉得惊讶，现在的你又屈服了。

哦，我再告诉你个好消息，现在的温折还特别有钱，过"520"的时候随手给我打了一千多万元。可以说，你"贪财好色"的愿望全部实现啦！

你还问过我，如果你一贫如洗、一无所有，我还会爱你吗。

世界上没有无缘无故的爱和喜欢，骄傲的沈虞更不会随便爱人——除了温折。

骄傲的沈虞，只爱温折。

但我现在又做错了一件事——我悄悄恢复了记忆，然后……没有告诉现在的你。

这会不会很严重？嗯，好像很严重。

但现在的你，有一点点凶，还有一点点变态，想破脑袋也不知道怎么办的小虞躲在房间里写了这封信。

我为八年前的所有事情，郑重地和你说一声：对不起。

我知道对不起没有用，对付你，只有哭和撒娇有用。但我欠你这一声道歉。年少时冲动犯下的错，最不该承受后果的就是你。

如果……如果有可能，二十五岁的沈虞想从头来爱你，想和你牵手、接吻，做尽所有亲密的事，想和你结婚、生崽，走到整个生命的尽头。

你还愿意爱我吗？

一封没有八百字的信，对招标文件都一目十行的温折看得极慢。他修长的手指停在纸上，用力到发白。

良久，他折起信纸，重新放进信封里。然后他缓缓站起身，郑重地把信封放进了带锁的抽屉里，锁上。

沈虞坐在外边，慢悠悠地喝着粥。

午饭、晚饭她都没吃，还整个下午都在做剧烈运动，喊得叫天天不应，叫地地不灵，早已饿得前胸贴后背，一碗粥下肚才好受多了。

温折应该也没吃。他是苏城人，口味清淡，醋、辣、油一概不放，给自己带的虾仁面上只有葱花，清汤寡水一片。

等了半天也不见他出来，沈虞朝里面喊了声："再不出来，你的面要坨了！"

男人声音不高不低地回道："来了。"

不多时，他从卧室里走了出来，眼眸很黑，蕴藏着点点细碎的光芒。

沈虞眨了两下眼，咽下口中的小笼包，莫名其妙地觉得，温折像是打了针镇静剂，整个人的气质都柔和了。

两个人面对面吃饭。沈虞吃到后面便吃不下了，懒洋洋地放下筷子，托腮看向对面。

温折吃饭很斯文。除非她主动挑事,否则他不会开口说话。或者说,他大部分时候都是安静的。

大概是被她一直盯着,温折抬眼回视。

沈虞的脑子里还充斥着那些少儿不宜的画面,她连忙躲开视线,低头从背后摸出了手机。她身上还穿着温折的浴袍,领口开得很大,露出雪白的肌肤上细细密密的红痕……于是,她没拿手机的那只手又连忙收紧了衣领。

明明她还有很多事情没说完,但经历这样的一下午后,似乎这些事都不知道该如何说起了。

温折慢慢地吃完面,喉结动了动,显然有话要说。

沈虞漫无目的地低头摆弄着手机,结果手机有点儿卡,半天也没人脸解锁开。她索性输密码,指尖按太快按过了头,点开了上次还没看完的视频,然而放在房间的蓝牙耳机不知何时早已经断了线。

于是,安静的室内响起了视频内女人慷慨激昂的介绍声。

与此同时,温折郑重的嗓音响在沈虞的耳畔:"我有话要说。"

…………

一阵诡异的沉默后,沈虞终于回过了神,脑中宛如有人在狂叫。

啊啊啊!她到底在干什么?!

手里像是拿了个炸药包般,沈虞猛地把手机丢下,惊魂未定地看向温折:"你听我解释!"

男人定定地看着她,眼中晕开在床上时特有的暗示。他似乎打开了某种开关,对这些属于成年人的话题再没有半分含蓄:"嫌我做得还不够?"

明明……明明他之前不是这样的。高中的时候,温折是一等一的优等生,光风霁月,端方稳重,哪怕嘴毒了点儿,但再生气也不说一句脏话。

那时的他哪里像现在这样?

沈虞蓦地想起下午的时候,眼前是昏暗的黑,男人声音低沉沙哑,一遍遍地在她的耳边呢喃:

"我是谁?嗯?"

· 345 ·

"温折。"

"温折是谁？"

"是……是……"

"是你的男人。"他哑着嗓音，然后轻嗅她的脖颈，呼吸微潮急促，"你唯一的男人。"

…………

沈虞窘得快要暴走了。为什么那么一个端正的少年长成了如今这种衣冠禽兽的败类模样啊？！

"停！"她捂住耳朵，"不许说了！"

温折用指腹轻轻蹭了下她的右颊："这才哪儿到哪儿？"

沈虞索性不再理他。

温折安静地收拾着所有的餐具。他向来整洁，受不了脏乱，也不喜欢家政人员长住在家里，所以小事一般会亲自动手。

沈虞恰恰相反，走哪儿乱哪儿，甩手大爷似的被伺候着："你刚刚想要和我说什么？"

温折从沙发旁边的地上捡起了自下午就被扔在那里的文件，放在沈虞的面前："你看看。"

沈虞的心跳突然快了些，她伸手拆开文件夹，看见了整齐排放的专利购买意向合同和一份能让沈光耀在董事会丧失话语权的证据文件。

她猛地抬起头看向他，千言万语压在心头，一时不知该说什么。

温折拖开椅子，坐在她身边："我今天想找你说的就是这件事，但在回来前，听说你向周宪借了钱。"

再说起这个时，温折语气平静，像是心平气和地在和她交谈："为什么自作主张，不和我开口？"他微凉的指尖从沈虞的脖颈慢慢往上，轻轻抚过，来到艳若桃李的脸颊上，"是不是因为我缺席的八年使你习惯于依赖周宪？"

沈虞连忙摇头，握住脸侧的手掌："不是。我只是……"她顿了顿，声音越来越低，"没脸和你开口。我过不去心里那道坎儿。"

温折默了默，突然把人抱到身上，嵌入到怀里："什么坎儿？"

沈虞紧紧地环抱住他的腰，把脸埋进男人的胸膛："我一直以为你不会原谅我了。"

"原谅？"温折忍笑，故意沉下嗓音，"我说过我原谅你了吗？"

沈虞呼吸一窒，倏地抬起脸，紧张得卷翘的睫毛直颤。

"笨蛋。"温折见她这表情，下巴放在她的头顶上，叹了口气，"我都快把心掏出来给你了，还没感觉到？"

像是被丘比特拿箭命中，沈虞连眼前都在不争气地冒粉红泡泡，一如少女时期的每一次悸动。

沈虞又想作了，伸手钩住他的手："没感觉到。你总是凶我，也没说过爱我。"

温折看着胡搅蛮缠的娇气女人，伸手怜惜地轻抚她的脑后，那里还有浅浅的伤疤："又开始了？"

沈虞是个很容易恃宠生娇的人，很快便从歉疚中脱离出来，开始掰着手指一条条数着温折的不是："你还说我恶心，"像是陷入噩梦般，她揪紧他的衣摆，"还在采访时说绝不来京城读大学。"

温折哭笑不得，为她瞬间就倒打一耙的态度。

温折那些年少的气性，早就在日日夜夜的思念里消散殆尽，但人还是要哄的："我说恶心，但最后还是去找了你——你说我是不是玩不起？我大学就在B大，A大隔壁。"说起这些，温折只觉得脸一阵火辣辣的疼，"大二那年我拿了全额奖学金出了国，去年回的国。"

这么一算，还是她的错。

沈虞讪讪地应道："嗯……"

"我不是贪财，"温折轻轻地捏着她的耳垂，低笑，"但真的好色。虞美人挥金如土，我如果不贪财，怎么养你？"

温折从不刻意说情话。至少她让他说时，他从来不说。他不经意的一句，却能撩拨得她连自己姓甚名谁都忘了。

她讷讷半晌，干巴巴道："我还以为……以为你很喜欢钱。"

温折看着她，笑了。他的眉眼向来是一种很周正的英俊，他不笑的时候冷肃端方，笑起来却似冰川融化，眼尾微挑，曜石般的眼睛蕴含着细碎的光。

"谁不喜欢钱？"他把人如抱小孩儿般抱了起来，走向沙发，"我本来觉得钱够用就行,后来……"

他顿了顿。

"后来什么?"

"后来遇见个一双球鞋五位数的败家子。"

沈虞鼓腮:"我也可以不花很多钱的。我穿得了路边摊,吃得了小馄饨。"她环抱住他的脖子,不满地呢喃道,"你走到哪儿我跟到哪儿,什么时候说过一句'不好'?"

温折:"我知道。"

后面的话他没再多说——是他自己做不到让她跟着他吃苦。

他们真正在一起的日子,只从年末到第二年初夏。其间,温折除了繁重的课业,周末还要做家教。沈虞的恋爱谈得也是真的辛苦,面对忙得连面都难见到的男朋友,她只能做一根见缝就插的针。

她张扬惯了,心事也藏不住,恨不得在温折的脑门儿上竖个"沈虞专属"的立牌,下了课就往他们班跑。以前追人的时候沈虞也这么做,区别在于之前温折不接受,而现在接受了。

沈虞高调的作风立刻就在全校掀起了热议,人人都感慨学神校草就这么沦陷了。事情闹得沸沸扬扬,甚至到了连老师都知道了的地步。

老师痛心的自然不是沈虞,而是温折,生怕他被带到了沟里去。

但向来品学兼优的温折就像"被下了降头"似的,检讨写了三份,因为打架被全校通报了一次,但就是不改。所有的老师都感叹:他这该不是昏了头?

每天下晚自习后,温折都会送沈虞回家,有时候还带她去吃夜宵。除此之外,他们在一起的大部分时间便是他给她补习。这段恋爱看起来轰轰烈烈、尽人皆知,实际只有作为当事人的沈虞知道有多么简单平淡。

唯一出格的时刻,便是在苏城夜晚安静幽深的弄堂里。

沈虞至今都能记得那时心跳的频率以及他唇瓣的温度。

夜色黑如浓墨,客厅的灯光不是很亮,电视的声音似有若无地响在耳边,谁也没有在听。

温折无声地吻她,如同在很多年前的弄堂里一般,只不过不再克制,细细辗转了千万遍。

　　只要他没有在床上的那种疯劲,沈虞都喜欢和温折亲近。只不过,她喜欢的亲近往往是男人达到结果的过程。温折的敏感程度相较于年少时有过之而无不及,他们亲着亲着,某些欲望便蠢蠢欲动。

　　…………

　　整个周末,沈虞过得日夜不分。

　　其实并不是所有的话都说开了,只不过,温折似乎懒得再提那些事。

　　而有些东西,一旦打开了闸门,好像就再没了回头路。温折的热衷程度显然超过了限度,一连两天,沈虞几乎都躺在床上。

　　她时常失神地盯着天花板想:这种生活,实在是太罪恶了。

第十四章
爱你有几分

沈虞从未像此时这样如此期待周一的到来。

临近期末，还有几门课要结课，再加上无数的最后期限一齐涌过来，让她眼前一黑。

但无奈她体力透支，周一还是起晚了。

沈虞睁眼时，温折已经西装革履地站在了床边，一丝不苟的模样帅得让人看一眼就心跳加速。她在心中"啧啧"了两声：有些人，上一秒还是个禽兽，下一秒就是个衣冠禽兽。

沈虞伸了个懒腰，揉了揉惺忪的眼睛，突然，眼前似乎有亮光闪过，晃得她眼疼。

女人天生对亮闪闪的东西有超乎寻常的敏感度。她猛地睁开眼，看见左手的无名指上出现了一颗闪闪发光的巨大的粉色钻石。

沈虞尤爱钻石，钻石中最爱粉钻。梁意总是调侃她什么费钱喜欢什么，养她就是养了个吞金兽。

她猛地从被子里钻出来，惊喜和开心快要溢出眼眶，看向温折："这是你送的吗？"

"不是我送的，"温折轻扬了下唇角，弹她的额头，"是你做梦来的。"

沈虞扫了他一眼，心情好懒得计较，愉悦地抱着被子滚了滚。突然像是反应过来什么，她扭头看他："这是你的求婚戒指？"

温折不置可否。

戒指在他这儿存了很多天了。昨天夜里，他看着怀中女人熟睡的面孔，突然便起了念头，把戒指轻轻地戴在了她的手指上。

果不其然，皎白的月色下，粉钻极称女人白皙细腻的手指。娇生惯养长大的水仙花，似乎就得昂贵的珍品才能配得上。

谁知，这一戴上去，他就忘了摘下来。

沈虞却抓歪了重点，鼓起腮瞪他："好啊温折，你这算盘打得我都听到响了。你以为用一颗粉钻就能让我答应你这敷衍的求婚吗？"

温折"嗯"了声："我不这么以为。"他弯腰朝沈虞摊开一只手，"所以你先把戒指还给我吧。"

沈虞伸出白嫩的脚丫子就踹了过去："滚蛋。"

送出去的东西，哪里还有要回去的？

温折也不和她继续闹，拍拍她毛茸茸的脑袋："起来吃饭。"

"等等！"沈虞看了看自己被咬得星星点点的、一会儿还要去涂遮瑕膏的肌肤，气得喊住人，"别走。"

男人停住脚步，回头看她，长身玉立的模样好似下一秒就要去走T台。

下一秒，温香软玉的一团突然像是八爪鱼般缠了上来。

他下意识地握住她的腿，随后，领带被重重一拉，喉结上被小尖牙轻轻一咬，酥麻一片。

沈虞咬了他一下，又重重地吮吸了一口，留下个不轻不重却极显暧昧的印子，得意地眨巴了两下眼。

她懒得没骨头，笑得妖气横生："你就这样去上班，让大家看看你这周都做了什么好事。"

温折眼眸沉了沉，放在她的细腰上的手陡然收紧。他慢慢笑了下，把人扔在床上，又不轻不重地松了松领带，握住她的脚踝，把拉到身下。他饶有兴致地看看沈虞的表情，又淡淡地看了眼表上的时间："现在再来一次，也不是来不及。"

沈虞左躲右躲，笑着避开了他的吻。

温折也不是真那么没分寸——两人闹了会儿，到了不得不走的时间，他重新整理了衣襟，将纽扣系到最上一颗，挡住了一半的昳丽红痕，起身去上班。

温折走后，沈虞懒洋洋地转着无名指上的粉戒，就着从窗帘透露出来的光线，拍了张照片。

阳光下的手指，美如白玉，粉钻发出璀璨的光，美不胜收。

沈虞心情极好，愉悦地发了条朋友圈——就一张戒指的照片，外加一个简单的爱心。发完，沈虞便放下手机，懒洋洋地翻身下了床，走向浴室洗漱护肤。

她不知道的是，没一会儿，朋友圈的同学、朋友闻声而动，像是发现什么大新闻一般炸了。

最先占领"吃瓜"第一线的自然是上班途中的人。

鼎越的同事像是约好了，几秒钟内便涌现了大片的赞，外加成排的评论。

同事1："这鸽子蛋钻戒，闪瞎我的眼了。"

同事2："咱温总这是……求婚了啊啊啊！"

同事3："小沈，出本书吧，书名就叫《三个月，让风投第一男神和我求婚》。"

同事4："恭喜恭喜，这声'老板娘'我先喊为敬！"

最后，李玟问出了一个看起来很合理的问题："小虞，温总这么快求婚，该不会是你有小baby（宝宝）了吧？"

…………

鼎越资本。

早上八点半，温折左脚刚踏进电梯门，迎面就遇上了两个窃窃私语的女下属。两人见到他，表情骤变，视线快速又暧昧地从他的喉结上扫过，又微微低下了头。

"温总。"

温折停了一下，轻轻颔首，继续往里走。

下一秒，两位女下属绽放出灿烂的笑容，异口同声地说："恭喜温总！"

温折:"嗯?"

"恭喜您喜得贵子!"

等沈虞敷完面膜,换好衣服,已经是半个小时后了。她再拿起手机时,无数的消息涌出来,晃花了眼。

什么情况?

她坐在床上,漫不经心地看着微信消息,一眼就看到了好几个同事的私信。

"恭喜啊!"

"这么快就有了,好好在家休息啊。"

沈虞:她有什么了?

她满头雾水地翻着一条条消息,突然,像是反应过来什么一般,找到了刚发的那条朋友圈,只见下面一排排的庆祝和恭喜。

当然,这罪恶的源头便是李玟那句"该不会是你有小baby了吧"。

随后,也不管真相如何,下面的评论逐渐走歪。

"哇!这么快就要小baby了!"

"怪不得呢,这是奉子成婚啊!"

"恭喜恭喜!"

"传下去,温总要当爸爸了。"

"小沈,什么时候办婚礼啊?"

除了她的朋友圈,微信的工作群也像是炸开了锅一般,百来号人在里面讨论得沸反盈天,似乎忘记了当事人也在群里。

话题逐渐走偏,从"风投第一男神沦陷史"到"美女实习生三个月靠肚上位史"。原本死气沉沉的周一,硬生生开起了一场"吃瓜大会"。

沈虞看得额角青筋直跳,转头便看见当事人之一的温折发来了消息。

温娇花:"听说你怀孕了。"

沈虞面无表情地回:"你好大的本事,三天就让我怀孕。"

温娇花:"嗯,没这么大本事。"

小鱼:"啊?"

温娇花:"所以接下来得更努力一点儿,才能不负所托。"

小鱼:"请你麻利地滚蛋。"

对于满公司的流言,温折到最后才知道源头是沈虞的那条朋友圈。

他不喜下属过于关注他的私生活,一开始没有回应,到后头,连蒋胜都闻声赶来,当头便是一句:"听说你要当爹了?"

温折:"……"

蒋胜拖了把椅子坐下:"你这事做得也太混账了吧,你们这才在一起多久?"

一上午,走到哪儿都是满室的"喜得贵子",温折烦不胜烦地掀起眼皮:"还没怀。"

"没怀?"蒋胜摸出手机,愣了,"没怀?!那这消息哪儿来的?"

温折垂眸,正看见沈虞发来的那个让他滚蛋的表情包,嘴角轻勾:"靠你们的想象力。"

蒋胜翻了翻热火朝天的群消息,蹙紧眉头:"看看,这一个个的不上班,全在聊天儿。"

他翻了翻,突然"哟"了声,笑了:"哎哟!这大钻石,一掷千金啊!你对这小实习生来真的啊?"

温折从电脑屏幕上移开视线,皱了下眉:"不然呢?我看起来很不认真?"

蒋胜饶有兴味地挑了下眉:"小实习生漂亮是漂亮,但这么多年,条件更好的也不是没有,怎么突然就她了呢?"

"不是突然。"温折摇头。说完,他认真地看向蒋胜,勾起唇角,露出一抹淡笑:"老蒋,我忘记告诉你了。小虞是我的初恋,是我十八岁时就想娶的人。"

蒋胜:我是来骂人的,不是来听你炫耀的。

"行了行了!"他没好气地挥挥手,"酸死了。"

但转头看见仿若冰川雪融般的温折,他又无奈地摇了摇头,打心底觉得高兴。

从初识这个出色的年轻人开始,蒋胜见过他许许多多的模样——专注、果断、冷淡甚至是阴沉。蒋胜也时常惊异于这样一个优秀的男人,冷若冰霜地拒绝了主动贴上去的所有女人。

思绪回归，蒋胜再一次感慨自己当初没看错人，选择和温折做了合伙人。

蒋胜走上前，敲了敲温折的桌子："结婚请柬记得给我一份。"

温折轻声笑："那自然，少了谁的也不能少了蒋总的。"

一连几天，沈虞都忙于论文和各种结课作业，七月初才堪堪结束，开始了较为漫长的暑假。

但假期的第一天，沈虞便接到了沈光耀催款的电话。

这笔钱是她是以个人名义借的——如果她不点头，这笔钱自然也不会流入沈氏。之前沈虞没有时间搭理沈光耀，现在假期来了，这件事也被提上了日程。

专利合同还放在家里，只是温折没再提过这件事。

他从不说他做了多少事。

只要沈虞签下这份合同，药企便可以继续投入生产——不仅沈氏的燃眉之急可以解决，她打入沈氏管理层的困难也将迎刃而解，她甚至不需要再依靠那笔资金。

沈虞回复沈光耀："约个时间见面吧。"

沈光耀定下的时间在次日晚上七点。

"除了爸爸，还有很多公司的董事，这是你正式进公司的第一步，一定要好好表现。"

沈虞扯了下唇角，自是听出了沈光耀话里暗藏的机锋——沈氏走上下坡路，不止是因为沈光耀没能力，和他沆瀣一气的董事会也是关键所在。这群老狐狸，绝对不想再多出一个她来争权。

但这场鸿门宴是少不了的。

这几天温折回来得都比较早，只不过事情多，即使回来得早也得待在书房工作。

而忙过了期末周的沈虞倒是清闲了下来，久违地对着平板电脑看起了综艺节目，时不时"扑哧"地笑出声。

她看到一半，温折突然敲了敲书桌。

男人已经洗过澡了,穿着保守的棉质睡衣,领口散漫地松开两颗纽扣,露出精致的锁骨。

沈虞给了个眼神:"怎么了?"

他面无表情:"你吵到我了。"

沈虞"哦"了声,调低了平板电脑的声音:"这样呢?"

"还是吵。"

她从桌上摸出蓝牙耳机戴上:"这样可以了吧?"

温折:"你的笑声很吵。"

"哦。"她从书房的小沙发上站起来,"那我出去看。"

"就待在这儿。"温折略掀起眼皮。

沈虞:"好嘛……"

她索性走到书桌前,有些无所事事地托腮看着他。

她越看越觉得,嗯,他有点儿帅。读书的时候她就喜欢这样看他,现在再一看,这岁月对他可真好,这么多年也没留下什么痕迹。

她就这么看了几分钟,桌子又被男人敲了几下:"别总盯着我。"

"不让我看平板电脑又不让我看你,也不让我走,你让我在这儿干吗?充人头吗?"沈虞哼唧道,"我劝你不要不知好歹。"

温折:"你这样我没法专心。"

沈虞"啧啧"两声:"你这人忒贪心了,又想我陪你,又想专心处理工作,哪里有这么好的事?"

说完,她抱起平板电脑就准备走。

"你说得对。"温折合上电脑,突然站起了身,双手把她打横抱起,放在了书桌上,炽热的呼吸轻拂过她的脖子,若即若离,"工作可以放一放,美人不行。"

他轻轻啄吻她的耳侧:"明天有事吗?"

沈虞绷紧莹白的脚尖,呼吸都放轻了:"没有……哦,不对,晚上有。"

"什么事?"

"嗯……和沈光耀的饭局,几个重要的董事都在。"

温折亲她的动作一顿,几秒后,他问:"到时候我去接你?"

"好。"沈虞环抱住他的脖颈,下一秒,却感觉后背一凉,肌肤直接和书桌相触。像是反应过来什么,她睁大了双眼:"你……你要在……"

温折的喉结动了动,他似有若无地笑了声:"借你吉言,大家都以为我要当爸爸了。"他的手指和她略长的发尾轻轻纠缠,"我难道不该努力点儿?"

沈虞:"你不每次都戴……吗?"

他再努力也没用啊。

温折面不改色地回答:"我们不能光注重结果,更要注重过程的努力。"

这种厚颜无耻的话他都说得出口?

温折察觉出她眸中的震惊,语气带了诱哄:"要不明天带你去个地方?"

"嗯?"感觉他在咬她,沈虞睫毛微颤,"什么地方?"

温折:"东郊的拍卖会,想去吗?去看看有没有什么喜欢的。"

"真的呀?"沈虞眼睛一亮。平时她学业忙,已经很久没去过拍卖会了。

"另说,"温折咬上她的下巴,气息紊乱地说,"这得看我心情。"

沈虞:"啊?"

温折握住她放在桌面上的右手,十指相扣,伴随着一道低沉的声音:"你得先对我好一点儿。"

假期成了温折肆无忌惮的理由。前段日子沈虞因为忙于期末结课,数次拒绝了他的无理索求,却在昨晚全部补了回来。

第二天,沈虞直接一觉睡到了天光大亮。

温折难得做了次人,没有一大早把她喊醒——她还躺在他的床上。

平时为了防止男人快速丧失新鲜感,沈虞还是会坚持和温折分房睡,昨夜却是没有力气再走,直接睡到了现在。

沈虞从床上下来,慢悠悠地去洗漱护肤,然后从桌上找到了温折准备好的三明治,懒洋洋地嚼起来。

等吃完早饭,她从衣柜里精心挑选了两条高定小礼裙,一条是修身的白色吊带裙，很显身材和肤色；另一条是湖蓝色的长裙，中规中矩的款式。

沈虞对着全身镜就着两件衣服拍了照片，发给温折："哪件好看？"

几分钟后，他回复："蓝色。"

沈虞觉得他的审美有问题："白色哪里不好看了？"

"你照照镜子。"

小鱼："啊？"

"然后转身。"

沈虞照做，随后错愕地看到了自己雪白的脊背上星星点点的红痕，满是暧昧——她不许温折在脖子上留印子，结果他留在了背上！

沈虞气得发消息："你属狗的吗？"

温娇花："嗯。沈虞的'舔狗'。"

最终，沈虞还是换上了那条湖蓝色长裙。

许久没出门，她心血来潮，又坐在梳妆镜前细细化了全妆。头发长到了一个刚好的长度，可以缩在脑后，露出整张脸。

镜中的脸五官精巧，眼尾微微上挑，是一双极为标准的桃花眼。她向来适合明艳的妆容，也无须任何发型的修饰。

想起晚上的饭局，沈虞将眼妆化得浓了些，同时拉长眼线，选了深红色的口红。

化完妆，沈虞抿了抿唇，满意地托腮自拍了一张。

温折喜欢又乖又纯的，她却适合很帅气的妆容，只有这样才能百倍放大她的美貌。

拍完照，沈虞刚好接到了温折的电话。

"我已经到楼下了。"

她合上口红盖，漫不经心地"嗯"了一声。

"十分钟。"听出她语气中的散漫，那头的人淡淡补充了一句，"我等你十分钟。"

沈虞：这是"舔狗"还是祖宗？

"喂！"她不满道，"'舔狗'就你这种态度？"

温折似是笑了一声，嗓音低沉："那你说，我应该怎么做？"

"算你今天运气好。"她轻哼一声,"我马上下去。"

沈虞出了公寓楼就看到了温折的车,径直走过去打开车门,和刚刚从项目书上抬起头的温折的目光对了个正着。

他一时没动,眼眸一沉。

沈虞牵起裙摆上车,同时关上门:"没见过美女?"

温折合上了方才等她时所看的文件,仍旧看着她:"需要我提醒你,今天只是去拍卖会,不是去相亲吗?"

沈虞:"我想打扮就打扮,需要挑日子?"

温折脸一黑,还没说话,倒是前排的李宗"扑哧"笑出了声,又连忙正色,肃着脸表示自己什么也没听到。

"你不喜欢我这身?"沈虞凑近男人的侧脸,眼尾上挑又勾人,"我觉得还挺好看的啊。

"有一次大学联谊活动,我妆化得浓了些,穿得也比较帅气,结果你猜最后发生了什么?"

温折扯唇:"什么?"

"最后来加我微信的女生比男生还多!"沈虞挑眉,因为表情灵动,明艳至极的五官美得直晃人眼。

她怎么能这么漂亮?温折的眼眸再次沉了下去,胸腔间的独占欲瞬间达到顶峰,他伸手就抬起她的下巴,欲吻上去。

"别。"沈虞躲开,朝前排尽量减少存在感的李宗看了一眼,白皙的脸蛋儿透出些红晕。她退到车门边,以眼神拼命暗示温折别乱来:"还有人。"

李宗:"我不是人,沈小姐,您可以把我当木头。"

李宗的话,应该是彻底浇灭了温折临时起的意。温折深深地吐出了一口气,重新打开文件,不再说话。

在一家口碑不错的粤菜馆吃过午饭后,下午两点,温折带着沈虞到了东郊的慈善拍卖展厅。

他们到时,这里已经聚集了不少商业新贵和老牌豪门。

沈虞挽着温折的手臂进场落座时,感觉到不少朝这边打量的目光。

这些年，她早已淡出原本沈家所在的圈子，今天却还是看到了不少熟悉的面孔。

她装作没看到那些或打量或试探的目光，脊背挺得笔直，势必要将高贵冷艳演到极致。

但温折这尊大佛比她还要招人。本来帅哥就少，长得帅又有能力的就更少了。不用提沈虞也知道，想嫁温折的千金小姐能从京北排到京南。

顶着昔日那些"姐妹"惊愕的视线，沈虞笑得千娇百媚，侧头靠在温折的肩上，霸道地宣示主权。

难得看见她这般张扬的模样，温折将掌心放到她的脑后，轻揉了一下，很给面子地将"秀恩爱"做到了极致。

拍卖即将开始，后排灯光变暗，拍卖师抬步上台。

沈虞原本漫不经心地看向台上，下一秒，视线一定，看见了前排座位上端坐着的韩雅以及她身边的沈弯弯。

母女俩盛装打扮，穿着最新款高定礼服。最戏剧性的是，沈弯弯身上的那条长裙也是湖蓝色的，和沈虞身上的这条颜色相同。

拍卖会正式开始。

拍卖师开始介绍拍品，前面多是一些字画和古董，沈虞都没什么兴趣，直到拍卖台上摆上了一个成色极佳的翡翠镯子。她只看了一眼，就知道价格不菲，且这个镯子……和上次她砸碎的那个很像。

沈虞当即直起了腰，表情不再散漫。

温折在她的耳边低语："喜欢？"

沈虞点头。

"那就买。"

拍卖师："起拍价，六十万元！"

竞价随之开始，沈虞刚欲举牌，却被人抢了先。

前排的沈弯弯举起了竞价牌："六十五万元。"

沈虞："一百万元。"

听到她的声音，前排的沈弯弯猛地回首。但由于后排灯光较暗，她并未看到沈虞的存在。

沈弯弯继续举牌:"一百零五万元。"

沈虞嗤笑:"二百万元。"

"二百零五万元。"

沈虞:"五百万元。"

一时没人再竞价。因价格被抬得虚高,场内已经出现了窃窃私语的声音,不少人朝她投来目光。

"五百万元一次。

"五百万元两次。"

沈虞瞥了眼温折,他的表情倒是很平静。她挠了挠他的手心,明知故问:"我败家吗?"

温折轻笑:"你也知道?"

在拍卖锤敲响的前一秒,前排的沈弯弯甩开了韩雅拉住她的手,再次举牌:"五百零一万元。"

"五百零一万元一次。"

"五百零一万元两次。"

全场一片寂静,众人都朝沈虞的方向投去了视线。

温折侧首,手指轻挠沈虞的下巴:"怎么不要了?"

沈虞躲开他的手,抬了抬下巴:"我又不是傻子,这冤种谁爱当谁当。"

她坑不死沈弯弯。

就沈光耀那脾气,他知道沈弯弯花五百多万元买了这么个镯子,不得气到跳脚?

"咚!"成交锤发出沉重的声响。拍卖师笑容满面地朝沈弯弯道喜。

沈弯弯却连半丝笑都挤不出来,脸色苍白。韩雅也再维持不住优雅的笑了,母女俩的表情一个比一个难看。

不少在场的太太看不惯这使伎俩上位的母女俩,纷纷露出了幸灾乐祸的笑容。

新一轮的竞拍开始,后面的首饰沈虞都没什么看中的,她有些兴致缺缺。

温折:"不喜欢?"

沈虞摇头："一般吧。"

"还挺挑。"

"那是，"沈虞蹭蹭他的肩膀，"不挑能看上你？"

两人说话间，本次拍卖会上的最后一件重量级拍品揭晓了。感受到温折的姿态也由刚刚的散漫变得认真起来，沈虞奇怪地朝展台看去，然后震惊地睁大了眼睛。大屏幕上出现了一座华美巍峨的庄园，漂亮极了。

确实是个重量级拍品——京北的一座欧式庄园，起拍价一亿元。

她猛地侧头看向了表情若有所思的温折："你不会要买这个吧？！"

温折挑眉："不行吗？你不是喜欢欧式庄园吗？"

沈虞高中拉着温折做大梦的时候，曾经说过自己想拥有一个种满玫瑰花的欧式庄园，然后在里面做公主。

但看着眼前满脸认真的温折，沈虞突然觉得有些眩晕。她握紧他的手臂，摇了摇："你清醒一点儿啊！我不想结婚以后喝西北风！"

"我在你眼里，买个庄园就喝西北风了？"

竞价已经开始了，温折神色漫不经心，并不急着竞价。很快，这座庄园的竞价直飙到了一亿三千万元。

"一亿三千万元一次。

"一亿三千万元两次。"

这时候，温折抬手："一亿五千万元。"

他一出声，瞬间吸引了所有的目光。看向沈虞时，众人眼光变了一变，像是看到了什么诱惑昏君一掷千金的祸国妖姬。

沈虞呆呆地回看过去，很想说这不是她的主意，她没有这么败家。

又有人加价："一亿八千万元。"

温折："两亿元。"

沈虞：你闭嘴啊啊啊！

四周鸦雀无声，一锤定音。

拍卖会结束，所有灯光突然亮起，厅内一片大亮。

沈虞还有些蒙。饶是她也没从温折刚刚的野性消费里缓过神来——两亿元……她朝周宪贷的款。

温折轻笑了声,像是在朝别人解释:"婚房。"

"婚房"二字像是平地爆了颗惊雷,不只旁人,当事人之一的沈虞也愣在了原地。

然后,众人看她的眼神更奇怪了。

温折淡定无波地搂住了她纤细的腰,淡淡一笑:"她有些怕生。"

在场都是场面人,连忙礼貌地收回视线——为着温总这位"怕生"的娇妻。

…………

拍卖会结束,厅内的人慢慢退场。

其间还不停有人和温折寒暄,其中有一位,温折称呼其为万总。这位万总看起来文质彬彬,实际上却是个狠角色,圈内人脉极广,属于翻手为云覆手为雨的幕后人物。

沈虞露出一双伶俐的眼眸,却见万南笑了笑:"这就是温总那位怕生的女朋友?"

沈虞:"……"

温折轻轻颔首:"是,她叫沈虞。"他又和沈虞介绍:"这位是万总。"

"万总,"沈虞伸手,笑不露齿,努力做出一副怕生的模样,"久仰大名。"

看见她,万南眼中闪过一丝惊艳,"哈哈"大笑:"怪不得咱们温总要买座庄园金屋藏娇。"

沈虞愣了一秒,听见温折道:"今天拍卖会有庄园,是万总给我递的内部消息。"

"哦,这样啊。"沈虞应了一声,心中再次对温折的人脉有了清晰的认知。

不停有人经过,然后低声寒暄,他们硬生生变得寸步难行。

沈虞自不会放过这些露脸的机会,应对自如。她忽地感觉有内道炙热的视线投在背后,侧头看去,正看见了展厅出口方向的韩雅和沈弯弯。

韩雅看着突然驻足不前的沈弯弯,疑声:"弯弯?"

沈弯弯眼眸漆黑，定定地望着沈虞的方向，手指揪紧裙摆，掐出了深深的褶皱，终究是再装不出一丝笑意。

为什么……为什么在她发出那段录音后，温折还能接受沈虞这个恶毒的女人？沈虞都这样对他了……他们还能在一起，温折是疯了吗？！

无尽的不甘和忌妒涌上胸腔，沈弯弯觉得自己快炸了。

站在台阶上的沈虞似乎感觉到了她的视线，眼神居高临下地扫过去，殷红的唇勾起不屑的笑，像是看垃圾一般看着她们。

这种眼神一瞬间让沈弯弯浑身冰冷，像是突然回到了八年前的夏天——

那年，她从苏城来到京城，刚刚摆脱了家暴的酒鬼父亲。

她寸步不离地跟着韩雅进入沈宅的大门，听着韩雅一遍遍和她絮叨着所有的规矩，最重要的便是不要和沈虞起冲突。

沈弯弯谨记在心。她推着大行李箱，穿着韩雅给她新买的白色连衣裙，谨小慎微地迈进富丽堂皇的沈宅。

天气太热，她出了满头的汗，精心打理过的头发粘在了脸上，白裙也因为奔波变得灰扑扑的。

她全身的局促肉眼可见，连对沈宅的用人都不敢大声说话。

突然，楼梯上传来懒散的脚步声，沈弯弯下意识地看过去，被眼前的少女晃了眼——

沈虞扎着高高的马尾辫，简单地穿了白T恤、黑色短裤，露出一双又细又直的腿，脸蛋儿白皙又精致。

她……太漂亮了，无须修饰，漂亮得过眼难忘。

沈弯弯从未见过这么漂亮的女生，下意识地就被灼了眼，低下头。

见到沈虞，韩雅连忙亲切地走上前，对其嘘寒问暖。对这般低声下气的韩雅，少女脸上依旧是快要溢出的厌烦和冷淡，懒懒地掀起眼皮，突然，定住视线。

察觉到沈虞在看自己，沈弯弯睫毛微颤，自下而上地仰视她。对上她的眼神时，有那么一瞬间，沈弯弯自卑得连手都不知道往哪儿放，所有的精心打扮在沈虞面前似乎都成了一个笑话。

突然，像是看见什么脏东西般，沈虞立刻移开了视线。最终，她什么也没说，转头就走。

但那个不屑的眼神沈弯弯记到了现在，从脚底寒到了心尖。

如今，时过境迁，但沈弯弯的屈辱和自卑似乎从没有退去过。

…………

万南离开后，沈虞去了趟洗手间。从洗手间出来，她来到镜前补妆，从小包里拿出气垫，轻轻扑在脸上。

突然，镜后出现一道身影，沈虞漫不经心地掀起眼皮，一抬眼，在镜子里看见了沈弯弯。

沈弯弯穿着和她同色系的礼服，像个幽灵般站在她身后。

她今天心情好，虽说遇见沈弯弯很晦气，但到底不值得发火。

几秒后，沈虞勾起唇角："脸上的伤养好了？是我上次力气太轻了吗？"

闻言，沈弯弯抬起下巴，露出了苍白的脸："沈虞，我不是来和你吵架的。你现在还和温折在一起？"

沈虞补妆的动作一顿，眼神也变得锐利起来。她收了气垫，转身垂眼看向沈弯弯。她比沈弯弯高出一截，再加上高跟鞋的高度，更显得迫人。

"沈弯弯，"沈虞勾唇，露出一抹冷笑，"喜欢惦记别人的男人，是你的家族血统吗？"

她声音不轻，直击人的面门，重重砸下，引来不少过路人注意。

沈弯弯脸色一白，露出一个惨淡的笑容："我想，我真是看错了人。温折就是个没有原则、不要尊严的'舔狗'。

"也不知道你给他灌了什么迷魂汤，他对你竟做到了这个地步。"

听到这话，沈虞眼神冰冷，胸中怒火暴涨，直接上前一把掐住了沈弯弯的脖子，将她按在墙上。沈虞没收力，手上暴出青筋，咬牙："闭嘴，你再敢骂他一句，我不介意在这里打烂你的嘴。"

沈弯弯呼吸不畅，口中却依然在骂："你们……就是一对……渣女贱……"

沈虞直接扇了她一巴掌，"啪"的一声，格外响亮。

过路人都看蒙了，拍卖会的负责人面露惊慌之色，拿起手机就要找安保。

沈弯弯嗓音沙哑，眼中爱恨交织："我以为他是个高高在上的骄傲少年，其实早就被你踩在泥里了。你以前骗他，现在又骗他。"

沈虞眸色一变。

注意到沈虞的神色，沈弯弯猜到了什么，喉中发出怪异的笑声："不会吧，温折没告诉你？你上次把我按在床上打的时候，说出的话还记得吗？"

沈虞的表情越来越沉，脑中电光石火般闪过什么。突然，一切都明晰了，她掐住沈弯弯脖子的手有些颤，全身发冷："你做了什么？"

沈弯弯挑眉："我能做什么？我也就录了个音然后发给他而已，哈哈哈！也不知道，温折听到你的话后是什么心情呢？"

沈虞突然觉得喘不过气来——漫天的悔意几乎要淹没她。

理智尽失，有那么一瞬间，她指尖收拢，是真的想掐死这个祸害。

"说实话，"沈弯弯满意地看着沈虞的反应，尽管感觉到了脖子上的手越发用力，可仍一字一顿地艰难道，"我也认同你的想法，温折是真的挺贱的。"

沈虞眼尾通红，黑曜石般的眼眸几乎望不到底。她好恨沈弯弯，但……更恨自己——她为什么要说出那些话？

沈弯弯苍白的脸渐渐变得紫红，满脸痛苦的神色。

二人身边传来惊叫声，已经有人欲上来拉人了。

沈虞却控制不住自己，手上下意识地用力，漂亮的眼眸失神地望向一处。

突然，她的身后传来男人凌厉的一声："沈虞，松手！"

下一秒，沈虞落入了男人宽厚的胸膛。

沈弯弯像块破布般倒在地上，拼命呼吸新鲜空气，咳得撕心裂肺。韩雅听声飞奔而来，扑上去扶起了沈弯弯。

沈虞一抬眼，看见了温折漆黑的眼眸。

温折掐住她瘦削的肩，下颌紧紧绷起："你知道你刚刚在干什么吗？"

沈虞的手臂还在颤抖，脸色惨白，她看着温折的脸，对自己的厌恶一瞬间达到了顶峰。

韩雅看着女儿痛苦的表情,满脸怨毒,上来就要扇沈虞一巴掌。

韩雅的手刚刚扬起,下一秒便被温折禁锢住了。他以冰冷的眼神睨过去,一字一顿:"你敢碰她试试。"

男人身材高大挺拔,满身气势冷漠凌厉,漆黑的眼眸看过去时,一股寒意瞬间从韩雅的脊背升起。

韩雅唇瓣颤抖,将满腔的怨恨和愤怒尽数憋了回去。

温折甩开韩雅的手臂,漠然的目光从韩雅和虚弱的沈弯弯的脸上慢慢扫过,突然意味不明地一笑。

这一笑,比刚刚的眼神更让韩雅不寒而栗。

也就这一眼,温折再没看她们,把脸色苍白的沈虞打横抱起,大步离开。

展厅的人面面相觑,自动为其让出一条道。

沈虞后知后觉地感到丢脸,悄悄地把脸埋在了温折的胸膛里,只露出一个黑色的后脑勺儿。

片刻后,沈虞被丢上了车后座。

李宗看着老板冷冰冰的脸色,自觉地开门下车,给二人留出空间。

等反应过来时,沈虞已经被男人掐着下巴按在车后座上亲吻了,安静的车厢内,她的耳畔是男人急切的喘息声,带着压抑的怒气。

沈虞脑子里纷乱,翻腾着无限的悔意,一言不发地任他亲。

察觉到她的不专心,温折泄愤般在她的唇上咬了一口,令沈虞疼得拧起眉。

"疼吗?"

"嗯。"

"以后能长点儿记性吗?"温折气得去掐沈虞雪白的脸蛋儿,"以后还敢这么冲动吗?"

沈虞的心尖又酸又涩,依旧疼得揪起。

哪怕沈弯弯骂她千句万句,她都不会这么生气。但沈弯弯用不屑的语气诋毁温折,这感觉却像是将刀子插入了她的心脏,一瞬间鲜血淋漓。

沈虞突然崩溃地抱紧温折的脖颈，疯了般吻上他的唇。

"我还敢。"沈虞仰着修长的脖子，尝到了自己咸湿的眼泪，一字一顿，咬牙切齿，"我只恨我没有掐死她。"

温折厉声阻止："沈虞！"

沈虞眼眸深沉，突然轻轻地笑了，声音也慢慢地低下来："温折，你为什么会喜欢我这种人？我脾气差又任性，总是和你吵架，骗了你一次又一次，对你一点儿也不好。"

沈虞擦掉脸上的泪："你为什么会喜欢我这种人？"

满腔要训斥的话终究化成了一摊水，温折无奈地给沈虞抹眼泪，耐心地问："今天沈弯弯和你说了什么？"

沈虞睫毛一颤，然后摇头。

"是录音的事？"温折心中已经有了猜测。

沈虞紧张地抠紧指尖，卷翘的睫毛不停地颤动："对不起……"

温折轻拍着她的脊背："还有别的想说的吗？"

"那些话不是我的意思。"沈虞试图解释，"我就是……我就是……太生气了。"

说到一半，她顿住了。无论她怎么狡辩，那些录音都是不争的事实。

"还有吗？"

沈虞自知她的解释很苍白，轻轻摇头。

一秒、两秒……她的头顶传来一声低低的叹息，温折将下巴轻轻地搭在她的头顶上，声音淡淡含笑："过去，我也经常会思考这个问题。"

"嗯？"

他顿了下，似是叹息，似是呓语："我也只是个普通人啊……我怎么会这么爱你？"

第十五章

缘以结不解

如果沈虞没记错,这是温折第一次说——爱她。

两次恋爱,他从不言爱,她的甜言蜜语却是张口就来。

良久的沉默后,沈虞低眸,纤细白皙的指尖紧紧攥住了温折冰凉的袖扣。

她无法不落俗套地回一句"我也爱你"。经由她口的爱,似乎都没有多少重量,配不上他郑重的告白。

沈虞将手指轻轻钻进温折的指缝间,然后握紧,十指相扣。

很快,温折回握住她,一垂眼,看见了玉指上的粉钻。这些日子她一直戴着戒指,从未摘下来过。

"温折。"突然,靠在座椅上的沈虞低低地开口喊他。她一双美眸因为哭过,水盈盈的,鼻尖也通红,梨花带雨的模样格外招人疼:"你什么时候娶我?"

温折微微错愕。

察觉到他眸中的惊讶,沈虞凶神恶煞地扑上去捧住他的脸,继续逼问:"你什么时候娶我?"沈虞用藕臂环住他的脖颈,蛮横地咬上他的唇,"快说娶我。"

温折眼中染上了笑意:"嗯,娶你。"

"再说——"沈虞凶巴巴道,"温折是沈虞的,永远都是。"

温折:"我是沈虞的,永远都是。"

沈虞把头埋在他的颈间,挡住通红的眼眶,轻轻道:"我也永远都是温折的……"她停顿了下,又突然抬起下巴,舔了下男人的唇,触及他骤然变沉的目光,补充完后面两个字,"舔狗。"

他失笑,掌心轻拢住沈虞的后脑勺儿,揉了一下,又指着自己的唇:"那再舔舔,我看够不够格。"

沈虞仰头便要亲上去,他微微叉开腿,往后避了下,眼光瞥向站在车外抽烟的李宗。他闭了闭眼,难得推拒了沈虞少见的热情:"回去再闹。"

沈虞却不管不顾地坐上他的大腿,层层叠叠的湖蓝色裙摆在动作中往上卷,已经挡不住修长又白皙的腿了。

温折一手按住她的腰,深呼一口气,语带警告:"再闹今晚别去吃饭了。"

听出他言语里的暗示,沈虞脊背一僵,又低眸看了眼温折的腕表,表针正指向五点——还有两个小时的时间。

她直勾勾地盯着温折的眼睛。她今天的妆很贴合,她哭过之后也没有脱妆,眼线上挑,媚态横生。比起放下头发、素面朝天时的初恋感,现在的沈虞才像个真正的妖精。

温折的呼吸随着她的动作时急时缓,沈虞看了眼窗外:"你让李宗先回去吧。"

她脸颊烫了起来,抬眸看向温折漆黑的眼眸,咬了咬下唇。

"嗯。"温折低应一声,摸出手机,给李宗发了条消息。

窗外的李宗看到消息,懂事得连一眼都不回头看,抬步就走。

车厢内封闭、安静,两个人的时候,属于情人间的爱和欲总是一瞬间蒸腾、散发……

距离七点还有五分钟时,沈虞在君泽酒店的洗手间重新补妆,又仔细洗了手。

手机屏幕突然亮起,沈光耀发来短信:"小虞,还没到吗?"

沈虞关了水龙头,没回复他,拎着小包抬步走向指定的包间。包间门口，身穿旗袍的服务员礼节周到地替她打开了厚重的红木大门。映入眼帘的是一个大圆桌，她见桌边坐着起码十个男人，全是沈氏董事会的那群酒囊饭袋。

大门打开后，沈虞高挑且凹凸有致的身影出现了。

酒店明亮的灯光从头顶倾泻而下，女人身穿湖蓝色长裙，脊背很薄，天鹅颈修长笔直，冰肌玉骨，细腻的皮肤找不到半分瑕疵。她仅仅是安静地站在那儿，就美得让人窒息。

席间陡然安静，在场的不少是风月地的老人，被酒色浸透的脸上俱显出明晃晃的猥琐。

沈光耀从主座上站起了身，拖开自己旁边的椅子："小虞，你坐这儿。"

沈虞毫不客气地走过去入座，装作没看到那些打量商品般的轻佻视线。

"好久不见我们的沈大小姐，今日一见，果然不同凡响啊。"坐在沈虞旁边的刘凯边给她倒酒，边凑近她打招呼。

刘凯身侧的章吉也摩挲着下巴，本来就小的眼睛笑得眯成一条线："上次见面还是个小丫头片子。"他将目光别有深意地从沈虞的胸前扫过，"现在，小是不小了。"

这二位便是和沈光耀穿一条裤子的左膀右臂，沈氏的毒瘤。

席间的男人不约而同地笑出了声。

沈光耀脸色难看。沈虞再怎么样也是他的女儿，同是男人，他怎么能听不出他们口中的轻佻？但往后他若还想坐稳位置，董事会的支持必不可少。饶是有满肚子火，他依旧没有发作，只是试探性地看了看沈虞的侧脸，希望她听不出他们口中的意味。

沈虞比他想象的冷静得多。她早就知道这群人是些什么玩意儿，侧头看向了章吉，不怒反笑："好久不见啊，章总。"她将目光从章吉较为清凉的头顶上掠过，"看来这么多年辛苦你了。为了我们沈氏资本，又费心思，还费头发。"

她晃了晃手机："我刚好知道一家不错的理发店，要不要介绍您去试试？"

章吉脸色一沉，冷笑出声："沈大小姐这些年是越发伶牙俐齿了。"

相对于章吉的喜怒形于色，刘凯便像个满肚子坏水的笑面虎。他轻轻放下酒杯，笑着帮腔："沈小姐果然如传闻般——脾气果敢刚烈。"下一秒，他话锋一转，"只不过这样的脾气，入沈氏之后……恐怕要好好改一改啊。"

他推着酒杯，轻轻移到沈虞面前，微笑道："今儿刚巧大伙儿都在，沈小姐要不要和我们大家喝一杯？"

沈虞扫了眼满满的一杯红酒，再看向席间众多看好戏的男人，勾了勾唇。

"好啊。"她爽快地应下来，举起酒杯朝着桌前所有人示意，"往后大家都是同事，我的工作还得靠各位多多配合，我在这儿先敬大家一杯。"

沈虞目光一转："是吧，刘总、章总？"沈虞歪头，"以后还要麻烦二位——多多照顾。"

后面四个字，她咬得很重，笑意不达眼底。

刘凯自是听出了她语气中的警告，不以为意地笑笑，倒是给面子地举起了酒杯："那是自然。"

章吉一贯没什么主见，还被酒色掏空了脑子，笑容轻佻地说："当然可以，沈小姐想要怎么照顾，我就怎么'照顾'。"

沈虞冷冷扯唇。

席间的气氛暂时和缓下来，沈虞酒量还可以，一杯红酒还不算什么。

酒过三巡，男人们喝了酒，话也多了起来，相应地，说出的话一句比一句狂妄。

沈虞托着腮，微笑着听着他们一边称兄道弟，一边吹牛。

由酒桌就可看出沈氏董事会内部的乱象：沈光耀、刘凯、章吉几个大股东这一派的势力较大，另一派多为一些中小股东，没什么话语权。

"沈小姐，"刘凯笑眯眯地和她碰杯，"你也知道沈氏目前的燃眉之急。知道你有为公司分忧的心，我们董事会都非常欣慰。你不愧是咱们沈董的女儿。"

沈虞等了一晚上的重头戏终于来了。她笑了笑，语气散漫："刘总你也知道，这个钱有多难借。"她开门见山，"借款之前，我便和沈光耀说过条件，董事会还不知道消息吗？"

沈虞直呼沈光耀的大名，丝毫没有留面子。

沈光耀表情一变，随即和刘凯交换了个眼色。

刘凯笑了笑："沈小姐还太过年轻，不知道管理一个公司有多不容易。你现在是初生牛犊不怕虎，等真正身处其位才能理解其艰辛。

"我们大家都明白你为公司分忧的决心，但说实在的，我们暂时还不能够放心地把公司的管理权全权交给你。"

刘凯的这番话乍一听情真意切，实际虚伪至极，他摆明了既要她提供资金，又不让她上位。

沈虞似笑非笑地看着他，又侧头，目光依次从席间的每个男人的脸上扫过。

虚伪、贪婪、轻蔑、自大……她在这群人眼中只看到了这些。

刘凯眉心跳了下，为女人这乍然的沉默。说实话，沈虞完全不同于懦弱好拿捏的沈光耀——她美得犀利，性格果敢，全身气势凛冽，哪怕年纪小，依旧不容人轻易看轻。

他试着补充："不过，沈小姐依旧可以进沈氏。听说沈小姐就读于A大金融系，沈氏需要你这样的人才。"

沈虞微笑："哦？董事们觉得我适合哪个岗位？"

刘凯："项目部副经理暂时空缺，沈小姐可以……"

未等他说完，沈虞便嗤笑出声，眼中的讥诮几乎要溢出来，她的手上把玩着酒杯，勾起红唇："刘总，还有在座的各位，你们以为我真的是来和你们谈条件的吗？谈条件至少得建立在两方平等的基础上。"沈虞睥睨着众人，柔柔地笑着，"如今的沈氏不过是一家人人都能踩上一脚的泥坑……哦，不对，踩上一脚都嫌晦气，毕竟可能惹一身泥巴。

"就这种烂摊子，你们有什么资格和我谈条件？"

女人声音婉转，明明像是好听的音符，却字字犀利，宛如锋利的刀锋，直直扎进这些人的心脏。

这些人的脸色都变得异常难看，哪怕是惯常带笑的刘凯也阴下了脸。

章吉的脸色已然狰狞，他讥笑道："沈虞，你好大的胆子，真把自己当什么东西？"他摩挲着下巴，眼中满是轻蔑和怨毒，"都被周宪玩腻了，真把自己当……"

高脚杯迎头砸下，辛辣的酒水从他的额头往下流，还有几滴落进了眼睛里，章吉眼前一黑，额头血流如注。

玻璃杯落在地上，发出了刺耳的声响。

沈虞的脸色冷若冰霜，她沉声道："嘴巴给我放干净些。"

在场所有人都被吓了一跳，为沈虞狠辣的出手，也为章吉杀猪般的号叫声。

沈光耀的脸色难堪又阴沉——一是章吉的话实在难听，二是沈虞惹了大麻烦。

利益和理智交锋，最终，他还是上前拉住了沈虞，准备好言相劝一番。这事闹得不好看，只要沈虞道个歉，表面上就过去了，他也是为她好，不然和章吉闹起来，以后日子不会好过。

于是，沈光耀厉声劝沈虞："小虞！你怎么能动手呢？快去给章总道个歉！"

沈虞眯了眯眼，如刀锋般的眼眸瞥向他，漆黑如墨。

沈光耀被她看得脊背生寒，随即听到她说："我妈怎么会看上你这么个东西？我甚至为我有你一半的血缘关系而感到恶心。"

沈虞一把甩开了沈光耀的手："别碰我。"

她满身戾气，不管仍在号叫的章吉，反而看向刘凯，冷冷道："我手上不只有两亿元资金，还有能让整个沈氏起死回生的东西。"

沈虞突然提高了嗓音，让所有人听到："我不是在和你们谈条件，望各位周知。"

说完，她从座位上站起，径直走向门边，刚刚打开门，背后就传来了章吉歇斯底里的辱骂声。

"死丫头！"血液从额头上流下，章吉表情异常狰狞，"到底是谁把你惯成这副无法无天的性子？！你等着！看我整不死你……"

话未说完，他便被人打断，从门口处传来一道冷冽的嗓音——

"我惯的，你想怎么样？"

随后，门口出现一道顾长挺拔的身影。

这道声音不轻不重地响起，让在场的所有人都安静了下来。

红木大门的门缝中，男人只露出了半边黑色西装，顾长的身影令人看得并不分明。

但众人瞠目,看见刚刚还冷艳的女人突然间就像找到靠山般抬步就往前扑,用细白的藕臂环抱住了男人的脖子。此时的沈虞表现得像只归林的小鸟,可怜巴巴地控诉:"你可算来了,我等了你好久。"

温折伸手便扶稳沈虞,掌心揽住她纤细的腰,垂眼便看到了沈虞眸中虽极力掩藏,却仍旧挡不住的委屈。

联想到刚刚包间内传来的玻璃碎裂声以及难听的叫骂声,温折指尖摩挲了下沈虞的右颊:"有没有受伤?"

沈虞摇头。

温折眼中的冷意略微缓和,安抚地在她的额头上轻吻了一下,拉着她就准备进包间。

看着他冷冽的侧脸,沈虞拉住他:"你怎么不问问我发生了什么,万一……"

万一事情不是你想的那样呢?

毕竟,她从不是让自己受委屈的性子。章吉被她砸得一脸血,在场所有人都没在她这儿讨得半分便宜。

见温折这样一副要替她讨公道的模样,沈虞心中既感动……又有些尴尬。这就好比一个恶霸把别人的家砸了,恶霸的靠山还要再来踩一脚。

"我只是单纯想找他们麻烦而已。"温折淡笑。

不等她反应,下一秒,温折就牵着她进了包间。与此同时,所有人的目光都落在了他们身上,从愠怒到错愕,再到尴尬,最后是客气又讨好的笑,沈虞就这样目睹了一番令人发笑的变脸。

最先做出回应的便是笑面虎刘凯——他倏地便从座椅上起来,抬步走向温折,伸出了两只手欲和温折握手。

"今儿个什么风把温总给吹来了?"刘凯虽是在笑,却无半丝真意。

沈氏能这么快走到今天这个地步,幕后黑手便是眼前人——目前圈内风头最盛的温折。他的风评圈内好坏参半,合作伙伴赞不绝口,竞争对手有恨难言。

如非必要,沈氏绝对不想和他为敌,结果却不知哪里得罪了他,被整成如今这个样子。

刘凯的手悬在空中，等了半晌，他也没见温折有伸手的意思。

温折微微弯眼，似笑非笑地扫过席间每个人："我为什么来，你们不清楚吗？"

他比刘凯高出一大截，仅仅是安静地站在那儿便极具压迫感。被他看到的人全都不约而同地别开脸，便是向来冲动的章吉都收敛了表情，低头讷讷地擦着满头的血。

刘凯安静地收回了手，目光从男女两人握在一起的手上扫过，勉强笑了笑："我倒是不知道，温总什么时候和我们沈大小姐在一起了？"

温折没应声，视线直接锁定了目光躲闪的章吉，问沈虞："是他吗？"

沈虞挽住他的手臂，在他的耳侧低语："他就……骂了我几句，然后我把他的头砸开花了。"

"骂你？"温折重复了一遍。

在这种场合，章吉这种人能骂出什么难听的话不言而喻。

"刘总，"温折喊刘凯，"我向来对事不对人——谁让小虞受了委屈，我就找谁。我等你给我一个交代。"

他这句话便等于明示他们推章吉出来道歉。

所有董事面面相觑。

章吉向来好面子——让他被一个丫头片子砸了头后还低三下四地道歉，实乃奇耻大辱，脸涨成了猪肝色。

刘凯和沈光耀对了个眼色。下一秒，刘凯笑道："哎哟！我们这位章总啊，脾气惯常就这样，今天酒又喝多了，这就和沈小姐产生了小小的摩擦。"

沈光耀接话："小虞是我的女儿。章吉，你这样欺负一个小丫头，哪怕是兄弟我也做不到袖手旁观。"

刘凯："就是。老章，你过来，给沈小姐好好道个歉。"

其余中、小董事纷纷附和，你一言我一语地逼着章吉道歉，毕竟得罪章吉不足挂齿，得罪了温折的结果却不堪设想。按照温折的手段，沈氏再也经不起这么一番重创了。

面对如此形势，哪怕章吉平时再横，这时候也只能脸色极差地面向

· 376 ·

沈虞的方向开了口:"沈小姐,今天这事是我一时口快,对……"

话未说完,他就被打断了。温折黑眸冷冽,讥讽道:"我倒是从不知道,道歉是坐着道的。"

章吉的脸色白了又红,他因为脸部僵硬,额头的伤口又开始流血。

一秒、两秒……

刘凯讲话的声音也带了些威逼:"是,道歉就得显出诚意。老章,你过来好好给沈小姐道个歉。"

沈虞自温折进门后,没再主动说过一句话。短短几分钟,她安静地看了一出大戏——拜高踩低、趋炎附势被这伙人演得淋漓尽致。这个世界浑浊一片,她在其中沉浮、挣扎。

她的目光落在了温折淡漠的侧颜上,她遭受委屈、羞辱时,唯一会挡在她前面的,只有他。

章吉佝偻着背,捂住额上的伤口,满脸狼狈,再无刚刚半分的蛮横。

沈虞敷衍地听着他的道歉,心中无波无澜。

一场闹剧结束了。满桌的丰盛宴席早已冷却,在场所有人的脸色都很难看,满座安静。尽管最终丢尽脸的是章吉,但所有人都被一个小辈狠狠下脸,没人心情会好。

章吉恶狠狠地一拍桌子,怒道:"欺人太甚!"他迁怒地看向了沈光耀:"你怎么养了这么个狼心狗肺的东西?!"

沈光耀本就不爽的心情在章吉的怒火中爆发,他沉下了脸色:"什么叫我养的?我养过她吗?!"

刘凯阴阳怪气地一笑:"也是,一般人也做不到你这样。"

他之所以扶沈光耀上位,不过是因为沈光耀能力弱、好拿捏。现在,连沈氏的危机都是温折一手策划的,目的是什么不言而喻——不论温折是想扶自己的女人上位,还是自己想操控沈氏,于他们而言都是不利的。在座的这些酒囊饭袋,温折动动小指就能将他们捻死。

刘凯眼中明明灭灭,最终化作一缕意味不明的淡漠。

他拍了拍沈光耀的肩,露出抹惯常的微笑,叹道:"你当真是糊涂啊!"说完,他拾起西装外套,道了句"告辞"。

沈光耀和刘凯从创业开始就是相互利用的关系。刘凯圆滑、八面玲珑，却不爱权力，只好敛财，所以这些年他们也算相安无事。但听了刘凯临走前的那句话，沈光耀背后冒出了一层冷汗，生出一种无法掌控事态的感觉。这种感觉直到沈光耀回家，依旧重重地压在他的心头。

他回家时已至深夜，沈宅依旧亮着盏温暖的小灯。

用人全部休息了，唯有韩雅穿着条丝绸素裙，坐在沙发上看书，一如多年前。这么多个日日夜夜，无论他多晚回来，韩雅始终会亮着灯等他。

在沈光耀看来，韩雅虽不及白婉玉美丽，却对他顺从，乖巧到了骨子里。这样一个菟丝花般的女人，离了他还能做什么呢？

但今日大概是酒喝多了，沈光耀看着灯下不再年轻的女人，突然有些恍惚。

眼前女人的脸慢慢模糊，变成一张精致又清丽的脸。她们的打扮也很像，多年前，白婉玉也会用木簪松松地绾着头发，穿着及踝的睡裙，靠坐在灯下看书。

白婉玉无疑是美的，一开始，沈光耀觉得能娶到这样的女人是他上辈子积攒的福气，但她的性子不如外貌半分柔顺——她从不会等他回家，不会为他洗手做羹汤，像只高傲的白天鹅，连和他结婚都像施舍。

沈虞的性子和外貌随了白婉玉十成十，每当她用那双和白婉玉肖似的眼眸怨恨地看着他时，沈光耀就一阵心悸。

少顷，沙发上的韩雅察觉到了身后有人，侧头，惊喜地站起来："光耀，你回来了？"她上前边替沈光耀脱西装，边絮叨着，"怎么又到这么晚呀？还喝了这么多酒……"

沈光耀的瞳孔有些涣散，他按住韩雅的手，嘴唇翕动着喊了声："婉玉。"

韩雅一僵，像是被刺痛了般一时忘了动作，没再说话。

沈光耀没有看她，依旧定定地看着她刚刚坐过的位子："对不起……"

韩雅的手颤抖起来，她一时分不清楚，他到底是在和谁说"对不起"，是她……还是白婉玉？

沈光耀意兴阑珊地撒开了韩雅的手，一言不发地走向厅中。

将所有的情绪压下,韩雅表情不变,跟着沈光耀重新坐回沙发上。

沈光耀疲惫地仰躺在沙发上,韩雅会意地上前给他揉太阳穴。

他突然出声:"公司出问题了。"

韩雅一愣:"啊?"

沈光耀平静地说出了经过。

韩雅发了好一会儿呆,然后去给他倒了一杯水:"公司的问题是小事,你别把自己累坏了。"

沈光耀没接茶杯,反而盯着她:"你说,我该怎么办呢?"

韩雅依旧温婉地笑着:"这种工作上的事,我一个妇人哪里懂呢?"

沈光耀扯唇,眼中的倦怠和意兴阑珊一闪而过。韩雅的确什么都不懂,她的学识比起出身书香世家的白婉玉差得太远了。创业初期,白婉玉从不会等他回家,却会在他迷茫时给他出点子、拉人脉。

沈光耀长长地吐出一口气,没再说话。他漫无目的地翻着手机,突然指尖顿住,注意到了一条被忽略的短信——是银行发来的扣款短信。

看了几秒后,他骤然抬眸,看向韩雅:"你今天花了五百零一万元?!"

韩雅的心本就发虚,这件事她压在心底一天了,本想今晚好好哄一哄沈光耀,谁知他一进门就情绪不高,她也一直没找到时机开口。

"你买什么花了五百多万元?"

韩雅:"下午东郊拍卖会,我和弯弯看上了个镯子……"

沈光耀一听,眼睛红了,压抑在胸腔中一晚上的愤怒和郁闷顷刻间达到了顶峰。他突然伸手,一把将韩雅手中的茶杯挥到了地上,怒吼道:"我怎么养了你们这两个败家子?!"

韩雅没站稳,摔在了地上,滚烫的水溅到了她的手上,她疼得惊呼一声,眼中不可置信的神色一闪而过。

沈光耀愤怒的声音仍然在她的头顶上方响着——他没有半分扶她起来的意思:"沈氏如今出现了这么大的危机,本就缺少资金,你们还在外面乱花钱!成事不足,败事有余!是不是真把自己当阔太太、阔小姐了?"

最后一句话宛如刀锋刺进心脏,韩雅脸色煞白,满脸陌生地看向突然暴怒的男人。

沈光耀仍在摇头,突然站起身,边走边念:"不是这样的……原来不是这样的。如果不是你们,小虞根本不会和我作对,还是我的好女儿……我还会有一个厉害的女婿。"

…………

沈光耀的身影越来越远,渐渐地在楼梯拐角消失了。

他走后,韩雅依旧跪坐在地上,眼中一开始的不敢置信慢慢沉淀,变得漆黑一片,窥不到半分温度。

饭局结束时,时间已经不早了。京城依旧灯火通明,中间的CBD大楼高耸入云,霓虹灯闪烁着耀眼的光芒。

温折是自己开车来的,沈虞懒洋洋地靠在副驾驶座上,目光落在商场的巨幅海报上。

宋诗作为国内的著名演员,广告随处可见,此时商场门口的显示屏上正一遍遍播放着她代言某奢侈品的广告。

沈虞看得有些入神,突然想起什么,和温折道:"你知道吗?柚柚的妈妈就是宋诗。"

她原以为温折会很激动,结果并没有。他表现得异常淡定:"嗯。"

"你不吃惊吗?"她敲着指尖,"我是真没想到啊,宋诗啊!我舅舅竟然和女艺人有这么大一个孩子!"

温折的重点却放得很歪,他说:"你舅舅确实……"想起沈虞有多护短,他停顿了下,"挺厉害的。"

"嗯?"沈虞问道,"什么厉害?"

温折:"二十三岁就有孩子了。"

沈虞:"你羡慕啊?"

温折:"……"

"其实,"沈虞低头,沉默了会儿,悄悄地瞥了眼温折的侧颜,"要不是沈弯弯,你也可以很厉害。"

前方有些堵车,温折拉了手刹,用漆黑的眼眸望向她。

沈虞掰着手指和他算:"你算算,要是我们……没分手,你二十三岁的时候,我二十二岁,刚好大学毕业。一毕业我们就结婚,然后……就可以生宝宝了。"

沈虞说到后面,声音越来越小,她突然不敢再看温折的表情,心中也忐忑起来。

他从不和她提以前,是不是这番畅想在现在看来挺好笑的?

沈虞不自觉地蜷起指尖,直到手背突然被男人温凉的掌心笼罩。温折把她的手翻过来,修长的手指穿进她的指缝,直至十指相扣:"不会。"

沈虞睫毛一颤。

"我不是禽兽,让你刚毕业就生孩子。"话说出口,他又试图解释,"当然,我也没有说周宪是禽兽的意思。"

沈虞弯唇,小声嘟囔:"你有这个意思也没事。"

这事怎么看都是周宪不对。

温折:"那我直说了啊,周宪是禽兽。"

她鼓腮,轻轻地捏了下温折的手指:"你干吗对他的敌意这么大啊?幼不幼稚?"

温折抿唇不语。正巧车流开始移动,他重新启动了轿车。窗外的灯光明明灭灭地落于他的眉骨上,沈虞看着他,听到他突然问:"真的做好准备进沈氏了吗?"

沈虞点头:"怎么了?"

温折:"你今天应该看出来了,沈氏的管理层很乱。章吉不足为惧,你要想扳倒沈光耀,最重要的就是笼络住——

"刘凯。"

"刘凯。"

两人几乎是异口同声,随后同时笑了下。

温折弯唇:"你看得很清楚。"

沈虞欣赏着自己的美甲,骄傲地抬了抬下巴:"那是。我今天的话就是说给刘凯听的,用不了多久,他就会来找我。"

温折唇边的笑意放大。

宾利拐弯,行驶至停车场。沈虞被温折拉下车,没骨头似的,边走边用细白的手指戳他的手臂,仰着脸笑颜如花:"怎么样?我是不是很聪明?"

温折淡笑:"还行。"

沈虞从后环抱住男人的脖子,像是无尾熊般挂在他身上进了电梯,不满地瞪他:"还行?"

他的背后挂着个人,柔若无骨地在他身上乱蹭,缠人得紧。

多年前,女孩儿不讲理求夸时也是这般缠人的,又作又嗲——每次折腾下来,他半条命都得没。

温折托住她的大腿,将人背了起来:"别乱蹭。"

"我不。"沈虞从后含住他如玉般的耳垂,咬了一下,娇蛮道,"你要夸我。你从来不夸我。"

火气瞬间往下涌去,温折眼眸微沉,伸手按了楼层键:"想听什么?"

沈虞晚上喝了不少酒,到现在,酒劲有些上来了。她在温折的耳边轻轻笑着,吐气如兰:"嗯……让我想想。"几秒后,她犹豫道,"小温啊,你喊我声'沈总'吧。"

温折从喉间溢出声闷笑,把人往背上颠了颠:"沈总。"

"唉!"沈虞兴奋地应了一声,伸手拍了拍温折的脸颊,又胆大包天地扯了下,"小温啊。"

温折:"嗯。"

"你以后就跟着沈总混吧。"沈虞"嘻嘻"地笑着,"沈总挣钱养你,好不好?"

温折忍笑:"我考虑一下。"

"只要你听话,伺候得好,沈总一定不会亏待你。"手下的触感很好,温折难得这么温顺,沈虞便不停地在他的脸上作乱。

直到手指被温折含在嘴里咬了一下,沈虞才猛地抽回手,瞬间清醒:"你咬我干吗?"

温折安静地看着电梯上升的数字,突然道:"沈总,管理公司会很辛苦,你要不再考虑考虑?"

沈虞思索了几秒:"也是,你说得对。"

温折的眉心松了些,他把背上猫一般的人往上托了托。他一直知道,沈虞是被娇生惯养的。高中的时候,冬天太冷,她连手都不愿意伸出来写卷子,葱白的手指稍微露在空气中就要缩回去。也是在那年冬天,她为了练吉他,手上长了冻疮,一个冬天都没好。

这样一个软玉般的人,他不舍得她陷入沈氏这个泥潭。她就该如她高中时所畅想的,住在他买的庄园里做公主。

"但……"沈虞的声音突然又在他的背后响起,有些空茫,"这八年,我每天都在很努力地生活。

"理科很难,我就五点起来做题;论文很难,我就通宵写;比赛很难,我就提前半年准备……

"宋老师有很多优秀的学生,我又是女生,性别不占优势,只能付出更多的时间才能让他看到我。舅舅对我很严格,我只有做到最好,才能不让他失望。

"还有……"

沈虞扯了扯温折的衣摆,声音低了些:"你这么优秀,我要费很大的力气才能追上你。所以,我想回沈氏。"

"叮咚"一声,显示电梯到达楼层。

温折的喉咙像是塞了一团棉花般酸涩。从重逢的第一天,他就知道沈虞和以前不太一样了。他看着她游刃有余地行走于这个圈子,看着她一次又一次出色地完成任务,看着她吸引一众或惊艳或赞许的目光。

他也曾有过阴暗的念头——想把她藏起来,让她只对他笑,只为他绽放……只有他知道她的好。

温折抱着人进入房门,突然转身把人抵在门上,打开灯,掌心轻抚过她的侧脸,眼眸专注地看着她。无论看她多少眼,他还是会被惊艳。

温折用指尖细细描摹着她白皙面容的每一寸肌肤,有些痴。

"怎么长的?"温折问她。

沈虞眨眨眼:"嗯?"

温折笑了下:"这么漂亮。"

突然被这么夸,沈虞的脸微红,她侧过头,有些嗫嚅地说:"我知道我漂亮。"

"嗯。"温折低头吻她,"漂亮得我想藏起来。"

细细密密的吻落在她的眉梢、唇角上,温折将手落在了她背后的裙子拉链上,往下拉。他的呼吸也失了平稳,他哑声道:"我其实……不想你回沈氏。"

沈虞愣了下,却被他捏着下巴亲吻。

"但我做不到阻止你。"温折和她额头相抵,眸色漆黑,薄唇抿紧。

"所以我有点儿不开心。"温折用指尖轻轻摩挲着她的腰,"小虞想想,你要怎么哄我?"

沈虞想了下,突然抬手环抱住他的脖子,抱紧他。她脑子转了转,几种哄男人的攻略在她的脑中飞速掠过,突然,灵光一闪飘过一句——女人会撒娇,男人魂会飘。

最终,沈虞红着脸,迟疑地在温折的耳边喊了句:"老公?"

沈虞曾在大学时无意间在梁意和江至的消息记录里发现了满屏的"老公",大为震惊,说不出话。

梁意却满脸理所当然:"你谈恋爱不叫他'老公'吗?"

"谁会……"沈虞脸一烫,不自觉地压低声音,"喊'老公'啊?"

她脑中不自觉地回忆起温折讲题时凶巴巴的表情,和教导主任似的。她对着这张脸喊声"老公",脑袋非被砸开花不可。哪怕到现在,沈虞也始终没往这方面想过,没结婚就喊"老公",好奇怪呀……

在喊出这声后,沈虞绞了绞手指,侧过视线,有些不自在地又喊了句:"老公?"

良久,她没听到温折的回答,腰却被抓紧了。男人气息很重地喷在她的颈侧,微凉的手指一寸寸抚过她细腻的后背。从蝴蝶骨到腰,他用了些力,像是在揉她的骨头。

沈虞有些站不住脚。天鹅颈高高地扬着,手臂环抱住他的脖颈,她整个人像藤蔓一般挂在了男人的身上。

见他不反对这个称呼,沈虞索性继续往下说,边说还边用灵巧的指尖拈起他的领带,有一搭没一搭地解着:"要是以后在沈氏受委屈了,"她嗓音像是含了蜜般道,"我也不怕。"

温折在吻她的耳郭,从喉间闷出一声:"嗯。"

沈虞主动献上红唇，漂亮的桃花眼掺了蜜一般，眼尾染上旖旎的红痕："到时候老公会给我撑腰的，对不对？"

温折眼眸漆黑，突然低头咬上她的下唇，一点儿也没收力，像是要把她吞吃入腹。

沈虞的口红早就在进门时就被吻得蔓延到了唇角，连温折的薄唇上都是。这种时候，男人全身浑然天成的冷淡消散，连呼吸都染上了深重的欲。

他看着她，笑了下："这得看你的表现。"

沈虞：我今天势必让你魂飘了不可。

她抬腿便跨在他身上，弯唇就去咬他的喉结："老公，"她声音酥酥麻麻的，小猫撒娇一般，"抱我去洗澡。"

温折一把将人抱起，像是抱小孩儿一般颠了颠："是不是又瘦了点儿？"

"嗯。"沈虞想了想，回答，"九十三斤。"

她在医院瘦了点儿，之后便没再长胖。

温折低眸，入目是女人形状优美的蝴蝶骨，上面还有他昨夜留下的吻痕，似吻过千万遍。

"太瘦了。"

转眼间已经到了浴室，沈虞抬手关上门后，就被放在了洗手台上，双手向后撑着，露出清晰平直的锁骨。

湖蓝色的衣裙尤其称她——她像是一只摄人心魄的水妖，勾起唇，笑容张扬，刻意勾长的眼线昳丽："你明明很喜欢。"

温折绝对是个顶级颜控。她要没这张美人皮，估计在他眼里就不是"白月光"，而是"那个女的"了。

沈虞仍旧将双手背到身后，同时伸出又细又白的脚，踩上他的膝盖，一点点地从西装裤往上挪，行至一半便被温折按住了。他看向她的眼神深不可测，握住她脚心的手掌不再温凉，反似要灼伤皮肤。

温折再出声时，嗓音极其低哑："别闹。"

反正沈虞明天放假。

她依旧看着他，眼中透出挑衅，歪了歪头，一把扯住他的领带：

"老公，来啊。"

第二天沈虞如愿以偿地起晚了。她从被子中伸出了手，摸到手机，显示上午十点十分。

温折这次比任何一次都狠，沈虞全身没一处不酸，但也没后悔。昨天她心中愧疚感汹涌，为了哄男人，别说一晚上，就是三天下不了床也不是不行。

但……沈虞回忆了下昨夜，脸还是烫了起来。

她一遍遍地告诉自己：不算什么，不算什么，为爱的人做这种事，很正常。

房门突然被敲响，沈虞连忙裹紧被子。

她以为是阿姨——暑假她有时起得晚，温折专门请了阿姨来给她做早饭。房门被推开，她和穿着灰色家居服的温折对上了视线。

她当即移开脸："你今天没上班？"

温折走进去，语气有几分无奈地敲了下她的额头："今天是周末。"

良久，沈虞"哦"了一声。放了暑假，她连星期几都分不清了。

温折揉了揉她的发顶："起来吃早饭。"

"那你先出去。"沈虞轻咳一声，道，"我换个衣服。"

温折没动，满脸坦然，就差没明说"我哪里没看过"了。但看着沈虞越来越低的脑袋，他低笑一声："那我出去了。"

等沈虞慢吞吞地换好衣服、洗漱完再出去时，她便看见温折坐在客厅的沙发上，正有一搭没一搭地听着财经新闻。

他们请来的阿姨姓李。看见沈虞，李阿姨热情地打招呼："沈小姐可醒了，今天我给您做了小米粥，还有煎饺。"李阿姨边说边给沈虞舀了碗浓稠的粥，"您还有想吃的吗？"

沈虞坐在餐桌前，看到冒着热气的小米粥，没忍住，捂住唇干呕了一声。

李阿姨被吓了一跳，连忙上前拍了拍沈虞的背："怎么了？粥哪里有问题吗？哪里不合口味？"

沈虞连忙摇头："没事，没事。"

李阿姨还在问:"那……沈小姐是不是胃不舒服?"

沈虞边忍着胃中的不适,边摇手:"不是,你别担心。"

"那怎么回事啊?"李阿姨满脸茫然。突然,她脑海中闪过一个难以置信的猜测,又看了看坐在沙发上的温折,大胆地提出了自己的猜测:"沈小姐,该不是……有了吧?"

最终,温折走过来拿开了粥,和李阿姨道:"没怀,只是她最近不爱喝粥。"

李阿姨虽然仍有些莫名其妙,但到底没多问,点头撤下了粥:"那就只有煎饺了。沈小姐,要不要我给你泡杯豆浆?不然口干。"

沈虞猛地摇头:"不用!我喝水就行。"

李阿姨:"好……"

李阿姨背过身后,沈虞瞬间脸涨得通红,用手肘狠狠地往后撞了下温折,小声道:"都是你。"

她低头吃煎饺,心想:温折就是个浑蛋。

等沈虞吃完早餐,李阿姨收拾完碗筷便告辞离开了。

她走后,沈虞才像活了过来般,伸手就打温折:"你好讨厌!"

温折将她从椅子上抱了起来,放在沙发上:"身上还难受吗?"

沈虞轻哼一声:"你说呢?"

"我给你揉揉。"温折将掌心贴上沈虞的后腰,轻轻揉按,"怎么样?"

沈虞瞬间便舒服地眯了眯眼,像是只被伺候好的猫主子般抬了抬下巴:"还行吧。"

平时两人都忙,这般温存的时间不多。沈虞懒洋洋地靠在他的怀里,伸手换掉了财经新闻,转而随手调到了综艺节目。

嘻嘻哈哈的笑闹声瞬间响彻室内,沈虞平时惯会看这些放松,故而看得津津有味,温折却嫌吵,但他对电视节目没有话语权,只能尽心尽力地替沈虞揉着腰,时不时会抬头瞥两眼屏幕——这是一档恋爱综艺,几个男女嘉宾正凑在一个屋檐下互相试探。

几位女嘉宾各有各的风采,都是事业成功、经济独立的女性。沈虞撑着头,突然拱了拱温折的手臂,缓缓抛出一个"死亡问题":"这几个女嘉宾,你觉得哪个最好看?"

温折抬头扫了一眼,随后便移开脸,淡淡道:"二号。"

大胆!他竟然在女朋友面前夸别的女人好看!她骤然抬起头,露出一个"死亡微笑":"是吗?哪里好看呢?"

温折闻言,又往电视屏幕上扫了一眼:"眼睛,像你。"

沈虞刚刚要借势发作的火气瞬间就消失了,这个诡计多端的男人!

"好啊!"她仍旧没放弃找碴儿,"你竟然看人家看得这么仔细。"

温折掐了把她的腰:"是你问我的。"

沈虞哼了一声:"你知道守男德的男人应该怎么回答吗?"对上温折疑惑的眼睛,沈虞道,"应该说眼里只有我,看不到其他女人!"

她戳了戳温折的胸膛:"你该去上男德进修班了。"

事实证明,一个女人想要找你麻烦时,你连呼吸都是错的。

"那你呢?"温折朝电视抬了抬下巴,"这几个男嘉宾,你觉得几号不错?"

沈虞还当真仔细思考了下:"一号很有那种'爹系男友'的味道;二号很年轻,还是健身房教练,又帅,体力肯定还很好;这三号嘛……'年下弟弟',我也喜欢!最后这四号……"

温折气笑了,脸色漆黑地用手堵住她的唇:"闭嘴。你这叫什么?"

沈虞一把拿开他的手,无辜地眨眨眼:"我这叫当代女性八大美德之一的——诚实。"

刚巧这周末两人都没什么事。

沈虞颇为享受这样的二人时光,懒洋洋地枕在温折的大腿上看电视。但对于看什么节目这件事,男人总会和她产生较大的分歧。自沈虞的"诚实"发言后,温折黑着脸便换了台。

他不让看综艺,沈虞便看电视剧,随便找了个一看名字就很甜的电视剧,点了播放。这是一部除了剧情别的都不错的偶像剧——至少男女主角的颜值高。

沈虞不挑,但温折不一样,他的注意力常年高度集中,连三流言情剧也不自觉地看得认真。在女主角第三次摔在校霸男主角的身上,随后被托着腰三百六十度转圈圈后,甜甜的音乐响起的一瞬,男人从喉间低叹一口气。

沈虞的后颈被捏了一下，温折看她："如果只是看这个的话，我不介意做点儿更有意义的事。"

察觉到他话中的暗示，沈虞伸手便推开了他，远离危险源，怀疑地上下扫他一眼。

"你这是什么眼神？"

沈虞绝不接这种危险话题，往沙发角挪了挪，摸到遥控器，若无其事道："那就换个电影看。"

话毕，她随手找了部老电影，点了播放。

背景音乐响起的同时，沈虞的手机亮了，来电显示是一串陌生号码。沈虞顺手按了接听，在刘凯的声音响起的一瞬间下意识地看向温折——两人对视一秒。

沈虞镇定下来，道："刘总。"

刘凯含笑的声音从电话里传来。他惯常逢人便笑，只不过这次没了高高在上的从容。

他约了沈虞今晚见面。

沈虞唇角微勾，虽说早有预料，但到底心中的一块石头落了地。挂了电话后，她打了个滚儿，从沙发上立起来，对上温折的眼睛："刘凯晚上约我吃饭。"

温折："今晚？"他笑了笑，"我还以为这人能坚持几天。"

刘凯主动抛出橄榄枝的意义沈虞心知肚明——可以说只要有刘凯站队支持，再加上手中的筹码，她进入沈氏便再无障碍。

沈虞重新趴回温折身上，双手环住他的脖子，在他的脸上亲了一口，嗓音甜甜的："主要还得靠老公撑腰呀！"

要是那天温折没有露脸，刘凯绝不会倒戈得这么快，她借着温折的名头张牙舞爪，这感觉还真不赖。

温折大概是笑了，伸手掐了掐她的脸颊，就这样接受了这句恭维。

现在时间还早，而邀约是在晚上，所以沈虞重新把注意力放在了电影上。到此时，她才注意到刚刚随手点的电影是《乱世佳人》。

这部电影很长，但向来没有耐心的沈虞已看了数遍。

女主斯嘉丽是沈虞最喜欢的主人公——沈虞一直希望自己如斯嘉丽般坚强、果敢。

这部电影有一句极其经典的台词:"Tomorrow is another day.(明天又是新的一天。)"这句话无数次让沈虞度过了因为刻骨的愧疚而失眠的夜晚。

沈虞突然安静下来,不同于看偶像剧时的漫不经心,再次被已经看过数遍的电影所吸引。温折也没出声,难得沉静地同她一起看电影。

电影中,女主角斯嘉丽过上自战争后便一直神往的纸醉金迷的生活后,常会从噩梦中惊醒,男主角瑞德则抱着她低声安慰。

斯嘉丽说,她梦见自己跑在一望无际的迷雾中,不知道自己要寻找什么,但就是很害怕。

沈虞不自觉地揪紧温折的衣摆,突然小声道:"我之前……也会经常梦见这些。"

温折微微侧脸,低头看向她。

"在失忆的那段时间,我常常会梦见自己漫无目的地跑在大雾漫天的苏城街道上。"沈虞声音很低,又吸了吸鼻子,"我不知道我要找什么,也很害怕。"

温折将指尖轻轻地从沈虞的额前抚摸过,那里的伤疤已经淡到快要看不见了:"现在还会做噩梦吗?"

沈虞摇头:"不做了。"她把头埋进温折的肩窝,"已经找到了。"

温折没说话,只把人更紧地抱在怀里。

三个小时飞逝而过,窗外的光线悄然变暗,时间到了傍晚,影片也到了末尾。

片尾,空旷的豪宅漆黑,穿着黑色丧服的斯嘉丽在刚刚参加完闺密梅兰妮的丧礼后,站在又高又冰冷的阶梯上,而瑞德戴上礼帽,安静地提出离开。

到此时,任性了一辈子的斯嘉丽终于明白了自己对瑞德的爱,但瑞德的爱意早已在他们经年的互相折磨中消磨得干干净净——他满身疲惫,哪怕斯嘉丽苦苦挽留仍旧未果。

瑞德消失在夜幕中,整间屋子只剩斯嘉丽一个人。

斯嘉丽说："明天又是新的一天。"

瑞德最终会被她重新追回来。

满室安静，就着暮色，沈虞突然张唇，轻声问："你觉得，斯嘉丽能追回瑞德吗？"

温折的喉结动了动，他客观地回答："不能。"

"为什么？"

"瑞德已经不爱她了。"

她缓缓地垂下睫毛，突然像是小孩子赌气般拉着温折的脸往外扯："你胡说！你快收回刚刚那句！你说可以追上！快说啊！"

影片已经进入谢幕阶段了。窗外暮色已至，黑沉沉一片，屋内唯有电视屏幕透出的昏暗的光芒。

沈虞急得小脸泛红，叉腰半立在温折面前，摆出一副辩论家的姿态："斯嘉丽这样勇敢的女人，想要的没有得不到。她能让瑞德爱上她一次，就能有第二次，不是吗？"

女人满脸认真，眼中满是执拗。温折静静地凝视着她，一秒、两秒，突然弯唇笑了，眼中泛着细碎的光："嗯，你说得对。"

像是得到糖的孩子般，沈虞立刻就笑了，凑上去亲了他一口。

"就像斯嘉丽能追上瑞德一样，"她环抱住温折，压低嗓音道，"沈虞也能再追上温折。"

温折一时没动，良久，才低头吻上了她的发顶："嗯。"

几秒后，他怀中的人又抬起眼："如果我没失忆，没有主动追你，我们还会在一起吗？"

沈虞问出这话时，手心不自觉地沁满了汗，却听温折不假思索地回答："会。"然后他含笑反问道，"不然你以为，我为什么要回京城？"

像是突然被塞了满口的糖，沈虞嘴角的笑意勾起又压下，几番起落间，又问道："所以无论怎么样，我们都会在一起的，对吗？"

"嗯。"

沈虞再也忍不住，翘起了唇角。她直视温折的眼睛，似乎看见了一池星光。

第十六章
本能的爱意

和温折腻歪来腻歪去的结果就是,沈虞忘了时间,晚上和刘凯的饭局差点儿迟到,卡着点才到达了刘凯订好的餐厅雅座旁。

她晚上穿了身干练的西装裙,头发利落地梳在脑后,目光淡淡地看向对面的刘凯。

她面上不显半分情绪,放下手中的包,淡问道:"刘总找我有事?"

刘凯把手中的菜单递给她:"咱先不急着说事,沈小姐看看喜欢吃什么?这儿的味道不错的。"

沈虞接过菜单,没拂他的面子,随手勾了几个喜欢的菜。

等服务员拿过菜单,包间内只剩他们两人。

沈虞轻轻转着手中的茶杯,吹散上面漂浮的茶叶。

两人静默半晌,倒是刘凯先没沉住气,直接摆出筹码:"我有百分之八十的把握可以让沈小姐上位。"

沈虞掀起眼皮,似笑非笑地看向他:"可刘总昨天还说,我还年轻,不堪大任。"

刘凯笑容不变:"大家都是聪明人,场面话就不多说了。"他直接给自己倒了杯酒,"我为我昨天的态度向沈小姐道歉。"

沈虞笑笑,回敬他一杯茶。

"我这人不图权,图点儿财。只要沈氏在,就有我一口饭吃——这个道理我还是懂的。"刘凯做出担保,"沈光耀没有能力保住公司,良禽择木而栖,只要沈小姐能保证沈氏的运转,我绝不会左右沈小姐的任何决定。"

沈虞就喜欢和聪明人说话。刘凯倒戈得干脆,也打消了她的顾虑,摆出了诚意。

到此时,沈虞的眉眼才稍稍缓和,她弯了弯唇,伸出白玉般的手指:"合作愉快。"

这场赴宴,沈虞认为总体来说很是圆满。她摆出了自己手中拥有的药企专利和两亿元资金,每样对沈氏来说都是救命药。到此时,刘凯眼中藏得极深的顾虑和怀疑尽数消散,脸上露出一丝真心的笑来:"这样,我有百分之百的把握让沈小姐上位。"

临行前,他改口:"我相信小沈总会让沈氏重回巅峰。"

和刘凯一前一后地从餐厅出来后,她拒绝了刘凯送她一程的提议,转头和早坐在车里等她的温折对上视线。

"有人来接我。"沈虞朝刘凯点头,"再会。"

隔着漆黑的夜色,刘凯在阴影处的黑色轿车里看到了男人清晰的轮廓,迅速收回了视线。

手机铃声突然响起,刘凯低头,看见是沈光耀的来电。他敛眸,扯了扯唇,接电话时语气却如常:"喂。"

"刘哥,还没有办法吗?下周的董事会上,我难道真的要给我女儿那丫头片子让位?"沈光耀讲话的声音显得异常焦躁。

刘凯的目光重新落回不远处的轿车上。斑驳的影子下,他其实看不太清晰,但依旧能感觉到男人从车内看过来的视线,那是属于上位者的淡漠、审视。

刘凯一时没回答,电话那头的人则更加慌乱:"刘哥?你说话呀,怎么没声了?"

良久,刘凯收回视线,低头笑了笑:"沈总啊,其实你年纪大了,在家陪陪老婆孩子也不错,不是吗?"

· 393 ·

沈虞拉开副驾驶室的门，转头看见温折正在低头看手机。

听到她的动静，男人顺势便摁灭手机，抬头看向前方。他的手机屏幕在沈虞的眼前一闪而过，她注意到那是属于微信的对话框界面。

她没管温折在看什么，眼睛仍直勾勾地盯着他的手机。

平时她从不乱看温折的手机和电脑，当然，他也没有主动给她看过。但她不看是一回事，温折避着她和人聊天儿才是大问题——某朵娇花竟然都敢背着她有小秘密了！

沈虞眯了眯眼，不自觉间，关门的声音也大了些，"砰"的一声，响彻车厢。

温折侧头看了她一眼。

沈虞不闪不避地回视。

"今晚和刘凯聊得怎么样？"温折并没察觉什么，凑过去给她系安全带。

"还行。"沈虞转动了一下眼睛，突然道，"我手机没电了，借你的手机玩一下。"

温折随手把手机递给她，启动了车子。

沈虞接过手机，还此地无银三百两地说了句："我可不是查你的手机。我这人吧，给男朋友的自由空间是很大的。"

说着，她摁亮温折的手机屏幕——很好，锁屏还是系统自带的，不是她的照片。

温折眼波未动，满脸平静地说："我的手机你可以随时看。"

沈虞瞥了他一眼，心中却轻哼了一声："密码？"

"你的生日。"

沈虞牵了下嘴角："你什么时候改的，在一起后吗？"

"一直都是。"

"你之前用我的生日……"沈虞咽了咽口水，"不生气吗？"

前方是红绿灯，温折将手肘搭在车门上，闻言扭头："生气，每次拿起手机都能想起你，然后想着把你逮回来问个清楚。"

她缩了缩脖子，刚刚那点儿查手机的底气瞬间没了。

她没打开看，把手机放了回去："我不看了。"

温折睨她一眼,抓住了重点:"你想看什么?"

沈虞扭头,哼了声:"你刚刚在微信上聊什么呢?我一来你就锁屏……你这种小动作很有问题!"

温折沉默了会儿,回答:"高中班长联系我,问我参不参加同学会。"

沈虞"哦"了声,靠回椅背上,不说话了。她想:这件事温折避着她也正常,因为她和他都不太想回忆那段往事。

"你不要多想。"绿灯了,温折继续开车。

沈虞:"那你去吗?"

温折反问:"你想我去吗?"

沈虞:"你想去就去。"

宾利停在公寓的地下停车场里,温折低头拿起手机回消息。

沈虞侧头看向温折的手机屏幕。她是认识温折高三的班长的,那人叫姚智,胖墩墩的,脾气很好,曾多次包庇她去骚扰温折的行为,但眼前这个备注不是姚智。

沈虞蒙了下,疑惑地问:"你的班长不是姚智吗?"

温折:"他是高三的班长,高三之前我在别的班。"

沈虞恍然,脑子终于转过弯来,张了张唇:"所以,这是?"

"嗯,"温折已经猜到她要说什么了,"这是原来的班。"

沈虞听懂了他的意思——原来的班,也就是沈弯弯和他同窗的班级。

温折的班级群里很火热,不停地往外跳消息。沈虞被这些消息吸引,拿过温折的手机,看起了这热火朝天的讨论。

"小道消息:温神要来!!!"

"哇哇哇!天啊!这么重量级的吗?"

"是啊,多少年没见我们的大学霸了,现在在哪儿发财呢?"

"这你都不知道?人家现在是鼎越资本的老总!咱们见都见不着的大人物!"

沈虞突然"扑哧"笑出声:"温神?瘟神?这是什么破称呼?"

温折脸一黑,掐了把沈虞的脸。沈虞打开他的手,继续往下翻着消

395

息记录。

"咱们温神现在单身不?"

"不知道啊。"

"哎,温折不是和那校花在一起了吗?"

"呸,八百年前就分了。"

"就是,当初校花拍拍屁股就把咱们温神给甩了,不知道现在有没有肠子都悔青了,不知道在哪儿哭呢。"

看到后头,沈虞气得鼓起腮,指尖都有些颤抖。

温折顺势拿过了手机:"别看了。"

他轻点屏幕,给班长私发了消息。很快,群里关于温折的八卦便戛然而止。

众人到此时才发现,他们那不食人间烟火的大佬同学不知何时已经被班长拉进了班级群……

上头成排的消息记录"唰唰"地撤了回去。最后不知道哪个好事的同学还@温折,说了句:"温神,您放心,我们以后绝不再提那个给您添堵的女人!"

沈虞眨眨眼睛,又吸了吸鼻子,最终怕被他看到眼中的难过,别过了脑袋。

下一秒,温折用掌心拢住她的后脑勺儿:"小虞,和我一起去,嗯?"

沈虞扭回头,眼眶微红,看起来有些可怜巴巴的:"可以吗?"

但随即,她便在温折的手机屏幕上看到了下一条消息。

属于沈弯弯的微信头像出现在群聊消息里,她说:"这次同学聚会的酒水我全包啦,请大家一起开心开心。"

群里满屏喝彩,不少男生冒出头,把沈弯弯吹得天上有地上无。

看了后,沈虞狠狠地翻了个白眼,当即就换了个表情,拉住温折的领带,满脸骄横跋扈地威逼道:"你带我去!你看我不去封了他们的嘴!看看到底是谁给谁添堵!"

沈虞越想越气,胸腔中的火越烧越旺,再也没了刚刚的可怜模样,还在嚷嚷:"整个沈家都是我的,我到时候停了沈弯弯的卡,看她拿什么买单！"

温折一直安静地听她骂人，嘴角的笑意越放越大。

沈虞："让他们京南京北一条街，打听打听谁是爹！"

温折顺从地点点头，伸出修长的手指替沈虞理了理西装裙的衣领，又笑着低头在她的唇上啄吻了一下："嗯，是小沈总。"

对于同学聚会的时间，群里的人仔细商量了很久，最终定在半个月后。班长数次私聊温折，生怕时间定得不好，他这尊大神没时间去。

沈虞边看边"啧啧"，故意拖长了声音嘲他一句："这就是温神的待遇吗？"

温折低头回消息，没搭理她。

沈虞笑嘻嘻地凑到男人旁边："温神？温神？"

温折放下手机，突然抬手弹了沈虞的额头一下："可以下车了。"

沈虞哼了一声，松开安全带，懒洋洋地打开车门。

温折下车后，沈虞顺势挽住他的手臂："你打算怎么介绍我们的事情？需不需要我编个故事？"

温折看了她一眼："不需要。"

因为沈氏的董事会在前，同学会的事情便暂时没有提上日程，接下来的每天沈虞都在准备董事会需要的材料。一周后，她直接以副总的身份空降沈氏总部。

她的办公室就在沈光耀的总经理办公室旁边。虽然刘凯给她配备了相应的助理和经理作为帮手，但温折一早就把最得力的袁朝派到了她的身边。沈氏的环境自是比不得鼎越，于是，论起来还是沈虞直系学长的袁大助理，不得不含泪以三倍工资被留在了沈虞身边。

对于高层突然出现这么个年轻的副总，沈氏内部出现了不小的波动。

开始，大家猜测，沈大小姐是沈光耀给自己培养的接班人。但很快谣言便被打破，因为总经理办公室的人不止一次看见了笑容儒雅的沈总脸色阴沉地从小沈总的办公室出来。除此之外，大股东之一的刘总似乎也和沈总闹掰了，几次高层会议，均是不欢而散。

总经理办公室的秘书们纷纷开始避免向沈光耀汇报工作，因为最近……沈总的脾气实在太差了，几个进去汇报工作的下属，几乎每次都要被骂出来。

相反，所有人开始更愿意和小沈总接触。

小沈总不仅人漂亮，对待工作的耐心不知比沈光耀多了多少。并且，虽然小沈总才二十五岁，但处事干脆，逻辑清晰，能力已经比其父高出不少。

"我有个猜测，真的只是猜测。"茶水间内，有人往上指了指，压低了声音，"咱们沈总是不是要退位了啊？"

"我早就想说了！现在几个核心的项目全被小沈总截下了，几次高层会议刘总都陪着小沈总开，这不摆明了要变天了吗？"

"前几天开会我去倒水，发现只有章总那个莽夫还敢和小沈总唱反调。"

又有人低声道："你们没听说过沈总是靠什么起家的吗？早年，沈总的岳父家背景可牛了。"

"你是说……韩夫人家？不像啊，我觉得韩夫人一看就小家子气。"

"哎哟！哪里是韩夫人？"说话的人语带嫌弃——她是总经理办公室的老人了，知道一些早年的事情，也见过天仙般的白婉玉。她说："小沈总可不是韩雅的女儿，韩雅是小三上位！"

这个消息宛如惊雷般炸开。

"你怎么没说过？"

"之前我怎么敢说啊？反正你们记着，沈总靠岳父起家，飞黄腾达了又出轨。这么多年了，你们何曾见过小沈总？要我说，小沈总这回是来争家产了！"

"哦！"

"你们等着看吧，现在估计还在交接工作，董事会之后看看这沈氏谁是天！"

公司茶水间里的谈话沈虞自是听不见的。此刻，她伏于桌案前，对着如山般的文件疲倦地按了按眉心。

办公室的门被人敲响,沈虞坐直身体:"进。"

下一秒,沈光耀的身影出现在门口。从沈虞进沈氏工作后,沈光耀的脸色便始终不太好,他关上了门:"小虞。"

沈虞懒得看他:"工作时间,请喊我一声'沈副总'。"

沈光耀坐到她桌前,状似关心:"最近工作适应得怎么样?"

沈虞闭目养神。

"你刚来公司,做不好是正常的。"沈光耀笑笑,"毕竟你还年轻,公司的事情又多又杂,想必你也没这个能力处理好。"

这些日子来,诸如"你做不好""你还年轻"的话,沈虞听过很多遍了。

沈光耀继续道:"当然,爸爸没有怪你的意思。我知道这么多年来,你怨我、恨我,很想做出一些成绩来,但有些事不是你想象中那么容易的。"沈光耀观察着沈虞疲惫的神色,心中有了数,"你不能拿整个公司的安危开玩笑。"

说完,沈光耀静静地等待沈虞的反应。

一秒、两秒……沈虞终于睁开了眼睛,漆黑的美眸又冷又傲,浑身气质凛冽。沈光耀一怔,一瞬间在她身上看见了温折的影子。那人的眼神也如这般,看得人遍体生寒。

"沈光耀,"沈虞轻轻笑了,"天天说这些话来PUA我,你累不累?"

"我做不好,你做得好?"

她睨了他一眼:"沈氏再差,也不会有如今差了。在你手上,沈氏已经没有下降空间了。"

沈光耀脸一黑:"你这孩子性子太过顽劣!"他声音冷了下来,"我不同意你拿整个沈氏开玩笑!"

沈虞"扑哧"笑出声,手肘撑在桌上,朝沈光耀嫣然一笑:"你不同意?你如今还有多少话语权?"

沈光耀嘴唇颤抖,眼中难堪和愤怒混杂,半晌没说出话来。他确实不再年轻了,鬓边出现了白发,眼中灰败一片,再无之前的半分风采。

沈虞直直地看着他,半步不让。无声地对峙间,沈光耀先移开视线,阴着脸走了,一如之前几次。

沈虞看着他摔门而出的背影，抿紧了唇。

早在十天前，沈氏内部就下发了董事会公告。
董事会于今天早上九点按时举行，这场会议持续了三个小时。
中午，全公司接到通知：董事会过半数通过，从即日起，由沈虞接替沈光耀担任公司的首席执行官，而原执行官沈光耀暂时退居二线，负责和新首席执行官对接工作。
从沈虞进公司起，这个传闻便从无到有，后来愈演愈烈，如今成了事实。
公司表面安静，实际炸成了一锅沸水，没人敢在明面上讨论这件事，私下里却议论纷纷。

晚上九点，沈虞在温折第二次打来电话时迅速收拾东西。
最近她这不要命的工作方式着实把温折惹急了。前几天，她熬夜加班，凌晨回家，昨天更是差点儿在公司忙通宵，气得温折差点儿亲自来逮人。
现在，沈虞有了自己的司机，不常蹭温折的车，所以对于加班更加理直气壮。
她边走边和温折通电话，压着嗓子撒娇："还有工作嘛……真的脱不开身。"
"老公，你没生气吧？
"我全天下最温柔的老公才不会生气的，对不对？"
大概被这几声"老公"喊顺了毛，温折刚刚还冷得快掉冰碴子的声音缓和了些："沈总日理万机，还会管我生不生气吗？"
沈虞笑了，进了电梯，又哄了男人几句："我进电梯啦！你在车里再等我一下。"
袁朝一直跟在沈虞后头，隔着一米远，坚决保持非礼勿听的态度，见沈虞挂了电话，才跟着她进电梯。
不知下了几层，电梯门再次被打开，走进来两个男人。
两人拎着公文包，应该也是刚刚加班结束。沈虞专门看了眼楼层，挑了下眉——看来这俩人还是她的员工。

两个男人边走边说话，说的正是今天的事。

其中一个道："听说这新老总还是个女的，是沈光耀的女儿，比咱俩还小，这能顶什么事？"

另一个回答："我看这沈氏是一天不如一天，要不是工作难找，我早就跳槽了。"说着说着，这人还叹了口气，"同行业，鼎越的福利待遇是顶尖的，可惜要求太高了。"

"我偏要见见这小沈总是个什么货色！这沈光耀虽然没什么能力，但也比个女的好啊！"

"不过听说这小沈总长得很漂亮。"

"漂亮？靠漂亮谈生意？张开腿谈吗？"说到这里，两人不约而同地笑笑。

到这里，话已经很难听了。袁朝都听不下去了，握紧拳头，抬步就要上前，却被沈虞以眼神制止了。她安静地抿着唇，面上看不出任何情绪。

走出写字楼，袁朝一眼就看到了自家老板的车低调地停在街尾。

沈虞回头："袁助辛苦了，回去吧。"

袁朝欲言又止半晌，触及沈虞沉静的视线，咽下了所有的话，点头离开了。

沈虞抬步走向宾利，打开车门，见温折正长腿交叠地坐于车后座上。他应也是刚下班，西装严整，唯有领口略微松散。

她进去后，李宗点火开车。

显然，温折还未消气："我不叫你回来，是不是就不知道回家了？"

沈虞身子一软，环抱住他的手臂："我哪里舍得不回家啊？"

温折掐她的脸颊，没留劲："我看你很舍得，一天连个电话都没有。"

听出男人语气里的怨气，沈虞努力笑笑，软下嗓音哄道："叫我一直都在想你呀！"

温折："是吗？"

沈虞乖乖道："是啊。"

她靠在温折的肩膀上，看着前方街道上闪烁的车灯，一天的疲惫瞬间席卷了全身，没忍住打了个哈欠，连视线都模糊了。

温折："怎么想的？"

沈虞的眼皮已经耷拉了下来，她也不知回答什么，敷衍得要命："就……想啊。"

温折抿唇，刚要继续问，转头便发现靠着他的女人已经睡过去了，一怔。

他将目光从女人眼下粉底也遮不住的黑眼圈上扫过，睫毛动了下。

良久，他轻轻地把人抱在了怀里，轻吻她的发顶。

李宗懂事地放缓了车速。

安静的空间里，温折的手机突然振动了两下，他垂眼看去，是袁朝发来的信息。

一阵沉默后，温折指尖发白，用力摁灭了屏幕。窗外的灯光映在男人英挺的眉骨上，他的眸中明明灭灭一片。

沈虞是真的很困，知道自己被温折打横抱了起来。他的手很稳，但难免颠簸，哪怕是这样，她依旧睁不开眼皮。

身体陷入柔软的沙发，她头一偏，就要睡死过去。

温折却轻拍她的脸，声音很低："先洗澡。"

沈虞摇头，咕哝："不想洗。"因为疲惫，女人说话的声音又小又软，像是在撒娇，"想睡觉。"

沉默了会儿，温折俯身，再次把人抱起，喉结动了动："洗了再睡。"

沈虞在他怀中找了个舒服的姿势，理所当然地吩咐："那你帮我洗。"

…………

浴室水汽蒸腾，氤氲缠绕。温折用脚关上了门，抱着被大大的浴巾包裹着的一团，放在了床上。

他的灰色衬衫被水渍浸透，晕出深色的痕迹，从胸膛到腹肌，紧紧地贴在肌肤上。看着舒服地睡得没心没肺的女人，温折长吐一口气，

402

边解纽扣边回浴室，心情当然不好，怒火夹杂着欲火齐齐涌现，很不好受。

他早就猜到沈虞要走的这条路很艰辛，现在还只是开始。取代沈光耀后，她要面对的不只是沈氏那个烂摊子，还有不断的来自内外部的怀疑、揣测甚至是恶意侮辱。她的年轻和美貌，全都可以成为外人攻击她的利器。

不可否认，这个社会的一部分人对女性，尤其是成功的年轻女性的恶意，自始至终有增无减。

今天袁朝发来消息，简短地说了说电梯间里发生的事。

这些，沈虞在他面前只字未提，但他就是知道她有多委屈。

温折从浴室出来时，时间已至深夜，屋内没开灯，漆黑一片。平常沈虞总嚷嚷着什么"新鲜感"，不愿意睡在他的卧室里，温折无可奈何。今夜他却不愿由着她的性子，直接上了沈虞的床，顺手把人一捞，揽在了怀里。

女人睡得沉，稍微动了下便没再动，乖得像只小猫。

黑夜中，温折安静地凝视着沈虞精致的脸颊，不知多久才闭上了眼睛。

沈虞是被闹钟吵醒的，正是清晨五点半。

沈氏的上班时间在九点，但沈虞决定七点半就到办公室处理堆积的工作。

一听到声响，沈虞一激灵，揉着昏沉的脑袋便从床上弹起身体，这动静惊扰了沉睡的男人。

温折拧眉，睁开眼睛，看向明明困得眼睛都睁不开却仍在穿衣服的沈虞，闭上眼，一把将人拉回来，声音还带着刚醒的沙哑："你梦游？"

沈虞回头："把你吵醒啦？"

温折一般六点半起，多年如一日。他伸手挡住眼睛，没什么好气："你说呢？"

娇花还有起床气呢。沈虞心中轻哼一声："那你继续睡嘛，我起来了。"

她刚欲走,手腕又被拉住了。

"再睡会儿。"

"我还有工作……"

"我有话说。"

"哦。"沈虞说,"那你说啊,我边换衣服边和你说。"

温折不耐烦:"到底工作重要还是我重要?"

沈虞被他这么一凶,沉默了下:怎么这身份突然就调换过来了?到底谁才是小娇妻?

她凑上去,在温折的下巴上轻吻一下,又揉了揉他细软的黑发:"乖,你先睡,我下班回来再和你说。"

温折眉心直跳,一把将人拉回来,冷声道:"你哄情人呢?"

沈虞被搞烦了,怒道:"我要上班!"

说完,她抬步就要往浴室去。

温折直接喊住她:"你要现在踏出这个门,明天我就让你没班上!"

沈虞:"……"

温折冷着脸,抱着人重回床上。沈虞趴在他的身上,两人面对着面。

天色还没全亮,屋内依旧昏暗。

温折用指尖轻轻抚过沈虞的眼角:"你是在逼你自己。"

沈虞别过头:"我没有。我只是在……"她顿了顿,道,"工作。"

温折缓和了语气,指尖拂过她的后颈:"你太急于证明自己,反而失了分寸。"

沈虞咬着下唇,不肯承认。

压力当然有,来自方方面面。董事会上,她挟利逼沈光耀下位,在众目睽睽之下做出了担保。她接任前,不断有人说"你不行""你太年轻""你做不好",一句句压在她的心头。

现在工作进展得并不如想象般顺利,她年纪确实轻,专业知识到了实践中便有些力不从心。哪怕她不想承认,可电梯里的员工的话还是对她产生影响了。

按照以往的经验,达不到目标,她就更加努力,只要努力,总能达到的。

沈虞不想告诉温折这些负能量。他的工作也很忙，他不是她情绪的垃圾桶。但此刻，她对上男人的眼睛，这段时间一直掩藏的委屈似乎突然就找到了发泄口。眼泪悄然流下，她埋首在温折的怀里，消瘦的脊背轻颤。

"我有点儿害怕。"沈虞低低道，"我怕我做不好。"

温折轻拍她的脊背："你做得好——沈虞没什么做不好。一件件，慢慢来，"他缓声道，"你有任何问题随时问我。"

男声宛若大提琴音般低沉，让沈虞的情绪稍稍缓和了些。她露出一双通红的眼睛："大家……也不认我。"

温折动作一顿。

沈虞攥紧他的衣袖，说出了压在心底很久的话："我真的很讨厌别人只会对我的外貌评头论足。因为外貌，总是有人把最大的恶意加到我的身上。"

电梯里的那些话，她听过太多太多。她享受了美貌带来的利益，却也因其饱受误解和恶意的揣测。

温折下颌线绷紧，唇瓣也抿紧了。

"算了。"她沉沉地呼出一口气，"谁让我长得这么漂亮呢？没办法，天生丽质。"

温折喉间干涩，伸手把人抱在怀里，一字一顿地道："记住，现在你是沈总，沈氏的首席执行官。在你的地盘上，你可以适当行使你的权力。"

沈虞"扑哧"一笑："怎么行使啊？"

温折目光沉静："解雇。"

沈虞笑了，手指绕着男人的喉结打圈："我这才刚上任，顶不住怎么办？"

"天塌了，我顶。"

大概是温折的那句"天塌了，我顶"起了效用，沈虞的压力小了很多，她虽还是得加班，但作息到底正常了。

而温折同学会的邀约也如期到达。

聚会时间在晚上六点,地点定在了君泽酒店。沈虞去过这家酒店多次,那里的服务、环境自是一等一的好,但价格也贵得令人咂舌。

对于小小一个同学会还要去这家酒店,沈虞表示了疑问。她光明正大地拿过温折的手机看了看,随即便瞥见沈弯弯在群里吹嘘自己有君泽酒店的贵宾卡,可以包酒水和饭钱。群里一片欢呼,一个个把她捧上了天。

或许在这之前,谁也不会记得那个沉默寡言的廖弯弯。

沈虞扯唇冷笑:"雨不会一直下,但沈弯弯的头会。"

温折没多在意:"你不是要停她的卡吗?"

沈弯弯挂的自然是沈光耀的卡,现在沈氏在沈虞手里,沈光耀得找沈虞领钱。沈虞直接让助理转达了自己的意思。

做完这些,沈虞突然想起什么:"沈弯弯把同学会搞得这么奢侈,我把她的卡停了,谁付账?"然后沈虞指了指自己,"我啊?"

闻言,温折低笑一声:"小沈总这么有钱,区区同学会算什么?"

原来还不觉得,现在钱都得自己挣,沈虞便开始肉疼,往车座靠背上一靠:"怎么用来用去,都是我们沈家的钱啊?"她又扭头,"你为什么不付?"

温折:"付我的,不就是付你的?"

沈虞伸出细白的小手,勾了勾:"那你怎么不上交银行卡?"

"回去给你。"

本来也只是试探他的态度,听到这话,沈虞便满意地改变了主意:"我才不要,沈总自己也能赚钱。"

沈虞今天提前下了班回来,直接让温折带她去造型室。她把这次同学会看得比天还重,恨不得踩着七彩祥云从天而降,艳惊四座。

从两点到五点,三个小时的精雕细琢后,沈虞在高级造型师的帮助下换好了衣服。她没穿复杂的礼服,反而选了件墨绿色的薄绸旗袍,侧面缝有金丝。这颜色再加上收腰的设计,使得姣好的身材曲线展露无遗,还极显肤白,配上用簪子绾起来的长发,她乌发红唇,楚楚动人。

连看惯了自己这张脸的沈虞都被美得震惊了一下。被赞不绝口的造型师牵着走到前厅时,她正巧收到了温折的消息——他在外边等她。

谢过造型师,沈虞踩着高跟鞋缓步从里面走出来,边走边和温折发消息:"你抬头,透过车窗,然后看我。"

车窗从外边看是黑的,沈虞不知道温折有没有看她。

小鱼:"我今天好看吗?"

那头的人半天没回。

沈虞无语,加快脚步靠近轿车,刚刚打开车门准备上去,一股大力顺着手腕席卷而来。她一个没站稳,便跌进男人的怀里,脚上的高跟鞋都掉在了车厢里。

与此同时,这辆豪车的隔板缓缓升起。

她惊奇地瞪大眼睛,看向温折:"你要做什么?"

他升隔板干什么?这种东西真的很容易让人想歪啊!

她从男人的眼神就可以看出,他绝对想吻她……或许,还想做点儿别的。

沈虞觉得温折挺没定力的——怎么每次她打扮一下,他就这么个不值钱的样子,是没见过美女吗?

沈虞毫不留情地推开他,别过艳若桃李的脸:"你别亲我,妆会花。"

温折:"那就做点儿妆不会花的事。"

傍晚五点五十分,轿车缓缓停在君泽酒店的门前。

前座的李宗聪明地一声未吭,停车静静等待。好在车刚停下,自动隔板便缓缓下降。

通过后视镜,李宗极快地瞥了眼后座。

自家老板领口都没乱,西装上甚至看不见褶皱。今天宛若天仙的沈小姐正抱臂端坐在一边,气质又冷又艳,连口红都没掉。

所以,温总升隔板做什么?他们大概是说一些他不能知道的商业机密吧……李宗摸了摸鼻子,为自己刚刚的臆想而感到羞愧。果然,怪不得人家当总裁,自己搬砖,这应该就是思想高度的不同吧!

不多时,沈虞开门下车,避开温折伸过来牵她的手,鼓起腮。

衣冠禽兽!败类!

沈虞不理他,却被强拉住手。

温折面色平静:"一起进去。"

我呸!沈虞不去看他这只刚刚还在自己身上作乱的手,别扭地和他牵手。

君泽酒店的大门金碧辉煌,候在大门口的门童弯腰开门。他们进门后,服务员笑容满面地弯腰指引。

隔着很远的一段距离,沈虞听到一声激动的呼喊:"温神!是你吗?!"

她循声望去,看见了穿着西装、体形不减当年的姚智,也就是温折高三的班长。

"姚智?"

温折:"他一直和我同窗。"

沈虞:"哦。"

两人说话间,姚智已经走到了他们跟前。他脸颊微红,像是见着偶像般朝温折伸出手:"温神,好久不见!"

温折淡笑着和他握手:"好久不见。"

"这么多年了,我们都老了,你还是这么帅啊!"姚智兴奋地拍了拍温折的手臂。到此时,姚智的目光才舍得落在旁边的沈虞身上,他张口就道:"这是女朋……"

下一秒,姚智的声音戛然而止,他像是看见了鬼般脸色大变。

"你……你……"和沈虞四目相对间,姚智甚至说不出一句完整的话。

下一秒,温折扶住沈虞的腰,淡声介绍:"沈虞,我的女朋友。你们应该认识。"

沈虞可不管姚智多震惊,朝他伸出手,露出一个热情的笑容:"班长好,好久不见。"

听到这声"班长",姚智就开始头疼,一瞬间梦回那段被这位女霸王挟持着给温折送花送零食的日子,毕业这么多年了,他的心理阴影都久久未散。

时隔八年，这俩人又在一起了，兜兜转转，他心目中高不可攀的温神又被这女霸王祸祸了。

到底也在职场上混了些年，姚智只错愕了那么一会儿，便和沈虞握了握手："沈小姐好。"

他将目光在气场极为相合的二人身上转了转，随后移开。

六楼的大包间内摆了三大桌宴席。天南地北的大部分同学相约于此，几乎坐满了整个包间。

沈弯弯居于正中，身畔众星捧月般围坐了一圈又一圈的同学。

有女同学不无艳羡地打量着她："弯弯，你这包一定不便宜吧？"

沈弯弯笑笑："还行，六万块钱。"

"好贵啊！"

她的耳侧传来了女同学们的惊呼声。

沈弯弯垂眼，挡住眼中的不屑：六万块算什么？她随便一个包都这个价。

她今天特地戴上了上次在拍卖会拍来的镯子——虽然因为这个，沈光耀生了好大的气。

沈弯弯想起这个，胸腔又堵了些。到现在，她和母亲还未与沈光耀破冰，而近日沈光耀已经越发不着家了，经常三天两头不见人影，这几天，母亲几乎就没再笑过。

"弯弯，你怎么就姓沈了呀？"有好事者问，"我记得你姓廖啊。"

问话的人叫李娇，以前常常有意无意地排挤沈弯弯。

沈弯弯冷冷地扯唇："我爸爸姓沈，沈氏资本也姓沈，我不姓沈姓什么？"

李娇脸色一变，抿了口茶，没好气地别过头——她向来就看不惯沈弯弯，也最讨厌这种表面闷声不响，实际绵里藏针的人。她可撞见过好多次沈弯弯直勾勾地盯着温折的背影了——那种执拗的眼神看得她都替温神捏把汗。

想到这儿，李娇看向上首还空着的位子："怎么这温神还没到呀？"

我都等不及看看我们校草现在什么样了。"

周围的人开始附和。要说同学聚会最受关注的人,无非是班里的"学霸"和"颜霸",恰恰这两样温折都占了。

说谁谁到,李娇的话音刚落,包间的大门就被人推开了。

暖黄的灯光从头顶倾泻而下,衬得进来的二人肤色冷白透亮。男人俊秀挺拔,女人窈窕妩媚,宛如一对璧人。他们哪怕只是静静地站在那里,都比名画还吸引人。

两人进门的这一瞬间,在场的所有人都不约而同地安静下来。

饶是沈虞被看惯了,突然被几十双眼睛这么看着,也愣了一会儿。

温折牵着她进门:"抱歉,路上堵车,让大家久等了。"

姚智是个热情的人,跟在后头赔着张笑脸:"我也来晚了,该罚!我自罚三杯!"

大家这才反应过来,压下满脸的震惊,连连招呼着几人上座。

见沈虞要跟着温折落座,姚智问:"沈虞,你喝酒吗?"

"她不喝。"温折替她回绝。

姚智:"那沈虞你坐不喝酒的那边吧。"

沈虞顺着他指的方向,看到了沈弯弯的位子,朝着脸色瞬间苍白的沈弯弯一笑,爽快地应道:"好啊!"

走之前,她还轻拍了一下温折的肩膀:"你少喝点儿酒,最多三口!不然回去我和你急!"

温折:"好。"

姚智离得近,听清了二人说话的内容,心道:这女霸王还是几十年如一日地霸道,把温神管得死死的。

他忍不住揶揄:"哎哟!妻管严啊!"他又对沈虞道:"沈虞,你这就不厚道了啊,防狼呢?生怕我们把你男人喝趴下了?"

在座的男人谁不认识沈虞?大家也知道她和温折有那么一段,震惊的是,现在两人还在一块儿;惊艳的是,沈虞比以前更美了,美得惊心动魄。

"不是我管他。"沈虞被打趣得脸颊微烫,却仍坚持道,"温折有胃病,不能喝酒的。"

姚智:"不听不听。"

"就是。"有男士跟着打趣，语气不无艳羡，"还是咱们温神幸运，喝口酒沈大校花都心疼。"

沈虞没再掺和这桌，又给温折递了个眼神示意他少喝酒，才迈步去了沈弯弯那桌。

而席间，从沈虞跟着温折进门后，此起彼伏的交谈就没停止过。

"我……没看错吧，温折身边那女的是谁？沈虞？"

"温折怎么还那么帅？谁的青春没一个温折啊？"

"还真是她，他们俩怎么又在一起了？"

"还能怎么样？女的当初甩了温折，现在看人发达了又眼巴巴地来追。"

"她怎么还那么漂亮？那腰、那腿，狐狸精转世吧？"

"不漂亮怎么追人？果然，男人都是视觉动物，温神也不例外。"

"哎哎哎，别说了，人来了。"

…………

沈弯弯坐在中间听着身边同学的编排，心中异常畅快。但很快，她的心情又低沉下来，因为她知道，事实根本不是这样的。

沈虞坐到了沈弯弯的身侧。

在座的同班同学也有不少带家属的，沈虞不算特殊，但所有人都认识她——当初她和温折的事情在全校传得沸沸扬扬，在场的谁没当过一回怀春少女？此刻，她们都将各自的心酸都往心底藏。

人声鼎沸间，沈弯弯冷笑一声:"我是真没想到你还好意思来这里。"

沈虞挑眉:"不好意思？我有什么不好意思？"该不好意思的不应是拿着沈家钱挥霍、打肿脸充胖子的沈弯弯吗？

两人的对话简短，淹没在人声里。

在场知道底细的，心里或多或少都看不惯沈虞。相比所有人对沈虞的冷淡和客气，作为本次东道主的沈弯弯则得到了大家的热情笑脸。

"弯弯，这次真的多谢你了。"

"是啊是啊！沈家的千金出手就是不一样。"

"你的皮肤好好啊，弯弯，都怎么护肤的啊？"

"就是，还这么瘦，我可羡慕死了。"

众人你一言我一语，对沈弯弯尽是奉承，似乎都忘记了当年那个在班里沉默寡言的廖弯弯。同窗两年，他们甚至都没有说过几句话。

对这些恭维，沈弯弯露出了错愕的表情："啊？我皮肤很好吗？我一直觉得我的皮肤差死了。我一点儿也不瘦的，都九十多斤了。"

她虽是这么说，但看得出，她的眸中满是受用，大手一挥，又多开了几瓶红酒。

一顿饭吃得宾主尽欢。

最先看不下去的是李娇——她是个实在人，不讲瞎话。沈虞就坐在沈弯弯旁边，面对着这样一个如花似玉的大美人，其他人是怎么闭着眼睛吹沈弯弯的？

"沈虞，你怎么还这么漂亮？怎么保养的啊？"

沈虞一愣，随即坦诚回答："我从高中就用护肤品了，美容院、健身房也跑了不知道多少趟。哦，对，我还会做医美。"

有不少人这么问过她，沈虞每次都这么回答。天生丽质是一回事，后天的保养也很重要。

她说完，席间便有人笑了："我们自是比不得沈大校花，哪有这么多钱用在脸上？"

有人阴阳怪气："就是，现在咱们温神有钱，沈小姐好福气啊！"

沈虞微微一笑，也不辩解："是的，温折对我很好，愿意给我花钱。"

她心想：你们不服气？

沈弯弯突然意味不明地说："花别人的钱怎么也能这么理直气壮？"

沈虞一听，弯起眼睛，差点儿没笑出声——这话，沈弯弯怎么好意思说出口的啊？

她托腮，朝沈弯弯点点头："你说得对。"

席间的人明显被沈弯弯带了节奏，一个个说话夹枪带棒。沈虞听得出，他们在嘲讽自己趋炎附势。

一顿饭吃得沈虞意兴阑珊，沈弯弯却是红光满面。

大包间后面还有配套的娱乐设施：KTV、麻将桌、台球室应有尽有。

饭后，温折便过去牵过沈虞，细细地观察她的面色："有情绪？"

沈虞略过这个话题，抬头在温折的鼻尖旁闻了闻："你喝了几杯酒？"

"一杯。"温折无奈，"不得不喝。"

沈虞轻哼一声："还算老实。"

姚智在后头跟着："唱歌，唱歌去！我还从没听过咱们温神唱歌呢。"

沈虞一听，来劲了："我也没听过。"她眼中泛出奇异的光，晃了晃温折的手臂，"你今晚唱一首呗。"

温折别过脸："不唱。"

"唱一首呗。"

温折："不。"

沈虞不开心地抿了抿唇："你不唱我唱！"

饭后活动不少，去KTV的人最多。沈虞拉着温折来时，这里已经传出了鬼哭狼嚎之声。

沙发上围着一圈人玩转盘，笑声伴着歌声，吵闹一片。

看见温折几人来了，众人皆热情地让位。

"玩真心话大冒险呗，温老板？"

温折年少时虽冷，却不傲。班里的同学多多少少地都问过他题，大多抄过他的作业，所以哪怕是现在，他们依旧能打成一片。

大概是温折过来了，KTV的人越来越多，全都聚在一起看热闹。沈弯弯被人群簇拥着，目光定定地落在沙发上坐在一起的二人身上。

玩游戏的大概有七八个人，中间摆着个转盘。被转到的人选择真心话或是大冒险，否则自罚三杯。

沈虞没加入游戏，看着他们玩。这群人玩得开，前几轮就很劲爆，被转到的倒霉蛋，要么被问得连底裤都不剩，要么就在老同学前出了个大洋相。

转盘悠悠转动，第三次，停在了温折面前。

·413·

众人发出了兴奋的吸气声。

沈虞托腮看着他,眼中也带着看好戏的意味。

刚刚的大冒险,有跳肚皮舞的,还有表演大猩猩的。光是想想,温折便放弃了这个选项:"真心话。"

又有人发出了兴奋的声音,更有人看好戏般将目光流连在沈虞身上。不少人早就想挑拨关系——

有人张口就问:"温神有过几个女人?"

这话问得绝妙,等于直接在两个人间埋下根刺。按照所有人的想法,温折这些年肯定还有别的女朋友,说出来就能让沈虞后悔和难受。

满室安静,连唱歌的人都下意识地闭了嘴。此刻,坐在远处的沈弯弯屏息等着回答。

没人相信沈虞会是唯一。

温折没吊人胃口,看了看沈虞莹白的侧脸,平静道:"一个。"

人群中,有人低声感叹:"不可能吧?"

面对着众人吃惊的视线,温折反问:"为什么不可能?"

"温神,你们一直在一起吗?"

温折:"这是第二个问题了。"

似乎满室的人都被镇住了,说不惊讶是不可能的,同时心里也涌出了复杂的情绪。时光匆匆八年,大家都从青葱少年成了如今圆滑老练的模样,云诡波谲的生活中,真心已经成了最不值钱的东西。但是,年少时最令人惊羡的校园情侣至今仍在一起,似乎仍是最耀眼的模样。

酒足饭饱后,班长召集所有人聚集,预备拍一张合影。论拍合影,这站位就讲究了,不再是拍毕业照时按身高拍那般纯粹,成年人都讲究个排场,无论按照身份还是地位来看,温折似乎都是无可争议的中心位之一。

另一个中心位嘛……按理说,应该是作为东道主的沈弯弯。

但温折带着沈虞,似乎并没有让她让位的意思。

见沈弯弯微笑着立在旁边,不少人似有若无的目光已经扫向了沈虞,意味明显。

沈虞像是没看到般，目空一切。

好在打破尴尬的酒店经理带着账单过来了，询问哪位买单。按理说，结账一般要去前台，但今天……

沈虞一眼就看出沈弯弯打的是什么算盘——当着所有人的面一掷千金，多么风光啊。

事实也正如沈虞所想，沈弯弯微笑着从小包中抽出张银行卡，递给经理："刷卡。"

经理拿着账单，恭敬道："您今晚的消费是四十八万七千元，需要开发票吗？"

"不需要。"

"小姐需要过目账单吗？"

沈弯弯大手一挥："不用。"

沈虞抱臂观察着众人的表情——或惊愕，或羡慕，或感动。

有人小声嘀咕，不知是说给谁听："这沈弯弯真大气啊，从来就不争不抢。"

"就是。"

几秒后，沈虞意兴阑珊地收回视线，把玩着温折的手指。

与此同时，经理略带抱歉的声音响起："抱歉，沈小姐，您的这张卡被冻结了。"

沈弯弯压根儿不信："怎么可能？你再刷一次。"

"真的不行。"

已经有人开始窃窃私语了。

沈弯弯脊背微麻，又从包里抽出一张卡："这张呢？你试试。"

"抱歉，余额不足。"

"这张？"

"抱歉。"

沈弯弯的额上已经急出汗了，摸遍身上所有的卡后，她勉强朝身后众同学笑笑："可能是出了点儿意外，我先打个电话给我爸。"

电话里传来漫长的连线声，但始终没有接通。

沈弯弯一连打了好几个，都没有人接。

最后一次，电话接通了，她急急地喊道："爸！"

结果，手机里却传出一道妩媚沙哑的女声，那女人问："你找沈总呀？他睡着了。"

"你是谁？"沈弯弯手指都开始颤抖了，"你谁啊？你让我爸接电话。"

"是沈小姐吗？"女人笑笑，"你爸睡着了，不能接电话。"

"你们在做什么？你们是什么关系？！"沈弯弯的脸"唰"地白了。

这个时间，这个节点……他们能做什么呢？所以，沈光耀不但冻结了她的卡，还背着母亲出去鬼混？！

不过现在容不得她细想，经理面上虽还在笑着，语气却已透出漫不经心："沈小姐还结账吗？"

沈弯弯："等等，我再打个电话给我妈。"

这回，电话一秒就接通了。

韩雅又气又急："弯弯！你知道你爸在哪儿吗？！"

"先别说他，妈，你先给我打点儿钱。"

韩雅却似完全失去了理智："你爸已经好多天没回家了，我刚刚在他的西装上看到了别的女人的头发。"

沈弯弯："妈，你先听我说，我现在……"

韩雅的语气已然凄厉："我先给沈光耀打个电话，看他到底去了哪儿！"

不等沈弯弯说完，韩雅就挂断了电话。沈弯弯再打过去时，电话已是占线状态。

沈弯弯完全慌了神，急急忙忙地和身后的同学道："我再打电话给我的几个朋友，你们等等……"

在这儿干站了十几分钟，已经有人不耐烦了："行了，沈弯弯，你就直说你到底能不能付啊？"

"是啊，时间已经不早了。"

"我还赶着回去呢！"

有心直口快的人直接道："付不出来干脆AA算了，我不想等了。"

"AA！你不是在开玩笑吧？快五十万元，一人都要八九千元了！"

随即，人群中开始你一言我一语地吵起来，最终矛头全都对准了沈弯弯——

"沈弯弯，你到底能付吗？"

"你不会是打肿脸充胖子吧？"

"你真的是沈氏的千金吗？沈家会连五十万元都出不起？"

"可别是个惯会招摇撞骗的吧？"

众人的恶意在沈弯弯耳中被放大，言语化作锋利的匕首，字字句句袭来。沈弯弯的脸色越来越差，打电话的手已然有些颤抖，最终，她闭了闭眼，烦躁道："我的卡不知道为什么被停了，付不出来。"

人群顿时哗然。

沈弯弯指向人群中的温折，咬牙道："温折，你不是有钱吗？你为什么不请大家吃饭？你能花两个亿给沈虞买庄园，五十万元付不起？"

这句话就是道德绑架了。众人对温折都有滤镜，沈弯弯虚荣心作祟请大家来君泽酒店，最后却让温折收拾烂摊子。

有人不齿地"呸"了一声，但希冀又尴尬的目光最终还是放在了温折身上。

沈虞捏了捏温折的手指，以眼神示意他别和自己抢风头。温折从鼻腔哼笑一声，没说话。

为吸引众人的注意力，沈虞轻轻地打了个响指。她挺直腰背，边走边从小包中抽出张卡，朝经理递过去，又冲众人露出一个和煦的笑："我来付吧。今晚就算我代温折给大家的一点儿小心意，大家玩得开心就好。"

女人身着旗袍，身形妖娆，乌发红唇，莞尔一笑的模样美得人移不开视线，在场不少男性都屏住了呼吸。

班长面色为难地揉了揉头："这不太好吧……毕竟……"

沈虞从容地接回卡，淡瞥一眼咬着下唇脸色苍白的沈弯弯："客气什么？今天这顿饭该我们沈家请。"

她微笑着面对所有人："给大家介绍一下——我是沈氏资本的现任CEO，沈虞。"

417

宴席散去时，时间已至深夜。

盛夏的凉风拂于面上，带走满室的酒气。姚智喝多了，话都说不利索，扒拉着温折的手臂不肯放人。

拍完合影后，沈虞被大片的同学围着感谢，收获了满耳诸如"百年好合""早生贵子""白头偕老"的祝福。

等到人散尽，她耳边只剩下了姚智嘀嘀咕咕的声音。

他甚至直接省了姓："神啊，这么多年我身边的人，还是你最牛……没人有你牛。"

沈虞忍笑忍得辛苦，又见姚智的目光突然落在她的脸上："女霸王！"

姚智护犊子般地拉住温折的手臂："你说！你为什么不要我们温神？"他试图埋首在温折宽阔的肩膀上，被温折嫌弃地避开后，声音更大了，"你知道当初温神有多伤心吗？"

姚智虽是喝多了酒，说出的话却是认真的。沈虞僵立在原地，局促得不知把手放在哪里。

"他病了两周啊，考前两周都没去学校！全校都知道你把他抛下了！你怎么能说走就走呢？！"

沈虞紧紧抿着唇，脸色白下来。

姚智还欲再说什么，却被温折制止道："姚智！以前的事不要再提了。"

姚智的目光在两人身上转了转，被酒精冲昏的头脑清醒了些，他嗫嚅半晌："抱歉。"

沈虞勉强笑笑："没关系。"

姚智是从S市赶来的，晚上就在附近的酒店下榻。把人送走后，沈虞沉默地挽着温折的手臂走在街边。

夜风习习地吹过，街边车水马龙，长得似乎看不见尽头。

"我是不是没告诉过你……"沈虞声音轻得像要被夜风吹散，"我为什么会提分手？"

温折的脚步一顿。

"我外婆……那时候生病了。临走前，她让我和你分开。"沈虞说道,"她说,我没法为自己的行为负责,让我离开苏城,好好生活。"

一阵沉默,似乎连空气也凝固了。

她对上男人的视线,又倏地移开,低头看着自己的脚尖:"我说这些,不是为自己开脱。我只是,不想让你觉得自己无足轻重……我也一直都舍不得你。"

因为不愿为自己的懦弱逃避找理由,所以这些,她没有在信里说,没有在温折威逼她时说。

沈虞握紧了手中的小包,像是等待审判般等待温折的反应。

她的肩膀被他揽住,整个人被环进了温暖的怀抱里。

温折的嗓音很低,有些沙哑,他的唇瓣安抚般怜惜地吻上她的额头,他说:"当时你一定很难过。"

沈虞的睫毛一颤。

"这些都过去了。"温折握紧她的手,低沉的嗓音一字一顿地响在她的耳畔,"但哪怕过去的事没有理由,我仍会感谢小虞。

"谢谢你,给过我爱情。"

沈弯弯回家的路上,手机不停地响,来电人全是韩雅。沈弯弯接了电话,听到韩雅声音颤抖地说:"你爸真的出轨了……我查到了他和野女人的开房记录。"

沈弯弯勉强冷静下来:"我这边结束了,马上到家。"

一路快马加鞭,她回到家,脸上全是未干的泪痕。

今晚发生了太多的事情——她当着所有同学的面出丑、沈光耀出轨、母亲崩溃,以及沈虞接管了公司——每一件都是足以让她绝望的事,而这些竟然在一夜之间全都发生了。

一时间,沈弯弯只觉得天快塌了,愤怒、羞耻、自卑、伤心,无数种情绪齐齐涌现。

开门进沈宅时,沈弯弯只觉得连手都是抖的—— 这座她熟悉的豪宅并未给她带来任何安全感。她推开大门,打开刺眼的白炽灯,与此同时,母亲歇斯底里的哭声从屋内传出。

地上全是玻璃碎片,可见刚刚发生了一场多么激烈的争执。

沈弯弯脊背发寒,迈步进门,一眼便看见了趴在沙发上发丝凌乱的韩雅以及铁青着脸坐在沙发上的沈光耀。多日不见,他苍老了许多,面部浮肿,眼下青黑。

韩雅:"沈光耀!这些年我哪里对不起你?这样出去乱搞,你还是人吗?!"

沈光耀冷着脸一言不发。

韩雅咬牙,眼中的恨意快要溢出眼眶。她疯了般扑到沈光耀身上,紧紧地揪住他的衣领:"我从没名没分开始就跟着你,这些年哪天没好好伺候你?不只你,我还得孙子一样地看沈虞的脸色过活!你现在还出轨!你对得起我吗?!"

见沈光耀又是惯常地装死,韩雅更加情绪激动:"你说话呀,沈光耀!"

良久,沈光耀依旧沉默。沈弯弯握紧指尖,躲在墙后,暗自咬紧了牙。

"一把年纪了,你不嫌丢人啊?"韩雅眼睛通红,"怎么会有你这么狼心狗肺的男人?

"沈光耀,今天我们就把话说清楚了,是你对不起我们娘儿俩在先,你得补偿我们!我要沈氏的股份,还要你在沈氏给弯弯谋个职位!"

听到这里,沈光耀抬眼,眼中的烦躁更甚:"闹够了吗?"

韩雅急了:"你什么意思?你真不怕我把你的丑事曝光吗?"

她这算是完全撕破脸了。

沈光耀脸上露出一个鄙薄的笑容:"你凭什么以为我会把股份给你们?这么多年的富太太你还没做够吗?"

韩雅眼中闪过一丝狰狞。突然,她极尽嘲讽地笑了:"沈光耀,白姐姐说的果然没错。"

沈光耀听到韩雅提起白婉玉,脸色明显变了。

韩雅一字一顿:"她说你自私、懦弱、无能、不值得托付,果真,你就是这样一个人。"

下一秒,沈光耀突然暴怒,一把将韩雅甩开。韩雅像块破布一般摔在地上——地上的玻璃碎片划伤了韩雅的手臂,她疼得喊出声。

沈光耀眼睛赤红："你还好意思和我提婉玉？当初要不是你不要脸地上赶着，我会做出这种事？你以为你有多高贵？是不是这些年我对你太好了，你太把自己当回事了？"

韩雅的乱发垂在脸侧，她垂着头，只有脊背不停地颤抖，不知是疼的还是气的。

沈弯弯再也看不下去了，冲上去蹲在韩雅的身边，抬起头死死地盯着沈光耀。

沈光耀却是一眼也没再看她们，直接抬步上楼，将满室狼藉抛在身后。一切重回冷清，用人全都躲在房间里不敢出来，屋内只余韩雅呜咽的抽泣声。

沈弯弯一下下地拍着母亲的脊背，满目无助："妈，你先起来，我给你处理一下伤口吧。"

韩雅动作很慢地抬起头，她的脸似乎一瞬间就憔悴了数十岁，泪痕交错，蜡黄干枯。她愣愣地看着沈弯弯，突然伸手，一把将沈弯弯抱在怀里，低声哭泣。

沈弯弯吸了吸鼻子："妈，我们该怎么办啊？沈家已经容不下我们了。沈光耀下台了，沈虞成了沈氏的CEO。咱们可怎么办啊？"

韩雅却并没多大反应，眼神空洞地看着一个点。

"那就让他去死。"韩雅道，"沈光耀死了，他的财产就是我们的，我就是第一继承人。"

沈弯弯被吓了一跳，连忙用手捂住韩雅的嘴："妈，小声点儿！"

韩雅眼中闪着奇异的光芒，她突然站起了身："对啊……让他去死！他死了，就什么都好了。"

"妈，你不要做冲动啊！"沈弯弯道，"这事得好好谋划清楚！"

沈光耀没回房间，径直去了书房。他在位这么多年，一夕之间被亲生女儿毫不留情地挤了下来，胸腔中的烦躁和失意瞬间达到了顶峰。

他心情不顺，又不想回家，游荡在娱乐场所，有些事情自然而然就发生了。他的心中并没有什么负罪感，韩雅早年做的事和那些地方的女人并没什么不同，这么多年来，他就像养了个乖顺的玩意儿在身边。

书桌上再也没有成沓的工作文件，平时来往的朋友再也不带他一起……他已经明显地感觉到，自己正在离这个圈子越来越远。

这般想着，沈光耀对韩雅和沈弯弯的厌恶更深了——要不是她们，沈虞不会这么对他。

已至深夜，屋外万籁俱静。

沈光耀冷着脸回卧室，拿了要换洗的衣服，走前冷眼看了看坐在梳妆镜前不修边幅的韩雅："我睡书房，你自己好好冷静冷静。"

说完，他向房门走去，还未踏出门手机便响了，看到来电人，沈光耀的眼神闪躲了一下。几秒后，他还是接了电话。

他边接边往房门外走，未曾注意到跟在身后的韩雅。

电话那头，声音妩媚婉转的女人娇声笑着，沈光耀的心情好了些，他时不时跟着笑几声。

除了主卧，只有楼下有单独的浴室。沈光耀漫不经心地下了两级台阶，似感应到什么，回头看见了正跟在他身后的韩雅："你做什么？"

韩雅的表情没了刚刚的疯狂，变成一直以来的小意温柔，她温声道："光耀，我还有话和你说。"

见他不应，韩雅继续道："我刚刚太冲动了，咱们再心平气和地聊一聊吧。"

沈光耀心中略感宽慰。他就知道，韩雅这种女人，发脾气也只是一时的。他又冲电话那头的人小声安抚了几句，却未看到韩雅眼中一闪而过的狰狞。

挂了电话，沈光耀问道："你还有什么想和我说的？"

韩雅低眉顺目地用手拉住他的衣摆："我就是想和你说……"下一秒，她狠狠地伸臂，将他从楼梯上往下推，脸上露出了一个扭曲的笑，"你去死吧！"

沈光耀瞳孔骤缩，脸上露出气急败坏的表情。这个蛇蝎心肠的女人！他连反应都未曾，伸手就抓住了韩雅的手臂。韩雅躲避不及，和他扭打在一起。楼梯口的空间本来就小，最终她因力气抵不过男人，扭打间与他一同踩空，往下滚去。

韩雅被男人壮实的身体压在身下当垫子，在滚下去的过程中，只感觉五脏都移了位。巨大的一声响,她的头磕在楼梯尖锐的拐角上,她眼皮一翻,彻底失去了意识。

沈光耀也好不到哪里去,眼前发黑,全身错位般疼痛。

沈虞是在凌晨收到消息的,清晨便匆匆赶到了医院。她抱臂站在长廊里,看着医院雪白的墙壁,脸上没什么表情。

旁边的座椅上坐着沈弯弯,她佝偻着背,眼睛通红地望着地面一动不动。

温折接了杯热水,递给沈虞:"喝点儿水。"

因为没休息好,沈虞恹恹的。在听到沈光耀进急诊的那一瞬间,她说不出心里是什么感觉。

她尽到了子女的义务,在沈光耀出意外时第一时间守在手术室外,但……别的情绪是真的没有了。

童年时她对父亲的爱戴早已经在这些年中消磨殆尽,若说唯一触动的,便是沈光耀是她在这世上最后的血亲。

"昨天是怎么回事?"沈虞淡淡出声。

"我不知道。"沈弯弯放在腿上的手指却不自觉地颤抖,唇色苍白一片。她是真的害怕了。昨晚她明明安抚母亲不要冲动,明明韩雅看起来已经恢复正常,但转眼……她便看见了倒在楼梯下的韩雅和沈光耀。

沈弯弯:"我在二楼睡觉,醒来就这样了。"

沈虞没再说话,疲惫地按了按眉心,偏头靠在温折的肩膀上。温折揉了揉她的头:"困就先睡一会儿。"

中午时,沈光耀被送出了手术室。医生戴着口罩,只露出一双漆黑上挑的桃花眼,沈虞却不自觉地多看了一眼。

这位男医生的嗓音也尤其清冽,他说:"病人年纪不小了,全身肋骨两处骨折,小腿骨裂,再加上高血压并发症,情况不容乐观。"

"哦。"沈虞连连点头,目光从这位医生的胸牌上扫过,回答,"好的,裴医生。"

裴医生点头:"先转重症观察室,如果这三天内没出现危险,可以转住院。"

沈虞小鸡啄米般点头。

一旁的沈弯弯也凑了上来,直接拦住裴医生的去路:"医生!我妈呢?我妈她怎么样了?我妈是和沈光耀一起被送进来的!"

裴医生看了眼手中的单子:"你母亲伤到了神经,不属于我医治的范畴。"

沈弯弯失魂落魄地怔在原地。

沈虞看了她一眼,最终什么也没说,抬步离开了。

就在沈虞和裴医生说话的时候,温折遇到了苏焱,也就是上次给她看脚的那个帅实习生。她走过去,便听到苏焱和温折说:"放心吧,我导师在,没问题的。"

"苏医生。"沈虞和苏焱打了个招呼。

看见她,苏焱一挑眉:"你好。"

沈虞朝着裴医生走的方向看了一眼:"刚刚那是你的导师啊?"

苏焱:"怎么,不像?"

"没。"沈虞又往那边看了眼,笑了笑,"我就觉得他挺年轻的。"

她随口一问:"他有女朋友吗?"

苏焱的表情突然就变了,他极其怪异地闷出一声:"有。"

沈虞"哦"了一声,还没说什么,便被面无表情的温折拉走了:"走了。"

沈光耀还未清醒,沈虞只看了一眼便去缴费了。回来时,她在急诊门口听见了沈弯弯撕心裂肺的哭声。

眼见几个护士都拉不住沈弯弯,沈虞直接拉住个走过来的护士:"这是……怎么了?"

护士叹了口气:"她妈妈撞到了脑袋,压迫到了神经,面瘫了,以后没办法正常做表情。"

沈虞愣了愣,没再说话。

后面几天,沈虞公式化地替沈光耀处理好了所有的住院手续,又请了专人过来照料。未等沈光耀清醒,她便离开了医院,再未露面。

公司的事情堆积了很多，沈虞也分不出心思再去关心沈光耀。

时间从盛夏来到初秋，一个多月的时间，沈虞基本把沈氏的所有工作对接到了位。药企的那个项目进展顺利，立刻便可以重新启动。

沈氏恢复运转的同时，沈光耀也到了康复期。他给沈虞打了电话，开门见山："我要和韩雅离婚。"

沈虞翻文件的手一顿，心中无波无澜："哦，随便你。"

"那天是她——是她推我下去的！"沈光耀讲话的语气激动起来，"这是个蛇蝎心肠的女人！"

沈光耀似乎把沈虞当成了可以同仇敌忾的人："我要和她离婚！小虞，我把韩雅赶出我们家，好不好？"

沈虞扯了扯唇角："我不关心你怎么做，只要最后的结果。你们都从沈宅搬出去吧，那是我和妈妈的家。"

电话那头是一阵漫长的沉默。

对沈光耀，沈虞已经无话可说，随口敷衍了句便挂断了电话。沈光耀手中的股份够他下半辈子衣食无忧了。今后他意欲何为，沈虞没有任何了解的欲望。

这通电话后，沈虞不再分神，继续工作。

近期，为庆祝公司转危为安，同时也算是对沈虞接手沈氏表示欢迎，沈氏内部预备举办一场庆功宴。

庆功宴的时间就在下周末，地点是君泽酒店。

沈虞的指尖在庆功宴邀请函上轻点两下，她将目光在末尾那句"可带家属"上绕了一圈，又收回了。

办公室的门被敲响，沈虞收起了邀请函，坐直身体："请进。"

袁朝进来后，把项目部最新做出的投资评估放在了沈虞的桌上："沈总，这些我已经看过了，大体没有问题，还请您再过目一遍。"

袁朝的能力毋庸置疑，他在过来的这一个月里，不知道帮了沈虞多少忙。现在，沈虞对大部分工作都已经上手了。

她想：袁朝本来就是鼎越的人，少了他，温折定不方便。除此之外，鼎越人才辈出，袁朝这第一特助的位置，不少人虎视眈眈……

沈虞主动提出："袁助，下周起你回鼎越吧。"

425

袁朝愣了下:"沈总……"

沈虞低头看文件:"小李和小汪跟着你学了不少东西,我有她们就行了。"她还调笑了一句,"温总和我说,没你在身边他不习惯。"

袁朝眉头一扬,受宠若惊:"真的吗?"

沈虞面不改色:"当然。"

她绝口不提自己在向温折提出什么时候归还袁朝时,温折随口说的那句"随便"。

"对了,"沈虞继续道,"这个庆功宴你也一起参加吧。这段时间辛苦你了。"

袁朝连连点头。

沈虞在邀请函上的"可带家属"下用黑笔画了两杠——重点标记。她到时候把温折带着,大家会不会以为他是她养的小白脸儿?到时候沈氏内部也可以出本八卦书,名字就叫《沈总和她背后的男人》。

这周末,沈虞难得准时下班。到家时,她还在和宋昆发消息,刚开始管理公司业务,有很多东西还需要请教老师。

她回来没多久,玄关传来响动,温折开门进来了。

看见沙发上坐着的沈虞,男人挑了下眉,似是调侃:"回来得这么早。"

沈虞弯唇,朝他勾勾手:"等你啊。"

宋昆还在回消息,手机却已经滑落,沈虞笑着靠在沙发上和温折接吻。

他们因为白天不见面,晚上要加班,睡觉也不同床,这段时间里大大压缩了相处时间。温折对此很不满意,逮着机会就会进行诸如此类的亲密行为。

良久,沈虞的气息稍乱,她感觉男人的指腹轻轻抚着自己的下唇,显然还未餍足。她却亲够了,像是吃饱的猫般很是意兴阑珊地推开男人:"行了,跪安吧。"

温折气笑了,抬起她的下巴:"胆肥了?"

说完,他又低头,修长的手指捧住她的脸,二人的气息交织在一起。

又是一吻毕,沈虞靠在温折的怀里,戳戳男人的胸膛,而后有一搭没一搭地把玩着他的袖扣:"看你伺候得不错,沈总给你个表现的机会。"

温折静等下文。

"公司下周末有个庆功宴,可以带家属,沈总决定给你个随行的机会。"沈虞看他一眼,"去吗?"

温折"哦"了一声:"家属?我理解的意思是指具有法定关系的配偶。"他凑近沈虞的脸,气息轻浅,"小虞说说,我是你哪门子家属?"

沈虞见他还端着架子,心中"呸呸"两声:"你不当家属——"她挠挠温折的下巴,拖长了嗓音,"难道要做沈总的秘密情人?"

"行啊!"温折咬她的手指,突然低笑了一声,一下将人压在身下,俯视着沈虞,"那现在就做点儿——情人该做的事?"

沈虞觉得温折骨子里就是个流氓。她工作忙,但只要被他找到机会就免不了一顿折腾。

等到沈虞再回想起这个话题时,新的一周已经开始了,时间临近庆功宴。

温折那不正经的模样,也不知道到底是什么意思。

沈虞托腮,望着办公桌上的电脑,在心中记了温折一笔。

工作遇到些麻烦,她下意识地喊了声"袁朝",才意识到人已经被她送回去了。

于是沈虞又默默地往温折头上记了一笔。

另一边,袁朝保持着宛如工作第一年般饱满的热情踏进了鼎越的办公楼。虽然外派时,温折许他三倍工资,但袁朝的心仍不踏实,鼎越的竞争多激烈呀,万一他待久了,回来可能连位置都没了。

袁朝首先使去了温折的办公室:"温总。"

温折掀起眼皮:"回来了?"

袁朝搓搓手:"是。"

温折:"她那边的工作大体办妥了吗?"

袁朝点头:"沈总能力很强,现在都能独自处理工作了。"

"嗯。"温折道,"你其实不用急着回来,她更需要你。"

袁朝:不是温总你说的需要我吗?不是你说的没我在身边不习惯吗?合着你们把我当皮球呢!

简短聊过几句,袁朝苦着脸准备出去时,背后又传来一声:"这周末沈氏的庆功宴邀请你了吗?"

袁朝:"邀请了。"

温折掩唇轻咳一声,慢悠悠道:"我也要出席。"

袁朝:"这不是沈氏内部的……"

"以家属身份。"

袁朝:"哦。"

他并不感兴趣,谢谢。

温折:"然后,我要求婚。"

"哦……啊?!"袁朝一惊。

温折:"我说我要求婚,有问题吗?"

袁朝:"没。"

"你这两天可以帮我想想求婚方案。"

袁朝:"哦……"

救命,他为什么要回来?

求婚的事,袁朝冥思苦想了很久——单身二十八年的男人头一次遇到了无法解决的难题。

在和李宗聊天儿时,他无意间透露出了这个苦恼。

"求婚?!"李宗声音大了些,"这还不简单?让咱温总抱束花,在台上唱首情歌,保准让沈总开开心心,感动得要哭了。"

袁朝一拍脑袋,当即把这个虽土但实际的方案列入了自己的方案清单。

周五下班前,袁朝恭敬地抱着一沓策划书敲响了温折办公室的门。

袁朝用了无数种模型,外加大量事实数据计算,得出了求婚成功率最高的几种方案,对此表示很有信心。

温折接过策划书,随意扫了几眼,面色变得怪异起来:"在台上跳女朋友偶像的舞?"

袁朝:"对,之前有个知名男星就是这么和老婆求婚的,他的爱人都感动哭了!"

"在台上含情脉脉地朗诵一首外国情诗?"

袁朝跃跃欲试:"温总,您不觉得这很浪漫吗?"

温折合上策划书:"你可以走了。"

袁朝:"哦。"

等袁朝走后,温折将目光落在了最后一条上——给女朋友唱一首表白的歌。

很快就到了庆功宴当天。沈氏的员工除了在外地没回来的,今天到场的也有一百多人。

沈氏在君泽酒店租了个宴会厅,沈虞特地说明本次宴会的目的就是让大家玩得开心,所以场面铺得异常大气。

沈虞费心思做了个造型,穿着黑色鱼尾裙,不过分张扬,但足够低调奢华,符合自身现在的身份。

她没和温折一起来。这位温姓娇花不知道今天什么毛病,喊半天也没声,只含糊其词地说肯定会来。

于是沈虞没再等他,觉得这男人已经飘了。

沈虞来得不早不晚,但宴厅里已经站了不少人,都是她的员工,可惜认识她的不多。

这场庆功宴相当于一次变相的年会,她打算请大家吃吃饭、玩一玩,让大家认识认识她。

七点,宴会正式开始,几乎座无虚席,来的不只有员工,还有不少家属。

宴会主持人是刘凯,简单的开场白之后,便邀请沈虞上台讲话。

沈虞自小学起就讨厌领导讲话,如今将心比心,也绝不多自讨没趣,必要的介绍后,便嘱咐大家吃好玩好。

她在台上,不知台下已经炸开了:

"哇！这就是小沈总啊？我还以为是哪位女演员啊！"

"人家又漂亮又有气质，学历高，能力强。咱们公司前段时间可差点儿就倒霉了，是小沈总救了沈氏！"

"小沈总真的好大气，直接带咱们来君泽酒店了，一会儿还有抽奖和节目。"

"也不多说一句废话，怎么会有这种好老板？"

…………

沈虞走下台后，后面的抽奖和节目就要开始了。

她却没有心情关注这些。宴会都开始了，为什么温折还没来，是不是她给他的自由过了火？！

沈虞气得鼓腮，手上开始给温折编辑信息。

这时候，人群突然喧闹，令人兴奋的抽奖环节来了。沈虞没关注这个，还在愤怒地斟酌着内容。

灯光突然打在了她的头上，沈虞迷惑地抬头看了看。台上热场的主持人兴奋地说："哎呀！有请我们沈总作为特别幸运观众上台领奖！"

沈虞：我领什么奖？

顶着众人兴奋的视线，沈虞迷茫地踩着高跟鞋上了台。

主持人脸上的笑容加深："恭喜沈总获得六克拉粉钻项链一条。"

沈虞迷茫地朝台下看了看。六克拉粉钻项链？开玩笑！谁会把大几千万的钻石当作奖品啊？！

正在她发愣间，突然，台下一阵哗然，目光全都聚到了她的身后。

沈虞的心跳突然快了些，她有了什么预感。全场灯光熄灭，只余台上一束。她蓦然回头，看见了银白色的聚光灯下身材颀长的男人。

温折只穿了简单的衬衫和黑色西装裤，手上握着她的那把吉他。他微微朝台下鞠躬，随即坐在高脚凳上。男人肤色冷白，指尖轻轻拨弄琴弦，俊美得宛如月下神祇。

他却始终凝视着她的面庞，那目光缱绻得难以言喻。

与此同时，轻快的音乐前奏响起。沈虞辨认了会儿，是 lover（《爱人》）。

原唱是女声，调子较高，但温折的嗓音很低，他不仅压低了调子，还对歌词做了改编，配上纯正的英语发音，听在耳边，宛如情人低语：

  Can I go where you go?（我能否从此追随于你？）

  Can we always be this close, forever and ever?（我们能否就此亲密无间，直到永远永远？）

  And ah, take me out.（牵起我的手。）

  And take me home.（带我回家吧。）

  You're my, my, my, my——（你就是我的——）

  Lover.（亲密爱人。）

  沈虞终于知道了温折为什么从不开口唱歌——因为他唱歌会跑调，好在音色和发音拯救了所有，他的歌声依旧悦耳。

  沈虞始终安静地看着他，眼中渐渐地蓄起眼泪。

  他一直都记得当年在大礼堂里她暗暗唱给他的情歌，并在经年后的今天以同样热烈的方式回馈了她平等的爱。

  一曲毕，台下传来此起彼伏的掌声以及兴奋的呼喊声。音响里传来男人清冽又温柔的嗓音："沈虞，你愿意嫁给我吗？"

  下面的惊叫声更甚，甚至有种要冲破屋顶的势头。

  沈虞对上温折的眼睛。

  他依旧满身风华，一如当年苏城那个英俊、挺拔的少年。

  沈虞轻轻眨了下眼，突然弯起唇笑了："我愿意。"

  她想：如果人生也有格式化，那么沈虞永远没有，沈虞的本能就是一遍遍地爱上温折。

第十七章
恶人有恶报

九月,天气转凉,京城暑气稍退。

沈虞研三开学,基本没什么课,除非必要,不需要再回学校了。因为时间相对自由,故而她大部分的时间还待在沈氏处理工作。

至于温折高调求婚的事,早就已经沸沸扬扬地传开了。

沈虞走哪儿都要被问一句——什么时候结婚?

"我们什么时候结婚?"她正想着事,温折便侧着脸凑过来,不厌其烦地再次提起了这个问题。

沈虞还忙着去公司开会,手上的包子只咬了一口。对上温折的眼睛,她沉默了会儿,道:"你知道结婚要户口本吗?"

"嗯。"

"你猜我的户口本在哪儿?"沈虞顿了顿,"在沈宅。"

温折:"嗯。"

"得抽个空回去拿。"

关于结婚这么大一件事,沈虞仔细想了想,除了周宪,她竟然没有任何需要征求意见的长辈。当然,也没人能不让她结婚。

早上开完会,沈虞便诚挚地拨通了周宪的电话,清了清嗓子:"舅舅。"

他们多日不曾联系，周宪嗓音更沉了些："嗯。"

"这个……我有个事要和您报备一声。"

周宪："什么事？"

沈虞："我准备和温折结婚了。"

周宪怔了怔："结婚？你才多大就结婚？想好了吗？婚前财产公证、身体检查做了吗？"他说着说着，语气严厉起来，"是不是温折唆使你的？"

周宪难得这么多话，沈虞笑着提醒："舅舅，我马上二十六岁了。"

电话那头突然就安静了下来。

几秒后，周宪道："是，不小了。打算什么时候去领证？"

沈虞："拿了户口本就去，大概就这几天吧。"

周宪"嗯"了一声："婚礼呢？"

沈虞："婚礼不急，抽空再说。"

"嗯。"

电话中有几秒钟的沉默，直到沈虞再次出声："舅舅，你最近怎么样啊？柚柚呢？好久没听见她的消息了。"

周宪揉了揉眉心："老样子。柚柚在她妈妈那儿。"

"哦。"沈虞又试探着问，"那，你和宋诗……呢？"

她极少过问周宪的私人问题，这还是第一次。主要是连她都要结婚了，周宪却还是孤身一人。虽然周宪随便招招手，就有大把的女人围上去，连孩子都十几岁了，实在不需要她操心。

这次，周宪沉默的时间久了点儿。他再出声时，语气很平淡："不太好。"

沈虞默默地闭嘴，不敢再问了。挂断电话前，周宪一如既往地言简意赅："有事给我打电话。"

"好。"

时间转眼到了周末。沈虞看着手机备忘录上的"拿户口本"四个字，陷入了沉思。

她的户口本还在沈宅。

伤筋动骨一百天，沈光耀是近期刚出院的，此时应该正在沈宅。而韩雅伤势严重一些，据沈虞所知，她现在还没出院。

沈虞早已经打定主意让沈光耀一家从沈宅搬出去，但沈光耀始终没给出明确的态度。

今天回去，她不只要拿户口本，还得和沈光耀谈房子的事。

出门之前，沈虞在桌前看到了忙着滑动手机的温折，疑惑地走过去，低眼："你在看什么？"

"算卦。"

沈虞："你算什么卦？"

"结婚吉日。"

她是真没想到温折这种人还会迷信："那你算出什么没？"

"嗯。"温折抬眼看她，"算出后天民政局上班，还宜嫁娶。"

两人一同出门，温折开车，沈虞顺理成章地坐上副驾驶座。

她姿态懒散地靠在车座上，时不时看一眼温折的侧脸，突然想起什么，道："我也该去重考个驾照了。"

这话一出，却像是触动了什么开关，温折油门踩重了些，车突然颤动了一下："不许去。"

"你这么大反应做什么？"

温折下颌线都绷紧了："我看你是嫌命长。"

她气得鼓腮："你什么意思？看不起我京都车神？"

温折冷嘲："是，会原地蹭车的车神。"

"我什么时候原地蹭车……"

哦，不，是有一次，但那次……

沈虞的脑中猛地闪过什么，她转头看向温折："你跟踪我？"

温折的表情变了一下。未等他说话，沈虞继续说："好啊温折，你竟然做得出尾随单身美女的事！"

温折握住方向盘的手微紧，喉结滚了滚，但他没说话。

一些从未细想的细节突然全都涌进脑中，沈虞直勾勾地盯着温折，又看了看方向盘的车标，张唇："那个——那辆停在周宪公寓楼下的宾利车，是不是你的？！"

温折则是抿唇再不吭声。

沈虞："你跟踪我做什么？想知道我的家庭住址？"

轿车驶进沈家所在的别墅区，刚在沈宅门口停下，温折便解开安全带下了车。

沈虞追上去，拉着人不撒手，不依不饶地仰起脸："老实交代，你是不是在跟踪我？"

温折别过头："我顺路。"

呸！沈虞脸上的笑已经藏不住了。她现在都记得刚重逢那天温折那副老死不相往来的棺材脸。

"你是不是跟着我和舅舅去了他家楼下？"

温折不说话。

她脑中已经有了温折眼巴巴等在楼下的模样。

"我记得那天舅舅喊我上去了……"沈虞若有所思地回忆，"然后就下来了。"

温折不想再听下去，直接拉过人："走了。"

"那你在那儿做什么？你不会真的以为我和他有什么关系吧？！"沈虞问道，"你那是做什么？捉奸？"

温折脸一黑，直接捂住她的唇："别说了。"

他越是这样，沈虞脑中的答案就越清晰。她笑得弯起唇："温小折，我怎么不知道你的想象力这么丰富呢？"

"你和我说实话，我如果没失忆，你怎么办？"

温折牵着她越走越快："没有如果。"

两人已经走到沈宅前，外边有一个铁艺大门，有用人看到他们，立马过去开门："沈小姐！"

沈虞低应了一声。

用人将目光落在她身侧的温折身上，愣愣地看了两人一眼。

"这是我老公——"沈虞开门见山地介绍，"温折。"

用人震惊地瞪大了眼睛："哦，温先生。"

铁门到大门还有段距离，用人在前边引路。

温折是第一次来沈宅，微微侧头细细打量着各处。

沈虞："你看什么？"

"看你以前住的地方。"

沈虞垂下眼皮："我十七岁后就不住这儿了，这儿早已经不是原来的样子了。"

温折："但东郊的庄园，你想是什么样子，就是什么样子。"

"那我想床是粉色的。"

温折："……"

两人说话间，沈宅的大门已经打开了。沈虞来之前没有知会这边的人，一眼就看到了沈光耀。

因为腿脚不便，他连房间都搬到了一楼。此时护工正扶着他从厕所出来，正和站在玄关处的沈虞对上视线。

自沈光耀从重症监护室转出后，沈虞便再没去看他一眼，距离现在也有一个多月了——相比上次见面，沈光耀似是老了数十岁，将向来笔挺的衬衫换成了灰色T恤，鬓边的白发也更加显眼了。

看见二人，沈光耀难得局促地移开了视线。半晌，他问道："你们怎么来了？"

护工扶着沈光耀，艰难地坐回沙发上。

沈虞："我来拿户口本。"

沈光耀猛地抬头："拿户口本做什么？"

沈虞挽住温折的手臂，淡淡地交代："我要和温折登记结婚。"

"你……你们……"沈光耀卡了半晌，一时甚至不知道该说什么。

"我不是来征得你同意的，户口本在哪儿？"

沈光耀指了指楼上："书房，右边抽屉的夹层里。"

沈虞挽着温折上楼。

楼梯的墙壁上挂着很多照片，全是韩雅和沈弯弯的以及他们一家三口的全家福。像是漠不关心般，沈虞一眼都没看，温折也收回视线，微蜷着手指，握紧沈虞的手。

他们走过二楼，见沈虞的目光从她原来的房间门上淡淡地扫过，温折问道："你以前住在这儿？"

"嗯。"沈虞表情平静,"但后来这里成了沈弯弯的房间。"

温折沉下眸色,没再说话。

来到三楼,沈虞走进书房拿了户口本,随手打开扫了一眼——户口本上有韩雅,有沈弯弯,而她沈虞像个外人。

沈虞"啪嗒"合上了户口本。

他们下楼时,沈光耀仍靠坐在沙发上。

电视开着,他像在看,又像没在看:"拿到了?"

沈虞:"嗯。"

沈光耀示意护工给自己端了杯茶:"什么时候领证?"

沈虞敷衍道:"最近。"她环顾了一圈客厅,突然道,"你腿养好后就搬走吧,这里我想尽快重新装修。"

沈光耀猛地看向她:"这里是我的家,你让我搬到哪里去?"

温折坐在一旁的沙发上,突然低笑一声:"搬不搬,你说了也不算。"

沈光耀的脸色由白变红,他突然转了口气:"小虞,我已经决定要和韩雅离婚了。这儿也是我和你妈一起住过的地方,你怎么可以让我搬走?"

沈虞慢慢笑了:"这儿还有一点儿我妈的痕迹吗?"她抬起下巴,冷冷地道,"你和韩雅怎么样我不管,但你们必须搬出去,我给你们一个月的时间。"

沈光耀脸色灰败地看着沈虞:"小虞,你真的要断了我们的父女情分吗?"

"我希望你不要侮辱'父女'这两个字。"沈虞冷下脸。

沈虞把户口本扔在茶几上,靠在沙发上没说话。

有关沈家的事总能使她的心情变差,光是想想自己和那家人在一个户口本上待了八年,沈虞就觉得胸腔异常堵。温折关门过来,俯身从茶几上拿过她的户口本,略翻了下,合上。

他低头吻她,手指穿过她的发间:"不开心?"

沈虞环抱住他的脖子,没好气地应道:"嗯。我竟然一直和他们在一个户口本上。"

温折没忍住，笑了一声："那就和我一个户口本。"他低声说了句，"温太太。"

周一清晨，窗外连晨雾还没散，沈虞便被人闹醒了。

已至初秋，沈虞没开空调，觉得有些闷，好不容易蹬开了被子，结果又被人从后头抱住。

男人身上温度偏高，像是一个巨大的火炉，源源不断地散发着热度。

沈虞受不了，用手肘撞他，不甚清醒地嘟囔："你干什么？"

温折："睡不着。"

沈虞："怎么就睡不着了？"她又挣了挣，"过来干什么？"

温折却把她揽得更紧，哑笑一声："过来抱我老婆。"

被这么一闹，沈虞是睡不着了。她揉了揉眼睛："你要实在没事，找个电子厂上班。"

一阵沉默。

照往常，温折的脸大概已经黑了，但他今天显得尤其好性子，不但没生气，还不停地从后面把玩她的头发。

"今天是几月几号你记得吗？"

沈虞："九月……十三……还是十四号来着？"

"九月十五号。"温折掐她的脸颊，"今天是九月十五号。"

"嗯。"沈虞迷迷糊糊地应了一声，又想睡觉了，"九月十五号怎么了？"

"记住这一天——结婚纪念日。"

沈虞蒙了一下："到底今天是结婚纪念日还是婚礼是啊？"

"都算。"

沈虞翘了下唇角："那你一年得和我过两个结婚纪念日。"

"年年有今日。"

沈虞的起床气散了，心情也因为今天要去领证而愉悦起来，她转身主动环抱住温折，笑着补充道："岁岁有今朝。"

之后沈虞又睡了会儿，因为要领证，所以上午请了假。

沈虞仔细化了个淡妆，头发长长了些，直接散在后面，微微卷曲。镜子中的女人穿着简单的白衬衫和收腰长裤，腿修长又笔直。

温折来到她的身后，穿着惯常的白衬衫，没系领带，纽扣系到了最上面一颗。

"好了吗？"他看了眼手表，催了声，"八点了。"

沈虞还在涂口红，闻言动作顿了一瞬："才八点，你催什么？不是九点才开门吗？"

"去晚了可能会排队。"

沈虞："排队就排队，一上午还排不上？你就急这一会儿？"

"嗯。"温折靠在门边，目光落在她精致的眉眼上，"急。"

沈虞合上口红盖，想起了早上他突然去她床上的事："你有什么好急的？咱俩都同居这么久了，和结婚有什么区别？"

温折朝她走近，突然抬手将指腹从她的下唇上抚过，擦去她溢出的些微口红："你管这叫同居？你的床我都不能上也叫同居？"

沈虞蓦然反应过来：难道领证只是个名正言顺的爬床仪式？！

九点，民政局准时开门。今天不是什么特殊的日子，来的人根本不多，他们几乎一进去就排到了。

所以沈虞完全不能理解——有哪门子的队要排？

他们很快便办完了所有手续，工作人员要给他们拍照片。

沈虞经常照相，知道自己哪个角度最好看，微抬下巴露出了一个微笑。

几秒后，工作人员抬头："先生，你要不还是别笑了吧。"

沈虞立马偏头看温折，男人嘴角的弧度怎么看怎么不正常。

"你怎么一脸被我强取豪夺的表情？"

温折不喜欢拍照 沈虞也知道他不喜欢拍，以前谈恋爱的时候就不让拍。

沈虞有些同意工作人员的看法："你还是别笑了吧。"

温折即刻便收回了笑容。

最终，两人收获了两本结婚证。

沈虞看着照片上的温折，仔细瞅了两眼："你怎么和我结婚就和被迫一样？"

温折当即抽走她手上的结婚证，收起来放在了自己的口袋里。

"你干什么？"沈虞想去拿，却被男人避开了，"你怎么把两本都收走了呀？"

温折给出的理由听起来异常敷衍："怕你弄丢。"

"喂！"沈虞鼓腮，"谁会把结婚证弄丢啊？"

温折不为所动："我替你保管。"

这人总能把不正当的事做得这么理所当然。

沈虞跟在他后头，还在因为结婚证上他的面瘫表情使性子："你看只猫都比我深情，之前被偷拍的那张，笑怎么就那么开心？"

她看着他的背影，又咕哝了一句："你今天是不是紧张啊？"

温折顿住脚步："我紧张什么？"

"那你为什么笑不出来？"

温折："我不笑，是因为不爱笑。"

瞧瞧，这一生好强又诡计多端的男人。沈虞也不揭穿他，就一本正经地看着他演。

拿完证时间还早，沈虞便准备回去上班。她坐在副驾驶座上说："送我回沈氏吧，正好没耽误多少时间。"

话音刚落，车内的氛围凝固了一瞬。

"你觉得领结婚证是耽误时间？"

为了不结婚第一天就吵架，她立马改口道："真好，工作没耽误我领证。"

温折却已经发动车子，开向了沈氏的方向："沈总现在比我忙，结婚还要回公司。"

"那不回了，你说去哪儿就去哪儿。"

温折倒希望她和高中的时候那样缠人一点儿。他之前没多少时间陪她，现在她也不需要他一直陪她了。

"我送你去公司。"

民政局离沈氏不远，也就二十分钟的车程。车子停在写字楼下后，沈虞打开车门："那我走啦？"

温折解开安全带："等我一起。"

她愣了下："你也要来吗？"

温折："嗯。"

"成啊！"沈虞笑，"你这来是视察我工作啊？"

温折："不行？"

"行啊。"沈虞顺势牵住他的手，"难得温总肯光临小庙，还望您指点指点工作。"

两人进了电梯，刚上几层楼，电梯门被打开了。他们迎面对上两个男士，一个手里拿着份文件，一个提着电脑。

二人一进来，脸色一僵，半晌嗫嚅了一句："沈总。"

他们又缓慢地将目光移到沈虞旁边的温折身上，知道对方是上次向沈虞当众求婚的男人，却不知其具体身份，于是只点了点头。

沈虞对这两个人还有印象，是项目部的，一个姓秦，一个姓丁。沈氏刚刚易主那天，在电梯里嚼口舌的就是他们。

她倒不至于因为那两句话对人发难，淡淡地点了点头。

只是目光在掠过姓秦的那位时，她略微停留了一下。如果她没记错，就是这位羡慕鼎越的待遇，有跳槽的想法，就是不知道，他认不认得他梦寐以求的公司的老板就站在她的身侧。

电梯到了楼层，前边两人打过招呼便迅速离开了。

沈虞朝未完全关上的大门努了努下巴："温总，你看他们怎么样？去鼎越你愿意招他们吗？"

温折："鼎越又不看面相招人。"

"那有机会，你就考考他们。"沈虞说道，"要是觉得不错，就考虑一下把他们纳入麾下。"

她扑扑唇角，"他们可想进鼎越了呢。"

温折听出她语气里的调侃，挑眉道："我怎么好和沈总抢人？"

电梯"叮咚"一声，显示已经到了楼层。

他们走出电梯，总经理办公室有些喧闹，氛围放松。人人都以为沈虞早上请假，再加上是周一，精神都不够饱满，直到听到一道清脆的高跟鞋声。

大家早已经熟悉沈虞清脆的、轻盈的走路声，脸色一变，连忙坐直身体，各自忙活起来。

经过这一段日子的接触，大家也知道，沈虞虽然年轻，却绝不是好糊弄和蒙蔽的主儿。工作做得不好，她也不会疾言厉色，连语调都不会有变化，只会淡淡地打回去重做。

还不满意，她继续打回。

一遍又一遍，她似乎从不会生气，但绝对有一次次打回的耐心。她比谁花的时间都更多，敬业认真到了极致。

有了这样的老板，本来在沈光耀手下浑水摸鱼的人再也不敢随意糊弄工作，最多在沈虞不在时稍稍松一口气。

沈虞过来时，所有人已经挺直腰背，聚精会神。她满意地勾唇，朝跟在身后的温折递了个眼神，半是邀功半是炫耀。

温折的眼中闪过一丝笑，他跟着沈虞进了办公室，关上了木门。

直到两人一前一后进了门，总经理办公室的人才松了口气，各自面面相觑半晌，都从对方的眼中看到了兴奋。

上次年会后，大家都知道沈总有位又帅又浪漫的男朋友——哦，现在是未婚夫。

这位未婚夫帅得和明星似的，偏偏气质还出众，简直就是求也求不来的极品。

众人不知未婚夫的身份，纷纷猜测这是沈总养在家里的男大学生，这会儿更是证实了猜测——

哪个正经男人周一不上班跟着老婆来公司啊？他可不就是贴身服侍吗？！

对视间，总经理办公室的人想了一出"女总裁和她的'居家小狼狗'不得不说的二三事"。

沈虞自是不知道公司员工怎么想。她坐在办公椅上，时不时地瞥向对面沙发上拿着结婚证乱翻的温折。

男人只是坐在那儿，存在感就极强，总会惹得她忍不住看他。

沈虞托腮，干脆不工作了："你来公司做什么的？"

温折："不做什么，就待在这儿。"

"鼎越是快倒闭了？你大白天往我这儿跑。"沈虞闷了口茶后走至温折近前，用高跟鞋碰了碰男人的小腿，突然半开玩笑道，"你知不知道你这样，别人会觉得你是我养的小白脸儿？"

温折抬头，突然轻笑一声，一把拉住沈虞的手，揽住她的腰，把她抱在了怀里："小白脸儿该这样？"男人将手掌在她的腰后摩挲，"还是这样？"

也不知怎么回事，气氛突然就变得这样离谱儿。沈虞被他语气中的暧昧所慑，心虚地看了看门和落地窗，压低声音："这大白天的，还在办公室……"

她话未说完，耳垂就被咬住了。

温折的气息缓慢又轻浅，一下下地拂在她的耳畔，他说："沈总，我都送上门来了……"

男人修长的手指握住遥控器，落地窗的窗帘顺势关上，办公室陷入了一片昏暗。

"你们觉得……"小陈是和沈虞接触最多的秘书，抱着一沓文件，低声问身边同伴的意见，"现在能进去找沈总吗？"

众人凝神，目光落在总裁办公室漆黑的木门上。这道门的隔音效果极好，外面的人听不清任何声音，但……没有声音，门里的情况才更加悬而未定。

"你去敲敲门。"

小陈挪动着步子，"嗯"了声，踩着高跟鞋轻手轻脚地走到门边，屏住呼吸敲了敲门："沈总，能进去吗？"

半晌，她没得到应答。

小陈抱紧文件，有些尴尬地回头，和同事大眼瞪小眼。

几十秒后，几人听到里面传出道女声："暂时不太方便。"

小陈忙应了声"好"，转身就走。

她再回头时，所有人的表情都变了。他们都不说话，只各自摸出手

443

机，低头"水群"。

"喀喀，是我想多了吗？"

"不要多想……"

"沈总威武，新时代女性典范。"

…………

良久，沈虞在办公室的休息间补妆，但再多的粉底都挡不住脸颊上从肌肤内透出的红晕。

太荒唐了……

她正在重新补口红时，男人高大的身影移了过来。温折将双手撑在洗手台上，突然抬手，指尖触碰到了她胸前的衣襟。

沈虞反射性地躲开："做什么？"

温折低笑了一声。每当餍足时，他便会脾气极好，他不顾沈虞的躲避，手指来到她的胸前，替她系上了胸前松开的纽扣："没系紧。"

沈虞强装镇定，低眸看他修长的手指，脸上的恼意再次袭来："都是你！他们肯定都猜到了！"

温折："那也猜我是沈总的小白脸儿。"

沈虞仍觉得有必要警告一下这个男人以振妻纲："下不为例。"

温折低低地笑了声："我们是合法夫妻，做这事有问题吗？"

反应了几秒，沈虞又猛地想起什么，和镜中的温折对上视线："我要怀孕了怎么办？"

温折沉默了下，才问："你想要吗？"

沈虞完全没想过这个问题，心一提，半晌想不出个所以然。她低头洗手："这不没影儿的事吗？真怀了再说。"

等回答完，她又觉得这话异常诡异——她要真不想要，现在就该去买药。

于是她改了口风："顺其自然。"

温折从身后抱住了沈虞，没再说话。

沈虞收拾好妆容，给总经理办公室打了内线电话，决定把下午的会议提前。

反正她不能再和温折共处一室了，不然这样下去，关于她的桃色传闻能顶破沈氏的屋顶。

沈虞拨通内线电话，下发了会议通知。

总经理办公室当即一片忙乱，紧急通知各个部门。半个小时后，各部门的负责人齐聚顶层会议室。

沈虞踩着高跟鞋从办公室出来，衬衫笔挺，妆容也一丝不苟，神情冷艳又严肃。总经理办公室的人面面相觑了一瞬，又默默低下了头。

沈虞自动忽略这些目光，昂首踏入了会议室，仿佛什么也没发生般，满脸正气。她的身后，慢悠悠地跟着温折。

十分钟后，沈虞坐在主位上，两侧坐着成排的人。会议内容是针对项目部的预选项目进行评估，项目部有好几组，每组推出代表展示幻灯片。

今天的会议有些不同寻常，众人将目光诧异地看向沈虞下首的温折。这个男人……在场的没人不认识，但知道他真正身份的只有寥寥几人。大多数人都抱着"这是沈总的小未婚夫"的想法，时不时朝侧坐的男人投去新奇打量的目光。

沈虞看了眼时间，又不经意和温折对视一秒，随即若无其事地移开视线。

想到大名鼎鼎的天才投资人屈居自己的下首，她微弯了下唇角。

会议正式开始，沈虞正襟危坐，看向对面第一组展示的人，眼眸微动。

第一组展示的人不是别人，正是沈虞电梯里遇见两次的那位小秦。

沈虞挑眉，来了兴趣。温折显然也对这个人有印象，淡淡地看了过去。

一刻钟后，秦斌汇报完，用眼神示意主位上的沈虞，等待她的意见。

沈虞的表情看不出什么情绪，她只是安静地翻着他们提交的项目书，红唇微启，声音不轻不重却字字犀利："你们就交一份这种东西给我？"

过去一个月，沈虞一直在处理沈氏留下的烂摊子，这还是第一次接触新项目,也是第一次直面项目部的工作能力。

秦斌被一个小他好几岁的女人当场下面子,脸色由红转白又转青。

沈虞用指尖轻点桌面:"回去重改,周五之前给我。"

秦斌咬了咬牙,梗着脖子道:"沈总说打回就打回,不知道您有什么高见?"

沈虞眼中的冷色一闪而过,轻轻丢下了项目书:"我雇你是白给工资的吗?需要我帮你找问题?"

众目睽睽下,秦斌的脸色越来越难看,他也算老员工了,哪怕沈光耀在位时也不会对他这么不客气。

"沈总有些不讲道理了吧?"

气氛凝滞下来,沈虞笑笑:"嫌我不讲道理?那你可以走人。"

秦斌本来愣了下,几秒后怒目圆睁,突然一把扔下手中的指引笔,冷笑道:"正巧,我早就不想干了。"他环视一圈,"沈氏的根基早就坏了,有你这样任性蛮横的老板,迟早有一天要完!"

这话一出,在场的经理和高层都面露愠色。

唯有当事人沈虞依旧微笑着托腮,点点头:"是,我们这座小庙容不下你这尊大佛。听说你属意的公司是鼎越资本……"沈虞用指尖把玩着笔,挑眉看向温折,红唇勾起一抹明艳的笑容,"这不巧了吗?你今天撞大运了,遇上鼎越的温总亲自面试你。"

沈虞看向温折,笑盈盈地问道:"老公,你觉得他怎么样?"

全场彻底安静下来,众人表情各异,有恍然,有同情,更多的还是震惊。

秦斌张着嘴,像是被陨石砸中,连表情都快扭曲了。

他的脊背一片冷汗,同时得罪这两个人,他以后还怎么在金融圈子里混下去?!

和秦斌一起在电梯里的同伴,头则快埋到了桌上。

顶着众人错愕的视线,温折漫不经心地看向了秦斌。这懒散的一眼却让秦斌觉得压力扑面而来,窘迫和后悔顷刻间当头浇下。

温折随手翻了翻项目书,突然轻轻笑了声:"高见谈不上,只能算浅谈一下问题。"

446

下一秒，他语气陡转，问出一连串的问题："你们的数据呢？案例呢？具体的产业分析在哪儿？资源型产业线上零售方式的可行性在哪儿？"

"什么叫投资前景大致很好？解释一下，'大致'是什么意思？"

"预估投资回报率呢？告诉我，这个数据是怎么来的？"

秦斌被问得半天说不出话来。

温折也没给秦斌说话的机会："我的邮箱里会有很多大学生发来的项目书，这份材料，第一轮的初筛都过不了。"

男人讲话的声音无波无澜，甚至令人感受不到他有任何的失望。就是这般平铺直叙的语气，比带着怒气的嘲讽更显犀利，这是一种高高在上的冷淡，就好像他看到一团垃圾，而垃圾就是垃圾，不需要评判。

秦斌一个三十来岁的男人，到此时满脸灰败，窘迫得甚至连手脚都不知往哪儿放。他是沈氏的老人了，以往的工作都这样做，从来没有问题，怎么今天……

沈虞没再看他，平静地说道："看来温总对你也不是很满意。"她低头看下一份文件，"下班前，我要看到你的辞职信。"

秦斌失魂落魄地从台上下来，拉开会议室的大门便离开了。

没人敢再乱看，所有人都正襟危坐，生怕一个不注意自己就是下一个秦斌。

一个小时后，会议结束。

沈虞回到办公室，累得瘫在座椅上——

这些人都不太行，整个沈氏的风气一时扭转不过来，沈虞在鼎越实习过，自是清楚两个公司间的差距。

沈虞萎靡了会儿，看到温折，又连忙直起脊背。

不行！她不能比他差！

温折却坐在沙发上，若有所思，一时也没说话。

沈虞现在根本不能直视那个沙发，倏地便移开了视线。

"秦斌和你有过矛盾？"片刻后，温折突然问道。

沈虞愣了下："你觉得我在报复他吗？"

温折心里其实有了猜测："我觉得你对他太好了。"

沈虞还欲说话，突然，手机铃声响起，是一个陌生的号码。

犹豫几秒，她按下了接听，甫一接通，那头尖厉的声音便传了过来。

"沈虞！是不是你？！"是沈弯弯，隔着电话，沈虞都能感觉到她的歇斯底里，"是不是你把廖建海带来京城的？！"

沈虞对这个名字只有些微的印象——廖建海是韩雅的酒鬼前夫，也是沈弯弯的亲生父亲。

第十八章
岁岁有今朝

沈弯弯一直在医院照顾韩雅。

韩雅和沈虞一样是从楼梯摔下后脑受伤,沈虞是皮外伤,韩雅却伤到了神经,不能正常维持面部表情,嘴㖞脸斜,也就是平常人所说的——面瘫。

知道这个消息的韩雅崩溃了。没有女人不爱美,何况养尊处优了这么多年的韩雅。

一夕之间,她像是老了十岁,鬓边染上灰白,脸色蜡黄无光泽,更为狰狞的是其面部扭曲的表情。

故除了医生和沈弯弯,韩雅几乎从不以真面目示人。

沈光耀再没来看过她一眼,得知其早已出院,韩雅气急败坏,装了这么多年的温婉一朝消失殆尽,情绪变得阴沉又极端,每天都要发脾气。

医生话里话外的意思都是,这个病没法根治,只能长期调养或找中医慢慢调埋。

韩雅的治疗费用不菲。沈弯弯的卡大部分都被沈光耀停了,韩雅这么多年用钱大手大脚惯了,私人账户里根本没多少钱。

"我不出院!"因为嘴㖞,韩雅说话非常含混,"一天治不好我,我就不出院!"

沈弯弯抿唇,实话道:"医生的意思就是治不好了,咱们还不如回去细细调养。"

"我不回去!我不回去!"韩雅抱着脑袋,疯狂摇头,"我这个样子怎么回去?你说,我怎么回去?"

尖锐的叫声每天都充斥着病房,沈弯弯头痛欲裂,再好的耐心都被磨没了。她放沉了语气:"妈,你知道在医院一天要多少开销吗?你能不能懂点儿事?"

"沈弯弯,你什么意思?"韩雅瞪大眼睛,将身上的被子揉得一团乱,"我这是养了个什么样的白眼儿狼?!"

她看着沈弯弯冷淡的表情。都说"久病床前无孝子",这些天来,看着沈弯弯的态度从一开始的担心到如今的冷硬,韩雅心中滚了层火般凄惶又愤怒,丈夫薄情,女儿离心,所有的绝望侵袭而来。

她失望地摇头,嘲讽一笑:"果然,什么人生什么种。你和廖建海真的是亲生父女。"

心中的恶心排山倒海般翻涌,沈弯弯脸色一变,脱口而出:"住口!我不像他!不许你说我像他!"

韩雅靠在床沿,笑得毫无形象,丑陋又瘆人。

沈弯弯的心里委屈又难受,她当然不想看到自己的妈妈变成如今这种模样。身为女儿,她这些日子也尽心照顾了韩雅。结果,她得不到体谅还不停地被韩雅拿来撒气。仿佛被潮水淹没,让人倍感窒息。

沈弯弯不再看韩雅,失魂落魄地走出病房。

明明不是这样的——

她是沈家大小姐,她的父母恩爱,每天都有用不完的钱。

相比她,没人在意沈虞,沈虞只是沈家的一个弃子,但现在……

一切都怪沈虞!沈虞为什么不去死?!沈弯弯眼中的怨毒一闪而过。

待回过神时,她已经走到了医院大厅,这里密密麻麻地站着面带愁容的病人、家属,绝望扑面而来。

突然,沈弯弯的目光一顿,定定地落在某处。在看清那张脸后,她像是被雷击中般，脸色霎时惨白，浑身止不住地颤抖。

哪怕是在人满为患的医院里，她依旧挡不住那种自小留下的刻骨恐惧，甚至挪动不了身体……

突然，那人像是反应过来什么般扭过了头。

两人四目相对。

沈弯弯如梦初醒，转了身，逃命般撒腿就跑。

一直在医院蹲点的廖建海眸中闪过凛冽的光，脸色阴沉地追着人就跑。

沈弯弯害怕得连双腿都打战，往人多的位置跑去，借用人群遮挡自己的身形。她想得很简单：有这么多人在，廖建海再怎么猖狂，也不敢对她怎么样。

她躲在长长的挂号队伍后，大脑飞速地运转：为什么……为什么廖建海会出现在这里？他这种人怎么还没烂在苏城的阴沟里？！

当年她随母亲离开苏城，隐没踪迹，没有对苏城的任何人提过一个字。

两地相隔千里，廖建海是个只会喝酒、打老婆孩子的烂人，和富贵的沈光耀有着天壤之别。如果不是有人刻意指引，廖建海是绝对不会找到这里来的。

想到某种可能性，沈弯弯咬碎了牙——是沈虞！一定是沈虞！

突然，她的手腕被人一把拉住，混合着酒气和烟味的刺鼻味道一齐涌过来，沈弯弯一抬头，便看见了廖建海阴沉又瘆人的脸色。

恶心。

沈弯弯强作镇定，用力挣扎起来："你是谁？！别碰我！"

廖建海的力气极大，他阴森森地咧唇："弯弯呀，这不是我的弯弯吗？怎么这么多年没见，都不认识你爸爸了？"

"你不是我爸！"沈弯弯焦急地向周围的人投去视线："救救我，他不是我爸！我不认识他！"

周围顿时嘈杂起来，不少人弄不清楚情况，再加上廖建海人高马大，全身带着一股混混儿的戾气，一时没人愿意惹麻烦。

廖建海和善地笑笑，朝众人解释："这真的是我女儿，叫沈弯弯，身份证号我都能背出来。不信大家伙儿可以让她把身份证拿出来,和我说的核实一下。

"小丫头和我闹脾气呢,让大家伙儿见笑了。"

廖建海说得有理有据,而沈弯弯脸色一白再白,嘴唇哆嗦着,却没说出反驳的话。在场的人信了大半,甚至有看热闹的老人劝沈弯弯不要和长辈闹脾气。

沈弯弯突然失声尖叫:"不是的,他不是我爸!我爸是沈氏集团总裁沈光耀!他不配做个父亲!他打人,家暴!"

廖建海的脸色彻底阴沉下来,他不再给沈弯弯说话的机会,拉着人便往人群外扯:"我打你?我打你,你还能长得这么好?"

"弯弯,这种话说出来可真让爸爸寒心啊。"

这般看来,这两人明显便是父女,而女人一开始便在撒谎,众人再看沈弯弯全身养尊处优的打扮,心中对她的话也保持极大的怀疑,没人再上前说话,都把这件事当成一个小闹剧。

沈弯弯尖叫着被廖建海拉扯进电梯,来到了人少又黢黑的停车场里。

她还没喊出声,脸上便一痛,火辣辣地烧成一片。她倒在地上,隔着散乱的头发仰视着廖建海高大又粗壮的身形。

她眼睛通红一片,全身止不住地哆嗦。很多年前也是这样,她被打得趴在地上,身侧是韩雅的低泣和酒瓶落地的碎裂声——这种场景伴随着她的整个年少时期。

廖建海居高临下地吐了口唾沫:"贱人!可算让老子找到你了!韩雅呢?"他伸脚踹了下沈弯弯,"老子还没找她算账呢!"

沈弯弯捂着脸从地上爬起来,怨毒的视线死死地盯着廖建海:"你想做什么?"

廖建海咧嘴一笑,上下打量了眼沈弯弯:"哟!名牌啊!韩雅钓了个大款,搞到不少钱吧?"

沈弯弯:"我们没有钱。"

"放屁!"廖建海搡了沈弯弯一把,"你自己不说你爸是沈光耀吗?这么多年,没在他身上多捞点儿油水?"

沈弯弯不想再和他纠缠下去，她闭了闭眼："你说吧，要多少钱？"

廖建海狮子大开口，张口便要五百万元。

沈弯弯咬碎了牙才没当场发作，点了点头，暂时稳住了廖建海，又给他安排好了酒店。

"站住！"廖建海喊住她，"手机号不给我？"

沈弯弯僵硬地立在原地。

不过廖建海也没太在意："你给不给我也无所谓，我随时能蹲到你。医院蹲不到，我就去沈氏闹。"

沈弯弯死死地掐住虎口，用尽全身的力气忍住没发作："你先在这儿住着吧。"

沈弯弯自然不会给廖建海钱，一直在悄悄录音，又把脸上的伤痕留了证据。她一定要把廖建海送进警察局。

在这之前，沈弯弯拨通了沈虞的电话，一字一顿，咬牙切齿，宛如地狱爬出来的恶鬼。

那头安静了几秒，传来女人淡淡的嗓音，高高在上又无波无澜："我没有做这件事，不管你信不信。"

沈弯弯瞪大眼睛："不可能！有什么事你做不出来？"

"你还有事吗？"沈虞翻了页文件，"我很忙。"

沈弯弯沉默了几秒，再想开口时，那头已经传来了冰冷的挂断声。

沈虞挂了电话，温折仍坐在对面，看起来无所事事。

眼看已经到了午饭时间，沈虞收拾文件："吃饭去吧。"

怎么说今天也算是结婚的日子，沈虞没让温大总裁在食堂将就，带着他去了一家口碑不错的法餐馆。

沈虞没把沈弯弯的事放在心上。毕竟她不是"圣母"，这件事也与她无关。她没在沈弯弯面前落井下石就已经很有教养了。

她用叉子叉起鹅肝往嘴里送。脑中像是有什么突然炸开，她一顿，目光投向了对面并不多言的温折身上。

这件事，沈弯弯第一时间就怀疑她，但确实不是她做的。

廖建海远在苏城，也没有主动找上门来精准找到沈弯弯的能力，这一切大概率确有人为手笔。

至于是谁——

沈虞眸色一变。

她一直看着他,后者终于有所察觉,掀起眼皮看了过来:"怎么了?"

沈虞咽下口中的鹅肝,一时有些怀疑人生。她自是听说过他在圈子里的名声,连周宪都说他不是个好东西。

他真的……不是个好东西吗?

沈虞欲言又止半响:"沈弯弯的亲生父亲找来了,她怀疑是我做的。"沈虞依旧观察着温折的表情,漫不经心地解释,"我可没这么闲。"

"嗯,"他轻轻一笑,"但我挺闲的。

"我说过,她的日子不会比在牢里好过。"

沈弯弯脸色青灰地回到医院,刚推开门便听到了韩雅尖锐的辱骂声。从沈光耀骂到沈虞,再到廖建海,最后是沈弯弯,韩雅似乎要把压抑了多年的戾气全都发泄出来。

沈弯弯胸中沉郁更甚,吼了一句:"够了!"她紧紧绷着脸,"收拾东西,最迟明天出院。"

韩雅:"沈弯弯,你吼我?我是你妈,你吼我?!"

沈弯弯把门反锁,多日未曾修理的刘海儿挡住了她的视线。她嗓音沙哑:"廖建海找上门来了。"她扒开挡住脸的头发,指着脸上的红肿,提高声音重复了一遍,"廖建海知道我们在哪儿了!这就是他打的!"

沈弯弯恨不得尖叫,已经快要崩溃了。

韩雅愣在原地,几秒后,眼中闪过茫然、惧怕、慌张,哆嗦着唇瓣:"在哪儿?他在哪儿?为什么会找过来?!"

见到比自己还害怕的母亲,沈弯弯放在身侧的手开始发抖。她大步上前,开始收拾东西:"我们回沈宅。沈宅他进不去,我们回沈宅就安全了。"

韩雅完全被这个消息打蒙了,不敢再发脾气,讷讷地点头:"出院,我们明天就出院。"

沈弯弯:"廖建海敲诈我们五百万元,说不给就一直纠缠我们。"

韩雅脸色变得苍白:"把钱给他……给他就好了。"

沈弯弯扯唇:"五百万元?给他?!妈,你是老糊涂了吗?廖建海吃喝嫖赌无恶不作,就是个无底洞!你要是给他了,过不了多久他还会再来!咱们一辈子都不得安生。"

韩雅不是懦弱,只是廖建海给她的阴影是刻入骨子的。她早早地就嫁给了廖建海,哪怕他只是个没有正经工作的混混儿。她原以为嫁给了爱情,谁知却迎来了漫长的阴影。

廖建海喝酒、赌博,输了钱就回来对她拳打脚踢,她身上的伤一年到头不见好。

如果不是实在走投无路,韩雅怎么会远赴京城?

她和白婉玉是高中同学,知道白婉玉家世好、人单纯,淡漠的外表下有一颗善良的心,一定不会不管她的。现在白婉玉走了,沈家落入了沈虞手中,她和沈光耀离心,还有谁能护着她?!韩雅越想越害怕,全身颤抖着,此时沈弯弯已经成了她的主心骨:"那怎么办?弯弯,那怎么办呀?"

沈弯弯蹙起眉,勉强冷静下来,道:"我们走,现在就走。"

沈光耀身上的伤好了大半,他基本不需要人扶了,挂着拐杖也能自己行走。他走到沈宅的庭院前,看着花园前鲜艳的花丛,重重地叹了口气。

沈虞给他定的期限是一个月,也就是说,这个月底他就必须搬出沈宅。

光是想想沈光耀便觉得窝囊,却没办法和沈虞叫板,心中对韩雅的气更甚。

屋外突然传来出租车的喇叭声。

不多时,沈宅的大门被钥匙打开了,沈光耀一抬头便看到了被沈弯弯扶着走进来的韩雅。

胸腔中暴涨的怒气和怨愤在见到真人的一瞬达到了顶峰,沈光耀还未发作,便见韩雅红着眼眶,用娇柔的语气喊他:"光耀……你还在生我的气吗?"

原本的韩雅虽不算多漂亮,但做得一副柔弱的姿态时还是非常惹人怜爱的。但如今走过来的她脸歪嘴斜,头发枯草一般粗糙,瘦骨嶙峋的样子哪里还有之前半分柔弱的美感!

沈光耀不由自主地后退一步:"你怎么来了?"

韩雅仍旧笑容温婉,和之前并没有什么不同,仿佛将沈光耀推下楼梯的不是她一般。

"对不起,光耀。"韩雅的眼泪断了线般流下,她伸出双臂就想抱他,"我那天就是太激动了。我实在太在乎你了,所以一气之下……"

沈光耀看着步步靠近的韩雅,不停地往后退。要是平常,他可能会微微心软,但看到韩雅如今这副尊容只觉厌烦!

"你别过来,"沈光耀腿脚还不利索,"别碰我!"

韩雅脸色僵了僵,又小声抽泣着:"光耀,你还没原谅我吗?"

"我说了要和你离婚!离婚你不懂什么意思吗?"沈光耀大声道,"你照照镜子,看看你现在什么模样?!"

沈光耀口中的嫌弃都快要溢出来了,韩雅心口刺痛,快要将牙齿咬碎了。沈弯弯再也看不下去,两步上前,挽住沈光耀的手臂,眼泪要掉不掉的模样:"爸,我们除了您身边,还有哪里可以去啊?

"我保证,我和妈妈以后一定听话,绝不让您心烦。"

沈光耀胸腔间的怒火缓和了些,冷冷地看了眼沈弯弯:"我只留你们到月底。我会让律师准备好离婚协议书,给你们留小部分的财产,以后,一别两宽吧。"

韩雅的表情极其僵硬,眼看着她就要发作,沈弯弯连忙以眼神制止她,朝沈光耀露出一个乖巧的笑容:"好,我知道了,爸爸。"

当天,沈弯弯带着韩雅重新入住了沈宅,住进了最开始的房间。

属于沈虞的那间,沈光耀没再允许她们进去。月底就要交房,如果沈虞知道这期间她们住过,说不定又要节外生枝。

沈弯弯坐在电脑前咨询律师,细细谋划着把廖建海送进监狱的方法。

沈光耀还有良心,廖建海头脑简单,她只要……只要渡过这道难关,一切就迎刃而解了。

三天后,廖建海似乎没有了耐心,开始一遍遍地给沈弯弯打电话。她乖巧地应道:"我和妈妈还在筹款,你再等几天。"

挂了电话后,她把录音发给了律师——这一切都能成为廖建海敲诈勒索她的证据。

做完这一切,沈弯弯总算露出一个释然的笑……

时间离月底越来越近了。

几天后的一个下午,沈弯弯戴着太阳帽和墨镜出了门。她约了律师在事务所见面,等收集到所有的必要证据,就能一举起诉廖建海。就算这个案子最后上不了法庭,她也能好好地威慑一下他。

这般想着,沈弯弯的嘴角禁不住上扬,她走出沈宅的大门,转身正欲关上铁门,突然被人扯着头发往外一拽,因头皮痛得而直翻白眼。接着,沈弯弯被扔在地上,一抬眼,对上了廖建海冰冷的眼眸。

竟然是他!他是怎么进来的?!沈弯弯的瞳孔骤震,她挣扎着就要叫喊,但还未喊出声,就被廖建海一脚踹中小腹,疼得当场就叫出了声。

"贱人,敢骗你老子!"廖建海瞪着一双铜铃般的眼,不解气地又踹了沈弯弯一脚。

他后来去医院蹲守,再没寻到沈弯弯的踪迹。电话里,沈弯弯一再敷衍,直到前天他再也联系不上她。

廖建海后知后觉——自己被骗了。

昨天,有人发消息告诉了他沈宅的位置。

混进这样的高级住宅区非常困难,廖建海悄悄地跟着施工队混进去,在沈宅外蹲守了大半天,终于等到了鬼鬼祟祟的沈弯弯。

二人的动静很快惊动了沈宅的用人。

用人大多是女性,一见到廖建海这样凶神恶煞的混混儿,又见到被他踹在地上的沈弯弯,不约而同地喊出了声。

廖建海拎着沈弯弯大步进门,时不时地抬眼四处打量着这富丽堂皇的豪宅,口中骂骂咧咧:"老子在苏城受苦,那个贱人倒是带着老子的崽过得这么好。"

他怒吼:"韩雅!韩雅!人呢?"

他又支使快要被吓呆的用人:"把韩雅给老子叫出来!"

用人一哄而散。

廖建海大步进门,看着沈宅内部的场景,眸中透出贪婪的光。

沈光耀听到门口喧闹的动静,拄着拐杖从房间出来,看见客厅里站着个流里流气的男人,蹙紧眉:"你哪位?"

廖建海扭头,左右动了动脖子,轻蔑地打量了沈光耀一眼——又瘦又白,是个三拳就能打死的白斩鸡。

"我哪位?"廖建海将沈弯弯随手抛在沙发上,"我是韩雅她老公!"

沈光耀的面色难看起来——他记得韩雅有个前夫。

"私闯民宅是犯法的。"

"私闯民宅?"廖建海指向沈弯弯,"她是我女儿,这儿是她家,就是我家!我犯什么法了?!"

想到自己竟然娶了这人的前妻,沈光耀心中直犯恶心,冷声道:"我已经要和韩雅离婚了,这里只是我的家。"

廖建海"啧"了一声,撸起袖子就上前推了他一把:"离婚?你不给钱就想离婚?"

沈光耀本就腿脚不方便,被这么一推直接摔在了地上,剧痛传来,伤腿再遭重创。

廖建海根本没用力,看见沈光耀痛苦的表情,冷笑道:"你跟老子碰瓷呢?"廖建海又轻踹了沈光耀一脚,"是不是男人?"

沈光耀脸色苍白,痛得话都讲不出来。

廖建海没管他,继续往里面走,边走边喊:"韩雅!给老子滚出来!"

这些天,沈虞没再接到过沈弯弯的电话。

下午,沈虞托腮靠在办公桌前,脑中一遍遍重放着温折那天说的话,又晃了晃脑袋。到现在,她终于接受了那是他做出来的事的事实。

手机突然振动一声，沈虞垂眸，看到温折发来消息："今天回沈宅吗？"

沈虞这才想起自己前两天和温折提过沈宅需要重新装修——她想这几天带装修团队去看看该怎么弄。

谁知她都快忘了这件事，温折却记得。

她回复："今天可以，刚好有时间，你要和我一起吗？"

温娇花："好。"

晚上下班温折来接她，沈虞便没再叫司机，弯腰便上了温折的车。

坐上后座，她看向身侧西装笔挺的男人，亲昵地挽住了他的手臂，故意道："温总今天怎么有时间陪我呀？"

"我哪天没陪你？"

忙得见不着影的都是沈虞自己。她沉默一会儿，低头把玩着他的手指："回去后，咱们去哪儿吃饭？"

说完，她眼巴巴地盯着温折的眼睛，其意味不言而喻。

温折一眼就看出了她的意思："想吃什么菜？"

"辣椒炒肉、肉末茄子。"沈虞朝他眨眨眼，"我今天心情好，也给你一个点菜权。"

温折淡淡道："那就青菜。"

她立马放下了挽着温折的手臂，心中暗想：每次都是青菜、青菜，你是青菜精吗？！

不过吃人嘴软，她也没再抱怨，只在心里默默抗议。

半个小时后，轿车在沈宅门前停下。

沈虞正欲给装修公司打电话，却见用人们正急急忙忙地往外跑。用人们看见她，一窝蜂地跑过来，焦急道："大小姐！出事了！"

"怎么了？"

用人回答："有个自称韩雅前大的男人闯进来打人，沈先生又受伤了！"

听到这个消息的瞬间，沈虞没急着进屋，反而下意识地看向温折——对，下意识。

男人的脸色无波无澜，他反而轻挑了一下眉尖："你不进去看看？"

他的态度还挺坦荡，但结合他今天的不同寻常……沈虞心中暗想：你坏得挺坦荡。

她没说什么，跟着用人进了门。

大门朝外开着，站在外边沈虞便看到了满地的碎片。她皱了皱眉，往里走了几步，在茶几后看到了倒在地上的沈光耀。

拐杖被丢在一边，他抱着伤着的右腿，低声哀叹着，旁边还站着几个不敢扶他的护工和用人。

楼上传来重物落地的声音，男人的叫骂声伴随着女人尖厉的哭号，听起来极为瘆人。

沈虞的眉头拧得更紧了，她问用人："叫救护车了吗？打报警电话了吗？"

像是被点醒一般，几个唯唯诺诺的用人连忙低头打电话。

而倒在地上动弹不得的沈光耀听到沈虞的声音，骤然抬起了头，语气激动："小虞！你来了！你终于来了！"

沈虞淡淡地瞥了他一眼，低头解着自己的袖扣，没理他，抬步就往楼上走。

她刚走出几步，便被人从后面拉住了。

温折握紧她的手腕："做什么去？"

"上去揍人。"沈虞抬起下巴，"总不能让人在我家这么撒野。"

她想走，再次被温折拉住了。

不知什么时候，李宗也跟了上来，就站在温折身后。

"站后面去。"温折拉着沈虞就往背后拽，而后低头解开了自己的袖扣。

沈虞还想说话，却见温折已经抬步往楼上走去，身后跟着李宗。

李宗见沈虞满脸担心，笑着道："沈总，我当过兵的，有我在，绝对没事的。"

沈虞刚走到二楼的楼梯口，一抬首便看见了被扯着头发从房间里拖出来的韩雅。韩雅还穿着居家的棉质睡衣，早已经被打得鼻青脸肿，做出的痛苦表情因为面瘫在脸上显得尤其扭曲，看起来可怜又可怖。

韩雅旁边是同样惨状的沈弯弯，被凌乱的长发挡着脸，看不清表情。

沈弯弯似乎在发呆,又好像不是,仿佛灵魂都飞出了躯体,静静地看着眼前的一幕。

沈虞抿唇。她讨厌韩雅和沈弯弯,但更厌恶仗着力气和块头打女人的渣滓。胸腔中的火气达到顶峰,没怎么思考,沈虞抢起包就往廖建海的后脑勺儿上砸去。

廖建海的动作一顿,打红了眼的他凶神恶煞地转过头,看到又是个女人,一脚踹开韩雅便要朝沈虞的方向走去:"你好大的胆子,敢打老子?"

不过他刚走一步便被人挡住了去路。

廖建海顿住脚步,抬首看向面前的男人。男人比他还高一截,双眸漆黑平静,明明一个字都没说,却带来极重的压迫感。

温折:"你敢碰她试试。"

见男人虽说个子高,但肤白清瘦,廖建海冷笑,抬手就要推他:"你算老几?"

但廖建海还没碰到温折的衣角,抬起的手便被握住了。廖建海欲挣脱,却半分都动弹不得,只能瞪大眼睛,怒目而视。

下一秒,他的手腕被用力翻折,他惨叫出声:"啊!"

李宗顺势从后面一脚踢在廖建海的膝弯处,廖建海当即便朝温折跪了下去,又被李宗拉着手臂从后制住。

"按住他,"温折吩咐,"等警察来。"

廖建海不敢相信自己这么轻易地被这么个小白脸儿制住了,使劲挣扎——他哪里是当过兵的李宗的对手,李宗直接把他的脸往地上按:"老实点儿!"

"你们仗势欺人!以多打少!我喊警察把你们抓起来!"

沈虞走上前,一脚便踹过去。尖头高跟鞋的杀伤力不可小觑,廖建海痛号一声。沈虞红唇微扬:"京南京北一条街,打听打听谁是爹!"

处理完这个垃圾,沈虞上前,居高临下地看着韩雅母女:"死了没?"

大概是太害怕了,韩雅的脊背到现在还在颤抖,她慌不择路地就要抱住沈虞的腿，被沈虞嫌弃地避开了。

而另一边，沈弯弯似乎觉得难堪，连头都没抬。

沈虞又看了两人一眼，抬腿就要走："你们好自为之吧。"

她刚走出没几步，裙摆便被人从身后拉住了。她侧头，看见韩雅低着头，半响，吞吞吐吐地、嗓音极尽沙哑地说道："谢谢。"

沈虞漫不经心地"嗯"了一声，用眼神示意她放手。

韩雅手指颤了颤，随即垂下了手。

半个小时后，警察和救护车都到达了沈宅门口。

廖建海直接被警车带走了，沈弯弯作为目击证人，主动要求提供证据。

沈光耀则被医生用担架抬起，送上了救护车。当然，被打得鼻青脸肿的韩雅也再次被抬进了救护车。

两人再次入院。

夕阳渐退，已至薄暮。修整房子的想法落空，反而遇见这么一箩筐乱七八糟的事，沈虞连吃饭的心情都没有了，也没让温折做菜，两人找了家医院附近的餐厅吃饭。

温折洗了两次手，饭前又去洗了一次。

沈虞坐在餐桌前，看见洗手回来的温折，轻瞥他一眼，又垂下眼，憋在心里很久的话到底还是没忍住问出了口："今晚这事，是不是你做的？"

温折："你说哪件？"

沈虞：哪件？敢情你不止做了一件坏事？

"廖建海为什么会出现在沈宅？"沈虞鼓腮，"你别说这和你没关系。"

温折给自己倒了杯茶，微微笑开："这事怎么和我有关系？"

"嗯？"

"我只让人告诉了廖建海沈宅的位置。"温折沉吟了一秒，道，"至于他真的会去沈宅，关我什么事？"

沈虞："但今天也是你救的韩雅母女。"

"嗯。"温折又给沈虞满上了水。袅袅水汽中,他漆黑的眼眸显得不太真切。

"这两件事没有冲突。她们以后不会再给你添堵。"

终于,沈虞后知后觉地明白了温折的意思——我递了刀,也救了你,你还要对我感恩戴德。

沈虞抿了口茶,忽地想起,廖建海是跟着装修队混进别墅区的……装修队……沈虞瞪大眼睛,一时不知该作何反应。

温折竟然连这个都算好了!这个诡计多端的男人!

她表情复杂地看向温折,突然喟叹:"你真坏啊!"

温折低头,品了口茶:"你这是诽谤。"

他为沈虞递上手机,上面赫然是最近的新闻播报,大概是他最近又获了个什么奖——"温折,品行端正,卓越进取,曾获十大杰出青年荣誉称号,现任鼎越投资首席执行官……"

沈虞:他不只坏,还有些无耻。

饭后,沈虞又往医院跑了一趟。

沈光耀二次重创住院,主治医师还是上次那个裴医生。

沈虞到的时候,裴医生正站在沈光耀床边,身侧围绕着一群穿白大褂的人,大概都是他的学生——这是把沈光耀当案例教学了。

沈虞走进病房等了会儿。这次裴医生包得没上次严实,口罩只挡住了下半张脸,从侧面看,鼻梁高挺,睫毛纤长,额头上甚至还有个美人尖,高岭白雪般的大帅哥。

可惜这"美人"有点儿凶。大概是学生回答错了,他眉头微蹙,骂起人来毫不留情。

几秒后,他又喊:"苏焱,你来回答!"

被喊到的苏焱便秘般吞吞吐吐地蹦出来几个字。他应该是回答对了,裴医生没再问,看见沈虞二人,让学生散开了。

"裴医生。"沈虞客气地喊了他一声。

裴医生微微颔首:"手术时间定在两天后,但病人伤处二次重创,往后可能会造成惯性骨折,术后注意调理。"

沈虞一一应下，和裴医生道了谢，又将人送到了大门口。

"不用客气，"裴医生淡淡道，"有事直接联系我。"

"嗯。"沈虞连连点头。

她站在病房门口，看着裴医生帅气的背影，直到背后传来一句阴阳怪气的话："你要不十里相送？"

沈虞直接略过他，沉浸在自己的世界里："真是个好医生啊！"

温折抱臂靠在沈虞身后，闻言冷淡道："这只是他的本职工作。"

"你这是忌妒。"沈虞受不了了，扭头瞪了他一眼，"男人的忌妒心。"

温折气笑了："我忌妒他？"

两人谈话间，刚刚出去的苏焱不知怎么又出现在了两人面前："怎么又住院了？"

沈虞也很无奈，靠在门边："家里又出了点儿事。"

苏焱宽慰她一句："后天的手术你放心，这就是个小手术，对我导师来说是小意思。"

沈虞笑笑："我非常相信裴医生。"

突然，她面前的两个男人同时"啧"出了声。

"怎么了？"沈虞义正词严，"你们有意见？"

"你们女人总容易被外表所迷惑。"苏焱耸肩，没好气道。

不过苏焱没多说，目光突然定定地落在了沈虞左手的无名指上，确定自己没看错，那里有个能闪瞎人眼的粉钻戒。他惊道："你结婚了？"

一秒、两秒……一直没怎么说话的温折插了话，拉着沈虞的手举起来："是我们。"

苏焱：呵呵。

"再见。"他双手插兜就走。

温折悠悠地叹了句："男人的忌妒心。"

沈虞突然想起什么，问道："苏焱和我是校友，和你不是，你是怎么认识他的？"

"大学篮球联赛。"

"哦。"沈虞说，"那你们俩还挺有缘。"

"不是，"温折说，"我认识了很多 A 大的人。"

"做什么?"沈虞疑惑地看了他一眼。

温折:"跟他们打听有没有个叫沈虞的学妹。"

沈光耀的意识还是清醒的。

二次重创使得疼痛更加猛烈地刺激着神经,他疼得说不出话来,不甚清晰的视线只能看见门边说话的沈虞和温折。

韩雅出现在门边,还穿着从家里穿出来的家居服,头发散乱,佝偻着背,用口罩挡住了鼻青脸肿的模样。

沈光耀瞪大眼睛,鼻翼因为愤怒和厌恶不停地翕动起来。他抬起一只手,指着门口的方向,从口中沙哑地吐出:"滚……滚……"

但韩雅的脚步并未停下,她像没听到般朝他走了过去,试图握住他的手,语气状似心疼:"光耀……"

沈光耀的脸都黑了,他拼命想抽回手,却被韩雅按住。他口中大喊:"放开!"

韩雅充耳不闻:"我得照顾你啊!"

沈光耀一口气差点儿呼吸不上来,梗着脖子唤沈虞。

沈虞就抱臂站在门边,安静地看着二人。说实话,只要他们搬出了沈宅,沈光耀和韩雅到底如何纠缠,她是半分都不想管。

但看着沈光耀似乎下一秒就要晕过去的模样,沈虞缓缓地迈步走了过去,居高临下地看着韩雅:"行了,你也别在这儿惺惺作态了。"

韩雅低着头,不说话。

她现在是完全不知道该怎么办了。离开了沈光耀,过惯了奢靡生活的她后半生该怎么活下去?

须臾,韩雅抬头,朝沈虞露出一个讨好的殷切笑容:"小虞,我保证立刻就从沈宅搬走,以后再也不会出现在你面前……但我是真的不想离开光耀。"她上前一步,试图握住沈虞的手,却被沈虞避开了,"我是真的爱他啊!"

沈虞听得直皱眉:"你们的事,我管不着也不想管。现在,请你从这里离开,我不想在这里看到你。"

沈光耀更加激动了,竭力抬起头,抬起手指着韩雅:"滚!给我滚!"

沈光耀命好,哪怕三番五次进医院,但至少有钱,住着单人病房,护工常伴其侧。

将一切安排好后,沈虞便没再去过医院。

天气转凉,京城步入深秋。枫叶打着旋儿从树上飘落,还未落地便被风吹跑了。

昨天贪凉,沈虞出门时只穿了件衬衫,还是被温折拉住强加了件外套。但晚上回来时,她又忘了穿。

今儿早晨醒来时,她便恹恹地靠在床边,完全提不起力气,连肚子也抽抽着疼,大概是因为昨天喝了杯冰咖啡。

"做什么?"温折拉住她。

沈虞已经掀开了被子,哑着嗓音说道:"上班。"

温折气笑了:"你这样子还上班?"

沈虞皱着眉头思考了很久:"今天是工作日。"

"公司一天没你不会倒。"温折冷着脸训道,"在家歇着,我喊阿姨过来照顾你。我今天会早点儿回来。"

说完,温折把沈虞拉回床上,又给她盖上被子。

因为实在提不起力气,沈虞靠回床边,缩进了被子里。

没一会儿,温折又推开卧室的门,把手中的玻璃杯放在了床头柜上,伸臂将沈虞从被子里捞出来:"吃点儿感冒药。"

沈虞皱眉嘟囔了句:"不吃药。"她拉住温折的衣角,吩咐道,"你去给我拿一片'姨妈巾',我感觉我好像来了。"

温折轻叹了口气,把她轻轻放回床上:"先吃药,我去拿。"

沈虞瞥了眼床头柜上大大的药片,重新埋进被子里——她才不吃药。

不多时,温折拿着好几包花花绿绿的卫生巾过来:"你自己看看要哪种。"

沈虞随手拿了一包,又伸手,用睡得水盈盈的眼睛看向了他:"抱。"

温折俯身就把人抱起，抬腿进了洗手间。

沈虞拍拍他的肩膀，示意他放自己下来，打了个哈欠："你去上班吧，我请半天假再睡会儿。"

正巧，口袋里的手机响起，温折打开一看，"嗯"了一声，低头在沈虞的额上吻了下，又叮嘱道："在家好好休息，药记得吃。"

沈虞："嗯，知道知道。"

温折走后，沈虞在马桶上坐了会儿，托腮发呆。

她肚子确实是不舒服，"亲戚"却没有来。沈虞掰着手指算了算，距离上次来有四十多天了。因她的生理期一向不规律，所以她也没当回事。

她呆坐了会儿，又转而回到床上。

她本就因为感冒头昏脑涨，肚子又一抽一抽的，时不时疼一下。

沈虞非常不舒服，躺在被子里闷出了一身的汗，迷迷糊糊的，不知何时又睡了过去。

沈虞是被李阿姨喊醒的，睁开眼睛后，头依然疼。

"太太，中午了。"李阿姨轻声细语地喊醒沈虞，"看您睡得沉，本来不想喊您，但得吃午饭啦。吃完您再睡，可行？"

想起温折的叮嘱，李阿姨又看向了床头柜上的药："太太，这药得吃啊，吃完饭您再吃吧。"

沈虞点点头。

尽管全身无力，也没有胃口，但不吃饭胃里也难受，沈虞还是下床去了饭厅。

刚至饭厅，她便闻到一股混着姜片的鸡汤味，皱了下眉。

"想着您生病吃不下饭，我便给您炖了母鸡汤，又炒了两个小菜……"说着，李阿姨打开了煮着鸡汤的炖锅。

沈虞就坐在餐桌边，鸡汤的味道顷刻间便扑面而来。

沈虞一个没忍住，捂着嘴便往厕所跑，趴在洗手台边，半天却什么也没吐出来。

李阿姨被吓了一跳，连忙跟上去，替沈虞拍着背："怎么了，太太？"

沈虞垂着眸，努力缓解着不适，良久，摇了摇头。

李阿姨手艺很好，几大菜系都拿手。平日沈虞很喜欢吃她做的菜，今天是怎么回事？

李阿姨也在发怔：上次也是，对着粥沈虞也不舒服，这次只是闻着汤也不行了。

想起温折斩钉截铁地说沈虞没怀孕，李阿姨没再瞎猜，试探着问："太太……您是不是胃不舒服？"

沈虞垂着眼，盯着洗手台的瓷砖，脑中思绪纷乱，一个很离谱儿却又最为可能的猜测在她脑中浮现。

几秒后，沈虞走回饭厅："李阿姨，把汤撤了吧，我暂时不想喝。"

"唉。"

"然后——"沈虞顿了下，又抿了抿唇，"麻烦阿姨出去给我买个验孕棒。"

李阿姨本来在端汤，闻言差点儿把锅摔了，快步把炖锅放进厨房，又急急忙忙地问："您……您这是有了？"

沈虞也觉得不可思议，低头吃饭："只是猜测。"

李阿姨连连点头，将手在围裙上擦了擦："好好好，我这就去给您买。"

李阿姨走后，沈虞有一搭没一搭地吃着饭。她完全没有胃口，味同嚼蜡，但想着肚子里可能存在的小生命，又硬着头皮吃了下去。

时间一分一秒地过去，沈虞逐渐紧张起来。她找到手机，本想利用工作转移视线，却完全专注不了。

最终，她找到了和梁意的对话框："在在在？"

梁意："在在在。今儿哪阵风让我们的沈大总裁有时间找我呀？"

自从沈虞接任公司又结婚后，她和梁意的聚会时光便极速减少，为此梁意非常不爽。

沈虞："我今天没上班，生病了，在家休息。"

梁意立刻回复："你生病了？什么病？有没有事？"

她一连发了好几条消息过来。

沈虞："我没事，就是受了寒，一点儿小感冒。"

梁意:"吃药了没?"

沈虞:"没……"

梁意直接打了电话过来,教训道:"怎么生病了还不吃药?温折呢?没让你吃药?"

"他上班去了。"

"你生病他还上班?上什么班?鼎越一天没他会倒闭吗?"梁意一发起火来无差别攻击,"还有你,这么大的人了,还不肯吃药……"

沈虞把手机拿远了些,等到梁意叨叨完喘气的工夫,才安静地投下一个巨型炸弹:"小意,我觉得我怀孕了。"

一阵沉默,手机像是关机了。

好半晌,梁意似乎才重新找到自己的声音:"怀……怀孕?"

"现在还没确定!"沈虞说道,"还没确定!"

"那我问你。"梁意,"你想要孩子吗?"

沈虞低头,想起温折也问过她这个问题,就在办公室里。

她本不想要,但怀了也不可能不要。

她把自己的想法告诉了梁意。

"正常,"梁意分析得头头是道,"女人都这样。"

沈虞一时没吭声。

"那你们就要啊。"梁意道,"反正你们已经领证了,是合法关系啊!孩子生下来,记得让我来做干妈!"

挂了电话,沈虞揉着眉心,还是十分头疼。对于自己可能怀孕这件事,她总觉得很不现实。

她连自己都照顾不好,一换季就感冒,哪能好好照顾小宝宝?

她正在纠结间,门关处传来响动,是李阿姨回来了。

李阿姨上前,两步就把验孕棒放在了沈虞面前:"太太,您试试。"

…………

沈虞靠在洗手台旁,看着验孕棒上显示的两条杠结果,陷入了长长的沉默。

不过结婚当天一时放松了警惕,她肚子里就揣了个崽崽。

要是温折在场,她铁定要扑上去咬他一口。她连婚礼都没办啊!她连婚纱都没穿啊！她怎么就怀孕了？！

几分钟后，沈虞果断地摸出手机，给温折打了电话。

电话一次没打通，说明温折大概率有事。

按照以往，沈虞不会再打，但今天不一样。

于是，沈虞又拨了第二次。

这一次，在快要挂断的前一秒，电话被接通了。

温折压着嗓子"喂"了一声。

"温折！我要把你杀了！

"我说不要，你非要，现在好了吧！我怀孕了，你说怎么办？人家还是二十六岁的宝宝，还没体会青春的美好，你就让我受这罪……"

沈虞越说越生气，小嘴说起来连气都不喘。

一秒、两秒……电话那头一片死寂，然后传来"砰"的一声响。

鼎越资本，二十四层会议室。

没人说话，桌旁的高管全都直勾勾地看向主位。

今天的会议氛围本有些严肃，坐在上首的温折始终不怎么说话，也没什么表情，看得人心里直打鼓。

他的手机忽然进了电话。

第一次温折没注意，第二次看到来电人，便接了电话。

会议室很安静，那头的声音也不小。隔着手机，离得最近的蒋胜隐隐约约地听到了什么"怀孕"的字眼，他的脸色瞬间变得古怪，上上下下地打量了温折几眼。

这次是真的了？！蒋胜挑了下眉。

温折也没注意到蒋胜的反应。众人只看见温折猛地站起身来，手机一下子掉在了地上，身后的木椅在地面上拖动，发出刺耳的响声。

即使面对几亿元的合同也面不改色的温总，头一次在会议上这般失态。

他俯身捡起手机，拿起来便放在耳边，没管其他人什么反应，用一种所有人从未听过的温柔嗓音冲那头的人低声道："小虞，还在听吗？"

几秒后，对方未有响应，温折："宝贝？"

众人："……"

"嘟嘟嘟"三声，那头的人毫不留情地挂了。

看着屏幕都碎了的手机，温折也没生气，看起来似乎整个人都在笑。

他侧首，重新坐下，看了眼表，淡淡道："我赶时间，尽量半个小时内结束。"

"好好好。"几个要发言的高层连连点头。除了离得最近的蒋胜，别人都不知道发生了什么，只猜老板在无原则地哄老婆，连会都不开了。

半个小时后，说完"散会"，温折收拾了文件，抬步就往外走。

蒋胜随之慢悠悠地跟上："干什么去？"

温折微微侧头，嘴角上扬："回家。"

蒋胜"啧"了声："老婆怀孕了？"

"你怎么知道？"温折脚步一顿，"听到了？"

蒋胜上前两步，拍了拍温折的肩，露出笑容："恭喜。"

沈虞骂人骂到一半，那头的人不知道在做什么，一声响动后就没声了。

她在这头对着空气骂了好一会儿，等温折再说话时才反应过来他根本没在听。

她不理他，他便喊她"宝贝"。

她更生气了——他平时像锯嘴葫芦一样，让他喊句"宝贝"得要他半条命。

沈虞鼓着腮，气鼓鼓地就往沙发上一趴，刚趴下，又连忙坐了起来。

本来还不觉有什么，现在肚子里揣了个小崽崽，她便再也不敢轻举妄动了。

她摸了摸依旧平坦得看不出任何异样的小腹，有些欲哭无泪。

这种体验，完全就似考试完全押错后的不知所措。

人果然还是不能贪欢。

沈虞咬着下唇，又捶了下身侧的枕头，低骂了温折一声。

471

这个消息完全打乱了沈虞的计划,她给秘书发消息,延了下午的假,随即又给梁意发消息:"我真的怀孕了……"

梁意:"你们俩这速度,坐火箭啊!"

梁意:"我谈恋爱,你单身;我谈恋爱,你结婚;现在我还在谈恋爱,你都要当妈了。"

沈虞回了个"猫猫躺平"的表情包,随手打开视频软件,刚刚搜索"宝宝"两个字,界面就跳出了很多宝宝的视频。

她本来只打算浅看一下,结果一看便停不下来了——

她看到清一色的可爱小宝宝,小手小脚,笑起来像软乎乎的小团子,整颗心一下子就化了。

可爱!怎么这么可爱?她的宝宝一定也会这么可爱!

沈虞看着这些小团子,原本焦躁的心情似乎慢慢平静了下来:家里有这个小崽崽闹着,似乎也不错。

玄关处传来响动,大门缓缓地被人推开了。沈虞扭头,看见刚刚她还在骂的狗男人出现在了家里。

宝宝很可爱与爸爸很讨厌并不冲突!沈虞倏地便扭头,没理他。

可恶的罪魁祸首!

温折径直便朝她走过来,半蹲下身子。这个角度,他还需要抬头看她。

"身体好点儿了吗?"他问道。

沈虞怏怏地:"不怎么好。"

"药……"似乎想到了什么,温折拧眉问道,"小虞吃药了吗?"

沈虞的脸色也一变,几秒后,她松懈下来:"没吃,没来得及吃。"

温折明显松了口气,握紧她的手:"还好。"他用指尖在沈虞的手背上轻轻地摩挲着,睫毛垂下,视线落在她的小腹上,"我带你去医院看看?"

沈虞摇头:"不要,就是普通感冒。"

温折握紧她的手,直至十指相扣:"对不起。"

沈虞:"嗯?"

"那次……我也不是有意的。"温折看着她,满脸"我也不知道一次就中"的老实。

沈虞:"所以我该夸你一句天赋异禀?"

温折还象征性地推却了一句,眼中隐含笑意:"还是小虞天赋更佳。"

沈虞气笑了,没忍住伸手推他,笑骂:"滚。"

温折顺势从沙发上抱起沈虞,坐在了沙发上,掌心轻抚着她消瘦的脊背:"这次确实在意料之外,我们还没办婚礼。"

沈虞没好气地哼了一声,扯了下他的领带:"你也知道?女孩子不穿一次婚纱,人生是不完整的!"

温折轻捏她的后颈:"你想什么时候?"

沈虞绷着脸,想了好半天,最终伸手用力捶了他一下:"烦死了,都怪你。我不想大着肚子穿婚纱。"

温折:"那就……等把宝宝生下来。"

"不好。"她哼哼唧唧,"有宝宝结婚就没感觉了。"

"那就暂时把宝宝送走。"

沈虞:"你好冷硬的心肠啊!我把你送走,你信不信?!"

温折沉默了会儿,最终沉声道:"对不起,这事是我没考虑周到。"

沈虞又哼了一声:"我暂且原谅你。"

温折扬眉轻笑,握住她的手,手指重新插进她的指间:"小虞,辛苦了。"

两人温存了会儿,沈虞靠在他的怀里,慢慢地又有些犯困,眼皮缓缓垂下来,睡着了。

温折低眸看着女人精致的面庞。因为生病,她有些面容苍白,秀气的眉尖微蹙着。

他将下巴轻轻地搁在她的头顶上,蹭了蹭,随即站起身把人打横抱起,走向卧室。

卧室的光线有些暗,温折把人放在深色的床单上,站在原地,静静地看着她。良久,他微微俯身,手指小心翼翼地贴在沈虞的小腹上,极轻地抚了下。

他唇角牵起,指尖也蜷起——就在这儿,有他和她的孩子。

温折对小孩儿没有特别的感觉,但这是他和她的孩子。他喜欢能和她产生联系的任何事物,这些联系越多,她就越离不开他。

沈虞怀孕的消息,当天晚上便传到了远在苏城的董舒耳边。

董舒又惊又喜,隔着电话都恨不得立马飞过来。

沈虞坐在沙发上吃桂圆,正要找地方吐籽,温折便伸手替她接住了。

"妈,您别急。"沈虞把手中的一盘桂圆一股脑儿地推给温折,抬了抬下巴示意他剥,"这才一个月呢,还早。"

董舒"嗯"了一声:"你们这不刚领证没多久吗?怎么这么快?"

沈虞轻咳一声,张嘴接过温折递过来的桂圆,含糊不清地试图蒙混过关:"意外,意外。"

董舒沉默了一秒,大概懂了:"小折这孩子,真是的!"她骂道,"你也由着他胡来!"

沈虞又把核吐到了温折的手上,闻言瞥他一眼,轻哼一声,没说话。

和沈虞通过电话后,董舒当即决定下周就从苏城飞过来照顾她:"你们两个年轻人,自己都照顾不好,我怎么放得下心?"

沈虞吐了吐舌头,听着董舒的唠叨,心里暖暖的。

沈虞原以为怀孕了便能在家称王称霸,把温折使唤来使唤去,让他把她当祖宗养。事实上,谁是祖宗还说不定。

她不许穿高跟鞋,也不许穿膝盖以上的裙子,不能吃垃圾食品,及时下班,每天早睡……

沈虞怨气冲天:他是她祖宗吧?!

最重要的是——温折不让她亲亲、抱抱、摸摸了!

面对解决不了的事,沈虞一般会选择撒娇。现在,温折不给她发挥的余地,她什么也做不了。

这天,因为一盘小小的小龙虾,沈虞和温折爆发了结婚以来最严重的矛盾。

沈虞抱着手机准备点外卖："我要吃小龙虾！"

温折冷着脸："不准。"

"我真的想吃！你再不让我吃，我嘴里都淡出个鸟了！"

"不许说脏话。"温折卷起袖子，"要吃可以，我给你做。"

"你做的有什么好吃的？"沈虞小声说，"又没油又没盐，你想淡死谁。"

因为她怀孕，温折现在做饭甚至连盐都放少了。

她索性凑上前去，抱着温折的手臂晃了晃，眨巴两下眼睛："人家想吃，真的想吃。"

见温折不为所动，她又蹭了蹭，踮脚想要亲他。

温折任由她亲，但沈虞边亲边乱动。

温折的呼吸乱了点儿，他直接把人抱到沙发上："坐好，不许乱动。"

沈虞狐疑地看了他一眼：这老流氓都能坐怀不乱了？

她没有善罢甘休，抬手放在男人的皮带上，慢悠悠地钩着往前："你不亲亲我吗？亲一口，一个小龙虾行不？"

温折随着她的动作微微俯身，眸色微沉，但到底没动作。

到此时，他也有些后悔。

他们这才刚同房多久，现在看着却不能碰。

几秒后，他凝了凝眼眸，扒拉下沈虞的手："注意影响。"

沈虞："这不就我们俩吗？"

温折看了眼她的肚子："还有胎教。"

胎教？沈虞狐疑地看了他一眼，又低头瞅了瞅肚子："宝宝还这么小，又没长耳朵。"

她的额头被男人用修长的手指轻叩了一下。

温折说道："作为父母，要言传身教。"

他说得比唱得还好听，她倒要看看他有多正经。

沈虞怀孕以后，温折再次派出了袁朝。沈虞只负责审核管理最后的核心流程，更多的工作积压到了袁大总助那里。

袁朝抱着高额聘用金边哭边笑。

工作几乎减轻了一半,生活上也有董舒和温折,外加个保姆前前后后地盯着,沈虞觉得时间似乎突然就变慢了。

她一日一日地看着原本平坦的肚子渐渐起了变化。

前三个月,温折是挺正经的。她再怎么撩拨,他最多只是亲亲抱抱,连亲吻都浅尝辄止。

作为把人撩拨起火的罪魁祸首,沈虞则是幸灾乐祸地看着他。

对上男人沉沉的视线,沈虞将涂着指甲油的莹白小脚搭上了他的大腿,笑眯眯道:"言传身教。"

温折瞥了她一眼,那里面的警告意味不言而喻。

沈虞知道他是假正经,不和她亲近不过是因为害怕忍不住。

她非要看看他多能忍。

沈虞眼尾微挑,放在男人大腿上的脚挑衅地轻轻踩了一下,微弯唇角:"你就这样言传身教的?"

说完,沈虞便要缩回脚。下一秒,她纤细的小腿就被男人灼热的掌心握住了。温折拉着她就往身前拽,却也护着她的肚子,没碰着分毫。

沈虞被迫被按在床头,脊背靠在床板上,眼睁睁地看着温折俯身朝她靠近。

她的小腿还在男人的手中。

然后,温折将她翻过身,背对着他。

看不见背后的人,沈虞咽了咽口水,突然就慌了。

"你要做什么?"她护住肚子,试图提醒他,"胎教!注意胎教!"

温折俯身,在她的耳边低笑一声:"咱们声音轻一点儿,他听不见。"

这个禽兽!

她用手挠他的手臂:"不是言传身教吗?你好意思?"

温折竖起长指立在她的唇边:"嘘。"

他正在笑,模样哪有半分正经端方?

"宝宝又看不见,你别出声就行。"

沈虞:"⋯⋯"

正是夜里,两人在房间里闹,动静其实很轻——毕竟董舒也住在同一屋檐下。

但最后沈虞被磨得难挨,手臂展开时碰到了床头柜上的玻璃杯。

"哐当"一声,玻璃杯落在了地上。

随即,门外传来拖鞋落在地上的脚步声。

董舒轻叩房门:"小虞?怎么了?怎么这么大声响?"

沈虞瞪大眼睛,连忙就要把温折推开,压低声音:"起开,妈……妈在外边!"

她控制着呼吸和说话的频率,故作镇定地对屋外的人说:"妈,没事的,就是不小心把杯子砸了。"

董舒:"没事吧?有没有伤到手?"

"没……没有!"沈虞回答道。

"那你别碰碎玻璃,让小折收拾。"董舒提醒沈虞,又喊温折:"小折?你听到了吗?"

温折用眼神示意沈虞,大致是让她把董舒支走。

沈虞噎了噎,替他回答:"他在洗澡,没听见。我一会儿和他说。"

董舒倏地就没了声,几秒后才应道:"哦,好。那妈先去睡了。"董舒顿了顿,不知道指的是哪个方面,颇有些意味不明,"你们……注意一点儿,早点儿睡。"

沈虞:"好……"

脚步声渐远,董舒走了。

…………

最后,沈虞靠在床边,低声咕哝:"禽兽。"

出了满身的汗,温折又去洗了次澡。

回来后,他站在床边,居高临下地看着沈虞。突然,他说道:"找个时间搬家吧。"

沈虞:"嗯?这儿不是离公司近点儿吗?而且住这儿,挺方便的。"

上次拍下的庄园,沈虞至今还没亲自去看过。

温折:"太小。"

近两百平方米的大平层你觉得小?是她太没见过世面还是温折太

飘了？

温折眼眸深沉地看向她:"隔音不好。"

是她小看了这个流氓。她往被子里躺了躺:"睡了。"

沈虞曾听很多人说过怀孕时的艰辛——幸运的是,她怀孕至今三个月,除了食欲没之前旺盛之外,别的任何不良反应都没有发生。

上班间隙,她时不时会抚一抚肚子,弯唇道:"真是妈妈的乖宝贝。"

这天,周宪给她打了电话。

"身体最近怎么样?"周宪问她。

沈虞抿唇笑道:"很好,宝宝一直很乖。"

"嗯。"周宪声音突然低了些,"那就好。"

一时间,两人无话。

沈虞敏锐地感觉到周宪近日来越发沉默,心中对他的变化也隐隐有了数——周宪大概想到宋诗怀孕时他并不在身边。

沈虞沉默了会儿,道:"舅舅,你喜欢宋诗吗?"

周宪依旧沉默,沈虞便没再问。好像她一直把周宪当成长辈,而周宪也自然把她当成小辈,又有谁会对小辈吐露感情方面的苦恼?

"有事再联系我。"

他们的电话再次以这句话结束。

挂了电话,沈虞轻轻叹了口气,一时也不知道该怎么办。

没多久后的一个周末,温折开车带着沈虞和董舒去了京郊的庄园。

这处庄园是成房,不过他们可以凭着喜好重新装修。

庄园占地大几百亩,沈虞曾去过宋昆的宅子,到底没有眼前的更震撼人心——主宅有四层,处处装饰华丽,色彩浓烈,雍容华贵。屋后的大片沃土种满了鲜花,花团锦簇。

沈虞站在二楼主卧的窗前,一推开窗户,后花园大片的鲜花、水池、绿植映入眼帘,像是爱丽丝梦游的仙境。

她收回"温折是败家子"这句话——谁不想在这样的房子里做

公主？！

沈虞站在窗台前，连脚都不愿挪动了。

温折从后拥抱住她："喜欢吗？"

"喜欢！"

已是初冬，难得的艳阳天，暖暖的阳光从外边倾泻而下，映在沈虞的面庞上。她侧头吻了下男人的脸颊，眼睛弯起："谢谢老公。"

温折掐她的脸颊："你就这么谢？"

沈虞本想说你还要怎么样，眼珠转了一转，又改口道："我替我们囡囡谢谢爸爸。"

"囡囡？"温折缓声重复。

"对呀！"沈虞歪头看他，"我们囡囡。"

"你知道是……"温折顿了顿，表情也认真起来，"女儿了？"

几次产检，都是温折陪着沈虞去的，完全没听医生提过性别。

"我说是就是。"沈虞抬起下巴，突然变了表情，凶巴巴地瞪了眼温折，"你不会重男轻女吧？"

温折沉默了下，下巴搭在她的肩膀上，唇瓣贴近她的耳畔："我们悄悄说。"

似乎生怕被肚子里不知是男是女的崽崽听到，他用气音道："我也想要囡囡。"

沈虞忍不住抿唇笑了，低头把玩着他的手指："都说女儿肖父。"

她生个女版娇花，也不错。

温折道："我更希望宝宝像你一点儿。"

"怎么，我更好看？"沈虞笑道。

"嗯，你最好看。"

董舒在管家的指引下，沿着偌大的庄园绕了一大圈，上上下下，无一处不精致。她忍不住问了管家一句："这房子多少钱啊？"

管家用手指比了个"二"。

董舒声音大了些："两千万元？"

管家摇头："两亿元。"

董舒一时间脑子有些发晕：这种只在新闻里看到的资产是真实存在的吗？她知道自家儿子有钱，却想不到他有钱到了这个地步。

董舒继续跟着管家一点点地参观着。她平时也用不惯手机，今天倒是难得就着庄园的布置边走边拍，发了不少照片在自己老同事的群里。

绕过精致的旋转楼梯，他们走到二楼。

正对面的墙上挂着一幅巨幅油画，色彩鲜艳，搭配着庄园处处奢华的布置，绚丽得迷人眼。

董舒继续走到走廊上，路过对外开着门的主卧，下意识地往内看了一眼。这一看，她便没移开视线。

冬日的阳光正好，透过窗棂碎金般洒进卧室，照亮满室的浓艳色彩。窗前站着二人，身材颀长的男人从后拥着窈窕的女人，不知在说什么悄悄话，面上俱是化不开的温柔和缱绻，看起来比画还美好。

董舒用手机对着窗户拍了一张，画面就此定格。

董舒来得轻巧，走得无声无息，把照片存在了手机里。

她看着照片，脸上露出一抹释然的笑。

曾经董舒以为，温折不过是一意孤行地钻进了死胡同，却不曾想过他遇事果决，从不拖沓，又怎么会钻牛角尖？

不过是因为——他非沈虞不可。

时间过得很快，京城迎来初雪，没多久又迎来了新年。

一月时，沈虞怀孕已经有四个多月了。许是照料得好，她始终没有什么异样反应，几次产检都很顺利。

而相比去年下半年入不敷出的情况，沈氏也有了明显的好转。

新年似乎一切都在往好的方向前行。

法定过年假期的前一天，沈虞给全公司提前放了假，并发了丰厚的年终奖，公司上下一片喜气洋洋。

沈虞走到哪儿，都能听见员工热情的招呼。

下午五点，沈虞从办公室下班，身后跟着助理小陈和袁朝，一路到了公司大楼下。她直视前方，看到了迎面走来的沈弯弯。

自那天后，沈虞再没见过沈弯弯。这次再见，沈弯弯比之前更瘦，连颧骨都高高凸起,完全没了在沈家娇生惯养出的甜美,倒显出几分刻薄。

怀孕以后,为了防止沈家这些糟心事碍眼,沈虞从不接沈光耀的电话,也不管他和韩雅母女怎么闹。

沈弯弯径直朝她走了过去,道:"我等你很久了。"

"有事?"沈虞已经看到了泊车在外的司机,并没有和沈弯弯纠缠下去的意思。

沈弯弯也不在意她的冷淡,目光若有所思地落在沈虞下意识护着的小腹上,眼眸闪了闪:"我就是想和你谈谈。"

袁朝认得沈弯弯——当初将沈虞推下楼梯的就是这位。他已经忍不住要挡在沈虞面前了。

沈虞干脆利落地道:"我们有什么好谈的?"

说完,她抬步便要走。

沈弯弯却突然提高了嗓音:"我现在这样,不就是你想看到的吗?"

沈虞脚步顿住,红唇微扬:"那是你咎由自取。另外,你们和沈光耀怎么闹,我不想管,也没心思管。我只希望你们以后不要出现在我面前。"

沈弯弯的身形有些摇摇欲坠,其实连她也不知道自己过来干什么——看沈虞多么幸福,或者朝沈虞诉说自己有多么不幸吗?

现在,沈光耀离婚的意愿非常坚定,无论母亲和自己如何摇尾乞怜也没半分用处——她们反被加倍羞辱。但即便如此,韩雅仍咬着牙不肯离婚。因为自廖建海出现并弄伤沈光耀后,沈光耀便收回了对她们的最后一丝良心,之前答应的钱财也不给了,竟是要让她们净身出户!

如今,她们母女俩只能靠着之前卡里一些根本看不上的钱租房子过活。

沈弯弯大学院校普通,毕业后又荒废了这么些年,毫无工作经验,不管去哪儿面试都屡屡碰壁。韩雅更是个只会靠男人的菟丝花,只能接一些最简单的手工活。

今天,再次被一家月薪本就不高的小公司拒绝后,沈弯弯走着走着就来到了沈氏楼下。

原本，她才是这里风头无两的千金小姐！

许是冤家路窄，没多久，沈弯弯就在公司楼下看到了从写字楼里走出来的沈虞，是那样意气风发。

沈弯弯不自觉地握紧了手中的包，指甲快要陷入肉里。

沈虞走了，抬步就上了不远处等着她的黑色奔驰车，轿车扬长而去。

再见沈弯弯，沈虞心中没有半分感触。她平静地通知下属，要其年后加强公司安保。

沈虞领教过沈弯弯的恶毒和扭曲。如果是以前，她自不会怕沈弯弯下阴手，但如今不行。她有了要保护的宝宝，绝不可以让其出现任何闪失。

今年过年，温折便要带她们去京郊的庄园住。

第二天，沈虞便收拾好了行装，温折开车带着她和董舒去了京郊。

骤然换了那么大一个居所，董舒还有些不适应，挽着沈虞的手道："这么大一个房子，我都不好照顾你了。"

沈虞回握住她的手，笑着撒娇："我都这么大人了，又不是小孩儿。您就安心住，我自己能照顾自己。"

她边说着，视线边对上后视镜中的温折，哪能不知道他打的是什么算盘？

他要的不就是……董舒听不见吗？这个诡计多端的男人。

庄园比较大，平时有管家打理，屋内还有几个用人。本来董舒也没有什么要做的，但每天还是坚持给沈虞煲汤。这般一天天的，沈虞清瘦的脸颊硬是圆了一圈，配上本就被娇养得极白的肌肤，竟比之前还显出些少女的娇态来。

沈虞捏着腰间多出的软肉，开始有些苦恼：不会瘦不回来了吧？

每天晚饭后，沈虞都得出门走一走消食，孕期虽要补充营养，也要注意锻炼。

现在庄园够大，沈虞光是在后花园逛逛，再绕回前厅、上楼，便觉得运动量也差不多了。

温折伴在她身侧，陪着她逛。

沈虞走走停停，举起手机对着天边的圆月照了张照片。

今儿天气好，月明星稀，墨黑的天空一望无际。沈虞靠坐在庭院里专门打造的秋千上，奴役温折在后头推。

沈虞晃荡了一下脚丫，又唧叹一句："真是罪恶的生活啊！"

这为小孩儿准备的秋千现在倒成了沈虞的专属座，她每天都要来坐着晃悠几下。不只如此，她也只会奴役他来推秋千。

温折站着，低眸看着女人的发顶。银白的月光倾泻而下，沈虞的肌肤在这般微弱的光下更显得细腻雪白。她近些日子长了些肉，眉目间原本美得晃人眼的凌厉感稍退，大概是怀了孕的缘故，显得有些温柔。

看着看着，他就有些意动，微微附身，鼻息轻轻落在沈虞的脖颈上，沿着往下亲。沈虞原本还在修刚刚拍的图，预备发个朋友圈，感到脖颈上有细密的吻落下来，她一激灵，缩了缩脖子。

温折最近"言传身教"得有些频繁，也越来越不要脸。

她不明白，他也二十七岁了，也不是十七八岁的少年，以前欲望重能理解，现在都做爸爸的人了，怎么还这么不稳重？

沈虞推开他，四处看了看。这儿时不时就有管家和用人经过，便是董舒如果站在窗边往下看，也能看到他们在做什么。

温折却捏住她的下巴，弯腰便吻了上去。

沈虞一开始还抗拒了一下，随后被亲得有些发软，就也随他了。

一吻毕，她有些气喘，又想起了刚开始还会躲避她亲昵的温折。

果然，他就没有自制力这东西。

自从那晚后，他便像打开了什么开关，变着法子闹她。白日里端方稳重的人，一到晚上关起门就像要吃人的狼。

沈虞推了推他·"别闹。"

温折刚刚亲了她许久，此刻倒也餍足，轻笑一声，没有再来。

晚上，沈虞一般会陪董舒看看电视。她和董舒的看剧口味难得非常相似——她们都对那些剧情百转千回的狗血剧异常感兴趣。

每当这时候，温折似乎生怕被注意到，然后被强迫过来受煎熬，往往不见人影，去了书房，留下沈虞和董舒边嗑瓜子边讨论剧情。

其实至今，董舒也从未和沈虞说过之前的事情。沈虞生怕横生枝节，也绝口不提以前的事。

但今天这个八点档神剧，怎么少得了失忆情节？女主角车祸失忆，忘记了曾和她深爱过的男主角。男主角苦苦追求，却饱受女主角冷眼。最后女主角找回记忆，大痛大悟，又回去找男主角。

沈虞吃瓜子的速度慢了点儿。

这剧情为什么有点儿熟悉？她表面不动声色，实则时不时地看向董舒。

董舒嗑瓜子的动作也慢了些。她正看着电视上淋着大雨追着女主车跑的男主，眼中满是心痛，甚至还抽纸巾擦起了眼泪。

所以……董舒会不会以为，温折也是这么追她的？沈虞想起自己失忆那段日子觍着脸撞了八百次南墙的追求历程，一时不知该如何吐槽。

两次都是靠她死命追，才采撷到了这朵娇花。

但实话当然不能说，沈虞也跟着抽了两张纸巾，往自己的眼睛那儿遮，时不时地跟着董舒的频率吸气两声。

一时间，客厅内只有两个女人的抽泣声。

董舒红着眼睛握住沈虞的手，大概是太共情了："这个男主角，好深情啊！"

沈虞："是啊……"

"这个女主……唉。"董舒看了看沈虞，"她失忆了，也不能怪她什么。"

沈虞再次连连点头："啊，对对对。"

"唉。"董舒长长叹了一口气，最终归结一句，"都是造化弄人啊！"

沈虞："是啊！"

晚上看完电视，沈虞脚底抹油般回到房间，长吐一口气。

温折听到动静，从书房出来，推开卧室的门，看了眼时间："今天怎么舍得这么早回房间？"

沈虞看着他，叹了口气。

"怎么了？"温折走过去，坐在床沿上，手掌贴上她已经显孕态的小腹，轻抚了抚。

沈虞把电视剧的来龙去脉说了一遍:"你说妈是不是看我失忆了,才不跟我计较?"

温折把玩着她的手指:"你看她什么时候和你计较过了?"

这倒也是,虽然她们一开始见面是有些生疏,但沈虞撒撒娇,董舒就和温折一样遭不住了——他们母子都是非常善良又心软的人。

"这么算来,"沈虞噘了噘嘴,"我还追了你两次。"

她戳了戳温折的胸膛,轻哼一声:"你可不是要暗爽死了?"

"爽?"温折抬手,撑在了沈虞上方,"你试试天天被误会有'白月光',爽不爽?"

沈虞将手指伸进他的睡衣里,解开纽扣,抚上了他的胸膛:"什么时候文的?"

"高三毕业后的暑假。"

沈虞低头吻上了那条文在他身上的小鱼:"你不怕以后遇到更喜欢的女孩子吗?"

温折掐她的脸:"文上,就遇不到了。"

"嗯?"

温折慢条斯理地解着她上衣的纽扣:"时刻提醒我,要逮你这个没良心的女人回来。"

她按住他的手,沉默了一会儿,问道:"你又要做什么?"

温折看着她越发莹白丰腴的脸颊,眼眸微沉:"也有四个月了。"

沈虞:"所以?"

"医生说,可以适当同房。"

沈虞:"嗯?"

"我这是谨遵医嘱。"

混沌的冬日,沈虞犯懒,起得一天比一天晚,恨不得二十四个小时都待在床上。

温折却依旧保持雷打不动的习惯,六点半起床晨练,七点半准时回来洗澡。

换完衣服,他又来闹沈虞,掐她藏在被子里被捂得通红的脸蛋儿:

"起床。"

沈虞蒙住脸,不耐烦地咕哝一句:"不要。"

"先吃了早饭再睡。"温折拿她没办法,放轻了语气。

沈虞慵懒地揉了揉眼睛:"那你端上来。"

温折揉她的头发:"懒。"

沈虞没理他,兀自闭上眼。

她平时才不懒,到点就起——全公司她最勤劳。但大概是一时松懈,再加上是怀了这个崽懒,她才不想起床。

嗯,反正不是她懒。不过让温折把饭端上来这话当然只是她开玩笑。

"你还真去端呀?"沈虞揉着长发撑起身,懒洋洋地伸腿穿鞋,看向已经走到门边的温折,"别让妈看笑话。"

温折:"真不要?"

"嗯。"沈虞又打了个哈欠,"我自己去吃。"

沈虞下楼,站在楼梯上一抬眼,看见了正支使佣人贴窗花的董舒。

董舒一向是个传统的女人,过年该有的仪式一样不少。原本华丽的布置融入了喜气洋洋的对联和窗花,非但没不伦不类,还显得异常亮丽。

温折下来得早了,也被董舒支使着贴对联,偌大的宅子人声熙攘。

沈虞看得有些入神,一时没动,低眉想起了过去的八年。

她有时会跟着梁意回家。但梁意家亲戚多,过年那么一大家子,尽管所有的人都非常热情,但沈虞身处其间依旧只是个外人。

后来,周宪也提出过带她回周家过年,但被沈虞婉拒了。

这么多年,她始终像没有根的浮萍,随处漂泊。

今年,她终于有了自己的家,有温折,有董舒,还有肚子里即将出生的宝宝。

"哎,小虞起啦?"董舒最先看见了沈虞,"我煲的汤在桌上,还有包子、汤圆、虾饺,你想吃什么吃什么。"

沈虞回过神,"嗯"了一声。她抬步下楼,坐到餐桌边,时不时抬头看一眼被奴役着做这做那的温折,低头忍笑。

但本该美好静谧的早晨突然被沈虞的手机铃声打断了。

沈虞低眸看向来电显示，是陌生号码，应该是沈光耀。他总能变着号码给她打电话。

沈虞的目光变黯，她按了接听："喂。"

电话那头传来沈光耀有些苍老的嗓音："小虞，时间好快啊，马上要过年了。"

"嗯。"沈虞喝下一口粥，"所以？"

"今年爸爸能和你一起过年吗？"沈光耀似乎是在祈求她，"爸爸老了，孤家寡人一个。"

沈虞的语气无波无澜，她说："你可以找韩雅回去陪你。"

沈光耀一噎："我和她要离婚的。小虞，爸爸以前是犯了错，但现在也认清了她们的嘴脸，你看你能不能……"

沈虞直接打断他："不能。"

她又看了看不远处的董舒，压低了嗓音："你以后不要再来找我，挂了。"

说完，未等沈光耀说话，沈虞便挂断了电话。

这通电话很短，没人知道发生了什么。

沈虞低眉敛目，决定自行揭过这个插曲。过去，沈光耀每年都会口头上客气地问她要不要回去过年。

那时，享受天伦之乐的是他，孤家寡人的是她。

沈虞闭了闭眼，想把这段糟糕的记忆从脑海中剔除。

她的对面坐下一个人，她抬眸看，竟是董舒。

董舒轻声唤她："小虞，刚刚打电话的是你家里人吗？"

沈虞一愣——她以为董舒没有听见。

她点了下头，动了动唇，一时竟不知道该怎么说。董舒对她的包容度大概已经是绝无仅有了，这么久了也并未打探过她的家人。

虽然可能是温折说过什么。

董舒点点头。她确实听温折简略说过沈虞家的大体情况，知道沈虞的家庭不那么好。这么漂亮的闺女，到底也是个可怜的小姑娘。

董舒握住沈虞的手，温声道："你不用担心我会怎么想，只要是小虞做的、说的,妈都支持。"

沈虞愣愣着看了她几秒,随即用力点了点头,抿了抿干涩的唇:"谢谢妈。刚刚那个……是我爸。"

沈虞稍顿。她始终觉得自己的家庭关系是一件难以启齿的事,尤其是对着这样坦诚、善良的董舒。

董舒能养出温折这样优秀的儿子,到底得有多么正的家风?这么一对比,沈虞觉得自己家就像个垃圾场。

但面对着董舒真诚又关心的眼神,沈虞突然有了倾诉的欲望。她边喝着粥,边把沈家发生的事以尽量委婉的语气一点点地说了出来。

董舒是一个非常好的倾听者,只是点头,时不时投以安抚的眼神。她当过很多年的教师,吐字清晰,逻辑完整,令人感到和她聊天儿很舒服。

到最后,她点点头,握住沈虞的手,轻声叹了口气:"我们小虞受苦了。"

沈虞也覆上了董舒的手,低垂下眼。这段故事,她还是隐藏了和温折有关的那段。

此时,温折走了过来,打破了两人间的安静氛围。他将袖子挽到手肘处。他刚才忙活了这么久,出了满身的汗,本想再上去洗个澡,结果一扭头便看见两个女人手拉着手,都是两眼通红。

他垂眼,心道:这俩人是真不能多待。

"吃完了还上去睡吗?"温折直接问沈虞。

沈虞又开始犯困了:"睡。"

"那我带她上去了。"温折和董舒打了招呼。

走到楼梯口,温折伸手替沈虞抹着眼角,微叹一声:"又怎么了?"

沈虞抱住他的腰,嗓音有些闷:"妈妈真好,呜呜,我已经很久没有妈妈了。"

温折把人打横抱起,大步上楼关了门,轻轻拍着沈虞的脊背,低声道:"她就是你妈妈。"

大概孕妇容易多愁善感,沈虞也不知道自己怎么突然就难过了起来。

"温折，"沈虞依偎在他怀里，小声道，"你和我说说你家吧。"

温折本来想洗澡，但怀中的人一时半会儿还哄不好。他无奈地弯唇，收紧手臂："想听什么？"

沈虞当真问起来："你小时候，妈妈打没打过你？"

"打过。"温折笑道，"谁家小孩儿没被打过？"

"为什么被打？"

温折沉默了下，道："把我妈的口红当画笔在纸上画。"

沈虞倒吸一口凉气，已经开始生气了：你不被打谁被打？！

"还有吗？"她又问。

温折："印象最深的就是这次。"

其实还有，高三浑浑噩噩的那段日子，他也被打过一次。但这件事，他不会和她提。

沈虞摸了摸肚子："那你以后会不会打我们的宝宝？"

温折失笑："我打他做什么？"

沈虞鼓腮："这可是你说的。"

她又低头把玩着温折的手指："后来呢，妈妈是不是过得很辛苦？"

这次温折沉默的时间有些长。

他点头："嗯。我爸生病后，她就很辛苦。

"她手工好，除了上课，还会做零工，经常半夜还在做，眼睛很快就熬坏了。"

沈虞低眸，心揪了起来。

幸福的家庭家家相似，不幸的家庭各有不同。同样是苦难，其给温折和董舒铸就了更为坚硬的盔甲，而自己呢？

沈虞又低落下来："我以后也一定是个好妈妈、好儿媳妇。"

温折低笑着吻了下她的侧脸．"只有好妈妈和好儿媳妇吗？"

"嗯？"

"就不做一个好老婆？"

她瞪了温折一眼："我现在不是好老婆吗？"

"嗯。"温折不置可否，眸中带着点点笑意，"那……好老婆来陪我一起洗个澡？"

489

沈虞:"不……我不是好老婆。"她推开温折,趴到床上,把无情做到极致,"睡了。"

温折:"……"

这个年过得很宁静。

吃过年夜饭后,董舒正忙着和老同事们视频通话拜年,而温折则神神秘秘地牵着沈虞去了庄园的后院。

此时,京城下起了雪,放眼望去,一片银装素裹。

沈虞还穿着居家的棉服,又把毛茸茸的帽子立起来挡风,在冰天雪地里像个圆滚滚的小浣熊。

她拉了拉温折的衣袖:"做什么呀?"

温折一抬下巴,下一秒,管家便搬出了好几捆烟花。

沈虞瞪大眼睛,小声"哇"了一声,两眼放光地看向温折:"这是要放烟花吗?"

温折弯唇:"嗯。"

很多年前,他们刚刚在一起的新年,沈虞也准备了大包的仙女棒,约好和温折在江边一起放烟花。但那年新年,苏城"淅淅沥沥"地下起了雨,所以烟花计划泡了汤,沈虞存在仓库里的烟花也全都受了潮,没了用处。

京城除了公开的烟花秀,不许私人燃放烟花,但在私人庄园里就不一样了。

沈虞站在原地,手里握着整捆的仙女棒,其燃放的光芒映在她的眉眼间。温折又蹲下身,用打火机点燃了烟花。

天空瞬间绽放出大片的烟花,美不胜收,沈虞的眼睛被照得透亮。

温折:"喜欢吗?"

沈虞重重点头:"喜欢。"

温折:"那年我也想放给你看的。今年我放给你看也一样。"

沈虞握紧双手,抬头道:"我们来许新年愿望吧!"

"有什么愿望?"

沈虞咕哝着看他一眼:"说出来就不灵了。"她闭上眼睛,又扯了扯温折的袖子,"快许愿!"

"嗯。"

沈虞在心中默念——

一愿宝宝顺利出生;

二愿全家安康和顺;

三愿年年有今日,岁岁有今朝。

第十九章
今朝团圆时

年后,天气转暖,时间过得越来越快。

五月初,沈虞进医院待产。

两周后,崽崽呱呱坠地。

大概是平时身体底子就好,沈虞这次生产没受什么苦,一闭眼一睁眼便结束了。

沈虞悠悠转醒时,就见温折正抱着一个棉布的小小襁褓,坐在她的病床边。男人身上的白色衬衫没平时那样笔挺,额头碎发挡住了眉眼。

沈虞一时没动,也没出声提醒,就静静地看着温折安静地抱着怀中的崽崽。

临昏睡前,沈虞记得护士在耳边说崽崽是小公主。

真的是女儿,是他们的小公主。

"醒了?"温折突然抱着宝宝俯身,目光对上沈虞的眼。

男人的眼中满是血丝,他看起来比她还疲惫。

自沈虞进产房到醒来也有十几个小时,而男人始终未合眼。

"嗯。"沈虞伸出手臂,声音还很虚弱,但急着想看孩子,"把宝宝给我看看。"

温折把怀中的小襁褓放在沈虞的枕头边,弯唇轻声道:"很可爱。"

刚出生的宝宝，皮肤还皱得和老头老太太一样，哪里有半点儿可爱？

沈虞看到宝宝的第一眼，差点儿没背过气去。但她到底没嫌弃自家公主，一遍遍安慰自己——会长开，会长开，会长开。

沈虞没忍住，伸出细白的手指戳了下宝宝的脸，像是戳了一团棉花般，又软又弹。

触碰之后，她似乎才有了真正的实感——这真的是她的宝宝，是她和温折的宝宝，是从她身上掉下来的肉。

她好喜欢！

心脏似乎一瞬间就被填满了，沈虞眼睛酸涩，眼泪沿着眼眶便往下落。

温折伸手用指腹抚去她颊上的泪，放低声音，疼惜地吻了吻沈虞的脸颊："哭什么，嗯？"

"就是……"沈虞吸了下鼻子，"很开心……我们有宝宝了。"

沈虞抬起睫毛，一双清澈的眼看向温折："我们又多了一个家人。"

"嗯。"温折的心瞬间软成一团，他伸臂揽住沈虞的肩，低首吻她的额角，挡住微红的眼尾，"我们的家人。"

沈虞生产得顺利，出院也快。在医院观察了几天后，她便出院回家调养了。

有董舒这么一个好婆婆，月子里，沈虞几乎不用操心，除了喂奶，别的事董舒和月嫂都会安排得井井有条。

就这样，温折似乎还担心喂奶会打扰她歇息，提议半夜需要喂奶就换奶粉，但沈虞坚决不让。大家都说母乳喂养是最好的方式，她就一定要喂母乳，她的公主一定要用最好的东西。

"你有没有想过给宝宝起一个什么名字？"昏黄的灯光下，沈虞一边喂奶，一边问温折。

温折在旁边等着女儿喝奶，皱着眉，不知道在想什么。

宝宝也不知道像谁——看起来瘦瘦小小的小公主比男孩子还能喝奶。

"嗯？你听见我说话了吗？"沈虞又问了一遍。

温折："没想好。"

"总不能就这么'宝宝''宝宝'地喊着吧？"沈虞嘟囔了一句。

大概是喝饱了，小公主咂吧下嘴，满足地吐了个奶泡泡。温折俯身把孩子抱起来，擦去宝宝脸上的奶渍。

他反问道："你说呢？叫什么？"

沈虞想了想："果果。"

温折示意月嫂把宝宝带出去照料，闻言挑眉："果果？为什么？"

沈虞看了他一眼，突然"扑哧"一笑，掀起被子躺下去，觉得还是不告诉他为好。温折却显然不满意她隐瞒的态度，俯身便扑上来："不告诉我？藏了什么坏心思？"

沈虞动了动睫毛，忍笑，但就是不说。

温折索性挠她的脊背："不说？"

沈虞自是挣不脱，又不能大笑，最后伸手戳他的下巴："我们娇花的孩子，是不是就是果果呢？开花结果嘛！"

温折眉心一跳："娇花？谁是娇花？"

你啊！沈虞转了转眼珠。

她暗暗喊了好多年了呢。

温折掐了下女人的脸颊："你喊我娇花？"

沈虞笑着"嗯"了一声。

"为什么？"

沈虞的指尖从温折棱角分明的下颌下滑，到凸起的喉结，她挑了下眉："有花堪折直须折，莫待无花空折枝。

"温折这朵娇花，还是被我摘了。"

温折有些语塞，没忍住，张唇便咬住沈虞在他的下巴上作乱的手指。

"还有，"沈虞补充道，"你高中那时候，又冷又犟，我都能把你抱起来，这还不娇吗？"

温折咬她的力气重了些："坏东西。"

沈虞讨好地在他的脸上亲了几口，环抱住男人："睡啦！"

次日早上。

沈虞刚刚喝了一碗鸡汤,正哄着摇篮里张唇笑着的果果睡觉。

经过这段时间,果果已经慢慢长开了,皮肤玉白,眼睛葡萄般圆,睫毛纤长,芭比娃娃般精致。她偏偏还喜欢笑,但并不闹腾,看一眼便让人的心都化了。

沈虞玩着果果的小手,故意从果果的手中抢过拨浪鼓。

眼看着心爱的玩具被妈妈抢走了,果果委屈地撇了撇嘴,似乎下一秒就要哭出来。

站在旁侧的温折无奈地摇头:"你又欺负宝宝。"

沈虞抬起头:"你心疼了?"

温折走过去,把宝宝从摇篮里抱起来,轻拍沈虞的脊背,摇了摇果果的小手:"哪敢?家里妈妈第一大。"

沈虞晃了晃拨浪鼓,轻哼一声。

果果这才生下来几天,他就心疼成这个样子,以后可不得统一战线?!

沈虞走过去,挠了挠果果穿着蓝色小布鞋的脚心。

这些小兜肚、小鞋子全是沈虞提前采购的,又好看又可爱,完美戳中了沈虞的审美。故而,她每天都要给宝宝换好几个小兜肚。

俩人都在看宝宝时,突然,用人进来通报说周宪来访。

沈虞顿时正襟危坐:"请他进来。"

周宪是来看宝宝的,也是第一次来庄园。他四处看了看,心中"啧"了一声:这俩人年纪轻轻的,倒是会享受。

沈虞抱着珠圆玉润的果果从二楼的卧室下来。

果果头上戴了顶小太阳帽,一双眼睛滴溜溜地乱看。

沈虞握着果果的手晃了晃:"来见舅公啦!"

刚刚三十七岁的周宪:"……"

董舒吩咐人给周宪倒了杯茶,随后坐在沙发一侧。

这还是她第一次见着沈虞这位舅舅,倒没想到他这么年轻,看起来一表人才。

沈虞抱着果果坐在周宪旁边，温折拿着毯子跟在后头，俨然一副奶爸的模样。

果果长得可爱又漂亮，没人不喜欢。哪怕高冷如周宪，也不由得顿了顿视线，看了果果好一会儿。

沈虞托了托女儿："舅舅要不要抱抱果果？"

刚刚出生的宝宝也就丁点儿大，全身都软软的，似乎连碰一下都会碎。周宪愣了很久，显得异常局促："这么小吗？"

沈虞乐了："不然还多大？"

话一出口，她蓦地想起：周宪的小孩儿是突然蹦出来的，他哪能知道小孩子多大正常？

周宪从沈虞手中接过孩子，姿势生疏，似乎完全不知道该怎么做。

果果扑腾着小腿，换了个生人抱，也不认生，反而开心地吐着泡泡，看得人心都化了。

周宪眉眼中的淡漠退去了些，他抱着小家伙颠了颠，又送回沈虞怀里。

"你抱吧。"他说，"我不太会抱。"

董舒打量着周宪，心中感觉奇怪：他看着年纪也不小了，还没抱过孩子吗？

想给别人介绍对象的心思又活络起来，她忍不住开口问道："小周还没结婚吗？需不需要阿姨给你介绍个对象？"

这就尴尬了。

温折挑了下眉，颇有些兴味地等着周宪的回答。

周宪语不惊人死不休："董姐，我的女儿已经十二岁了。"

董舒瞪大了眼睛："哦……这样啊……"

董舒：看不出来啊，他这么厉害。

温折不置可否地喝了口茶，把女儿从沈虞怀里抱回来："我来抱吧。"

他低眸看着女儿白嫩的脸颊，嘴角止不住地上扬。

果果看着爸爸，开心得眼睛都亮了。

一直观察着那边的周宪默默地移开了视线，突然觉得今天的温折比以往任何一天都碍眼。

周宪有些待不下去了,又寒暄了几句便站起身告辞。

而果果也收到了来自周宪的一份大礼……五千万元的一匹汗血宝马,可以陪着她长大。

六月底,沈虞出了月子,因为月子里护理得好,状态甚至比之前还好。

时间凑得巧,她刚好硕士毕业。

清晨,沈虞对着镜子化妆。怀孕以来,为了避免化妆品对身体的伤害,她基本不化妆,但今天的场合很重要——她上午要去参加毕业典礼。

她对着镜子中的自己,有些恍惚。

"怎么了?"镜中,不知何时,温折已经走到她身后,微凉的指尖轻轻地抚摩着她的下巴。

"感觉还是胖了些,"沈虞皱眉,咕哝道,"明明我已经很注意了。"

温折对上镜中沈虞的眼。

如果说之前她的美是犀利的,那么现在当了妈妈的她则是美得惊心动魄的——她比之前丰腴了些,眉眼间的温柔化解了原先所有的青涩。

他的胸腔中蓦然生出些不明的情绪,不可否认,他自己都耽于这副精致的皮囊,但现在又不喜她美色过甚。

温折用指尖轻抚她的脸:"我们什么时候结婚?"

他想让全世界都知道,她是他的。

"我们什么时候没结婚了?"

"我说,"温折道,"办婚礼。"

"哦,你说这个。"她捏了捏自己腰间的软肉,耷拉下眼睑,"等我瘦到九十斤再说。"

"不许再瘦了,"温折从后环抱住她,"这样正好。"

他语带诱哄:"暑假就办?嗯?"

当初突然怀孕,关于婚礼的话题始终被沈虞默认着延后。

一个女人,结婚可能不是必要的,但穿婚纱一定是必要的。

对美貌有着绝对强迫症的沈虞，绝对不允许自己怀着孕穿婚纱，成为一个不够完美的新娘子。

但现在孩子生了，美貌值嘛……沈虞看了眼镜面，好像也恢复得不错。努力一点儿，她在婚礼当天成为最美丽的新娘子似乎不是难题。

沈虞看了看温折，突然抬起下巴，扬声道："我要在海岛结婚。"

"嗯。"

沈虞忍不住弯唇，继续道："我还要镶满钻石的婚纱。"

"然后呢？"

"我还要整个城堡的玫瑰花！九千九百九十九朵吧！"

"依你。"

"这是你说的。"她挑起眉梢，"少一朵拿你来赔。"

温折弯唇笑了，指尖轻佻地抬起沈虞的下巴："要我怎么赔？"

他凑到沈虞耳边，低声说了几个字。

沈虞一张脸瞬间涨得通红："走开。"

沈虞化完妆，和温折说话耽误了一点儿时间，到达毕业典礼现场时比预计的晚了一些。

毕业典礼后，晚上沈虞携许雯等一众同门，邀请宋昆参加了谢师宴。

对于宋昆，沈虞是感激的。她研三这年基本都在公司，虽然研二基本就完成了论文指标，但到底为这一年的缺席而过意不去。

晚上，沈虞敬了宋昆三杯酒。散场时，沈虞还低声和宋昆说着话。

她在A大读本科时的导师就是宋昆，研究生时她依旧选了宋昆。这么些年，宋昆始终对她多有照拂。哪怕周身围绕着众多优秀的弟子，他待她依旧公允。

"宋老师，"沈虞眉眼真诚，"我和温折快要办婚礼了，到时候您来喝杯喜酒啊。"

宋昆"哈哈"地笑开了，向来严肃的面庞多了些和蔼："我当然要来。论起来，我也算你们俩的媒人。"

沈虞愣了下，回忆起自己和温折的"初见"是在宋昆的寿宴上。她和温折能重新在一起，也是由于鼎越的实习经历。

她没解释，只弯唇笑着："是啊，多亏了您。"

酒局散去，温折亲自开车过来接沈虞，见到宋昆，和其握了握手："宋老师。"

宋昆看到他，回忆起当初程朗被举报带走就是这位的手笔。程朗做的事该罚，但到底罪不至此。虽然温折做这一切都是为了沈虞，但沈虞找了个这么深不可测的男人，实在不知是喜是忧。

宋昆仔细打量了温折一眼，伸出手和他相握，一瞬即离。

宋昆也曾向老友邵其明打听过温折的品行，但邵其明简直就差把温折当亲儿子对待，恨不得在其脑门儿上打上"品行顶尖，值得信赖"几个字。也不知是温折真的品行端正，还是邵其明有"亲爹滤镜"。

稍微寒暄了几句，温折同样提出了婚礼邀请。离开前，宋昆拍拍温折的肩："好好对小虞。"

温折颔首。

董舒特地找大师算了日子，千算万算才堪堪定下时间——就定在一个半月后，八月中旬。

京城陷入酷暑，为了躲避高温，他们最终把结婚地点定在了气温均衡的爱尔兰。

虽然他们连崽崽都有了，但关于婚礼的仪式感必不可少。有个习俗是结婚前新娘新郎不能见面，沈虞为此还认真思考过自己要不要回沈宅住段日子，安心做一个"待嫁新娘"。

她这个念头刚刚提出来，便被温折无情地驳回了。

沈虞："这是仪式感！你懂什么？"

说完，她又腰哼了一声。

温折抱着"咿咿呀呀"的女儿，把崽崽递到沈虞的怀里："宝宝饿了，孩子妈。"

后三个字如同冷水浇下，让沈虞握紧了拳头。

孩子妈？！他怎么能对"待嫁"的仙女说出如此残忍又冰冷的话？！

沈虞气得鼓腮，抱着女儿抬步就要往外走："我要带着果果离家出走。什么时候办婚礼,你什么时候来接我。"

温折:"你可以在结婚前和我分开一天。"

沈虞摇摇头:"唉……果然,有了孩子就不一样了。这婚礼说办就办,你再也不尊重我的意愿了。"

温折:"……"

"连'孩子妈'你也叫得出口了。"沈虞故意气他,"是吧,孩子她爸?"

温折面无表情:"沈虞,又开始了?"

是的,她又开始作了,这一日不作就难受。

当然最后,就这个问题,他们也没有讨论出个结论。

八月中,温折包了一架专机,带上他们各自的亲朋好友,从京城出发去了爱尔兰。

这次婚礼规模不大,他们没有邀请生意伙伴,也不涉及任何利益往来。

沈虞坐在化妆间里,对着镜子细细一起欣赏起自己的美貌。梁意作为伴娘百无聊赖地坐在一旁,一时没事做,不约而同地和沈虞一起欣赏起了她的美貌。

梁意冷不丁地道:"怎么生了宝宝气色还这么好?"

沈虞闻言看了她一眼,弯起红唇:"我就当你在夸我。"

今日沈虞的确美得不像话。

温折依言,真的拍下了一套裙摆镶满晶莹钻石的婚纱。这套婚纱是纯手工定制,裙摆上的花纹是由数个绣娘费时一个月绣成的,上面还细细密密地镶嵌着小钻石,其华美精致程度令人惊叹。

梁意习惯了沈虞的奢侈,而这样的华丽也只有沈虞能彻底彰显。精致的妆容下,女人一双美眸看谁都水波盈盈,直教人酥了骨头。

梁意又瞥向沈虞被婚纱勾勒出的纤细腰肢——这哪里是生过孩子的女人?!

董舒抱着同样穿着小白纱裙的果果走到沈虞面前,晃了晃小家伙的小手:"这是妈妈,妈妈好不好看?"

崽崽用葡萄般的大眼睛直勾勾地盯着沈虞,一动不动,然后弯着眼睛笑出了声。

小孩子的笑声奶奶的、脆生生的，直接俘获了梁意——可爱！果果怎么能这么可爱？！

梁意眼中的羡慕都快溢出来了——沈虞果然是人生赢家！

梁意和江至恋爱这么多年，生怕受婚姻约束，始终不想结婚，但现在看，结婚不好吗？有一个这么可爱的崽崽不好吗？

脑中正疯狂播放弹幕，梁意突然被通知时间到了。

"婚礼开始啦！"梁意把旁侧的捧花递给沈虞。

沈虞接过捧花，心里头这才有了些落到实处的感觉。

大概因为是"孩子妈"了，她完全失去了作为新娘子的紧张和羞涩。直到接过捧花，被身后温折亲戚家的小花童牵起婚纱裙摆时，她才终于缓过神，挺直脊背，面带微笑地朝外走去。

婚礼地点露天，如沈虞所想，海岛边满是粉玫瑰，海风微拂，带来阵阵花香，宛如仙境。

沈虞走至红毯前，搭上了周宪的手臂。

温暖的海风拂过她的脸颊、发梢，轻轻带动了她脑后飞舞的头纱。

周围宾客满座，沈虞在红毯的尽头看到了笔直站立的温折。

他罕见地穿上了白色的西服，背后是一望无际的蓝天、大海。

男人站在那儿，就好像最亮丽的风景。时间荏苒，未改变他分毫——他一如当年树下清澈、干净的少年。

悠扬甜蜜的音乐在耳边响起，沈虞挽着周宪的手，一步一步地踏上红毯。

宾客的掌声和欢呼声更加热烈了。

终于，沈虞站在了温折面前。

男人小心地从周宪的腕间接过她的手。

近看他，沈虞愣了愣。她没想到，温折这般适合浅色的西服。确实如沈虞所计划的，两人婚礼前没见面。这么骤然相见，他们都有些发愣。

下面传来了宾客的调笑声，有人大声笑喊："这都结婚了，还看不够呢？！"

"腻死人了！"

"就是就是——"

沈虞被喊得脸颊有些烫，作为"孩子妈"，难得少女般局促地低垂下眼。倒是温折从喉间发出一声低笑，伸手抬起沈虞的脸，眼神缱绻地看向她："这么好看，怎么看得够？"

在一旁等候多时的司仪听见了，调侃般笑了："看来我们的新郎很热情啊。"

下面的起哄声更欢了。

董舒抱着果果坐在最前排，晃着小家伙的手。宝宝开心得直笑，大眼睛扑闪扑闪地看着台上的爸爸妈妈。

婚礼仪式开始了。司仪提高嗓音，在习习的海风中问道："沈虞女士，你愿意嫁给身边这位先生，让他成为你的合法丈夫，无论贫穷还是富裕，疾病或者健康，始终陪伴在他的身边，对他不离不弃吗？"

沈虞看着温折的眼，美眸中映出盈盈水光。她提高声音，坚定又真诚地一字一顿道："我愿意。"

司仪又将目光投向温折，问了同样的问题。

温折低眸看向沈虞，对上她漂亮的眼睛，眸中似含有万千星辰。他低沉的声音被海风吹拂着响在沈虞的耳边："我愿意。"

宾客开始欢呼，馥郁的玫瑰香气盈满沈虞的鼻畔。

"接下来，新郎可以吻新娘了。"

温折垂首，靠近她。

沈虞还没试过在这么多人面前接吻，尤其前排还坐着个小家伙当VIP观众。她垂下睫毛，脸颊酡红起来。

温折却不管，低笑着按住她，薄唇印上来，掠夺她口中的清甜。

坐在董舒怀里的果果眨了眨大眼睛，小小的脑袋里藏着大大的问号，虽然不知道爸爸妈妈在干什么，但还是开心地挥舞起小手。

海风、玫瑰、花香……

沈虞环抱住男人的脖颈热烈回应。

他们会永远热恋下去。

果果大名温晴,是温折取的名。

时间一晃,温晴小朋友四岁了,到了上幼儿园的年纪。

这周末,沈虞工作出差两天,董舒难得需要招待远道而来的老同事,于是,照顾女儿的责任就这么落在了温折的肩上。

这段时间有个紧急项目,他需要加班。眼看着得把小家伙放在家里给用人照顾,但宝宝长这么大始终没有离开过家人,温折到底还是不放心。

一早,他轻轻拍醒仍在小床上酣睡的果果。

女儿被养得极好,黑发秀丽,皮肤细嫩,粉雕玉琢的模样,抱着被子睡觉时,像个白玉般的团子。

小家伙不动时眉眼像他。

而她动起来,例如现在——她被拍醒,揉了揉眼睛,张唇打了个小小的哈欠。大概还有起床气,她睁着一双不甚满意的大眼睛盯着温折,问爸爸为什么要吵醒她。

这副娇气又理所当然的模样,像极了沈虞要发脾气的样子。

"起床了。"温折梳理着女儿睡得翘起来的头发,"跟爸爸一起去公司。"

温晴歪了歪头,又打了个小哈欠,奶声奶气地说:"为什么要去公司?妈妈出差了,奶奶呢?"

温折:"奶奶今天有事。"

"哦。"温晴点点头,又把小身子埋进被子里,"爸爸自己去,我不去。"

她这赖床的小脾性也学了沈虞十成十。

"不行。"温折冷下心肠,把小家伙直接从被子里抱出来,"你平时上幼儿园也能赖床吗?"

温晴幽怨地看着爸爸冷漠的下颌:"可是我今天不上幼儿园,只有爸爸要上班。果然……"

温折:"果然什么?"

"妈妈说爸爸是黑心大坏蛋。"

温折:"嗯?"

温晴像煞有介事地眨巴眨巴眼:"自己不睡,也不让别人睡。"

所以沈虞每天就是这样在小家伙面前说他的?

温晴被迫洗漱、换了衣服,坐在高高的餐桌旁吃早餐,大概今天的虾饺和米汤甚合她的心意,哪怕小短腿够不着地,也悬在半空中激动地乱晃着。

温折放下勺子,看着对面兴奋得弯眼的小家伙,忍俊不禁。

饭后,带上常照料果果的阿姨,温折一只手托着果果出了门。

"爸爸。"平时爸爸工作忙,温晴甚少和其单独出门。起床气来得快走得也快,这会儿她完全忘记了刚刚被叫醒的不愉快,笑眯眯地环抱住温折的脖子,神秘兮兮地说:"我告诉你一个秘密。"

温折挑眉:"嗯?"

"幼儿园的胖胖和我说,他觉得我妈妈是仙女。"

温折的脚步一顿,那个胖胖他有印象——他和沈虞第一次送果果上幼儿园时,胖胖就自来熟地牵着沈虞的裙摆。

"然后呢?"

温晴:"胖胖说,以后也要娶我妈妈这样的仙女做老婆。"

温折从喉间溢出一声笑。这话要说给沈虞听,她的尾巴肯定又要翘上天了。

"那你告诉胖胖,"温折说,"仙女已经是我的了。"

温晴立马骄傲地抬起下巴:"也是我的!"

半个小时后,轿车停在鼎越资本的写字楼下。

温折抱着怀中四处好奇打量的小家伙下车。他甚少单独照顾果果,小家伙偶尔娇气,大多数时候都非常乖巧。

他心中熨帖:果然,他的女儿就是像他。

这个念头刚过,下一秒,趴在他肩头的小家伙不知道看到了什么,猛地直起脊背,指着对面商场的标识:"我要!爸爸,果果要吃那个!"

温折扭头,顺着果果的视线看过去,然后眉头一皱。果果指的不是别的,正是商场大门口的肯德基——那红红的招牌和老爷爷的经典微笑,小家伙曾在电视上看过数次。

"冰激凌,这个老爷爷卖冰激凌!"

温折把女儿的脑袋给扳了回来:"不能吃。"

现在时间已入金秋,她吃冰激凌很容易受寒。

温晴不开心地噘起嘴,当即晃荡起小短腿:"下去,我要下去。"

温折不知道她要做什么,弯腰把小人儿放了下来。

结果刚刚下地,果果顺势便要往地上一栽,做出一副要打滚儿撒泼的架势。

写字楼人来人往,不少人的注意力已经被吸引到了这边。

有鼎越的员工看到了他们温总。他手上牵着的奶团子似的小家伙像是受了极大的委屈般,恨不得在地上打滚儿。向来镇定淡漠的温总难得窘迫无措,朝四处环顾一圈,一把将女儿从地上捞了起来,面无表情地抱在怀里。

不知道他说了句什么,小家伙瞬间不吵也不闹了,眉开眼笑。

温折则冷着一张脸,抱着女儿就往电梯走,脸上颇有点儿"回去再算账"的意味。

看到这戏剧性的一幕,鼎越的员工全都埋下头偷笑。他们也是头一回见着这小公主,她出乎意料地爱捣蛋,饶是严厉如温总也束手无策了。

答应了给女儿买冰激凌,温折板着张脸,低声问小家伙:"谁教你的?"

温晴笑眯眯地道:"奶奶看的电视剧里都是这么演的。"

温折一时有些无语,伸手轻轻捏了把女儿嫩生生的脸:"下次不许这样了。"

温晴眨眨眼:"我要巧克力口味的。"

温折:"……"

温折来到办公室,各位秘书早已正襟危坐,敲击键盘的声音不绝于耳。

众人不敢乱看,直到听到脚步声停下。

袁朝一抬眼,看到温折抱着个极其漂亮的小姑娘站在自己面前,有些欲言又止。

袁朝立刻挺直脊背,等待温折吩咐。

一秒后，温折伸出修长的手指轻敲了下袁朝的桌面："你去……找人去肯德基买个冰激凌。"
　　袁朝：啊？
　　"巧克力味的。"
　　袁朝：啊？！
　　"最好小一点儿。"
　　袁朝：啊？！
　　"大！要大一点儿！"温晴不满意地噘起嘴，直勾勾地盯着爸爸的侧脸。
　　温折一个眼神扫过去，温晴瞬间偃旗息鼓。她绞了绞手指，可怜巴巴地看着袁朝，鼓腮比口型道：大，大一点儿。
　　这小模样怎么这么可爱？！别说冰激凌，母胎单身三十年的袁大助理恨不得把星星摘了送给小公主。
　　不过，袁朝还没来得及和小家伙使眼色，温折就已经抱着女儿进了办公室。
　　"啪嗒"一声，全场安静下来，办公室里只剩阿姨以及父女俩了。
　　温晴看着爸爸沉静的一双眼，咽了咽口水，慢慢有些怂了。妈妈也是这样，被爸爸这么一看，立刻就服软了。
　　温折把小家伙放在沙发上，又从阿姨手中拿过小书包，里面有温晴常看的小人儿书："在这儿自己玩会儿。"
　　他朝阿姨一抬下巴："看着她。"
　　阿姨连忙点头。
　　有了小人儿书看，温晴暂时也不吵了，安静地坐在沙发上边看书边等冰激凌。
　　温折低眸浏览接下来的会议进程。
　　不多时，袁朝敲门进来，手里拿了个大大的巧克力冰激凌："温总。"
　　温晴早已经兴奋地从沙发上站起来了，一双葡萄似的大眼睛滴溜溜地盯着大大的冰激凌，笑颜如花地拍手："叔叔棒棒！"
　　袁朝被夸得比加工资还开心，直到感觉自家老板冷飕飕的视线落在了头顶上。

"只许吃一半。"

温晴早已经接过冰激凌,吃得不亦乐乎,婴儿肥的莹白小脸沾上冰激凌了也不管。

温折朝袁朝示意:"通知他们开会。"

"是。"

温晴一听:"开会!果果也要开会!"

温折:"你在这儿看小人儿书。"

"不要,"温晴张臂就朝温折的方向蹦跶,"要爸爸抱。开会,开会。"

温折按了按眉心,对这小家伙一点儿办法都没有。深吐一口气,他上前把人一把抱起:"开会可以,不能吵。"

"嗯!"温晴奶声奶气地保证,"果果绝对不吵!果果只想和爸爸在一起,一秒也不分开!"

温折摇摇头,忍俊不禁,心中却是软成了一片。温晴撒起娇来和她妈妈一个样子,全都吃准了他硬不下心肠。

温折揉了揉女儿的后脑勺儿,又用纸巾擦去她唇边的冰激凌,抱着人去了会议室。

今天开的是一个决策性小会,在场的都是公司的高层和骨干。

众人正襟危坐时,看到磨砂玻璃外徐徐走来的人,以及……他手上抱着的扎着两个小丸子头的小姑娘。

小姑娘抱着个和她的脸差不多大的冰激凌,慢慢舔着,从冰激凌后面露出一只眼睛。乍然看到这么多人,她似乎有些害羞,细声细气地出声:"伯伯、叔叔、阿姨们好,我是果果。"

几个女高层被萌得心肝儿颤——到底怎么样才能越过男人拥有这么可爱的人类幼崽?

众人纷纷朝着温折怀中的小家伙笑,会议严肃的氛围都被冲淡了不少。

温折眼中也隐隐藏着笑。他清了清嗓子,虽是道歉,倒听出一层炫耀的意思:"抱歉,本来不该带果果来的,但女儿实在黏人。"

蒋胜和其余生了儿子的男高层:呸!

温晴小朋友单纯是想来看个热闹，一边发呆，一边舔着冰激凌，耳边是爸爸好听的嗓音。

大概她发呆的时间有些久，冰激凌有些化了，一滴滴地落在爸爸的西装上，又顺着流到了西装裤上。

温折正专注地开会，没注意这件事。

她试图补救，伸出手想擦去污渍，正低着头，却忽略了手中大大的冰激凌，不知怎么了，冰激凌部分从脆皮上掉了下去，直直地落在了……西装裤中间。

温晴：哦，要完了……

下一秒，众人还不知道发生了什么，就见温折突然抱着小姑娘从座位上站起来，表情一言难尽。

他伸手抽纸巾，似乎想擦，但下一秒看清位置，又止住了动作。

最终，他淡淡地说了一句："失陪一下。"

他未等众人反应过来，便抱着温晴大步从会议室走了出去。

温晴拿着空空如也的冰激凌脆皮，眨巴眨巴眼睛，然后低头咬了一口——好吃！

温折回到办公室，面无表情地把女儿递给阿姨，看了一眼温晴，道："在这儿待着。"

温晴意犹未尽地舔了舔嘴角，终于老实了："哦……"

温折独自进了洗手间，看见西装裤上的狼藉，脸色一黑。

他摸手机给沈虞发消息："女儿是爸爸的小棉袄？"

没一会儿，沈虞回："怎么？咱们果果不是你的小棉袄？"

温折处理完上衣和裤子上的冰激凌，看到女人没心没肺的回答，沉默了一会儿，随即回道："是小棉袄，就是有点儿漏风。"

但没办法，自己的小棉袄，再漏风也是自己的。

温折在洗手间里待了很久。裤子上的印迹就在某个尴尬的位置，一时半会儿还弄不掉，他无奈地打电话给袁朝，通知大家提前散会，再去买套西装送过来。

等他把一切处理完，上午时间也堪堪要过去了。

温折走出洗手间，看见小家伙盘着腿，一边看小人儿书，一边"咯咯"地笑，俨然把老父亲抛在了脑后。

小坏蛋。

他安静地驻足了一秒，然后，关门的声音大了些。

这道声响惊动了小家伙。

果果朝他的方向看过来，然后歪了歪头，笑得天真无邪："爸爸穿这套衣服更帅了！"

被这倾慕的大眼睛看着，温折一瞬间所有的气都消了。

他走过去抱起女儿："饿了吗？中午想吃什么？"

温晴想了想："想吃炸鸡！"

温折皱眉："不准吃垃圾食品。"

温晴噘嘴，抱着爸爸的脖子不说话了——小脾气又起来了。

温折有些头疼。明明董舒天天说小家伙有多乖，沈虞也说女儿是乖宝、小甜心……小姑娘还挺"双标"？

温折："吃点儿别的，炸鸡真的不行，不然你奶奶会骂爸爸的。你也不想爸爸被骂，对不对？"

温晴：这倒没有。

最终，温晴被带进商场，被一家火锅店的服务员迎进了自家门店。

温折看中了这家服务员的体贴和细心，再加上阿姨始终陪伴在侧，势必不会再出问题。

小家伙被围上了大大的围兜，坐在儿童专属座椅上。

温折不吃辣，果果年纪小，最终只点了番茄锅和清汤锅。

想起董舒交代的，今天带果果吃的所有东西都得发到群里打卡，温折拿起手机拍了张照，发了过去。

桌上清汤寡水，也没什么垃圾食品。董舒满意地回了个微笑。

沈虞也冒了个泡："果果呢？给我看看我们小仙女。"

温折晃了晃手机："果果，拍照。"

小女孩儿天生爱美，对拍照这件事格外敏感，闻言立马端正坐姿，遵循仙女妈妈说的拍照技巧，微微低下小脸，把漂亮的眼睛睁得大大的——妈妈说这样显脸小。

小家伙边摆姿势边吩咐："爸爸，记得开美颜。"

温折："……"

他拍完照片，正欲直接发群里，果果直接伸手过来："爸爸，我要看照片！"

温折收起手机："先吃饭，吃完饭再看。"

温晴鼓起腮。

她对番茄锅尤为偏爱，不停支使温折烫菜，见他烫了好几片青菜，颇为不满地晃了晃腿："肉肉！要吃肉肉！"

"吃点儿蔬菜。"小家伙连不吃青菜也像极了沈虞，温折心中低叹一口气。

最后，温折把虾滑和羊肉裹在生菜里喂给了果果。小家伙虽然不满，但到底还是苦着小脸吃了。

一顿饭吃得极慢。

温晴正低头玩着服务员送的小玩具，忽然听见身侧传来一道柔柔的女声："温总？"

她骤然抬起眼，看见了一个很年轻的阿姨，小脸顿时严肃起来。奶奶看的电视剧里，每次出现年轻漂亮的阿姨靠近已婚男主角，就绝对要出事！

温晴的目光在爸爸和阿姨之间打转，心中顿时提高了一百二十分的警惕。

温折不太记得眼前的女人，看过去的眼神略带询问之意。

女人连忙自我介绍："我是和悦集团林总的秘书，上个月的晚宴我们见过的。"

温折眼神变淡，笑了笑："抱歉，不太记得。"

其实他也不是没想起来——那天这位几次装醉试图往他身上靠的壮举，他一时半会儿也难忘记，但这类女人太多了，他有些对不上脸。

女人有些尴尬，但仍旧保持着得体的笑容："温总贵人多忘事，我能理解的。"

眼看着氛围就要凝滞下来，女人将目光落在一旁正坐在儿童座椅上直勾勾地盯着自己的小女孩儿的身上："呀！这小姑娘好漂亮。是您的女儿吗，温总？"

她伸出手试图捏温晴的小脸："姐姐给你买冰镇汤圆吃好不好？"

眼看着那只有长长的美甲的手就要伸过来了，温晴连忙嫌弃地避开，拒绝得干脆利落："不要。"

她瞬间朝温折伸出双手，抽噎着说："爸爸，爸爸抱，我害怕。"

温折脸色一沉，连忙起身把女儿抱在怀里，低声问："怎么了，果果？"

"怕。"温晴的眼眶红红的，泪水说下来就下来，她一个劲地往温折怀里躲，"阿姨长得好可怕，指甲好长，嘴巴好红。"

女人尴尬地缩回手，脸上红一阵白一阵："我……"

温折一开始还担心，但一听果果说的话便放下了心。这个小鬼灵精，在家里天天夸沈虞的美甲，对着沈虞一桌子的口红恨不得自己也涂上试试，哪儿有一点儿害怕的样子？

但借此，温折冷着脸支开了别有居心的女人。

等那人走得看不见身影，温晴立刻停止了假哭，在温折怀里探出头来，眨巴两下眼："走了？"

温折捏了捏女儿的脸："嗯，所以不用装了。"

温晴"嘿嘿"一笑："爸爸，有没有什么奖励？"

"想吃什么？"温折一见这小家伙笑就知道没好事。

温晴含蓄地歪歪头："冰镇汤圆。"

"不行"两个字已经到了他的嘴边，而小家伙早已看出他的拒绝之意："我要告诉妈妈！"

"什么？"

"爸爸不给买冰镇汤圆，我就告诉妈妈——"温晴蛮横地抬起下巴，"说爸爸在外边和漂亮姐姐说话！"

温折的眉心跳了跳，他气笑了。

温晴仍旧仰起小脸，似乎预料到温折不会不答应。虽然她才四岁，但该知道的全知道！虽然表面上是爸爸管着妈妈，但只要妈妈发脾气，爸爸就一点儿办法也没有！

"那你告诉你妈妈吧。"

温晴：失策了？

温折直接把人抱起，大步往外走，轻叹一声："我觉得你的幼儿园作业少了点儿，再给你报个班吧。"

温晴："我今天什么也没看到。"

温折："嗯。那冰镇汤圆……？"

温晴心中流着泪，嘴上却只能道："冰镇汤圆有什么好吃的？"

温折满意地揉了揉女儿的后脑勺儿。

好在下午温晴需要睡一个漫长的午觉，回到公司，温折把女儿放在自己休息室的床上，让阿姨哄她睡觉。折腾了一上午，到此时，温折才真正有时间处理工作。

他揉了揉额角，长吐一口气。

沈虞这次在邻市出差，临走前接到了冯苏苏的电话。

冯苏苏告诉她，校园里那只橘猫不见了。

小鱼今年十三岁了，在猫中算是老龄，这次消失很有可能已经不在了。

猫不喜欢在自己久居的地方死去，所以那只橘猫很可能自己找了个地方默默地离开了。

沈虞听到这个消息，胸腔沉闷起来。在回京城的路上，她让秘书临时改道，去了苏城。

冯苏苏说这只橘猫年轻时魅力无边，勾搭了好几只帅猫，又生出好几窝漂亮的小猫。现在它的某只子孙刚刚生了一窝小猫，冯苏苏问沈虞有没有兴趣养一只。

沈虞想起自家孤孤单单的女儿，觉得有只猫猫和女儿做伴极好。

她来到苏城高中，在一窝新出生的猫崽里一眼便看到了和小鱼最像的那只——浑身灿烂的橘色，躲在一窝小猫里。突然，小橘睁开眼对上了沈虞，一偏脑袋，尾巴一甩。

她还是不受猫待见……

但她不和它计较，钦点了这只小橘，不远万里地带回了京城。

沈虞并未告诉果果小猫的事情，决定给果果一个大大的惊喜。

当天沈虞到家时已经是晚饭后了。她拿着猫包轻轻地打开大门，看见屋内亮堂一片。小家伙正坐在软垫上，专心致志地搭着积木，董舒则坐在沙发上和老姐妹唠嗑，而温折……

他靠在沙发上，一只手撑着头，一只手翻着手机，神情倦懒，也没去书房忙工作，就像是……没了魂。

沈虞猫着腰，拎着猫包从屏风后走出来，轻轻叫了句："喵——"

屋内的父女俩顿时被声音吸引。

沈虞从猫包里放出小橘。

小橘迈着四只小短腿，半彷徨半陌生地四处打量，口中不停地"喵喵"叫着。

果果则是惊呆了，为突然回来的妈妈，也为地上发出"喵喵"颤音的猫咪幼崽——这是真实存在的小可爱吗？

果果放下积木，迈着小短腿就往沈虞那里跑，兴奋得小奶音直颤："妈妈！这是哪里来的小猫咪？"

温折也被吸引了注意力，就连另一侧的董舒都讶异地看向了地上的幼崽。

温折走过来，略有些迟疑地看向地上的小橘："这是？"

下一秒，小橘怯生生地迈步朝温折走过去，在其裤脚上蹭了蹭——真是小鱼的亲孙女。

"是小鱼的后代。"沈虞回答。

温折睫毛一动，弯腰抱起蹭着他的小猫，又对上女儿亮晶晶的眼睛："这是爸爸朋友的孩子，果果愿意和它做朋友吗？"

果果完全被小猫咪勾去了魂，重重地点头："愿意！我能抱抱……它吗？"

温折把小猫放进女儿的手中："你轻轻地摸摸它的脑袋，别吓着它。"

沈虞蹲在温折身边，看着两只幼崽，心都要化了。

温折牵住她的手："你回苏城中学了？"

"嗯。"沈虞情绪低落了一些，"小鱼应该……不在了。"

温折垂眸，低低应声："确实到年纪了。"他目光柔和地看向小心翼翼地抱着猫咪的女儿，"但它一直在，还一直陪着我们。"

513

"果果,给小橘取个名字。"沈虞伸手抚摩女儿的头发,"以后小橘就是你的朋友了。"

小橘在果果手里显得异常乖巧,到此刻才没有了到陌生环境的局促。

"叫花花好不好?"果果笑得两眼弯弯,看向沈虞。

沈虞"扑哧"一笑,瞥了眼温折:"花花?为什么叫花花?"

果果道:"因为小橘身上有花纹。"

"花花"这个名字在果果的坚持下定了下来,于是家中就这样多了一个家庭成员。果果自觉担任其小主人的职责,兴致勃勃地给花花搭了猫爬架、猫窝,甚至连铲屎也亲自动手。

每天一放学,小家伙就迫不及待地回家照顾花花,小猫被养得极好,很快便从刚到家时的巴掌大长成了板凳般大小。

难得的一个周末。

时节已步入隆冬,落地窗外下着小雪。

温晴起了个大早,坐在落地窗前,果果乖顺地趴在她的身旁。

"唉。"温晴低头叹了口气,又伸手撸了把花花。

花花蹭蹭她的手掌,跟着"喵"了一声。

两个幼崽坐在落地窗前埋头叹气的模样,着实逗笑了董舒——难道小小的幼崽也有大大的烦恼不成?

董舒走到孙女背后,听到小家伙咕哝道:"也不知道小葡萄会不会冷呢?"

小葡萄是周宪送给果果的小马驹,养在马场。这匹纯种的汗血宝马极其挑嘴,要吃上好的粮草。除此之外,最奇怪的是这匹纯种宝马喜欢吃葡萄。为此,果果给它取了"小葡萄"这个名字。

以往,果果一个月要去马场两次。由于最近连续下大雪,温折不放心她出门,又怕摔伤又怕受寒,所以这个月她都没去过马场。

"花花,"温晴又叹了口气,弯唇道,"下回我带你见小葡萄,你一定会很高兴和它做朋友的。"

猫咪对小主人异常捧场,"喵喵"叫了两声。

董舒听着孙女的童言童语，忍俊不禁。

好不容易到了休息日，沈虞起得有些晚，从楼梯上下来时，便看到了落地窗前的一人一猫——两只幼崽可爱得人心颤。

沈虞抬步走过去，朝落地窗外看了看："雪下这么大了呀！"

"妈妈！"温晴抱着猫猫，"今天能出去玩吗？"

沈虞盘腿坐在女儿身侧："雪太大了，不能出去的。"

温晴失望地叹了口气。

看见女儿沮丧的小表情，沈虞又有些不忍心："那果果想不想堆雪人呀？"

"堆雪人？"温晴睁大了眼睛，"可以吗？可以玩雪吗？"

沈虞微笑着点头。

在一旁听母女俩聊天儿的董舒补充道："但果果要穿暖和点儿才能出去。"

温折从健身房出来后，没在卧室看到人。

他微微挑眉，倒没想到沈虞已经起来了。今早还有这精力，看来昨天夜里她都在装可怜。

他从楼梯下去，发现客厅里倒是热闹得出乎意料。

果果穿着桃粉色的羽绒服，帽子、围巾、手套全副武装，站在那里像是一只笨笨的小企鹅。就这样董舒还嫌不够，看起来似乎要把小家伙全部裹起来才满意。

温折轻笑一声。

小家伙在下面眼睛亮晶晶地喊道："爸爸！一起出去堆雪人！"

温折和沈虞对视一眼，答应："好。"

温晴兴奋地一手抱猫，一手牵着沈虞就往大门走，嘴里还不忘喊道："爸爸，跟上！"

温折眼中藏着笑，走到沈虞身侧，拉着她一起出门。

董舒看着和谐的一家三口，弯眼笑了起来。

后花园内冰天雪地，松枝上挂满了雪，风一吹就往下掉。

花花懒洋洋地蜷在大门口，说什么也不去外边吹冷风。

"爸爸会堆雪人吗？"温晴蹲下身，对着眼前白茫茫的一片，大大的眼睛染上迷茫。

温折："果果想堆什么？"

"堆小葡萄可以吗？"温晴期待地看着温折，"这样也算是见到小葡萄了！"

"嗯……"温折沉默了一下，道，"爸爸试试。"

沈虞也不插手，只帮着集雪，笑眯眯地等着看温折为难的模样。

一生好强的男人哪里甘心在女儿面前丢面子？温折慢慢地堆雪，回忆着小葡萄的模样，试图建起一个小马驹的雏形。

在温晴的眼中，她的爸爸无所不能！她捧着脸，两眼放光地蹲在温折身侧，时不时殷勤地给爸爸递雪团子。

但……老天势必不会给一个人开所有的窗。半个小时后，温折淡定地看着面前的四不像，又瞅了瞅身侧的小家伙，语气并不十分确定："小葡萄……就长这样吧？"

温晴抽了抽鼻子，毫不客气地反问道："小葡萄知道它长这样吗？"

沈虞已经快要笑出声了，但为了给温折留面子，极力忍住了。

温折尴尬地轻咳一声："爸爸还没堆完。"

温晴："爸爸，堆完小葡萄，我还想让你堆妈妈、奶奶、花花、果果，还有爸爸自己！"

温折："爸爸……先把小葡萄堆完。"

又过了十分钟，沈虞在温折的眼神暗示下，帮着上手处理了小葡萄的细节。

最后，温折找了小石头放在雪人小马的头上作为眼睛："这是不是你的小葡萄？"

温晴往后退了几步，颇为严谨地看了看，终于给了温折一个夸奖："爸爸好棒！"

温折还没来得及露出一个微笑，下一秒女儿话锋陡转："多亏了妈妈！"

温折："……"

雪越下越大，风也呼啸了起来。沈虞把女儿护在怀里："外面天凉，我们先回屋，等会儿再出来好不好？"

"好！"温晴乖巧地应声，环抱住沈虞的脖颈。

就在一家三口准备回屋的时候，突然，栅栏外传来了汽车的刹车声。

不多时，他们的背后传来一道苍老的嗓音——

"小虞。"

沈虞的脚步一顿，她怀中的温晴也顺着扭过头，一起看向了门外正拄着拐杖站立着的老人。

温晴轻眨了眨眼。她见过这个人，只不过很少，记忆里只有一些零星的碎影。以往见到熟人，爸爸妈妈都会让她叫人，但见到这个人没有。

所以，温晴至今也不知道自己应该叫他什么。

沈虞看见沈光耀，脸色也没什么波动。只是外头风雪正盛，她皱了下眉。最终，还是温折招呼道："外头风大，你进来吧。"

"唉。"沈光耀连忙应声。

温晴规规矩矩地坐在爸爸的腿上，时不时睁着大眼睛看向对面。

沈光耀看着粉妆玉琢般的小女孩儿，眼中泛出些许痛惜："果果都这么大了。"

小姑娘眉目间的灵气和沈虞小时候极像——那是多久前的事情了……

用人在沈光耀面前放了杯茶："您慢用。"

沈虞眸色淡漠，漫不经心地玩着手机，似乎并没有谈话的兴趣。

"小虞，"沈光耀叹息着喊她的名字，"我已经和韩雅离婚了。以前的事，我来和你……"

话未说完，沈虞朝用人使了眼色，便有阿姨直接上前抱走了果果。

骤然被打断，沈光耀有些尴尬。这些年他老了许多，再加上被琐事搅扰，原先的精神气几乎散了一半。

"是爸爸对不起你，也对不起你妈妈。"沈光耀语气低沉。

屋内一片安静。

沈虞眸色没有半分动容：如果道歉有用的话，那还要警察干什么？

温折抿了口茶,便是惯常心软的董舒都冷淡地坐在一旁。

"果果到现在都不认识我。"沈光耀说道,"小虞,我也只有你这一个女儿,现在你留我一个孤家寡人,我该怎么办?"

沈虞:"我这些年给了你分红,已经尽到了赡养的义务。"

这几年,沈虞久居上位,哪怕语气平淡,话中的锋芒和嘲意也似要溢出来。沈光耀被这句话堵得一句话也说不出。

"人的感情是相互的。"沈虞十分冷静,"如果你要我忘记前嫌,心无芥蒂地和你以父女关系相处,我想我做不到。果果也没必要知道你的身份。"

屋外风声转小,雪也停了。

"雪停了。"沈虞道,"你回去吧,不然一会儿又下大了。"

…………

温晴站在房间的窗台前,看见了刚刚那个老人离去的身影。

她托着腮,半晌,移开了视线。

窗台上积了不少的雪,全被温晴收集了过来。她低眸,认真地堆着自己的小雪人。她要堆四个雪人——爸爸是最高的,妈妈是最瘦的,奶奶是笑眯眯的,还有个小小的自己。

温晴给自己画了一个大大的笑脸——她是世界上最幸福的小孩儿。

四个小雪人堆完,温晴抱着小盒子风风火火地下楼。

楼下,妈妈好像有些不开心。爸爸正低声和妈妈说话,大概又在哄妈妈开心了。

沈虞确实不太高兴。一贯如此,每每遇见和沈家相关的人和事,她便高兴不起来。

温折知道她情绪不高,变着法子找话题:"今年过年我们去海岛过,嗯?让妈看着果果,我们单独出去。"温折压着嗓音,"听说那里的情侣套房很有特色。"

沈虞动了一下睫毛,脸颊顿时烫了烫——这个老不正经的!

两人正在低语,眼看着话题就要朝着某个不可控的方向发展,温晴抱着个铁盒,迈着小短腿跑了过来:"你们猜猜,我堆了什么?"

沈虞连忙正襟危坐,离温折远了些,低眼看去,迟疑了几秒:

"是……兵马俑?"

温晴:"……"

温折:"四根柱子?"

温晴:"……"

眼看着女儿脸上的笑容慢慢消失,沈虞和温折对视一笑,终于不再开玩笑。

温折伸臂就将温晴抱在了腿上:"谢谢宝宝的礼物。"

董舒也端着茶杯走过来,一眼看见四个小人儿,惊喜地喊出声:"呀,这是果果捏的?"

温晴羞涩地点点头:"一家人,永远在一起。"

第二十章

情难尽，长相守

周宪再见宋诗，是在数年前的一个颁奖典礼上。

女人一袭黑色鱼尾裙，撑着一把宽大的黑伞从保姆车上下来，周身的闪光灯迷离闪烁。

宋诗的脊背笔直，她朝身侧的记者落落大方地露出淡淡的笑，冰肌玉骨，乌发红唇，眉目间又冷又艳。

闪光灯更甚。

"周总喜欢这款？"身侧一个合作商轻声调侃，"这是今年新晋小花宋诗，看起来冷冰冰的，很带劲。"

周宪冷眼睨他一眼，没说话。

"但这女的很难上手，张家太子爷追了半个月，连片衣角都没碰到。"

听罢，周宪漫不经心地移开视线，手插兜便往场内走，轻轻撂下一句："自不量力。"

合作商站在原地，愣了好一会儿才堪堪反应过来——周宪骂的好像是张家太子爷。

合作商知道周宪的毒舌功力，以他的眼光，圈内就没几个看得上的，今天他倒是破天荒地为个小明星说话——难道是他自己看上了？

此人摩挲着下巴，又往宋诗的方向看了一眼，只望见一个摇曳生姿的背影。她连走路都这么好看,周宪看上了也正常。

几年前这位周家大少爷有多浑尽人皆知,倒是这几年转了性,身边除了一个"外甥女",竟再没见着一个女人。

场内衣香鬓影。

周宪低眸,兴致缺缺地把玩着黑玉扳指。他一抬眼,在聚光灯闪烁的前排,看到了女人的肩颈——笔直、挺拔,白生生的,极惹人眼。

周宪懒懒地扯了下唇。

突然,女人身侧坐下一个带笑的男人。男人白得不太正常,约是擦了粉,大概率是某个小明星了。

周宪的视线略微停顿。

不多时,颁奖典礼开始。

周宪作为主办方的赞助商,受邀作为颁奖嘉宾,要和一个老演员一起颁发最受欢迎新人奖。

但在这之前,最佳男演员奖颁给了那个男人。

周宪:"他是谁?"

"啊?"合作商愣了愣,抬起下巴看向台上,恍然道,"楚均啊!周总怎么会不知道他?"

周宪缓缓笑了笑:"我为什么要知道一个小明星?"

"楚均去年底拿了个最佳男演员奖,再加上粉丝多,现在风头正盛,直逼一线。不过……"合作商话锋一转,突然笑笑,"最近楚均麻烦可大了,和宋诗闹绯闻,不澄清也不承认,网上闹得动静很大。"

周宪已经在低头玩手机了,一声未吭,看起来丝毫不感兴趣。

没多久,他略整理了下西装,上台颁奖。

有老演员说话,周宪只需要宣布最后的获奖人选。看到名字的那瞬,周宪一扯唇角,平静地读出女人的名字:"宋诗。"

掌声中,宋诗抬步上台,黑色鱼尾裙上的流苏随着她的步伐摇曳生姿地晃动。

和他再见面,宋诗的表情无一丝多余的波动,她微笑着接过奖杯,平静地说完获奖感言。

整个过程,她未和他有过眼神接触。

晚宴烦琐,周宪回到位子上,低头转动扳指的动作越来越快。一旁的合作商看出他面上的烦躁,虽不知原因,倒也没自讨没趣地找他聊天儿。

台上主持人报幕,宣布节目开始。颁奖典礼中途一般会请当年较有影响力的明星表演,听到楚均、宋诗二人的名字,周宪倏地睁开眼,冷冷地看向台上。

两人去年合作了一部古装偶像剧,今天唱的就是那部剧的主题曲,一首情意绵绵的曲子。

"靡靡之音。"周宪重新闭上眼睛,似乎连一眼都懒得看。

合作商:曲子招你惹你了?

一分钟后,周宪倏地从椅子上起身,抬步就走。没人敢阻止他——谁不知道周大少爷的脾气?现在他还算是收敛了锋芒,要早几年,谁惹了他不高兴,整年都不得安生。

按照周宪的家世,他能赏脸来,都是主办方求之不得的事。

后台梳妆间。

宋诗刚刚上台换了套礼服,现在要换回来。

这套鱼尾裙穿起来极不方便,不仅需要从后面系腰带,拉链也异常难拉。她低声呼唤助理,半响,没有得到回应。

宋诗蹙了下眉,正欲探头看,发现有人从帘后进来了。

感受着背后的拉链被人轻轻拉动,她微微放松脊背,低声问:"小许,刚刚喊你没听见吗?"

背后的人没答,只有轻轻的呼吸声以及拉链被拉动的声音。动作间,她脊背的细嫩肌肤与那人的手指接触,有些温热。

宋诗眸色微变,连忙要扭头。那人动作比她更快,坚硬的手臂绕过她的肩颈,将手指竖在了她的唇边:"嘘。"

宋诗试图挣扎,周宪低沉的嗓音响在她的耳边:"想把人喊来?"

还是那个败类!宋诗咬紧下唇,压下胸腔里的愠气,将手挡在胸前,沉声问:"你想做什么?"

背后的拉链只拉到一半，女人漂亮的蝴蝶骨依旧暴露在空气中。

周宪的眸色漫不经心，他问："什么时候回来的？"

宋诗："与你无关。"

周宪从喉间低笑一声："很好。"

宋诗听出他语气中的意味，知道他生气了——他越生气，越平静。

她背后的拉链还被他控制在手中……

周宪道："你说我现在喊人过来，会怎么样？宋小姐刚刚得了奖，就衣不蔽体地和我共处一室，大家会怎么想？"

宋诗咬紧牙关："你浑蛋！"

周宪嗤笑道："你知道就好。号码。"

宋诗沉默了会儿，低声报了一串数字。

周宪走了。

晚宴结束前，宋诗的手机里出现一条短信——周宪给她发了房间号。

回宴会厅后，宋诗下意识地朝周宪的位子上看了一眼——他不在。

也是，周大少爷向来随心所欲，恶劣至极。

她没看到周宪，倒是在另一端看到了另一张熟面孔。

王甚——王家的公子，满身浪荡少爷的气质，是周宪的兄弟。似乎也看到了她，王甚玩味地一挑眉。

宋诗收回视线。

周宪的圈子里大多是这样的人。他们游戏人间，又何尝认真对待过真情？

多年前，王甚把一个女生搞大了肚子，轻描淡写地便让其打了胎，还轻蔑道："小猫小狗似的玩意儿，也敢和我使这种歪心思。"

周宪听罢，轻轻弹了下烟灰，调笑道："那也是你蠢，才被钻了空子。"

二十几岁的周宪挥金如土，桀骜浪荡到了极致，身边的女朋友向来不超过三个月。宋诗以为自己不同——她在他身边待了一年，哪怕周宪始终漫不经心。

他早在开始就说得很清楚：腻了就分，不过是你情我愿的事。

他似乎很钟爱她，对她说的最多的话便是——真乖、听话。

周宪对女朋友很大方。哪怕宋诗还是个电影学院的新生，他也毫不吝啬地捧她。

他也确实足够谨慎，几乎从不给她"钻空子"的机会。

怎么怀孕的，宋诗自己也不知道。

她拿着医院的化验单，指甲陷进了肉里。或许呢？或许她不一样呢？

宋诗把化验单藏进了包包的最里层。

这天晚上，周宪发消息让她去接他，地点在京城有名的风月场所。

宋诗赶到时，包间的门开了一半，并未全关。隔着门，她便听到了王甚高亢的嗓音："周少爷这是为我们小嫂子守身如玉啊！这都不上，是不是男人？"

里面还传来了女人娇柔的嗓音。

周宪："我没你那么饥不择食。"

"哎哟！"王甚笑骂道，"你说我饥不择食？是，你这一年转性了，真准备和小嫂子定下来？"

宋诗心尖揪紧，听见周宪应是笑了一声，但没说话。

"啊？不会吧？"意识到有些不对劲，王甚又问了一遍，"你来真的？"

周宪："真的假的都与你无关。"

"你真准备和宋诗结婚吗？"王甚语气夸张，"宋诗——宋诗啊！除了长得好看点儿还有什么？你一年了还没玩腻？"

宋诗睫毛剧颤，脸上显出无措和茫然。她驻足在门外，有那么一秒恨不得拔腿就跑，连听下去的勇气也没有。

包间里，周宪不耐烦道："没玩腻，你烦不烦？"

听到"没玩腻"这句，王甚放下心来："那就好，我还以为咱们周大少爷要沦陷了呢。我再问你最后一个问题。"

周宪："说。"

"要是小嫂子怀孕了要你负责，怎么办？"

一阵漫长的沉默，宋诗有些呼吸不过来。

好几秒后，似乎觉得这个问题不可思议，周宪回答得理所当然："她很听话，知道什么该做，什么不该做。"

"成。"王甚懒洋洋地说道，"听话就行。"

宋诗冷笑着把周宪的消息删除了，并把他的号码拉入了黑名单，带着满身的疲惫回到了家。

浓浓的夜色间，她抬眼，看见属于自己的家开了一盏暖橙色的小灯。她眸中映出暖色，抬步轻轻上了楼，打开房门。

这是柚柚和她之间的约定——只要她回家，柚柚就一定要给她留灯。

阿姨已经哄了孩子睡着，宋诗走进女儿的房门，看见小姑娘乖巧的睡颜，心中顿时软成一片。

静静地看了女儿一会儿，宋诗从女儿的房间里出来。

她正欲关门，手机"嗡"地振动一声。

她摁亮屏幕，看见一个陌生号码发来消息："宋诗，你不听话。"

宋诗的唇边露出嘲讽的笑容，她低头在手机屏幕上轻敲出一行字，点击了发送："听你妈的话。"

宋诗外形条件好、演技佳，回国不过一年便成为圈内发展势头最猛的女演员，吸粉能力极强。

媒体扒过她的过去，知道她十八岁便出道，第一部戏就给"三金"女星作配，之后一路坦途。可惜的是，不过初露锋芒，她便消失在了公众视野中。经纪公司对外宣称她出国求学，暂时息影。

当时的宋诗不过稍有热度，这个消息在圈内并未溅起多大水花。

过去的几年，宋诗偶尔会在微博上分享留学生活，似乎已经渐渐淡出了娱乐圈。但偶有观众看到，国外的院线大片上时不时会出现这张美丽的东方面庞。

去年，二十七岁的宋诗强势回归，以嘉宾身份出席《演员》综艺，一段表演技惊四座。再加上经纪公司给力，宋诗以迅雷不及掩耳之势走红了。

之后她拍的几部古装偶像剧。全都成了当年的现象级热门剧。

宋诗今年二十八岁——女演员最黄金的年龄。

如今，递到宋诗面前的片约很多，但都是质量良莠不齐的偶像剧。如果她再演下去，观众很容易视觉疲劳。但更高一点儿的本子，她又够不上。

饭局刚散，夜幕黑沉。

宋诗靠在保姆车边，黑色的车窗上映出其姣好的侧颜。

经纪人陈岚在她的耳边叹了口气："黄导似乎没有和我们合作的意愿。"

黄导是圈内名导，执导过好几部脍炙人口的经典影片。可以说，他选定的女主角至今都活跃在国内一线。

宋诗淡淡道："看出来了。"

陈岚异常不甘心："凭什么？论美貌，论实力，你哪里够不上《风月》？"

"我会继续争取的。"

陈岚疲惫地叹了口气。

宋诗没再说话，只把玩着手机，目光落在女儿的照片上，嘴角翘起温柔的弧度。

又过了几天。

拍广告的间隙，陈岚一把推开休息室的大门，面上是难以抑制的怒气。她锁上门，猛地灌了一口水。

"黄威看不上你，我可以理解是不合眼缘！但他最终选了这么个玩意儿，是打谁的脸呢？"陈岚将手机放在宋诗面前，微博上有人爆料《风月》的女主角为闻妮——圈内有名的花瓶。

为了《风月》这个剧本，她们跑前跑后了很久，如果宋诗最终输给闻妮，确实说不太过去。

"闻妮有后台。"陈岚脸色阴沉地转动着手机，"不然就凭她那'一二三四五'的台词和整瓶眼药水的演技，能被黄威看上才有鬼。"

圈内女明星竞争激烈，这不是宋诗第一次被抢走资源。

广告拍摄继续，宋诗思绪回归，抬步去了摄影棚。

上一场戏杀青不久，这次宋诗在京城逗留的时间久了些，相应地，饭局和宴会也不少。

今天这场慈善晚宴，宋诗跟着剧组一同出席——这个剧组，便是她和楚均合作的古装偶像剧剧组。晚宴聚集了不少明星和企业家，大咖云集，宋诗处在其间并不起眼。

捐款信息公布，周宪财大气粗，稳居榜首。

"久闻周总大名。"宋诗身侧的楚均忍不住道，"当真大气。"

宋诗并不想听到这个人的名字，没说话，只淡淡付之一笑。她刚刚扬起唇角，下一秒，便感觉到一道犀利到无法忽视的视线落于自己的面上。

她转头看去，果然对上了男人晦暗不明的视线，她平静无波地又移开了视线。

楚均还在她的耳边说话，她时不时应两句，语气不冷不热。

之前因为营业，她和楚均炒作过一段时间。现在剧播完了，宋诗不希望再继续和他捆绑，但他似乎并不清楚这个界限。

晚宴结束。

宋诗站在停车场边等助理开车过来时，她的面前缓缓停下一辆全黑的轿车。意识到车上的人是谁，她微微往后退了一步。

车窗降下，露出了周宪冷淡的眼睛："上车。"

宋诗没动，只见周宪扯了扯嘴角："不要让我说第二遍，我想宋小姐可能不想上明天的热搜。"

宋诗脸色难看地抬步上了车。

她刚上车，周宪便朝司机报出酒店名字——还是上次的酒店。

"周宪，你恶不恶心啊？"宋诗胸腔剧颤，伸手便甩了周宪一个巴掌，眸中满是厌恶，"一天没女人就会死？"

她这一巴掌没收劲，周宪的脸被微微打偏，他偏白的肌肤上很快便印上了掌印。

他用舌尖顶了顶腮，眼眸盯向她，怒极反笑，突然转身，一把将她按在后座上，语气恶劣："是，不碰你就会死。"

前排的司机已经恨不得钻地遁走了。

宋诗震怒，欲再伸手。周宪先她一步按住她，瞬间就让她动弹不得。

"你很生气？"周宪自上而下打量了她一眼，轻笑一声，"你留个分手短信转眼就消失的时候，想过我多生气吗？"

宋诗面无表情地看向他："你也知道，我们分手了。"

"分手？"周宪用微凉的指尖摩挲着她的脸颊，冷笑道，"老子同意了吗？"

宋诗看着他，突然露出一个古怪的笑："但我玩腻了……我玩腻你了，周宪。"

话音落下的同时，司机停了车："周总，到了。"

他拔了钥匙，快速开了门，恨不得立刻就消失。

车厢内只留他们二人。

周宪的表情越发难看，他捏起宋诗的下巴，一字一顿地道："但我没玩腻你。"

他低头咬上了女人的红唇，气极下并未收力。

宋诗的脸憋得通红，她张唇便毫不留情地咬下去。周宪吃痛，但依旧没松开她，很快，两人的唇齿间便满是血腥味。

不知过了多久，周宪才松开她，脸上便又被扇了一巴掌。

宋诗用力擦着唇瓣。

看着她的动作，周宪眼中彻底冷了下来："嫌脏？"他将大拇指用力摁向她的唇瓣，哑声笑了笑，"以前怎么不见你嫌？"

宋诗的脸色一瞬间变了，她闭上眼不动了，一个字也不说，也不再看他。

周宪脸色更沉了，眸中的无措和懊悔转瞬即逝。

他脱下西装，挡住女人的脸，一把将人打横抱起，抬步进了酒店。路上，他怀中的女人一动不动。

打开房间的门，周宪将人扔在床上，居高临下地看着她："回到我身边，我什么都能给你。"

宋诗看了他一眼，又平静地移开了视线，没有说话。

周宪："我的耐心有限，我也不是在和你商量。"

宋诗抬眸，无波无澜地看着他，眼中连厌恶和生气也没有了，像是在看陌生人。周宪不耐烦地扯了扯脖子上的领带，非常不喜欢女人现在的表情。

突然，宋诗放在身侧的手机响起铃声，屏幕微亮，显示了来电人——楚均。

像是往油锅里倒了沸水，本就一触即发的氛围顷刻间变得更为紧绷。

宋诗拿起手机，顿了一下——现在不是接电话的好时候。

周宪用舌尖顶了顶后槽牙："接啊！为什么不接？"

宋诗立刻当着周宪的面摁了接听："喂。"

安静的氛围中，男人饱含期待的嗓音异常清晰："今晚和你说的《长歌》，你考虑好了吗？"

这又是一部大制作的古装偶像剧，楚均邀请她第二次合作，一来他们合体的热度高，二来两人也算有默契。

宋诗说回去考虑。她私心里不想再接相同套路的剧本，但现实在这儿——容不得她想不想。

她还在犹豫，电话那头的楚均继续道："粉丝很期待我们再次合作，不是吗？"他放缓嗓音，如水般温和，"我们的合作很愉快，我相信你也是，对不对？"

宋诗几乎要答应了，但下一秒，她的头顶被黑影遮住，男人高大的身影立在了她的面前。

周宪俯身，眼角眉梢俱是冰冷的笑意，启唇："不对。"

电话那头传来男人的嗓音，楚均一瞬间以为自己幻听了："宋诗？你身边有人吗？"

周宪夺走了宋诗的手机，冷冷地对电话那头的人道："她不需要这种粗制滥造的剧本。"

楚均还没说话，电话便被"嘟嘟"地挂断了。

哪怕男人如此肆无忌惮，宋诗也没发火，仅把他当空气："手机还我。"

周宪的眼神沉得可怕，他一把抬起女人的下巴："你想要什么？剧本还是代言？我都可以给你。"

看着男人笃定的表情，宋诗歪了歪头，突然扬起红唇，笑了："什么都可以？"

"我想要《风月》的女主角。"

周宪并不知道《风月》，但只要他肯，就没有做不到的。

"我答应你。"

"我要登上 CM 的杂志封面，还想要 C 牌全球代言人的身份。"

…………

女人近乎无理地提出种种听起来匪夷所思的要求。

周宪摩挲着她的下巴，眼眸漆黑："只要你听话，这些都是你的。"

宋诗嘴角的笑意放大，眼中却无半分温度："我要你和我结婚。"

周宪手指微用力，下颌线紧紧绷起："你想和我结婚？"

宋诗盯着他，未吭声。

周宪的眼神逐渐冷淡，他说："我们目前的关系不适合谈结婚。"

"目前的关系？"宋诗冷笑，伸脚毫不客气地踹上他的小腿，高跟鞋蹬上小腿骨，发出一声脆响，"我们目前是什么关系？玩伴吗？"

这次重逢，女人张牙舞爪，再没之前的半分乖顺。周宪吃痛，直接抬腿便上床把人按在了身下。

他眸含愠怒："能耐了啊，宋诗，你把我当玩伴？"

宋诗闭上眼，心道：你连玩伴也算不上，一个工具人罢了。

想通这一点，她伸手便环住男人的脖颈，露出一个假得出奇的甜笑："周总，这应该才是最适合的关系。咱们你情我愿，随时可以好聚好散的。"

周五晚上八点，正是网友刷微博的高峰时间。

《风月》官方号宣布了主演："你好，于笙@宋诗。"

这条消息一出，网友炸了。宋诗的粉丝迅速占领前排，一溜儿是整整齐齐的评论，超话里过年般喜庆。谁都知道黄威的作品之于女演员的意义，宋诗能拿到这种顶级资源，真正的未来可期。

有人欢喜有人愁，宋诗的粉丝欢天喜地的同时，对家的粉丝炸开了锅。

《风月》正式官宣前，放出了好几轮消息，溜了数次粉。其中，网传最热烈的便是闻妮。

闻妮的粉丝不满了，微博下面一片乌烟瘴气。

"别看了。"陈岚按下宋诗的手机，嘴角扬起胜利者的笑容。宋诗能傍上周宪，她非常满意："不愧是周总，办事就是靠谱儿。"

宋诗不置可否。她和周宪的关系瞒不住陈岚，她也没想瞒。

自那晚后，不过半个月，《风月》的女主角便毫无悬念地成了她。

有了闻妮的对比，黄威再选定宋诗时，很轻易地放下了心理负担。

送走陈岚后，黑色轿车缓缓停在酒店楼下。

还是上次那间，周宪早在下午就发了地址。宋诗刷房卡，进门。

不过刚刚探入一只手，顷刻间便有一股大力传来，下一秒，她被按在了墙壁上，带着酒气的吻铺天盖地地落在眉心、脸颊上。

时间已至凌晨。

手机传来振动的响声，宋诗睡眠浅，睁眼看到来电人，眸色一变，挣脱身后箍住她的腰的男人，抬步就往阳台走。

她刚走，周宪便转醒了，目光沉沉地看着女人冷淡的背影。

不知何时，外面已经下起了瓢泼大雨，电闪雷鸣，尤其可怖。

电话里，女儿小声的低泣让宋诗的心尖都揪成了一团。

"妈妈，柚柚好害怕。"宋柚小声道，声音是无限的依赖，"要是妈妈在，陪着柚柚就好了。柚柚好想妈妈。"

宋诗心疼得指甲快要掐进肉里："我也想柚柚。"

"妈妈明天回来好不好？"

"好。"

宋诗又低低哄了女儿几句，一转眼，看见了阳台玻璃门后的周宪。

她的睫毛剧烈一颤，她想：他听到了多少？

但不过瞬间，她的脸色又恢复了平静，她推开阳台门，没和他说话,抬步走向中岛台,给自己倒了杯水。下一秒,她的手腕被男人握在了手中。

周宪眼眸漆黑,带着风雨欲来的阴沉:"刚刚是谁?"

"与你无关。"宋诗面色冷若冰霜。

柚柚的存在绝对不能让他知道——他不配。

周宪握着她的手腕的力气加重,眼中的暗芒更甚,戾气快要溢出来了。

自再见以来,他从未见过女人这般笑着的模样,仿佛电话那头是她的全世界。哪怕是他磨得她难挨、眼尾通红时,她也再未喊他一声"阿宪"。

"我劝你最好说实话。"周宪语气森然,"不然你想要的东西,我能给,也能收回。"

一阵沉默。

宋诗看了他一眼:"周总,你不会想知道答案的。"

女人艳光逼人,眸中却盈满了嘲弄和冷漠。

周宪下颌绷紧:"宋诗!"他抬起她的下巴,咬牙道,"是不是楚均?"

宋诗的睫毛微动,眸中的错愕一闪而过,极快地被她压了下去。她脑子飞快地转动着——绝不能让他知道柚柚的存在。但周宪敏感多疑,如果她不压下他的疑心,凭借他的手段,柚柚的身份绝对瞒不住。

几番权衡之下,宋诗佯作慌乱地别过脸:"不是他!"她演技好,知道此时越是下意识地否认越是逼真,"楚均和我没关系!"

下巴上的力度加大,重得似要捏碎一般,周宪脸色沉得可怕,是她从未见过的阴冷。

宋诗:"你别去找他麻烦。"

屋内静得仿佛连空气也凝固了,屋外却是狂风骤雨,雷鸣声"轰隆"作响,闪电的光芒时不时地映在屋内,照亮了两人的脸。

又是一声雷鸣,宋诗还没反应过来,便被周宪半拽着强硬地按在了床上。

吻从她的背后一点点下移,带着咬牙切齿地啃咬。

宋诗挣脱不得，全身还酸疼着，愤愤地从被子间抬首："你疯了吗？！"

周宪埋首便堵住她的红唇。这双以往尝不够的唇瓣，现在只会吐出让他不开心的话。

....

二人两败俱伤。

周宪的脊背和脸颊上被挠出好几道血痕，宋诗抿着下唇，眉目尽是昳丽的红。

清晨，宋诗收拾好衣物，抬步就要走。周宪伸出长腿拦住她，冰冷的视线扫向她的面颊："和楚均断了。"

宋诗淡淡地扫了他一眼，故意气他："如果我不愿意呢？"

周宪轻轻笑了："你大可以试试，我势必会让楚均在娱乐圈混不下去。"

宋诗自不能真拿楚均当挡箭牌，对峙半晌，垂眸挡住了眼中的晦暗。

"你没有权力干涉我的感情生活。"她耸了耸肩，"毕竟，周总自己也可以另寻新欢。"

说完，宋诗没再看周宪的脸色，抬步就往外走。

不久后，宋诗进组《风月》，这一走便要拍几个月。

离开京城的前一晚，宋诗哄了很久才把柚柚哄睡着。女孩儿眼角含泪，抱着她不肯撒手。

宋诗静静地看着女儿的睡颜，心中无比酸涩。

回国这两年，为了赶通告，她和柚柚何尝不是聚少离多？但柚柚懂事得让她心疼。

当初宋诗只花了一天，便决定留下这个孩子。与周宪无关，只和她自己有关——这只是她一个人的孩子。

宋诗至今还记得女儿刚出生时不过五斤重，瘦小得可怜。

好在之前拍的两部戏攒下的积蓄足够她带着柚柚远赴国外，一点点地拉扯柚柚长大。但养育孩子的支出大得惊人，宋诗不得不回国继续拍戏。她要红，要钱，要给女儿提供最好的物质条件，绝不能让柚柚受一丁点儿苦。

手机不断传来振动声，周宪不停地打电话过来，宋诗只低眸看一眼，便摁了挂断。

周宪这样的人大概没被女人甩过，从不知道如何爱人。如今她又怎么会异想天开地还认为她是例外？

他打一次电话，宋诗挂断一次——她不允许周宪打扰她和柚柚的独处时间。

几分钟后，手机振动了一声。

"我在楼下。五分钟你不下来，我上去。"

宋诗猛地从床上直起身子，因为愤怒，她的胸腔不住地起伏。他竟然擅自查了她的住址！

她眸中现出了慌乱：柚柚不能再住这儿了。

这个阴魂不散的混账！

似乎察觉了她的离去之意，柚柚在梦中仍慌乱地揪紧宋诗的衣袖："妈妈……妈妈不要走。"

宋诗眼睛一酸，轻轻地移开女儿的手，抚摩着女儿的头："妈妈马上就回来，柚柚乖。"

周宪坐在驾驶座上，长指按下打火机，又掐灭火。

火光明明灭灭地映在他的侧脸上，他的眉眼阴沉又冷冽。

十个……他今晚给她打了十个电话。

夜色中，一道瘦削的黑影从楼道里走出，女人戴着口罩和帽子，快速上了车，仅仅露出的一双眼睛也薄情又冷淡："有事快说。"

周宪抬了抬眉骨："为什么不接电话？"

"不想接。"宋诗回答得流利。

周宪沉默，攥紧手中的打火机。

很多年前，宋诗也曾一晚上给他打了数个电话。那天他在和朋友打牌，懒得接。最后一通，宋诗轻声问他怎么不接电话，他说——不想接。

后来他才知道，那天宋诗发烧住院。

他的身边来来去去的人太多了，对于感情，他不在意，更不强求，只讲究你情我愿。哪怕受了委屈，也是对方自愿的，他从不缺人爱。

"宋诗，我以前是不是对你很不好？"

宋诗藏在口罩下的唇角嘲讽地勾起："周总，如果你只是想找我叙旧，我恕不奉陪。"

"我只是想知道，"周宪丢下打火机，"我们怎样才能回到以前？"

"以前？你说哪个以前？"宋诗连伪装的笑都不愿露出，"一通电话随叫随到的以前？除了上床就是上床的以前？还是天天提心吊胆你玩没玩腻的以前？

"我不怪你，毕竟是你情我愿的事。

"所以，周总你也别闹得太难看。"

宋诗顿了顿，道："很烦人。"

宋诗字字清晰，连语调也没有变化。

"如果周总再继续纠缠不清，我们也不必再见面了，好聚好散。"说完，她伸手就够向车门，正欲打开车门，手腕却被人从身后牢牢地握紧了。

宋诗拧眉看过去，瞥见了周宪紧紧绷起的俊颜。

"宋诗，"周宪咬牙说道，"你真的够无情。"

无情？论薄情你周宪要论第一，没人敢争第二。

"还有事吗？"

周宪仍未放开她的手腕："我只是想见你。"

"那你见到了。"宋诗又低头看了眼时间，心中着急，害怕柚柚会哭。

"放开我。"她冷下嗓音。

周宪抿了抿唇·"我不放。"

他当然知道自己的行为蠢得令人发笑，但并不知道除了这样还有什么办法能留住她。

"宋诗，我现在有些……离不开你。"

不知何时，窗外笼罩起了浓浓的雾气。

宋诗从高楼上往下看，漆黑的商务车依旧安静地停在原地，良久都没有开走。她只看了一眼，便移开视线，迈步回到床上，将熟睡的柚柚轻轻搂在怀里，低头看着女儿恬静的睡颜。

女儿肖父，无论宋诗怎么否认，也无法欺骗自己——柚柚的眉眼和周宪有七分像。就像辗转经年，她依旧无法抹去周宪的存在。

夜色茫茫，宋诗睁眼看着天花板。

给柚柚换住址的事情必须提上日程，绝不能让周宪察觉到一星半点儿，这件事她只能拜托陈岚，就在她离开之后。

闭上眼睛，她却有些睡不着。周宪灰败的眼眸始终在她的脑中挥散不去，似是为了她的那句——"周宪，你装什么情圣啊？"

明天一早还要赶飞机，宋诗强迫自己入睡。

为男人烦心的人，会变得不幸。

《风月》是个大制作，力求实景拍摄，于是宋诗跟着剧组辗转了数月，拍摄进程紧张，有时忙得连手机都摸不到，更别提回京城了。

宋诗只好抓住一切机会和女儿联系。

周宪也会给她发消息，但宋诗看着就烦，当时没回，过后也忘了回。

男人也打来过几个兴师问罪的电话，宋诗时常接不到；有时接到了，糊弄几句便去拍下一场戏了。

周宪似乎完全感觉不到她的冷淡。

宋诗回京城的第一天，便收到了周宪发来的消息——他对她的行踪了如指掌。

又是相同的房间号……

宋诗扔下手机，靠在车窗上闭目养神。

宋诗回的还是上次的公寓。公寓里冷冷清清，柚柚已经不住这儿了。

她拜托陈岚秘密地带柚柚搬出了这里，转而暂时住到另一处高档住所，由两个阿姨轮班照顾。

看着家中冰冷的一切，宋诗咬牙，眼尾渐渐酸涩起来。如果不是周宪……柚柚一定会冲出来抱住她。

放下行李，稍微收拾了一下，宋诗去了酒店。

他们几个月没见，男人像是一只不知餍足的猛兽，要将她吞吃入腹。

意识混乱间，周宪直直地将她钉在床上，啮咬她的红唇："叫我。"

宋诗死死地咬唇，一声不吭。

他又发了狠："喊！"

她被磨得难耐，嗓音破碎："周……周宪。"

周宪显然仍不满意："你以前是怎么喊我的？"

宋诗这回是死也不吭声了，哪怕眼角都透出了薄薄的红。

周宪最终也没等到她喊出那句"阿宪"。

宋诗再醒来时，窗外夜色浓厚，已经不知是几点。在落地窗外的阳台上，依稀可以辨出男人的剪影。

周宪就坐在阳台的实木靠椅上，指尖夹着一点星火，明明灭灭。

宋诗的眼睛隐没在黑暗里，她望着他，始终没出声。

过了会儿，她重新闭眼入睡，但不过清晨又被弄醒了，不知道这男人哪儿来的这么多精力。她想挣脱，又被制住。

这次见面，周宪沉默得可怕。似乎只有这般肢体纠缠，才能压灭他胸腔里的郁气。

宋诗忍无可忍："你也不怕折寿。"

听罢，周宪低声笑了。

男人灼热的气息喷在她的耳畔："牡丹花下死，做鬼也风流。"

宋诗满腔的火撒不出去，双眼望着酒店华丽的天花板，无可奈何的宿命感盈满了胸腔。她突然看不清路的尽头，也分不清纠缠的意义。

她想柚柚了。

"周宪，我们散了吧。"

周宪的动作一顿，少顷，他将她顶在床头，拇指用力摩挲着她映丽的唇瓣："我不同意。"他眼中满是压抑着的怒气，"三番五次这般，你把我当什么？"

"你要什么样的女人没有？"宋诗眼带嘲讽，用漂亮的手指掐住了他的右脸，突然又勾起了红唇，"你是不是……爱上我了，周公子？"

周宪："如果我说是呢？"

537

爱？宋诗漂亮的眼眸中闪过细碎的光，忍不住弯唇嗤笑：周宪也会爱人吗？

"可我不爱你了。"

一片死寂的沉默，没人再说话。

宋诗没看他的表情。

不知过了多久，周宪沙哑的嗓音响在她的耳畔，她听得不太真切："不管你爱不爱，都得待在我身边。"

宋诗睫毛微动，却装作没有听到。

周宪的索取无休无止，宋诗临走前把手中的房卡掰断，扔进了垃圾桶，居高临下地看着衣着散乱的男人。

面对女人的挑衅，周宪低声一笑。

他印象里的宋诗话少、乖巧，像只外表冷艳实则娇气的布偶猫。

她不知道她现在冷傲的模样，让他更想把她关在屋子里。

"不喜欢这儿？"

宋诗不语。

"那去我家，"周宪面色平淡，"或者你家。正巧，在这儿腻了。"

回应他的是房门合上时"砰"的声响。

宋诗让助理开来了车。

"姐，回哪儿？"

宋诗张了张唇，想说宋柚住的小区，到底没能说出口。她怕周宪有盯着她的眼线，这个男人狂妄得只手遮天。

她头疼地揉了揉眉心。

晚上，宋诗打电话给陈岚，请求陈岚帮助自己把宋柚的户口迁到外省的姥姥家——她决定暂时把宋柚送去那边上学。等和周宪散了，她再遵循柚柚的意愿，看柚柚愿意回哪儿。

这一切，她和陈岚二人做得悄无声息，半个月后就给柚柚办好了转学手续。

宋诗低调地去了S市。

宋父、宋母早已经在机场等待了。看到难得见一面的小外孙女，宋母不停地抹泪。

宋家的家庭条件还算不错，父母都是银行职工，宋诗自小衣食无忧。对于宋诗未婚先孕、远赴国外产子的叛逆行径，宋父骂过、恨过，但哪怕再生气，最终还是心疼女儿。

对于周宪，宋诗绝口不提，宋父宋母也只当没这个人。

能和姥姥、姥爷住在一起，宋柚半是欣喜半是难过，欣喜的是，以后有更多的亲人陪着她；难过的是，以后更难见到妈妈了。

当天晚上，宋诗边给宋柚讲故事，边哄宋柚睡觉。

听到鹿爸爸带着鹿妈妈和小鹿出去觅食时，宋柚眼眶通红地揪紧宋诗的袖子，吸了吸鼻子，极其小声地问："为什么小鹿都有爸爸，我却没有？爸爸是死了吗？"

宋诗抿紧下唇。对于"爸爸"这一敏感话题，她几乎从不和女儿提。她很想说"死了"，但怕对女儿的心灵造成伤害，又转了口风："他在外边做生意，太忙了，暂时回不来。"

宋柚也快九岁了，早就有了自己的思想，知道她的爸爸不是一个好爸爸，那就当爸爸已经死了吧。宋柚抱紧妈妈，闭上了双眼，没一会儿便酣睡了过去。

深夜，宋诗的手机响起。这个点，除非她上了了不得的热搜，打过来的只有周宪。

她不接还不行，他会发疯般一直打。

宋诗尝试过关机，但只要开机，便能看见陈岚发来的加急消息，拜托她赶快接周宪的电话。

她不想让身边的人为难。宋诗深吐一口气，边摁接通边下床，走进了卧室里的浴室。

"你去了S市？"电话那头，男人嗓音低沉，"你并没有S市的通告。"

宋诗忍着脾气，冷声答道："我来看我父母。"

那头的人沉默了会儿，转了话题："什么时候回来？"

《风月》拍完，宋诗暂时不需要进组，但接下来的商务活动需要全国各地飞。

"暂时不会回去。"宋诗答道。

周宪："你躲我？"

宋诗不欲回答这些无聊的问题，但周宪似没发现她的冷淡："你躲也躲不掉。"

宋诗哂笑，靠着墙壁看向镜子中的自己。

她快三十岁了，不年轻了。哪怕她保养得宜，但生孩子带来的痕迹岁月抹不去。

宋诗想：哪怕周宪钟爱这副皮囊，但这么久了，也该到头了。

一片静谧间，浴室外突然传来女孩儿细细的嗓音："妈妈！妈妈！你在哪儿？"

宋诗表情一变，也不等那头的人说什么，说了声"挂了"便干脆地挂断了电话，大步走向床边。

手机里只余"嘟嘟"声，世界重归一片寂静。

周宪靠在办公椅上，盯着已经黑屏的手机，半晌未动。

那头的人是谁？他自是听见了响动，但隔了太远，又不能完全听清，只知道有人声，连是男是女也无法辨别。

让他存疑的是，宋诗的反应太不寻常。

周宪摩挲着手机，微微眯起眼眸。

清晨，宋诗便起了床，收拾好行李，和早起的宋父宋母打过招呼，怕看到柚柚醒来哭，悄悄地离开了家门。

她后面的通告都排得很满，近期都没法回来。

宋诗需要在中午赶到W市，故而要赶一大早的飞机。S市机场素来人满为患，她的行程是保密的，故而没有多少粉丝，但巧的是，她在机场入口处见到了楚均以及他身侧的大片粉丝。

机场熙熙攘攘，她很难前行。

宋诗在心中叹了口气，压低帽檐，把手中的行李箱交给助理，很想就这么低调地混出人群，但这里的人太多，想要混出去难如登天。

就这样，机场偶遇的巧合在粉丝眼里成了他们一同出行的证据。

宋诗接收到楚均眼神中传达的抱歉之意，相顾无言地苦笑。

殊不知，他们对视等于眉目传情，苦笑等于对视而笑，合照应运而生，新闻长了脚一般传得飞快。

中午的时候，宋诗刚下飞机，便在陈岚的夺命连环呼叫中看到了微博上最新的热搜——楚均、宋诗机场图，以及陈岚发来的最后几条消息："周总打不通你的电话。

"他好像生气得……要发疯了。"

宋诗不知道周宪又要做什么。他年轻时虽浑，却没这么疯。但他这样的人即便浪荡，也对他的所有物有着极强的占有欲。

她点进热搜，里面就是今早她和楚均的机场照。寻常的照片在滤镜下也成了偶像剧剧照。画面中她和楚均相视而笑，周围是粉红色的爱心和泡泡。

她和楚均的绯闻始终沸沸扬扬，只不过这次热度高了些。如果周宪因为这个发疯，宋诗只觉得他是越活越回去了。

晚上，参加完广告方组织的晚宴，宋诗带着满身的疲惫回到了酒店房间。

她刷房卡开门，发现里面有微弱的灯光——有人！"私生粉"还是狗仔？！

宋诗恍惚的神思当即回归，她全身绷紧，却在下一刻看见了从里间抬步走过来的周宪。男人斜靠在墙边，视线隔着幽暗的光，落在她的身上。

宋诗看见是他，紧绷的身体微微松懈。

"你来做什么？"她问。

果然，他对她的通告了如指掌，也能轻易地在她的住处来去自如。

想到此，宋诗隐忍地咬着舌尖。

"你昨晚和谁在一起？"周宪冷冷地睨着她。

宋诗不动声色："我父母。"

周宪朝她走近两步，脸色晦暗不明，用冰凉的手指抬起她的下巴："还有呢？"

宋诗的心狂跳了一拍——什么意思？他还知道什么？

"我不知道你在说什么。"她压下心中的惊涛骇浪。

周宪笑了,轻轻地摩挲着她的下巴:"是吗?你不和我解释一下楚均?"

宋诗仔细观察着他的脸色,终于微微放下了心——他还什么都不知道,只是在为楚均生气。

周宪:"昨晚为什么挂电话?"

"我父母喊我。"宋诗淡淡道,又补充道,"我和楚均只是在机场偶遇。"

周宪面色平静,看不出信没信。

二人共处一室,会发生什么不言而喻。宋诗望着天花板,白炽灯刺眼,她感觉自己无处遁形。

周宪开着灯,喜欢将一切掌握在手的感觉。

宋诗心烦意乱,伸手便摁灭了灯。

黑暗间,男人灼热的呼吸喷在了她的颈侧,他问她:"不喜欢?"

宋诗抬首便咬他的下颌,留下一个深深的牙印。这激得男人的动作更为粗野,他今晚像是要把她揉进骨髓,硌得她浑身都疼,唯有头顶的吊灯在剧烈地摇晃。宋诗累极,眼皮开始支撑不住,往下耷拉。在即将入睡的前一秒,她听见头顶似隐约传来了男人低沉的嗓音:"无论你爱不爱我,身边只能有我,这是我的底线。"

宋诗又做梦了,梦到了大学时期。她的耳边是赛车发动机轰鸣的响声,周围的树影快得看不清晰,提到嗓子眼儿的失重感让她失声尖叫。

她身侧的年轻男人一踩刹车,车身斜停在了马路边,耳畔倏地响起众人的欢呼声,庆祝他们第一个冲过终点。

宋诗惊魂未定,冷艳的脸上浮起一层苍白。她摘下头盔,终是忍不住,瞪了眼身侧的罪魁祸首。

周家富贵滔天,周宪一身少爷毛病。他桀骜、恶劣、薄情,但又散发着致命的吸引力。

她不过是瞪了他,却被男人掐着下巴亲,肆意张狂得没了边。周围是此起彼伏的起哄声,宋诗莹白的脸涨得通红。

周宪退后些,用只有两个人才能听见的声音道:"小姑娘别整天绷着脸。"

这群公子哥儿赛车,筹码便是一辆豪车。

周宪随手就把钥匙丢给了她,长臂搭在她的肩上,以十足占有的姿态道:"哄我女朋友开心。"

周宪总有这样的本事。他明明很坏,但一点点好,又能让她忘记他所有的坏。

宋诗再醒来时,身侧已经空了。

她一睁眼,看见了已经西装革履地站在床前的周宪。他身量极高,少年时常年一身运动服,如今也能驾驭最是笔挺的西装。

现在的周宪锋芒内敛,沉默冷淡,但骨子里的强势恣意一点儿没变。

"我要回去了。"他说。

从京城到 W 市,坐飞机都要五个小时。周宪的工作报酬率以分钟计数,昨天抛下一切过来,他可不就是疯了?

宋诗全身还带着昨夜的酸痛,用一双眸子睨他:"哦。"

周宪仍垂着眼,目光扫过她露出的红痕遍布的颈侧和肩膀。

宋诗突然从被子里伸出腿,莹白的脚趾踩在他的大腿上,黑色西装裤映着雪白的肌肤。

男人立刻握住她瘦削的脚踝:"做什么?"

宋诗:"定个协议吧,三年。"

周宪喉结动了动:"什么三年?"

"我们将有三年的稳定关系。"宋诗没有说什么关系,"三年后,去留由我来定;又或者你腻了,便先离开。"

宋诗的脚欲往回收,但男人力气陡增,握得她动弹不得。她看向他,等待一个答复。

对于周宪来说,她一味地反抗和逃离,反而会激起他的掌控欲和探究欲。他这个人手段太多,她如果不先将他稳住,柚柚随时都有暴露的风险。

柚柚是她最后的底线。她一手养大的女儿,绝不能让周宪夺去。

三年是她给自己的时间。这之后,她将有一定的能力、钱财护得柚柚周全。

室内一时只有钟表"嘀嗒"的响声,一声声的,像是敲在人的心尖上。

宋诗再次被骤然俯下的高大身躯压住,男人的吻从耳郭到脖子,再往下,急促的呼吸洒在了她的肌肤上。

宋诗躲着他的动作,恼怒道:"你到底听没听到我说话?"

"听到了。"

然后呢?

周宪:"我答应你。"

宋诗悬着的心这才堪堪落下,但她依旧挣扎着,道:"你不是去上班吗?"

周宪掀开盖在她身上的薄被,刚刚还毫无褶皱的西装顷刻间变得凌乱:"不上了。"

今年,京城早早便入了夏。屋外车笛喧嚣,阳光炙烤着大地,蔫了的树叶打着旋儿从树枝上飘下。

大楼顶层的造型室内,宋诗低着头,翻阅着手机。

文娱榜热搜第一——"宋诗,C牌"。

她点开后,映入眼帘的便是C牌的官方账号刚刚发布的微博,宣布宋诗为C牌全球代言人。

视频里,女人身着深色长风衣,从沙漠走向海岛、雨林,再走向T台,乌发红唇,冷艳动人,疏离又高贵。

消息甫一发出,全网轰动,粉丝开心得恨不得四处放鞭炮以示庆祝。

C牌作为老牌奢侈品,哪怕对品牌形象大使都要细细挑选,更何况全球代言人,时尚感和地位缺一不可。

宋诗拿下这一代言,其意义和影响力不可同日而语。

没人能说一句不服。论圈内如今最鼎盛的女星,宋诗必有一席之地。三年前《风月》大爆,网站评分8.9,荣登近三年最值得一看的国产电影榜首,而宋诗演绎的于笙一角则荣获当年的最佳女主角。

这之后，宋诗便像是开了挂般，资源一路逆天，逢出演必是大银幕。

她演一部爆一部，三年内拿了大满贯，成为史上最年轻的拿到"三金"的女星。

饶是她资源逆天，网络上的人也纷纷质疑，但无人能否认宋诗的业务能力——她压得住，也担得起这一部部大制作。

微博下大多是粉丝的夸赞，宋诗翻了翻，嘴角微勾，摁灭了手机。

突然，微信消息跳动，显示柚柚发来的消息——一张刚刚拍的照片，上面是一支大大的奶油冰激凌。

宋诗皱眉："又吃冰激凌？"

柚柚："是同学请的啦！"

宋诗："只许吃一支，多的不许吃。"

柚柚："嗯，知道知道。"

柚柚："妈妈今天回家吗？我问了陈阿姨，阿姨说你今天会回来。"

宋柚六年级的时候，由于宋父宋母身体不如以前，怕老人家太劳心，宋诗便将女儿重新转回京城，自己也时常能看着。

有了三年的约定，宋诗也不再朝周宪时常冷脸，故而稳住了周宪多疑的心思。今年，她便将女儿转回自己的眼皮子底下看着。

宋诗今天的确回了京城，拍完广告便没事了。她唇角微弯，刚想和柚柚说回去，又有一条消息跳出来："今晚过来。"

宋诗眸色一冷，指尖快速敲打屏幕："我有事。"

周宪："什么事？"

宋诗："不关你的事。"

这三年，二人都忙，见面次数不多。但只要他们相见，必定也就是床上那点儿事。

周宪说少做多，而宋诗也如愿以偿地得到了任何她想要的。

宋诗不想理周宪，但他锲而不舍："你今晚没有通告。"

她索性敷衍他："我'亲戚'来了。"

她正要丢下手机，那头的人又回："那就一起吃饭。"

宋诗："我说我'亲戚'来了！"

545

周宪:"带着你的亲戚一起吃饭。"

宋诗:"你有病？我是说我来月经了，上不了床。"

这回那头的人沉默了很久，才发来了一句:"谁说我要和你上床了？"

宋诗回溯了一下二人的消息记录，三年都凑不齐八百字。她嘲讽地笑笑：他们还能做什么？

宋诗长吐一口气，回:"几点？"

晚餐地点在一家西餐厅。周宪对衣食住行都很挑，选的地方都是有名的销金窟。曾经，宋诗谨慎而又不安地接受周大少爷的奢侈，像是一个局外人，误入一场不属于她的繁华梦。

而在坐车去餐厅的路上，宋诗接到了家中阿姨打来的电话。

阿姨嗓音惊慌:"宋小姐，柚柚吃坏了肚子，我正带着她去医院。"

宋诗瞳孔微缩:"吃坏肚子？她吃什么了？"

"没吃什么啊。"阿姨也满脸茫然，"我就按照平时的口味做的饭。"

宋诗却反应了过来——小丫头也不知道下午吃了多少冰激凌！

"送去了哪家医院？"

阿姨回答:"就在家附近的，A大附院。"

宋诗:"好。"

她摩挲着指尖，再一次为自己的身份而烦躁。

如果她只是一个普通的母亲，这时候就该陪着女儿去医院，而不是——陪狗男人吃饭。

宋诗满腔的怨怼瞬间就转移了对象。

全都是周宪的错，不是他，她怎么能连柚柚都看不了？

宋诗心不在焉地来到了周宪定的西餐厅，上了旋转楼梯，在二楼的包间里看到了坐在窗边的男人——他穿了件黑色衬衫。

宋诗坐在他对面，循着他的目光看向了窗外的车水马龙。

她今天迟到了一刻钟。

"你迟到了。"

周宪是个时间观念很强的人，合作伙伴、下属都知道他的忌讳，没人敢忤逆他——但这也仅是现在的他。

少年周宪轻易就可辜负她的等待，然后笑容懒散地哄哄她。

宋诗兴致不高，低头看菜单，随手点单。

一顿饭吃得了无趣味，周宪不是话多的人，宋诗更不是。连宋诗自己都惊诧于他们怎么能相处这么多年。

宋诗心中记挂着柚柚，毫无胃口。周宪看了她一眼："怎么了？"

她淡淡地摇头。

周宪先吃完，低头玩着手机。无人窥见处，他从口袋中摸出一个红色丝绒的礼盒，指尖微微渗出一层薄汗。

离约定期满只剩下三个月，他输了。这么久，他依旧是忘不了，也放不下。

宋诗又勉强吃了一口牛排，放下刀叉，拎包站起身："我去一下洗手间。"

嗓音打破了沉寂，周宪点头，搭在腿上的指尖微动。

洗手间内，宋诗直接给阿姨打了视频电话："怎么样了？"

阿姨把摄像头对准宋柚——

小姑娘躺在医院的临时病床上，小脸苍白，虚弱地喊了声"妈妈"。

"柚柚还难受吗？还疼不疼？"

"不难受了。"视频中的小姑娘懂事地摇头，但手上还打着吊水，眼下还带着泪痕。

宋诗握紧手机，眼眶儿几乎瞬间就红了。

"妈妈不要哭。"宋柚道，"都是柚柚不好，吃了很多冰激凌。"

宋诗抹了一把眼泪："我来看柚柚。"

宋柚眼睛一亮，随即却又黯淡下去："妈妈要工作。"她竖起一根手指，"当然，要是妈妈能来看我一会儿，一小会儿就好，柚柚立马就不难受了。"

宋诗狠狠一抿嘴唇："妈妈马上就去。"

说完，宋诗便直接从洗手间出去，转身下楼梯出了餐厅。直到快到医院，她才记起给周宪发消息："有点儿事，先走了。"

西餐厅小提琴悠扬，混着优雅的钢琴声，宛如天籁。

· 547 ·

穿着燕尾服的经理笑容可掬地走向周宪："周先生，求婚仪式什么时候能开始？"

周宪看向对面空荡的位子："等她回来。"

"是。"

音乐奏过一轮又一轮，对面的身影却始终迟迟未归。

周宪心中空落落的，毫无把握。只要她愿意，他能给她一切。

又过了五分钟，周宪抬步往洗手间去，吩咐路过的一位女服务员："麻烦帮我问问宋诗小姐是不是出现了什么麻烦。"

服务员低声应"好"。

不多时，她出来，面带为难地说："先生，里面没有人。"

随即她看见，面前的男人脸色骤变，仿佛山雨欲来。

周宪淡淡地道谢，抬步就往外走。经理又欲上前询问流程，却被男人阴沉的表情逼退。

周宪扯了扯领带，重新回到座位上坐直。

她还会回来的——她以前说过，不会丢下他一个人。

夜色深深，乌云挡住了明月。

西餐厅逐渐安静，经理踟蹰地站在一边，不敢上去说话。

他看见男人打开手机，不知看见了什么，无声地哂笑一声，随即拿着西装站起身，大步往楼梯走。

经理："周先生……"

周宪淡瞥他一眼："撤了吧。"

经理被这一眼看得满身发冷，低低应声，看着男人高大却踽踽的身影。

司机等候在停车场里，看见周总大步走来，赶忙打开了车门。周宪裹挟着窗外的阵阵热浪坐上车，司机连忙放下手机，手心都出了一层汗。

司机坐做回驾驶座，从后视镜中窥得周宪的表情，再联想到手机上刚刚爆出的热搜，心中不好的猜测越来越重。

"周总，去哪儿？"

"锦江花园。"

司机眉心一拧——那是宋诗的住处。

周宪垂下眼,也觉得自己是上赶着犯贱,漫无目的地滑着手机。

他刚刚打开,却见整个屏幕都被微博热搜刷了屏,也一眼看见屏幕中心那条——

"爆!'三金'获奖女星宋诗隐婚生子!"

宋诗去医院是做了万全准备的,全副武装地从医院的侧后门进去,大步就往柚柚的房间走去。

在病房等宋柚吊完水,宋诗牵着女儿从后门走出,随后径直坐上了车。

但哪怕这样,她们依旧被无孔不入的媒体拍到了,照片被传到了网上。

陈岚的电话一个又一个,她是个优秀的经纪人,面对这样捕风捉影的新闻有一万种公关方式。

但宋诗脊背上仍然渗出了一层层的冷汗。哪怕全网的人都知道,她都不怕。她唯一怕的是……想到这里,宋诗头疼地按了按眉心。

她怀中的柚柚感觉到事情的严重性,揪了揪她的衣袖:"妈妈,都是柚柚不好,乱吃冰激凌。"

宋诗回神,掌心轻轻地抚摸着女儿的后脑勺儿,伸臂将她抱紧:"不怪柚柚,都是妈妈没处理好。"

低调的商务车行驶在回家的路上。车厢内一片沉默,宋诗心乱如麻,万千话语藏在心间,不知道该怎么和女儿说。

"柚柚,"宋诗抚摸着女儿的脸蛋儿,"你想不想见爸爸?"

下一秒,她怀中的小人儿脊背一僵,猛地抬起脸:"不想!我不想见爸爸!我只要妈妈!"像是怕被抛弃般,宋柚语带哭腔,"妈妈不能不要柚柚的!"

宋诗连忙道:"妈妈怎么会不要柚柚?"

轿车停在公寓楼下。

宋诗给柚柚戴上口罩和帽子,自己也全副武装,二人几乎隐没在夜色中。

柚柚刚吊完水，脚步还有些发虚，整张脸只露出一双眼睛。她揉着眼，一抬头，看见漆黑的光影中，站着一个好高好高的男人。

而且那个人还一直看着她和妈妈。宋柚警惕起来，不自觉地握紧了宋诗的手。她们离男人不过十米远时，宋柚一颗心跳得更快了。被某种奇妙的感觉萦绕着，终于，她止住脚步，钩了钩宋诗的手："妈妈，那里有个人，我感觉他很奇怪。"

宋诗一愣，看见了站在阴影中的周宪，脊背当即一僵，彻底停在原地。

隔着不远不近的距离，二人对视。

周宪的视线从她的面上缓缓移至她身侧的柚柚身上。宋诗的指尖轻微地颤起来，脑中思绪飞转，她到底没能做出抱着柚柚转头就跑的蠢事，强装镇定地往前走。

周宪抿着唇，垂眸看着她，又瞥了眼宋柚："隐婚生子？宋诗，你哪儿来的小孩儿？"

一听这话，宋柚当即不满地瞪了男人一眼。

周宪睨她一眼。

宋诗握紧宋柚的手，淡淡道："想说什么，我们上去说。"

这是宋诗第一次让周宪进自己的公寓——一百多平方米的平层公寓，精致、华丽，一如现在的她。

周宪淡淡地看了眼宋诗身侧那个满是敌意的小孩儿，没在意那是谁。

今天这个新闻出现得莫名其妙，他在意的只有为什么宋诗抛下他，难道只是为了这个小孩儿？

宋诗自进门便没说话。既然柚柚已经到了周宪的眼皮子底下，她便瞒不住，也没法瞒。

她蹲下身，替宋柚摘下口罩、帽子，随即看向周宪。

周宪的表情由漠然到凝固。

一秒、两秒……屋内一片窒息般的安静。

周宪垂在身侧的手指猛地颤动了一下。他细细地凝视着眼前女孩儿的眉眼,猛地抬首,眼神十分可怕。

他再说话时,嗓音极哑:"她是谁?"

宋诗淡淡地扫向他:"你看不出来吗?"

周宪抬步往前,伸手欲抬起宋柚的下巴。

小姑娘被骇得往后退了一大步,抱着宋诗的腰:"妈妈,他是谁?我怕。"

宋诗:"他是你的爸爸。"

一句话,让宋柚呜咽着流出了眼泪。

周宪漆黑的眼眸看向宋诗,下颌线紧紧地绷起,垂放在身侧的手指握成了拳。

半晌,他用舌尖轻抵了下脸颊:"不解释一下?"

宋诗心中的火气也旺盛至极,她讥笑地着看向周宪:"你自己不清楚吗?"

当着宋柚的面,太多的话她说不出口。

她冷着脸轻拍着宋柚的脊背。好在宋柚也是个懂事的小姑娘,不让宋诗为难,立马便停止了掉眼泪,瞪着通红的眼睛看向周宪:"你才不是我爸爸!我没有爸爸!"

周宪盯着她:"是不是,你说了不算。"

"我和他谈一谈。"宋诗轻拍女儿的脊背,"柚柚先进房间休息,有事喊妈妈。"

宋柚点头。

客厅只剩下他们二人。

周宪眼尾通红:"女儿几岁了?"

"十二岁。"

周宪大步往前按住了宋诗的肩膀,压低嗓音:"十二岁!你瞒了我十二年!这三年你是不是把我当傻子耍?!"

宋诗微微侧头,笑了:"你很生气?你有什么资格生气?"

周宪握住她肩膀的指节弯曲用力,握得她生疼。

宋诗抬首,一字一顿:"柚柚我一个人生,一个人养,和你半点儿关系都没有。如果不是被拍到,我一辈子都不会告诉你。"

周宪的额头上隐隐冒出青筋，他勉强冷静下来："为什么？"

宋诗："因为你不配做父亲。"

周宪闭了闭眼："你就这么恨我？"

宋诗抬高下巴："是。"

"这三年，"周宪顿了顿，"你就没有一点点动摇？"

他觉得自己很可笑，像是一只摇尾乞怜的狗，等待着主人的宣判。

宋诗的沉默代表了她的态度。

周宪垂下眼，低笑一声："好……宋诗，你很好。"他抬眼，"那你知不知道，我有一千种夺走柚柚的方式？"

"你敢！"宋诗脸色骤变。

她抬手就欲扇过去，却被周宪握住。

他嘴角扯起一抹冷冽的笑："我还有不敢的事？"

宋诗盯着他，美眸由冷淡到憎恶，看得周宪脸色更冷。

"你当初是因为怀孕才走的？"

宋诗："不然等着你让我流产吗？"

"我什么时候说过？"

宋诗笑得胸腔直颤："都这个时候了，你还在装什么啊周宪？你又何曾把我当过你的女朋友？"

一阵窒息般的沉默后，周宪握住她的肩膀的手松了些力气。

他抬手按了按眉心，千言万语压在喉间，他只长吐了一口气："宋诗，这些年，我没有别的女人——我只有你。"

"所以呢，这就是你的爱吗？"宋诗冷笑道，"那你的爱未免太过廉价了。"

事情并没有谈出结果。

柚柚的声音喊回了宋诗的理智。

"你请回吧。"宋诗赶客。

周宪深深地看了她一眼，又听见卧室里传来小姑娘的喊声，眼眸颤动了一下。

他抿唇站起身，朝房门走去。

宋诗看着他离开，直到门关上才掐了把手心，冷静下来。

不多时，门口传来了叩门的声响。宋诗走到门前，透过监视器往外看，一眼便看见了外边几个拿着摄影机的狗仔。

冷汗瞬间便从她的脊背上冒出，她关紧门窗，回到卧室抱紧了宋柚。

柚柚早已经困到不行，没一会儿就在宋诗怀里睡着了。看了看女儿沉静的睡颜，宋诗又看向了窗外，一夜未眠。

第二天一早，宋诗联系上陈岚。

网上的谣言依旧沸沸扬扬，其中爆出的料真假参半。

宋诗的微博已经炸了，她顾不上这些，迫切地寻求保护宋柚的方法。

目前，陈岚找其他的消息混淆视听，媒体凭这种照片和编得神乎其神的小作文，根本没法证实。只是这些日子，宋诗处在风口浪尖，时刻被媒体盯着。

最终，无可奈何，宋诗打电话给周宪，让他接走宋柚。

男人的嗓音带着疲惫的沙哑，他说："她也是我的女儿，我不可能让她受伤害。"

周宪办事果断利落——当天下午，宋柚哭丧着脸被他接走了。

周宪推了一天的工作，将宋柚接回了家。

小姑娘长到了他的腰间，看向他的眼眸满是陌生和排斥。

周宪一晚没睡，闭上眼，宋诗绝情冷淡的视线便映入脑海。

他和她早就有了女儿，而女儿在他不知道的时候长到这么大了。他甚至不知道该如何和柚柚相处，连正常的沟通也做不到。

他无奈，只好将女儿暂交给沈虞照顾。

看着宋柚离开的背影，他从未如此挫败过。

或许……他真的是个浑蛋。

宋诗没有理会那些新闻，甚嚣尘上的绯闻在当事人冷处理后渐渐消失了。

宋诗离开京城，赶了半个月的通告，直到绯闻彻底过去。她没有一天休息好，睁眼闭眼都害怕周宪抢走她的柚柚。一回到京城，她便直奔周宪的房子，却扑了个空。

她转头就去了优创银行总部，大步闯进周宪的办公室，却看见周宪和漂亮的"外甥女"相谈甚欢。

理智瞬间丧失，她口无遮拦，在听柚柚澄清后又顿觉尴尬。

宋诗气的不只是周宪，更气自己还是会为他的混账所恼。

她提出要断掉这层关系，绝对不要再重蹈覆辙。

曾经她一无所有，但现在有钱、有名，还有女儿。

周宪他不配。

宋诗知道，周宪不会轻易善罢甘休，在得知柚柚是他的女儿后更不会。她和周宪的再一次见面，是在他的公寓里。

周宪提出承担柚柚的所有生活开支："柚柚是我的女儿，我会给她最好的。"

宋诗漠然："优渥的环境，我能给她。"

周宪点燃一支烟，扯唇："你能给的，我能给；你不能给的，我也能。"

宋诗拧眉，冷笑："你能给什么？你的自大还是你的狂妄？"

"宋诗，"周宪道，"你需要冷静。"

"冷静？"宋诗眼眶通红，"我养了她这么多年，凭什么你说插手就插手？

"你算什么东西？你配做父亲吗？"

周宪的笑容渐渐消失，他掐灭烟，伸手便抬起了宋诗的下巴："我一直没有对不起你。当年你一走了之，想过我是怎么找你的吗？！我等了你九年，你又骗我三年。宋诗，我知道我以前混账。"他嗓音哑了下来，"但你不能一点儿机会都不给我，这不公平。"

宋诗别过了脸，死死地压抑住胸腔的酸涩。

最终，她轻轻开口："我问你，周宪——如果我当初告诉你我怀孕了，你会让我留下柚柚吗？"

周宪捏住她下巴的手指蓦然一松。

他沉默了。

宋诗"扑哧"笑了，冷艳的眼眸中满是嘲讽："看到了吗？你要我给你什么机会？你从未想过和我有未来，你的爱又算是什么？"

周宪颤抖的指尖拂过宋诗的眼角，欲替她擦去泪水，却被女人躲过。

他垂眸，动了动唇："对不起。"

宋诗打开他的手。

"你知道柚柚刚出生时多少斤吗？"宋诗弯唇，"五斤，瘦得像只小猴子。我生她的时候众叛亲离，在国外人生地不熟，语言都说不熟练……"

宋诗语气舒缓，一字一顿，宛如刀子般割在周宪的心上："那个时候，你在哪里呢？"

周宪的表情微微僵硬。

"柚柚从小体弱多病，三岁前常常大半夜送医。那个时候，周宪，你在哪里？后来，我的钱不够养她，只能回国拍戏。那个时候……"宋诗用气音道，"你让我陪你上床，我好几次把柚柚丢在家里。"

她还欲再说，周宪却直接咬上她的唇瓣，嗓音微颤："停。"

宋诗笑道："停什么？你不是要机会吗？怎么不……"

"你不要说了。"周宪闭上眼，"算我求你了。"

宋诗眼眸中波光流转，最终化作清明："所以周宪，你凭什么要我给你机会？"

一眨眼，京城迎来了秋天。

周宪在外出差，接到了沈虞的电话。这个他看着从少女长大的姑娘，嗓音是被幸福浸泡的甜腻。

她告诉他，她要结婚了——和她的初恋。

周宪下意识地拧眉——她这么小，结什么婚？

沈虞笑眯眯地强调她已经二十六岁了。

周宪愣在原地。

555

是，连沈虞都二十六岁了。

他又轻哂：这么多年，他活成了个什么样子？

道过"恭喜"之后，周宪不可避免地想起了宋诗，始终不敢想起的宋诗。

女人的话依旧宛如一颗颗铆钉钉在他的心脏上，时时刻刻地提醒着他他是个混账。

他缺席的十二年，使他配不上父亲的位置。

周宪每周都会去看一次宋柚，但柚柚始终都未对他放下提防。

他给柚柚争取到了京城最好的私立初中的名额，却被柚柚冷淡地拒绝了。

"我不想去。"柚柚瞥他一眼。

周宪："这是最好的学校。"

"可对我来说不是最好的。"柚柚低声嘟囔，"你什么也不懂。"

周宪突然不知道该如何自处，人生头一回感受到了何为无力。

转眼间，深冬来临。

年底是宋诗工作最忙的时候——她需要穿梭于各种颁奖典礼和视频平台举办的红毯盛宴。这一年，她收获颇丰，成了最具话题度的女星。

人一红，是非就多。

跨年夜，宋诗结束在水果台的演出，转眼，一则热搜悄悄地攀上了微博首页——"宋诗、周宪"。

宋诗眯了眯眼，点进词条，一眼便看见了娱乐博主的爆料。这个博主不仅仅是捕风捉影，说得有鼻子有眼，把几年前周宪给她颁奖的照片发了上去，又结合优创银行的投资项目以及宋诗这几年接的代言和资源，最终推出她是周宪的小情人的结论。

一时间，评论区里一片感慨。

陈岚急得赶紧联系公关团队："一定是闻妮！一个花瓶处处争不过你就玩阴的！"

宋诗不置可否。

"她会发通稿，我不会发是不是？！看我怎么澄清……"

宋诗靠在车座上，闻言，懒懒一笑："澄清？真的怎么澄清？"

陈岚一噎，嗔怪地看她一眼："周总对你能一样吗？！"

宋诗扯唇，刚想说话，便听陈岚惊呼一声："词条全没了！"

少顷，陈岚又吸了口气，大笑出声："周宪发微博了。"

宋诗低眸看手机，一眼便瞥见了周宪刚发的微博："是我在追她 @宋诗。"

周宪的微博几乎顷刻间就转变了全网的风向。

陈岚高兴得眉飞色舞："嘿嘿，都不用老娘出手。"她又用手肘碰了碰宋诗的手肘，"周总霸气护妻啊！他是真的喜欢你。"

宋诗垂下纤长的睫毛，哂笑一声，不置可否。

"听姐的，周总真的喜欢你！这么些年了，他把你看得比眼珠子都重，连你有小孩儿了也不在意，这不是真爱是什么？！"

闻言，宋诗看了她一眼，挑了下眉尖："岚姐，我忘记告诉你了。"

"嗯？"

"柚柚的那个死鬼老爹，就是他。"

"死鬼老爹"是陈岚对柚柚那个神龙见首不见尾的爸爸的称呼，已经叫了十来年了。陈岚是宋诗的贵人，知道宋诗单身还带着个孩子，但始终不竭余力地给予帮助。

车厢内陷入了沉默，一秒、两秒……陈岚突然丢下手机，满脸如同吃了苍蝇的表情，一字一顿："狗东西，他配个屁！"

有了周宪的公然发声，这件事不仅没对宋诗造成任何影响，网友反而纷纷呼喊"周宪好宠"，甚至还给他们俩建了一个超话。

宋诗看着里面日益增长的粉丝数量，额角的青筋直跳。

全网都在等待宋诗的回应，然而，一天、两天……宋诗的微博除了合作广告，对于周宪的全网求爱没有一丝回应。

这下，尴尬的只有周宪了。

又有人翻出了之前宋诗疑似隐婚生子的传闻，于是有小道消息怀疑，大名鼎鼎的周大总裁竟是……为爱做"三"！

陈岚看到营销号乱传的新闻，拍了拍宋诗的肩，笑得猖狂："哈哈……他活该。"

· 557 ·

想到周宪的表情，宋诗畅快地弯起嘴角。

有了周宪这个明面上的靠山，宋诗接下来的工作更是顺风顺水，谁也不敢得罪她，甚至连以往有过节儿的女星，全都向她露出了友好的笑容。

热度慢慢降下去已经是半个月后了。

宋诗回到京城，飞机刚落地，正欲回家，陈岚便打来电话，通知她晚上有个饭局，推不了。

宋诗无奈地答应，只好给柚柚发了消息，转头又看到周宪的微信——

"晚上我去看柚柚。"

宋诗："哦。"

宋柚刚刚放学便接到了周宪的电话。

周宪："我晚上去看你。"

宋柚："哦。"

电话这头的周宪气笑了——这母女俩，一模一样。

"想吃什么？爸爸给你带。"周宪道。

尽管柚柚不喊他"爸爸"，但他偏偏要这样自称，时刻提醒她。

宋柚头一秒还非常有骨气："不吃！"

周宪："甜窝的慕斯蛋糕怎么样？"

宋柚睫毛一动。

"再配上你梁姐姐亲手做的奥利奥汤圆。"

宋柚舔舔唇。

周宪："那爸爸一会儿就过去。"

宋柚故意隔了几秒，终于点了点高贵的头颅："行吧。"

今天照顾她的陈阿姨告假，故而宋柚得自己搭车回家。

宋柚坐在车上，看着窗外倒退的车水马龙，唇角轻轻弯起。

她好像，有点儿开心——今晚妈妈会回来，勉强算个爸爸的周宪也会来看她，好像从没有这么圆满过。

宋柚下车后,脚步渐渐轻快,走到公寓门前正欲开锁,却发现大门并没关紧。

她疑惑地眨眨眼:难道是陈阿姨离开时忘关门了吗?宋柚没多想,推开门,扔下书包便往沙发上一栽,静静地等待她的小蛋糕。

几秒后,她看了看被自己扔下的书包,顿了顿,又起身将其拿起,往房间走去。

周宪是个很烦的大人,规矩一箩筐——不让她乱扔东西,不让她坐没坐相,管得比谁都多。

宋柚推开房间门,扎在后边的高马尾辫一摆一摆地晃动。她平时就睡在妈妈的卧室——宋诗不在时,她一个人睡;宋诗回来后就陪着她一起睡。

宋柚放好书包,放在裤子口袋里的手机"嗡嗡"振动了两声。她低眸看去,是周宪发来的消息,说自己已经到了楼下。

宋柚撇撇嘴,轻哼一声,正准备给妈妈发个消息,指尖刚触碰到屏幕的一瞬间,背后的衣柜传来了轻轻的像是身体触碰柜门的声音。

宋柚一顿,竖起耳朵,衣柜里却再无响动。联想起未关紧的门,宋柚脸色微变,睫毛不停地颤抖起来。

妈妈和她说过很多次,哪怕在家也要注意安全。她知道,妈妈是很有名的大明星,有很多人喜欢,可有的人喜欢以窥探偶像的隐私为乐。

宋柚的脊背上渗出一层冷汗,她握紧手机,一眼也不敢乱看,转身就往卧室外跑。

卧室里传来"窸窸窣窣"的响动,似乎有脚步声渐渐靠近她,然后,一道陌生的男声响起——

"你真的是宋诗的小孩儿?"

宋柚小脸煞白,但由于太过害怕,被沙发角一绊,重重地栽在了地上,痛呼出声。

身后的脚步声更近了,宋柚慌乱地起身逃窜,却被攥住了脚踝——粗糙的指尖抬起她的下巴,宋柚对上了一张平凡又苍白的脸。

他的表情似哭非哭,眼中却迸发出怨毒的光。

"我喜欢宋诗这么多年!我把她当女神!我为她付出了这么多!

"她竟然真的有小孩儿！宋诗把粉丝当什么？！"

到后面，男人的嗓音变得凄厉而尖锐，他掐住宋柚下巴的手也用力起来。

宋柚害怕得冷汗直冒，低声解释道："不是的，妈妈不是骗粉丝……她很爱粉丝。"

"放屁！"男人高声道，"都是你！都是你！"

他脸上露出了疯狂的笑容："没关系，只要没了你，宋诗就还是我高高在上的女神。"

宋柚拼命挣扎，但终究抵不过力大无比的男人，失声尖叫："爸爸！爸爸救我！"

听到她的喊声，男人动作顿住："你爸爸在哪儿？"

他又四处环顾了一圈，没听到任何的动静。

宋柚趁他走神，支起身子就往门边跑，但没跑几步就被男人扯住了马尾辫，摔在了门边上。

男人脸上露出凶狠的表情："小东西，你敢骗我？"

见他举起刀，宋柚害怕得连脊背都在颤抖，眼泪顺着脸颊滴在地上。她闭上了眼睛。

然而，预想中的疼痛并没有来临，反而是大门砸在墙上，传来"哐当"一声巨响。下一秒，她身上一松。随即，瘦弱的男人被人狠狠地掼在了地上，痛喊一声。

宋柚睁开被眼泪模糊的眼睛，对上了周宪一双猩红的眼。

周宪紧紧地抿着唇，大步上前，一脚踹在男人的腹部。肉体碰撞，传来沉闷的声响，男人连痛也喊不出，被这一脚踹出了血。

周宪还不罢休，继续踹他的胸腔，很快，传来了骨头的碎裂声。

宋柚的牙齿都在打战，她连忙上前拉住周宪的手臂："爸爸，他是不是快要死了？！"

女孩儿这一声喊回了周宪的理智。周宪抬起颤抖的手，轻轻地拢在宋柚被捏青的脖子和下巴上："他伤你哪儿了？"

感受到脖子和下巴上的温度，宋柚摇头又点头，抿着嘴，终究是忍不住，眼泪从眼眶里掉了下来。

560

她抱紧周宪的腰:"呜呜呜……你为什么不早点儿来?我好害怕……我真的好害怕。"

周宪的心疼得揪紧,他被小姑娘哭得连手都不知道往哪儿放,他的眸中露出嗜血一般的情绪。

"别怕。"他低声哄道,"爸爸在这儿,别怕。"

宋柚用周宪的衬衫擦完眼泪,视线刚刚清明,却惊恐地瞪大了眼。

像是被人掐住嗓子般,她说不出话,也发不了声,眼睁睁地看着不知何时重新站起来的男人手里握着那把弹簧刀,抬臂朝周宪的背刺去。

"爸爸——"宋柚尖叫出声,看见雪白的衬衫染上了血红色。

尖刀穿过了周宪的胸膛。

周宪微微拧眉,闷哼一声。他低眸看了看染血的胸膛,伸手揉了下宋柚的后脑勺儿,忍着疼转身一脚踹在男人的胸膛上,强撑着踩在其身上,看向宋柚,沙哑地道:"柚柚,报警。"

酒过三巡。

今天本是一场十分愉快的饭局,宋诗却始终心神不宁,右眼皮一直跳。

手机响起,她低眸看到了柚柚的电话。

宋诗抬步走出包间,接通电话,听着柚柚在那头的哭泣声以及断断续续的语句。几分钟后,宋诗脸色煞白,几乎要站立不稳。

她以最快的速度赶到医院,一眼便看到了苍白着脸、蜷缩在走廊上的宋柚,宋柚的身边还站着一个女警。

心疼得揪成一团,她大步走过去:"柚柚。"

宋柚抬起头,眼眶通红地扑过来抱住宋诗:"妈妈!爸爸,爸爸他……"宋柚抽噎着,语无伦次,"血,他流了好多血。"

宋诗死死地咬着下唇。

女警说明了整个事情的前因后果。

宋诗沉默地坐着,虽极力镇静,指尖却下意识地颤抖,全身都发冷。她搂紧女儿,久久未曾有过的担心与惶恐一并涌上心头,在她的胸腔中翻涌。

宋诗闭上了眼。

她们不知道等了多久,时间似乎是漫无尽头。

宋诗本想喊人送柚柚回去休息,小姑娘却死死地抱着她的手臂,就是不肯离开:"我怕……我想让爸……让他好好的。"

宋诗只好让她留在这里。

又是一阵漫长的等待,手术室的门被推开,医生走了出来:"谁是周宪的家属?"

宋诗愣了愣,宋柚却已经抬手:"我是!我们是!"

医生朝她们看过来:"病人已经脱离生命危险。过来签个字。"

悬着的心瞬间就放了下来,宋诗眨眨眼,到此时才发觉眼眶酸涩,似乎快要掉下泪来。

怕被人看见,她扶稳墨镜,抬步过去签字。

宋柚:"医生叔叔,我什么时候……能看我爸爸?"

"病人还没醒。"医生道,"现在也不早了,小姑娘先休息,明天就能看你爸爸了。"

宋诗找来助理,让她带着柚柚找个酒店休息,自己却来到了周宪的病床前,搬了把椅子,安静地坐在一旁。

一夜未眠,到了早晨,宋诗实在支撑不住,趴在床前,闭上了眼睛。她在心中告诉自己只睡一小会儿,但一夜的担心全都翻涌成疲惫,不知不觉便睡死了过去。

身体像是灌了铅般沉重,连呼吸都疼痛,周宪花了很大力气才堪堪睁开眼睛。

反应了好一会儿,他才想起眼前是医院白色的天花板,呼吸间都是消毒水的味道。

他瞳孔微动,四处打量一圈,突然不动了。

床前,女人枕着手臂静静地酣睡着。她的皮肤莹白如雪,眉目间俱是冷傲,但此时,她眼下有两个大大的黑眼圈。

周宪屏住呼吸。

有多久……他未曾被她担心过？

他安静地看着她，突然抬起手指，轻轻地钩住了女人的小手指，却见女人纤长的睫毛不住地颤动起来。下一秒，她睁开了眼睛。

两人四目相对。

宋诗连忙直起身子，看见自己和周宪缠在一起的手指，连忙便要收回手，却听见周宪沙哑地道："别放。"

她动作一顿，指尖蜷了蜷，到底没有拿开。

男人的目光始终停留在她的脸上。

宋诗被看得不自在，觉得现在的场景尤其诡异。

"我去喊医生。"她说。

周宪却握住她的手，以行动制止她。

"别走，"周宪抿了抿干裂的唇，眼眸漆黑如墨，"宋诗。"

宋诗突然不敢听他接下来的话。

"我知道，我接下来说的话很无耻……"周宪说道，"但我还是要说。"

他不知道，错过这次，自己是否还有开口的机会。

"宋诗，我会爱人，也会爱你。

"你能不能，再给我一次机会？"

宋诗没吭声，低下头，乌黑的长发挡住了她的眼睛。

突然，病房的大门被人推开。

下一秒，宋柚背着书包进来："妈妈，爸爸他……"

话说到一半，自动被宋柚掐在了喉咙里，她的眼睛微微睁大。

宋诗下意识地甩开了男人的手。

周宪的眼眸顿黯，他低声笑了笑："这是你的答案吗？"

宋柚觉得自己撞破了什么了不得的事，正想着要不要退出去。

下一秒，宋诗转身狠狠瞪了周宪一眼："柚柚都喊你'爸爸'了，咱俩还能怎样？"

周宪骤然抬头，连呼吸都放轻了。

宋诗打开病房门，临走前放下一句："收拾收拾，凑合着过！"

番 外
旧岁又今朝

沈虞循着课桌边的窗户往外看——雪落纷飞。

地处江南的苏城罕见地下了雪,伴随着细细密密的雨珠,雪一落在地上就化成了水滴。

突然袭来的这场雪打破了沉闷凝固的课堂。

南方人没怎么见过雪,教室里有此起彼伏的低叹声。沈虞在京城长大,雪见得多了,并没有多大反应,甚至反感这冷得刺骨的天。

江南冬天阴冷,寒意丝丝入骨,沈虞低头对着手指哈了口气——她真的快要冷死了啊!

下课铃响,老师还未踏出教室,早就蠢蠢欲动的学生便三五成群地奔出了教室。

"小虞,你出去看雪吗?"邓苏苏脸上是明显的兴奋。

沈虞连连摇头,找了个借口:"我还有好多贺卡没写呢。"

许多人给沈虞送了贺卡,按照礼节,她应该回敬,温折却觉得这是不务正业。被他盯着,沈虞不敢写,只能利用课余时间见缝插针。

不多时,熙攘的教室安静下来,只余零星几个人。

沈虞又朝窗外看了眼,蓦地想起一个经久不衰的话题——南方人见到雪时的反应。

她有些想笑，也不知道温折见到雪会是什么反应。

这般想着，沈虞抽出一张明信片，思忖了下，快速在上面写了几个字。

接着她拿着明信片起身出了教室，跑向对面的教学楼。

出来得急，她没戴围巾，南方潮湿的空气直往领子里钻。沈虞搓了搓手，停驻在温折的教室门口时，脚步微微停顿。

冷傲的少年让她有空就做功课，别总往这边跑，最多……一星期一次吧。

沈虞低眸看了看脚尖——怎么办？这星期的一次机会已经用掉了。

就在她在门口迟疑的工夫，班长姚智从教室里出来了。

见着沈虞，站在门口的姚智顿住脚步，要出不出的样子，生怕这个"女霸王"又要让他给温折送东西。

趁着沈虞还没看过来，姚智缩回脚，走到温折的座位旁，敲了敲温折的桌子。

男生从试卷里抬起冷白的脸，见姚智指了指窗外。

从温折的位子上能看见站在栏杆边的沈虞。少女扎着高高的马尾辫，因爱美，穿得不多，宽大的校服披在薄袄外，光洁的脖子露在外面，放在唇边的葱白手指冻得通红。

"温神，我去帮你回了？"姚智想当然地说。

毕竟这位学妹缠他们温神很久了，哪次温神不是不假辞色？

"不用。"温折不知从抽屉里拿出什么，抬步出去了。

大多同学都在争分夺秒地用功，没多少人出去。有人看见温折出去，从桌案旁抬起了头。

温折走出教室，冷风更甚——饶是他都屏了一口气。

"我还以为你不出来了。"沈虞看着他，开心地咕哝了一句。

毕竟他说一不二、冷血无情，说是一周一次，就必是一周一次。

有雪花越过栏杆，落在了沈虞的发梢上。

温折看着她，忽地靠近了一步。

似有什么轻轻地从发梢上拂过，沈虞一愣，只看见了温折的下颌以及他抬起又垂落的手。

雪花在掌心里化开，温折开口道："过来做什么？"

有什么被塞了过来，沈虞低头看，竟是一双黑色手套。她不客气地接过："下雪了，"她乌黑的瞳眸看向他，"我想来见你。"

雪花化在掌心里，她望进他的眼睛。

"天冷，"温折有些听不清自己的声音，"早点儿回去吧。"

沈虞执拗地望着他："我想和你一起看雪。"

温折侧头，从栏杆往外望。

雪下得大了些。苏城少有这么大的雪，楼下一片熙攘，已经聚集了大片看雪的人群。

温折想：这鹅毛般的大雪，正如他看不清的未来。

沈虞套上他的手套，冻僵了的手没有什么知觉。手套并不合手，她却很开心地举起手在他面前晃了晃："那就这么定了，放学我等你。"

沈虞最后看了他一眼，忽地从口袋里掏出一个小信封，放进他的手里："贺卡。"

说完，她笑着转身小跑着离开了。

温折站在原地，冷到僵硬的手握紧了手中的贺卡，沉静的眼眸看向她小跑离开的背影，手指微微蜷紧。

冬天的天黑得格外早。

温折他们年级放学最晚，沈虞独自在教室写了会儿作业。眼看着时间差不多了，她收拾了一下书包，准备去教学楼下等温折。

这学期也到了末尾，从转来到现在，夏去冬来，她似仍距他千里之外。

沈虞举着伞，候在教学楼下。

放学了，声控灯循着人声亮起。

沈虞的唇角扬起笑容，她站直身体，抬眼望去。

姚智还在和温折讨论小考的题目，半晌没听见回应："温神你……"

他循着温折的目光望去，看见了正撑着伞站在雪地里的沈虞。

少女身材纤细高挑，眼睛灿若星辰。

她正扬手朝着这边挥，手上是……姚智愣了一下，想起了这是谁的手套。

不少人已经看见沈虞——实在怪她太过耀眼，很难不让人注意到。

周围传来窃窃私语声，人们有意无意地朝温折看去，充满着八卦和探知欲。

这朵"高岭之花"可不是那么容易摘到的。

"这题明天再说吧。"温折说，顺手撑起伞，颀长的身影穿过人群，走向昏暗暮色中的少女。

有低低的议论声响起。

"走吧。"沈虞笑眼弯弯地朝他一抬下巴，"我请你吃东西。"

温折低头看见她戴着他的手套，目光闪动了下，抬步随着她离开。

"你们苏城的冬天也太冷了，"沈虞自然地收伞，自然地钻进他的伞下，在他的视线下晃着手，"但现在不冷了。"

温折垂眼，看着地上薄薄的一层雪上并排落下深深浅浅的脚印。

"你穿得太少了。"

沈虞抱怨道："穿多了臃肿，我可不想像个球一样。"

温折看了她一眼，唇角轻轻勾起。

"你喜欢下雪吗？"沈虞伸手，接住一片雪花，"听说你们这儿很少下雪。"

温折望向前方。他记不清上次苏城下这样大的雪是什么时候了，只记得银装素裹的清晨，窗台上被父亲放了一个小雪人。

"应该是喜欢的。"他说。

淡漠少年长身玉立于雪地里，越靠近，她越发现他身上总有一种不符合年龄的沉默。

沈虞垂眸，忽略心中的不安和退却，缓缓抬手，手指轻轻地牵了牵他的衣袖。

"我们去吃那家馄饨，好不好？"

温折："走吧。"

馄饨店里坐满了三三两两的学生。老板早就认识两人了，热情地招呼着他们。她还热情地拿了两个苹果放在二人桌上："节日快乐。"

沈虞笑弯起眼，道了谢。

"京城早一个月前就已经下雪了。"沈虞说道，"你应该没见过能没

567

过膝盖的雪。"

"小时候，妈妈会和我一起堆雪人，"她托腮回忆，"雪人有时候比我都高。妈妈手很巧，堆出的雪人很漂亮。"

温折安静地听着她说话。老板端了两碗馄饨上来，热气氤氲了她的眉眼，不甚分明。

"你想回京城了吗？"

沈虞一愣，慢慢敛起唇角的笑意："你想去吗？"

温折垂眸，对着面前的馄饨吹了口气："或许。"

沈虞突然说："那我们一起去京城上大学吧。"

温折掀起眼皮看了她一眼："那你的成绩不够。"

沈虞低头狠狠地咬了口馄饨："扫兴……我给你的贺卡你看了吗？"

"还没，回去就有考试。"

沈虞咬着勺点点头："行吧，我等你的回复。"

温折："你写了什么？"

"你自己看。"沈虞笑着耸肩，看起来颇有些不怀好意。

他们从馄饨店出来，天色已然全黑了。今天是周五，没有晚自习。

"回去准备做什么？"沈虞手中抛着老板娘刚刚给的苹果，问他，"有空没？"

温折看着她的动作："我还要去做家教。"

沈虞沉默了下："哦。"她用脚尖踹着雪，"那你要走了？"

"嗯。"

两人一时无话。

沈虞耷拉下眼皮。

"那我走了。"她转身走出一步，又扭头，"我真走了。"

见他依旧没有反应，沈虞踹了一脚雪："我走了！"

温折沉默地看着她的动作，喉结动了一下。

半晌，他拉住她的手腕。

沈虞回头。

男生抬手，替她拢好衣领："天冷，早点儿回去。"

沈虞的睫毛动了下，她抿紧唇线，转身离开。

她未曾看到，处在她几步之远的男生，垂在身侧的手紧紧蜷起。

温折坐在书桌前，身侧的学生正埋头写作业。

他从书包里拿出掩在书中的贺卡，拆开包装，露出里面精美的卡片，少女娟秀的字迹落于其上：

如果问我思念有多重——
不重的。
像一座秋山的落叶。
你什么时候能成为我的男朋友？

温折的手指如灼烧般滚烫。

"喂，温折！"女人娇嗔的声音在卧室内响起。

沈虞拿着手上似曾相识的明信片，脸红到爆炸。

这就是她少女时代的"中二"发言吗？

无数记忆纷至沓来，二十八岁的沈虞尴尬地用脚趾抠紧身下的地毯——她不要面子的吗？

听到声响，男人慵懒的脚步声从厅里传来，手上还抱着和他眉眼肖似的温晴。

"怎么？"

沈虞用手指捏紧贺卡，结结巴巴地说："你……你怎么还留着这个啊？"

温折抱着女儿，望向她的目光揶揄含笑："你不是问我思念有多重吗？"

"不重的。"

他将目光落于落地窗外的雪堆上。

"大概，是这满城的落雪。"

—全文完—